El juramento
de un libertino

Título original: *A Rake's Vow*
Traducción: Cristina Martín
1.ª edición: julio, 2014

© Savdek Management Proprietory Ltd., 1998
© Ediciones B, S. A., 2014
   para el sello B de Bolsillo
   Consell de Cent, 425-427 - 08009 Barcelona (España)
   www.edicionesb.com

Printed in Spain
ISBN: 978-84-9872-971-9
DL B 11604-2014

Impreso por NOVOPRINT
              Energía, 53
              08740 Sant Andreu de la Barca - Barcelona

Stephanie Laurens

El juramento de un libertino

El árbol genealógico de la Quinta de los Cynster

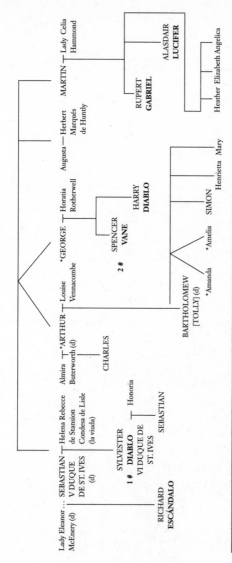

LA SERIE DE LA QUINTA DE LOS CYNSTER

1 # Diablo - 2 # El juramento de un libertino

Los varones de la familia Cynster se nombran en letras mayúsculas. - * indica gemelos

Octubre de 1819
Northamptonshire

—Se ve que quieres avanzar deprisa. Da la impresión de que te persiguiera el mismo diablo.

—¿Qué? —Sacado bruscamente de su inquieto estado de contemplación, Vane Cynster levantó la vista de las orejas de su montura y miró a su alrededor para fijarse por fin en Duggan, el mozo de caballos... y también en la masa de nubes bajas y amenazadoras que se cernía sobre ellos desde atrás—. ¡Maldición! —Vane miró al frente y sacudió las riendas; el par de caballos que tiraba del carruaje saltó hacia delante con fuerza. Volvió a mirar a su espalda y dijo—: ¿Crees que podremos dejarla atrás?

Estudiando los nubarrones, Duggan negó con la cabeza.

—Abarca más de cuatro kilómetros, seis tal vez. No nos da tiempo a regresar a Kettering, ni tampoco de llegar a Northampton.

Vane soltó un juramento. No le hacía ninguna gracia la idea de terminar empapado. Sintió el aguijón de la desesperación; con los ojos fijos en el camino que los caballos recorrían a toda velocidad, buscó alguna alternativa, alguna vía de escape.

Apenas unos minutos antes, pensaba en Diablo, el duque de St. Ives, su primo, compañero de infancia e íntimo amigo... y en la esposa que le había deparado el destino, Honoria, ahora duquesa de St. Ives. Ésta era quien había ordenado que él, Vane, y los otros cuatro miembros aún solteros de la Quinta de los Cynster no sólo financiaran, sino que asistieran además al servicio religioso, y dedicado al arreglo del tejado y de la iglesia del pueblo de Somersham, vecino a la casa ducal. Cierto que la procedencia del dinero que ella había decretado que aportaran era infame, puesto que se trataba de las ganancias de una apuesta que ni ella ni sus respectivas madres habrían aprobado. El antiguo dicho de que las únicas mujeres de las que debían cuidarse los varones Cynster eran las esposas Cynster seguía teniendo la misma validez para la generación actual que para las anteriores. La razón por la que sucedía esto no era algo en lo que a un varón Cynster le gustara mucho ahondar.

Y aquélla era precisamente la razón por la que Vane sentía una necesidad tan imperiosa de salir de la trayectoria de la tormenta. El destino, disfrazado de aguacero, había dispuesto que se conocieran Honoria y Diablo y en circunstancias que prácticamente garantizaron su posterior casamiento. Y Vane no estaba dispuesto a correr riesgos innecesarios.

—Bellamy Hall. —Se aferró a la idea como un hombre a punto de ahogarse—. Minnie nos dará cobijo.

—Buena idea —dijo Duggan más esperanzado—. El desvío no queda lejos.

Estaba a la vuelta del siguiente recodo. Vane tomó la curva a toda velocidad y, a continuación, dejó escapar un juramento y aminoró el paso de los caballos. El estrecho camino no estaba tan bien pavimentado como la carretera que acababan de dejar. Demasiado encariñado con sus resistentes caballos para arriesgarse a hacerles daño, se concentró en guiarlos lo más deprisa que se atrevía, consciente de la oscuridad creciente de aquel temprano y antinatural crepúsculo, y del cada vez más intenso aullido del viento.

Había salido de Somersham Place, la residencia habitual de Diablo, poco después de almorzar, tras haber pasado la mañana en la iglesia asistiendo al servicio religioso que él y sus primos habían sufragado. Con la intención de ir a ver a unos amigos cerca de Leamington, había dejado que Diablo disfrutara de la compañía de su esposa y su hijo y partido rumbo al oeste. Esperaba llegar sin contratiempos a Northampton y a la comodidad del Ángel Azul; en cambio, gracias al destino, iba a pasar la noche con Minnie y los inquilinos de ésta.

Al menos estaría a salvo.

A través de los arbustos que tenía a su izquierda, Vane vislumbró a lo lejos una extensión de agua, de un gris plomizo bajo el cielo cada vez más oscuro. Era el río Nene, lo cual indicaba que Bellamy Hall, que se alzaba sobre un promontorio alargado y en pendiente que daba al río, quedaba cerca.

Habían transcurrido años desde su última visita a aquel lugar, no recordaba cuántos, pero no le cabía duda de que sería bienvenido. Araminta, lady Bellamy, excéntrica viuda de un hombre acaudalado, era su madrina. Como Dios no le había dado hijos, Minnie nunca le había tratado como un niño y, con el paso de los años, se había convertido en una buena amiga. Una amiga a veces demasiado sagaz y desinhibida, pero amiga de todos modos.

Hija de un vizconde, Minnie ocupaba un lugar por derecho propio en el mundillo social. Después de fallecer su marido, sir Humphrey Bellamy, dejó de asistir a los actos sociales; prefería quedarse en Bellamy Hall, donde reinaba sobre una corte variopinta de parientes míseros y dignas causas benéficas.

En cierta ocasión, cuando Vane le preguntó por qué se había rodeado de semejantes parásitos, Minnie le respondió que, a su edad, su principal fuente de entretenimiento era la naturaleza humana. Sir Humphrey le había dejado bienes suficientes para soportar la insensatez, y Bellamy Hall, descomunal, de proporciones grotescas, era lo bastante grande para cobijar a su extraña tropa. Para conservar la cordura, ella y su compañera, la señora Timms, se daban ocasionalmente el capricho de escapar a la capital y dejar a los demás en Northamptonshire. Vane siempre iba a verla cuando se encontraba en la ciudad.

De entre los árboles que tenían delante emergieron de pronto unas torretas góticas y, a continuación, aparecieron los muretes de ladrillo de la entrada, cuyas verjas de hierro se hallaban entreabiertas. Con una sonrisa de triste satisfacción, Vane condujo los caballos hacia allí; habían vencido a la tormenta, el destino no lo había pillado desprevenido. Puso los caballos al trote por el recto camino de entrada flanqueado a un lado y a otro por arbustos enormes que se estremecían con el viento; árboles centenarios cubrían con sus agitadas sombras la grava del suelo.

Oscura y sombría, con su multitud de ventanas, apagadas en la oscuridad que iba invadiéndolo todo, como ojos de mirada fría que los observaran, Bellamy Hall llenó el espacio al final de aquel camino semejante a un túnel. Se trataba de una gigantesca monstruosidad gótica, con incontables elementos arquitectónicos añadidos por todas partes, embellecidos recientemente con un derroche georgiano. Tendría que haber causado una impresión horrenda y, sin embargo, en medio de aquel parque invadido por la vegetación y con el patio circular que tenía delante, Bellamy Hall conseguía escapar de la absoluta fealdad.

Era, pensó Vane mientras rodeaba el patio y se encaminaba hacia los establos, una morada adecuadamente esotérica para una vieja excéntrica y su extraña familia.

Rodeó la casa y no vio ningún signo de vida. En cambio, en los establos había actividad, mozos de cuadra que se apresuraban a acomodar los caballos y prepararlos para la tormenta. Vane dejó que Duggan y el mozo de cuadra de Minnie, Grisham, se ocuparan de los animales y se dirigió a grandes zancadas hacia la casa tomando el camino que discurría por entre los arbustos. Aunque estaba invadido, era transitable; la senda desembocaba en un tramo de césped descuidado que continuaba y rodeaba la esquina de un ala de la casa. Vane sabía que a la vuelta de dicha esquina se encontraba la puerta lateral, frente a una amplia extensión de césped que contenía un pequeño ejército de piedras enormes, restos de la abadía sobre la cual se había construido parcialmente la mansión. Las ruinas ocupaban un trecho; la mansión había ido creciendo alrededor de la sala de visitas de la abadía, que por otra parte había sido saqueada durante la Disolución.

Al aproximarse a la esquina, se hicieron visibles los bloques de arenisca erosionados por la intemperie, desperdigados en desorden sobre una gruesa alfombra verde. A media distancia, un único arco, que era todo lo que quedaba de la nave de la abadía, se perfilaba contra el oscuro cielo. Vane sonrió; todo estaba exactamente tal como él lo recordaba. En Bellamy Hall no había cambiado nada en veinte años.

Dobló la esquina... y descubrió que se había equivocado.

Se detuvo y parpadeó varias veces. Por espacio de un minuto entero permaneció petrificado, con la mirada fija y la mente totalmente confusa. Después, con la vista aún fija y el cerebro completamente ocupado por la visión que tenía frente a sí, avanzó lentamente sobre la densa hierba que amortiguaba sus pisadas. Se detuvo delante de un gran ventanal en arco, a dos pasos del parterre de flores semicircular que tenía ante sí, justo detrás de la dama, vestida de fina muselina que el viento hacía flamear, inclinada y rebuscando entre las flores.

—Podrías echarme una mano. —Patience Debbington apartó de un soplido los rizos que se le enredaban con las pestañas y miró ceñuda a *Myst*, su gata, que estaba pulcramente sentada entre las hierbas con una expresión enigmática en su rostro inescrutable—. Tiene que estar en alguna parte.

Myst se limitó a parpadear con sus grandes ojos azules. Con un suspiro, Patience se inclinó hacia delante todo lo que se atrevió e introdujo la mano entre los hierbajos y las plantas perennes, doblada por la cintura para buscar en el parterre, y agarrada a los inestables bordes del mismo con la punta de sus zapatos de suela blanda. No era precisamente la postura más elegante que una dama pudiera adoptar, y mucho menos la más estable. No tenía que preocuparse de que la viera nadie, dado que todo el mundo estaba vistiéndose para la cena, lo cual era exactamente lo que tendría que haber estado haciendo ella, lo que habría estado haciendo si no se hubiera percatado de que el pequeño jarrón de plata que adornaba el alféizar de su ventana había desaparecido. Como había dejado la ventana abierta, y *Myst* utilizaba a menudo aquella ruta para entrar y salir, dedujo que la gata debía de haber empujado el jarrón al pasar y éste había caído fuera, sobre el alféizar, y había ido a parar al parterre de flores que había debajo.

Descartó el hecho de que nunca había visto a *Myst* tirar algo de forma involuntaria; era mejor creer que *Myst* había cometido una torpeza que pensar que su misterioso ladrón atacaba de nuevo.

—No está aquí —llegó a la conclusión Patience—. Por lo menos, yo no lo veo. —Todavía inclinada, miró a la gata—. ¿Lo ves tú?

Myst parpadeó otra vez y miró más allá de Patience. Acto seguido, el lustroso felino de pelaje gris se levantó y abandonó el parterre de flores con paso elegante.

—¡Espera! —Patience se volvió a medias, pero de inmediato se inclinó de nuevo hacia atrás, en un esfuerzo por recuperar su precario equilibrio—. Se avecina una tormenta, no es momento de ir a cazar ratones.

Al tiempo que decía esto, consiguió enderezarse, con lo cual quedó mirando hacia la casa, directamente a las ventanas vacías del salón de la planta baja. Con la tormenta que ennegrecía los cielos, los ventanales parecían espejos. Y reflejaron la imagen de un hombre de pie, justo a su espalda.

Patience se volvió con un grito sofocado. Su mirada se encontró con la del hombre: unos ojos duros, de un gris cristalino, pálidos bajo aquella tenue luz. La miraban con intensidad, fijamente, con una expresión que ella no logró descifrar. Se encontraba a menos de un metro de distancia, era alto, elegante y extrañamente imponente. En el instante en que su cerebro registró aquellos detalles, Patience sintió que los talones se le hundían más y más... en el blando suelo del parterre.

El borde se desmoronó bajo sus pies.

Entonces abrió unos ojos como platos y sus labios dejaron escapar un «Oh» de impotencia. Agitó los brazos al tiempo que comenzaba a caer hacia atrás...

El hombre reaccionó tan deprisa que sus movimientos no fueron sino un borrón: la aferró por los brazos y tiró de ella hacia delante.

Patience aterrizó contra él, sus senos contra su pecho, sus caderas contra sus duros muslos. El impacto la dejó sin aliento, jadeante tanto física como mentalmente. Unas manos duras la colocaron en posición vertical, unos dedos largos y fuertes como grilletes de hierro le rodearon los brazos. El pecho de aquel hombre era un muro de piedra contra sus senos; el resto de su cuerpo, los largos muslos que la sujetaban, parecían tan sólidos como el acero más resistente.

Se sentía impotente. Total, absoluta y completamente impotente.

Patience levantó la vista y se topó con la mirada de halcón del desconocido. Aquellos ojos grises se oscurecieron; su expresión —de intensa concentración— le provocó un peculiar escalofrío que le recorrió todo el cuerpo.

Parpadeó. Su mirada se posó... en los labios del desconocido. Eran grandes y delgados, pero bien proporcionados, esculpidos con la intención de fascinar. Y en efecto la fascinaban, porque no podía apartar la vista de ellos. Aquellos hipnotizantes contornos se movieron para suavizarse de modo casi imperceptible, y ella también notó que le hormigueaban sus propios labios. Tragó saliva e inhaló aire con dificultad en la desesperada necesidad de respirar.

Sus senos se alzaron y rozaron la chaqueta del desconocido presionando de manera más evidente contra su pecho. Sintió que la inundaba una oleada de sensaciones, desde la inesperada erección de los pezones hasta los dedos de los pies. Inhaló aire de nuevo y se puso tensa, pero no logró suprimir el estremecimiento que la recorrió de arriba abajo.

Los labios del desconocido se estrecharon; los planos austeros de su cara se endurecieron. Sus dedos se cerraron con fuerza alrededor de sus brazos. Para sorpresa y asombro de Patience, la levantó del suelo —con toda facilidad— y la depositó otra vez con cuidado un poco más allá.

Acto seguido, retrocedió y le dedicó una descuidada reverencia.

—Vane Cynster. —Elevó una ceja de color castaño; sus ojos siguieron clavados en los de ella—. He venido para ver a lady Bellamy.

Patience parpadeó.

—Ah... sí. —No sabía que los hombres pudieran moverse así, sobre todo los hombres como él. Era tan alto, tan grande, delgado pero musculoso, y sin embargo su coordinación fue impecable, con una fluida elegancia que impregnó la lánguida reverencia y le confirió un atractivo difícil de explicar. Sus palabras, pronunciadas con una voz tan profunda que podría haberlas confundido con el rugir de la tormenta, tardaron en hacer mella en su conciencia; luchó por dominar sus pensamientos y señaló la puerta que tenía a su derecha—: Ya han hecho la primera llamada.

Vane* sostuvo la amplia mirada de Patience y se las arregló para no esbozar una sonrisa lobuna; no había necesidad de asustar a la presa. La visión de que disfrutaba en aquel momento —unas curvas deliciosas que llenaban un vestido de muselina espigada de color marfil de una manera que él aprobaba plenamente— era en todo tan tentadora como la que antes lo había tenido en suspenso: las magníficas curvas de su trasero claramente delineadas bajo la tensión de la tela. Cuando ella se movía, también se movían las curvas. No recordaba una visión que lo hubiera paralizado de semejante modo, que hubiera excitado así sus sentidos de libertino.

* *Vane* significa en inglés vanidoso, engreído. (*N. de la T.*)

La joven era de estatura media, su frente quedaba a la altura del cuello de él. Tenía el cabello de color castaño intenso, muy brillante, sujeto en un pulcro recogido del que escapaban varios mechones rebeldes que culebreaban alrededor de los oídos y la nuca. Sus delicadas cejas castañas enmarcaban unos grandes ojos de color avellana, cuya expresión resultaba difícil de discernir en medio de aquella oscuridad. Tenía la nariz recta, el cutis cremoso. Sus labios rosados simplemente suplicaban que los besaran. Sintió en su interior el impulso de besarlos, pero probar a una mujer desconocida antes de las debidas presentaciones, simplemente, no eran maneras.

Su silencio le había permitido a ella aquietar la mente; notó cómo iba aumentando su resistencia, percibió el ceño que se iba frunciendo entre sus ojos. Vane dejó que se curvaran sus labios; sabía exactamente lo que quería hacer... hacerle a ella, con ella; lo único que quedaba por preguntar era dónde y cuándo.

—¿Y usted es...?

La joven entrecerró los ojos de forma imperceptible. Luego se irguió y entrelazó las manos.

—Patience Debbington.

La impresión lo golpeó igual que una bala de cañón, y lo dejó sin aliento. La observó fijamente, y al hacerlo estalló un escalofrío en su pecho que rápidamente se le extendió por todo el cuerpo bloqueando un músculo tras otro, en una reacción de negación. Luego se abatió sobre él la incredulidad. Le miró la mano izquierda; no había anillo de ninguna clase que adornase el dedo anular.

No podía ser que estuviera soltera... Estaba a mitad de la veintena, ninguna mujer más joven poseía unas curvas tan maduras como las de ella, de eso estaba seguro; había pasado la mitad de su vida estudiando las curvas femeninas y en dicha materia era un experto. A lo mejor estaba viuda, lo cual potencialmente era aún mejor. Ella lo estudiaba de manera disimulada, recorriéndolo con la vista.

Vane sintió el contacto de su mirada, y también cómo el cazador que llevaba dentro se alzaba en respuesta a aquel gesto sin artificio; entonces recuperó su actitud prudente.

—¿Señorita Debbington?

Ella levantó la vista y afirmó con la cabeza, y Vane estuvo a punto de dejar escapar un gemido. Última posibilidad: una solterona, sin dinero y sin contactos. Podría tomarla como amante.

Ella debió de leerle el pensamiento, porque antes de que pudiera formular la pregunta, se la contestó:

—Soy sobrina de lady Bellamy.

Aquellas palabras estuvieron a punto de quedar ahogadas por una tremenda carcajada; amparándose en el ruido, Vane juró por lo bajo, para resistir a duras penas el impulso de dirigir su ira hacia el cielo.

El destino lo miraba a través de unos claros ojos de color avellana.

Unos ojos de expresión reprobatoria.

—Si tiene la bondad de venir por aquí —Patience le indicó la puerta con un gesto de la mano y acto seguido se adelantó con aire altivo—, haré que el mayordomo informe a mi tía de su llegada.

Habiendo asimilado el estilo, y por lo tanto la categoría, de la inesperada visita de Minnie, Patience no hizo intento alguno de ocultar su opinión; su tono de voz adquirió un tinte de indiferencia y desdén:

—¿Lo está esperando mi tía?

—No... pero se alegrará de verme.

¿Era un sutil reproche lo que detectó Patience en aquel tono demasiado suave? Reprimió una leve exclamación de señorita presumida y apretó el paso. Notaba su presencia, grande e intensamente masculina, acechando a su espalda. Todos sus sentidos se pusieron alerta; los dominó con firmeza y alzó la barbilla.

—Le ruego que aguarde en la salita... es la primera puerta a la derecha. Masters, el mayordomo, vendrá a buscarlo cuando mi tía esté lista para recibirlo. Como le he dicho, en este momento la familia está vistiéndose para cenar.

—Por supuesto.

Aquellas palabras, pronunciadas en tono manso, llegaron hasta ella cuando se detuvo frente a la puerta; experimentó un leve escalofrío que le recorrió la columna vertebral. Y también notó el contacto de la mirada gris del desconocido en la mejilla, en la sensible piel del cuello. Se puso tensa para resistirse al impulso de moverse y bajó la vista, decidida a no volverse y enfrentarse a su mirada. Con la mandíbula apretada, alzó una mano para asir la manilla de la puerta, pero él se le adelantó.

Patience quedó inmóvil. Él se había detenido justo detrás de ella, y pasó la mano junto a su costado para agarrar la manilla; Patience vio cómo sus largos dedos se cerraban despacio sobre el metal. Y se detenían.

Lo sentía a su espalda, a escasos centímetros de su cuerpo, notaba cómo la rodeaba su fuerza. Durante un instante se sintió atrapada.

Luego aquellos largos dedos giraron y, con un leve gesto, el desconocido abrió la puerta de par en par.

Con el corazón desbocado, Patience respiró hondo y se internó en el pasillo en penumbra. Sin aminorar el paso, inclinó la cabeza en actitud regia y altanera.

—Yo misma hablaré con el mayordomo, estoy segura de que mi tía no lo hará esperar demasiado. —Y con eso, fue hasta el final del pasillo y entró en el oscuro vestíbulo que se abría más adelante.

De pie en el umbral, Vane observó su retirada con los ojos entornados. Había percibido la sensación que estalló al tocarla, el estremecimiento que ella no había podido ocultar; para caballeros como él, aquello era una prueba suficiente de lo que podría ser.

Su mirada se posó en el pequeño gato gris que había abrazado a las faldas de Patience Debbington; ahora se hallaba sentado en la alfombra del pasillo, estudiándolo a él. Entonces se levantó, se volvió y, con la cola en alto, echó a andar por el corredor... pero se detuvo. Giró la cabeza y lo miró otra vez.

—*¡Miau!*

A juzgar por su tono imperioso, Vane dedujo que era hembra.

A su espalda chasqueó un relámpago. Volvió la vista hacia el cielo oscurecido. Los truenos retumbaban. Un segundo más tarde se abrieron los cielos y comenzó a llover con fuerza; una densa cortina de agua difuminó el paisaje.

El mensaje del destino no podía estar más claro: era imposible escapar.

Con expresión grave, Vane cerró la puerta... y siguió a la gata.

—¡Nada podría ser más fortuito! —Araminta, lady Bellamy, sonrió encantada a Vane—. Naturalmente que debes quedarte. Pero en cualquier momento sonará la segunda llamada, así que no perdamos tiempo. ¿Qué tal están todos?

Con los hombros apoyados contra la repisa de la chimenea, Vane sonrió. Envuelta en carísimos chales, su rotunda figura encorsetada en seda y encajes y rematada por un gorrito de viuda con volantes en lo alto de su vivaracha y rizada cabellera blanca, Minnie lo observaba con unos ojos que brillaban de inteligencia en medio de un rostro blando y lleno de arrugas, entronada en su sillón frente a la chimenea de su dormitorio. Junto a ella estaba sentada Timms, una dama de edad indeterminada, devota compañera de Minnie. Vane sabía que la palabra «todos» se refería a los Cynster.

—A los jóvenes les va espléndidamente. Simon se ha convertido en una estrella de Eton. Amelia y Amanda están arrasando en el mundillo social, destrozando corazones a diestro y siniestro. Los mayores se encuentran todos bien, muy ocupados en la ciudad, pero Diablo y Honoria están todavía en el Place.

—Demasiado entusiasmado con admirar a su heredero, diría yo. Estoy segura de que esa esposa suya lo mantendrá a raya. —Minnie sonrió de oreja a oreja, y después se puso seria—. ¿Aún no se sabe nada de Charles?

El semblante de Vane se endureció.

—No. Su desaparición continúa siendo un misterio.

Minnie sacudió la cabeza en un gesto negativo.

—Pobre Arthur.

—En efecto.

Minnie suspiró, y a continuación dirigió una mirada valorativa de soslayo a Vane.

—¿Y qué sucede contigo y con esos primos tuyos? ¿Seguís teniendo de puntillas a las damas de la sociedad?

Su tono era todo inocencia; con la cabeza inclinada sobre su labor de punto, Timms resopló.

—Más bien las tienen de espaldas.

Vane sonrió con un dulce encanto.

—Hacemos lo que buenamente podemos. —Los ojos de Minnie chispearon. Todavía sonriendo, Vane bajó la vista y se alisó la manga—. Más vale que vaya a cambiarme, pero dime, ¿a quién tienes de huésped en este momento?

—Hay un poco de todo —ofreció Timms.

Minnie dejó escapar una risita y sacó las manos de debajo del chal.

—Vamos a ver. —Contó con los dedos—. Está Edith Swithins, familiar lejana de los Bellamy. Profundamente holgazana, pero bastante inofensiva. Procura no manifestar ningún interés por sus labores de encaje a no ser que dispongas de una hora que perder. Luego está Agatha Chadwick, que estuvo casada con un pobre desgraciado que insistía en que era capaz de atravesar el mar de Irlanda en una barca de cuero. Y no pudo, naturalmente. De modo que Agatha, su hijo y su hija están ahora con nosotras.

—¿Su hija?

La mirada de Minnie se posó en el rostro de Vane.

—Angela. Tiene dieciséis años y ya es una experta. Se desmayará en tus brazos a la menor oportunidad que le des.

Vane hizo una mueca.

—Gracias por la advertencia.

—Henry Chadwick debe de ser más o menos de tu edad —reflexionó Minnie—, pero no ha salido en absoluto del mismo molde. —Recorrió con mirada apreciativa la elegante figura de Vane, sus largas y musculosas piernas realzadas por los pantalones de ante ajustados y las botas altas, la soberbia confección de su traje de fino paño de Bath, que hacía justicia a sus anchos hombros—. No le vendría mal fijarse un poco en ti.

Vane se limitó a enarcar las cejas.

—Bien, ¿quién más? —Minnie frunció el ceño mirándose los dedos—. Edmond Montrose es nuestro poeta y dramaturgo residente. Ni que decir tiene que se considera el próximo Byron. Luego están el general y Edgar, a los que sin duda recordarás.

Vane afirmó con la cabeza. El general, un brusco ex militar, llevaba años viviendo en Bellamy Hall; su título no era oficial, sino un apodo que se había ganado por su enfático aire de cuartel. Edgar Polinbrooke también llevaba varios años siendo pensionista de Minnie; Vane lo situaba en la cincuentena, un bebedor mediano que se imaginaba a sí mismo como un tahúr pero que, en realidad, era un alma sencilla e inofensiva.

—No te olvides de Whitticombe —intervino Timms.

—¿Cómo iba a olvidarme de Whitticombe? —suspiró Minnie—. Ni de Alice.

Vane alzó una ceja en ademán interrogativo.

—El señor Whitticombe y su hermana Alice —aclaró Minnie—, primos lejanos de Humphrey. Whitticombe estudió para diácono y ha tenido la ocurrencia de recopilar la *Historia de la abadía de Coldchurch*. —Coldchurch era el monasterio sobre cuyas ruinas se alzaba Bellamy Hall—. En cuanto a Alice... en fin, es Alice sin más. —Minnie hizo una mueca—. Debe de tener más de cuarenta años, y aunque no me gusta decir esto de una persona de mi sexo, es la mujer más fría, intolerante y criticona que jamás he tenido la desgracia de conocer.

Las cejas de Vane se elevaron bien alto.

—Sospecho que lo más sensato por mi parte sería mantenerme bien lejos de ella.

—Exacto. —Minnie asintió con ardor—. Si te acercas demasiado, probablemente le dará un patatús. —Miró a Vane—. Por otra parte, podría sufrir un ataque de histeria de todos modos, en el instante en que te ponga los ojos encima.

Vane le dirigió una mirada de desilusión.

—Me parece que ya están todos. Oh, no, me he olvidado de Patience y de Gerrard. —Minnie alzó la vista—. Mis dos sobrinos.

Estudiando el rostro radiante de Minnie, Vane no tuvo necesidad de preguntarle si sentía afecto por sus jóvenes parientes.

—¿Patience y Gerrard? —repitió la pregunta en tono suave.

—Son los hijos de mi hermana pequeña. Ahora son huérfanos. Gerrard tiene diecisiete años, ha heredado la Grange, una pequeña propiedad en Derbyshire, de su padre, sir Reginald Debbington. —Minnie miró a Vane con el ceño fruncido—. Es posible que tú fueras demasiado joven para acordarte de él. Reggie murió hace once años.

Vane hurgó en sus recuerdos.

—¿Fue él el que se rompió el cuello en una excursión con los Cottesmore?

Minnie asintió.

—El mismo. Constance, mi hermana, falleció hace dos años. Desde que murió Reggie, Patience ha estado guardando el fuerte para Gerrard. —Minnie sonrió—. Patience es mi proyecto para el año próximo.

Vane estudió aquella sonrisa.

—¿Oh?

—Cree que se ha quedado para vestir santos y no le importa lo más mínimo. Dice que ya pensará en casarse cuando Gerrard esté establecido.

Timms lanzó un resoplido.

—Es demasiado cabezota para pensar en su propio bien.

Minnie entrelazó las manos sobre el regazo.

—He decidido llevar a Patience y a Gerrard a Londres para la temporada del año que viene. Ella cree que vamos para darle a Gerrard un poco de barniz de ciudad.

Vane elevó una ceja en un gesto desconfiado.

—Mientras que, en realidad, tienes planeado hacer de casamentera.

—Exactamente. —Minnie le dedicó una ancha sonrisa—. Patience tiene una considerable fortuna invertida en los Fondos. En cuanto al resto, has de darme tu opinión una vez que la hayas visto. Dime a qué crees tú que puede aspirar.

Vane inclinó la cabeza sin comprometerse a nada.

En ese momento se oyó un *gong* a lo lejos.

—¡Maldición! —Minnie aferró los chales que se le resbalaban—. Estarán esperando en el salón, preguntándose qué demonios sucede. —Despidió a Vane con un gesto de la mano—. Ve a ponerte guapo. No sueles venir a verme con mucha frecuencia. Ahora que estás aquí, quiero disfrutar plenamente de tu compañía.

—Tus deseos son órdenes para mí. —Vane ejecutó una elegante reverencia y acto seguido se irguió y obsequió a Minnie con una arrogante sonrisa de libertino—. Los Cynster nunca dejan insatisfechas a las damas.

Timms soltó un bufido tan fuerte que se atragantó.

Vane salió de la habitación dejando tras de sí abundantes risitas y susurros de deleite por lo que había de venir.

2

Algo raro se estaba tramando. Vane lo supo a los pocos minutos de entrar en el salón. La familia se hallaba reunida en grupos alrededor de la habitación, y en el instante que apareció él, todas las cabezas se volvieron a un tiempo.

Las expresiones de los presentes variaban desde un gesto de benévola bienvenida en el caso de Minnie y Timms, pasando por elogio y aprobación en el semblante de Edgar y una reacción similar por parte de un joven vástago de la nobleza, que Vane supuso que era Gerrard, hasta una actitud calculadora y prudente o abiertamente fría y despreciativa, esta última en tres personas: un caballero al que Vane etiquetó como Whitticombe Colby, una solterona de aire rígido y cara encogida, presumiblemente Alice Colby y, por supuesto, Patience Debbington.

Vane comprendió la reacción de los Colby; en cambio, se preguntó qué había hecho él para merecer la censura de Patience Debbington. La suya no era la reacción que estaba acostumbrado a provocar en señoritas de alta cuna. Con una sonrisa de cortesía en el rostro, cruzó calmosamente la amplia habitación dejando al mismo tiempo que su mirada tocase la de Patience. Ella le devolvió el gesto con aire glacial y, seguidamente, se volvió para hacer algún comentario a su acompañante, un caballero delgado y de cabello moreno espectacular, sin duda el poeta en ciernes. La sonrisa de Vane se hizo más pronunciada, y la dirigió hacia Minnie.

—Puedes ofrecerme tu brazo —declaró Minnie en el momento en que él hizo la reverencia—. Te presentaré, y luego en realidad tendremos que entrar ya, porque la cocinera debe de estar subiéndose por las paredes.

Antes de que llegasen hasta siquiera el primero de los «huéspedes» de Minnie, la antena social de Vane, exquisitamente afinada, detectó las sutiles corrientes que surgieron entre los grupos.

¿Qué estaría cociendo Minnie allí? ¿Y qué, se preguntó Vane, se estaba urdiendo?

—Es un placer conocerlo, señor Cynster. —Agatha Chadwick le ofreció la mano. Era una matrona de rostro firme y cabello rubio grisáceo semioculto bajo un gorro de viuda, que señaló con un gesto en dirección a la bonita muchacha de pelo rubio que estaba a su lado—: Mi hija Angela.

Angela, con los ojos como platos, hizo una pequeña reverencia; Vane le respondió con un murmullo educado.

—Y éste es mi hijo Henry.

—Cynster. —De robusta constitución y sencilla vestimenta, Henry Chadwick estrechó la mano de Vane—. Debe usted alegrarse de poder interrumpir su viaje. —E indicó con la cabeza los altos ventanales a través de los cuales se oía el repiqueteo de la lluvia sobre las losas de la terraza.

—Ciertamente. —Vane sonrió—. Ha sido una oportunidad fortuita. —Miró a Patience Debbington, aún absorta en el poeta.

El general y Edgar se mostraron ambos complacidos de que Vane se acordara de ellos. Edith Swithins estuvo ambigua y aturullada; en su caso, Vane conjeturó que no era debido a él. Los Colby se comportaron con la frial-

dad y el desprecio propios sólo de las personas de su calaña; Vane sospechó que a Alice Colby seguramente se le
agrietaría la cara si sonriera. Incluso se le ocurrió que a
lo mejor nunca había aprendido a hacerlo.

Lo cual dejaba, en último lugar pero no por ello menos importantes, al poeta, a Patience Debbington y al
hermano de ésta, Gerrard. Cuando Vane se acercó a ellos
llevando a Minnie del brazo, los dos varones levantaron
la vista con una expresión abierta y entusiasta. Patience
ni siquiera se dio cuenta de su existencia.

—Gerrard Debbington. —Con unos ojos castaños
que brillaban bajo un penacho de pelo del mismo color,
Gerrard tendió la mano y al momento se ruborizó; Vane
se la estrechó antes de que el muchacho se armara un lío.

—Vane Cynster —dijo en voz baja—. Minnie me ha
dicho que irá usted a la ciudad para la próxima temporada.

—En efecto. Pero deseaba preguntarle... —Gerrard
tenía los ojos radiantes, clavados en el rostro de Vane. Su
edad se revelaba en la longitud de su cuerpo largirucho,
su juventud en su avidez y su apasionamiento—. Pasé
junto a los establos justo antes de que estallara la tormenta... En ellos hay un par de magníficos caballos grises. ¿Son suyos?

Vane sonrió ampliamente.

—Son medio galeses. Caballos muy fuertes, de una
resistencia excelente. Mi hermano Harry posee un semental y es quien me proporciona todos mis animales.

Gerrard resplandecía.

—Ya imaginé yo que eran de primera calidad.

—Edmond Montrose. —El poeta se inclinó y estrechó la mano de Vane—. ¿Viene usted de la ciudad?

—Vía Cambridgeshire. He tenido que asistir a un servicio religioso especial cerca de la sede del ducado. —Vane lanzó una mirada a Patience Debbington, que per-

manecía muda y con los labios apretados al otro lado de Minnie. La información de que a él le permitían entrar en una iglesia no derritió ni un átomo de su expresión glacial.

—Y ésta es Patience Debbington, mi sobrina —intervino Minnie antes de que Gerrard y Edmond pudieran monopolizar a su invitado.

Vane se inclinó de forma elegante respondiendo a la breve inclinación de cabeza de Patience.

—Ya lo sé —dijo muy despacio y con la mirada fija en los ojos de Patience, que ella mantenía obstinadamente desviados—. Ya nos hemos conocido.

—¿Ah, sí? —Minnie parpadeó y después se volvió hacia Patience, que ahora miraba fijamente a Vane echando fuego por los ojos.

La joven dirigió una mirada más bien displicente a Minnie.

—Estaba en el jardín cuando llegó el señor Cynster. —La mirada fugaz que dirigió a Vane fue sumamente cuidadosa—. Con *Myst*.

—Ah. —Minnie asintió y escudriñó la habitación—. Muy bien, ahora que ya están hechas las presentaciones, Vane, puedes llevarme al comedor.

Vane, solícito, así lo hizo, y los demás fueron desfilando detrás de él. Mientras acompañaba a Minnie hasta la larga mesa, se preguntó por qué Patience no quería que se supiera que había estado buscando algo en el parterre de flores. En el momento de acomodar a Minnie en su asiento, se percató de que se había colocado un cubierto justamente enfrente, a la cabecera de la mesa.

—Apuesto a que le gustaría charlar con su ahijado —dijo Whitticombe Colby tras detenerse junto a la silla de Minnie. Sonreía con untuosidad—. Será un placer para mí cederle mi lugar...

—No hay necesidad de eso, Whitticombe —cortó Minnie—. ¿Qué iba a hacer yo sin su erudita compañía? —Levantó la vista hacia Vane, que estaba al otro lado—. Ocupa el asiento de la cabecera, querido muchacho. —Le sostuvo la mirada; Vane alzó una ceja y a continuación se inclinó. Entonces Minnie tiró de él y Vane se inclinó aún más—. Necesito que se siente ahí un hombre del que pueda fiarme.

Aquel susurro lo oyó solamente él; inclinó apenas la cabeza y se irguió. Luego, mientras recorría la habitación, estudió la disposición de los asientos: Patience ya había acaparado la silla situada a la izquierda del lugar que le había sido adjudicado a él, con Henry Chadwick a su lado. Edith estaba tomando asiento frente a Patience, mientras que Edgar se dirigía a la silla siguiente. No había nada que sugiriera un motivo para el comentario de Minnie; Vane no podía imaginar que Minnie, con su rápido ingenio, pensara que su sobrina, en aquel momento protegida tras una armadura de frío acero, pudiera necesitar la protección de individuos como los Colby.

Lo cual quería decir que la frase pronunciada por Minnie tenía algún significado más profundo. Vane suspiró para sus adentros y tomó nota mentalmente de averiguarlo como fuera. Antes de escapar de Bellamy Hall.

El primer plato se sirvió en el mismo instante en que todos estuvieron sentados. La cocinera de Minnie era excelente; Vane se aplicó a la colación con un entusiasmo sin disimulos.

Fue Edgar el que inició la conversación.

—He oído decir que todas las apuestas están a favor de *Whippet* para el Guineas.

Vane se encogió de hombros.

—Se ha apostado mucho por *Blackamoor's Boy*, y también es favorito *Huntsman*.

—¿Es cierto —inquirió Henry Chadwick— que el Club del Jockey está pensando en cambiar las normas?

La conversación que siguió incluso llegó a provocar un comentario jocoso de Edith Swithins:

—Hay que ver qué nombres tan caprichosos les ponen ustedes a los caballos. Nunca los llaman *Bonito*, o *Bizcocho*, o *Negrito*.

Ni Vane ni Edgar ni Henry se sintieron cualificados para llevar la cuestión más lejos.

—Ha llegado a mis oídos —dijo Vane recalcando las palabras— que el príncipe regente está otra vez combatiendo a los morosos.

—¿Otra vez? —Henry sacudió la cabeza—. Es derrochador hasta la médula.

Bajo la sutil dirección de Vane, la charla se desvió hacia las últimas excentricidades del príncipe, sobre las cuales Henry, Edgar y Edith sostenían firmes opiniones.

Sin embargo, a la izquierda de Vane reinaba el silencio.

Un hecho que no hizo sino aumentar su determinación de hacer algo al respecto, al respecto de la inexorable actitud reprobatoria de Patience Debbington. El impulso de pellizcarle la nariz, de pincharla para que reaccionase, fue cobrando cada vez más fuerza. Pero mantuvo a raya su ímpetu; no estaban solos... todavía.

Los pocos minutos que había empleado en cambiarse de ropa y pasar a realizar una actividad habitual, habían aquietado su mente, aclarado su visión. El mero hecho de que el destino hubiera conseguido atraparlo allí, bajo el mismo techo que Patience Debbington, no era motivo suficiente para dar la batalla por perdida. Pasaría allí la noche, se pondría al día con Minnie y Timms, averiguaría lo que quiera que fuese que tenía nerviosa a Minnie y luego se marcharía. Probablemente la tormenta pasaría a lo largo de la noche; en el peor de los casos, se vería retenido un día o poco más.

El mero hecho de que el destino le hubiera mostrado el agua no significaba que tuviera que beber.

Por supuesto, antes de sacudirse de las botas la grava del camino de entrada de Bellamy Hall, tendría unas palabras con Patience Debbington. Bastaría con una saludable sacudida o dos, justo lo suficiente para hacerla saber que, para él, su gélido desprecio era una fachada totalmente transparente.

Por descontado, él era demasiado juicioso para llevar las cosas más lejos.

Observando a su presa, se fijó en la tersura de su cutis, suave y delicado, teñido de un ligero color. La vio tragar un bocado de bizcocho y, a continuación, pasarse la lengua por el labio inferior dejando reluciente su superficie suave y sonrosada.

Bruscamente, Vane bajó la vista... hacia los grandes ojos azules de la gatita gris, conocida como *Myst*. La gata iba y venía a su antojo, y por lo general se abrazaba a las faldas de Patience; en aquel momento se encontraba sentada junto a la silla de Patience, mirando fijamente a Vane, sin pestañear.

En actitud arrogante, Vane enarcó una ceja.

Myst, con un silencioso maullido, se puso de pie, se estiró y acto seguido se acercó para enroscarse a su pierna. Vane bajó una mano y le frotó la cabeza, y después le pasó las uñas por el lomo. *Myst* se arqueó y enderezó la cola, y emitió un ronroneo que llegó hasta Vane.

También lo oyó Patience, que miró hacia abajo.

—¡*Myst*!—siseó—. Deja de molestar al señor Cynster.

—No me molesta en absoluto. —Capturó la mirada de Patience y agregó—: Me gusta hacer ronronear a las chicas.

Patience se lo quedó mirando, y por fin parpadeó. Luego, con el ceño ligeramente fruncido, volvió a concentrarse en su plato.

—Muy bien, mientras no lo moleste.

Vane tardó unos instantes en conseguir que sus labios volvieran a estar rectos, y entonces se volvió hacia Edith Swithins.

No mucho después, todo el mundo se levantó de la mesa; Minnie, con Timms a su lado, condujo a las damas hasta el salón. Patience, con la mirada fija en Gerrard, titubeó; su expresión alternaba entre la consternación y la incertidumbre. Gerrard no se dio cuenta. Vane vio cómo Patience apretaba los labios; estuvo a punto de mirar en su dirección, pero se percató de que él la estaba observando... esperando. Se puso rígida y se mantuvo en sus trece. Entonces, Vane echó un poco más hacia atrás la silla de Patience; ella, con una breve inclinación de cabeza, excesivamente altanera, se volvió y fue detrás de Minnie.

Al paso que llevaba, no podría haber ganado el Guineas.

Vane se dejó caer de nuevo en su silla situada a la cabecera de la mesa y sonrió a Gerrard. Indicó con un gesto perezoso de la mano el asiento libre que había a su lado.

—¿Por qué no pasas aquí?

La sonrisa de Gerrard fue radiante; abandonó con gran entusiasmo su silla para ocupar la que quedaba entre Edgar y Vane.

—Buena idea. Así podremos conversar sin gritar. —Edmond se sentó más cerca, en la silla de Patience. Después, con un gruñido amistoso, se acercó también el general. Vane creía que Whitticombe habría preferido mantener las distancias, pero el insulto habría resultado demasiado obvio. Con expresión fría y severa, se trasladó al otro lado de Edgar.

Vane tendió el brazo para agarrar la jarra que el mayordomo había colocado frente a él, y al hacerlo levantó la vista... directamente hacia Patience, que estaba aún allí, medio dentro, medio fuera de la habitación, y obviamente sin lograr decidirse. Los ojos de Vane tocaron los suyos; tranquilo y arrogante, levantó las cejas.

La expresión de Patience se tornó vacía. Se puso rígida y acto seguido desapareció por la puerta. Un lacayo la cerró tras ella.

Vane sonrió para sí; tomó la jarra y se sirvió una generosa dosis de licor.

Para cuando la jarra hubo dado ya una vuelta a la mesa, la conversación giraba en torno a cuál era el mejor pronóstico para el Guineas. Edgar suspiró:

—La verdad es que aquí, en Bellamy Hall, no tenemos muchas diversiones. —Sonrió compadeciéndose de sí mismo—. Yo paso la mayoría de los días en la biblioteca, leyendo biografías, saben.

Whitticombe lanzó un bufido de desdén.

—Aficionado.

Con la mirada fija en Vane, Edgar se ruborizó pero no mostró ningún otro signo de haber oído la pulla.

—La biblioteca es muy amplia, contiene varios diarios de la familia. Resultan bastante fascinantes, a su manera. —El ligero énfasis que puso en las tres últimas palabras le hizo parecer mucho más caballero que Whitticombe.

Como si lo hubiera percibido, Whitticombe dejó su vaso sobre la mesa y, en un tono de superioridad, se dirigió a Vane.

—Según tengo entendido que le ha informado lady Bellamy, me encuentro trabajando en un extensivo estudio de la abadía de Coldchurch. Una vez finalizadas mis investigaciones, me congratula decir que la abadía será de nuevo apreciada como el importante centro eclesiástico que fue en otro tiempo.

—Oh, claro. —Edmond sonrió a Whitticombe—. Pero todo eso pertenece ya al pasado. Las ruinas son fascinantes por derecho propio; avivan mi inspiración de manera notable.

Trasladando la mirada de Edmond a Whitticombe, Vane tuvo la impresión de que aquélla era una discusión harto frecuente. Y dicha impresión se acentuó cuando Edmond se volvió hacia él y Vane vio chispear sus expresivos ojos.

—Estoy escribiendo una obra de teatro inspirada en las ruinas y ambientada en ellas.

—¡Sacrílego! —Whitticombe se puso tieso—. La abadía es la casa de Dios, no el escenario de un teatro.

—Ah, pero ya no es una abadía, sino un montón de piedras viejas. —Edmond sonrió de oreja a oreja, impenitente—. Y constituye un ambiente sumamente sugestivo.

El resoplido de disgusto que lanzó Whitticombe encontró eco en el general.

—¡Sugestivo, dice! Es un sitio húmedo y frío, y nada saludable. Y si piensa arrastrarnos para que seamos su público, sentados sobre la fría piedra, replantéeselo. Mis viejos huesos no lo soportarán.

—Pero si es un lugar precioso —terció Gerrard—. Tiene unas vistas excelentes, enmarcadas por las ruinas o con ellas como punto focal.

Vane advirtió el brillo de los ojos de Gerrard y el fervor juvenil de su voz.

Gerrard miró hacia él y se sonrojó.

—Es que yo hago bocetos, ¿sabe?

Vane levantó las cejas. Estaba a punto de expresar interés, educado pero no fingido, cuando Whitticombe resopló de nuevo.

—¿Bocetos? No son más que dibujos infantiles. Te das demasiada importancia, muchacho. —La mirada de Whitticombe era dura; observaba a Gerrard ceñudo, con aire de director de escuela—. Deberías andar por ahí ejercitando ese débil pecho que tienes, en lugar de pasarte horas y horas sentado en esas ruinas húmedas. Sí, y también deberías estar estudiando, no malgastando el tiempo.

El semblante de Gerrard perdió todo su anterior brillo; bajo la blandura de su juventud, las líneas de su rostro cobraron dureza.

—Estoy estudiando, ya me han aceptado en Trinity para el trimestre de otoño el año que viene. Patience y Minnie quieren que vaya a Londres, de modo que iré, y para eso no necesito estudiar.

—No, desde luego —intervino Vane en voz queda—. Este oporto es excelente. —Se sirvió otro vaso y a continuación pasó la jarra a Edmond—. Supongo que deberíamos dar debidamente las gracias al finado sir Humphrey por su exquisito paladar. —Adoptó una postura más cómoda para sus hombros; por encima del borde del vaso se topó con la mirada de Henry—. Pero dígame, ¿cómo se las ha arreglado el guardabosques con las tierras de sir Humphrey?

Henry aceptó la jarra de licor.

—El bosque que hay al otro lado de Walgrave bien merece una visita.

El general soltó un gruñido.

—Está siempre repleto de conejos, junto al río. Ayer cobré una pieza, y ya es la tercera.

Todos los demás tenían alguna aportación que hacer, todos excepto Whitticombe. Éste se mantuvo en actitud reservada, revestido de un frío desprecio.

Cuando la conversación sobre la caza amenazó con decaer, Vane dejó su vaso y dijo:

—Me parece que ya es hora de que nos reunamos con las señoras.

En el salón, Patience aguardaba impaciente y trataba de no tener la vista todo el tiempo fija en la puerta. Llevaban más de una hora tomando oporto; sólo Dios sabía qué indeseables opiniones estaría asimilando Gerrard. Ya había elevado innumerables plegarias para que terminara de llover y la mañana siguiente amaneciera despejada; así el señor Vane Cynster se marcharía, llevándose consigo su «caballerosa elegancia».

A su lado, la señora Chadwick estaba dando instrucciones a Angela:

—Son seis... o eran, porque St. Ives se casó el año pasado. Pero no hay discusión a ese respecto: los Cynster están todos tan bien educados que son la personificación misma de lo que una desea encontrar en un caballero.

Angela, cuyos ojos ya eran redondos como platos de por sí, los abrió todavía más.

—¿Son todos tan apuestos como este señor Cynster?

La señora Chadwick dirigió a Angela una mirada de reprobación.

—Todos son muy elegantes, naturalmente, pero tengo entendido que Cynster es el más elegante de todos.

Patience se tragó una exclamación de disgusto. Menuda suerte la suya, si Gerrard y ella tenían que conocer a un Cynster, ¿por qué tenía que ser al más elegante? El destino estaba jugando con ella. Había aceptado la invitación de Minnie a unirse a su familia durante los meses de otoño e invierno y después acudir a Londres para la temporada; seguro que el destino estaba sonriendo con expresión benévola, interviniendo para allanarle el camino. No cabía duda de que necesitaba ayuda.

No era ninguna necia. Meses antes había visto que, aunque durante toda su vida había sido enfermera, madre en funciones y guardiana de Gerrard, no podía proporcionar a su hermano las instrucciones definitivas que éste necesitaba para cruzar el último umbral que lo conduciría a la edad adulta.

No podía ser su mentor.

En ningún momento de su vida había habido un caballero en cuyo comportamiento y valores Gerrard pudiera basar los suyos. Las posibilidades de que descubriera dicho caballero en lo más profundo de Derbyshire eran escasas. Cuando llegó la invitación de Minnie, con el mensaje de que en Bellamy Hall había caballeros residentes, fue como obra del destino. Aceptó la invitación con prontitud, organizó todo para que la Grange funcionase sin ella y se puso en camino con Gerrard rumbo al sur.

Había pasado el viaje entero imaginando una descripción del hombre al que aceptaría como mentor de su hermano, aquel a quien confiaría la tierna juventud del muchacho. Para cuando llegaron a Bellamy Hall, ya se había formado un criterio sólido.

Al final de la primera velada, llegó a la conclusión de que ninguno de los caballeros presentes cumplía los exigentes requisitos. Si bien cada uno de ellos poseía cualidades que aprobaba, ninguno estaba libre de rasgos que desaprobaba. Lo más importante de todo: ninguno le inspiraba respeto, completo y absoluto, criterio que ella había enarbolado como el más crucial de todos.

Adoptó una actitud filosófica, se encogió de hombros, aceptó los designios del destino y puso la mira en Londres. Estaba claro que allí serían más numerosos los aspirantes potenciales al puesto de mentor de su hermano. Cómodos y seguros, Gerrard y ella se habían asentado en el seno de la familia de Minnie.

Y ahora la comodidad y la seguridad eran cosas del pasado... y lo seguirían siendo hasta que se fuera Vane Cynster.

En aquel instante se abrió la puerta del salón; a la par que la señora Chadwick y Angela, Patience se volvió para ver cómo iban entrando lentamente los caballeros. Venían detrás de Whitticombe Colby, el cual, como de costumbre, traía un aire de insufrible superioridad; se acercó al diván en el que estaban sentadas Minnie y Timms, mientras que Alice ocupaba una silla a su lado. Edgar y el general atravesaron la puerta siguiendo a Whitticombe; de mutuo acuerdo, ambos se encaminaron hacia la chimenea, junto a la que se hallaba Edith Withins sonriendo vagamente y afanada en su labor de punto.

Con los ojos pegados a la pueta, Patience aguardó... y vio entrar a Edmond y Henry. Juró para sus adentros y después tosió para disimular la indiscreción. «Maldito Vane Cynster.»

Mientras pensaba aquello, lo vio entrar, con Gerrard al lado.

Las imprecaciones mentales de Patience alcanzaron nuevos máximos. La señora Chadwick no había mentido: Vane Cynster era la personificación misma de un caballero elegante. Su cabello, de un color castaño bruñido varios tonos más oscuro que el de ella, relucía suavemente a la luz de las velas, una onda sobre otra perfectamente colocadas sobre la cabeza. Incluso desde el otro extremo de la habitación se notaba la fuerza de sus rasgos; de perfil definido y líneas fuertes, la frente, la nariz, la mandíbula y las mejillas parecían estar esculpidas en roca viva. Tan sólo sus labios, largos y delgados y con una leve pizca de humor para aliviar su austeridad, así como la innata inteligencia y, sí, el brillo perverso que iluminaba sus ojos grises, aportaban alguna pista de una personalidad simplemente mortal; todo lo demás, incluido, tal como tuvo que reconocer Patience de mala gana, su cuerpo largo y esbelto, pertenecía a un dios.

No quiso ver lo maravillosamente que se abrazaba a sus hombros su chaqueta negra de paño de Bath, ni cómo el excelente corte de la prenda resaltaba su ancho pecho y sus estrechas caderas. No quiso fijarse en la precisión y elegancia de su corbata blanca, anudada en un sencillo «estilo salón de baile». Y en cuanto a las piernas y a los largos músculos que se flexionaban al andar, decididamente no quiso fijarse en ellos tampoco.

Vane hizo una pausa justo en el umbral; Gerrard se detuvo también. Patience vio que Vane hacía algún comentario sonriendo, ilustrándolo con un gesto tan airoso que hizo que le rechinaran los dientes. Gerrard, con el rostro iluminado y los ojos brillantes, rió y reaccionó con entusiasmo.

Entonces Vane giró la cabeza; desde un extremo de la sala hasta el otro, sus ojos se encontraron con los de Patience.

Patience habría jurado que alguien le había asestado un puñetazo en el estómago, porque simplemente no podía respirar. Sosteniéndole la mirada, Vane alzó una ceja... y surgió entre ellos un desafío, sutil pero deliberado, absolutamente inconfundible.

Patience se puso rígida. Tomó aire con desesperación y se volvió. Y acto seguido puso una frágil sonrisa artificial en sus labios al ver que se acercaban Edmond y Henry.

—¿El señor Cynster no piensa reunirse con nosotras? —Angela, haciendo caso omiso del súbito ceño fruncido de su madre, se inclinó hacia un lado para ver mejor a Vane y a Gerrard, que seguían hablando de pie junto a la puerta—. Estoy segura de que se divertiría mucho más conversando con nosotras que con Gerrard.

Patience se mordió el labio; no estaba de acuerdo con Angela, pero esperaba fervientemente que ésta viera cumplido su deseo. Por espacio de un instante, pareció que así iba a ser, pues Vane curvó los labios al hacer un comentario a Gerrard y después se volvió... y se dirigió hacia donde estaba Minnie.

Fue Gerrard el que se reunió con ellas.

Escondiendo el alivio que sentía, Patience lo recibió con una sonrisa serena... y mantuvo la vista bien apartada del diván. Gerrard y Edmond se aplicaron de inmediato a imaginar el argumento de la siguiente escena del melodrama de Edmond, algo que les servía comúnmente de diversión. Henry, con un ojo puesto en Patience, realizó un esfuerzo demasiado obvio para animarlos; su actitud y la mirada demasiado cálida de sus ojos fastidiaban a Patience, como siempre.

Angela, por supuesto, empezó a hacer mohínes, cosa que no resultaba precisamente muy agradable de ver. La señora Chadwick, ya acostumbrada a las necedades de su hija, suspiró y se rindió; ella y Angela, que ahora sonreía encantada, se fueron para unirse al grupo del diván.

Patience estaba contenta con quedarse donde estaba, aunque ello supusiera aguantar la mirada ardiente de Henry.

Quince minutos más tarde, llegó el carrito del té. Minnie se encargó de servirlo, sin dejar de parlotear todo el tiempo. Por el rabillo del ojo, Patience advirtió que Vane Cynster conversaba amigablemente con la señora Chadwick; Angela, ignorada, amenazaba con volver a hacer pucheros. Timms levantó la cabeza y soltó un comentario que hizo reír a todo el mundo; Patience vio cómo la juiciosa compañera de su tía sonreía con afecto a Vane. De todas las damas reunidas alrededor del diván, tan sólo Alice Colby parecía no estar impresionada, aunque tampoco se la veía impasible. A los ojos de Patience, Alice se encontraba incluso más tensa de lo habitual, como si estuviera reprimiendo su desaprobación por pura fuerza de voluntad. Sin embargo, el objeto de su ira parecía encontrarla invisible.

Tragándose sus comentarios, Patience prestó oídos a la conversación de su hermano, que en aquel momento giraba en torno a la «luz» que había en las ruinas. Era, sin duda, un tema más seguro que cualquiera que fuese la siguiente salida de tono que acababa de provocar otra ronda de carcajadas en el grupo que rodeaba el diván.

—¡Henry!

La llamada de la señora Chadwick hizo que Henry se volviera. Luego sonrió e inclinó la cabeza hacia Patience.

—Le ruego que me excuse, querida. Regresaré dentro de un momento. —Miró a Gerrard—. No quiero perderme ni una pizca de esos animadísimos planes.

Sabiendo demasiado bien que Henry en realidad no sentía interés por Gerrard ni por el melodrama de Edmond, Patience se limitó a devolverle la sonrisa.

—Yo preferiría más bien hacer esa escena con el arco de fondo. —Gerrard frunció el entrecejo imaginándola—. Las proporciones son mejores.

—No, no —replicó Edmond—. Tiene que ser en el claustro. —Alzó la vista y sonrió... en dirección a un punto situado más allá de Patience—. Ah... ¿es que nos convocan?

—Así es.

Aquella breve respuesta, pronunciada con una voz tan profunda que literalmente retumbó, sonó en los oídos de Patience como un toque de difuntos, y la hizo girarse rápidamente.

Con una taza de té en cada mano, Vane, con la vista fija en Edmond y en Gerrard, señaló con la cabeza el carrito del té.

—Se requiere su presencia, caballeros.

—¡Vamos allá! —Con una sonrisa jovial, Edmond se separó del grupo; Gerrard lo siguió sin vacilar.

Y dejaron a Patience sola, desamparada en una isla de intimidad en el rincón del salón con el único caballero al que deseaba de todo corazón mandar al diablo.

—Gracias. —Con una rígida inclinación de cabeza, aceptó la taza que Vane le ofrecía y bebió con calma tensa. Y procuró no fijarse en lo fácilmente que la había aislado y arrancado del rebaño que la protegía. Lo había reconocido de inmediato como un lobo, y, al parecer, lo era de modo consumado. Un hecho que tendría en cuenta en adelante. Junto con todo lo demás.

Notó el contacto de su mirada en la cara y, con aire resuelto, levantó la cabeza y lo miró a los ojos.

—Minnie ha mencionado que se encontraba usted de viaje hacia Leamington, señor Cynster. Sin duda estará deseoso de que cese de llover.

Sus fascinantes labios se alzaron una fracción de milímetro.

—Bastante deseoso, señorita Debbington.

Patience pensó que ojalá no tuviera una voz tan profunda; hacía que le vibraran los nervios.

—Sin embargo —dijo Vane sosteniéndole la mirada, con una voz que parecía un lánguido retumbar—, no debería usted menospreciar la actual compañía. Hay varias distracciones en las que ya me he fijado y que sin duda alguna harán que mi improvisada estancia haya merecido la pena.

Patience no pensaba dejarse intimidar. Abrió mucho los ojos y dijo:

—Me tiene usted intrigada, señor. Jamás habría imaginado que hubiera en Bellamy Hall algo lo bastante notable como para llamar la atención de un caballero de sus... inclinaciones. Le ruego por favor que me ilustre al respecto.

Vane sostuvo su mirada desafiante y sopesó la posibilidad de hacer precisamente aquello. Levantó su taza y bebió un sorbo sin dejar de sostenerle la mirada. A continuación, bajó los ojos para depositar la taza sobre el plato y se acercó un poco más a Patience, a un costado, de manera que quedaron hombro con hombro, él de espaldas a la habitación. La miró y alzó una ceja.

—Es posible que sea un apasionado entusiasta del teatro de aficionados.

A pesar de su patente rigidez y desenvoltura, los labios de Patience temblaron levemente.

—Y también es posible que los cerdos puedan volar —replicó. Luego apartó la mirada y bebió de su té.

Vane agitó la ceja. Después continuó con su lánguido asedio, acorralándola poco a poco, acariciándole con la mirada la curva de la garganta y de la nuca.

—Y luego está su hermano. —Patience se puso en tensión al momento, tan tiesa como Alice Colby; a su espalda, Vane levantó las dos cejas—. Dígame —murmuró antes de que ella pudiera moverse—, ¿qué ha hecho para que no sólo Whitticombe y el general, sino también Edgar y Henry, le lancen miradas de reprobación?

La respuesta fue rápida, decidida, y en un tono claramente amargo:

—Nada. —Tras una pausa de un segundo, durante la cual se alivió ligeramente la tensión defensiva de sus hombros, agregó—: Simplemente ocurre que tienen una opinión por completo equivocada de cómo pueden comportarse los jóvenes de la edad de Gerrard.

—Mmm. —Vane advirtió que aquella explicación arrojaba escasa luz. Poniendo fin a sus paseos, se detuvo junto a Patience—. En ese caso, me debe usted un voto de agradecimiento. —Sorprendida, ella levantó la vista; él la miró a los ojos y sonrió—. Me he entrometido y he impedido que Gerrard siguiera contestando demasiado acaloradamente a uno de los sermones de Whitticombe.

Ella escrutó sus ojos y luego apartó la vista.

—Lo ha hecho sólo porque no deseaba escuchar una discusión sin sentido.

Observándola mientras bebía, Vane levantó las cejas en un gesto altivo; resultaba que Patience tenía razón a medias.

—Y tampoco —dijo bajando la voz— me ha dado todavía las gracias por haberla salvado de terminar sentada en el parterre de flores.

Patience ni siquiera levantó la vista.

—Fue totalmente culpa suya que estuviera a punto de caerme. Si no se hubiera acercado a mí de forma tan sigilosa, no habría corrido el menor peligro de ir a aterrizar entre las hierbas. —Lo miró brevemente, con un toque de rubor en las mejillas—. Un caballero habría tosido o algo.

Vane captó su mirada y sonrió..., una sonrisa lenta, muy de los Cynster.

—Ah —murmuró en voz muy baja al tiempo que se acercaba de manera imperceptible—. Pero, verá, yo no soy un caballero. Soy un Cynster. —Como si le estuviera revelando un secreto, la informó—: Somos conquistadores, no caballeros.

Patience lo miró a los ojos, el rostro, y experimentó un escalofrío de lo más peculiar que le recorría toda la columna vertebral. Acababa de terminarse el té, pero notaba la boca seca. Parpadeó, luego parpadeó otra vez y decidió pasar por alto su último comentario. Le dijo con los ojos entornados:

—¿No estará, por casualidad, intentando hacer que me sienta agradecida para imaginar que estoy en deuda con usted?

Vane movió las cejas y curvó sus fascinadores labios. Sus ojos grises, penetrantes y extrañamente desafiantes, se clavaron en los de ella.

—Me pareció el lugar más lógico para empezar a minar sus defensas.

Patience sintió que sus nervios vibraban al son de la voz profunda de aquel hombre, que sus sentidos se agitaban al registrar aquellas palabras. Sus ojos, fijos en los de él, se agrandaron; sus pulmones se encogieron. En un torbellino mental, luchó por recobrar el juicio, por obligar a su lengua a pronunciar alguna aguda réplica que quebrara el hechizo.

Los ojos de Vane escrutaron los suyos; elevó una ceja de forma arrogante, junto con las comisuras de los labios.

—No tosí porque estaba completamente abstraído, lo cual fue del todo culpa de usted. —Parecía estar muy cerca, dominaba toda su visión, sus sentidos. De nuevo sus ojos atravesaron los de ella, de nuevo alzó una ceja—. A propósito —murmuró con voz grave y aterciopelada—, ¿qué estaba buscando en el parterre de flores?

—¡Estás ahí! —Sin aliento, Patience se volvió... y se quedó mirando a Minnie, que se acercaba como un galeón a toda vela. La flota británica entera no hubiera sido mejor recibida—. Tendrás que excusar a una anciana, Patience querida, pero es que no tengo más remedio que hablar en privado con Vane. —Minnie dedicó una sonrisa imparcial a ambos y, acto seguido, apoyó la mano sobre la manga de Vane.

Éste la cubrió al instante con la suya.

—Soy todo tuyo.

Pese a aquellas palabras, Patience percibió su irritación, su fastidio por el hecho de que Minnie hubiera interceptado la trayectoria del arma con que Vane la estaba apuntando. Por un instante reinó el silencio y, a continuación, Vane miró a Minnie con una sonrisa encantadora.

—¿Vamos a tus habitaciones?

—Por favor... Lamento mucho acapararte de esta forma...

—En absoluto. Tú eres el motivo por el que me encuentro aquí. —Minnie sonrió al escuchar aquel halago. Vane alzó la cabeza y miró a Patience a los ojos. Aún con la sonrisa en la cara, inclinó la cabeza para despedirse—. Señorita Debbington.

Patience le devolvió el saludo y reprimió otro escalofrío. Podía parecer que él se había rendido con elegancia, pero Patience tenía la clara impresión de que no había claudicado.

Lo observó cruzar la habitación con Minnie del brazo, charlando animadamente; caminaba con la cabeza inclinada y la atención puesta en Minnie. Patience frunció el entrecejo. Desde el instante mismo en que reconoció su estilo, comparó a Vane Cynster con su propio padre, otro caballero de voz aterciopelada y serena elegancia. Todo lo que sabía sobre aquella especie lo había aprendido de él, de su inquieto y apuesto progenitor. Y lo que había aprendido, lo había aprendido bien; no había ninguna posibilidad de que sucumbiera a un par de hombros bien formados y una sonrisa diabólica.

Su madre había amado a su padre con pasión, profundamente, demasiado. Por desgracia, los hombres como él no eran de los cariñosos, de los que les gustaban a las mujeres sensatas, porque no valoraban el amor, y no lo aceptaban ni lo retribuían. Peor aún, al menos a los ojos de Patience, era que los hombres así no tenían sentido de la vida familiar, no sentían dentro de su alma un amor que los atase a su hogar, a sus hijos. A juzgar por todo lo que había visto desde su primera juventud, los hombres elegantes evitaban los sentimientos profundos. Evitaban el compromiso, evitaban el amor.

Para ellos, el matrimonio era una cuestión de Estado, no un asunto del corazón. Ay de la mujer que no alcanzara a comprender eso.

Por todas esas razones, Vane Cynster ocupaba un puesto muy alto en la lista de caballeros que ella decididamente no deseaba que fueran mentores de Gerrard. Lo último que permitiría sería que Gerrard se volviera igual que su padre; no se podía negar que el muchacho tenía esa propensión, pero ella estaba dispuesta a luchar hasta su último aliento para impedir que su hermano siguiera aquel camino.

Enderezó los hombros y recorrió el salón con la mirada para localizar a los demás, delante de la chimenea y alrededor del diván. Ahora que se habían ido Vane y Minnie, la habitación parecía más silenciosa, más apagada, menos viva. Vio que Gerrard lanzaba una mirada fugaz en dirección a la puerta.

Patience apuró su taza y maldijo para sus adentros. Iba a tener que proteger a Gerrard de la corrupta influencia de Vane Cynster, no podía estar más claro.

De repente la asaltó una sombra de duda, junto con la imagen de Vane comportándose tan atento con Minnie... y sí, tan cariñoso. Patience frunció el ceño. Posiblemente corrupto. Pensó que no debía juzgarlo por su atuendo de lobo; sin embargo, a lo largo de sus veintiséis años aquella característica jamás había resultado ser engañosa.

Una vez más, ni su padre, ni los elegantes amigos de éste, ni los demás personajes de la misma calaña que había conocido poseían sentido del humor. Por lo menos, no el humor pendenciero y peleón del que había hecho gala Vane Cynster. Se hacía muy difícil resistirse al reto de devolverle el golpe, de unirse a su juego.

El ceño fruncido de Patience se intensificó. Luego parpadeó, se irguió y atravesó el salón para volver a colocar su taza vacía en el carrito.

Decididamente, Van Cynster era un corruptor.

3

Vane ayudó a Minnie a subir las escaleras y después la acompañó por los oscuros corredores. Tras la muerte de sir Humphrey, se había trasladado a una gran suite situada en el extremo de un ala del edificio; Timms ocupaba la habitación contigua.

Minnie se detuvo frente a su puerta.

—Ha sido obra del destino que hayas tenido que pasar por aquí precisamente ahora.

«Ya lo sé.» Vane reprimió aquellas palabras.

—¿Por qué lo dices? —Abrió la puerta.

—Está sucediendo algo extraño. —Apoyándose pesadamente en su bastón ahora que ya no estaba «en público», Minnie fue hasta el sillón colocado junto a la chimenea. Vane cerró la puerta y la siguió—. No estoy segura del todo de qué se trata —Minnie se acomodó en el sillón y se arregló los chales—, pero sé que no me gusta.

Vane apoyó un hombro distraídamente contra la repisa de la chimenea.

—Cuéntame.

Minnie arrugó el entrecejo.

—Primero fueron los robos. Cosas sin importancia, joyas pequeñas, cajitas de sales, baratijas, chucherías. Cualquier cosa que fuera pequeña y fácil de llevar, objetos que cupieran en un bolsillo.

El rostro de Vane se endureció.

—¿Cuántos robos ha habido?

—No lo sé. No lo sabemos ninguno. Con frecuencia ha habido objetos que llevaban varios días desaparecidos, incluso semanas, antes de que se descubriera que faltaban. Son esa clase de cosas.

Cosas que pudieran caer en un parterre de flores. Vane frunció el ceño.

—Dices que lo primero fueron los robos. ¿Qué vino después?

—Sucesos extraños. —Minnie lanzó un suspiro cargado de exasperación—. Lo llaman «el Espectro».

—¿Un fantasma? —Vane parpadeó—. Aquí no hay fantasmas.

—¿Porque si lo hubiera, tú y Diablo lo habríais encontrado? —rió Minnie—. Seguramente. —Luego se puso seria—. Por eso sé que es obra de una persona viva. Alguien que vive en mi casa.

—No hay sirvientes recién contratados... ¿Hay algún criado nuevo en los jardines?

Minnie negó con la cabeza.

—Todo el mundo lleva años conmigo. Masters está tan desconcertado como yo.

—Mmm. —Vane se irguió. Empezaba a tener sentido la actitud de desagrado hacia Gerrard Debbington—. ¿Y qué hace ese espectro?

—Para empezar, hace ruidos. —Los ojos de Minnie relampaguearon—. Siempre empieza justo cuando yo acabo de dormirme. —Hizo un gesto hacia las ventanas—. Tengo el sueño ligero y estas habitaciones dan a las ruinas.

—¿Qué clase de ruidos?

—Gemidos y golpes... y roces, como si frotaran piedras una contra otra.

Vane asintió. Diablo y él habían movido suficientes

piedras en las ruinas para conservar un vívido recuerdo de aquel sonido.

—Y luego están las luces que surgen entre las ruinas. Ya sabes cómo es esto, incluso en verano tenemos niebla por la noche, que sube desde el río.

—¿Ha intentado alguien capturar a ese espectro?

Minnie apretó las mandíbulas y movió la cabeza en un gesto negativo.

—Yo me he negado a tolerarlo. Insistí en que todos me dieran su palabra de que no iban a intentar semejante cosa. Ya sabes cómo son las ruinas, lo peligrosas que pueden ser, incluso a plena luz del día. Perseguir una quimera de noche y con niebla es una locura. Para partirse una pierna, o la cabeza... ¡No! No quiero ni oír hablar de ello.

—¿Y todos han cumplido su promesa?

—Que yo sepa. —Minnie hizo una mueca—. Pero ya conoces esta casa, hay numerosas puertas y ventanas por las que podrían entrar o salir. Y sé con seguridad que uno de ellos es el Espectro.

—Lo cual quiere decir que si él está entrando y saliendo sin ser detectado, lo mismo podrían hacer otros. —Vane cruzó los brazos—. Repasa todos los inquilinos de la casa; ¿quién tiene interés por las ruinas?

Minnie se puso a contar con los dedos.

—Whitticombe, naturalmente. ¿Te he dicho lo de sus estudios? —Vane asintió. Minnie prosiguió—: Luego está Edgar, que se ha leído todas las biografías de los abades y las de los primeros Bellamy. Tiene gran interés por eso. Y también debería incluir al general, porque las ruinas llevan años siendo su lugar favorito para pasear. —Avanzó hasta el último dedo—. Y Edmond con su obra de teatro... y Gerrard, por supuesto. Los dos pasan tiempo en las ruinas; Edmond en comunión con su musa y Gerrard haciendo bocetos. —Se miró la mano con el ceño fruncido, pues se había quedado sin dedos—. Y por último, está Patience, pero su interés es simplemente su sempiterna curiosidad. Le gusta mirar por ahí cuando pasea.

A Vane no le costó imaginársela.

—¿Ninguna de las demás mujeres siente por ellas un interés especial, ni tampoco Henry Chadwick? —Minnie negó con la cabeza—. Es un verdadero desfile de personajes, cinco hombres bien distintos.

—Exacto. —Minnie miró fijamente el fuego—. No sé qué me preocupa más, si el Espectro o el ladrón. —Dejó escapar un suspiro y seguidamente levantó la vista para mirar a Vane—. Quería pedirte, querido muchacho, que te quedaras a desentrañar este misterio.

Vane observó el rostro de Minnie y aquellas suaves mejillas que había besado innumerables veces, aquellos ojos brillantes que le habían reprendido, se habían burlado de él y le habían amado. Por un instante, se interpuso la imagen de otro rostro, el de Patience Debbington. La misma estructura ósea, los mismos ojos. El destino, una vez más, lo miraba directamente a la cara.

Pero no podía negarse, no podía marcharse sin más; hasta la última gota de su carácter Cynster se negó a pensar en hacerlo. Los Cynster jamás aceptaban la derrota, aunque a menudo coqueteaban con el peligro. Minnie era familia suya, y había que defenderla hasta la muerte.

Volvió a centrar la mirada en el rostro de Minnie, el suyo una vez más; abrió los labios y...

En aquel momento se oyó un chillido que quebró el silencio y hendió la noche.

Vane se precipitó a abrir la puerta de Minnie antes de que se hubiera desvanecido el primer eco. Otros quejidos menos intensos lo guiaron por el laberinto de la mansión, por los pasillos pobremente iluminados, escaleras arriba y abajo que unían los desniveles. Siguió los gritos hasta el corredor situado en el ala opuesta a la de Minnie, un piso más arriba.

El origen de los chillidos era la señora Chadwick.

Cuando llegó hasta ella estaba casi desmayada, apoyada contra una mesilla auxiliar y con una mano apretada contra su amplio seno.

—¡Un hombre! —Aferró la manga de Vane y señaló el pasillo—. Lleva una capa larga... Lo he visto ahí de pie, justo enfrente de mi puerta.

La puerta en cuestión estaba envuelta en la oscuridad. El pasillo estaba alumbrado tan sólo por una palmatoria que sostenía una única vela y proyectaba una débil claridad sobre la intersección que había a su espalda. Se oyeron unos pasos apresurados golpear sobre el suelo bruñido. Vane puso a la señora Chadwick detrás de él.

—Aguarde aquí.

Y se lanzó valientemente pasillo abajo.

No había nadie acechando en las sombras. Fue hasta el final, donde unas escaleras conducían tanto arriba como abajo. No se oía ruido alguno de pisadas que se alejaran. Vane volvió sobre sus pasos. La casa entera estaba reuniéndose en torno a la señora Chadwick: estaban allí Patience y Gerrard, y también Edgar. Cuando llegó a la puerta de la señora Chadwick, la abrió de par en par y entró en la habitación.

Tampoco había nadie dentro del dormitorio.

Para cuando regresó junto a la señora Chadwick, ésta se hallaba bañada por la luz procedente de un candelabro que Patience sostenía en alto, bebiendo agua de un vaso. Había mejorado de color.

—Acababa de volver de la habitación de Angela. —Lanzó una mirada fugaz a Vane; éste habría jurado que su rubor se acentuó—. Habíamos estado charlando un poco. —Tomó otro sorbo de agua y después continuó con voz más firme—: Venía hacia mi habitación cuando lo vi. —Señaló hacia el pasillo—. Justo ahí.

—¿De pie frente a la puerta?

La señora Chadwick afirmó con la cabeza.

—Con la mano en el picaporte.

Justo entrando. Teniendo en cuenta el tiempo que había tardado él en atravesar media casa, el ladrón, si de él se trataba, habría tenido tiempo de sobra para desaparecer. Vane frunció el ceño.

—Ha dicho usted algo de una capa.

La señora Chadwick asintió.

—Una capa larga.

O la falda de un vestido de mujer. Vane miró de nuevo el corredor. Aun con la luz añadida proveniente del candelabro, habría sido difícil estar seguro de si una figura era hombre o mujer. Y un ladrón podía ser cualquiera de las dos cosas.

—¡Imagínense! ¡Podríamos ser asesinados en nuestra propia cama!

Todas las cabezas, y de verdad fueron todas, porque se hallaba allí reunida la familia de Minnie en su totalidad, se volvieron en dirección a Angela.

Ella, con los ojos como platos, los miró a su vez.

—¡Tiene que tratarse de un loco!

—¿Por qué?

Vane abrió la boca para formular la pregunta, pero Patience se le había adelantado.

—¿Por qué diablos iba a tomarse alguien la molestia de venir hasta aquí —prosiguió ella—, introducirse en esta casa en particular, acercarse hasta la puerta de tu madre y después esfumarse en cuanto ella lanzara un chillido? Si fuera un loco que intentaba cometer un asesinato, tuvo tiempo de sobra para cometerlo.

Tanto la señora Chadwick como Angela se la quedaron mirando, pasmadas por el despiadado sentido común de la joven.

Vane obligó a sus labios a permanecer quietos.

—No hay necesidad de melodramas, sea quien sea hace mucho que se ha ido. —Aunque posiblemente no anduviera muy lejos.

La misma idea se le había ocurrido a Whitticombe.

—¿Estamos todos aquí? —Miró en derredor, igual que hicieron los demás, y confirmó que todo el mundo se hallaba presente, incluso Masters, que estaba de pie al fondo—. Muy bien —dijo Whitticombe escudriñando todos los rostros—, ¿dónde estaba cada uno de ustedes? ¿Gerrard?

Vane tenía casi la completa certeza de que no era casualidad que el primer nombre que pronunciaba Whitticombe fuera el del chico.

Gerrard se encontraba de pie detrás de Patience.

—Estaba en la sala de billar.

—¿Solo? —La insinuación de Whitticombe era transparente.

Gerrard apretó la mandíbula.

—Sí, solo.

El general lanzó un gruñido.

—¿Y por qué diablos querría alguien estar solo en una sala de billar?

Las mejillas de Gerrard se tiñeron de rubor. El muchacho dirigió una mirada rápida a Vane.

—Estaba practicando un poco.

Aquella mirada rápida fue suficiente para Vane; Gerrard estaba practicando golpes, esperando a que llegara él. La sala de billar era precisamente la clase de lugar que cabía esperar que eligiera un caballero como él para pasar una hora más o menos antes de retirarse. Y en efecto, si las cosas no hubieran tomado el rumbo que habían tomado, él mismo habría acudido a dicha sala.

A Vane no le gustaron las miradas acusadoras que le estaban dirigiendo a Gerrard. Tampoco les gustaron a Patience, Minnie ni Timms. Vane habló antes de que pudieran hacerlo ellas:

—Bien, por tu parte ya has dado una explicación. ¿Qué hay de los demás?

Obligó a cada uno a dar cuenta de dónde había estado por última vez. Aparte de sí mismo, Minnie, Angela, la señora Chadwick, Patience y Timms, nadie había sido visto por otra persona. Whitticombe había regresado a la biblioteca; Edgar había entrado a recoger un libro y después se había retirado a la salita de atrás. Edmond, ajeno a todo una vez que su musa lo dominaba, tal como parecía haber ocurrido en aquel caso, se había quedado en el salón. El general, irritado por las espontáneas peroratas de Edmond, se había escabullido de nuevo al comedor. A juzgar por su intenso sonrojo, Vane sospechó que su objetivo era la jarra de coñac. Henry Chadwick se había retirado a su habitación.

Cuando preguntó a Alice Colby por su paradero, ésta lo miró furibunda.

—Estaba en mi habitación, un piso por debajo de éste.

Vane se limitó a asentir.

—Muy bien. Sugiero que, ahora que el ladrón ha desaparecido, nos retiremos todos.

Frente a aquella fría y desalentadora sugerencia, la mayor parte del grupo, murmurando y refunfuñando, obedeció. Gerrard se rezagó un poco, pero cuando Patience se dio cuenta de ello y le propinó un empujón, miró a Vane con una expresión que pedía disculpas y se marchó. Como era de esperar, Patience, Minnie y Timms se quedaron donde estaban.

Vane observó sus caras, y a continuación suspiró y les indicó con un gesto de la mano que salieran.

—Vamos a la habitación de Minnie.

Tomó del brazo a Minnie, y se alarmó al notar cómo cargaba el peso. Se sintió tentado de tomarla en brazos, pero conocía su orgullo desde antiguo; de modo que ajustó su paso al de ella. Cuando llegaron a sus habitaciones, Timms ya había avivado el fuego y Patience había ahuecado los almohadones del sillón de Minnie. Vane la ayudó a llegar hasta él y Minnie se dejó caer con un suspiro de cansancio.

—No ha sido Gerrard. —La incisiva afirmación provino de Timms—. No puedo soportar el modo en que todos han dirigido sus sospechas hacia él. Lo están convirtiendo en un chivo expiatorio.

Minnie asintió. Patience simplemente miró a Vane a los ojos. Estaba de pie junto al sillón de Minnie, con la cabeza alta y las manos entrelazadas con demasiada fuerza, desafiando a Vane a que acusara a su hermano.

Vane torció los labios en un gesto irónico.

—Me estaba esperando a mí. —Dio unos pasos hacia delante y adoptó la postura de costumbre, con un hombro apoyado contra la repisa de la chimenea—. Lo cual, la última vez que lo comprobé, no era ningún delito.

Timms aspiró con fuerza.

—Exacto. Hasta ahí, resulta obvio.

—Si estamos de acuerdo en eso, sugiero que olvidemos el incidente. No veo la forma de relacionarlo con nadie.

—Masters no ha podido encontrar fallos en las demás coartadas. —Patience alzó la barbilla al ver que Vane volvía la vista hacia ella—. Se lo he preguntado.

Vane la observó unos instantes y después afirmó con la cabeza.

—Así que esta noche no se ha desvelado nada. No queda otra cosa que hacer más que irse a dormir.

Mantuvo la mirada fija en el rostro de Patience; al cabo de un momento, ella inclinó la cabeza.

—Como usted diga. —Se inclinó sobre Minnie—. Si no me necesitas, tía...

Minnie forzó una sonrisa de cansancio.

—No, cariño. —Asió la mano de Patience—. Timms cuidará de mí.

Patience depositó un beso en la mejilla de su tía. Luego, se enderezó e intercambió una mirada cómplice con Timms y acto seguido se dirigió a la puerta. Vane fue tras ella al instante y la alcanzó cuando se disponía a girar el picaporte. Las posiciones de ambos eran las mismas que por la tarde, cuando él la desconcertó deliberadamente. Esta vez fue ella la que titubeó antes de levantar el rostro y mirarlo directamente.

—Usted no cree que haya sido Gerrard.

Medio pregunta, medio afirmación. Vane le sostuvo la mirada y después negó con la cabeza.

—Sé que no ha sido Gerrard. Su hermano no sabría mentir para salvarse... y no lo ha intentado.

Brevemente, Patience escrutó sus ojos y después inclinó la cabeza. Vane abrió la puerta, la cerró tras ella y, seguidamente, regresó junto a la chimenea.

—Bien —suspiró Minnie—. ¿Vas a aceptar mi encargo?

Vane la miró y dejó que asomara su sonrisa Cynster.

—Después de este pequeño interludio, ¿cómo iba a negarme?

En efecto, cómo.

—¡Gracias a Dios! —declaró Timms—. El Señor sabe que estamos necesitados de un poquito de buen juicio.

Vane tomó nota de aquel comentario por si acaso lo

necesitaba más adelante, pues sospechaba que Patience Debbington creía tener acaparado el mercado del buen juicio.

—Mañana empezaré a investigar por ahí. Hasta entonces... —Miró a Minnie—. Como digo, lo mejor sería olvidar lo de esta noche.

Minnie sonrió.

—El hecho de saber que te quedas en la casa bastará para tranquilizarme.

—Bien. —Y con un breve gesto de cabeza, Vane se irguió y dio media vuelta.

—Esto... er... Vane.

El aludido miró atrás, con una ceja en alto, pero no se detuvo en su camino hacia la puerta.

—Ya sé, pero no me pidas que te prometa una cosa que no voy a cumplir.

Minnie frunció el ceño.

—Sólo cuídate. No quisiera tener que vérmelas con tu madre si te rompes una pierna o, peor todavía, la cabeza.

—Pierde cuidado, no tengo intención de romperme ninguna de las dos cosas. —Vane la miró desde el umbral, con un gesto de arrogancia—. Como sin duda sabrás, los Cynster somos invencibles.

Y, tras esbozar una sonrisa de truhán, se fue. Minnie contempló cómo se cerraba la puerta y después, sonriendo de mala gana, se ciñó los chales, que se le resbalaban.

—¿Invencibles? ¡Ja!

Timms acudió en su ayuda.

—Teniendo en cuenta que los siete varones de la actual generación han vuelto de Waterloo, ilesos y con apenas un rasguño, yo diría que se tienen bien ganado el apelativo.

Minnie emitió un ruido claramente obsceno.

—Conozco a Diablo y a Vane desde la cuna, y a los

demás casi igual de bien. —Tocó con afecto el brazo de Timms. Con su ayuda, se esforzó por ponerse en pie—. Son hombres mortales, tan temperamentales y valientes como se pueda ser. —Hizo una pausa y se echó a reír—: Puede que no sean invencibles, pero que me aspen si no son algo muy parecido.

—Exactamente. —Timms sonrió—. Así que podemos dejar nuestros problemas sobre los hombros de Vane. Dios sabe que son bien anchos.

Minnie dijo, sonriendo a su vez:

—Muy cierto. En fin, hora de irse a la cama.

Vane se aseguró de bajar temprano a desayunar. Cuando entró en el comedor del desayuno, sólo halló en él a Henry, que se afanaba con un plato de salchichas. Vane intercambió con él un gesto amistoso y se acercó al aparador.

Estaba llenando un plato con lonchas de jamón cuando apareció el mayordomo trayendo otra fuente, que depositó sobre el aparador. Vane lo miró alzando una ceja.

—¿Ha advertido alguna señal de que alguien haya irrumpido en la casa?

—No, señor. —Masters llevaba más de veinte años siendo el mayordomo de Minnie y conocía bien a Vane—. He hecho la ronda muy temprano. El piso de abajo ya había sido protegido antes del... incidente. Después lo volví a comprobar, y no había ninguna puerta ni ventana que estuviera abierta.

Lo cual no era ni más ni menos de lo que esperaba Vane. Asintió con un gesto evasivo y Masters se marchó.

Regresó a la mesa y retiró la silla situada a la cabecera de la misma. Henry, sentado en la contigua, levantó la vista.

—Vaya asunto tan extraño, el de anoche. Todavía se notan sus efectos. No me gusta decirlo, pero de verdad opino que el joven Gerrard fue demasiado lejos con esa tontería del Espectro.

Vane alzó las cejas.

—En realidad...

Se vio interrumpido por un bufido procedente de la puerta; era Whitticombe, que entraba.

—Habría que dar una paliza a ese joven granuja. Asustar así a unas damas. Necesita una mano firme que le sujete las riendas, lleva demasiado tiempo al cuidado de mujeres.

Vane se endureció para sus adentros; pero por fuera, ni un mínimo gesto turbó su expresión habitual de cortesía. Reprimió el impulso de defender a Patience, y también a Minnie, y en cambio compuso un semblante de aburrimiento sólo levemente molesto.

—¿Por qué está tan seguro de que el de anoche fue Gerrard?

Whitticombe, que estaba junto al aparador, se dio la vuelta, pero se le adelantó el general en responder:

—Es lo más lógico —jadeó, entrando en ese momento—. ¿Quién, si no, podría haber sido?

Una vez más, Vane levantó las cejas.

—Casi cualquiera, por lo que yo pude ver.

—¡Tonterías! —bufó el general apoyando su bastón contra el aparador.

—Aparte de mí mismo, Minnie, Timms, la señorita Debbington, Angela y la señora Chadwick —insistió Vane—, el culpable pudo ser cualquiera de ustedes.

El general se volvió y lo miró furioso por debajo de sus pobladas cejas.

—Ha perdido usted un tornillo armando tanto jaleo con este asunto. ¿Por qué diablos iba a querer cualquiera de nosotros propinar un susto de muerte a Agatha Chadwick?

En aquel momento entró por la puerta Gerrard, con los ojos brillantes... y se detuvo en seco. Su rostro, al principio lleno de emoción juvenil, quedó privado de toda expresión.

Vane captó su mirada y a continuación, con los ojos, le señaló el aparador.

—En efecto —dijo despacio al tiempo que Gerrard, ahora tenso y rígido, procedía a servirse—, pero, valiéndome precisamente de ese mismo razonamiento, ¿por qué iba a querer hacerlo Gerrard?

El general frunció el entrecejo y lanzó una mirada a la espalda del muchacho. Llevando un plato repleto de pescado con arroz, fue a ocupar una silla situada más lejos. Whitticombe, con los labios apretados y guardando un silencio cargado de reproche, se sentó frente a él.

Henry, también ceñudo, se removió en su asiento. Él también miró a Gerrard, que estaba entretenido junto al aparador, y contempló su plato ya vacío.

—No sé... pero supongo que los chicos son chicos.

—Siendo yo una persona que se ha servido de esa misma excusa hasta el extremo, me siento obligado a señalar que Gerrard hace ya varios años que dejó atrás la etapa en la que cabría esa explicación. —Vane captó la mirada de Gerrard cuando éste regresó del aparador con un plato lleno en las manos. El rostro del muchacho estaba ligeramente sonrojado y tenía la mirada vigilante. Vane sonrió con naturalidad y le señaló la silla contigua a la suya—. Pero a lo mejor él mismo puede hacernos alguna sugerencia. ¿Qué dices, Gerrard, puedes ofrecernos alguna razón por la que alguien podría desear asustar a la señora Chadwick?

Para mérito suyo, Gerrard no se dio prisa en contestar; depositó su plato en la mesa con el ceño fruncido y seguidamente sacudió la cabeza con lentitud.

—No se me ocurre ninguna razón por la que alguien pudiera desear hacer chillar a la señora Chadwick. —Hizo una mueca de desagrado al recordar lo sucedido—. Pero... —lanzó una mirada fugaz a Vane— sí que me pregunté si el pánico no sería fortuito y si la persona que estaba en la puerta era realmente el ladrón.

Aquella sugerencia hizo pensar a toda la mesa. Al cabo de unos instantes Henry movió la cabeza en un gesto afirmativo.

—Podría ser. En efecto, ¿por qué no?

—Con independencia de eso —terció Whitticombe—, no consigo imaginar qué otra persona puede ser el ladrón. —Su tono dejó claro que seguía sospechando de Gerrard.

Vane le dirigió al muchacho una mirada ligeramente interrogativa.

Más animado, Gerrard se encogió de hombros y dijo:

—No entiendo qué puede pretender hacer cualquiera de nosotros con todas esas chucherías y baratijas que han desaparecido.

El general soltó uno de sus característicos resoplidos.

—¿Tal vez porque son baratijas? Es justo el tipo de cosas que sirven para cortejar a una sirvienta coqueta, ¿eh? —Y su mirada penetrante volvió a clavarse en Gerrard.

Al instante, las mejillas del chico se tiñeron de rojo.

—¡No es culpable! ¡Lo juro por mi honor! —Aquellas palabras declamadas con ardor llegaron desde la puerta. Todos volvieron la cabeza y vieron en el umbral a Edmond, con el aplomo de un suplicante que clamase justicia desde el banquillo. Luego abandonó su pose, sonrió ampliamente, hizo una reverencia y acto seguido se encaminó a grandes pasos hacia el aparador—. Lamento decepcionarlos, pero me siento obligado a desmontar esa fantasía; ninguna de las sirvientas que hay aquí aceptaría semejantes símbolos de estima. Todo el personal ha sido alertado en lo que se refiere a los robos. Y en lo que respecta a las aldeas vecinas —hizo una pausa teatral y volvió los ojos a Vane con expresión angustiada—, créame, no hay una sola damita que prometa dentro del radio de un día a caballo.

Vane escondió su sonrisa detrás de la taza de café; por encima del borde se encontró con los ojos risueños de Gerrard.

El ruido del roce rápido de unas faldas volvió todas las miradas hacia la puerta. En el umbral apareció Patience, y al momento todo el mundo hizo chirriar su silla en el gesto de levantarse. Ella los hizo sentarse de nuevo con un movimiento de la mano. Detenida en el umbral, examinó rápidamente la sala y su mirada se posó por fin en Gerrard. Y en su sonrisa afectuosa.

Vane reparó en cómo subía y bajaba el pecho de la joven, se fijó en el leve rubor de sus mejillas. Había venido corriendo.

Patience parpadeó y seguidamente, con una inclinación de cabeza que iba dirigida a todos, se acercó al aparador.

Vane desvió la conversación hacia temas menos cargados de tensión.

—La próxima cacería será la de los Northant —dijo Henry respondiendo a su pregunta.

Junto al aparador, Patience se obligó a sí misma a respirar hondo mientras llenaba su plato con aire abstraído. Había procurado despertarse temprano y llegar al comedor a tiempo para proteger a Gerrard, y en lugar de eso se había dormido, agotada por una creciente preocupación seguida de inquietos sueños. Las otras damas por lo general tomaban el desayuno en bandejas que les llevaban a sus habitaciones, una costumbre a la que ella nunca se había sumado. Prestando oídos a la conversación que tenía lugar a su espalda, oyó la voz lenta y perezosa de Vane y sintió que se le erizaba la piel.

Frunció el ceño. Conocía demasiado bien a los inquilinos de la casa, y no había posibilidad alguna de que hubieran omitido mencionar el contratiempo de la noche anterior, ni de que no hubieran, de un modo u otro, acusado a Gerrard de dicho contratiempo. Pero éste estaba claramente imperturbable, lo cual sólo podía significar una cosa: que, por la razón que fuera, Vane Cynster había salido en defensa del chico y había desviado hacia otra parte las irrazonables sospechas que pesaban sobre él. Su ceño se acentuó al oír la voz de Gerrard, pletórica de juvenil entusiasmo al describir una ruta a caballo que había cerca.

Con los ojos muy abiertos, Patience recogió su plato y se volvió. Avanzó a lo largo de la mesa hasta la silla situada al lado de su hermano. Masters se la retiró y aguardó hasta que ella tomó asiento.

Gerrard se volvió para decirle:

—Estaba comentando a Vane que Minnie conservó los mejores caballos de caza que poseía sir Humphrey. Y que las rutas de por aquí son bastante aceptables.

Sus ojos brillaban con una luz que Patience no había visto nunca. Sonriente, el muchacho se volvió hacia Vane; Patience, con el corazón acelerado, miró también a la cabecera de la mesa. Vane parecía relajado, con sus anchos hombros encerrados en una chaqueta de montar de color gris, cómodamente recostado contra el respaldo de su silla, con una mano apoyada en el reposabrazos y la otra extendida sobre la mesa, sus largos dedos cerrados alrededor del asa de una taza de café.

A la luz del día, sus facciones eran tan marcadas como ella había imaginado, su rostro igual de fuerte. Sus pesados párpados escondían los ojos como si, con somero interés, escuchase a Gerrard ensalzar las virtudes ecuestres de la localidad.

A su derecha oyó resoplar al general, que acto seguido empujó hacia atrás su silla. También Whitticombe se levantó. Uno tras otro, todos fueron saliendo de la habitación. Patience, con el ceño fruncido, se aplicó a su desayuno y procuró pensar en otro tema con el que trabar conversación.

Vane vio su expresión ceñuda; el diablo que llevaba dentro se agitó y se estiró, y después se dispuso a contemplar aquel nuevo desafío. Estaba seguro de que Patience lo evitaría. Entonces desvió su mirada de halcón y estudió a Gerrard. Sonrió. Con lentitud. Aguardó hasta que Patience diera un mordisco a la tostada.

—De hecho —dijo con parsimonia—, estaba pensando en llenar la mañana con un paseo a caballo. ¿Le interesa a alguien?

La ávida reacción de Gerrard fue instantánea; la de Patience, aunque mucho menos ávida, no fue menos rápida. Vane contuvo una sonrisa al ver su expresión de desconcierto cuando, con la boca llena, oyó a Gerrard aceptar la invitación con un placer evidente.

Patience miró por los grandes ventanales del comedor. Hacía buen día, soplaba una suave brisa que secaba los charcos. Tragó y miró Vane.

—Creía que iba usted a marcharse.

Él esbozó una sonrisa lenta, maliciosa, fascinante.

—He decidido quedarme a pasar unos días.

¡Maldición! Patience reprimió el juramento y miró a Edmond, que estaba sentado al otro lado de la mesa y que sacudió la cabeza en un gesto negativo.

—No cuenten conmigo. La musa me llama... Debo hacer lo que me ordena.

Patience maldijo para sus adentros y posó su mirada en Henry. Éste reflexionó un instante y después hizo una mueca de disgusto.

—Es una buena idea, pero antes tengo que ir a ver cómo está mi madre. Ya los alcanzaré más tarde, si puedo.

Vane inclinó la cabeza y dirigió una mirada sonriente a Gerrard.

—Por lo que parece, sólo quedamos los dos.

—¡No! —Patience tosió para disimular la brusquedad de su respuesta; bebió un sorbo de té y lo miró—. Si tiene la bondad de esperar a que me cambie, yo también voy.

Buscó los ojos de Vane y vio una chispa perversa en ellos. Pero él inclinó la cabeza con suavidad, con elegancia, aceptando su compañía, lo cual era lo único que le importaba a Patience. Dejó su taza de té y se levantó.

—Me reuniré con ustedes en los establos.

Vane se levantó con su gracia habitual, la observó salir de la sala y volvió a sentarse en una postura de elegante descuido. Alzó su taza de café para ocultar su sonrisa victoriosa. Gerrard, después de todo, no estaba ciego.

—¿Diez minutos, crees que tardará? —inquirió con una ceja enarcada.

—Oh, por lo menos.

Gerrard sonrió de oreja a oreja y tendió la mano para tomar la jarra de café.

4

Para cuando llegó al patio de los establos, Patience ya se había rebelado. Vane Cynster no era un mentor adecuado para Gerrard, pero, dada la evidencia que tenía ante los ojos, Gerrard ya había empezado a sentir por él un insano respeto que muy fácilmente podía conducir a la adulación. El culto al héroe. Peligrosa emulación.

Todo estaba muy claro en su cabeza.

Llevando sobre el brazo la cola de su traje de montar de terciopelo lavanda, entró en el patio haciendo ruido con los tacones sobre el enlosado. Su lectura de la situación se confirmó al instante.

Vane estaba sentado con elegancia sobre un macizo caballo de caza de color gris, controlando sin esfuerzo la inquieta bestia. Junto a él, a lomos de un castrado de color castaño, se hallaba Gerrard, charlando sin parar. Parecía más feliz, más relajado que nunca desde que habían llegado. Patience lo notó, pero, detenida en las sombras del arco del establo, su atención seguía estando fija en Vane Cynster.

Su madre le había señalado con frecuencia que los «auténticos caballeros» lucían un aspecto particularmente atractivo a caballo. Conteniendo un gesto de desdén —reacción normal a aquel comentario, que, invariablemente, hacía referencia a su padre—, Patience tuvo que admitir de mala gana que ahora comprendía a qué se refería su madre: había algo en el poderío controlado de aquel hombre, que dominaba y controlaba el poder de la bestia, que hacía que se le formara un nudo en el estómago. El ruido de los cascos ahogó el sonido de sus pisadas; estuvo contemplando la escena por espacio de un minuto más, y por fin se sacudió mentalmente y prosiguió su camino.

Grisham tenía ya ensillada y aguardando su montura favorita, una yegua de color tostado. Apoyó un pie sobre el escabel y se subió a la silla. Se arregló las faldas y tomó las riendas.

—¿Lista?

La pregunta procedía de Vane. Patience afirmó con la cabeza.

Naturalmente, él encabezó la marcha.

La mañana los saludaba, clara y despejada. El limpio cielo se veía salpicado por algunas nubes de color gris claro, el olor a tierra mojada lo impregnaba todo. Su primera parada fue un cerro situado a unos cuatro kilómetros de la casa. Vane había tranquilizado su caballo con una serie de galopes cortos que a Patience le costó mucho no observar fijamente. Después se colocó al trote junto a su yegua. Gerrard montaba al otro lado. Ninguno de ellos habló, contentos de contemplar el paisaje y dejarse refrescar por el aire frío.

Patience coronó el altozano y, tras frenar su montura junto a Vane, miró a su alrededor. A su lado, Gerrard escudriñó el horizonte para valorar el panorama. Giró en su silla y miró la fuerte pendiente que se elevaba por detrás de Vane cubriendo un extremo del cerro.

—Ten. —Entregó las riendas a su hermana y desmontó—. Voy a contemplar la vista.

Patience miró hacia Vane, que estaba sentado sobre su caballo con engañosa tranquilidad y las manos cruzadas sobre el pomo de la silla. Sonrió calmosamente a Gerrard, pero no hizo amago de acompañarlo. Él y Patience contemplaron cómo el muchacho se esforzaba por subir la empinada ladera del repecho. Al llegar a la cumbre, agitó la mano y miró alrededor. Al cabo de un momento, se sentó en el suelo con la mirada fija en la lejanía.

Patience sonrió y posó su mirada en la cara de Vane.

—Me temo que podría pasarse horas enteras así. Actualmente está enamorado de los paisajes.

Para su sorpresa, los ojos grises que la miraban no mostraron ninguna señal de alarma al oír aquello. Al contrario, Vane curvó sus largos labios.

—Ya lo sé —dijo—, me ha mencionado esa obsesión, por eso le he hablado del viejo altozano de enterramientos. —Hizo una pausa y luego añadió, todavía con la mirada fija en Patience e intensificando la sonrisa—: La vista es espectacular. —Le chispearon los ojos—. Está garantizado que mantiene cautiva la atención de un artista en ciernes durante un considerable espacio de tiempo.

Patience, con la mirada clavada en los ojos grises de él, experimentó una sensación de hormigueo en la piel. Parpadeó y frunció el entrecejo.

—Muy amable por su parte.

Y se volvió para contemplar el paisaje ella misma. Y de nuevo experimentó aquella extraña sensación, una especie de percepción que se deslizaba por sus nervios y los dejaba más sensibles. Era de lo más peculiar. Lo habría atribuido a la caricia de la brisa, pero el viento que soplaba no era tan frío.

A su lado, Vane alzó las cejas sin abandonar su sonrisa de depredador. El traje que llevaba Patience no era nuevo, ni seguía la moda, pero le marcaba las curvas y destacaba la suavidad de las mismas provocándole un urgente deseo de llenar los brazos con aquel calor. El caballo se agitó; Vane lo calmó.

—Minnie ha comentado que usted y su hermano son de Derbyshire. ¿Sale mucho a montar cuando están allí?

—Todo lo que puedo. —Patience volvió la vista hacia él—. Me gusta este ejercicio, pero las rutas que hay en las inmediaciones de la Grange están más bien restringidas. ¿Conoce usted la zona de los alrededores de Chesterfield?

—No en concreto. —Vane sonrió—. Se encuentra un poco más al norte que los territorios por los que suelo ir de caza.

«¿Caza de zorros... o de mujeres?» Patience reprimió un gesto de desprecio.

—A juzgar por su conocimiento de estos lugares —miró el cerro que tenían al lado—, deduzco que ya ha venido antes por aquí.

—Con frecuencia, cuando era niño. Muchos veranos pasé aquí unas semanas con mi primo.

Patience dejó escapar una exclamación.

—Me sorprende que Minnie haya sobrevivido.

—Al contrario, estaba encantada con nuestras visitas. Siempre disfrutaba de nuestras hazañas y nuestras aventuras. —Al ver que Patience no hacía más comentarios, Vane añadió con suavidad—: A propósito, Minnie me ha hablado de los extraños robos que se han cometido en la casa. —Patience levantó la vista; él atrapó su mirada—. ¿Era eso lo que estaba usted buscando en el parterre de flores? ¿Algo que había desaparecido?

Patience vaciló, mirándolo a los ojos, y después afirmó con la cabeza.

—Me dije a mí misma que *Myst* debía de haberlo tirado por la ventana, pero busqué por todas partes, en la habitación y entre las flores. No lo encontré por ningún lado.

—¿Y qué era?

—Un pequeño jarrón de plata. —Esbozó la forma de un jarroncito—. Como de unos diez centímetros de alto. Lo tenía desde hacía años... No creo que tenga precisamente mucho valor, pero...

—Preferiría tenerlo a no tenerlo. ¿Por qué se preocupó tanto de no mencionarlo anoche?

Patience, endureciendo el semblante, miró a Vane a los ojos.

—No irá usted a decirme que los caballeros de la casa no han mencionado esta mañana en el desayuno que opinan que Gerrard es quien anda detrás de todos estos extraños sucesos, el Espectro, como lo llaman, y también de los robos.

—Resulta que sí lo han mencionado, pero nosotros, es decir Gerrard, yo mismo y, sorprendentemente, Edmond, hemos replicado que esa idea carece de fundamento.

El sonido impropio de una dama que emitió Patience fue bastante elocuente: irritación, frustración y tolerancia demasiado forzada.

—En efecto —coincidió Vane—, así que ahora tiene un motivo más para estarme agradecida. —Al ver que Patience se volvía hacia él, frunció el ceño y dijo—: Y con Edmond, por desgracia.

A pesar de sí, Patience estuvo a punto de sonreír.

—Edmond sería capaz de contradecir a esos viejos simplemente por gastar una broma. No se toma nada en serio, aparte de su musa.

—Creo firmemente en usted.

En lugar de distraerse con aquello, Patience siguió estudiando el rostro de Vane. Éste alzó una ceja:

—Ya se lo he dicho —murmuró, sosteniéndole la mirada—, estoy decidido a ponerla en deuda conmigo.

Mientras esté yo aquí no tiene por qué preocuparse de la actitud de esos caballeros para con Gerrard.

No creía que su orgullo le permitiera aceptar la oferta franca de un ancho hombre que la protegiera de las pullas y dardos de la actual sociedad de Bellamy Hall; el hecho de que ofreciera su ayuda disfrazada de maquinaciones de un libertino permitiría, así lo esperaba, que ella dejara correr el asunto con un encogimiento de hombros y un frío comentario.

Pero en cambio, lo que recibió fue una mirada ceñuda.

—Bien, le agradezco que haya intentado meterlos en cintura. —Patience miró hacia donde estaba Gerrard, todavía comunicándose con el horizonte—. Pero ya ve por qué no he querido armar revuelo con lo de mi jarrón... No se les ocurriría más que echarle la culpa a Gerrard.

Vane enarcó las cejas en un gesto poco comprometedor.

—Sea como sea. Si desaparece algo más, dígamelo, o dígaselo a Minnie, o a Timms.

Patience lo miró frunciendo el entrecejo.

—¿Qué...?

—¿Quién es ése? —Vane señaló con un gesto de cabeza un jinete que se acercaba trotando hacia ellos.

Patience lo observó y lanzó un suspiro.

—Hartley Penwick. —Aunque su expresión seguía siendo serena, su tono de voz se alteró—. Es el hijo de uno de los vecinos de Minnie.

—¡Bien hallada, mi querida señorita Debbington! —Penwick, un apuesto caballero ataviado con chaqueta de espiga y pantalones de pana, y que montaba un fornido ruano, le dedicó a Patience una reverencia más amplia de lo que dictaba la elegancia—. Confío en que se encuentre bien.

—Así es, señor. —Patience hizo un gesto en dirección a Vane—. Permítame que le presente al ahijado de lady Bellamy. —Hizo una breve presentación de Vane y agregó la información de que éste se había detenido a refugiarse de la tormenta de la noche anterior.

—Ah. —Penwick estrechó la mano de Vane—. De modo que su visita tiene el carácter de un alto forzado por las circunstancias. Supongo que pronto reemprenderá su viaje. El sol está secando los caminos, y en este atrasado lugar no hay nada que pueda compararse con las actividades del mundillo social.

Si hubiera declarado abiertamente que deseaba que Vane se fuera, no podría haber sido más explícito. Vane sonrió, un gesto en el que exhibió todos sus dientes.

—Oh, no tengo prisa.

Penwick enarcó las cejas. Su mirada, en alerta desde el instante mismo en que había visto a Vane, se endureció.

—Ah... Piensa tomarse un descanso reparador, imagino.

—No. —La mirada de Vane se tornó más gélida, su dicción más precisa—. Simplemente pretendo darme un placer.

Aquella información no le gustó a Penwick. Patience estaba a punto de intervenir para proteger a Penwick de su posible aniquilación, cuando éste, buscando la persona que correspondía al tercer caballo, miró hacia arriba.

—¡Santo cielo! ¡Baja de ahí, tunante!

Vane parpadeó y miró. El tunante, con los ojos pegados al horizonte, fingía sordera. Al volverse oyó decir a Patience en tono altanero:

—No pasa nada en absoluto, señor. Está contemplando el paisaje.

—¡El paisaje! —Penwick lanzó un bufido—. Las laderas de ese cerro son empinadas y resbaladizas. ¿Y si se cayera? —Miró a Vane—. Me sorprende, Cynster, que usted haya permitido al joven Debbington embarcarse en esa locura de plan que sin duda alguna va a trastornar la sensibilidad de su hermana.

Patience, que de repente ya no estaba tan segura de que Gerrard se encontrara a salvo, miró a Vane.

Éste, con los ojos fijos en Penwick, levantó despacio las cejas. Seguidamente volvió la cabeza y se topó con la mirada de potencial preocupación de Patience.

—Tenía entendido que Gerrard tiene diecisiete años.

Ella parpadeó.

—Así es.

—Bien, pues. —Vane se reclinó en su silla de montar, relajando los hombros—. Diecisiete es una edad más que suficiente para ser responsable de la seguridad de uno mismo. Si se rompe una pierna al bajar, será enteramente culpa suya.

Patience se lo quedó mirando... y se preguntó por qué sus labios insistían en volverse hacia arriba. Los ojos de Vane se posaron en los de ella; la calma y la seguridad firme como una roca que vio en ellos la tranquilizaron... y le devolvieron la confianza en Gerrard.

La risa mal disimulada que flotó por encima de ellos obligó a Patience a enderezar los labios y volverse hacia Penwick.

—Estoy segura de que Gerrard es más que capaz de arreglárselas solo.

Penwick estuvo a punto de fruncir el ceño.

—Aquí viene Edmond. —Patience miró más allá de Penwick, a Edmond, que instaba a su montura a subir el cerro—. Creía que estaba usted atrapado por su musa.

—He luchado para desembarazarme de ella —informó Edmond con una ancha sonrisa. Saludó a Penwick con un gesto de cabeza y después se volvió otra vez hacia

Patience—. Pensé que a lo mejor le agradaba tener más compañía.

Aunque el semblante de Edmond mostraba ingenuidad, a Patience le quedaban escasas dudas de lo que estaba pensando. Luchó contra el impulso de mirar a Vane para ver si también él había captado la indirecta. Estaba bastante segura de que sí, desde luego no era nada tonto.

Esto último quedó confirmado por el grave murmullo que se deslizó junto a su oído derecho:

—Precisamente hemos estado admirando el paisaje.

En aquel instante, antes incluso de volverse hacia él, volvió a inundarla aquella sensación de hormigueo, más intensa, más perversa y sugerente que antes. Patience contuvo la respiración y se negó a mirarlo a los ojos; permitió que su mirada se levantase únicamente hacia sus labios. Los vio temblar y por fin distenderse en una sonrisa burlona.

—Y aquí está Chadwick.

Patience reprimió un gemido. Al volver la cabeza confirmó que, en efecto, Henry venía hacia ellos al trote. Apretó los labios; había salido a montar sólo porque ninguno de ellos había manifestado interés en hacerlo... y ahora allí estaban todos, incluso Penwick, acudiendo a rescatarla.

¡Ella no necesitaba que la rescatara nadie! ¡Ni que la protegiera! No corría el menor peligro de sucumbir a los encantos de libertino de ningún «caballero elegante». Tuvo que admitir que no se había dado el caso de que Vane le hubiera lanzado cebo alguno. Tal vez estuviera pensándoselo, pero sutilmente dejó que los otros parecieran cachorros que forcejeaban inútilmente y que, en su precipitación, no hacían sino lanzar ladridos.

—Hace un día tan bueno que no he podido resistir la tentación de dar un buen paseo a caballo —dijo Henry sonriendo con simpatía a Patience; a ésta le vino a la mente la imagen de un cachorrito jadeante, con la lengua fuera a modo de esperanzada sonrisa canina.

—Ahora que ya estamos todos —dijo Vane recalcando las palabras—, ¿les parece que continuemos con el paseo?

—Muy bien —convino Patience. Lo que fuera, con tal de abreviar aquella farsa de reunión.

—Gerrard, baja ya, tu caballo se ha olvidado de por qué está aquí. —La orden de Vane, pronunciada en un tono de hastío, no provocó en el muchacho más que una leve risita.

Se incorporó, se estiró, hizo un gesto de cabeza a Patience y acto seguido desapareció por el otro lado del montículo. Al cabo de unos minutos reapareció al nivel del suelo sacudiéndose el polvo de las manos. Dedicó una amplia sonrisa a Vane, saludó con la cabeza a Edmond y a Henry e hizo caso omiso de Penwick. Al tomar las riendas de manos de Patience le dirigió una sonrisa rápida y después se subió a la silla.

—¿Nos vamos?

Un levantamiento de ceja y un breve gesto de la mano acompañaron a la pregunta. Patience se puso rígida y se lo quedó mirando fijamente. Sabía con exactitud de quién había aprendido Gerrard aquellos pequeños gestos.

—¿Qué tal el paisaje? —Edmond puso su caballo a la par que el de Gerrard. Ambos descendieron del repecho a la cabeza de la comitiva. El muchacho contestó encantado describiendo diversas panorámicas y explayándose en el juego de luces, nubes y neblinas.

Patience, con la vista fija en su hermano, puso su caballo a continuación del de él. Eso provocó gran consternación: Como Vane se mantuvo sin moverse a su derecha, Penwick y Henry pelearon por la posición de la izquierda. Gracias a una mayor destreza de movimientos, Penwick se alzó con el premio y dejó a Henry malhumorado en la retaguardia. Patience suspiró para sus adentros y tomó nota mentalmente de mostrarse amable con Henry.

Al cabo de tres minutos, con gusto habría estrangulado a Penwick.

—Me satisface, señorita Debbington, saber que posee usted la suficiente perspicacia para darse cuenta de que me guía únicamente el más sincero interés por su bienestar. —Así empezó Penwick. De ahí pasó a—: No puedo por menos que estar convencido de que no le hace ningún bien a su sensibilidad de hermana, a esas tiernas emociones de las que están tan bien dotadas las mujeres de la nobleza, el hecho de verse constantemente mortificada por las travesuras juveniles pero tristemente desconsideradas de su hermano.

Patience mantuvo la vista fija en los campos y dejó que le resbalara la disertación de Penwick. Sabía que él no iba a darse cuenta de que estaba pensando en otra cosa. Otros hombres siempre sacaban lo peor de Penwick; en este caso, lo peor era que creía de forma inamovible en su propio criterio, combinado con la certeza inquebrantable de que ella no sólo compartía su misma opinión, sino que además iba, sin duda, camino de convertirse en la señora Penwick. Patience no alcanzaba a comprender cómo había llegado Penwick a semejante conclusión, ya que ella jamás le había dado el menor pie para pensarlo.

Sus portentosas declaraciones pasaron sobre ella sin pena ni gloria. Henry se agitó en su silla y después tosió, y por fin intervino diciendo:

—¿Creen que volverá a llover?

Patience se aferró aliviada a aquella tonta pregunta y se valió de ella para hacer cambiar de tema a Penwick, cuya otra obsesión, aparte del sonido de su propia voz, eran sus tierras. Gracias a unas cuantas preguntas ingenuas, puso a Henry y Penwick a discutir sobre el efecto de las recientes lluvias sobre las cosechas.

Durante todo aquel tiempo, Vane no dijo nada. No tuvo necesidad de ello. Patience estaba bastante segura de cuáles eran sus pensamientos, tan desengañados como los de ella. Su silencio era más elocuente, más poderoso, más capaz de repercutir en sus sentidos, que la palabrería pedante de Penwick o la cháchara vulgar de Henry.

A su derecha percibía una sensación de seguridad, un frente que no necesitaba, por el momento, defender. Eso le proporcionaba la silenciosa presencia de Vane. Suspiró para sus adentros; otra cosa más, supuso, por la que debía estarle agradecida. Estaba demostrando ser muy diestro en aquella forma de maniobrar tranquila, arrogante, sutil pero implacable que ella asociaba con los «caballeros elegantes». No la sorprendía; desde el principio lo había clasificado como un experto en tales prácticas.

Se centró en Gerrard y lo oyó reír. Edmond se volvió para sonreírle y luego regresó a su conversación con Gerrard. Éste hizo algún comentario y lo subrayó con el mismo gesto indolente de la mano que había utilizado antes.

Patience apretó los dientes. No había nada de malo, *per se*, en aquel gesto, aunque Vane lo hacía mejor. A sus diecisiete años, las manos de artista de Gerrard, aunque estaban bien formadas, aún tenían que adquirir la fuerza y la madurez que poseían las de Vane Cynster. Cuando él realizaba dicho gesto, exhibía un poder masculino que Gerrard todavía estaba por alcanzar.

Pero una cosa era copiar ademanes, y otra... A Patience la preocupaba que la emulación de Gerrard no se detuviese ahí. Con todo, razonó lanzando una mirada fugaz a Vane, que cabalgaba en silencio a su lado, se trataba sólo de un gesto o dos. Pese a lo que opinaba Penwick, ella no era una mujer abrumada por absurdas debilidades. Tal vez tuviera una conciencia más aguda de Vane Cynster y de sus propensiones, tal vez estuviera más vigilante que con otros hombres; pero no parecía haber un motivo real para intervenir. Todavía.

En aquel momento Gerrard soltó una carcajada y se apartó de Edmond; espoleó su caballo y lo situó junto al de Vane.

—Tenía la intención de preguntarle —sus ojos centelleaban de entusiasmo al mirar a Vane a la cara— por esos caballos suyos.

Una distracción que tuvo lugar al otro lado obligó a Patience a volver la vista hacia allí, de modo que no llegó a oír la contestación de Vane. Tenía una voz tan profunda, que cuando miraba hacia otro lado Patience no lograba discernir lo que decía.

La distracción resultó ser Edmond, que se aprovechó de que Penwick estaba distraído con Henry para insinuarse con su montura entre la de Penwick y Patience.

—¡Por fin! —Edmond ignoró alegremente la mirada ofendida de Penwick—. He estado esperando para poder solicitar su opinión sobre mi último poema. Es para la escena en la que el abad se dirige a los hermanos errantes.

Y procedió a declamar el producto más reciente de su inventiva.

Patience hizo rechinar los dientes; literalmente, no sabía qué hacer. Edmond esperaba que le hiciera un comentario inteligente acerca de su trabajo, que él se tomaba con toda la seriedad que no dedicaba a asuntos más mundanos. Por otra parte, estaba desesperada por saber qué le estaba diciendo Vane a Gerrard. Mientras una parte de su cerebro escuchaba las rimas de Edmond, no dejaba de aguzar el oído para captar lo que decía Gerrard.

—¿Así que el pecho es importante? —preguntó el chico.

Retumbar, retumbar.

—Oh. —Gerrard hizo una pausa—. En realidad yo creía que una indicación bastante clara era el peso.

Como contestación, se oyó retumbar un poco más.

—Entiendo. De modo que si tienen gran vitalidad...

Patience miró a su derecha; Gerrard estaba ahora más cerca de Vane. Ni siquiera oía ya su mitad de la conversación.

—¡Y bien! —Edmond respiró hondo—. ¿Qué opina usted?

Patience volvió la cabeza al instante y se topó con la mirada del joven.

—No ha captado mi atención. Tal vez necesite retocarlo un poco.

—Oh. —Edmond se quedó desinflado, pero no vencido. Frunció el ceño y dijo—: En realidad, creo que tiene usted razón.

Patience no le hizo caso y acercó más su yegua al caballo de Vane. Éste la miró; tanto sus ojos como sus labios mostraban una expresión ligeramente divertida. Patience tampoco hizo caso de aquello y se concentró en lo que decía.

—Suponiendo que estén bien de peso, el siguiente criterio más importante son las rodillas.

¿Las rodillas? Patience parpadeó.

—¿Piernas largas? —sugirió Gerrard.

Patience se puso en tensión.

—No necesariamente —repuso Vane—. Funcionan bien, no cabe duda, pero ha de haber fuerza en la zancada.

Aún seguían hablando de caballos de carruajes; Patience estuvo a punto de suspirar de alivio. Continuó escuchando, pero no oyó nada más que resultara siniestro. Sólo caballos. Ni siquiera las apuestas o las carreras.

Frunciendo el ceño para sus adentros, se relajó en la silla de montar. Sus sospechas acerca de Vane eran fundadas, ¿no? ¿O quizás estaba exagerando?

—Aquí es donde me despido de ustedes.

La ácida declaración de Penwick interrumpió las meditaciones de Patience.

—Muy bien, señor. —Le ofreció la mano—. Ha sido muy amable al acompañarnos. Le mencionaré a mi tía que hemos recibido su visita.

Penwick parpadeó.

—Oh, sí... es decir, confío en que haga llegar mis saludos a lady Bellamy.

Patience esbozó una fría sonrisa de cortesía e inclinó la cabeza. Los caballeros asintieron a su vez; el gesto de Vane contenía además una pizca de amenaza, aunque Patience no habría sabido decir cómo consiguió transmitirla.

Penwick hizo volver grupas a su caballo y se alejó al galope.

—¡Bien! —Libres ya de la presencia incisiva y reprobatoria de Penwick, Gerrard sonrió—. ¿Qué tal si echamos una carrera hasta los establos?

—Estás perdido. —Edmond recogió las riendas. El sendero que conducía a los establos discurría al otro lado de un prado abierto. Era un recorrido en línea recta, sin vallas ni zanjas que entorpecieran el paso.

Henry soltó una risita de satisfacción y dirigió una mirada a Patience.

—Supongo que yo también me apunto.

Gerrard miró a Vane, que sonrió.

—Les daré ventaja... Salgan ya.

Gerrard no esperó más. Lanzó un silbido y espoleó con fuerza su caballo.

Edmond hizo ademán de darle caza, igual que hizo Henry, pero, cuando Patience clavó los talones en los costados de su yegua, salieron al mismo tiempo que ella. Patience galopó en pos de su hermano dejando que la yegua corriera a rienda suelta; Gerrard llevaba mucha delantera, sin rivales. Los otros tres hombres frenaron sus monturas para mantenerse al paso, más corto, de la yegua.

¡Qué ridículo! ¿De qué podía servirles a ninguno de ellos mantenerse a su lado en campo abierto? Patience luchó por conservar un semblante sereno, por no sonreír de oreja a oreja y sacudir la cabeza ante la estupidez de los hombres. Conforme se iban acercando al sendero, no pudo resistirse a lanzar una mirada fugaz hacia Vane.

Sin moverse de su derecha, y gobernando con facilidad su caballo, Vane la miró a su vez... y levantó una ceja en un gesto de desaprobación hacia sí mismo. Patience rió, y al instante brilló una luz en los ojos de Vane. El sendero se acercaba; miró hacia delante. Cuando volvió a fijarse en Patience, la luz de sus ojos se había vuelto más dura, más afilada.

Acercó su caballo, agobiando a la yegua. Ésta reaccionó alargando la zancada. Henry y Edmond se quedaron rezagados, obligados a mantenerse en la retaguardia mientras los otros dos corrían veloces hacia el sendero, cuya anchura permitía cabalgar juntos dos caballos a la vez.

Poco después estaban pasando por debajo del arco de entrada del patio. Patience detuvo a su yegua, aspiró hondo y miró a su espalda; Edmond y Henry venían bastante detrás.

Gerrard, que había ganado la carrera, soltó una carcajada y puso su caballo a hacer cabriolas. Enseguida acudieron corriendo Grisham y los mozos de cuadra.

Patience miró a Vane y vio que estaba desmontando... pasando la pierna por encima de la silla y deslizándose hasta el suelo, aterrizando sobre sus pies. Parpadeó, y al instante lo tuvo junto a ella.

Sus manos se cerraron alrededor de su cintura.

Casi lanzó una exclamación cuando él la levantó de la silla como si no pesara más que una niña pequeña. No la bajó de golpe, sino que la hizo descender despacio hasta depositarla de pie junto a la yegua. A menos de treinta centímetros de él. La sostuvo entre sus manos; ella sintió cómo aquellos largos dedos se flexionaban, notó las yemas a uno y otro lado de su columna vertebral, los pulgares sobre la sensible cintura, y se sintió... cautiva. Vulnerable. El semblante de Vane era una dura máscara, su expresión era intensa. Con la mirada clavada en la de él, Patience sintió las piedras del patio bajo los pies, pero aun así el mundo no dejaba de darle vueltas.

Era él la causa de aquellas sensaciones tan peculiares. Pensó que tenía que serlo, pero es que nunca había experimentado aquellas sensaciones... y las que ahora la recorrían de arriba abajo eran mucho más fuertes que las que había experimentado antes. Era su contacto el culpable, el contacto de sus ojos, el contacto de sus manos. Ni siquiera tenían la necesidad de tocar piel para hacer reaccionar hasta la última partícula de su cuerpo.

Patience tomó aire con dificultad. Por un extremo de su campo visual advirtió un movimiento que la hizo cambiar el foco. Hacia Gerrard. Lo vio desmontar de un modo exactamente igual que Vane. Sonriendo de oreja a oreja y rebosante de orgullo y buen humor, el joven se dirigía hacia ellos.

Vane se volvió y soltó suavemente a Patience.

Ésta de nuevo aspiró con dificultad y luchó por recobrar el equilibrio en su cabeza. Puso una sonrisa en sus labios dedicada a Gerrard... y continuó respirando profundamente.

—Una maniobra muy astuta, Cynster. —Edmond, sonriendo con gesto amistoso, desmontó de la forma acostumbrada. Patience se fijó en que era una manera mucho más lenta que la que había empleado Vane.

Henry desmontó también; Patience tuvo la impresión de que a éste no le había gustado ver cómo Vane la ayudaba a apearse del caballo. Pero dirigió una de sus sonrisas afables a Gerrard.

—Enhorabuena, muchacho. Nos has vencido en justa y honrada liza.

Lo cual era cargar demasiado las tintas. Patience lanzó una mirada rápida a su hermano, esperando algo menos que una respuesta elegante; pero en lugar de eso, el chico, que estaba de pie junto a Vane, se limitó a enarcar una ceja y sonreír con aire desenfadado.

Patience apretó los dientes. De una cosa estaba segura: no estaba exagerando nada.

Vane Cynster se estaba extralimitando, iba demasiado deprisa, al menos en lo que se refería a Gerrard. En cuanto a lo demás, lo de estimular los sentidos de ella, sospechaba que simplemente se estaba divirtiendo sin ninguna intención seria. Como ella no era propensa a dejarse seducir, al parecer no había motivo para llamarle la atención al respecto.

En cambio, lo de Gerrard...

Reflexionó sobre la situación mientras los mozos se llevaban los caballos. Durante unos instantes, los cuatro hombres permanecieron juntos en el centro del patio; un poco apartada, los estudió a todos, y reconoció que no podía reprochar a Gerrard que hubiera elegido emular a Vane; era el macho dominante.

Como si percibiera su mirada, Vane se volvió. Alzó

una ceja y a continuación, con innata elegancia, le ofreció el brazo. Patience se armó de valor y lo aceptó. Ya en grupo, se dirigieron hacia la casa. Edmond los abandonó frente a la puerta de entrada, ellos subieron la escalera principal y después Gerrard y Henry se separaron camino de sus habitaciones. Todavía del brazo de Vane, Patience entró despacio en la galería. Su habitación se encontraba en el mismo pasillo que la de Minnie; la de Vane se hallaba en el piso inferior.

No merecía la pena expresar en voz alta su desaprobación a no ser que hubiera verdadera necesidad de ello. Patience se detuvo en la arcada que partía de la galería, desde donde cada uno tomaría un camino distinto. Patience retiró la mano del brazo de Vane y levantó la vista hacia su rostro.

—¿Piensa quedarse mucho tiempo?

Él la miró a su vez.

—Eso —dijo en un tono de voz muy quedo— depende en gran medida de usted.

Patience miró sus ojos grises... y se quedó petrificada. Tenía paralizado cada uno de los músculos del cuerpo, de la cabeza a los pies. La idea de que él se estuviera divirtiendo, sin ninguna intención seria, desapareció de pronto... borrada por la expresión de sus ojos.

La intención que había en sus ojos.

No habría estado más clara si la hubiera expresado con palabras.

Valientemente, y sacando fuerzas de donde no creía tenerlas, Patience alzó la barbilla y obligó a sus labios a curvarse lo justo para formar una sonrisa serena.

—Creo que descubrirá que se equivoca.

Pronunció aquella frase con suavidad, y vio que él apretaba la mandíbula. Entonces la recorrió por entero una premonición de intenso peligro y no se atrevió a decir nada más. Con la sonrisa todavía en los labios, inclinó la cabeza con ademán altivo y seguidamente, con un remango, cruzó la arcada y corrió a la seguridad que le ofrecía el pasillo.

Vane la dejó marchar observándola con los ojos entrecerrados, viendo cómo balanceaba las caderas al caminar. Se quedó en la arcada hasta que ella llegó a la puerta de su habitación y la oyó cerrarla después de entrar.

Entonces, muy despacio, sus facciones se relajaron y apareció en sus labios una sonrisa Cynster. Si no podía escapar del destino, entonces, *ipso facto*, tampoco podría escapar ella. Lo cual quería decir que Patience sería suya. Y dicha perspectiva se fue haciendo más atrayente a cada minuto.

5

Era el momento de actuar.

Aquella misma noche, mientras aguardaba en el salón a que reaparecieran los caballeros, a Patience se le hacía cada vez más difícil hacer honor a su nombre.* No dejaba de dar vueltas a la cabeza. A su lado, Angela y la señora Chadwick, que ocupaban un diván, hablaban de cuál sería el mejor volante para el nuevo vestido de mañana de Angela. Patience, aunque asentía vagamente, ni siquiera las escuchaba; tenía cosas de más peso en la cabeza.

Un persistente dolor le martilleaba las sienes; no había dormido bien, consumida por las preocupaciones: preocupación por las acusaciones cada vez más afiladas que le dirigían a Gerrard, preocupación por la influencia de Vane Cynster sobre su impresionable hermano.

Y por añadidura, ahora tenía que hacer frente a la distracción ocasionada por su extraña reacción a Vane Cynster, el «caballero elegante». La había afectado desde el principio, y cuando por fin sucumbió al sueño, incluso se introdujo en sus pesadillas.

Entornó los ojos para combatir el dolor que sentía detrás.

—Yo creo que la trenza de color cereza resultaría

* *Patience* significa paciencia en inglés. *(N. de la T.)*

mucho más arrebatadora. —Angela amenazó con hacer pucheros—. ¿No te parece, Patience?

El vestido del que estaban hablando era de un color amarillo muy claro.

—Me parece —contestó Patience, haciendo acopio de paciencia— que es mucho más apropiada la cinta aguamarina que te ha sugerido tu madre.

El mohín de Angela se materializó. La señora Chadwick se apresuró a advertir a su hija de que no era prudente favorecer las arrugas, y al instante el mohín desapareció por arte de magia.

Patience, tamborileando con los dedos sobre el brazo del sillón, miró la puerta con el ceño fruncido y volvió a su preocupación: ensayar la advertencia que le iba a hacer a Vane Cynster. Era la primera vez que tenía que advertir a un hombre, y habría preferido no tener que empezar ahora, pero no podía permitir que las cosas continuaran tal como estaban. Aparte de la promesa que le había hecho a su madre, en su lecho de muerte, de que siempre velaría por la seguridad de Gerrard, simplemente no podía soportar que éste sufriera de semejante modo, que fuera utilizado como peón para sonsacarle a ella una sonrisa.

Por supuesto, aquello mismo hacían todos hasta cierto punto. Penwick la trataba como a una niña, jugando a representar el papel de protector. Edmond se valía de su vena artística para atraer a Gerrard, para demostrar la afinidad que tenía con él. Henry fingía un interés paternal con una patente falta de auténtica emoción. Sin embargo, Vane iba más allá: hacía cosas. Protegía de forma activa a Gerrard, atraía de forma activa el interés de su hermano, interactuaba de forma activa... todo con la declarada intención de que ella se sintiera agradecida, de ponerla en deuda con él.

Y eso no le gustaba. Todos estaban utilizando a Gerrard, pero el único del que Gerrard corría peligro de recibir algún daño era de Vane. Porque el único al que Gerrard apreciaba, admiraba y potencialmente veneraba era a Vane.

Patience se masajeó la sien derecha con disimulo. Si no terminaban pronto con el oporto, iba a atacarla una tremenda migraña. Probablemente la sufriría de todos modos porque, después de las perturbaciones de la noche pasada, seguidas por las sorpresas del desayuno y rematadas por las revelaciones del paseo a caballo, había pasado la mayor parte de la tarde pensando en Vane. Lo cual bastaba para sumir en un torbellino a la mente más fuerte.

Él la alteraba en tantos aspectos, que había renunciado a intentar desenmarañar sus pensamientos. Estaba segura de que sólo había un modo de tratar con él: de forma directa y con decisión.

Sentía como arenilla en los ojos, a causa de haber pasado demasiado tiempo mirando fijamente a la nada, sin pestañear. Tenía la misma sensación que si llevara varios días sin dormir. Y desde luego no iba a dormir hasta que se hubiera hecho cargo de la situación, hasta que hubiera puesto fin a la relación que se estaba formando entre su hermano y Vane. Era verdad que lo único que había visto y oído entre ellos hasta el momento había sido de lo más inocente, pero nadie, nadie en absoluto, podía llamar inocente a Vane.

Vane no era inocente, pero Gerrard sí.

Lo cual era precisamente lo que la tenía preocupada.

Al menos, creía que era aquello. Hizo una mueca al sentir que el dolor le pasaba de una sien a la otra.

En aquel momento se abrió la puerta, y Patience se irguió en su asiento. Escrutó el grupo de caballeros mientras iban entrando... Vane el último. Caminaba con paso lento, lo cual en sí mismo bastaba ya para darle la certeza de que sus tortuosos razonamientos eran acertados. Toda aquella arrogante masculinidad le ponía los nervios de punta.

—¡Señor Cynster! —Sin ruborizarse, Angela le hizo señas para que se acercara. Patience la hubiera besado.

Vane la oyó y la vio agitar la mano; su mirada se posó brevemente en Patience y acto seguido, con una sonrisa que ella clasificó sin vacilar de nada digna de confianza, echó a andar lentamente en dirección a la joven.

Las tres —la señora Chadwick, Angela y Patience— se levantaron en grupo para recibirlo, pues ninguna deseaba correr el riesgo de dislocarse el cuello.

—Quisiera preguntarle una cosa en particular —dijo Angela antes de que nadie más pudiera hacer el intento de hablar—: si es cierto que el color cereza es actualmente el que está más de moda en los volantes de las jovencitas.

—Ciertamente resulta muy popular —repuso Vane.

—Pero no en un vestido amarillo claro —dijo Patience.

Vane la miró.

—Espero de corazón que no.

—Por supuesto. —Patience se colgó de su brazo—. Si nos disculpan, Angela, señora. —Hizo un gesto con la cabeza a la señora Chadwick—. Tengo que preguntar al señor Cynster algo que no puede esperar.

Y diciendo esto, se llevó a Vane hacia el extremo más alejado del salón... y dio gracias a los dioses porque él se lo consintió.

Percibió su mirada, de ligera sorpresa y clara diversión, fija en su rostro.

—Mi querida señorita Debbington. —Patience notó que Vane giraba el brazo para ser él quien la llevara a ella—. Quiera lo que quiera, no tiene más que decirlo.

Patience le dirigió una mirada entornada. El tono ronroneante de su voz le provocó escalofríos a lo largo de la espalda... escalofríos deliciosos.

—Me alegra mucho que diga usted eso, porque es precisamente lo que tengo intención de hacer.

Vane levantó las cejas y escudriñó su rostro. Después alzó una mano y le frotó suavemente un dedo entre las cejas.

Patience se quedó quieta, sorprendida, y luego echó la cabeza atrás.

—¡Pero qué hace! —Un intenso calor invadió la zona que él había tocado.

—Estaba frunciendo el ceño... como si tuviera dolor de cabeza.

Patience lo frunció aún más. Habían llegado al extremo del salón; se detuvo y giró en redondo para mirarlo de frente. Y se lanzó al ataque:

—Entiendo que no se va usted mañana.

Vane la miró con detenimiento. Al cabo de un momento, respondió:

—No me imagino marchándome en un futuro cercano. ¿Y usted?

Tenía que estar segura. Lo miró cara a cara.

—¿Por qué se queda?

Vane estudió su rostro, sus ojos... y se preguntó qué era lo que la alteraba tanto. La tensión femenina que la atenazaba vibró también a través de él; la tradujo como «una abeja bajo el sombrero», pero, gracias a su prolongada asociación con mujeres fuertes, su madre y sus tías, y no digamos la nueva duquesa de Diablo, Honoria, había aprendido cuán juicioso era ser prudente. Como no estaba seguro de la estrategia que estaba empleando Patience, decidió ganar tiempo:

—¿Por qué cree usted? —Levantó una ceja—. Después de todo, ¿qué podría tener interés suficiente para retener aquí a un caballero como yo?

Conocía la respuesta, naturalmente. La noche anterior había tanteado un poco el terreno. Había situaciones en las que la justicia, ciega como era, podía ser engañada con facilidad, y una de ellas era la que ahora los ocupaba. Había secretos ocultos considerables, de una profundidad inesperada, inexplicable.

Se quedaba para ayudar a Minnie, para defender a Gerrard... y para echar una mano a Patience, preferiblemente sin que se notase. El orgullo era algo que él comprendía muy bien, y era sensible al de ella. A diferencia de los otros caballeros, no veía motivo para sugerir que Patience había fracasado en todos los aspectos con Gerrard. Según su entender, no había fracasado. De modo que se podía decir que actuaba como protector suyo, también. Y dicho papel le parecía muy apropiado.

Adornó la pregunta con una sonrisa encantadora; para su sorpresa, eso hizo que Patience se pusiera tensa, se estirara, entrelazara las manos frente a sí y lo traspasara con una mirada de censura.

—En ese caso, me temo que he de insistir en que se abstenga de animar a Gerrard.

Vane se quedó quieto para sus adentros. Pero fijó la mirada en los ojos de Patience, que lo miraban con reproche.

—¿Qué quiere decir con eso, exactamente?

Patience alzó la barbilla.

—Sabe perfectamente lo que quiero decir.

—Explíquemelo.

Sus ojos, como ágatas despejadas, perforaron los de él, y después apretó los labios.

—Preferiría que pasara el menor tiempo posible con

Gerrard. Usted demuestra interés por él con el solo propósito de ganar puntos conmigo.

Vane arqueó una ceja.

—Se da usted demasiada importancia, querida.

Patience le sostuvo la mirada.

—¿Se atreve a negarlo?

Vane sintió que se le endurecía el semblante y se le tensaba la mandíbula. No podía refutar aquella acusación, pues en gran parte era cierta.

—Lo que no comprendo —murmuró, mirando a Patience con los ojos entrecerrados— es por qué mi interacción con su hermano tiene que causarle la menor preocupación. Hubiera creído que estaría usted contenta de que alguien le ampliara los horizontes al muchacho.

—Lo estaría —replicó Patience. La cabeza estaba a punto de explotarle—. Pero usted es la última persona que yo desearía como guía para él.

—¿Y por qué, si puede saberse?

El tono acerado que destilaba la voz grave de Vane era una advertencia. Y Patience lo captó. Estaba internándose en aguas pantanosas pero, habiendo llegado hasta allí, estaba decidida a no retirarse. De modo que apretó los dientes.

—No quiero que haga de guía de Gerrard, ni que le meta ideas en la cabeza, debido a la clase de caballero que es usted.

—¿Y qué clase de caballero soy yo, a sus ojos?

En lugar de ir subiendo, su tono se volvía cada vez más suave, más letal. Patience contuvo un estremecimiento y le devolvió la mirada con otra igual de afilada.

—En este caso, su reputación es la contraria a la recomendable.

—¿Y cómo sabe usted cuál es mi reputación? Lleva toda la vida enterrada en Derbyshire.

—Su fama le precede —contestó Patience, aguijoneada por el tono paternal de Vane—. No tiene más que entrar en una habitación, y es como si le extendieran una alfombra roja.

El amplio gesto que describió arrancó un gruñido a Vane.

—No sabe de lo que está hablando.

Entonces Patience perdió la calma.

—De lo que estoy hablando es de su afición al vino, las mujeres y los juegos de azar. ¡Y créame, resultan obvios hasta para el más tonto! Bien podría llevar una pancarta delante de usted que dijera —esbozó una en el aire con las manos—: «¡Caballero libertino!»

Vane se movió; de repente lo tuvo más cerca.

—Creo que ya la advertí de que yo no era un caballero.

Mirándolo a la cara, Patience tragó saliva y se preguntó cómo era posible que lo hubiera olvidado. No había nada ni remotamente caballeroso en la presencia que tenía ante sí: las facciones de Vane mostraban una expresión dura, los ojos eran acero puro. Hasta su austero y elegante atuendo parecía ahora más bien una armadura. Y su voz ya no ronroneaba. En absoluto. Patience cerró los puños con fuerza y respiró hondo.

—No quiero que Gerrard se vuelva como usted. No quiero que usted lo... —A pesar de sus esfuerzos, su innata prudencia se hizo cargo de la situación y le paralizó la lengua.

Casi temblando por el esfuerzo de contener su genio, Vane se oyó a sí mismo sugerir, en un tono suave y sibilante:

—¿Que lo corrompa?

Patience endureció la expresión. Alzó la barbilla, de modo que los párpados no dejaban ver los ojos.

—No he dicho eso.

—No pelee conmigo, señorita Debbington, porque es probable que termine sufriendo un rasguño. —Vane habló calmosamente, logrando a duras penas articular las palabras—. Vamos a ver si lo he entendido bien. Usted opina que me he quedado en Bellamy Hall exclusivamente para coquetear con usted, que me he hecho amigo de su hermano por la exclusiva razón de avanzar en mis intenciones con usted y que mi personalidad es tal que usted me considera una compañía inadecuada para un menor. ¿Me he olvidado de algo?

Patience, tiesa como un palo, lo miró a los ojos.

—Creo que no.

Vane sintió que se resquebrajaba su control, que se le escapaban las riendas de la mano. Apretó la mandíbula y cerró con fuerza ambos puños. Todos los músculos de su cuerpo se contrajeron, todos sus nervios se tensaron por el esfuerzo de refrenar su cólera.

Todos los Cynster tenían genio, un genio que normalmente se mostraba perezoso como un gato bien cebado; pero si alguien lo aguijoneaba, se transformaba en el de un depredador. Por un instante se le nubló la vista, pero entonces el animal obedeció a la rienda y se replegó, siseando. Cuando cedió su furia, parpadeó un tanto mareado.

Aspiró profundamente, dio media vuelta y, arrastrando la mirada de Patience, se obligó a recorrer la habitación con los ojos. Lentamente fue soltando el aire.

—Si fuera usted un hombre, querida, no estaría aún de pie.

Hubo una pausa de un instante, y luego Patience dijo:

—Ni siquiera usted golpearía a una dama.

Aquel «ni siquiera» estuvo a punto de hacer estallar su cólera de nuevo. Con la mandíbula tensa, Vane volvió la cabeza despacio, la miró a los ojos... y levantó las cejas. Le hormigueó la mano en el impulso de hacer contacto con el trasero de Patience. Le ardía, claramente. Por espacio de unos segundos estuvo a punto de hacerlo... Los ojos de ella, grandes como platos cuando, paralizada como una presa, leyó la intención que había en la mirada de él, le procuraron escaso consuelo. Pero luego pensó en Minnie y eso lo hizo vencer la compulsión casi abrumadora de hacer comprender de manera desagradable a la señorita Patience Debbington adónde la llevaba su temeridad. Minnie, aun comprensiva como era, seguramente no resultaría estar tan dispuesta a perdonar.

Entornó los ojos y habló muy suavemente:

—Sólo tengo una cosa que decirle, Patience Debbington. Está usted equivocada... en todo lo que ha dicho.

Y acto seguido dio media vuelta y se fue.

Patience lo observó mientras se iba, observó cómo cruzaba en línea recta el salón a grandes zancadas, sin mirar a derecha ni izquierda. En su paso no había nada lánguido, ningún vestigio de su habitual lentitud y elegancia; todos sus movimientos, la rigidez de los hombros, desprendían una fuerza contenida, una furia apenas refrenada. Abrió la puerta y, sin ni siquiera saludar con la cabeza a Minnie, salió; la puerta se cerró tras él.

Patience frunció el entrecejo. La cabeza le dolía, implacablemente. Se sentía vacía y... sí, helada por dentro. Como si acabara de hacer algo malísimo, de cometer una terrible equivocación. Pero no la había cometido, ¿no?

A la mañana siguiente se despertó en medio de un mundo húmedo y gris. Miró por un ojo la impenetrable oscuridad que reinaba al otro lado de la ventana, y entonces lanzó un gemido y escondió la cabeza bajo las sábanas. Notó que el colchón se hundía bajo el peso de *Myst*, que se había subido a la cama. La gata se acomodó contra la curva de su estómago y se puso a ronronear.

Patience enterró aún más la cabeza en la almohada. Estaba claro que era una mañana de la que se podía prescindir perfectamente.

Una hora más tarde sacó brazos y piernas de la comodidad de la cama. Se vistió a toda prisa, temblando de frío, y luego se dirigió de mala gana al piso de abajo. Tenía que comer, la cobardía no era, según su credo, razón suficiente para causar al personal de servicio la inesperada molestia de subirle una bandeja a su habitación.

Tomó nota de la hora al pasar frente al reloj de las escaleras: casi las diez. Seguro qe todo el mundo había terminado de desayunar y se había marchado; no corría peligro alguno.

Entró en el comedor del desayuno... y descubrió su error. Estaban allí todos los caballeros, en su totalidad. Cuando se levantaron para saludarla, la mayoría hicieron un gesto benévolo con la cabeza, Henry y Edmond incluso esbozaron una sonrisa. Vane, sentado a la cabecera de la mesa, no sonrió en absoluto. Mantuvo su mirada gris fija en ella, con una expresión fría y pensativa. No se le movió ni un solo músculo de la cara.

Gerrard, por supuesto, la recibió con una ancha sonrisa. Patience logró sonreír débilmente y, arrastrando los pies, se acercó al aparador.

Empezó a llenar su plato sin prisas, y a continuación se deslizó en la silla al lado de su hermano, deseando que éste fuera un poco más corpulento, lo bastante para ocultarla de la mirada lúgubre de Vane. Por desgracia, Gerrard casi había terminado ya su café y se encontraba cómodamente arrellanado en su asiento.

Lo cual la dejaba a ella totalmente a la vista. Se mordió la lengua para combatir el impulso de decirle a su hermano que se sentara derecho; todavía era demasiado retozón para adoptar aquella postura. A diferencia de los caballeros a los que imitaba, que la adoptaban demasiado bien. Patience mantuvo la vista fija en el plato y la mente concentrada en comer. Aparte de la amenazadora presencia sentada a la cabecera de la mesa, no había ninguna otra distracción.

Mientras Masters retiraba los platos, los caballeros pasaron a conversar sobre las posibilidades que se les presentaban aquel día. Henry miró a Patience.

—Quizá, señorita Debbington, si se despeja el cielo, ¿le apetecería ir a dar un breve paseo?

Patience miró rápidamente el cielo que se divisaba por los ventanales.

—Habrá demasiado barro —declaró.

A Edmond le brillaron los ojos.

—¿Y qué tal si jugamos a las charadas?

Patience afinó los labios.

—Tal vez más tarde. —Estaba de un humor de perros; si no tenían cuidado, podría morder a alguno.

—En la biblioteca hay una baraja de naipes —sugirió Edgar.

El general, de forma previsible, lanzó un resoplido.

—Ajedrez —afirmó—. Es un juego de reyes. Eso es lo que voy a hacer yo. ¿Alguien se apunta?

No hubo voluntarios, con lo que el general cedió y se quedó refunfuñando en voz baja.

Gerrard se volvió a Vane.

—¿Qué tal una partida de billar?

Vane alzó una de sus cejas; su mirada permaneció posada en el rostro de Gerrard, sin embargo, observándolo de forma disimulada, Patience sabía que su atención estaba fija en ella. Entonces Vane la miró directamente.

—Una idea excelente —ronroneó, y al momento su voz y su semblante se endurecieron—, pero a lo mejor tu hermana tiene otros planes para ti.

Habló de forma clara, nítida, en un tono claramente cargado de algún otro matiz. Patience apretó los dientes. Estaba eludiendo su mirada, porque Vane estaba volviendo las miradas de todos hacia ella. No contento con eso, no hacía intento alguno de disimular la frialdad existente entre ambos; daba color a sus palabras, a su expresión; se hacía notar mucho en ausencia de su habitual sonrisa cautivadora. Permanecía muy quieto, con la mirada totalmente clavada en Patience. Sus ojos grises mostraban una expresión de frío desafío.

Fue Gerrard, el único del grupo que al parecer era insensible a lo que allí se cocía, el que rompió el silencio, que se hacía más incómodo a cada momento.

—Oh, Patience no quiere tenerme todo el día pegado a sus faldas. —Le hizo un breve gesto de confianza a su hermana y acto seguido se volvió hacia Vane.

La mirada de Vane no se movió de su sitio.

—En cambio, yo opino que eso debe decirlo tu hermana.

Patience depositó su taza de té en el plato y encogió un hombro.

—No veo motivo alguno por el que no podáis jugar al billar. —Hizo el comentario dirigiéndose a Gerrard, ignorando de plano a Vane. Luego retiró su silla y agregó—: Y ahora, si me disculpan, he de ir a ver cómo se encuentra Minnie.

Todos se levantaron al mismo tiempo que ella; Patience fue hasta la puerta, consciente de una mirada en particular clavada en su espalda, justo en medio de los omóplatos.

No había nada malo en jugar al billar.

Patience no dejaba de decírselo a sí misma, pero no lo creía. No era el billar lo que la preocupaba, sino la conversación, la natural camaradería que favorecía dicho juego, justo la clase de interacción que no quería que tuviera Gerrard con ningún caballero elegante.

El mero hecho de saber que él y Vane estaban enfrascados en golpear bolas e intercambiar Dios sabe qué comentarios sobre la vida le producía un ataque de nervios.

Lo cual fue la razón por la que, media hora después de haber visto a Gerrard y a Vane encaminarse hacia la sala de billar, se deslizó en el invernadero que había al lado. Aquel jardín de forma irregular tenía una zona que daba a un extremo de la sala de billar. Parapetada tras un grupo de plantas, Patience espió por entre las grandes hojas.

Veía la mitad de la mesa. Gerrard estaba apoyado sobre su taco. Estaba hablando; hizo una pausa y se echó a reír. A Patience le rechinaron los dientes.

Entonces entró Vane en su campo visual. De espaldas a ella, rodeó la mesa estudiando la disposición de las bolas. Se había quitado la chaqueta y, vestido con su chaleco entallado y la camisa de color blanco suave, parecía, si acaso, todavía más grande, físicamente más poderoso que antes.

Se detuvo en una esquina de la mesa. Se inclinó hacia delante y apuntó. Debajo del ajustado chaleco se agitaron los músculos. Patience se lo quedó mirando y parpadeó.

Tenía la boca seca. Se humedeció los labios y volvió a centrarse. Vane efectuó el golpe, observó la bola y se incorporó lentamente. Después, con una sonrisa de satisfacción, rodeó la mesa y se detuvo al lado de Gerrard. Hizo algún comentario, y el chico sonrió.

Patience se removió en el sitio. Ni siquiera estaba escuchando la conversación, y sin embargo se sentía culpable... culpable de no tener fe en Gerrard. Debía marcharse de allí. Pero su mirada se clavó de nuevo en Vane, absorbiendo sus formas esbeltas, de innegable elegancia, y los pies se le quedaron pegados a las losas del invernadero.

En aquel momento surgió alguien, que paseaba en torno a la mesa. Era Edmond. Miró hacia su espalda y habló con alguien que quedaba fuera de la vista.

Patience aguardó. Con el tiempo, apareció Henry. Patience dejó escapar un suspiro. Acto seguido se volvió y salió del invernadero.

La tarde continuó húmeda y triste. Unas nubes grises que pendían sobre sus cabezas los forzaban a permanecer encerrados en la casa. Tras el almuerzo, Patience se retiró con Minnie y Timms a la salita posterior para coser un poco a la luz de las velas. Gerrard había decidido dibujar unos cuantos escenarios para el drama de Edmond, así que, acompañado por éste, subió hasta las antiguas habitaciones de los niños para tener una panorámica de las ruinas sin obstáculos.

Vane había desaparecido, sólo Dios sabía dónde.

Satisfecha al comprobar que Gerrard estaba a salvo, Patience se dedicó a bordar unos verdes prados en un nuevo conjunto de tapetes para el salón. Minnie daba cabezadas sentada en un sillón junto al fuego; Timms, cómodamente instalada, se afanaba en el uso de la aguja. El reloj de la repisa de la chimenea iba marcando el lento avance de la tarde.

—Ah —suspiró Minnie al cabo de un rato. Estiró las piernas, se arregló los chales y luego miró el cielo oscuro—. Debo decir que supone un alivio enorme que Vane haya accedido a quedarse.

La mano de Patience se detuvo en el aire. Al cabo de un momento, volvió a bajar la aguja hacia la tela.

—¿Accedido? —preguntó sin levantar la cabeza, dando una puntada con sumo cuidado.

—Mmm... Iba de camino a Wrexford, por eso estaba tan cerca de aquí cuando estalló la tormenta. —Minnie resopló—. Ya me estoy imaginando qué diablura tenía planeada esa pandilla, pero, por supuesto, en cuanto se lo pedí, Vane accedió inmediatamente a quedarse. —Lanzó un suspiro de afecto—. No importan las cosas que digan de los Cynster; siempre son de fiar.

Patience miró su labor con gesto ceñudo.

—¿De fiar?

Timms intercambió una sonrisa con Minnie.

—En algunos aspectos, son notablemente predecibles, siempre se puede confiar en ellos cuando se los necesita. A veces, incluso aunque no se lo pidas.

—Así es —rió Minnie—. Pueden llegar a ser terriblemente protectores. Como es natural, en cuanto le hablé del Espectro y del ladrón, Vane ya no se fue a ninguna parte.

—Él aclarará todos estos sucesos absurdos. —La seguridad de Timms era del todo transparente.

Patience se quedó mirando su creación... y vio un rostro de contornos duros y ojos grises y acusadores. El nudo de angustia que se le había formado en el estómago la noche anterior se hizo más grande. Más pesado.

Le dolía la cabeza. Cerró los ojos y volvió a abrirlos de golpe, pues se le acababa de ocurrir una idea ciertamente horrorosa. No podía ser, no era verdad..., pero aquella temible premonición no se le iba de la cabeza.

—Er... —Tiró con fuerza de la última puntada—. ¿Quiénes son los Cynster, exactamente?

—Es una familia que posee el ducado de St. Ives. —Minnie se puso cómoda—. La sede principal es Somersham Place, en Cambridgeshire, ahí es de donde venía Vane. Diablo es el sexto duque, Vane es su primer primo. Han estado siempre juntos, desde la cuna, pues nacieron con apenas unos meses de diferencia. Pero la familia es bastante grande.

—La señora Chadwick mencionó seis primos —comentó Patience.

—Oh, hay más, pero seguramente se refería a la Quinta de los Cynster.

—¿La Quinta de los Cynster? —Patience levantó la vista.

Timms sonrió.

—Es el apodo que emplean los caballeros del mundillo social para referirse a los seis primos mayores. Son todos varones. —Su sonrisa se ensanchó—. En todos los sentidos.

—Así es. —A Minnie le chispearon los ojos—. Los seis juntos son verdaderamente dignos de ver. Tienen fama de provocar desmayos en las mujeres débiles.

Patience volvió a centrarse en su labor y reprimió una ácida réplica. Por lo visto, todos ellos eran caballeros elegantes. El peso que sentía en el estómago se aligeró un poco, y empezó a sentirse mejor.

—La señora Chadwick dijo que... Diablo se había casado recientemente.

—El año pasado —corroboró Minnie—. Su heredero fue bautizado hace unas tres semanas.

Patience miró a Minnie frunciendo el entrecejo.

—¿Es ése su nombre verdadero, Diablo?

Minnie sonrió.

—Se llama Sylvester Sebastian, pero es más conocido, y a mí me parece más apropiado, como Diablo.

El ceño de Patience se hizo más pronunciado.

—¿Y Vane se llama de verdad Vane?

Minnie lanzó una risita maliciosa.

—Se llama Spencer Archibald, y si te atreves a llamárselo a la cara, serás más valiente que nadie dentro del mundillo social. Tan sólo su madre puede seguir llamándolo así con total impunidad. Todo el mundo lo conoce como Vane desde antes de que fuera a Eton. El apodo se lo puso Diablo, porque decía que siempre sabía de qué lado soplaba el viento y qué flotaba en el aire. —Minnie alzó las cejas—. Extraña clarividencia, la de Diablo, porque no cabe duda de que es cierto. Vane es intuitivo por instinto, cuando ya no cabe otra cosa.

Minnie se quedó pensativa; al cabo de dos minutos, Patience sacudió su labor y dijo:

—Supongo que los Cynster, por lo menos los de la Quinta, son... —hizo un ademán vago— en fin, los caballeros normales que hay en la ciudad.

Timms soltó un bufido.

—Sería más exacto decir que son el modelo a imitar para los llamados caballeros de la ciudad.

—Todo dentro de los límites aceptables, claro está. —Minnie entrelazó las manos sobre su amplio estómago—. Los Cynster constituyen una de las familias más antiguas de la sociedad. Dudo que alguno de ellos pueda tener mal tono; aunque lo intentaran, no va con su personalidad. Puede que monten escándalos, que sean los hedonistas más temerarios de la gente de sociedad, que caminen siempre a un centímetro de pasarse de la raya, pero te puedo garantizar que no la cruzarán nunca. —Rió de nuevo—. Y si alguno de ellos se acercara demasiado, la gente se enteraría de ello por sus madres, por sus tías...

y por la nueva duquesa. Desde luego, Honoria no es precisamente un cero a la izquierda.

Timms sonrió.

—Dicen que la única persona capaz de domesticar a un varón Cynster es una mujer Cynster, y con ello se refieren a la esposa de un Cynster. Aunque parezca mentira, ha resultado ser cierto, una generación tras otra. Y si tenemos que juzgar por el caso de Honoria, la Quinta de los Cynster no va a escapar de ese destino.

Patience frunció el ceño. La anterior imagen mental que tenía de Vane, nítida y sólida, era la del típico, si no del arquetipo, «caballero elegante». Aquella imagen comenzaba a volverse borrosa. Un protector en quien se podía confiar, dócil si no totalmente sumiso a las opiniones de las mujeres de su familia... Nada de aquello le recordaba en absoluto a su padre. Ni tampoco a los otros, los oficiales de los regimientos con base en Chesterfield que tanto habían intentado impresionarla, los amigos londinenses de vecinos que, al enterarse de su fortuna, habían ido a visitarla con la idea de engatusarla con sus ensayadas sonrisas. En muchos aspectos, Vane encajaba con aquel retrato a la perfección, sin embargo las actitudes de los Cynster que había expuesto Minnie eran bastante contrarias a sus expectativas.

Con una mueca de malestar, Patience inició otro nuevo tramo de hierba.

—Vane ha dicho algo acerca de que había estado en Cambridgeshire para asistir a un servicio religioso.

—Sí, así es. —Detectando diversión en el tono de Minnie, Patience levantó la vista y vio que su tía intercambiaba una mirada risueña con Timms y después la miraba a ella—. La madre de Vane me lo ha contado en una carta. Al parecer, los cinco miembros solteros de la Quinta de los Cynster quisieron darse aires de superioridad. Llevaron un libro de apuestas sobre cuál iba a ser la fecha de la concepción del heredero de Diablo. Honoria se enteró de ello en el bautizo... y se apresuró a confiscar todas las ganancias obtenidas para construir un nuevo tejado en la iglesia, y decretó que todos debían asistir al servicio religioso dedicado a tal fin. —Minnie agregó con una sonrisa que le arrugó el rostro—: Y asistieron.

Patience parpadeó y apoyó su labor de costura sobre el regazo.

—¿Quieres decir que sólo porque la duquesa dijo que tenían que asistir, asistieron?

Minnie sonrió.

—Si conocieras a Honoria, no te sorprendería tanto.

—Pero... —Con el ceño fruncido, Patience trató de imaginárselo, trató de imaginarse a una mujer ordenando a Vane que hiciera algo que él no deseaba hacer—. Entonces, seguro que el duque no está muy seguro de sí.

Timms soltó un bufido, se atragantó, y luego sucumbió en medio de fuertes carcajadas. A Minnie le ocurrió otro tanto. Patience contempló cómo las dos se partían de risa y, adoptando una expresión sufrida, aguardó con fingida paciencia.

Por fin, Minnie consiguió abrirse paso entre ahogos y se secó las lágrimas de los ojos.

—Oh, cielos. Es la frase más ridículamente graciosa, ridícula y equivocada, que he oído en toda mi vida.

—Diablo —dijo Timms entre hipos— es el dictador más tremendo y arrogante que hayas podido conocer.

—Si crees que Vane es malo, acuérdate de que es Diablo el que nació para ser duque. —Minnie movió la cabeza en un gesto negativo—. Oh, Dios, el mero hecho de imaginar a Diablo como una persona poco segura... —Y a punto estuvo de tener otro ataque de risa.

—Bueno —dijo Patience, aún ceñuda—, no parece tan dominante si permite que la duquesa mande en sus primos pasando por encima de lo que se considera una prerrogativa del varón.

—Ah, pero Diablo no es ningún tonto, no podría contradecir a Honoria en un asunto así. Y, por supuesto, ahí tuvo mucho que ver la razón por la que los varones Cynster siempre complacen a sus esposas.

—¿Qué razón? —inquirió Patience.

—La familia —contestó Timms—. Estaban todos reunidos para el bautizo.

—Están muy centrados en la familia, los Cynster —dijo Minnie, asintiendo—. Incluso la Quinta, siempre se les dan muy bien los niños. Son completamente dignos de confianza y sumamente fiables. Probablemente les venga de ser una familia tan grande, siempre han sido muy prolíficos. Los mayores están acostumbrados a tener hermanos pequeños de los que cuidar.

En el estómago de Patience comenzó a crecer una sensación de consternación, fría y pesada.

—De hecho —dijo Minnie agitando la papada al tiempo que se arreglaba los chales—, estoy muy contenta de que Vane se quede unos días. Así le dará a Gerrard unos cuantos consejos, justo lo que necesita a fin de prepararse para ir a Londres.

Minnie levantó la vista; Patience la bajó. El nudo helado que tenía en el estómago adquirió proporciones enormes. La atravesó y se le hundió en las entrañas. Revivió en su mente lo que le había dicho a Vane, los insultos apenas velados que le había dirigido en el salón la noche anterior.

Entonces notó que sus entrañas se aferraban con fuerza al nudo de hielo. Y se sintió realmente enferma.

6

A la mañana siguiente, Patience bajó las escaleras con una luminosa, aunque frágil, sonrisa en el rostro. Entró en el comedor del desayuno y saludó con un alegre gesto de cabeza a los caballeros sentados alrededor de la mesa. La sonrisa se le congeló en la cara, sólo por un instante, al ver, oh maravilla de maravillas, a Angela Chadwick charlando muy animada y muy locuaz en el asiento contiguo al de Vane.

Éste estaba sentado a la cabecera de la mesa, como de costumbre. Patience permitió que su sonrisa flotara hasta él, pero no lo miró a los ojos. A pesar de la verborrea de Angela, desde el momento en que apareció ella captó la atención de Vane. Se sirvió pescado con arroz y arenques ahumados y, a continuación, con una sonrisa para el mayordomo cuando éste le retiró la silla, ocupó su sitio al lado de Gerrard.

Angela se dirigió a ella de inmediato.

—Estaba diciéndole al señor Cynster que sería enormemente divertido organizar un grupo para ir a Northampton. ¡Imagínate todas las tiendas! —Con los ojos brillantes, miró a Patience con expresión fervorosa—. ¿No te parece una idea maravillosa?

Por un momento, Patience se sintió dolorosamente tentada a decir que sí. Cualquier cosa, hasta un día de compras en compañía de Angela, sería preferible a enfrentarse a lo que tenía que enfrentarse. Y entonces se le ocurrió la idea de enviar a Vane de compras con Angela. La visión que surgió en su mente, Vane en la tienda de algún sombrerero con los dientes apretados y aguantando las tonterías de Angela, no tenía precio. No pudo evitar mirar hacia la cabecera de la mesa... y entonces aquella impagable imagen se evaporó. A Vane no lo interesaba el guardarropa de Angela. Su mirada gris estaba fija en su rostro, su expresión era impasible pero ceñuda. Entrecerró ligeramente los ojos, como si pudiera ver a través de la fachada de ella.

Patience miró de inmediato a Angela con una sonrisa todavía mayor.

—Opino que está un poco lejos para hacer muchas compras en un solo día. Tal vez deberías pedir a Henry que os acompañara a ti y a tu madre a pasar allí unos días.

Angela se mostró muy sorprendida; se inclinó hacia delante para consultar a Henry, que estaba un poco más apartado.

—Parece que hoy va a hacer buen tiempo. —Gerrard miró a Patience—. Creo que voy a sacar mi caballete y empezar con las escenas que Edmond y yo decidimos ayer.

Patience asintió.

—De hecho —Vane bajó el tono de voz de modo que su grave retumbar se oyera por debajo de la cháchara excitada de Angela—, me gustaría que me enseñaras las zonas que has estado dibujando. —Patience levantó la vista; Vane capturó su mirada—. Siempre y cuando —su tono de voz se endureció— lo apruebe tu hermana.

Patience inclinó la cabeza con gesto indulgente.

—Me parece una excelente idea.

Un ceño fruncido pasó fugazmente por los ojos de Vane. Patience volvió a concentrarse en su plato.

—¿Pero qué podemos hacer hoy? —Angela miró en derredor, esperando una respuesta.

Patience contuvo la respiración, pero Vane guardó silencio.

—Yo voy a dibujar —declaró Gerrard—, y no quiero que me moleste nadie. ¿Por qué no vas a dar un paseo?

—No seas tonto —replicó Angela con desdén—, está todo demasiado mojado para ir a pasear.

Patience hizo para sus adentros un gesto de malestar y se llevó a la boca el último resto de pescado con arroz.

—Muy bien —contestó Gerrard—, pues tendrás que divertirte haciendo lo que hagan las jovencitas.

—Así lo haré —declaró Angela—. Leeré para mamá en la salita de la entrada.

Y dicho eso, se puso de pie. Mientras los caballeros se levantaban, Patience se limpió los labios con la servilleta y aprovechó el momento para salir ella también.

Necesitaba ir a buscar los zapatos de andar más resistentes al agua que tuviese.

Una hora después se encontraba junto a la puerta lateral escrutando la extensión de hierba empapada que había entre ella y las ruinas. Entre ella y las disculpas que tenía que pedir. Soplaba una brisa fresca que olía a lluvia; no parecía que hubiera muchas posibilidades de que la hierba se secara pronto. Hizo una mueca y bajó la vista hacia *Myst*, que estaba sentada pulcramente a su lado.

—Supongo que esto forma parte de mi penitencia.

Myst miró hacia arriba, enigmática como siempre, y agitó la cola.

Patience salió con paso decidido. En una mano llevaba su sombrilla cerrada; apenas había suficiente sol para justificar la presencia de un parasol, pero en realidad le servía simplemente para tener algo en las manos. Algo con que juguetear, algo con que defenderse... algo que mirar si las cosas se ponían difíciles de veras.

A diez metros de la puerta ya tenía empapado el borde del vestido de color lila. Apretó los dientes y miró a su alrededor en busca de *Myst*, y entonces se dio cuenta de que no estaba allí. Se giró y vio a la gata, primorosamente sentada en el escalón de piedra de la puerta. Le hizo una mueca.

—Te gusta el buen tiempo, ¿eh? —musitó, y acto seguido reanudó su paseo.

El vestido se le fue mojando cada vez más; poco a poco, el agua empezó a filtrarse por las costuras de sus botas, pero se empeñó en seguir caminando. Tal vez formara parte de su penitencia andar con los pies mojados, pero estaba segura de que aquélla sería la parte menos dura. Seguro que Vane era la parte peor.

De pronto apartó de sí aquel pensamiento, pues no había motivo para recrearse en él. Lo que estaba a punto de suceder no iba a resultarle fácil, pero si se permitía pensar demasiado la abandonaría todo el valor.

No lograba imaginar cómo había podido equivocarse de aquella manera. Ya era bastante malo estar equivocada en un punto, pero resultaba incomprensible que se hubiera desviado por completo de la verdad.

Mientras rodeaba la primera de las piedras caídas, fue poniéndose furiosa. No era justo. Vane tenía todo el aspecto de un caballero elegante. Se movía como un caballero elegante; en muchos aspectos, incluso se comportaba como un caballero elegante. ¿Cómo iba a saber ella que era tan distinto en los aspectos que no tenían que ver con el físico? Se aferró a aquella idea buscando consuelo, por ver si podía infundirle un poco de valor, pero tuvo que descartarla de mala gana. No podía eludir el hecho de que había obrado muy mal. Había juzgado a Vane fijándose solamente en sus ropajes de lobo. Y aunque ciertamente lo era, al parecer era un lobo bueno.

No había más salida que pedirle disculpas. El respeto por sí misma no aceptaría ninguna otra cosa, y seguramente él tampoco.

Cuando llegó a las ruinas propiamente dichas, miró a su alrededor. Le dolían los ojos; la noche anterior había dormido todavía menos que la antepasada.

—¿Dónde estarán? —murmuró. Si terminaba de una vez con aquel asunto y liberaba su mente de aquel fastidioso problema, tal vez pudiera echar una siesta por la tarde.

Pero antes tenía que dar al lobo lo que le correspondía. Había ido hasta allí para pedirle perdón, y deseaba hacerlo deprisa, antes de que le fallara el valor.

—¿De verdad? No lo sabía.

La voz de su hermano la guió hacia el viejo claustro. Con el caballete frente a sí, estaba dibujando los arcos que ocupaban un lateral.

Patience penetró en el patio abierto, buscando... y descubrió a Vane apoyado en las sombras de un arco del claustro medio derruido, a pocos pasos de Gerrard.

Vane ya la había visto.

Gerrard alzó la vista al oír las pisadas de su hermana sobre el enlosado.

—Hola. Vane acaba de decirme que actualmente dibujar está muy de moda en sociedad. Por lo visto, la Royal Academy organiza una exposición todos los años. —Carboncillo en mano, volvió a concentrarse en su boceto.

—Ah.

Con la mirada fija en Vane, Patience deseó poder verle los ojos. La expresión de su cara era indescifrable. Con los hombros apoyados contra el arco de piedra y los brazos cruzados sobre el pecho, la observaba fijamente como un halcón. Un halcón calculador, potencialmente amenazador. O como un lobo que viera acercarse su presa.

Se sacudió mentalmente y fue hasta donde se encontraba su hermano.

—A lo mejor, cuando vayamos a Londres, podemos visitar la Royal Academy.

—Mmm —respondió Gerrard, completamente absorto en su trabajo.

Patience examinó el dibujo.

Vane la estudió a ella. La había visto desde el instante mismo en que apareció, enmarcada por una abertura del viejo muro. Supo que estaba cerca un momento antes de eso, advertido por algún sexto sentido, por un débil aleteo en la atmósfera. Patience atraía sus sentidos igual que un imán. Lo cual, en el momento presente, no le resultaba de ayuda.

Apretó los dientes y luchó por reprimir sus recuerdos de la noche anterior para que no cristalizaran en su cerebro. Cada vez que lo hacían, se prendía su mal genio, lo cual, dado que Patience estaba tan cerca, tan a su alcance, era lo contrario de un comportamiento sensato. Su genio se parecía mucho a una espada: una vez desenvainada, era toda frío acero. Y hacía falta un verdadero esfuerzo para volver a envainarla. Algo que él no había logrado aún.

Si la señorita Patience Debbington era sensata, mantendría las distancias hasta que él lo lograse.

Si él era sensato, haría lo mismo.

Su mirada, que, sin contar en absoluto con su permiso, se había posado en las curvas de la joven, en el movimiento de sus faldas alrededor de las piernas, descendió para inspeccionar los tobillos. Patience llevaba unas botas de media caña de niña... y se veía bien a las claras que tenía el vestido empapado.

Vane frunció el ceño para sus adentros y contempló aquellas faldas mojadas. En efecto, Patience había cambiado de estrategia. Ya en el desayuno le pareció que había cambiado de actitud, pero descartó la idea por parecerle demasiado esperanzadora. No comprendía por qué iba a cambiar de opinión, ya se había convencido a sí mismo de que no había nada que él pudiera decir para refutar las acusaciones de Patience, pues todas ellas contenían algo de verdad y, para ser sincero, él mismo había dado aquella imagen con sus intentos de experta manipulación. Por fin llegó a la conclusión de que sólo existía un modo de corregir aquellas ideas equivocadas: le demostraría a Patience que no eran ciertas, y no de palabra sino con hechos. Y entonces podría saborear su confusión y sus disculpas.

Se incorporó para separarse del arco de piedra, y mientras lo hacía se dio cuenta de que, de un modo u otro, dichas disculpas iban a llegar muy pronto; no estaba dispuesto a ponerle más obstáculos en el camino. Así que, lentamente, se acercó a ella.

Patience se percató de su presencia al instante. Volvió la vista hacia él un momento, y después volvió a fijarse en el boceto de Gerrard.

—¿Vas a tardar mucho?

—Horas —contestó Gerrard.

—En fin... —Patience levantó la cabeza y, con gran valentía, miró a Vane directamente a los ojos—. Quisiera saber, señor Cynster, si puedo pedirle que tenga la amabilidad de darme su brazo para regresar a la casa. El terreno está más resbaladizo de lo que pensaba. Algunas de estas piedras resultan bastante traicioneras.

Vane alzó una ceja.

—¿De veras? —Le ofreció su brazo con suavidad—. Conozco una ruta de regreso que cuenta con una serie de ventajas.

Patience le dirigió una mirada suspicaz, pero apoyó la mano sobre su brazo y le permitió que la guiara de vuelta a la vieja iglesia. Gerrard les devolvió las palabras de despedida y se dio por enterado de la admonición de su hermana respecto de que volviese a la casa a tiempo para el almuerzo.

Sin darle tiempo para pensar en nada más que decirle a Gerrard, Vane la condujo al interior de la nave. Por encima de ellos se elevaba el único arco que quedaba en pie. Al cabo de unos minutos quedaron fuera del alcance de la vista y el oído de Gerrard, paseando uno al lado del otro por el largo pasillo central.

—Gracias.

Patience hizo el intento de retirar la mano del brazo de Vane, pero éste se la cubrió con la suya. Sintió que los dedos de la joven temblaban ligeramente y luego se quedaban inmóviles, percibió el estremecimiento que la recorrió de arriba abajo. Patience alzó la cabeza con la barbilla alta y los labios firmes. Vane la miró a los ojos.

—Lleva usted el vestido empapado.

Sus ojos de color avellana centellearon.

—Y los pies también.

—Lo cual sugiere que ha venido hasta aquí traída por un propósito.

Ella miró al frente. Vane observó con interés cómo ensanchaba el pecho tensando el corpiño del vestido.

—Así es. He venido a pedirle perdón.

Lo dijo con dificultad, entre dientes.

—Oh. ¿Y por qué?

De repente Patience se detuvo y, con los ojos entornados, miró a Vane cara a cara.

—Porque creo que le debo una disculpa.

Vane le sonrió directamente a los ojos. No intentó esconder su acero.

—En efecto.

Con los labios apretados, Patience le sostuvo la mirada y seguidamente afirmó con la cabeza.

—Eso pienso yo. —Se irguió, cerró las manos con fuerza sobre el pomo de la sombrilla y alzó la barbilla con determinación—. Le ruego que me perdone.

—¿Por qué, exactamente?

Una larga mirada a aquellos ojos grises le indicó a Patience que no iba a escaparse tan fácilmente. De nuevo entornó los ojos y dijo:

—Por haber lanzado calumnias injustificadas acerca de su personalidad. —Vio que él lo estaba digiriendo, que estaba comparando esta declaración con lo que le había dicho aquella noche. Rápidamente, ella hizo lo mismo—. Y de sus motivos —añadió de mala gana. Luego volvió a ponderar la cuestión. Y frunció el entrecejo—: Al menos, de algunos.

Los labios de Vane se movieron ligeramente.

—Desde luego, sólo algunos. —Su voz había recuperado el tono de ronroneo; Patience sintió un escalofrío que le recorrió la espina dorsal—. Sólo para dejarlo claro, deduzco que se retracta absolutamente de todas sus declaraciones injustificadas.

Se estaba burlando de ella; el brillo que había en sus ojos desde luego no era de fiar.

—Sin reservas —dijo Patience, impaciente—. ¡Ya está! ¿Qué más quiere?

—Un beso.

La respuesta fue tan rápida, tan definitiva, que Patience sintió que la cabeza le daba vueltas.

—¿Un beso?

Él se limitó a enarcar una ceja con gesto arrogante, como si aquella sugerencia mereciera más que un pestañeo. En sus ojos brillaba una chispa de desafío nada sutil.

Patience frunció el entrecejo y se mordió el labio. Ambos se encontraban en el pasillo central de la iglesia, al aire libre, sin nada en varios metros a la redonda. Totalmente desprotegidos, totalmente a la vista. No era precisamente un lugar que se prestara a actos indecentes.

—Oh, muy bien.

Dicho y hecho, se estiró de puntillas y, apoyando una mano en el hombro de Vane para no perder el equilibrio, le plantó un beso rápido en la mejilla.

Él abrió mucho los ojos y después rompió a reír... a reír más de lo que ella podía soportar.

—Oh, no. —Negó con la cabeza—. No me refiero a esa clase de beso.

Patience no necesitaba preguntar qué clase de beso quería. Se fijó en sus labios, largos, delgados, duros. Fascinantes. Y no iban a volverse menos fascinantes. De hecho, cuanto más tiempo los contemplaba...

Entonces aspiró profundamente, contuvo la respiración, se estiró hacia arriba, cerró los ojos, y le rozó fugazmente los labios con los suyos. Eran tan duros como había imaginado, como si estuvieran esculpidos en mármol. Tras el breve contacto experimentó una explosión de sensaciones: un cosquilleo en los labios que se transformó en un fuerte palpitar.

Con los ojos muy abiertos, volvió a apoyar los talones en el suelo. Y de nuevo clavó la mirada en los labios de Vane. Vio cómo las comisuras se curvaban hacia arriba y oyó su risa grave y burlona.

—Sigue sin ser lo correcto. Venga... deje que se lo enseñe yo.

Alzó las manos para rodearle con ellas el rostro, el mentón, y le abrió los labios al tiempo que hacía descender los suyos. Por voluntad propia, los párpados de Patience se cerraron y entonces sintió el contacto de los

labios de Vane. No habría podido contener el estremecimiento que le recorrió todo el cuerpo ni aunque de ello
hubiera dependido su vida.

Aturdida, lista para resistir, hizo mentalmente una
pausa. Fuerte y segura, la boca de Vane cubrió la suya
moviéndose despacio, con languidez, como si paladease
su sabor, su textura. No había nada amenazador en aquella caricia sin prisas; de hecho, resultaba seductora, atrayente para sus sentidos, los hacía centrarse en el rozar y
deslizar de unos labios fríos que parecían saber de forma
instintiva cómo aliviar el calor que iba aumentando en
los suyos. Los labios de ella vibraban doloridos; los de él
presionaban, acariciaban, como si bebieran aquel calor,
como si se lo estuvieran robando.

Patience sintió que sus labios se ablandaban; Vane, a
cambio, endureció los suyos.

No, no, no... Algún pequeño rincón de su cerebro intentaba advertirla, pero ella ya hacía mucho que no escuchaba. Esto era nuevo, nunca jamás había experimentado
sensaciones iguales, nunca imaginó que existiera un placer tan simple.

La cabeza le daba vueltas, pero no de forma placentera. Los labios de Vane aún eran duros y fríos. No pudo
resistirse a la tentación de responder con la misma presión, de ver si los labios de él se ablandaban al contacto
con los de ella.

Pero no se ablandaron, sino que se endurecieron todavía más. Al instante siguiente, notó un calor abrasador
que se extendía por su boca. Se quedó inmóvil; entonces
volvió a percibir de nuevo aquel calor. Con la punta de la
lengua, Vane le fue recorriendo el labio inferior, demo-
rándose en el contacto, preguntando sin palabras.

Patience quería más. Y abrió la boca.

Entonces él deslizó la lengua en su interior, muy despacio, con la seguridad y la arrogancia de siempre, con la certeza de ser bien recibido, seguro de su experiencia.

Vane sujetó las riendas de su deseo con mano de hierro y se negó a dejar salir todos sus demonios. Un profundo, primitivo instinto lo instaba a continuar; la experiencia se lo impedía.

Patience no había entregado nunca su boca a ningún hombre, nunca había compartido sus labios de manera voluntaria. Vane lo sabía con seguridad absoluta, percibía la verdad en su forma de reaccionar sin reservas, lo leía en su falta de maña. Pero la notaba ascender hacia él, notaba cómo respondía a su llamada con pasión, con deseo, dulce como el rocío en una mañana de primavera, virginal como la nieve en una cumbre inaccesible.

Podía tenerla... y hacerla suya. Pero no había necesidad alguna de darse prisa. Patience estaba intacta, no estaba acostumbrada a las exigencias de las manos de un hombre, los labios de un hombre y mucho menos el cuerpo de un hombre. Si procedía con demasiada prisa, ella se volvería asustadiza y se encogería. Y entonces él tendría que hacer un esfuerzo mayor para llevarla hasta su cama.

Con la cabeza ladeada sobre la de Patience, prosiguió con caricias lentas, pausadas. Entre ellos flotaba una pasión lánguida, casi soñolienta. Como si reclamara hasta el último centímetro de la suavidad que ella le ofrecía, Vane inoculó aquella sensación en cada una de sus caricias y dejó que se extendiera por todos los sentidos de Patience.

Se quedaría allí, aletargada, hasta la próxima vez que él la tocase, hasta que él la hiciera resurgir. Y lo haría poco a poco, la iría alimentando y nutriendo hasta que se transformara en la ineludible compulsión que lograría, al final, llevar a Patience hacia él.

Entonces la paladearía lentamente, saborearía su lenta rendición, tanto más dulce por cuanto que el fin no estaba en duda.

En aquel momento llegaron hasta él unas voces distantes; suspiró para sus adentros y, con renuencia, puso fin al beso.

Alzó la cabeza y vio que Patience abría los ojos despacio, luego parpadeaba y lo miraba fijamente. Por espacio de unos instantes, al mirarla a la cara, a los ojos, se sintió desconcertado... y entonces reconoció aquella expresión. Era curiosidad; Patience no estaba impresionada, aturdida ni aturullada como una doncella. Sentía curiosidad.

No pudo evitar esbozar su sonrisa de libertino. Ni tampoco resistirse a la tentación de rozar sus labios con los de ella una última vez.

—¿Qué está haciendo? —susurró Patience cuando Vane inclinó la cabeza hacia ella. Incluso a aquella escasa distancia notaba que estaba sonriendo.

—Se llama «hacer las paces con un beso». —La curva de sus labios se hizo más pronunciada—. Es lo que hacen los amantes cuando se pelean.

Patience sintió como un clavo que se le atornillaba al corazón; pánico, tenía que ser pánico lo que la invadía en aquel momento.

—Nosotros no somos amantes.

—Aún.

Vane le tocó los labios con los suyos en una caricia que la hizo temblar.

—No lo seremos nunca. —Tal vez se sintiera un poco mareada, pero estaba segura de aquello.

Vane calló, pero su sonrisa de seguridad no desapareció.

—No apueste su fortuna en ello. —Y una vez más le rozó la boca con los labios.

A Patience la cabeza le daba vueltas. Para alivio suyo, Vane se irguió y dio un paso atrás, mirando a lo lejos.

—Aquí vienen.

Ella parpadeó.

—¿Quiénes?

Vane la miró para decir:

—Su harén.

—¿Mi qué?

Vane alzó las cejas con un gesto de falsa inocencia.

—¿No es ése el término correcto para denominar a un grupo de esclavos del sexo opuesto?

Patience respiró hondo y después se irguió, le dirigió a Vane una mirada de advertencia y se volvió para acudir al encuentro de Penwick, Henry y Edmond, que venían todos subiendo por el pasillo de la iglesia. Patience dejó escapar un gemido en voz baja.

—Mi querida señorita Debbington. —Penwick tomó la delantera—. He venido hasta aquí con el propósito expreso de preguntarle si le apetecería dar un paseo a caballo.

Patience le ofreció la mano.

—Le agradezco su amabilidad, señor, pero me temo que esta mañana ya he tenido una dosis suficiente de aire fresco. —Se estaba levantando más brisa, y el viento agitaba varios mechones de pelo suelto sobre su frente liberando otros nuevos. Penwick dirigió una mirada suspicaz a la corpulenta presencia que se erguía junto al hombro de la joven. Patience se volvió a medias y advirtió que Vane respondía al breve saludo con la cabeza que le hizo Penwick con otro gesto mucho más autosuficiente—. De hecho —afirmó— estaba a punto de regresar a la casa.

—¡Excelente! —Henry se acercó un poco más—. Me preguntaba adónde se habría ido usted. Pensé que debía de haber salido a dar un paseo. Será un placer acompañarla de vuelta a la casa.

—Yo también voy —terció Edmond con una sonrisa comprensiva—. Venía a ver qué estaba haciendo Gerrard, pero me ha dado *congé*. De modo que bien puedo regresar ya a casa.

Patience estaba segura de que habría tenido lugar una pelea por ocupar la posición de su derecha, por ser aquel cuyo brazo aceptara ella, excepto porque dicha posición ya estaba ocupada.

—Al parecer, somos un grupo bastante grande —comentó Vane con sorna, y lanzó una mirada rápida a Penwick—. ¿Vamos, Penwick? Podemos volver atravesando los establos.

Patience aspiró profundamente, apoyó una mano en el brazo de Vane... y le propinó un pellizco.

Él la miró alzando las cejas con expresión de inocencia.

—Sólo intentaba ser útil.

Y acto seguido dio media vuelta. Los demás se apresuraron a seguirlos mientras él guiaba a Patience hacia el exterior de la nave. La ruta que tomó estaba expresamente estudiada para poner a prueba el temperamento de Patience. Más concretamente, para que lo pusieran a prueba los otros. Vane, prudente, guardó silencio y dejó que ellos tomaran la iniciativa.

Patience, con los pies ya helados después de haber permanecido demasiado tiempo de pie sobre el suelo de piedra, descubrió que su reserva de aguante había disminuido de forma peligrosa.

Para cuando llegaron a los establos y ella ofreció la mano a Penwick a modo de despedida, lo más que fue capaz de hacer fue esbozar una sonrisa falsa y pronunciar un cortés adiós.

Penwick le estrujó los dedos y le dijo:

—Si dejara de llover, no me cabe duda de que deseará salir a montar mañana. Vendré a buscarla temprano.

¡Como si él fuese el dueño de sus paseos a caballo! Patience se mordió la lengua para no replicar con un comentario agrio. Retiró la mano, levantó las cejas y a continuación dio media vuelta con aire altivo, negándose a caer en la trampa de hacer un gesto de asentimiento a Penwick que pudiera ser interpretado como aceptación. Una mirada al semblante de Vane, a la expresión de sus ojos, le bastó para confirmar que éste había captado claramente la situación.

Afortunadamente, Henry y Edmond, una vez que entraron en la casa, desaparecieron sin presionar más. Patience subió las escaleras acompañada por Vane y con el ceño fruncido. Era casi como si tanto Henry como Edmond creyeran que tenían que protegerla de Vane, y también Penwick, pero una vez dentro de la casa la consideraban a salvo. A salvo incluso de Vane.

Imaginó por qué pensaban eso: después de todo, aquélla era la casa de la madrina de Vane. Hasta los libertinos tenían límites. Pero ya se había dado cuenta de que no podía predecir el libertinaje de Vane... y no estaba en absoluto segura de dónde se encontraban sus límites.

Alcanzaron el final de la galería; frente a ellos se abría el corredor que llevaba a su habitación. Patience se detuvo, apartó la mano del brazo de Vane y se volvió para mirarlo a la cara.

Él, con expresión suave y una leve chispa de diversión en los ojos, le sostuvo la mirada. La escrutó y, acto seguido, alzó una ceja invitándola a preguntar.

—¿Por qué se ha quedado?

Vane permaneció inmóvil; una vez más, Patience sintió que una red se cerraba a su alrededor, sintió la parálisis que le causaba aquel depredador que se cernía sobre ella. Era como si el mundo dejase de dar vueltas, como si se cerrara sobre ellos un escudo impenetrable, de tal modo que no existía nada aparte de ellos dos y lo que fuera que había entre ambos.

Patience buscó en los ojos de Vane, pero no logró leerle el pensamiento, a excepción de que la estaba estudiando, sopesando qué decirle. Entonces Vane levantó una mano. Patience contuvo la respiración al ver que le deslizaba un dedo bajo la barbilla; la sensible piel de aquella zona revivió al percibir el contacto. Vane le alzó el rostro para clavar su mirada en la de ella.

La estudió, estudió sus ojos, su cara, durante unos instantes más.

—Me he quedado para ayudar a Minnie, para ayudar a Gerrard... y para obtener una cosa que deseo.

Pronunció aquellas palabras con claridad, despacio, sin afectación. Patience leyó la verdad en sus ojos. La fuerza que los animaba golpeó sus sentidos. Era un conquistador mirándola a través de unos fríos ojos grises.

Con una sensación de vértigo, luchó por encontrar fuerzas suficientes para liberar la barbilla de aquel dedo. Después, sin aliento, le volvió la espalda y se alejó camino de su habitación.

7

Aquella misma noche, Patience se hallaba paseando arriba y abajo frente a la chimenea. A su alrededor la casa permanecía silenciosa, pues todos sus ocupantes se habían retirado a descansar. Ella no podía; ni siquiera se había molestado en desvestirse. Le estaba produciendo un gran cansancio perder tantas horas de sueño, pero...

No podía apartar de su mente a Vane Cynster. Acaparaba toda su atención, llenaba sus pensamientos y no dejaba sitio para nada más. Se había olvidado de tomarse la sopa, y más tarde había intentado beber té de una taza vacía.

—Todo es culpa suya —le contó a *Myst*, sentada cual esfinge en el sillón—. ¿Cómo se supone que voy a comportarme con sensatez, con esas declaraciones que hace?

Había declarado que iban a ser amantes, que era así como quería tenerla. Patience se detuvo un momento.

—Amantes, dijo, no protector y querida. —Miró ceñuda a *Myst*—. ¿Hay alguna diferencia?

Myst le devolvió una mirada fija.

Patience hizo una mueca de malestar.

—Probablemente no. —Se encogió de hombros y reanudó su paseo.

Después de todo lo que había dicho y hecho Vane, todos los preceptos que había aprendido en su vida afirmaban categóricamente que debía evitarlo. Ignorarlo de plano, si era necesario. Sin embargo... Hizo un alto y se quedó contemplando las llamas.

Lo cierto era que se encontraba a salvo. Ella era la última mujer del mundo que lo mandaría todo a freír espárragos por un caballero como Vane Cynster. Tal vez fuera atento en algunos aspectos, tal vez tuviera un atractivo tan poderoso que ella no lograba fijarse en nada más cuando lo tenía enfrente, pero jamás podría olvidar lo que era. Su porte, sus movimientos, sus actitudes, aquel peligroso ronroneo en la voz, todo aquello constituía una tentación constante. Pero no, se encontraba a salvo. Vane no conseguiría seducirla. Su firme antipatía por los caballeros elegantes la protegería de él.

Lo cual significaba que podía, con absoluta impunidad, satisfacer su curiosidad por aquellas extrañas sensaciones que él le causaba, a veces a sabiendas, otras veces al parecer sin darse cuenta. Nunca en su vida había sentido nada igual. Necesitaba saber lo que significaban. Quería saber si había más.

Con el entrecejo fruncido, continuó paseando arriba y abajo, formulando razonamientos. Su experiencia de la parte física era de lo más limitado, ella misma se había asegurado de ello. Nunca había sentido la menor tentación ni siquiera de besar a un hombre. Ni de permitir que un hombre la besara. Pero el único beso, de asombrosa profundidad y sorprendente duración, que había compartido con Vane le había demostrado, más allá de toda duda, que él era un maestro en dicho terreno. A juzgar por su reputación, no esperaba menos. ¿Quién mejor para aprender de él?

Por qué no sacar partido de la situación y aprender un poco más, siempre dentro de lo posible, por supuesto. Tal vez no supiera dónde estaban los límites de Vane, pero sí sabía dónde estaban los suyos.

Estaba a salvo, sabía lo que quería, y sabía hasta dónde podía llegar.

Con Vane Cynster.

Aquella perspectiva acaparó sus pensamientos durante la mayor parte de la tarde y lo que llevaba de la noche. Le había resultado sumamente difícil apartar los ojos de él, de su figura corpulenta y esbelta, de aquellas manos fuertes y de dedos largos, y de sus labios, cada vez más fascinantes.

Frunció el ceño y continuó andando.

Al llegar a un extremo de su trillada ruta alzó la vista y advirtió que las cortinas seguían descorridas. Fue hasta la ventana y estiró una mano hacia cada cortina para cerrarlas... y en aquel momento vio brillar una luz en la oscuridad.

Se quedó inmóvil en el sitio, mirando fijamente. La luz era bastante nítida, una bola luminosa surcando la niebla que cubría las ruinas. Tras unos cuantos cabeceos, se desplazó. Patience no esperó a ver más, se apresuró a abrir su armario ropero, sacó una capa y corrió hacia la puerta.

Sus zapatillas de suela blanda no hicieron ningún ruido en los pasillos ni en la alfombra de la escalera. En el vestíbulo principal ardía una única vela, que proyectó su sombra sobre la galería. No se detuvo; bajó volando por el pasillo oscuro en dirección a la puerta lateral.

Estaba cerrada. Luchó con el pestillo y por fin abrió la puerta. *Myst* salió disparada al exterior. Patience salió también a toda prisa y cerró la puerta. A continuación dio media vuelta y se internó en la densa niebla.

Pero, tras dar cinco impulsivos pasos, se detuvo. Temblando, se ciñó la capa sobre los hombros y se anudó rápidamente los cordones del cuello. Luego miró atrás; sólo forzando la vista lograba distinguir el muro de la casa, los ojos ciegos de las ventanas de la planta baja y la mancha de color oscuro que era la puerta lateral. Miró en dirección a las ruinas; no había rastro alguno de la luz, pero el Espectro, quienquiera que fuese, no podía haber alcanzado la casa, ni siquiera valiéndose de la luz, antes de que ella hubiera llegado a la puerta.

Con toda probabilidad, el Espectro seguía allí.

Dejó la casa a su espalda y avanzó unos cuantos pasos con cautela. La niebla se hacía por momentos más densa, más fría.

Se ciñó aún más la capa, apretó los dientes y siguió adelante. Trató de imaginarse que caminaba a plena luz del sol, trató de hacerse una idea mental de dónde se encontraba. Entonces surgió de la niebla la primera de las piedras caídas que sembraban el césped, una visión familiar que le infundió confianza.

Respiró un poco más tranquila y continuó avanzando, mirando con cuidado dónde pisaba entre las piedras.

Sobre la hierba la niebla era más espesa; conforme se acercaba a las ruinas se fue haciendo más tenue, lo suficiente para permitirle distinguir las estructuras más importantes y valorar su posición.

Por entre los arcos derruidos entraban y salían fríos y húmedos jirones de bruma. Un velo de humedad que lo ocultaba todo, luego lo desvelaba, luego lo ocultaba otra vez. En realidad no hacía viento, pero se percibía un rumor que parecía susurrar entre las ruinas, como un distante lamento de tiempos pasados.

Al pisar las losas cubiertas de líquenes del patio exterior, Patience sintió como si algo fantasmal se cerniera sobre ella. A su alrededor pasó flotando un jirón de niebla más espesa; con una mano extendida, palpó un corto tramo de pared, que había pertenecido al edificio dormitorio de los monjes. El muro terminó bruscamente, y más adelante había un enorme hueco que daba al pasillo enlosado que conducía a los restos del refectorio.

Se introdujo por el hueco; la zapatilla le resbaló sobre un montón de escombros de mampostería. Reprimiendo una exclamación, dio un salto hacia el enlosado del pasillo.

Y entonces colisionó con un hombre.

Abrió la boca para gritar, pero en eso sintió una mano fuerte que le tapaba la boca. Un brazo como de hierro se cerró alrededor de su cintura atrapándola contra un cuerpo alto y duro. Entonces se relajó y sintió que la abandonaba el pánico. Sólo había un cuerpo en diez millas a la redonda como el que la estaba estrujando en aquel momento.

Alzó una mano para retirar la de Vane de su boca. Tomó aire para hablar, abrió los labios...

Y él la besó.

Cuando por fin consintió en terminar, se limitó a separar los labios escasos milímetros y susurrar:

—Silencio... Los sonidos se transmiten muy bien en la niebla.

Patience, tras poner en orden sus ideas, contestó:

—He visto al Espectro, había una luz que se movía.

—Creo que se trata de un farol, pero ahora está escondido o apagado.

Sus labios volvieron a rozar los de ella, y la besaron de nuevo. Ya no estaban fríos. El resto de su cuerpo también desprendía calidez, un oasis de calor en medio de aquella noche helada. Con las manos apoyadas en el pecho de Vane, Patience luchó contra el impulso de acurrucarse un poco más.

Cuando Vane volvió a levantar la cabeza, Patience se obligó a sí misma a preguntar, en un tono que seguía siendo poco más que un susurro:

—¿Cree que volverá?

—¿Quién sabe? Pensaba esperar un rato.

Y continuó acariciando con su aliento los labios de Patience en una caricia tentadora, mucho más satisfactoria.

Patience giró la cabeza.

—Quizá yo también espere un rato.

—Mmm.

Minutos más tarde, mientras hacían una necesaria pausa para respirar, Vane comentó:

—¿Sabe que está aquí su gata?

Patience no sabía si *Myst* había ido tras ella o no.

—¿Dónde? —Miró en derredor.

—En la piedra de su izquierda. Es probable que ella vea mejor que nosotros, incluso en medio de esta niebla. No deje de vigilarla, seguramente desaparecerá si regresa el Espectro.

¡Que no dejara de vigilarla! Cosa difícil de hacer, mientras él la estuviera besando.

Patience se acurrucó contra el muro caliente de su pecho. Vane acomodó el abrazo; bajó las manos hasta la cintura de Patience, por debajo de la capa, y la estrechó con más firmeza contra él, de manera que quedó atrapada —muy cómodamente— entre él y el viejo muro. La protegía de la piedra con un brazo y un hombro, con el resto de su cuerpo la protegía de la noche. Sus brazos se tensaron, Patience percibió su fuerza a lo largo de su propio cuerpo, la presión de su pecho contra sus senos, el peso de las caderas de él contra el estómago, las sólidas columnas de sus muslos contra sus blandos miembros.

Los labios de Vane encontraron de nuevo los suyos; sus manos se le extendieron por la espalda, amoldándola a él. Patience sintió incrementarse el calor... de ella, de él, entre ambos. No corrían ningún peligro de enfermar por enfriamiento.

En eso, se oyó bufar a *Myst*.

Vane alzó la cabeza, instantáneamente en actitud de alerta.

A través de las ruinas destelló una luz. La niebla se había vuelto más espesa y resultaba difícil distinguir dónde estaba el farol. La luz rebotaba en las caras lisas de las piedras creando brillos engañosos. Hicieron falta unos instantes para localizar la fuente de luz más fuerte.

Procedía del otro lado del claustro.

—Quédese aquí.

Con aquella orden susurrada, Vane se despegó de Patience y la dejó al abrigo del muro. Al instante siguiente ya había desaparecido, fundido con la niebla igual que un fantasma.

Patience se tragó una exclamación de protesta. Miró a su alrededor... justo a tiempo para ver que *Myst* se escapaba en pos de Vane.

Dejándola totalmente sola.

Aturdida, se quedó mirando el lugar en el que ambos habían desaparecido. Algo más adelante, continuaba brillando el farol del Espectro.

—¡Ni en broma! —Y con aquella declaración, se apresuró a seguir a Vane.

Lo vio una vez, cruzando el patio interior del claustro. La luz cabeceaba un poco por delante de él, no cerca de la iglesia sino al otro lado del claustro, en dirección a lo que quedaba de otros edificios de la abadía. Patience apretó el paso y acertó a vislumbrar a *Myst* cuado ésta saltó sobre las piedras de la pared derrumbada del claustro. Intentó recordar qué había más allá de aquella pared.

Un agujero, resultó ser, y se precipitó en él de cabeza. Reprimió valientemente un chillido instintivo y a punto estuvo de ahogarse al hacerlo. Por suerte, no era de piedra la superficie sobre la que aterrizó, sino una pendiente cubierta de hierba; el impacto hizo salir todo el aire de sus pulmones y la dejó sin aliento.

Unos veinte metros más adelante, Vane oyó su grito contenido. Se detuvo a mirar atrás y escudriñó las piedras cubiertas por la niebla. A su espalda, *Myst* se detuvo también sobre una piedra, temblorosa y con las orejas enhiestas; después, saltó al suelo y volvió por donde había venido.

Vane maldijo en silencio.

Miró enfrente de él. La luz se había esfumado.

Aspiró profundamente, soltó el aire y luego dio media vuelta y emprendió el regreso.

Encontró a Patience tumbada donde había caído; estaba forcejeando para ponerse de pie.

—Espere.

Vane llegó hasta ella de un salto, se inclinó, le deslizó las manos por debajo de los brazos y la ayudó a incorporarse.

Pero Patience, con un grito sofocado, se derrumbó de nuevo. Vane la sostuvo, la levantó otra vez y la apoyó contra sí.

—¿Qué ocurre?

—Es la rodilla. —Se mordió el labio y añadió débilmente—: Y el tobillo.

Vane soltó una maldición.

—¿La izquierda o la derecha?

—La izquierda.

Vane se colocó a la izquierda y acto seguido tomó a Patience en brazos de forma que la pierna maltrecha quedara sujeta entre los cuerpos de ambos.

—Aguante un poco.

Patience aguantó. Sosteniéndola contra su pecho, Vane ascendió por la breve pendiente y al llegar arriba la dejó al borde del socavón antes de salir él mismo. Después se agachó y volvió a tomar a Patience en brazos.

La llevó al interior del claustro, hasta una piedra que ofrecía un cómodo asiento. La depositó allí con cuidado y le estiró las piernas suavemente.

Patience tenía el corpiño del vestido cubierto de hierba seca y hojas húmedas. Vane las limpió. Patience también se puso a limpiarlas de inmediato, pues no estaba nada segura de lo que estaba limpiando, si la suciedad o las manos de él. A pesar del agudo dolor de la rodilla y el malestar más difuso del tobillo, el rápido movimiento de los dedos de Vane sobre su corpiño hizo que de repente se le endurecieran las puntas de los pechos.

Fue una sensación que la dejó sin aliento.

Vane cambió de posición y se situó a medias detrás de ella. Al instante siguiente, sintió sus manos recorrerle la espalda, unos dedos fuertes que le palpaban las costillas. Antes de que pudiera recobrar el control, aquellos dedos se deslizaron hacia arriba.

—¿Se puede saber qué está haciendo? —Estaba tan falta de respiración que la voz le salió ronca.

—Buscar costillas rotas o contusionadas.

—Ahí no me duele nada. —Esta vez, la voz le sonó estrangulada; era lo más que pudo conseguir, con los dedos de Vane presionando con fuerza por debajo de sus senos.

Él respondió con un gruñido, pero por lo menos la soltó. Patience inhaló una bocanada de aire, que tanto necesitaba, y se sorprendió al ver que Vane se arrodillaba frente a ella.

Y le levantaba las faldas.

—¡Pero qué...! —Intentó desesperadamente volver a bajar la falda del vestido.

—¡Deje de hacer aspavientos!

El tono que empleó Vane, cortante y furioso, consiguió precisamente lo que pretendía. Patience sintió el contacto de sus manos en su dolorido tobillo. Sus dedos buscaron, sondearon con suavidad y después, con mucho cuidado, le movieron el pie a un lado y a otro.

—¿Siente algún dolor agudo?

Patience negó con la cabeza. Vane apretó un poco y comenzó a masajear el pie con delicadeza. Patience cerró los ojos y contuvo un suspiro. El masaje le producía una sensación muy agradable. El calor de las manos de Vane fue haciendo disminuir el dolor; cuando por fin terminó, sentía mucho mejor el tobillo.

Vane deslizó las manos un poco más arriba, siguiendo la forma de la pierna hasta llegar a la rodilla.

Patience mantuvo los ojos cerrados y procuró no pensar en lo finas que eran las medias que llevaba puestas. Por suerte, llevaba las ligas muy arriba, de modo que cuando las manos de Vane se cerraron sobre su rodilla, no tocaron piel desnuda.

Pero bien podrían haberlo hecho.

Porque Patience sintió que todos los nervios de su pierna cobraban vida de pronto, concentrados en el contacto de Vane. Éste apretó un poco, y entonces estalló el dolor; Patience hizo un movimiento brusco, pero agradeció la distracción. A partir de ahí Vane fue muy cuidadoso. Dos veces más Patience acusó el dolor cuando él palpó la articulación.

Por fin apartó las manos de la pierna. Patience abrió los ojos y se apresuró a bajarse las faldas. Notaba las mejillas calientes debido al rubor. Por suerte, con aquella escasa luz, dudaba que Vane pudiera apreciarlo.

Vane se incorporó y la miró.

—Tiene la rodilla dislocada y una ligera torcedura de tobillo.

Patience lo miró con recelo.

—¿Es usted un experto?

—Más o menos. —Y sin más, la levantó del suelo.

Patience se agarró de sus hombros.

—Preferiría apoyarme en su brazo. Estoy segura de que puedo arreglármelas.

—¿De verdad? —replicó él, sin darle muchos ánimos. La miró fijamente; con aquella oscuridad, Patience no logró discernir su expresión—. Por suerte, nadie va a pedirle que ponga eso a prueba. —Su tono seguía siendo cortante, de una excesiva precisión. Y el deje de irritación ganó intensidad cuando prosiguió—: ¿Por qué diablos no se ha quedado aquí, donde yo la dejé? Además, ¿no la hizo prometer Minnie que no intentaría perseguir al Espectro en la oscuridad?

Patience hizo caso omiso de la primera pregunta, para la que no tenía una respuesta adecuada. Aunque la respuesta que tenía para la segunda tampoco era mucho mejor.

—Me olvidé de esa promesa... Simplemente, vi el Espectro y vine corriendo. ¿Pero qué hace aquí usted, si tan peligroso es perseguir al Espectro?

—Yo tengo una dispensa especial.

Patience encontró perfectamente justificado soltar una exclamación de desdén.

—¿Dónde está *Myst*?

—Por delante de nosotros.

Patience miró, pero no vio nada. Obviamente, Vane veía mejor que ella; no le había fallado el paso al abrirse camino por entre las piedras caídas por el suelo. Con los brazos alrededor de su cuello, se alegró mucho para sus adentros de no tener que recorrer cojeando aquel tramo de hierba.

En aquel momento surgió de la niebla la puerta lateral de la casa. Allí estaba *Myst*, esperando en el pórtico.

Patience aguardó a que Vane la dejara en el suelo, pero en lugar de eso, éste se las arregló para abrir la puerta sin dejar de sostenerla en brazos. Una vez dentro, cerró la puerta de una patada y reclinó los hombros contra ella.

—Eche el pestillo.

Patience hizo lo que él le indicaba, extendiendo los brazos a ambos lados. Cuando quedó echado, Vane se irguió y continuó andando.

—Ya puede bajarme al suelo —siseó Patience cuando penetraron en el vestíbulo principal.

—La dejaré en su habitación.

A la luz de la vela del vestíbulo, Patience vio lo que no había podido ver antes: su rostro. Mantenía una expresión dura como una roca. Severa e inflexible.

Para su sorpresa, Vane se dirigió a la parte de atrás del vestíbulo y abrió la puerta tapizada de verde ayudándose con el hombro.

—¡Masters!

Al momento, el aludido salió de la habitación del mayordomo.

—¿Sí, señor?... ¡Oh, santo cielo!

—En efecto —repuso Vane—. Llame a la señora Henderson y a una de las sirvientas. La señorita Debbington iba paseando entre las ruinas y se ha torcido el tobillo y dislocado la rodilla.

Aquello, naturalmente, acabó con Patience. Del todo. Tuvo que aguantar los interminables mimos y aspavientos de Masters, la señora Henderson y Ada, la vieja doncella de Minnie. Vane condujo a la ruidosa comitiva escaleras arriba y, tal como había dicho, dejó a Patience en el suelo al llegar a su habitación, no antes.

Con sumo cuidado, la depositó en un extremo de la cama y después, con el ceño fruncido, se retiró unos pasos y observó cómo Ada y la señora Henderson se apuraban en preparar un ungüento de mostaza para el tobillo y una cataplasma para la rodilla.

Al parecer satisfecho, Vane se volvió y captó la mirada de Patience. Sus ojos mostraban una expresión dura.

—Por el amor de Dios, procure hacer lo que le digan. Y, dicho eso, se dirigió hacia la puerta.

Profundamente desconcertada, Patience se quedó mirando el lugar por el que se había ido. No se le ocurrió nada medianamente adecuado que tirarle a la cabeza antes de que desapareciera. Cuando se cerró la puerta, ella cerró a su vez la boca, y se dejó caer sobre la cama aliviando sus sentimientos con un gemido.

Ada corrió a su lado.

—Todo irá bien, querida —le dijo acariciándole la mano—. Vamos a arreglarlo todo en un momento.

Patience apretó los dientes... y miró furiosa al techo.

A la mañana siguiente vino a despertarla la señora Henderson. Patience, tumbada de espaldas en el centro de la cama, se sorprendió al ver a la maternal ama de llaves; esperaba que acudiera una de las doncellas.

La señora Henderson sonrió al tiempo que descorría las cortinas.

—Voy a tener que quitarle esa cataplasma para vendarle la rodilla.

Patience hizo una mueca de dolor. Había abrigado la esperanza de escapar al vendaje. Lanzó una mirada perezosa a su reloj y dijo sorprendida:

—Sólo son las siete.

—Así es. Dudábamos que pudiera dormir bien, con todas esas incomodidades.

—No he podido darme la vuelta. —Patience hizo un esfuerzo para sentarse en la cama.

—Esta noche se encontrará mejor. A partir de ahora debería bastar con un vendaje.

Con ayuda del ama de llaves, Patience se levantó de la cama. Se sentó pacientemente mientras la señora Henderson le retiraba la cataplasma, observó detenidamente la rodilla y a continuación se la protegió con una venda nueva.

—No puedo andar —protestó Patience en el instante en que la señora Henderson la ayudó a ponerse de pie.

—Claro que no. Si quiere que se le cure esa rodilla, deberá pasarse unos días sin caminar.

Patience cerró los ojos y contuvo un gemido.

La señora Henderson la ayudó a lavarse y vestirse, y después dejó que se apoyara contra la cama.

—¿Le gustaría que le subiera una bandeja, o prefiere bajar a desayunar al comedor?

Ya era bastante malo el hecho de pensar en pasar el día entero encerrada en su habitación; que la obligaran a hacerlo sería tortura. Y si pensaba bajar por las escaleras, mejor sería hacerlo en aquel momento, antes de que hubiera nadie más en las inmediaciones.

—En el comedor —contestó con decisión.

—Muy bien.

Para su asombro, la señora Henderson la abandonó y se dirigió a la puerta, la abrió, asomó la cabeza, dijo algo y despuéas volvió a entrar sosteniendo la puerta abierta.

Y entonces entró Vane.

Patience lo miró de hito en hito.

—Buenos días.

Cruzó la habitación con gesto impávido. Antes de que ella pudiera formular algún pensamiento coherente, y mucho menos buscar las palabras adecuadas para expresarlo, Vane se inclinó y la tomó en brazos.

Patience se tragó la exclamación que iba a proferir.

Igual que la noche anterior, con una variación de lo más pertinente: La noche anterior ella llevaba una capa, y los gruesos pliegues amortiguaron el contacto de Vane lo suficiente para que no le resultara perturbador. Pero ahora, ataviada con un vestido de mañana de tela fina, incluso a través de las enaguas notaba cada uno de los dedos de Vane, unos agarrándola por debajo del muslo, los otros sosteniéndola firmemente por la axila, muy cerca del nacimiento del pecho.

Se ladeó al pasar por la puerta con ella en brazos, luego se enderezó y continuó hacia la galería. Patience procuró calmar su respiración y rezó para que su sonrojo no fuera tan evidente como a ella le parecía. Vane la miró a la cara un momento, y luego volvió a mirar al frente y comenzó a bajar las escaleras.

Patience se arriesgó a mirarlo; aún tenía aquella expresión severa, fría y pétrea, igual que la noche anterior. Sus fascinantes labios formaban una línea recta.

Patience entornó los ojos y dijo:

—En realidad, no estoy incapacitada, ¿sabe?

La mirada que le dirigió él era indescifrable. La miró a los ojos por espacio de unos segundos y acto seguido volvió a mirar hacia delante.

—La señora Henderson dice que no debe caminar. Si la pillo en algún momento de pie, la ataré a una cama.

A Patience se le descolgó la mandíbula. Miró fijamente a Vane, pero él, llegando al pie de las escaleras, no la miró a su vez. Se oía el roce de sus botas sobre las baldosas del vestíbulo. Patience respiró hondo, con el propósito de manifestar lo que opinaba de aquella actitud tan despótica, pero tuvo que tragárselo; Vane entró en el comedor del desayuno... y allí estaba Masters, que se apresuró a retirar la silla situada junto a la de Vane y colocarla de forma que quedase frente a la cabecera de la mesa. Vane depositó en ella a Patience con suavidad. Masters acercó rápidamente una otomana para que apoyase el tobillo lesionado.

—¿Desea usted un cojín, señorita? —inquirió el mayordomo.

¿Qué podía hacer? Patience esbozó una sonrisa agradecida.

—No, gracias, Masters. —Posó su mirada en Vane, que estaba de pie—. Ha sido usted de lo más amable.

—En absoluto, señorita. Bien, ¿qué le apetece para desayunar?

Entre los dos, Vane y Masters, la proveyeron de alimentos en cantidad, y después la observaron atentamente mientras comía. Patience tuvo paciencia con aquella versión masculina de mimos y aspavientos lo más estoicamente que pudo. Y aguardó.

Vane tenía los hombros salpicados de pequeñas gotas de humedad. Se le notaba el cabello más oscuro que de costumbre, con alguna que otra gota de agua brillante entre los espesos mechones. Él también desayunó, afanado en dar buena cuenta de un plato repleto de diversas carnes. Patience contuvo una mueca de desdén; resultaba obvio que era un carnívoro.

Al cabo de un rato Masters regresó a la cocina a buscar unos calientaplatos para evitar que se enfriase la comida. Cuando dejaron de oírse sus pisadas, Patience se lanzó:

—Ha salido usted a investigar.

Vane alzó la vista, asintió con la cabeza y tomó su taza de café.

—¿Y bien? —lo instó Patience después de que él bebiese un corto sorbo.

Vane, apretando los labios, estudió su semblante y seguidamente la informó de mala gana:

—Pensé que quizás hubiera alguna que otra huella,

una pista que pudiera seguir. —Hizo una mueca de desagrado—. El terreno estaba bastante húmedo, pero las ruinas son todo losas, piedras o hierba espesa. Nada que conserve ninguna impronta.

—Mmm. —Patience frunció el ceño.

En aquel momento regresó Masters. Dejó la bandeja y se acercó a Vane.

—En la cocina lo están esperando Grisham y Duggan, señor.

Vane afirmó con la cabeza y apuró su café. Luego depositó la taza y retiró su silla.

Patience captó su mirada y se la sostuvo. Se aferró a aquel contacto; en el aire quedó flotando una pregunta sin formular. El semblante de Vane se endureció y sus labios se adelgazaron.

Patience le dijo entornando los ojos:

—Si no me lo cuenta, iré yo misma a las ruinas.

Vane también entrecerró los ojos. Miró rápidamente a Masters y después, con un gesto más bien severo, volvió a mirar a Patience.

—Vamos a comprobar si hay señales de que el Espectro viniera de fuera. Huellas de caballo, cualquier cosa que sugiera que no salió de la casa.

Patience asintió con expresión más relajada.

—Ha llovido tanto que deberían encontrar algo.

—Exactamente. —Vane se puso de pie—. Si es que hay algo que encontrar.

Masters salió del comedor, de vuelta a las cocinas. En aquel momento, desde las escaleras llegó una voz campechana:

—Buenos días, Masters. ¿Hay alguien levantado ya?

Era Angela. Se oyó la respuesta en voz baja del mayordomo; Vane bajó la vista y se topó con los ojos muy abiertos de Patience.

—Está claro que ésta es la señal para que me vaya.

Patience sonrió sin disimulo.

—Cobarde —susurró cuando él pasaba junto a su silla.

Un momento después Vane estaba al otro lado, inclinado sobre ella, acariciándole un costado del cuello con su aliento. Su fuerza fluía alrededor, la rodeaba por entero.

—A propósito —murmuró empleando su ronroneo más grave—, hablaba en serio cuando dije que estaba dispuesto a atarla a la cama. —Calló un instante y continuó—: Así que, si posee el más mínimo atisbo de instinto de conservación, no se moverá de esta silla.

Unos labios fríos y duros le rozaron la oreja y luego se deslizaron más abajo para acariciar levemente, con un ligerísimo contacto, la sensible piel del cuello. Patience había perdido la batalla, y bajó los ojos con un estremecimiento.

Vane le levantó la barbilla y le rozó la boca con los labios en un beso efímero, dolorosamente incompleto.

—Estaré de vuelta antes de que termine de desayunar.

En el vestíbulo resonaron las pisadas de Angela.

Cuando abrió los ojos, Patience vio que Vane salía a grandes zancadas del comedor. Percibió el alegre saludo de Angela y a continuación la respuesta con voz profunda de Vane, que se perdía conforme iba alejándose. Un segundo más tarde apareció Angela. Con los labios fruncidos.

Sintiéndose infinitamente mayor y más sensata, Patience le sonrió.

—Entra y toma algo de desayuno. Los huevos están especialmente deliciosos.

Paulatinamente fueron llegando los demás comensales. Para consternación de Patience, todos y cada uno de ellos estaban enterados de su caída, por cortesía del sistema de chismorreos de la casa. Por suerte, ni Vane ni ella habían juzgado oportuno informar a nadie del motivo de su excursión nocturna, de modo que nadie sabía cómo se había causado aquellas lesiones.

Todo el mundo estaba apropiadamente impresionado por su «accidente», todos se apresuraron en manifestar su solidaridad.

—Es de lo más desagradable —comentó Edgar con una de sus dóciles sonrisas.

—Yo me torcí la rodilla en cierta ocasión, cuando estuve en la India —dijo el general mirando con curiosidad hacia la cabecera de la mesa—. Me tiró el caballo. Los *wallahs* nativos me la envolvieron en unas hojas de un olor nauseabundo. Y se me curó en nada de tiempo.

Patience asintió y sorbió su té.

Gerrard, sentado a su lado en la silla que solía utilizar ella, le preguntó con suavidad:

—¿Estás segura de encontrarte bien?

Haciendo caso omiso del dolor de la rodilla, Patience sonrió y le estrujó la mano.

—No soy precisamente una criatura débil. Te prometo que no pienso desmayarme de dolor.

Gerrard sonrió, pero su expresión continuó siendo atenta, preocupada.

Sin abandonar su sonrisa complacida, Patience dejó vagar la mirada hasta que, al otro lado de la mesa, se topó con el ceño fruncido de Henry.

—Sabe —dijo el joven—, no entiendo del todo cómo ha hecho para dislocarse la rodilla. —El tono de voz que empleó convirtió la afirmación en una pregunta.

Patience no dejó de sonreír.

—Como no podía dormir, salí a dar un paseo.

—¿Fuera de la casa? —La sorpresa de Edmond pasó

poco a poco a transformarse en reflexión—. Bueno, sí, supongo que tenía que dar un paseo fuera, porque pasear dentro de este mausoleo por la noche provocaría pesadillas a cualquiera. —Rápidamente esbozó una sonrisa—. Y es de suponer que a usted no le gustaría tenerlas.

No resultaba fácil sonreír con los dientes apretados; pero Patience consiguió hacerlo, a duras penas.

—Lo cierto es que salí. —Habría sido más juicioso guardar silencio, pero todos estaban pendientes de sus palabras, ávidos de curiosidad como sólo podrían estarlo personas que llevaban una vida tan mediocre y tediosa.

—Pero... —La frente de Edgar se arrugó en un sinnúmero de pliegues—. La niebla... —Miró a Patience—. Lo de anoche era un auténtico puré de guisantes. Miré por la ventana antes de apagar la vela de mi habitación.

—Era bastante densa. —Patience miró a Edmond—. Usted habría apreciado ese ambiente fantasmal.

—Tengo entendido —comentó Whitticombe con timidez— que la trajo a casa el señor Cynster.

Aquella frase, pronunciada en voz queda, quedó flotando sobre la mesa del desayuno, suscitando preguntas en la mente de todos. A eso siguió un súbito silencio, cuajado de sorpresa y cálculos. Patience, cuya sonrisa había desaparecido, se volvió con calma y observó a Whitticombe con expresión distante.

Su cerebro trabajaba a toda velocidad, estudiando posibles alternativas, pero había una sola respuesta que pudiera dar:

—Sí, el señor Cynster me ayudó a regresar a la casa. Fue una suerte que me encontrara. Los dos habíamos visto una luz en las ruinas y habíamos ido a investigar.

—¡El Espectro! —La exclamación provenía de Angela y Edmond, al unísono. Ambos tenían los ojos brillantes y la cara radiante de emoción.

Patience trató de apaciguar un inminente arrebato de éxtasis.

—Estaba persiguiendo la luz cuando me caí en un agujero.

—Tenía entendido —dijo entonces Henry con acento austero, haciendo que todas las cabezas se volvieran hacia él— que todos habíamos prometido a Minnie que no perseguiríamos al Espectro en la oscuridad. —El tono de voz y la expresión de su cara resultaban bastante sorprendentes, por su intensidad. Patience notó que le subía el rubor a las mejillas.

—Me temo que me olvidé de esa promesa —admitió.

—En el calor del momento, por así decirlo —comentó Edmond inclinado sobre la mesa—. ¿No sintió un escalofrío en la columna vertebral?

Patience abrió la boca, deseosa de aferrarse a la digresión que le ofrecía Edmond, aunque se le adelantó Henry.

—¡Me parece, jovencito, que esta tontería tuya ya ha ido demasiado lejos!

Aquellas palabras iban cargadas de ira. Todas las miradas se posaron en Henry, que tenía el semblante contraído y la piel ligeramente moteada. Sus ojos estaban fijos en Gerrard.

Gerrard se puso rígido. Sostuvo la mirada de Henry, y acto seguido dejó su tenedor en el plato.

—¿A qué se refiere?

—Me refiero —respondió Henry, escupiendo las palabras— a que, dado el dolor y el sufrimiento que has causado a tu hermana, me sorprende que seas un gañán sin sentimientos, capaz de sentarte ahí, a su lado, fingiendo inocencia.

—Oh, vamos —dijo Edmond. Patience estuvo a punto de dejar escapar un suspiro de alivio. Un segundo después se recuperó y miró fijamente a Edmond, que continuaba hablando en un tono que era la esencia misma de la racionalidad—: ¿Cómo iba a saber el chico que Patience iba a incumplir la palabra que le había dado a Minnie? —Se encogió de hombros y les dedicó a Patience y Gerrard una mirada ganadora—. Él no puede tener la culpa de eso.

Con apoyos semejantes... Patience contuvo un gemido y se lanzó al ataque.

—No era Gerrard.

—¿Oh? —Edgar la miró esperanzado—. ¿Así que vio al Espectro?

Patience se mordió el labio.

—No, no lo vi, pero...

—Aunque lo hubiera visto, aun así defendería a su hermano, ¿verdad, querida? —sonó la suave voz de Whitticombe a lo largo de la mesa. Luego dirigió una mirada a Patience de paternalista superioridad—. Una encomiable devoción la suya, querida, pero en este caso, tristemente, me temo que —su mirada se posó súbitamente en Gerrard, endureció el semblante, y sacudió la cabeza en un gesto negativo— se equivoca.

—No he sido yo.

Con la cara pálida, Gerrard hizo aquella afirmación en tono calmo. A su lado, Patience percibió la batalla que sostenía su hermano para controlar su cólera. Le envió un silencioso mensaje de aliento y le dio un suave apretón en el muslo por debajo de la mesa.

De repente, Gerrard se volvió hacia ella.

—Yo no soy el Espectro.

Patience sostuvo con calma su mirada de furia.

—Ya lo sé. —Puso en aquellas breves palabras una total convicción, y advirtió que Gerrard perdía parte de su acaloramiento.

El chico se giró y lanzó una mirada desafiante alrededor de la mesa.

El general soltó un resoplido.

—Conmovedor, pero no hay forma de ocultar la verdad. Es la broma de un mozalbete, eso es el Espectro. Y tú, muchacho, tú eres el único mozalbete que hay por aquí.

Patience sintió el impacto de aquel golpe, directo a lo más profundo de la incipiente personalidad de Gerrard como ser adulto. Su hermano se quedó inmóvil, con una palidez mortal en el rostro y una expresión sombría. Su corazón lloró por él; ansió rodearlo con sus brazos, protegerlo y consolarlo... pero sabía que no podía.

Gerrard, muy despacio, echó atrás su silla y se levantó. Lanzó una mirada fulminante a todos los de la mesa, salvo a Patience.

—Si ninguno de ustedes tiene más insultos que arrojarme... —Hizo una pausa, y después continuó con la voz a punto de quebrársele—: Les deseo buenos días.

Hizo un brusco gesto con la cabeza y seguidamente, tras una breve mirada a su hermana, giró sobre sus talones y salió de la habitación.

Patience hubiera entregado toda su fortuna a cambio de poder ponerse de pie y, con un gesto altivo de desprecio, echar a correr detrás de su hermano. Pero estaba atrapada, condenada por su lesión a tener que mantener a raya su propia furia y hacer frente a la estupidez de los huéspedes de su tía. A pesar de lo que le había dicho a Vane, no podía mantenerse en pie, y mucho menos andar cojeando.

Así que, con los labios apretados, recorrió a los presentes con la mirada.

—Gerrard no es el Espectro.

Henry sonrió con un gesto de cansancio.

—Mi querida señorita Debbington, me temo que debe usted enfrentarse a los hechos.

—¿Los hechos? —saltó Patience—. ¿Qué hechos?

Entonces, con grave condescendencia, Henry procedió a explicárselo.

Vane salía de los establos cuando vio a Gerrard, con la mandíbula tensa, que iba hacia él.

—¿Qué ha sucedido? —le preguntó.

Con el semblante pétreo y los ojos ardientes, Gerrard se detuvo frente a él. Tomó aire, sostuvo su mirada por espacio de unos segundos y luego sacudió la cabeza en un gesto negativo.

—No pregunte.

Y sin más, dejó a Vane a un lado y continuó hacia los establos.

Vane contempló cómo se marchaba. Sus puños cerrados y la rigidez de su espalda resultaban sumamente elocuentes. Titubeó, pero entonces adoptó una expresión más dura, dio media vuelta y se encaminó hacia la casa.

Llegó al comedor del desayuno en un tiempo récord. Una sola mirada bastó para borrar toda expresión de su rostro. Patience estaba sentada donde él la había dejado, pero en lugar del brillo que tenía antes en sus grandes ojos y el leve rubor que teñía sus mejillas, ahora sus ojos avellana estaban entornados, ardientes de indignación, y sus pómulos se veían enrojecidos.

Además de eso, estaba pálida, casi temblando de furia contenida. No lo vio de inmediato, pues el foco de su cólera en aquel momento era Henry Chadwick.

—¡Ah, ahí está, Cynster! Pase y añada su opinión a la nuestra. —El que se había dirigido a él era el general, vuelto en su silla—. Estábamos intentando explicar a la señorita Debbington que ha de entrar en razón. No tiene caso oponerse a la verdad, ¿no comprende? Ese desbocado hermano suyo necesita una mano firme que le sujete la rienda. Una buena azotaina lo hará entrar en vereda y dejarse de esas tonterías del Espectro.

Vane posó la mirada en Patience. Sus ojos, que claramente centelleaban, estaban fijos en el general. Sus senos subían y bajaban con la respiración. Si las miradas pudieran matar, el general habría estado muerto. Y a juzgar por su expresión, también estaba dispuesta a estrangular a Henry y luego a Edmond para mayor seguridad.

Vane avanzó con paso tranquilo. Su movimiento captó la atención de Patience, que alzó la vista y parpadeó. Vane capturó su mirada y no se detuvo hasta que estuvo situado junto a su silla. Entonces le tendió una mano. Como si fuera una orden. Ella, sin dudarlo, posó los dedos en su palma.

Vane le apretó la mano con fuerza; Patience experimentó un escalofrío y después notó un calor y una fuerza que fluían hacia el interior de su cuerpo. Su cólera, que casi había alcanzado el punto de fusión, comenzó a disminuir. Tomó aire nuevamente y volvió a recorrer con la mirada a todos los presentes.

Vane hizo lo mismo, escrutando todos los rostros con su mirada fría y gris.

—Espero —murmuró en un tono lánguido pero claramente audible— que, tras la prueba que sufrió usted anoche, nadie haya sido tan insensible como para trastornar su ánimo. —Aquellas palabras dichas en voz queda, y el frío acero que brillaba en sus ojos, bastaron para que todo el mundo se quedara totalmente inmóvil—. Como es natural —continuó con la misma tranquilidad—, sucesos como los de la noche pasada suelen dar lugar a especulaciones. Pero, por supuesto —les sonrió a todos—, no son más que especulaciones.

—Ah —intervino Edgar para preguntar—: ¿No ha hallado usted ninguna prueba, ninguna pista, respecto de la identidad del Espectro?

La sonrisa de Vane se acentuó apenas.

—Ninguna. De manera que todo lo que se diga sobre la identidad del Espectro es, como he dicho, pura fantasía. —Captó la mirada de Edgar—. Tendrá menos base que una apuesta para el Guineas.

Edgar sonrió brevemente.

—Pero —interrumpió el general—, es racional pensar que alguien tiene que ser.

—Oh, sin duda alguna —convino Vane en su tono más lánguido—, pero achacar la culpa a una persona concreta sin contar con una prueba razonable se me antoja... —Hizo una pausa para mirar al general a los ojos—. Una calumnia innecesaria.

—¡Bah! —El general se hundió en su silla.

—Y, por supuesto —la mirada de Vane se posó esta vez en Henry—, siempre está la idea de lo necio que lo hace parecer a uno mostrar excesivo entusiasmo por afirmaciones que resultan ser erróneas.

Henry frunció el entrecejo y bajó los ojos hacia el mantel.

Vane miró a Patience.

—¿Está ya lista para subir a su habitación?

Patience lo miró y afirmó con la cabeza. Vane se inclinó y la tomó en brazos. Ya acostumbrada a la sensación de que la levantaran en vilo con tanta facilidad, Patience se puso cómoda y rodeó el cuello de Vane con los brazos. Al instante, los hombres sentados a la mesa se pusieron todos de pie; Patience los observó... y estuvo a punto de sonreír. La expresión de Henry y de Edmond no tenía precio.

Vane dio media vuelta y se dirigió hacia la puerta. Edmond y Henry se apresuraron a ir tras él, casi tropezando con las prisas.

—Oh, esto... Permítame que lo ayude —dijo Henry corriendo a sostenerle la puerta, que ya estaba abierta.

—¿Y qué tal si formáramos una silla con los brazos? —sugirió Edmond.

Vane se detuvo un momento cuando Edmond lo interceptó. Patience dejó helado a Edmond con una mirada glacial.

—El señor Cynster es más que capaz de arreglárselas por sí solo. —Dejó que el hielo de su voz calara bien hondo antes de añadir, exactamente en el mismo tono—: Voy a descansar, y no quiero que nadie me moleste. Ni con más especulaciones, ni con más calumnias. Y por encima de todo —esta vez miró a Henry— no quiero que se me moleste con afirmaciones demasiado entusiastas.

Calló un instante, luego sonrió y miró a Vane. Impávido, éste alzó una ceja.

—¿Subimos?

Patience afirmó con la cabeza.

—Por supuesto.

Y sin agregar nada más, y sin encontrar más obstáculos, Vane salió del comedor con ella en brazos.

8

—¿Por qué —quiso saber Vane mientras subía la escalera principal con paso firme— están tan convencidos de que se trata de Gerrard?

—Porque —contestó Patience en tono mordaz— no son capaces de imaginar ninguna otra cosa. Esto es una broma de chiquillos, por lo tanto tiene que ser Gerrard. —Mientras Vane alcanzaba el final de la escalera, continuó diciendo, en tono cáustico—: Henry carece por completo de imaginación, y lo mismo le ocurre al general. Son un par de mastuerzos. A Edmond le sobra imaginación, pero no tiene el menor interés en darle una aplicación práctica. Es tan irresponsable que se lo toma todo a broma. Edgar es prudente a la hora de sacar conclusiones, pero su timidez le impide siempre tomar decisiones. En cuanto a Whitticombe... —Hizo una pausa, agitando los senos, entornando los ojos—. Ése es un santurrón aguafiestas que disfruta llamando la atención sobre las presuntas faltas de los demás, siempre con ese aire de superioridad insoportable.

Vane la miró de soslayo.

—Está claro que el desayuno no le ha sentado bien.

Patience reprimió una exclamación. Miró adelante y entonces se fijó en lo que la rodeaba, y le resultó desconocido.

—¿Adónde me lleva?

—La señora Henderson le ha acondicionado una de las antiguas salitas, así los otros no la molestarán a menos que usted los llame voluntariamente.

—Antes las ranas criarán pelo. —Tras unos momentos, Patience miró a Vane y, en tono muy distinto, le preguntó—: Usted no cree que haya sido Gerrard, ¿verdad?

Vane bajó la vista hacia ella.

—Estoy seguro de que no ha sido Gerrard.

Patience abrió mucho los ojos.

—¿Ha visto al culpable?

—Sí y no. Sólo alcancé a vislumbrarlo cuando atravesaba un tramo de niebla menos densa. Trepó a una roca, sosteniendo la luz en alto, y vi su silueta recortada por el resplandor. A juzgar por su corpulencia, se trataba de un hombre adulto. La estatura es difícil de calcular desde cierta distancia, pero todavía es más difícil equivocarse en la corpulencia. Llevaba puesto un gran abrigo, como con una especie de capelina, aunque la impresión que me dio no era la de una prenda barata.

—¿Pero está seguro de que no era Gerrard?

Vane miró a Patience, cómodamente instalada en sus brazos.

—Gerrard pesa todavía demasiado poco para confundirlo con un hombre hecho y derecho. Estoy plenamente seguro de que no era él.

—Mmm. —Patience frunció el ceño—. ¿Y qué me dice de Edmond? Es más bien delgado. ¿Lo eliminamos a él también?

—Creo que no. Tiene los hombros lo bastante anchos como para llenar bien un abrigo, y con su estatura, si caminaba cargado de hombros, ya fuera para protegerse del frío o porque estaba representando el papel del «Espectro», podría tratarse del hombre que vi.

—Bien, sea como sea —dijo Patience, con el rostro

iluminado—, ya puede poner fin a esas opiniones difamatorias de que el Espectro es Gerrard. —Pero el rostro iluminado le duró diez pasos, luego volvió a fruncir el ceño—. ¿Por qué no ha limpiado el nombre de Gerrard ahora mismo, en el comedor del desayuno?

—Porque —contestó Vane sin hacer caso del súbito timbre helado de su voz— es bastante obvio que hay alguien, alguien que estaba sentado a la mesa, que está bastante contento de que todos piensen que el Espectro es Gerrard. Alguien desea que Gerrard haga de chivo expiatorio, para desviar la atención de sí mismo. Y dadas las aptitudes mentales que usted ha descrito con tanta exactitud, esos caballeros resultan sumamente fáciles de engañar. Basta con presentarles el asunto del modo adecuado, y ellos se lo creen alegremente. Por desgracia, como ninguno de ellos es tonto del todo, resulta difícil discernir cuál de ellos está dirigiendo el engaño.

Se detuvo frente a una puerta; Patience, con gesto distraído, se inclinó hacia delante y la abrió. Vane terminó de empujarla con el hombro y pasó al interior.

Tal como había dicho, se trataba de una salita, pero no de uso habitual. Se encontraba al final del ala de la casa que albergaba el dormitorio de Patience, situado un piso más abajo. Las ventanas eran altas casi hasta el techo. Se veía a las claras que las doncellas habían pasado por allí y habían retirado las sábanas que protegían los muebles del polvo, limpiado a fondo y rehecho el enorme sofácama de forja estilo Imperio colocado frente a los amplios ventanales. Éstos, con las cortinas recogidas, dejaban ver una zona de arbustos y un trecho de vegetación salvaje —la mayor parte de los jardines de la mansión eran silvestres—, e incluso las copas castaño doradas del bosque que se extendía más allá. Era el panorama más agradable que cabía encontrar en aquella estación. Un poco más a la derecha estaban las ruinas; a lo lejos, la cinta color gris del río Nene se abría paso por entre lozanos prados. Patience podía contemplar el paisaje recostada en el diván. Como la habitación estaba en el primer piso, su intimidad estaba garantizada.

Vane la llevó en brazos hasta el diván y la depositó sobre él con cuidado. Luego le ahuecó los cojines y los dispuso cómodamente a su alrededor.

Patience se recostó y observó cómo Vane colocaba un cojín tapizado bajo su dolorido tobillo.

—Y bien, ¿cuáles son sus intenciones respecto del Espectro?

Vane la miró a los ojos y, a continuación, alzando una ceja, regresó despacio hasta la puerta... y dio vuelta a la llave en la cerradura. Después volvió igualmente despacio y se sentó en la cama al lado de Patience, con una mano apoyada en el respaldo de hierro forjado del diván.

—Ahora, el Espectro sabe que anoche lo siguieron, es decir, que, de no ser por su inoportuno accidente, bien podrían haberlo atrapado.

Patience tuvo la elegancia de ruborizarse.

—Todos los que viven en la casa —prosiguió Vane clavando sus ojos en los de Patience—, el Espectro incluido, se están dando cuenta de que yo conozco bien la mansión, posiblemente mejor que ellos. Soy una amenaza real para el Espectro, y creo que a continuación no se dejará ver y aguardará a que yo me haya ido para aparecer de nuevo.

Patience hizo un esfuerzo para hacer honor a su nombre y apretó con fuerza los labios.

Vane sonrió, comprendiendo.

—Así pues, si lo que queremos es tentar al Espectro para que se delate, sospecho que lo más sensato sería que hiciéramos ver que yo aún estoy dispuesto a aceptar la idea de que el culpable es Gerrard, el candidato más obvio. —Patience frunció el entrecejo. Estudió el frío gris de sus ojos, y abrió la boca para decir algo—. Yo creo —continuó Vane antes de que ella pudiera hablar— que a Gerrard no le hará ningún daño que los huéspedes de la casa piensen lo que se les antoje, al menos en un futuro inmediato.

El ceño de Patience se acentuó.

—No ha oído lo que han dicho. —Cruzó los brazos por debajo de los senos—. El general lo llamó mozalbete.

Vane levantó las cejas.

—Una gran falta de sensibilidad, estoy de acuerdo, pero me parece que usted subestima a Gerrard. Una vez que sepa que todas las personas que le importan saben con seguridad que es inocente, dejará de preocuparse por lo que piensen los demás. Sospecho que lo considerará un juego emocionante, una conspiración para dar caza al Espectro.

Patience entrecerró los ojos.

—Quiere decir que así es como se lo va a presentar a él.

Vane sonrió.

—Yo diría que reaccionará a cualquier calumnia que le lancen con una actitud de aburrimiento y desdén. —Alzó las cejas—. Es posible que incluso cultive una sonrisa de superioridad.

Patience intentó dirigirle una mirada de reproche. Estaba segura de que, como guardiana de Gerrard, no debía dar su conformidad a semejantes planes. Y sin embargo le parecieron acertados: se daba cuenta de que el plan de Vane era el más rápido para suscitar de nuevo la seguridad de Gerrard en sí mismo, y eso era, por encima de cualquier otra cosa, lo que más le importaba a ella.

—Se le dan bien estas cosas, ¿verdad? —Y no se refería tan sólo a que entendiera a Gerrard.

La sonrisa de Vane se transformó en un ademán de pícaro.

—Hay muchas cosas que se me dan bien.

Había bajado la voz hasta convertirla en un ronroneo profundo. Se acercó un poco más a Patience. Patience intentó con todas sus fuerzas no hacer caso del tornillo que sentía enroscarse lentamente en su pecho. Mantuvo los ojos fijos en los de él, cada vez más cerca, resuelta a no permitir, por nada del mundo, que su mirada se deslizara hasta aquellos labios. Cuando notó que el corazón comenzaba a latirle más fuerte, levantó una ceja con aire desafiante y preguntó:

—¿Como cuáles?

Los besos; los besos se le daban realmente bien.

Para cuando Patience llegó a aquella conclusión, ya estaba sin aliento, totalmente hipnotizada por las embriagadoras sensaciones que iban dominándola poco a poco, en una lenta espiral. La seguridad con que Vane tomó posesión de sus labios, de su boca, la dejó aturdida... pero de forma placentera. Los labios duros de él se posaron sobre los suyos, y ella se ablandó, no sólo ablandó la boca sino también todos sus músculos, todos sus miembros. Comenzó a invadirla un calor lento, una marea de sencillo placer que parecía no tener mayor significado, mayor importancia. Era placer, simple placer.

Con un suspiro inexpresado, levantó los brazos y los enroscó alrededor del cuello de Vane. Él se acercó. Patience se estremeció al sentir el movimiento pausado de su lengua contra la de ella y devolvió la caricia osadamente; notó cómo se tensaban los músculos que tocaban sus manos. Cobrando valor, apretó los labios contra la boca de Vane, y la deleitó comprobar su reacción inmediata. Lo duro se transmutó en más duro: labios, músculos, todo se volvió más definido, todo adquirió mayor nitidez.

Era fascinante: ella se ablandaba y él se endurecía.

Y detrás de aquella dureza bullía el calor, un calor que ambos compartían, que fue subiendo de temperatura igual que fiebre, enardeciendo el placer. Aparte de la caricia de sus labios, Vane no la había tocado, y sin embargo ardían todos y cada uno de los nervios de su cuerpo, vibrantes de sensaciones. Aquella marea de calor se extendió, se hinchó, aumentando cada vez más.

Y entonces se sintió arrebolada, inquieta... llena de deseo.

En aquel momento notó el movimiento de unos dedos duros sobre sus pechos que la hicieron lanzar una exclamación ahogada, no de pánico sino de pura sorpresa. Sorpresa por la punzada de placer que le inundó todo el cuerpo, por el fuerte cosquilleo que se extendió por su piel. Aquellos dedos cobraron fuerza y tomaron posesión de su carne suave y extrañamente inflamada... que de inmediato se inflamó aún más. La mano de Vane se cerró y los dedos se movieron sobre su seno; entonces su carne acalorada se endureció y quedó tensa, hormigueante.

El juego apasionado de las lenguas de ambos y el calor de la mano de Vane resultaban en verdad enloquecedores. Cuando Vane acarició el pezón, Patience exclamó de nuevo. Con algo parecido al asombro, y los sentidos concentrados en las yemas de los dedos de Vane, se maravilló por su propia reacción a aquel contacto, por la ola de calor que la recorrió de arriba abajo, por la singular tensión que notaba en los pezones.

Jamás había imaginado que aquellas sensaciones existieran siquiera, apenas podía creer que fueran reales. Y sin embargo las caricias continuaron, excitándola, abrasándola. Y tuvo que preguntarse qué más no sabía.

Qué más cosas le quedaban aún por experimentar. Haciendo uso hasta del último gramo de pericia bajo su mando, Vane la llevaba cada vez más lejos. Su falta total de resistencia lo habría hecho preguntarse, si no hubiera percibido ya su curiosidad, a qué se debía la intención calmosa y calculada que brillaba en los ojos de Patience. Estaba dispuesta, incluso ansiosa, y el hecho de saber eso desataba poderosamente su propia pasión. Pero la mantuvo a raya, consciente de que ella no era una mujer lasciva, que nunca había vivido aquella experiencia, y que, a pesar de su ingenua seguridad y de su disposición abierta, su confianza implícita era un objeto frágil que muy fácilmente podía romperse en pedazos por un exceso de arte amatoria.

Patience era ingenua, inocente, necesitaba que la amaran con ternura, que la condujeran despacio hacia la pasión, que la paladearan con lentitud.

Tal como él la paladeaba ahora, teniendo para sí la suavidad de su boca, la firmeza de su pecho bajo las caricias de su mano. Su inocencia resultaba refrescante, y también embriagadora, adictiva, cautivadora.

Vane ladeó la cabeza y ahondó el beso a lo largo de varios segundos hasta que por fin se apartó y dejó libres los labios de Patience. Pero no sus pechos.

Aguardó, sin dejar de acariciar aquellos montículos agrandados, primero uno, luego el otro, esperando... Hasta que vio refulgir los ojos de Patience. Le sostuvo la mirada y después, muy pausadamente, muy despacio, posó los dedos en el primer botón del corpiño.

Los ojos de Patience se abrieron como platos bajo los párpados entrecerrados; sus senos se elevaron al tiempo que aspiraba aire con brusquedad. La súbita liberación del primer botón supuso casi un alivio. Sus sentidos vibraron intensamente conforme los dedos de Vane iban descendiendo hacia el botón siguiente; percibía cada uno de los latidos de su propio corazón a medida que, uno tras otro, las minúsculas bolitas perladas iban soltándose de sus anclajes.

Y entonces el corpiño se abrió lentamente.

Por espacio de un instante suspendido en el tiempo, no estuvo segura de lo que quería, no sabía si siempre había deseado saber lo que venía a continuación. Pero la vacilación duró tan sólo un segundo, el segundo que tardó Vane en apartar con suavidad la tela del corpiño y sus dedos en deslizarse al interior del mismo.

Un leve tirón, y la camisola resbaló hacia abajo. Entonces llegó el primer contacto tentador de las yemas de aquellos dedos en su piel, un contacto que causó un auténtico torbellino en sus sentidos. Pasmada y boquiabierta, profundamente embelesada, con todos los nervios de su cuerpo sensibilizados al contacto de Vane, a la caricia de su mano, a aquellos dedos largos y duros que se cerraban sobre su seno.

Vane observó su reacción con los ojos entornados, atento a la pasión que iluminaba su mirada. Centellearon chispas de oro puro en aquellos lagos de color avellana mientras él acariciaba con suavidad su piel sedosa. Sabía que debía besarla, distraerla de lo que vendría a continuación... pero el impulso incontrolable de ser testigo, de saber su reacción al comprender lo que iba haciendo él y llenarse los sentidos de ella, era mucho más fuerte.

De modo que, muy despacio, desplazó la mano y cerró los dedos con ademán seguro sobre un pezón erecto.

Patience dejó escapar una exclamación, un sonido agudo que llenó el espacio. Instintivamente se arqueó para apretarse con más fuerza contra la dura palma que rodeaba su seno, buscando alivio a la aguda sensación que la estaba traspasando... una y otra vez, con mayor insistencia.

Entonces Vane inclinó la cabeza y sus labios buscaron los de Patience.

Patience se aferró al beso, se amarró a él como si fuera una ancla a la que sujetarse en medio de aquel mundo que de pronto se había transformado en un torbellino. Puntas de calor serpentearon por su cuerpo, oleadas de intenso placer invadieron la médula de sus huesos y se arremolinaron en sus ingles. Se agarró de los hombros de Vane y a su vez devolvió el beso, de repente desesperada por saber, por sentir, por aplacar el deseo que le palpitaba en las venas.

Y de súbito, Vane interrumpió el beso. Cambió de postura y sus labios se posaron en la garganta. Ya no estaban fríos, sino que avanzaban a lo largo de su cuello dejando un rastro ardiente a su paso. Patience apoyó la cabeza sobre los cojines y luchó por recuperar la respiración.

Pero sólo para volver a perderla un segundo más tarde.

Los labios de Vane se cerraron alrededor de un pezón prieto y enhiesto, y Patience se creyó morir. Con una exclamación ahogada, asió todavía con más fuerza los hombros de Vane clavando los dedos en la piel. Con movimientos firmes, Vane empezó a succionar con suavidad... y Patience sintió que temblaba la tierra. La dejó estupefacta el calor que irradiaba la boca de él, el movimiento húmedo de su lengua, que la escaldaba, y no pudo evitar un gemido apagado.

Aquel sonido, vivamente femenino, agudamente evocador, atrapó la atención de Vane y aguzó todos sus instintos de cazador. Surgió más fuerte el deseo, se disparó la necesidad. Se desbocaron sus demonios, atraídos por el canto de sirena de ella, y lo instaron a continuar. Vane sintió crecer aquel impulso, tenso, turbulento, potente. El deseo lo abrasaba por dentro. Aspiró aire con fuerza...

Y entonces se acordó. Se acordó de todo lo que casi había olvidado, de todo lo que la vívida reacción de Patience había barrido de su mente. Ésta era una maniobra de seducción que tenía, que necesitaba realizar con total perfección. Esta vez había algo más que el acto en sí. Seducir a Patience Debbington era demasiado importante para precipitarse; conquistar sus sentidos, su cuerpo, era sólo el primer paso. No la quería para una sola vez, sino para toda la vida.

De modo que respiró hondo, sujetó las riendas y reprimió sus impulsos. Algo dentro de él emitió un quejido de frustración, pero cerró su mente ante la implacable llamada de su excitación.

Y se dedicó a mitigar la de Patience.

Sabía cómo se hacía; había niveles de cálido deseo en el que podían flotar las mujeres, ni de buen grado ni por la fuerza, sino simplemente arrastradas por un mar de placer. Con manos y labios, boca y lengua, calmó su carne enfebrecida, extrajo las punzadas del deseo, el vértigo de la pasión, y la llevó poco a poco hacia aquel placentero mar.

Patience se encontraba más allá de todo entendimiento; lo único que conocía era la paz, la calma, la profunda sensación de placer que la inundaba por entero. Contenta, se dejó llevar por la marea, permitió que sus sentidos se agudizasen. El torbellino que la tenía desorientada se aquietó por fin; su mente recuperó la tranquilidad.

La plena conciencia, cuando llegó, no supuso sorpresa alguna; el contacto ininterrumpido de las manos de Vane, la habilidad de las caricias de sus labios y su lengua, eran algo familiar, no una amenaza.

Entonces recordó dónde estaban.

Intentó abrir los ojos, pero sentía una gran pesadez en los párpados. Encontró justo el aliento necesario para susurrar:

—¿Y si entrara alguien?

Terminó la frase en un suspiro. Vane alzó la cabeza

apartando la boca de su seno y flotó sobre ella el retumbar de su voz:

—La puerta está cerrada con llave, ¿no te acuerdas?

¿Que si se acordaba? Con los labios de Vane sobre los suyos, con aquellos dedos acariciando su pecho, a Patience le costaba incluso recordar su propio nombre. Sentía una paz que la mantuvo distendida, notaba cómo sus sentidos se amortiguaban lentamente, cómo se iba relajando cada uno de sus músculos.

Vane había reparado en las oscuras ojeras que mostraban sus ojos, y no lo sorprendió que estuviera a punto de dormirse. Poco a poco fue aminorando las caricias hasta que por fin se detuvo. Después, con cuidado, se apartó de ella y sonrió... al fijarse en la dulce sonrisa que curvaba los labios de Patience, inflamados por los besos, y en el leve resplandor que le iluminaba el rostro.

Y entonces la dejó dormir.

Patience no estaba segura de en qué momento se percató de que Vane se había ido. Soñolienta, abrió los ojos y en lugar de verlo a él vio las ventanas. Pero la cálida placidez que la invadía era demasiado profunda para abandonarla, de modo que sonrió y cerró los ojos de nuevo.

Cuando por fin se despertó, ya había transcurrido la mañana. Parpadeó y abrió bien los ojos, y se incorporó un poco sobre el diván. Y entonces frunció el entrecejo.

Alguien había dejado su labor de bordado sobre la mesa que había junto al diván. Rebuscó entre la niebla de sus recuerdos y entonces recordó vagamente haber visto a Timms, así como una mano que le acariciaba el pelo.

También recordó una mano que le acariciaba los pechos. Parpadeó, y a su mente acudieron en tropel otros recuerdos, otras sensaciones. Abrió mucho los ojos y dijo en voz alta:

—No, eso debe de haber sido un sueño.

Sacudió la cabeza, pero no consiguió mitigar la nitidez de las sensuales imágenes que surgían en su mente una tras otra. Miró hacia abajo para disipar aquella molesta incertidumbre... y la incertidumbre cristalizó en hechos.

Tenía el corpiño desabrochado.

Horrorizada, musitó una imprecación y se lo abotonó rápidamente.

—¡Crápulas!

Miró a su alrededor con un ceño de mil demonios, y su mirada colisionó con la de *Myst*. La pequeña gata gris se encontraba instalada sobre una mesa auxiliar, con las dos patas delanteras recogidas con primor.

—¿Has estado ahí todo este tiempo?

Myst abrió y cerró sus grandes ojos azules y se limitó a mirarla fijamente.

Patience sintió que el rubor ascendía a sus mejillas y se preguntó si era posible sentir vergüenza ante un gato, de lo que podría haber presenciado ese gato.

Pero antes de que pudiera decidirse al respecto, se abrió la puerta y entró Vane. La sonrisa que lucía en la cara, que curvaba aquellos fascinantes labios suyos, fue más que suficiente para que Patience jurase para sus adentros que jamás, por nada del mundo, le daría el gusto de saber cuán alterada se sentía.

—¿Qué hora es? —inquirió en un tono de indiferencia.

—Hora de almorzar —contestó el lobo.

Sintiéndose igual que Caperucita Roja, Patience fingió un bostezo y a continuación estiró los brazos y le hizo un gesto a Vane para que se acercara.

—Entonces ya puede llevarme al comedor.

La sonrisa de Vane se hizo más pronunciada. Con elegante agilidad, se acercó y la tomó en brazos.

La entrada de ambos en el comedor no pasó inadvertida para nadie. Allí se encontraban el resto de los huéspedes, todos reunidos alrededor de la mesa. Con una notable excepción: la silla de Gerrard estaba vacía.

Minnie y Timms sonrieron con benevolencia cuando Vane depositó a Patience en su asiento. La señora Chadwick se interesó por su estado con maternal cortesía. Patience respondió a las señoras con sonrisas y palabras de amabilidad... e ignoró por completo a los hombres.

Excepto a Vane; a él no podía ignorarlo. Aun cuando sus sentidos se lo hubieran permitido, no se lo permitía él, pues insistía en establecer una conversación general acerca de temas inofensivos y en absoluto provocadores. Cuando Henry, estimulado por el ambiente de calma que reinaba en el comedor y con el pretexto de servirle un poco más de jamón, trató de engatusarla con una sonrisa y una pregunta cortés sobre su rodilla, Patience lo dejó helado con una contestación glacial y notó que, por debajo de la mesa, la rodilla de Vane daba un empujoncito a la suya. Se volvió y lo taladró con una mirada inocente; él aguantó el envite con ojos inexpresivos y acto seguido la arrojó sin piedad al centro de la conversación.

Cuando, una vez terminado el almuerzo, la tomó de nuevo en brazos, Patience no estaba de muy buen humor. No sólo tenía los nervios en tensión por el ambiente que se respiraba en la mesa, sino que además Gerrard no se había presentado.

Vane la llevó hasta su saloncito privado y la acomodó sobre el diván.

—Gracias —dijo ella acomodando los cojines. Seguidamente se recostó sobre ellos y tomó su bordado.

Dirigió a Vane una mirada rápida, algo torva, y a continuación sacudió con un remango la labor.

Él se apartó unos pasos y observó cómo sacaba de su bolsa varias bobinas de colores, y después se acercó despacio a la ventana. El día había amanecido despejado, pero ahora se estaba cubriendo de nubes que tornaban el cielo gris.

Miró atrás y estudió a Patience. Estaba sentada entre las almohadas y los cojines, con la labor de costura en las manos y varias bobinas esparcidas a su alrededor. Pero tenía las manos quietas y una expresión ausente en el semblante.

Vane titubeó, pero apretó los labios y se volvió para encararse a ella.

—Si lo desea, puedo ir a buscarlo.

Hizo la oferta como no dándole importancia, dejándole la posibilidad de rechazarla sin resultar ofensiva.

Patience levantó la vista con una expresión difícil de interpretar. Al momento acudió el color a sus mejillas, y Vane supo que era porque se estaba acordando de todas las acusaciones que le había hecho sólo dos días antes. Pero Patience no bajó el rostro, no desvió la mirada de él. Al cabo de unos instantes de reflexión, dijo afirmando con la cabeza:

—Si no le importa, le estaría muy... —Dejó la frase en suspenso y parpadeó, pero no pudo evitar que la palabra aflorase a sus labios—. Agradecida. —Le temblaron al decirlo, y bajó la vista.

Al momento siguiente Vane se encontraba ya a su lado. Apoyó los dedos bajo su barbilla y le levantó la cara. La contempló largamente con una expresión indescifrable, y luego se inclinó y le rozó los labios con los suyos.

—No se preocupe, lo encontraré.

Ella le devolvió el beso de manera instintiva. Entonces, lo agarró de la muñeca, lo retuvo un momento para escrutar su rostro y, tras darle un breve apretón, lo dejó marchar.

Cuando la puerta se cerró tras él, Patience lanzó un profundo suspiro. Acababa de depositar su confianza en un caballero elegante. Más aún, le había confiado lo más preciado para ella que había en el mundo. ¿Le había ofuscado el entendimiento? ¿O era que simplemente había perdido la cabeza?

Pasó un minuto entero con la vista fija en la ventana sin ver nada; luego frunció el ceño, sacudió la cabeza en un gesto negativo, se encogió de hombros y retornó a su labor. No merecía la pena resistirse a los hechos; sabía que Gerrard estaba a salvo con Vane, más que con ningún otro caballero de Bellamy Hall, más que con ningún otro caballero que ella hubiera conocido en su vida.

Además, recapacitó mientras sacaba la aguja, ya puesta a reconocer cosas sorprendentes, bien podía admitir que se sentía también aliviada, aliviada por el hecho de que estuviera allí Vane y de que ya no fuera ella la única protección de su hermano.

En lo que se refería a reconocer cosas sorprendentes, esta última se llevaba la palma.

—Vaya, debes de estar muerto de hambre, a estas alturas. —Vane soltó el zurrón que acarreaba sobre la hierba, al lado de Gerrard, el cual dio un brinco igual que un gato escaldado.

El joven miró en derredor y después contempló a Vane, que procedió a sentarse en el parche de hierba que coronaba el viejo cerro.

—¿Cómo ha sabido que estaba aquí?

Con la mirada perdida en el horizonte, Vane se encogió de hombros.

—Lo supuse. —Una sonrisa divertida tocó sus labios—. Has escondido bien el caballo, pero has dejado un montón de pistas.

Gerrard dejó escapar un bufido. Posó la mirada en el zurrón, lo acercó a sí y lo abrió.

Mientras Gerrard masticaba pollo frío y pan, Vane se dedicó a estudiar el paisaje con mirada ociosa. Al cabo de un rato sintió en la cara los ojos de Gerrard.

—Yo no soy el Espectro, ¿sabe?

Vane alzó las cejas con gesto arrogante.

—Pues sí, lo sé.

—¿Ah, sí?

—Mmm. Anoche lo vi. No lo bastante bien para reconocerlo, pero sí lo suficiente para saber a ciencia cierta que no eras tú.

—Oh. —Tras unos instantes, Gerrard continuó—: Todo eso que dicen respecto de que yo soy el Espectro, en fin, siempre ha sido una bazofia. Quiero decir, como si yo fuera tan tonto como para hacer algo así estando cerca mi hermana. —Soltó un bufido de burla—. Naturalmente que tuvo que ir a fisgonear. Verá, Patience es peor que yo. —Un segundo después, preguntó—: Patience se encuentra bien, ¿verdad? Me refiero a lo de la rodilla.

La expresión de Vane se volvió seria.

—Su rodilla está todo lo bien que cabe esperar. Tendrá que estar unos días sin caminar, lo cual, como ya te imaginarás, no está mejorando su carácter. Pero por el momento está preocupada... por ti.

Gerrard se sonrojó. Bajó la vista y tragó saliva.

—Perdí los nervios. Supongo que será mejor que regrese. —Y empezó a recoger el zurrón.

Pero Vane lo detuvo.

—Sí, será mejor que regresemos para que ella deje de preocuparse, pero no me has preguntado por nuestro plan.

Gerrard levantó la vista.

—¿Qué plan?

Vane se lo expuso.

—Así que, como ves, necesitamos que continúes comportándote —hizo un ademán exagerado— exactamente igual que hasta ahora: como un bobo al que le han torcido la nariz.

Gerrard rió.

—Está bien, pero se me permite que haga algún comentario de desprecio, ¿no?

—Todos los que quieras, pero no te olvides de tu papel.

—¿Lo sabe Minnie? ¿Y Timms?

Vane afirmó con la cabeza y se incorporó.

—Y también están al tanto Masters y la señora Henderson. A Minnie y a Timms se lo he dicho esta mañana. Como el personal de servicio es todo de fiar, no me parecía que mereciera la pena no informarlos, y además así podremos valernos de cuantos pares de ojos podamos.

—Así que —dijo Gerrard estirando las piernas y poniéndose de pie— dejaremos que parezca que sigo siendo el principal sospechoso, casi ya convicto, y esperaremos al Espectro...

—O el ladrón, no te olvides de que en ese sentido también eres el principal sospechoso.

Gerrard asintió.

—Así que esperaremos y nos mantendremos atentos a que haga el próximo movimiento.

—Eso es. —Vane comenzó a descender del repecho—. En este momento, eso es todo cuanto podemos hacer.

9

Dos días más tarde, Patience se encontraba sentada en su salita privada, dedicada a su labor de costura. Los tapetes para el salón estaban casi terminados; iba a alegrarse de ver el último de ellos. Seguía confinada en el diván, con la rodilla vendada y el pie apoyado sobre un cojín. La idea que había sugerido aquella misma mañana, de que seguramente podía arreglárselas perfectamente con la ayuda de un bastón, había hecho fruncir los labios a la señora Henderson, que sacudió la cabeza negativamente y afirmó en tono solemne que lo más juicioso sería guardar cuatro días de descanso absoluto. ¡Cuatro días! Antes de que pudiera expresar lo antipática que le resultaba semejante idea, Vane, en cuyos brazos estaba en aquel momento, respaldó a la señora Henderson sumándose a la misma opinión.

Cuando, tras el desayuno, Vane la llevó hasta la salita y la depositó sobre el diván, le recordó cómo había amenazado con atarla al mismo si la descubría de pie. Y dicha advertencia la pronunció en un tono lo suficientemente intimidatorio como para que ella se quedara recostada y concentrada en los tapetes con aparente conformidad.

Minnie y Timms habían ido a hacerle compañía; Timms estaba entretenida haciendo nudos en un fleco y Minnie observaba y prestaba un dedo cada vez que hacía falta. Todas estaban acostumbradas a pasar horas enfrascadas en actividades silenciosas, nadie veía razón alguna para turbar la paz con la cháchara.

Lo cual supuso una bendición, pues Patience tenía la cabeza totalmente ocupada con otro asunto: meditar sobre lo ocurrido la primera vez que Vane la llevó hasta aquella habitación. Entre ocultar su reacción y la preocupación que sentía por Gerrard y por las acusaciones que se habían lanzado contra él, todavía no había tenido tiempo de analizar a fondo lo sucedido.

Desde entonces, de un modo u otro, casi no pensaba en nada más.

Por supuesto, tendría que haber estado escandalizada, o como mínimo sorprendida. Sin embargo, cada vez que se permitía recordar lo que había pasado notaba que la invadía una dulce sensación de placer que le dejaba un cosquilleo en la piel y un delicioso calor en los senos. Su reacción de «sorpresa» era emocionante, excitante, una reacción que la estimulaba en lugar de repugnarla. Tendría que haberse sentido culpable, y en cambio, la posible culpa que pudiera experimentar quedaba ahogada por una necesidad imperiosa de conocer, de experimentar, y bajo un intenso recuerdo de lo mucho que había disfrutado de aquella experiencia en particular.

Apretó los labios y dio una puntada a la tela. La curiosidad. Ésa era su maldición, su condena, la cruz que tenía que llevar a cuestas, y lo sabía. Por desgracia, el hecho de saberlo no mitigaba el impulso. Esta vez, la curiosidad la estaba invitando a bailar con un lobo, una empresa peligrosa. Durante los dos últimos días lo había observado, esperando el ataque que estaba convencida de que llegaría tarde o temprano, pero Vane se había comportado como un corderito, un corderito ridículamente fuerte y de arrogancia imposible, por no decir magistral, pero que lucía una inocencia nueva y sin artificio, como si llevara un halo brillante sobre su bruñida cabellera.

Entrecerró los ojos para fijarse en su labor y reprimió una exclamación de incredulidad. Vane estaba llevando a cabo algún juego secreto. Por desgracia, por culpa de su falta de experiencia, Patience no tenía ni idea de cuál podía ser.

—En realidad —dijo Minnie recostándose en su asiento mientras Timms sacudía el chal en el que estaban trabajando—, este ladrón me tiene preocupada. Es posible que Vane haya espantado al Espectro, pero el ladrón parece ser más duro de pelar.

Patience miró a Timms.

—¿Todavía no has encontrado tu pulsera?

Timms hizo una mueca de disgusto.

—Ada ha puesto patas arriba mi habitación, y también la de Minnie. Masters y las doncellas han removido cielo y tierra. —Suspiró—. Ha desaparecido.

—¿Y dices que era de plata?

Timms asintió.

—Pero yo la consideraba de gran valor. Tenía un grabado en forma de hojas de parra, ya sabes cómo son. —Volvió a suspirar—. Perteneció a mi madre y por eso estoy muy... —bajó la vista y jugueteó con el nudo que acababa de hacer— molesta por haberla perdido.

Patience frunció el ceño con expresión ausente y dio otra puntada.

Minnie lanzó un fuerte suspiro.

—Y ahora le ha pasado lo mismo a Agatha.

Patience alzó la vista, y Timms también.

—¿Oh?

—Esta mañana ha venido a verme —dijo con preocupación—. Estaba bastante alterada. Pobre mujer, con todo lo que ha tenido que afrontar, por nada del mundo hubiera deseado que ocurriera esto.

—¿El qué? —quiso saber Patience.

—Lo de sus pendientes. —Minnie movió la cabeza en un gesto negativo, con una expresión de lo más grave—. Eran la última joya que le quedaba a la pobre. Unas piedras de granate en forma de lágrima rodeadas por zafiros blancos. Sin duda se los habrás visto puestos.

—¿Cuándo los vio por última vez? —Patience se acordaba muy bien de los pendientes. Aunque eran bastante bonitos, no podían tener excesivo valor.

—Hace dos noches se los puso para cenar —informó Timms.

—En efecto. —Minnie asintió—. Ésa fue la última vez que los vio, cuando se los quitó esa noche y los guardó en el joyero de su tocador. Anoche, cuando fue a buscarlos, habían desaparecido.

Patience frunció el entrecejo.

—Ya me pareció que anoche estaba un tanto aturdida.

—Agitada —convino Timms con un grave gesto de cabeza.

—Luego los buscó por todas partes —dijo Minnie—, pero a estas alturas ya está convencida de que se han esfumado.

—Esfumado, no —corrigió Patience—. Los tiene el ladrón. Cuando lo atrapemos a él, los encontraremos.

En aquel momento se abrió la puerta y entró Vane seguido de Gerrard.

—Buenos días, señoras.

Vane saludó con la cabeza a Minnie y a Timms, y a continuación se volvió sonriente a Patience. Sus ojos burlones se clavaron en los de ella; el gesto de su sonrisa, la expresión que bailaba en el fondo de sus ojos, se transformó. Patience percibió el calor de su mirada deslizarse lentamente sobre su cuerpo, sus mejillas, su cuello y el nacimiento de los senos que dejaba ver el profundo escote del vestido que llevaba. Sintió un cosquilleo en la piel y se le endurecieron los pezones.

Tuvo que contener una mirada de advertencia.

—¿Ha disfrutado del paseo a caballo?

Empleó un tono tan inocente y candoroso como el de él; tanto el día anterior como el presente habían sido espléndidos, y aunque ella había permanecido encerrada dentro de casa, metafóricamente atada al diván, Vane y Gerrard se habían divertido montando a caballo y recorriendo la campiña.

—De hecho —respondió Vane despacio al tiempo que se acomodaba con elegancia en una silla frente al diván—, me he dedicado a enseñar a Gerrard todas las tabernas que hay en las inmediaciones.

Patience levantó la cabeza de golpe y miró horrorizada a Vane.

—Hemos estado comprobando si había estado allí alguno de los otros —explicó Gerrard con entusiasmo—. Tal vez vendiendo cosas pequeñas a hojalateros o viajeros.

Patience, de forma disimulada, dirigió a Vane una mirada torva. Él sonrió, aunque con demasiada dulzura. Le seguía brillando el halo sobre la cabeza. Patience respiró hondo y bajó la vista a su labor de costura.

—¿Y? —inquirió Minnie.

—Nada —repuso Vane—. Nadie de Bellamy Hall, ni siquiera uno de los mozos de cuadra, ha visitado recientemente ninguno de los antros de la localidad. Nadie ha oído susurrar a nadie que vendiese cosas pequeñas a hojalateros ni gente así. De manera que seguimos sin tener ninguna pista del motivo por el cual el ladrón está robando cosas, ni de lo que está haciendo con ellas.

—Ya que hablamos de eso... —Minnie pasó a describir con brevedad la pérdida de la pulsera de Timms y de los pendientes de la señora Chadwick.

—Así que —dijo Vane con el semblante contraído— quienquiera que sea, no se ha visto disuadido por el hecho de que persiguiéramos al Espectro.

—Y entonces, ¿qué hacemos ahora? —quiso saber Timms.

—Vamos a necesitar hacer indagaciones en Kettering y Northampton. Es posible que el ladrón tenga allí algún contacto.

En aquel momento el reloj de la repisa de la chimenea dio la media hora, las doce y media. Minnie se recogió los chales.

—Tengo que ir a ver a la señora Henderson para hablar de los menús.

—Yo voy a dejar esto para más tarde —dijo Timms doblando el chal que estaban haciendo.

Vane se levantó y ofreció su brazo a Minnie, pero ella lo rechazó con un gesto de la mano.

—No, me encuentro bien. Quédate a hacerle compañía a Patience. —Sonrió a su sobrina—. Resulta tan duro... estar atado a un sofá.

Patience contuvo el deseo de reaccionar a aquellas palabras inocentes y sonrió con amabilidad, aceptando el «regalo» de su tía; una vez que ésta pasó de largo de camino hacia la puerta, tomó la labor, clavó la vista en ella y aferró con fuerza la aguja.

Gerrard sostuvo la puerta abierta para Minnie y Timms. Ambas salieron; luego miró a Vane y le dedicó una sonrisa contagiosa.

—Duggan mencionó que tenía pensado sacar a hacer ejercicio a sus caballos en estos momentos. Tal vez podría dejarme caer por allí por ver si lo alcanzo.

Patience volvió la cabeza al instante, justo a tiempo para acertar a ver el gesto de despedida de su hermano al salir por la puerta. Cuando ésta se cerró tras él, Patience se quedó mirando con incredulidad la hoja de madera.

¿En qué estaban pensando todos? ¿En dejarla a solas con el lobo? Tal vez tuviera veintiséis años, pero era del todo inexperta. Peor todavía: abrigaba la fuerte convicción de que Vane consideraba su edad, y mucho más su falta de experiencia, como algo más positivo que negativo.

Volvió a fijar la vista en su labor y recordó la anterior pulla de Vane. Sintió que montaba en cólera, lo cual le servía de escudo. Levantó la cabeza para estudiarlo, allí de pie frente al diván, a un paso de distancia, con mirada fría y calculadora.

—Supongo que no tendrá usted la intención de arrastrar a Gerrard a todas las tabernas, o «antros», de Kettering y Northampton.

La mirada de Vane, que ya estaba clavada en ella, no se inmutó; en cambio, sus labios se curvaron en una sonrisa lenta, nada digna de confianza.

—Ni tabernas ni posadas, ni siquiera antros. —Su sonrisa se hizo más pronunciada—. En las ciudades necesitaremos visitar a los joyeros y a los prestamistas. Suelen adelantar dinero a cambio de mercancías. —Calló unos instantes y después dijo con una mueca—: Mi único problema es que no entiendo para qué puede querer dinero ninguno de los inquilinos de Bellamy Hall. No hay donde jugar o hacer apuestas.

Patience dejó un momento la costura sobre el regazo y frunció el ceño.

—Puede que necesiten dinero para otra cosa.

—No me imagino al general ni a Edgar, y mucho menos a Whitticombe, pagando para mantener a una mujer de la ciudad y un hijo.

Patience negó con la cabeza.

—Henry se quedaría sorprendido de saberlo, es de lo más conservador.

—En efecto. Además, por alguna razón esa idea no parece casar tampoco con Edmond. —Vane hizo una pausa. Patience levantó la mirada, y él la interceptó—. Que yo sepa —dijo bajando el tono de voz hasta convertirlo en un ronroneo—, Edmond parece más inclinado a hacer planes que a ponerlos en práctica.

Lo que implicaba aquello era tan obvio que Patience no dudó de haberlo entendido correctamente: Vane había puesto más énfasis en la segunda parte de la frase. Haciendo caso omiso de la presión que le estaba cortando el aliento, dijo alzando una ceja con altivez:

—¿De veras? Yo diría que la planificación siempre ha sido algo muy recomendable. —Haciendo un alarde de valor, agregó—: En cualquier empresa.

Los labios de Vane se curvaron en una sonrisa lenta. En dos pasos se plantó a un costado del diván.

—No me ha entendido: una buena planificación resulta esencial para el éxito de cualquier campaña. —Capturó la mirada de Patience y tomó la labor que yacía olvidada en su regazo.

Patience parpadeó para desembarazarse de aquella mirada al tiempo que el paño se le escapaba de las manos.

—Entiendo.

Frunció el ceño; pero, ¿de qué estaban hablando? Siguió la labor con la mirada conforme Vane se la quitaba de las manos, y se topó con sus ojos. Él le sonrió, un lobo de la cabeza a los pies, y dejó caer labor, tapete, bastidor y aguja, en el cesto situado junto al diván. Dejándola sin protección.

Patience sintió cómo sus propios ojos se agrandaban. La sonrisa de Vane se acentuó y sus ojos grises adquirieron un brillo peligroso. Lánguidamente, alzó una mano y, tras deslizar sus largos dedos bajo la barbilla de ella, se la levantó con suavidad. A continuación, con mucha calma, le rozó lentamente los labios con el dedo pulgar.

Los sintió temblar; Patience deseó tener fuerza suficiente para liberarse de la leve presión que Vane ejercía sobre ella, para zafarse de su mirada.

—Lo que he querido decir —explicó él con voz muy profunda— es que hacer planes para no llevarlos a la práctica es una pérdida de tiempo.

Quería decir que ella debería haberse aferrado a su labor de bordar. Demasiado tarde, Patience cayó por fin en la cuenta. Vane había advertido su plan de servirse del bordado a modo de escudo. Con la respiración entrecortada, aguardó a que su temperamento acudiera en su ayuda, a que surgiera como reacción al hecho de que alguien adivinase sin esfuerzo sus intenciones, de que la turbasen con tanta facilidad.

Pero no ocurrió nada. No estalló ningún acceso de furia.

El único pensamiento que bullía en su cabeza al estudiar los ojos grises de Vane era qué iba a hacer él a continuación.

Como lo estaba observando con tanta fijeza, con toda su atención puesta en aquel color gris, captó el cambio sutil, el destello de lo que pareció sospechosamente un gesto de satisfacción, muy breve.

Vane apartó la mano; luego bajó los ojos y desvió el rostro.

—Cuénteme lo que sepa de los Chadwick.

Patience lo miró fijamente... a la espalda, mientras él volvía a su silla. Para cuando tomó asiento y la miró, ya había logrado recomponer su semblante, aunque tenía una curiosa falta de expresión.

—Bueno —se humedeció los labios—, el señor Chadwick falleció hará unos dos años. Desapareció en el mar.

Con ayuda de las preguntas que le iba haciendo Vane, refirió, con cierta pomposidad, todo lo que sabía de los Chadwick. Al llegar al final de su relato, sonó el gong.

Vane recobró su sonrisa de libertino, se puso de pie y fue hasta ella.

—Hablando de poner en práctica cosas, ¿le gustaría que la llevara en brazos a almorzar?

Patience no quería. Lo miró con ojos entornados y se dijo que habría dado la mitad de su fortuna por evitar la sensación de ser levantada con tanta facilidad en sus brazos y transportada sin esfuerzo. El contacto de aquel hombre resultaba desconcertante, inquietante; la hacía pensar cosas que no debía pensar. Y en cuanto a la sensación de verse impotente en sus brazos, atrapada, a su merced, como un instrumento para que él lo utilizase a su capricho... eso era todavía peor.

Por desgracia, no tenía alternativa. De modo que, fríamente y haciendo acopio de valor para sus adentros, inclinó la cabeza.

—Si tiene la bondad.

Vane sonrió, y procedió.

Al día siguiente —el cuarto y, juró Patience, el último de su encarcelamiento— se encontraba una vez más confinada en el diván de su silenciosa salita. Después del habitual desayuno a una hora temprana, Vane la había llevado de nuevo allí. Él y Gerrard iban a pasar la jornada buscando en Northampton algún rastro de los artículos robados de Bellamy Hall. Hacía un día espléndido, y la idea de dar un largo paseo sentada en el pescante del carruaje de Vane con el viento agitándole el pelo, detrás de aquellos caballos grises de los que tanto había oído hablar, le pareció el paraíso. Se sintió profundamente tentada de pedirles que aplazaran la excursión, sólo un día o así, hasta que la rodilla se le hubiera curado lo bastante para poder pasar unas horas sentada en un carruaje, pero al final prefirió morderse la lengua. Tenían que descubrir lo antes posible quién era el ladrón, y el tiempo, aunque aquel día era bueno, no estaba garantizado.

Minnie y Timms pasaron la mañana haciéndole compañía. Como no podía bajar las escaleras, le subieron el almuerzo en unas bandejas. Después, Minnie se retiró a echar una siesta; Timms la ayudó a ir hasta su habitación, pero no había regresado.

Ya había terminado el tapete para el salón. Mientras examinaba con ociosidad los dibujos, se preguntó qué proyecto debía acometer a continuación. ¿Quizás un delicado mantelito de bandeja para el tocador de Minnie?

En aquel momento se oyó un golpe en la puerta que la hizo levantar la vista, sorprendida. Minnie y Timms no solían llamar.

—Adelante.

Se abrió la puerta con timidez, y entonces asomó la cabeza de Henry.

—¿La molesto?

Patience suspiró para sus adentros y le señaló una silla.

—En absoluto. —Al fin y al cabo, estaba aburrida.

Henry esbozó una sonrisa de cachorro que le iluminó el rostro. Tras enderezar los hombros, traspuso el umbral llevando una mano escondida a la espalda de manera más bien evidente. Avanzó hasta el diván y entonces se detuvo y, como si fuera un mago, sacó su regalo; un ramo de rosas tardías y flores de otoño, completado con un poco de follaje verde.

Patience abrió mucho los ojos en un ademán de sorpresa y entusiasmo fingidos. Pero el entusiasmo se desvaneció cuando reparó en los tallos desgajados y los restos de raíces que colgaban del ramo. Henry había arrancado las flores de los arbustos y los arriates, sin preocuparse del daño que pudiera causar.

—Vaya... —Hizo el esfuerzo de poner una sonrisa en sus labios—. Qué encantador. —Tomó el ramo de las manos de Henry—. ¿Por qué no llama a una doncella para que las ponga en un jarrón?

Sonriendo con orgullo, Henry fue hasta el cordón de la campanilla y tiró vigorosamente de él. Acto seguido, juntó las manos a la espalda y se balanceó sobre las puntas de los pies.

—Hoy hace un día maravilloso.

—¿De veras? —Patience procuró que su tono de voz no sonara triste.

Llegó la doncella, y regresó al instante con un jarrón y un par de tijeras de jardinero. Mientras Henry continuaba parloteando acerca del tiempo, Patience se ocupó de las flores cortando los extremos desiguales y eliminando las raíces, y las colocó en el jarrón. Cuando terminó, dejó a un lado las tijeras y volvió hacia Henry la mesilla auxiliar sobre la que había puesto las flores.

—Ya está. —Luego, con un elegante floreo, se recostó en el diván—. Le agradezco infinitamente su amabilidad.

Henry mostró una sonrisa radiante. Abrió los labios para decir algo y... en aquel instante llamó alguien a la puerta.

Patience se volvió con ademán de sorpresa.

—Adelante.

Tal como medio esperaba, se trataba de Edmond. Le traía el último poema que había compuesto. Sonrió con ingenuidad tanto a Patience como a Henry y dijo:

—Dígame qué le parece.

No era sólo un poema. Al intentar desentrañar lo intrincado del verso, a Patience le pareció más bien un canto.

Henry, cuyo anterior entusiasmo se había transformado en irritación, cambiaba de postura y hacía ruido con los pies. Patience luchó por contener un bostezo. Edmond prosiguió con su perorata, que no parecía tener fin.

Cuando de nuevo se oyeron unos golpes en la puerta, Patience se volvió enseguida, con la esperanza de que fuera el mayordomo o una doncella.

Esta vez era Penwick.

A Patience le rechinaron los dientes. Obligó a sus labios a curvarse y, resignada, le tendió la mano.

—Buenos días, señor. Confío en que se encontrará bien de salud.

—Desde luego, querida. —Penwick describió una profunda reverencia... demasiado profunda, pues a punto estuvo de golpearse la cabeza con el borde del diván. Se echó atrás justo a tiempo y frunció el entrecejo... y entonces desterró aquella expresión para sonreír a Patience mirándola con excesiva fijeza a los ojos—. No encontraba el momento de acudir a informarla de los últimos avances, las cifras de producción que hemos obtenido después de instituir el nuevo sistema de rotación. Sé —añadió sonriéndole con afecto— cuánto le interesa «nuestra pequeña parcela».

—Ah..., sí. —¿Qué otra cosa podía decir? Siempre se había servido de la agricultura para distraer a Penwick, y dado que se había ocupado de llevar la Grange durante tanto tiempo, tenía conocimientos más que pasables sobre el tema—. ¿Quizá...? —Dirigió una mirada esperanzadora a Henry, el cual, con los labios apretados, tenía la mirada fija en Penwick, y no de manera amistosa—. Precisamente me estaba diciendo Henry el buen tiempo que ha hecho últimamente.

Henry, complaciente, siguió aquel hilo de conversación.

—Y continuará siendo bueno en un futuro predecible. Sin ir más lejos, esta mañana he estado hablando con Grisham de...

Por desgracia, y pese a sus considerables esfuerzos, Patience no logró que Henry pasara a hablar del efecto del tiempo sobre los cultivos, ni tampoco consiguió que Penwick, como de costumbre, distrajera a Henry y se distrajera a sí mismo con dichos asuntos.

Para colmo, Edmond continuaba tomando retazos de la conversación de Henry y Penwick y dándoles forma de versos para, acto seguido, por encima de quien estuviera hablando, tratar de atraer a Patience a un debate sobre cómo podrían encajar dichos versos en el desarrollo de su melodrama.

Al cabo de cinco minutos, la conversación degeneró en una batalla a tres por atraer la atención de Patience. A ésta le entraron ganas de estrangular al imbécil de criado que había revelado a todo el mundo el lugar de la casa donde se había refugiado ella, hasta entonces secreto.

Cuando hubieron transcurrido diez minutos, ya estaba a punto de estragular también a Henry, Edmond y Penwick. Henry seguía en sus trece y pontificaba sobre los elementos; Edmond, sin desfallecer, hablaba ahora de incluir dioses mitológicos como comentaristas de las acciones de sus personajes principales; Penwick, que salía perdiendo en favor del coro, hinchó el pecho y preguntó portentosamente:

—¿Dónde está Debbington? Me sorprende que no se encuentre aquí, haciéndole compañía.

—Oh, se ha marchado con Cynster —lo puso al corriente Henry con brusquedad—. Los dos han ido a acompañar a Angela y a mi madre a Northampton.

Al descubrir que Patience tenía la mirada clavada en su rostro, Henry le dedicó una sonrisa.

—Hoy hace un día muy soleado, no es de extrañar que Angela haya reclamado dar un paseo en el carruaje de Cynster.

Patience levantó las cejas.

—No me diga.

Había en su tono de voz una nota que consiguió detener toda conversación. Los tres caballeros, con súbita precaución, se miraron de reojo unos a otros.

—Creo —declaró Patience— que ya he descansado bastante. —Echó a un lado la manta que había extendido sobre su regazo, se acercó al borde del diván y bajó con cuidado la pierna sana y a continuación la lesionada—. Si tiene la bondad de darme su brazo...

Todos acudieron a ayudarla en tropel. Al final, no resultó tan fácil como ella había pensado, pues aún tenía la rodilla sensible y muy rígida, con lo cual quedaba descartado apoyar todo el peso del cuerpo sobre dicha pierna.

Y eso le hacía imposible bajar las escaleras. Edmond y Henry formaron una sillita con los brazos; Patience se sentó y se agarró de sus hombros para no perder el equilibrio. Dándose aires, Penwick tomó la delantera y dirigió la comitiva hablando sin parar. Henry y Edmond no podían hablar: estaban concentrados en equilibrar el peso de ambos escaleras abajo.

Consiguieron llegar al vestíbulo principal sin incidentes, y depositaron a Patience con cuidado en el suelo. Para entonces, Patience ya se lo estaba pensando mejor... o, más bien, se lo habría estado pensando mejor si no hubiese estado tan preocupada por la noticia de que Vane había llevado a Angela a Northampton.

Que Angela hubiera disfrutado de aquel viaje —que estaría disfrutándolo incluso ahora— era algo sobre lo que ella misma había fantaseado, pero que, en aras de un bien mayor, no se había atrevido a solicitar.

No estaba de muy buen humor.

—La salita de atrás —declaró. Y apoyándose en los brazos de Henry y Edmond, fue avanzando entre ambos intentando no hacer muecas de dolor. Penwick continuó parloteando, enumerando las cosechas de cultivos que había producido «su pequeña parcela». En sus palabras flotaban sin tapujos sus presunciones de matrimonio. Patience apretó los dientes. Cuando llegaran a la salita indicada, los despediría a todos... y después, con mucho cuidado, se daría un masaje en la rodilla.

A nadie se le ocurriría buscarla en aquella salita.

—Se supone que no debería permanecer de pie.

Aquella afirmación, pronunciada en un tono sin inflexiones, llenó el súbito silencio que dejó la cháchara de Penwick.

Patience levantó la vista, y después tuvo que levantar aún más la barbilla, pues tenía a Vane directamente enfrente de sí. Llevaba puesto su gabán con capa y el viento le había revuelto el pelo. A su espalda, la puerta lateral, abierta, dejaba entrar un haz de luz que penetraba en el oscuro corredor pero que no llegaba a iluminarla a ella. Vane interceptaba esa luz: una figura muy grande y muy masculina, que parecía todavía más grande debido a las capas del gabán que llevaba sobre los anchos hombros. No podía ver la expresión de su rostro ni de sus ojos, pero tampoco le hacía falta; sabía que su semblante era duro, sus ojos de un gris acerado y los labios delgados.

Despedía irritación en oleadas; en los confines del corredor, constituía una fuerza tangible.

—Ya le advertí —dijo en tono cortante— lo que iba a suceder.

Patience abrió la boca, pero lo único que emitió fue un grito sofocado.

Ya no estaba de pie, sino en los brazos de Vane.

—¡Un momento!

—¡Oiga!

—¡Espere!

Aquellas ineficaces exclamaciones se desvanecieron a su espalda. Las rápidas zancadas de Vane la llevaron de vuelta al vestíbulo principal antes de que Penwick, Edmond y Henry pudieran hacer otra cosa que parpadear colectivamente, mudos de sorpresa.

Entonces Patience recuperó el aliento y exclamó furiosa:

—¡Déjeme en el suelo!

Vane la miró muy brevemente a la cara.

—No.

Y continuó escaleras arriba.

Patience aspiró hondo al ver a dos doncellas que bajaban, y les sonrió al pasar. Luego se encontraron ya en la galería. Los otros habían tardado diez minutos enteros en bajar la escalera; Vane había logrado lo contrario en menos de un minuto.

—Los otros caballeros —lo informó en tono ácido— estaban ayudándome a llegar a la salita de atrás.

—Idiotas.

Los senos de Patience se elevaron.

—¡Es que yo quería estar en la salita de atrás!

—¿Por qué?

¿Que por qué? Pues porque de aquel modo, si él hubiese ido a buscarla después de pasar un agradable día en Northampton con Angela, no habría sabido dónde estaba y a lo mejor se hubiera preocupado.

—Porque —contestó Patience en tono glacial, cruzando los brazos defensivamente sobre el pecho— ya estoy harta de estar en la salita de arriba. —La que él le había acondicionado—. Allí me aburro.

Vane la miró al tiempo que la cambiaba un poco de postura para abrir la puerta.

—¿Se aburre?

Ella lo miró a los ojos y deseó haber utilizado otra palabra. Por lo visto, para un libertino aquélla era como un trapo rojo.

—No falta mucho para la cena, tal vez debería llevarme a mi habitación.

La puerta se abrió de par en par y Vane la cruzó. Después la cerró tras de sí con una patada y sonrió.

—Aún falta más de una hora, y usted tiene que cambiarse. Ya la llevaré a su habitación... más tarde.

Sus ojos se habían entornado, brillantes de intención. Su voz se había transformado en su habitual ronroneo peligroso. Patience se preguntó si alguno de los otros tres habría tenido el valor de seguirlos, pero no creía que así fuera; desde que Vane redujo a la nada con tanta frialdad sus insensatas acusaciones contra Gerrard, tanto Edmond como Henry lo trataban con respeto, el respeto que se les tiene a los carnívoros peligrosos. Y Penwick sabía que desagradaba a Vane... intensamente.

Vane fue hasta el diván. Patience lo observó cada vez con mayor recelo.

—¿Qué cree que está haciendo?

—Atarla al diván.

Patience intentó lanzar una exclamación de desdén, intentó no hacer caso de la premonición que le recorrió la espina dorsal.

—No sea tonto, eso no lo dijo como una amenaza seria. —¿No sería más sensato que ella enroscara los brazos a su cuello?

Vane llegó al respaldo del diván y se detuvo.

—Yo nunca amenazo. —Aquellas palabras flotaron hasta ella, que miraba fijamente los cojines—. Sólo hago advertencias.

Y, dicho eso, la tendió sobre el respaldo de hierro forjado y la sujetó con la espalda contra el mismo. Patience se debatió al instante intentando darse la vuelta. Pero una enorme mano apoyada sobre su cintura la mantuvo firmemente en su sitio.

—Y después —continuó Vane en el mismo tono peligroso— tendremos que pensar lo que podemos hacer para... distraerla.

—¿Distraerme? —Patience abandonó su inútil forcejeo.

—Mmm. —La voz de Vane le acarició el oído—. Para aliviar su aburrimiento.

Aquellas palabras llevaban suficiente carga sensual para congelar temporalmente su cerebro, capturarlo y mantenerlo entretenido en fascinantes especulaciones, justo el tiempo suficiente para que Vane tomara un pañuelo de cuello de la pila de ropa para remendar que había en el cesto situado junto a la cama, lo pasara por los agujeros de los adornos del respaldo y lo ciñera con fuerza a la cintura de Patience.

—¿Pero qué...? —Patience miró al tiempo que la mano de Vane desaparecía y el pañuelo se apretaba. Entonces le dijo furiosa—: Esto es ridículo.

Dio un tirón al pañuelo e intentó incorporarse, pero él ya había asegurado el nudo. La seda cedió apenas. Vane dio la vuelta para mirar de frente a Patience. Ella le lanzó una mirada fulminante, sin hacer caso de la sonrisa que tenía Vane en los labios. Apretó la boca, levantó los brazos y buscó el respaldo del diván. El borde de hierro le llegaba a la mitad de la espalda, y aunque podía pasar los brazos por encima de él, no llegaba muy abajo. No alcanzaba a tocar el nudo, y mucho menos a desatarlo.

Patience miró a Vane con los ojos entornados; él la estaba observando con una tranquila sonrisa de inefable superioridad masculina en aquellos labios demasiado fascinantes. Patience entrecerró los ojos hasta convertirlos en dos rendijas.

—Pagará por esto.

La curva de los labios de Vane se acentuó.

—No está cómoda. Procure no moverse durante una hora. —Su mirada se hizo más penetrante—. Le hará bien a su rodilla.

A Patience le rechinaron los dientes.

—¡No soy ninguna niña pequeña a la que hay que disciplinar!

—Por el contrario, a las claras se ve que necesita que alguien ejerza un cierto control sobre usted. Ya ha oído a la señora Henderson: cuatro días enteros. Y el cuarto día es mañana.

Patience lo miró con expresión estupefacta.

—¿Y quién lo ha nombrado a usted mi guardián?

Lo miró fijamente, le sostuvo la mirada con aire desafiante y aguardó.

Vane entornó los ojos y dijo:

—Me siento culpable. Debería haberla enviado de vuelta a la casa nada más encontrarla en las ruinas.

El rostro de Patience quedó privado de toda expresión.

—¿Se arrepiente de no haberme llevado de vuelta a la casa?

Vane frunció el ceño.

—Me siento culpable porque usted me estaba siguiendo cuando se hirió.

Patience soltó una exclamación y cruzó los brazos por debajo de los pechos.

—Usted me ha dicho que esto es culpa mía por no haberme quedado donde me dijo que me quedara. De todas formas, si Gerrard con sus diecisiete años es lo bastante mayor para responsabilizarse de sus actos, ¿por qué ha de ser de otro modo en mi caso?

Vane la miró; Patience estaba segura de haber ganado aquel punto. Pero entonces Vane alzó una ceja con arrogancia.

—Usted es la que tiene la rodilla dislocada y el tobillo torcido.

—Mi tobillo está perfectamente —respondió con altivez—. Y la rodilla sólo está un poco rígida. Si pudiera probar...

—Ya la probará mañana. ¿Quién sabe? —El semblante de Vane se endureció—. A lo mejor necesita uno o dos días más para descansar de las emociones de hoy.

Patience entrecerró los ojos.

—No se atreva —advirtió— a sugerirlo siquiera.

Vane elevó las cejas y a continuación se volvió y fue hacia la ventana. Patience lo observó e intentó buscar la furia que sabía que tenía que sentir, pero simplemente no pudo encontrarla. De modo que contuvo una exclamación de descontento y adoptó una postura más cómoda.

—Y bien, ¿qué es lo que ha descubierto en Northampton?

Vane miró atrás y comenzó a pasear arriba y abajo entre los ventanales.

—Gerrard y yo hemos conocido a un individuo muy útil: el jefe gremial de Northampton, por llamarlo de algún modo.

—¿De qué gremio? —preguntó Patience con el ceño fruncido.

—Del gremio de los prestamistas de dinero, los ladrones y los sinvergüenzas... suponiendo que exista un gremio así. Se mostró intrigado por nuestras indagaciones y lo bastante divertido para sernos de utilidad. Posee numerosos contactos. Al cabo de dos horas consumiendo el mejor coñac francés, a mi costa naturalmente, nos aseguró que últimamente nadie había intentado vender artículos como los que estamos buscando.

—¿Cree que es de fiar?

Vane afirmó con la cabeza.

—No había motivos para pensar que estaba mintiendo. Lo robado, tal como él lo explicó de manera sucinta, no tiene calidad suficiente para atraer su interés personal. También lo conocen como «el hombre con quien contactar».

Patience hizo una mueca de desagrado.

—¿Va a investigar en Kettering?

Vane asintió sin dejar de pasear.

Mientras lo observaba, Patience compuso su expresión más inocente para preguntarle:

—¿Y a qué se dedicaron Angela y la señora Chadwick mientras usted y Gerrard se entrevistaban con ese jefe gremial?

Vane dejó de pasear y la miró... más bien la estudió. Su expresión era inescrutable. Al fin contestó:

—No tengo la menor idea.

Su tono de voz se había alterado, pues ahora había un sutil deje de súbito interés por debajo de tanta suavidad. Patience abrió mucho los ojos:

—¿Quiere decir que Angela no le ha contado hasta el más ínfimo detalle durante el viaje de regreso?

Vane se acercó a ella con pasos largos y lánguidos.

—Ha realizado ambos trayectos en el interior del carruaje. —Apoyó la mano en el borde del diván y sus ojos llamearon con la satisfacción del depredador. Se inclinó para decir—: ¿Patience? ¿Está despierta?

En aquel momento se oyeron unos golpes perentorios en la puerta seguidos inmediatamente del ruido del pestillo al alzarse.

Patience giró velozmente... hasta donde le fue posible. Vane se irguió y, mientras se abría la puerta, llevó las manos rápidamente al respaldo del diván, pero Angela entró en la habitación antes de que pudiera desanudar el pañuelo.

—¡Oh! —Angela se detuvo y abrió los ojos con deleite—. ¡Señor Cynster! ¡Perfecto! Debe usted darnos su opinión acerca de lo que he comprado.

Vane contempló con clara desaprobación la sombrerera que colgaba de los dedos de Angela y efectuó un saludo de pura cortesía con la cabeza. Cuando Angela se encaminó con entusiasmo hacia las sillas que había frente al diván, él aprovechó para inclinarse ligeramente y buscar con los dedos el nudo del pañuelo, oculto a la vista detrás de sus piernas, pero al instante tuvo que incorporarse de nuevo, porque se abrió la puerta otra vez y apareció la señora Chadwick.

Angela se acomodó en una silla y miró a su madre.

—Mira, mamá. El señor Cynster podrá decirnos si las cintas que he comprado son del color adecuado.

Con un tranquilo gesto de asentimiento para Vane y una sonrisa para Patience, la señora Chadwick se acercó a la segunda silla.

—Vamos, Angela, estoy segura de que el señor Cynster tendrá otros compromisos...

—No, ¿qué compromisos puede tener? Aquí no hay nadie más. Además —Angela le ofreció a Vane una sonrisa dulce, verdaderamente ingenua—, así es como pasan el tiempo los caballeros de sociedad, comentando las modas de vestir de las señoras.

El suspiro de alivio que Patience había oído a su espalda se interrumpió de repente. Por espacio de una décima de segundo se sintió dolorosamente tentada de volverse... a ver si la opinión de Angela, que consideraba a Vane un petimetre, le resultaba a éste más agradable que la de ella, que claramente lo había tachado de libertino. Pero ambas opiniones eran acertadas en parte; estaba segura de que Vane, cuando hacía comentarios sobre la forma de vestir de las mujeres, los hacía mostrando su absoluta falta de interés por ello.

La señora Chadwick exhaló un suspiro maternal.

—En realidad, querida, eso no es del todo cierto. —Dirigió una mirada contrita a Vane—. No todos los caballeros...

Y acto seguido, de modo edificante para su hija, se embarcó en una detallada explicación de las distinciones que prevalecían entre los varones del mundillo social.

Vane se inclinó hacia delante ostensiblemente, para estirar la manta que tenía Patience sobre las piernas, y le murmuró:

—Ahora es cuando me corresponde retirarme.

La mirada de Patience permaneció clavada en la señora Chadwick al responderle:

—Todavía estoy atada. No puede dejarme así.

Sus ojos se posaron fugazmente en los de Vane. Éste titubeó, y acto seguido se puso serio.

—La soltaré a condición de que espere aquí hasta que regrese yo para llevarla a su habitación.

Extendió un brazo y estiró el borde de la manta. Patience miró su perfil con expresión furiosa.

—Todo esto es culpa suya —le reprochó en un cuchicheo—. Si hubiera conseguido llegar a la salita de atrás, ahora estaría a salvo.

Vane se incorporó y la miró a los ojos.

—¿A salvo de qué? Allí también hay un diván.

Con su mirada atrapada por la de él, Patience hizo un gran esfuerzo para no permitir que tomaran forma en su mente los posibles desenlaces de aquella situación. Bloqueó con determinación todo pensamiento de lo que podría haber ocurrido de no haberse presentado Angela. Si hubiese pensado demasiado en ello, probablemente también habría estrangulado a Angela; el número de sus víctimas potenciales se incrementaba a cada poco.

—Sea como sea... —Vane volvió la mirada hacia Angela y la señora Chadwick y se inclinó levemente; Patience notó cómo el pañuelo se aflojaba al desanudarlo él— usted ha dicho que se aburría. —El nudo cedió por fin y Vane se incorporó. Patience levantó la vista... y se topó con sus ojos. Vane sonrió despacio, con demasiada autosuficiencia. Arqueó una ceja con sutil malicia y preguntó—: ¿No es esto lo que suele distraer a las señoras?

Demasiado bien sabía él lo que más distraía a las señoras: lo gritaban sus ojos, la curva sensual de sus labios. Patience entrecerró los ojos y después se cruzó de brazos y se volvió hacia la señora Chadwick.

—Cobarde —le dijo, levantando la voz lo justo para que sólo la oyera él.

—En lo que respecta a colegialas efusivas, reconozco que sí. —Pronunció aquellas palabras con suavidad, y a continuación se apartó del respaldo del diván. Aquel movimiento captó la atención de Angela y de la señora Chadwick. Vane sonrió con toda calma—. Me temo, señoras, que voy a tener que dejarlas. He de ir a comprobar cómo están mis caballos.

Y tras despedirse de la señora Chadwick con una inclinación de cabeza y de Angela con una sonrisa vaga, y dirigiendo por último una mirada ligeramente desafiante a Patience, realizó una elegante reverencia y procedió a la retirada.

La puerta se cerró tras él. La expresión radiante de Angela desapareció y se transformó en un mohín. Patience gimió para sus adentros y juró que obtendría la correspondiente venganza. Mientras tanto... Puso una sonrisa de interés en sus labios y observó los objetos que salían de la sombrerera de Angela.

—¿Eso es una peineta?

Angela parpadeó y se le iluminó el rostro.

—Sí, así es. Bastante barata, pero muy bonita. —Sostuvo en alto una peineta de carey salpicada de «diamantes» de pasta—. ¿No te parece que es exactamente lo que le va a mi cabello?

Patience se resignó a caer en el perjurio. Angela había comprado también cinta de color cereza... varios metros. Patience, en silencio, añadió aquello a la cuenta de Vane y continuó sonriendo amablemente.

10

Peligro.

Ése tendría que haber sido su segundo nombre. Debería haberlo llevado tatuado en la frente.

—Si hubiera avisado, al menos habría sido más justo. —Patience aguardó la reacción de *Myst*; al final la gata parpadeó—. ¡Vaya!

Patience cortó otra rama de color otoñal, se agachó y metió la rama en la cesta que tenía en el suelo.

Habían pasado tres días desde que escapara del diván; aquella mañana había renunciado a valerse del bastón de sir Humphrey. Su primera excursión había sido un paseo sin rumbo por el viejo jardín cercado. En compañía de Vane.

En retrospectiva, una salida de lo más peculiar, pues la había dejado en un estado peculiar, en efecto. Habían estado solos. Sintió acrecentarse la emoción, pero se vio frustrada por el propio Vane y por el lugar en que se encontraban. Por desgracia, en los días siguientes no hubo más momentos de intimidad.

Y aquello la había dejado de no muy buen humor, como si sus emociones, despertadas por aquel único momento de intensidad, insatisfecho, pasado en el jardín, continuaran bullendo con la misma pasión, aún no apaciguadas. Sentía la rodilla débil, pero ya no le dolía. Podía caminar sin trabas, pero no un gran trecho.

Lo más lejos que había llegado era hasta la zona de los arbustos, para recoger un ramo de hojas de color vivo para la sala de música.

Levantó la cesta ya repleta y se la apoyó en la cadera. Hizo un gesto a *Myst* para que echara a andar y emprendió el regreso por el sendero cubierto de hierba que conducía a la casa.

La vida en Bellamy Hall, temporalmente alterada por la llegada de Vane y el accidente sufrido por ella, regresaba poco a poco a su antigua rutina. Lo único que perturbaba el tranquilo discurrir de las inocuas actividades de la familia era la presencia constante de Vane. Estaba en alguna parte, pero ella no sabía dónde.

Al salir de entre la vegetación escudriñó los prados que se extendían hasta las ruinas. Vio al general que regresaba del río a paso rápido y balanceando su bastón. En las propias ruinas se encontraba Gerrard, sentado sobre una piedra y con el caballete frente a sí. Patience escrutó las piedras y las arcadas cercanas, y de nuevo recorrió con la vista las ruinas y los prados.

Y entonces se dio cuenta de lo que estaba haciendo.

Se encaminó hacia la puerta lateral. Edgar y Whitticombe estarían enterrados en la biblioteca, pues ni siquiera la luz del sol los hacía salir. La musa de Edmond se había vuelto exigente: apenas se presentaba a comer, e incluso durante las comidas parecía absorto en abstracciones. Henry, por supuesto, estaba tan ocioso como siempre; sin embargo había desarrollado un gusto especial por el billar y con frecuencia se le podía ver practicando.

Patience abrió la puerta lateral y esperó a que *Myst* se colara al interior. Luego entró y cerró la puerta. *Myst* la precedió por el pasillo. Mientras recolocaba el contenido de la cesta, oyó voces provenientes de la salita de atrás:

un gemido de Angela, seguido por la paciente réplica de la señora Chadwick.

Hizo una mueca y siguió su camino. Angela era de ciudad, no estaba acostumbrada al campo, con sus tranquilos pasatiempos y el lento paso de las estaciones, y la llegada de Vane la había transformado en una típica damisela de ojos brillantes. Por desgracia, ya se había cansado de aquella imagen y había vuelto a adoptar sus aires cansinos de siempre.

En cuanto al resto de la casa, Edith continuaba con sus labores de costura, y Alice estaba tan silenciosa últimamente que uno casi habría podido olvidarse de que existía.

Desde el vestíbulo principal, Patience se internó en un estrecho pasillo que la llevó hasta el vestíbulo del jardín. Dejó la cesta sobre una mesilla auxiliar y escogió un jarrón grande. Mientras colocaba las ramas pensó en Minnie y en Timms. Ahora que Vane se encontraba en la casa, Timms estaba más alegre, más relajada, y lo mismo podía decirse de Minnie; estaba claro que dormía mejor, pues sus ojos habían recuperado el brillo y ya no tenía las mejillas hundidas por la preocupación.

Patience, ceñuda, se concentró en arreglar el ramo.

También Gerrard estaba más relajado. Las acusaciones e insinuaciones que lo rodeaban se habían desvanecido sin dejar rastro, se habían disipado como la neblina. Igual que el Espectro.

Aquello también era obra de Vane. Otro beneficio que les había aportado su presencia. Nadie había vuelto a ver al Espectro.

En cambio, el ladrón continuaba actuando; su último trofeo era de lo más extravagante: el acerico de Edith Swithins. Una almohadilla adornada de cuentas y forrada de satén rosa que medía unos diez centímetros, con un retrato bordado de Su Majestad Jorge III, difícilmente podía considerarse un objeto de valor. Aquella última desaparición los había dejado perplejos a todos. Vane sacudió la cabeza en un gesto negativo y expresó la opinión de que dentro de la casa debía de vivir un ave rapaz.

—Quizás una carroñera, más bien. —Patience miró a *Myst*—. ¿Tú has visto alguna? —Cómodamente sentada, *Myst* la miró a los ojos y bostezó. Sin ninguna delicadeza. Sus colmillos resultaban bastante impresionantes—. Tampoco la ha visto —dedujo Patience.

A pesar de haber investigado en todas las tabernas y «antros» que había a la redonda, Vane, ayudado con entusiasmo por Gerrard, no había dado con ninguna pista que sugiriera que el ladrón estaba vendiendo los objetos robados. Todo seguía siendo un misterio.

Patience dejó la cesta y tomó el jarrón. *Myst* saltó desde la mesa y, cola en alto, abrió la marcha. En su camino hacia la sala de música, Patience iba pensando que, con la excepción de la presencia de Vane y de las excentricidades del ladrón, los huéspedes de la casa efectivamente se habían sumido de nuevo en su inmutable existencia anterior.

Antes de que llegara Vane, la sala de música era un refugio para ella, ya que ninguno de los otros tenía inclinaciones musicales. Ella siempre había tocado casi a diario, durante toda su vida. Siempre le había resultado calmante pasar una hora con el pianoforte o, como aquí, con el clavicordio; aliviaba aquella carga que pesaba sobre ella.

Llevó el jarrón hasta la sala y lo depositó sobre la mesa central. Luego se volvió a cerrar la puerta y recorrió con la mirada sus dominios antes de asentir con un gesto.

—Vuelta a la normalidad.

Myst se estaba poniendo cómoda en una silla. Patience se encaminó hacia el clavicordio.

Últimamente no sabía qué tocar, sino que dejaba simplemente que sus dedos recorrieran el teclado sin rumbo fijo. Conocía tantas piezas, que se limitó a dejar que su mente escogiera una sin marcarla de manera consciente.

Cinco minutos de música precipitada e inconexa, de ir pasando de una pieza a otra en busca de su estado de ánimo, bastaron para revelar la verdad: que no todo había vuelto a la normalidad.

Apoyó las manos sobre las rodillas y miró ceñuda el teclado. Las cosas volvían a ser lo que eran antes de que llegase Vane. Los únicos cambios habidos eran para bien, no había necesidad de preocuparse, todavía menos necesidad que antes. Todo discurría con normalidad. Ella tenía su serie habitual de cosas que hacer y que aportaban orden a su vida... y que antes le resultaban satisfactorias.

Pero, lejos de volcarse de nuevo en aquella rutina tranquilizadora, se sentía... inquieta. Insatisfecha.

Volvió a colocar las manos sobre las teclas. Pero no salió música alguna. En lugar de eso, su mente, totalmente contra su voluntad, evocó la fuente de su insatisfacción: un caballero elegante. Patience se miró los dedos apoyados sobre las teclas de marfil; estaba intentando engañarse a sí misma, sin lograrlo.

Su estado de ánimo era de inquietud, su genio más todavía; en cuanto a sus sentimientos, parecía que hubieran adoptado como residencia un tiovivo. No sabía lo que sentía. Para alguien acostumbrado a llevar las riendas de su vida, de dirigirla, la situación era más que irritante.

Patience entornó los ojos. De hecho, su situación resultaba insoportable, lo cual significaba que ya era hora de que hiciera algo al respecto. La causa de aquel estado era obvia: Vane, sólo él. Nadie más estaba implicado de manera periférica. Era su interacción con él lo que le estaba causando todos sus problemas.

Pero podía evitarlo.

Reflexionó sobre aquella posibilidad largo y tendido... y terminó descartándola basándose en que no podía hacer aquello sin ponerse a sí misma en una situación violenta e insultar a Minnie. Y también podía suceder que Vane no se resignase a que lo evitara.

Y tal vez ella no fuera lo bastante fuerte para evitarlo.

Negó con la cabeza, ceñuda.

—No es buena idea.

Sus recuerdos volaron hasta el último momento que habían pasado los dos solos, en el jardín, tres días atrás. Frunció más el ceño. ¿A qué estaba jugando Vane? Entendió por qué le dijo «aquí no»; el jardín vallado se veía desde la casa. Pero no entendió qué había querido decir con lo de «aún no».

—Eso —informó a *Myst*— sugiere un «más tarde», un «ya lo haremos». —Patience apretó los dientes—. Lo que yo quiero saber es cuándo.

Tal vez era un deseo escandaloso, inadmisible, pero...

—Tengo veintiséis años. —Patience contempló a *Myst* como si ésta le hubiese replicado algo—. Tengo derecho a saber esas cosas. —Al ver que la gata respondía mirándola sin pestañear, prosiguió—: No es que tenga la intención de perder totalmente la cabeza. No es probable que me olvide de quién soy, ni mucho menos de quién y qué es Vane. Y él tampoco. Seguro que no corremos ningún riesgo en absoluto.

Myst metió el hocico entre las patas.

Patience volvió a mirar ceñuda el teclado.

—No me seducirá estando bajo el techo de Minnie.

De aquello estaba segura. Lo cual planteaba una pregunta de lo más pertinente. ¿Qué quería Vane, qué esperaba ganar? ¿Cuál era su propósito en todo aquello, si es que tenía alguno?

Preguntas todas ellas para las que no tenía respuestas. Si bien, durante los últimos días, Vane no se había organizado para tener un momento a solas con ella, Patience era siempre consciente de su mirada, de su presencia, de su actitud vigilante.

—¿Será esto el coqueteo? ¿O alguna parte del mismo?

Más preguntas todavía, carentes de respuesta.

Apretó la mandíbula y se obligó a sí misma a relajarse. Aspiró profundamente, exhaló el aire y aspiró de nuevo. Acto seguido, apoyó los dedos en las teclas con decisión. No entendía a Vane, aquel caballero elegante que se reservaba algo impredecible y que la confundía a cada poco. Peor aún, si aquello era coquetear, por lo visto procedía a su antojo, todo controlado por él, dejándola a ella enteramente a un lado. Y aquello sí que la disgustaba de verdad.

Se propuso no pensar más en él, de modo que cerró los ojos y dejó que sus dedos fluyeran sobre las teclas.

De la casa salía una música delicada, curiosamente vacilante. Vane la oyó cuando regresaba andando de los establos. Aquellos acordes alegres llegaron hasta él, lo envolvieron, penetraron en su cerebro y se filtraron en sus sentidos. Era un canto de sirena... y sabía con toda exactitud quién lo estaba cantando.

Hizo un alto en el sendero de grava delante del arco del establo para escuchar el aire. El sonido lo atraía... sentía su llamada igual que si se tratara de algo físico. La música hablaba de... deseo, de inquieta frustración, de rebelión subyacente.

Pero el crujido de la grava bajo sus botas lo hizo volver en sí. Frunció el ceño y se detuvo otra vez. La sala de música se encontraba en la planta baja, frente a las ruinas; sus ventanales daban a la terraza. Tenía que estar abierta por lo menos una ventana, de lo contrario no se oiría con tanta nitidez la música.

Pasó un buen rato contemplando la casa sin verla. La música se fue haciendo más elocuente, pretendía hechizarlo, lo atraía con insistencia. Resistió un minuto más, y después se sacudió toda vacilación; se armó de valor y se encaminó con decisión hacia la terraza.

Cuando se apagaron las últimas notas, Patience dejó escapar un suspiro y levantó los dedos del teclado. Había recobrado una cierta calma, la música la había aliviado de parte de su inquietud, como un bálsamo para su alma. Una catarsis.

Se levantó, ya más serena, y más segura que cuando se sentó. Echó la banqueta hacia atrás y se volvió.

Se volvió hacia las ventanas. Hacia el hombre que se hallaba de pie junto a las puertas abiertas. Su expresión era dura, indescifrable.

—Tenía entendido —dijo muy despacio, con los ojos fijos en los de él— que tal vez estaba pensando en marcharse.

El desafío no podía estar más claro.

—No. —Vane contestó sin pensarlo, no hacía falta pensar nada—. Aparte de desenmascarar al Espectro y descubrir al ladrón, todavía hay una cosa que deseo y que no he conseguido.

Contenida, autoritaria, Patience alzó la barbilla un centímetro más. Vane la contempló, con el eco de sus propias palabras todavía en la cabeza. En el momento de dar forma a la frase no apreció con exactitud qué era lo que deseaba. Ahora sí. Esta vez, su objetivo era distinto de los trofeos que solía perseguir. Esta vez deseaba mucho más.

La deseaba a ella, toda ella. No sólo su persona física, sino también su devoción, su amor, su corazón, todo lo esencial de ella, lo tangible e intangible de su ser, de su yo. Lo quería todo, y no iba a quedar satisfecho con menos.

Además, sabía por qué la quería, por qué ella era diferente, pero no deseaba pensar en ello.

Patience era suya. Lo había sabido desde el instante en que la tuvo en sus brazos, aquella primera noche en que la tormenta se cernía sobre ellos. Patience era la pieza que encajaba, y él lo supo de forma instintiva, de inmediato, en lo más profundo de su ser. No tenía el nombre que tenía por mero accidente; poseía un don especial para reconocer lo que flotaba en el viento. Cazador por instinto, reaccionaba a los cambios en el estado de ánimo, en el ambiente, sacando ventaja de cualquier corriente que fluyera sin recurrir al pensamiento consciente.

Desde el principio supo lo que flotaba en el aire, desde el instante mismo en que tuvo a Patience Debbington en sus brazos.

Y ahora la tenía frente a sí, lanzándole desafíos con el centellear de sus ojos. Se veía a las claras que estaba cansada del presente vacío de actividad, pero no era tan obvio que estuviera pensando en sustituirlo. Las únicas mujeres virtuosas y de voluntad fuerte con las que se había relacionado eran parientes suyas; nunca había coqueteado con mujeres así. No tenía la menor idea de lo que estaba pensando Patience, de cuánto había aceptado. Sujetó con mano firme las riendas de sus propias necesidades y dio deliberadamente el primer paso para averiguarlo.

Con pasos lentos y calculados, se aproximó a Patience. Ella no pronunció palabra. En cambio, con la mirada fija en la de él, levantó una mano, un dedo, y, muy despacio, dándole tiempo de sobra para reaccionar, para detenerla si quería, lo acercó hasta sus labios.

Vane no se movió.

Aquel primer contacto inseguro le provocó un torbellino interior, y refrenó con más fuerza aún sus pasiones. Ella percibió aquella turbulencia momentánea; abrió más los ojos y contuvo la respiración. Entonces Vane se quedó quieto y ella se relajó y continuó con el recorrido de su dedo.

Parecía fascinada por los labios. Su mirada se posó en ellos. Cuando el dedo pasó sobre el labio inferior y regresó hacia una de las comisuras, Vane movió la cabeza justo lo necesario para depositar un beso en la yema del dedo.

Entonces Patience lo miró de nuevo a los ojos. Envalentonada, indagó más allá y llevó los dedos hacia la mejilla de Vane.

Vane le devolvió la caricia alzando lentamente una mano para pasar el dorso de los dedos a lo largo de la suave curva del mentón de ella y luego deslizándolos de nuevo hacia abajo hasta que su palma se curvó sobre la barbilla de Patience. Los dedos se volvieron más decididos; moviéndose al ritmo lento y pausado que sólo los dos podían oír, Vane le levantó el rostro.

Las miradas de ambos se encontraron. Entonces él cerró los párpados, sabiendo que ella haría lo mismo, y, al compás de aquel latido lento, posó los labios sobre la boca de Patience.

Ella dudó un instante, y luego le devolvió el beso. Vane aguardó un latido más del corazón para exigir su boca, la cual ella le rindió al momento. Entonces hizo avanzar un poco más sus dedos, por debajo del sedoso bucle de cabello de la nuca, y alzó la otra mano para tomarle la barbilla.

Patience dejó el rostro inmóvil y despacio, sistemáticamente, moviéndose según el ritmo irresistible que los arrastraba a ambos, le entregó la boca.

Aquel beso fue una revelación; Patience no había imaginado nunca que un simple beso pudiera ser tan osado, estar tan cargado de significado. Los labios duros de Vane se movían sobre los suyos separándolos cada vez más, manejándola con seguridad, enseñándole sin misericordia todo lo que ella estaba deseosa de aprender.

Su lengua le invadió la boca con la arrogancia de un conquistador que reclama el botín de guerra. Visitó sin prisas hasta el último rincón de sus dominios, reclamando cada milímetro, marcándolo como suyo, conociéndolo. Acto seguido, tras aquella inspección prolongada y concienzuda, comenzó a tomar muestras de ella de un modo diferente, con movimientos lentos y lánguidos que fueron seduciendo sus sentidos.

Patience había capitulado, pero su pasiva rendición no satisfacía a ninguno de los dos. Se vio abocada a aquel juego: el roce de los labios de Vane contra los suyos, el movimiento sensual de una lengua contra la otra. Estaba más que dispuesta; la impulsaba la promesa que contenía aquel calor cada vez más intenso que había surgido entre ambos, y todavía más la tensión —emoción y algo más— que se hinchaba como una marea lenta detrás de aquella sensación. El beso se fue alargando y el tiempo se detuvo; el efecto narcotizante de las respiraciones mezcladas de ambos empezó a sumir su mente en un torbellino.

Entonces Vane interrumpió el beso echándose atrás y permitió que Patience recuperase el aliento. Pero no se incorporó; sus labios, duros e implacables, permanecieron a escasos centímetros de los de ella.

Patience, consciente tan sólo del deseo compulsivo que la arrastraba, del pulso firme que sentía en las venas, se estiró y lo besó en los labios. Él aceptó su boca, brevemente, y al momento volvió a romper el contacto.

Patience tomó aire a toda prisa y, estirándose de nuevo, buscó otra vez sus labios. Pero no tenía por qué preocuparse, él no iba a marcharse a ninguna parte. Vane apretó los dedos sobre su mandíbula y sus labios regresaron con más fuerza, más exigentes, ladeando la cabeza sobre la de ella.

El beso se hizo más profundo. Patience no había soñado que pudiera haber algo más, pero lo había. Sintió una oleada de calor y deseo. Percibió cada caricia, cada movimiento audaz y confiado, y se deleitó en aquel intenso placer, bebió de él, lo devolvió a su vez... y deseó más.

La siguiente vez que se separaron las bocas de ambos, los dos tenían la respiración acelerada. Patience abrió los ojos y se topó con la mirada atenta de Vane; en ella se leía una sutil invitación, junto con un reto más sutil aún. Contempló aquella mirada y pensó cuánto más podía enseñarle Vane.

Se detuvo unos instantes. Luego se acercó un poco más y deslizó una mano, y después la otra, sobre los anchos hombros de él. Su corpiño le rozó la chaqueta, y se acercó más aún. Sosteniendo con coraje su mirada, apretó las caderas contra sus muslos.

El férreo control de Vane se hizo palpable, como el súbito cerrarse de un puño. Aquella reacción le infundió fuerzas a Patience, le permitió continuar sosteniendo su mirada gris, el desafío que había en sus ojos. Vane le había retirado las manos de la cara; las apoyó brevemente sobre sus hombros sin dejar de sostenerle la mirada y a continuación siguió bajando, por la espalda, por las caderas, y la estrechó con fuerza contra sí.

Patience contuvo la respiración y cerró los ojos. Privada del habla, levantó el rostro y ofreció sus labios.

Él los aceptó, la aceptó a ella. Cuando se fundieron las bocas de ambos, Patience sintió las manos de Vane más abajo todavía, trazando deliberadamente los maduros hemisferios de sus glúteos. Vane se llenó las manos de ella y comenzó a masajear... Patience experimentó un intenso calor que le abrasaba la piel. Vane la amoldó a él, atrayéndola cada vez más hacia el hueco de sus muslos.

Ella notó la evidencia de su deseo, sintió aquella realidad dura y palpitante contra su blando vientre. Vane la mantuvo así durante unos instantes de dolorosa intensidad, con los sentidos plenamente despiertos, plenamente conscientes, y a continuación volvió a atacar despacio con la lengua, hundiéndose a fondo en la suavidad de su boca.

Patience hubiera lanzado una exclamación, pero no pudo. Aquella sugerente caricia, la posesión sin prisas de Vane en su boca, le provocaba continuas oleadas de calor que formaban remanso en sus ingles. Conforme el beso la iba llevando cada vez más lejos y más hondo, se fue apoderando de ella una sensación de languidez que le atenazaba los miembros y le ralentizaba los sentidos.

Pero no los silenciaba.

Tenía dolorosa conciencia de todo. Conciencia del cuerpo duro que la rodeaba, de los músculos duros como el acero que la aprisionaban; de sus pezones, duros y enhiestos, apretados contra la pared del pecho de Vane; de la blandura de sus muslos en íntimo contacto contra él; de la pasión arrolladora e inexorable que él mantenía a raya sin piedad.

Aquello último era una tentación, pero tan potente y peligrosa que ni siquiera se atrevió a sondearla.

Aún no. Había otras cosas que todavía tenía que aprender.

Como la sensación de la mano de Vane en su seno, diferente ahora que la estaba besando tan hondo, ahora que estaba en tan estrecho contacto con él. Su pecho se ensanchó, cálido y tenso cuando Vane cerró los dedos sobre él; el pezón era ya un botón erecto, tremendamente sensible a la mano experta de Vane.

El beso continuó todavía, anclándola a los latidos de su propio corazón, al repetitivo flujo y reflujo de un ritmo que la tenía al borde mismo de la conciencia. Era una pauta que subía y bajaba, pero que seguía estando allí, en un crescendo de deseo de combustión lenta, dirigido, orquestado, de manera que ella nunca perdiera el contacto, nunca se viera abrumada por las sensaciones.

Vane le estaba enseñando.

Patience no habría sabido decir en qué momento se dio cuenta de ello, pero lo aceptó como algo cierto cuando sonó el gong para el almuerzo, distante.

Hizo caso omiso de él, y Vane también. Al principio. Luego, con obvia desgana, se apartó y puso fin al beso.

—Si nos saltamos el almuerzo, seguro que se darán cuenta —murmuró contra los labios de Patience... antes de volver a besarla.

—Mmm —fue todo lo que pudo decir ella.

Tres minutos más tarde, Vane levantó la cabeza y miró a Patience.

Ella estudió sus ojos, no su cara, pues en aquellas facciones duras y angulosas no había el menor rastro de disculpa, de triunfo, ni siquiera de satisfacción. El sentimiento que dominaba era el deseo, tanto en él como en ella. Lo percibió en lo más profundo de sí, como un impulso primitivo que había cobrado vida por culpa de aquel beso pero que aún no estaba satisfecho. El deseo de él se manifestaba en la tensión que lo atenazaba, en el control que en ningún momento había dejado de ejercer.

Entonces Vane torció los labios en un gesto irónico y dijo:

—Tenemos que ir. —Y soltó a Patience de mala gana.

Con la misma mala gana, Patience retrocedió, lamentando al momento perder el calor que le proporcionaba Vane y la sensación de intimidad que habían compartido durante aquellos últimos instantes.

Descubrió que no había nada que quisiera decir. Vane le ofreció el brazo y ella lo aceptó, y le permitió que la condujera hacia la puerta.

11

Aquella tarde, después del paseo a caballo en compañía de Gerrard, Vane regresó con paso decidido al interior de la casa.

No lograba quitarse a Patience de la cabeza. Su sabor, su tacto, aquel sugestivo aroma suyo, envolvían sus sentidos y acaparaban su atención. No estaba tan obsesionado desde la primera vez que levantó las faldas a una mujer, pero reconocía los síntomas.

No le iba a ser posible concentrarse en nada mientras no consiguiera poner a Patience Debbington en el sitio que le correspondía, es decir, tendida de espaldas debajo de él.

Y eso no podía hacerlo hasta haber dicho lo que tenía que decir, formular la pregunta que sabía que era inevitable desde la primera vez que Patience aterrizó en sus brazos.

En el vestíbulo principal se encontró con Masters, el mayordomo. Con ademán resuelto, se quitó los guantes y le preguntó:

—¿Dónde está la señorita Debbington, Masters?

—En la salita de la señora, señor. Suele pasar muchas tardes en compañía de la señora y de la señora Timms.

Con un pie en el primer peldaño de la escalera, Vane estudió las diversas excusas que podía emplear para sacar a Patience de debajo del ala de Minnie, pero ninguna de ellas era suficiente para no atraer instantáneamente la atención de ésta, y mucho menos la de Timms.

—Mmm. —Apretó los labios y dio media vuelta—. Estaré en la sala de billar.

—Muy bien, señor.

En contra de lo que creía Masters, Patience no se encontraba en la salita de Minnie. Tras excusarse para abandonar su habitual sesión de costura, había corrido a refugiarse en la salita de la planta baja, donde estaba el diván, ya innecesario, cubierto con sábanas de Holanda.

Allí podía pasear sin obstáculos, con el ceño fruncido, musitando distraída, mientras intentaba comprender, asimilar con exactitud, justificar y reconciliar todo lo que había sucedido aquella mañana en la sala de música.

Su mundo se había vuelto del revés. Bruscamente. Y sin previo aviso.

—Eso —comentó en tono mordaz a la imperturbable *Myst*, que estaba cómodamente enroscada en un sillón— es innegable.

El beso apasionado pero magistralmente controlado que había compartido con Vane había sido una revelación en más de un aspecto.

En su paseo sin rumbo, hizo un alto frente a la ventana. Se cruzó de brazos y contempló el paisaje, sin verlo. Las revelaciones en el plano físico, aunque bastante desconcertantes, en realidad no habían supuesto una impresión tan fuerte; no fueron más de lo que exigía su curiosidad. Ella deseaba saber, y él consintió en enseñarle. Aquel beso había sido la primera lección; hasta ahí, todo estaba claro.

En cuanto a lo demás... allí era donde radicaba el problema.

—Allí había algo más. —Una emoción que no había creído experimentar nunca, que no había esperado sentir nunca—. Por lo menos —dijo haciendo una mueca y reanudando el paseo—, yo creo que lo había.

La aguda sensación de pérdida que experimentó cuando ambos se separaron no fue simplemente una reacción física, sino que la había afectado en otro plano. Y el impulso de buscar la intimidad, de mitigar el ansia que percibía en Vane, no era algo nacido de la curiosidad.

—Esto se está complicando. —Se pasó un dedo por la frente en un vano intento por borrar el ceño fruncido y luchó por comprender sus propios sentimientos, por esclarecer lo que sentía de verdad. Si sus sentimientos hacia Vane trascendían el plano de lo físico, ¿significaba eso lo que ella creía que significaba?—. ¿Y cómo demonios voy a saberlo? —Extendió las manos y llamó a *Myst*—. Nunca había sentido nada igual.

Aquella idea le sugirió otra posibilidad. Se detuvo un momento, levantó la cabeza y entonces, con renovada confianza en sí misma, se recobró y miró a *Myst* esperanzada.

—¿Será que es producto de mi imaginación?

Myst la miró fijamente con sus grandes ojos azules, sin pestañear; luego bostezó, se estiró, saltó al suelo y se encaminó hacia la puerta.

Patience dejó escapar un suspiro y fue tras ella.

La reveladora tensión que flotaba entre ellos, presente desde el principio, se había incrementado. Vane la notó aquella noche al sostenerle la silla a Patience ante la mesa de la cena, mientras ella se acomodaba los pliegues del vestido. Se coló por debajo de su control, en forma de roce de seda salvaje a lo largo de su cuerpo, poniéndole el vello de punta, dejando un hormigueo en todos los poros de su piel.

Maldiciendo para sí, tomó asiento y se obligó a concentrar su atención en Edith Swithins. A su lado, Patience charlaba animadamente con Henry Chadwick, sin mostrar ningún signo detectable de confusión. Según iban y venían los platos, Vane procuró no experimentar resentimiento por ello. Patience parecía felizmente ajena a cualquier cambio de temperatura entre ambos, mientras que él luchaba por contener el borboteo que sentía por dentro.

Por fin se terminó el postre, y las damas procedieron a retirarse. Vane redujo al mínimo la conversación con las copas de oporto y seguidamente condujo a los caballeros al salón. Como de costumbre, Patience estaba de pie con Angela y la señora Chadwick en el centro del gran salón.

Lo vio acercarse; el fugaz destello de apercibimiento que Vane captó en sus ojos supuso un momentáneo consuelo para su orgullo varonil. Muy momentáneo, porque en el instante en que se detuvo junto a ella sus sentidos se vieron invadidos por su perfume y por la calidez de sus suaves curvas. Claramente rígido, Vane inclinó la cabeza una fracción de centímetro hacia las tres señoras.

—Estaba diciéndole a Patience —dijo impulsivamente Angela con un mohín en los labios— que esto ya pasa de la raya. ¡El ladrón me ha robado mi peineta nueva!

—¿La peineta? —Vane lanzó una mirada rápida a Patience.

—La que compré en Northampton —se quejó Angela—. ¡Ni siquiera he tenido ocasión de lucirla!

—A lo mejor aparece. —La señora Chadwick intentó consolar a su hija, pero teniendo en mente la pérdida que había sufrido ella misma, mucho más grave, no lo consiguió.

—¡No es justo! —Las mejillas de Angela se tiñeron de rubor y golpeó el suelo con el pie—. ¡Quiero que atrapen al ladrón!

—Claro. —Aquella única palabra, pronunciada por Vane en el tono más pausado y aburrido que pudo emplear, logró suprimir el inminente ataque de histeria de Angela—. Estoy seguro de que a todos nos gustaría poner las manos encima a ese escurridizo canalla de dedos largos.

—¿Un canalla de dedos largos? —repitió Edmond, acercándose—. ¿Acaso ha atacado otra vez el ladrón?

Al momento, Angela retomó su papel histriónico; se lanzó a relatar su historia al público un poco más apreciativo que tenía ahora, formado por Edmond, Gerrard y Henry, que se habían unido al grupo. Amparado en las exclamaciones que proferían, Vane miró a Patience; ella percibió su mirada, levantó la vista y lo miró a los ojos con expresión interrogadora. Vane abrió la boca y en su lengua se leyeron los detalles de una cita amorosa... pero tuvo que contenerlos al ver que, para sorpresa de todos, llegaba Whitticombe para incorporarse al círculo.

La locuaz narración de la última hazaña del ratero quedó silenciada al instante, pero Whitticombe prestó escasa atención. Tras saludar a todo el mundo con una inclinación de cabeza, se acercó un poco más y murmuró algo a la señora Chadwick. Ésta levantó la cabeza inmediatamente y recorrió la estancia con la mirada.

—Gracias. —Tomó a Angela del brazo y le dijo—: Ven, querida.

A la joven se le descompuso el semblante.

—Pero...

Completamente sorda por una vez a las protestas de su hija, la señora Chadwick la arrastró hacia el diván en el que estaba sentada Minnie.

Tanto Vane como Patience siguieron con la vista a la señora Chadwick, igual que los demás. La pregunta que formuló Whitticombe a continuación hizo que todos los rostros se volvieran hacia él:

—¿Debo entender que ha desaparecido otro objeto más?

Totalmente por casualidad, ahora se encontraba frente a los demás, todos colocados en semicírculo como si formaran una liga contra él. No era un agrupamiento muy oportuno, sin embargo ninguno de ellos, Vane, Patience, Gerrard, Edmond y Henry, hizo un movimiento para cambiar de posición e incluir a Whitticombe en su círculo de manera más clara.

—La peineta nueva de Angela. —Henry pasó a repetir la descripción que había ofrecido la aludida.

—¿Era de diamantes? —quiso saber Whitticombe con un gesto inquisitivo.

—De pasta —corrigió Patience—. Era una pieza... vistosa.

—Mmm. —Whitticombe frunció el entrecejo—. Esto nos lleva de nuevo a la pregunta de antes: ¿qué diablos puede querer hacer alguien con un acerico chillón y una peineta barata y más bien chabacana?

Henry apretó la mandíbula; Edmond se removió. Gerrard adoptó una expresión belicosa, dirigida directamente a Whitticombe, el cual tenía clavada en él una mirada fría y claramente valorativa.

Al lado de Vane, Patience se puso rígida.

—De hecho —comentó Whitticombe despacio, un instante antes de que hablasen los otros—, me estaba preguntando si no sería hora ya de que llevásemos a cabo un registro. —Alzó una ceja en dirección a Vane—. ¿Qué opina usted, Cynster?

—Opino —repuso Vane, y a continuación calló unos

momentos y posó una mirada glacial en la cara de Whitticombe hasta que no quedó ni uno solo del grupo que no supiera con exactitud lo que opinaba de verdad— que dicho registro resultaría infructuoso. Aparte del hecho de que sin duda alguna el ladrón se enterará de la existencia de ese plan antes de que se inicie, y de que dispondrá de tiempo de sobra para ocultar o eliminar el botín del robo, existe el problema, nada despreciable, de nuestra ubicación actual. Esta casa es un auténtico paraíso para un ratero, y mucho más el terreno que la circunda. Las cosas que se escondan en las ruinas es probable que no se encuentren nunca.

La expresión de Whitticombe se quedó en blanco por espacio de unos instantes, y luego parpadeó.

—Er... ya. —Asintió—. Supongo que tiene usted razón. Es posible que no se llegue a encontrar lo robado. Muy cierto. Por descontado, un registro no serviría de nada. Si me disculpa... —Y con una sonrisa reflexiva, hizo una breve reverencia y se volvió por donde había venido.

Con diversos grados de desconcierto, todos contemplaron cómo se iba. Y vieron la pequeña multitud que se había congregado alrededor del diván. Timms hizo un gesto con la mano.

—¡Patience!

—Perdónenme.

Tocó de pasada el brazo de Vane y fue hasta el diván para reunirse con la señora Chadwick y con Timms, que rodeaban a Minnie. Entonces la señora Chadwick dio un paso atrás; Patience se acercó y ayudó a Timms a poner a su tía en pie.

Vane observó cómo Patience, con un brazo en la cintura de Minnie, ayudaba a ésta a llegar hasta la puerta. La señora Chadwick hizo ademán de ir tras ellas e hizo un gesto a Angela para que se adelantase, pero se desvió hacia el segregado grupo de hombres para informarlos:

—Minnie no se encuentra bien. Patience y Timms van a llevarla a la cama. Yo también voy, por si necesitan ayuda.

Y, dicho eso, sacó del salón a su reacia hija y cerró la puerta tras de sí.

Vane se quedó mirando la puerta cerrada y maldijo para sus adentros. En abundancia.

—Bien. —Henry se encogió de hombros—. Ahora que nos hemos quedado solos con nuestros propios recursos, ¿qué hacemos? —Miró a Vane—. ¿Le apetece una partida de revancha en la sala de billar, Cynster?

Edmond alzó la vista, Gerrard también. Se hizo obvio que aquella sugerencia les parecía acertada. Vane, con la mirada fija en la puerta cerrada, arqueó calmosamente las cejas y contestó:

—¿Por qué no? —A continuación, apretando los labios en una mueca inflexible y con una inusual expresión siniestra en los ojos, añadió—: Esta noche, por lo visto no hay mucho más que hacer.

A la mañana siguiente, Vane descendió por la escalinata con el semblante más bien severo.

Henry Chadwick le había ganado al billar.

Si necesitaba confirmación de lo gravemente que le estaba afectando aquella situación de punto muerto con Patience, ahí la tenía. Henry apenas era capaz de meter una bola. Y sin embargo, él estaba tan distraído que se había mostrado todavía menos capaz que el joven, pues su cerebro estaba totalmente absorto en el cuándo, el dónde y el cómo —y en las probables sensaciones que ello conllevaba— meterse dentro de Patience.

Atravesó el vestíbulo principal a grandes zancadas haciendo ruido sobre las baldosas y se encaminó hacia el comedor del desayuno. Ya era hora de que Patience y él tuvieran una conversación.

Y después...

Encontró la mesa medio llena; estaban allí el general, Whitticombe y Edgar, así como Henry, radiante de alegría y con una ancha sonrisa en la cara. Vane entró con el semblante inexpresivo, se sirvió un desayuno abundante y variado y seguidamente se sentó a esperar a Patience.

Para alivio suyo, Angela no se presentó; Henry le explicó que Gerrard y Edmond ya habían desayunado y se habían ido a las ruinas.

Vane asintió y continuó comiendo... y esperando.

Pero Patience no aparecía.

Cuando aparecieron Masters y sus acólitos para recoger la mesa, Vane se levantó de su asiento. Sentía todos los músculos agarrotados, en tensión.

—Masters, ¿dónde está la señorita Debbington?

Su tono de voz, aunque calmo, llevaba algo más que una pizca de frío acero.

Masters parpadeó al responder:

—La señora no se encuentra bien, señor. En estos momentos, la señorita Debbington está con la señora Henderson, eligiendo menús y repasando las cuentas de la casa, ya que hoy es el día en que se acostumbra realizar dichas tareas.

—Entiendo. —Vane se quedó mirando la puerta con expresión vacía—. ¿Y cuánto tiempo se tarda en hacer los menús y las cuentas de la casa?

—No podría decírselo con seguridad, señor, pero acaban de empezar, y a la señora suele llevarle toda la mañana.

Vane aspiró profundamente y contuvo el aliento.

—Gracias, Masters.

A continuación, muy despacio, salió de detrás de la mesa camino de la puerta.

Ya no se molestó en maldecir. Hizo una pausa en el vestíbulo y acto seguido, con el semblante duro como una piedra, giró sobre sus talones y se encaminó hacia los establos. En lugar de la conversación con Patience y lo que probablemente seguiría después, tendría que conformarse con montar largamente... a caballo.

Se topó con ella en la despensa.

Se detuvo con una mano sobre la manilla de la puerta entornada y sonrió con grave satisfacción. Eran las primeras horas de la tarde, de modo que muchos de los huéspedes de la casa estarían echando una siesta, y el resto estaría por lo menos soñoliento. En el interior de la despensa podía oír el suave canturreo de Patience... y aparte del siseo de su falda, ya no oía nada más. Por fin la había encontrado sola en el lugar perfecto. La despensa, situada en la planta baja de un ala del edificio, tenía intimidad y en ella no había ningún diván, sofá ni mueble que se le pareciera.

En su estado actual, no le venía nada mal. Al fin y al cabo, un caballero no debía propasarse con la dama a la que pretendía convertir en su esposa antes de informarla a ese respecto. El hecho de que allí no hubiera ninguno de los habituales adminículos que facilitaban la seducción debería permitirle ir al grano, tras lo cual podrían retirarse a algún otro sitio más confortable para poder sentirse él más confortado.

Aquella idea, la de que iba a poder aliviar la incomodidad que llevaba días fastidiándolo, le imprimió nuevas fuerzas. Apretó la mandíbula y respiró hondo. A continuación, abrió la puerta de par en par y traspuso el umbral.

Patience se volvió rápidamente. Y su rostro se iluminó.

—Hola. ¿No has salido a montar?

Vane recorrió con la vista la despensa débilmente iluminada y cerró la puerta muy despacio. Luego, también despacio, negó con la cabeza.

—Ya salí esta mañana. —La última vez que había estado en aquel lugar tenía nueve años, y le pareció mucho más espacioso. En cambio ahora... Apartó un racimo de hojas que colgaban y rodeó la mesa que ocupaba el centro de la estrecha estancia—. ¿Cómo se encuentra Minnie?

Patience sonrió, glorioso recibimiento, y se sacudió el polvo de las manos.

—No ha sido más que una pequeña indisposición. Pronto se sentirá mejor, pero queremos vigilarla. En este momento Timms está con ella.

—Ah. —Tras apartar más racimos de hierbas colgantes, Vane evitó con cuidado una fila de grandes botellas y avanzó por el pasillo que discurría entre la mesa del centro y el aparador junto al que estaba trabajando Patience. Había justo el espacio suficiente para él. Se percató de aquel hecho, pero sólo de forma vaga; sus sentidos estaban concentrados en Patience. Clavó sus ojos en los de ella al tiempo que iba acortando la distancia que los separaba—. Llevo días persiguiéndote.

Su voz se notaba enronquecida por el deseo. Y vio la misma emoción llamear en los ojos de Patience. Alzó una mano para tocarla, precisamente en el mismo momento en que ella daba un paso hacia él. Patience terminó cayendo en sus brazos, alzando las manos para enmarcar su rostro, levantando el suyo a su vez.

Vane ya la estaba besando antes incluso de saber lo que estaba haciendo. Era la primera vez en toda su extensa carrera que daba un paso en falso, que perdía el hilo de su plan preconcebido. Su intención era la de hablar primero, hacer la declaración que sabía que debía hacer; pero cuando los labios de Patience se abrieron incitantes bajo los suyos, cuando su lengua se enredó audazmente en la suya, su mente quedó vacía de todo pensamiento de decir nada. Las manos de Patience abandonaron su cara y se deslizaron hacia abajo para apoyarse con fuerza en sus hombros, sus senos rozaron su pecho, los muslos de ella contra los suyos, la blanda forma de su vientre como una caricia contra la dolorida protuberancia que le abultaba el pantalón.

Experimentó una oleada de necesidad... la de él y, para su profundo asombro, también la de Patience. Estaba acostumbrado a controlar su deseo, pero el de ella ya era otra cosa. Vibrante, maravillosamente ingenuo, ávido en su inocencia, aquel deseo tenía un poder mucho más fuerte de lo que había esperado. Y extrajo algo de su interior, algo más profundo, más intenso, un sentimiento alimentado por algo mucho más poderoso que la mera lujuria.

Comenzó a surgir un intenso calor entre ellos; desesperado, Vane intentó levantar la cabeza, pero sólo consiguió alterar el ángulo del beso. Hacerlo más hondo. El fracaso, tan falto de precedentes, lo hizo recuperar la atención. Las riendas se le habían escapado totalmente de las manos, ahora las sujetaba Patience, y conducía demasiado deprisa.

Se obligó a sí mismo a dejar de besarla.

—Patience...

Pero Patience acalló su boca con la de ella.

Vane le sujetó los hombros con las manos y sintió un

doloroso desgarro en el corazón al intentar separarla de nuevo.

—Maldita mujer... ¡quiero hablar contigo!

—Luego. —Con los ojos brillantes tras los pesados párpados, Patience volvió a acercar la cabeza a él.

Pero Vane luchó por contenerla.

—¿Quieres hacer el favor de...?

—Calla. —Patience se alzó de puntillas y se apretó contra él con más descaro todavía para besarle los labios—. No quiero hablar. Sólo bésame... enséñame qué viene después de esto.

Aquélla no era precisamente la invitación más sensata que hacerle a un libertino dolorosamente excitado. Vane dejó escapar un gemido cuando ella introdujo la lengua más hondo en su boca y él acudió a su encuentro de manera instintiva. El duelo que siguió fue demasiado apasionado para poder pensar; sus sentidos se vieron nublados por una llamarada de intensa pasión. El aparador que tenía a la espalda le impedía la huida, aun cuando hubiera podido reunir las fuerzas necesarias para ello.

Patience lo mantenía atrapado en una red de deseo... y a cada beso los hilos se hacían más fuertes.

Ella se recreó en aquel beso, en la súbita revelación de que había estado esperando precisamente aquello, sentir de nuevo correr por sus venas la embriagadora emoción del deseo, experimentar otra vez el seductor atractivo de aquello tan esquivo, aquella emoción que aún no tenía nombre, que la rondaba a ella, a los dos, y que la arrastraba cada vez más.

Más a los brazos de Vane, más a la pasión. Al lugar en el que el deseo de saciar el ansia que sentía bajo la pericia de Vane se convertía en un impulso incontenible, en una sed urgente que iba aumentando en su interior.

Lo saboreaba en la lengua, en el beso; lo sentía como un lento palpitar que iba cobrando velocidad en su sangre.

Aquello era excitación. Aquello era experiencia. Aquello era precisamente lo que reclamaba su alma curiosa.

Por encima de todo, necesitaba saber más.

Las manos de Vane sobre sus caderas la instaron a acercarse más a él. Duras y exigentes, fueron deslizándose hacia abajo y la sujetaron firmemente, hundiendo los dedos al levantarla hacia su cuerpo. Su miembro rígido se rozó contra ella dejando huella en su carne blanda con la dura evidencia de su deseo. Luego efectuó un sugerente movimiento de vaivén que provocó una oleada de calor que la recorrió de arriba abajo; su verga era como un hierro de marcar, una marca de fuego que utilizaría para reclamarla como propiedad suya.

Ambos abrieron los labios brevemente para poder aspirar unas pocas bocanadas de aire antes de que el deseo volviera a sellar sus labios. Comenzó a fluir entre ambos una espiral de urgencia que fue ganando fuerza, inundando sus sentidos. Patience la percibió en él... y la reconoció en sí misma.

Y juntos continuaron adelante, alimentando aquel deseo creciente, los dos arrastrados por él. La ola se hizo más grande, la sintieron por encima de ellos... y rompió. Y se vieron atrapados en su turbulencia, en un furioso remolino, vapuleados y zarandeados hasta quedar aferrados el uno al otro, jadeantes. Olas de deseo, pasión, necesidad, rompieron sobre ellos una tras otra haciendo evidente el vacío que tenían dentro y la ardiente necesidad de llenarlo, de alcanzar la plenitud en el plano mortal.

—¿Señorita?

Los golpecitos en la puerta los hicieron separarse de golpe. La puerta se abrió, se asomó una doncella. Acertó a ver a Patience, que se volvía hacia ella en medio de la tenue penumbra; a todas luces, Patience se encontraba de cara al aparador con las manos ocupadas en un montón de hierbas medicinales. La doncella traía una cesta repleta de tallos de lavanda.

—¿Qué debo hacer con esto?

Con el pulso todavía vibrante en los oídos, Patience luchó por concentrarse en aquella pregunta. Dio en silencio las gracias por la escasa iluminación, pues la doncella aún no había visto a Vane, que estaba apoyado en actitud negligente contra el otro aparador.

—Er... —Tosió, y luego tuvo que humedecerse los labios para poder hablar—. Tienes que arrancarles las hojas y quitarles las cabezas. Las usaremos para las bolsitas perfumadas, y los tallos para refrescar las habitaciones.

La doncella asintió con entusiasmo y fue hasta la mesa del centro. Patience se volvió hacia el aparador. Todavía le daba vueltas la cabeza, y el pecho le subía y bajaba. Sabía que tenía los labios hinchados, porque los notó calientes al pasarse la lengua por ellos. Los fuertes latidos del corazón le repercutían por todo el cuerpo, los sentía hasta en las yemas de los dedos. Había enviado a la doncella a recoger lavanda, que había que procesar inmediatamente. Un detalle sobre el cual había dado instrucciones a la muchacha.

Pero si despidiera a la doncella... Miró a Vane, silencioso e inmóvil en las sombras. Sólo ella, tan cerca como estaba, podía ver cómo a él también le subía y bajaba el pecho, sólo ella se percató de la luz que brillaba en sus ojos como ascuas. Le había caído un mechón de pelo suelto sobre la frente, y él se irguió y se lo echó hacia atrás. Luego dijo con una inclinación de cabeza:

—Ya reanudaremos esto más tarde, querida.

La doncella se sobresaltó y levantó la vista. Vane le dirigió una mirada blanda. Más tranquila, ella sonrió y volvió a ocuparse de la lavanda.

Por el rabillo del ojo, Patience observó cómo se retiraba Vane y cómo se cerraba la puerta despacio tras él. Al oír el chasquido del pestillo, cerró los ojos. Y luchó, sin éxito, por dominar el temblor que la acometió, un temblor de emoción. Y de deseo.

La tensión entre ellos se había vuelto salvaje. Con la tirantez de un alambre, aumentada hasta la sensibilidad extrema.

Vane lo percibió aquella noche, en el instante mismo en que apareció Patience en el salón. La mirada que le lanzó dejó bien claro que ella también sentía lo mismo. Pero tenían que representar cada uno su papel, comportarse tal como se esperaba de ellos, ocultando la pasión que ardía entre ambos.

Y rezar para que nadie se diese cuenta.

Tocarse de cualquier forma, por inocua que fuera, quedaba del todo descartado.

Ambos lo evitaron hábilmente... hasta que, al aceptar una fuente que le pasó Vane, los dedos de ella rozaron los suyos.

A punto estuvo de soltar la fuente. Vane consiguió a duras penas reprimir una maldición y, con la mandíbula apretada, aguantar, tal como hizo Patience.

Por fin regresaron al salón. Ya se había tomado el té, y Minnie, envuelta en chales, estaba a punto de retirarse. Vane tenía la mente en blanco; no tenía la menor idea de qué temas de conversación se habían tratado en las dos últimas horas. En cambio, reconoció la oportunidad nada más verla.

Fue hasta el diván y dijo a Minnie alzando una ceja:

—Yo te llevaré a tu habitación.

—¡Una idea excelente! —declaró Timms.

—¡Vaya! —exclamó Minnie, pero, agotada por el resfriado, terminó aceptando de mala gana—. Está bien. —Mientras Vane la tomaba en brazos, con chales y todo, admitió con renuencia—: Esta noche, sí que me siento rara.

Vane rió suavemente y se puso a hacerle bromas a Minnie para que recuperase su habitual buen humor. Para cuando llegaron a la habitación, se le había dado tan bien que Minnie ya hacía comentarios sobre su arrogancia:

—Muy seguros de vosotros mismos estáis los Cynster.

Con una ancha sonrisa, Vane la depositó en su sillón de siempre, junto a la chimenea. Enseguida se les unió Timms, que había ido pisándoles los talones.

Y también Patience.

Minnie despidió a Vane con un gesto de la mano.

—No necesito a nadie más que a Timms. Vosotros dos podéis volver al salón.

Patience intercambió una mirada fugaz con Vane y después miró a Minnie.

—¿Estás segura?

—Estoy segura. Marchaos ya.

Y se marcharon, pero no de vuelta al salón. Ya era tarde, y ninguno de los dos sentía deseos de fútil cháchara.

Sin embargo, sí que sentían deseo. Un deseo que fluía sin descanso por sus cuerpos, entre ellos, que caía sobre ellos como si de una red hechicera se tratara. Mientras caminaba al lado de Patience, acompañándola, por acuerdo tácito, a su dormitorio, Vane aceptó que hacer frente a aquel deseo, a lo que ahora bullía entre ambos, recaería sobre él, sería su responsabilidad.

Patience, a pesar de su propensión a tomar las riendas, era una inocente.

Se recordó a sí mismo aquel hecho cuando se detuvieron frente a la puerta del dormitorio. Ella lo miró, y Vane reiteró para sus adentros la conclusión a la que había llegado tras la debacle de la despensa. Hasta que dijera las palabras que la sociedad dictaba que debía decir, ambos no debían verse a solas excepto en el más formal de los entornos.

Y ello no incluía estar delante de la puerta del dormitorio de ella justo al empezar la noche, y dentro de aquel dormitorio, que era donde deseaba estar su parte más primitiva, resultaba menos adecuado todavía.

Apretó la mandíbula y se recordó aquello a sí mismo.

Patience escrutó sus ojos, su cara. Entonces, despacio pero sin dudar, alzó una mano hasta la mejilla de él y la deslizó lentamente hacia el mentón. Su mirada se posó en sus labios.

Ajenos a su voluntad, los ojos de Vane se fijaron en los labios de Patience, en aquellas curvas teñidas de rosa que ya conocía tan bien. Tenía su forma grabada en el cerebro, su sabor impreso en los sentidos.

Patience cerró lentamente los ojos y se puso de puntillas.

Vane no habría podido rechazar el beso... no habría podido eludirlo ni aunque su vida hubiera dependido de ello.

Los labios de ambos se tocaron, pero sin el calor abrasador, sin el impulso irresistible que continuaba creciendo en sus almas. Y ambos lo reprimieron, lo rechazaron, contentos, por un instante suspendido en el tiempo, simplemente con tocar y ser tocados. Con dejar correr la belleza de aquel frágil momento, con dejar que la magia de aquella percepción más agudizada los envolviera por entero.

Y los dejó temblando. Anhelantes. Curiosamente jadeantes, como si llevaran varias horas corriendo; curiosamente débiles, como si llevaran demasiado tiempo luchando y casi hubieran perdido la batalla.

Para Vane fue un esfuerzo abrir los ojos. Entonces observó cómo Patience, aún más despacio, abría los suyos.

Sus miradas se encontraron. Sobraron las palabras. Sus ojos decían todo lo que necesitaban decir. Tras leer aquel mensaje, Vane se obligó a sí mismo a despegarse del marco de la puerta en el que se había apoyado en algún momento. Sin contemplaciones, volvió a colocarse la máscara de impasibilidad y dijo alzando una ceja:

—¿Mañana? —Necesitaba ver a Patience en un entorno adecuadamente formal.

Patience hizo una ligera mueca.

—Eso dependerá de Minnie.

Vane torció los labios, pero asintió. Y se forzó a sí mismo a dar un paso atrás.

—Te veré en el desayuno.

Y acto seguido giró sobre sus talones y echó a andar por el corredor.

Patience se quedó junto a la puerta y contempló cómo se marchaba.

Quince minutos más tarde, con un chal de lana sobre los hombros, Patience se acurrucó en el viejo sillón de orejas junto al fuego y se puso a contemplar fijamente las llamas. Al cabo de un momento, levantó los pies para meterlos bajo el borde de su camisón y, apoyando un codo en el brazo del sillón, hundió la barbilla en la palma de la mano.

Entonces apareció *Myst*, la cual, después de estudiar todas las alternativas, dio un salto y se apropió del regazo de Patience. Ella, con expresión ausente, la acarició con la mirada fija en el fuego, pasando los dedos por el pelaje gris de las orejas y el lomo de la gata.

Por espacio de largos minutos, los únicos sonidos que se oyeron en la habitación fueron el suave crepitar de las llamas y el ronroneo de satisfacción de *Myst*. Ninguna otra cosa distrajo a Patience de sus pensamientos, de darse cuenta de que no podía escapar.

Tenía veintiséis años. Podría haberse quedado a vivir en Derbyshire, pero aquel lugar no era precisamente un convento. Había conocido a numerosos caballeros, muchos de ellos de estilo muy parecido a Vane Cynster. Muchos de aquellos caballeros se hicieron algunas ilusiones respecto de ella; en cambio, Patience nunca pensó en ellos. Nunca había pasado horas, ni minutos, pensando en ningún caballero en particular. No había habido ninguno que hubiera logrado despertar su interés.

Sin embargo, Vane acaparaba su atención a todas horas. Cuando los dos se hallaban en la misma habitación, él mandaba en su consciencia, se apoderaba de sus sentidos sin esfuerzo. Incluso cuando estaban separados, él seguía siendo el centro de una parte de su mente. Le resultaba fácil evocar su rostro, pues aparecía constantemente en sus sueños.

Dejó escapar un suspiro y contempló fijamente las llamas.

No era producto de su imaginación, no se estaba imaginando que su reacción fuera diferente, especial, que Vane tuviera poder sobre sus emociones en un nivel más profundo. Aquello no eran imaginaciones, eran hechos. Y no merecía la pena negar los hechos, aquel rasgo era ajeno a su carácter. No merecía la pena fingir, evitar pensar en lo que habría ocurrido si Vane no hubiera sido tan honorable y le hubiera pedido, de palabra o de obra, que le dejara entrar en su habitación aquella noche.

Ella lo habría recibido de buena gana, sin aspavientos ni vacilaciones. Tal vez se hubiera puesto un poco nerviosa, pero eso debido a la excitación, a la emoción por lo que le esperaba, no a la incertidumbre.

Habiéndose criado en el campo, tenía pleno conocimiento del mecanismo del apareamiento, no era una ignorante en aquel terreno. Pero lo que la sorprendía, lo que la desconcertaba, lo que encendía su curiosidad, eran los sentimientos que, en este caso, con Vane, asociaba con el acto en sí. ¿O era el acto lo que se había asociado con los sentimientos?

Fuera lo que fuera, había sido seducida totalmente, de la cabeza a los pies, de manera irrevocabe, no por Vane, sino por el deseo de tener a Vane. Sabía en su corazón, en lo más hondo de su alma, que la diferencia estaba muy clara.

Aquel deseo tenía que ser lo que había experimentado su madre, lo que la había llevado a aceptar a Reginald Debbington como esposo y lo que la había atrapado en una unión sin amor durante toda su vida. Tenía todos los motivos para desconfiar de aquella emoción, evitarla, rechazarla. Pero no podía. Sabía, sin lugar a dudas, que aquel sentimiento era demasiado fuerte, demasiado profundo para librarse de él.

Pero dicho sentimiento, en sí mismo, no le causaba dolor ni tristeza; en realidad, si hubiera podido elegir, incluso ahora admitiría que prefería vivir aquella experiencia, aquella emoción, antes que pasarse el resto de su vida en la ignorancia. Dentro de aquel perverso sentimiento había fuerza, dicha, emoción sin límites..., todas las cosas que ella ansiaba. Ya era una adicta, ya no pensaba dejarlo. Después de todo, no había ninguna necesidad.

Nunca había pensado de veras en el matrimonio; ahora podía afrontar el hecho de que en realidad lo había estado evitando, había buscado una excusa tras otra para aplazar el momento de siquiera pensar en ello. Era el matrimonio, la trampa, lo que había hecho infeliz a su madre. El simple hecho de amar, aunque ese amor no fuera correspondido, sería dulce... agridulce tal vez, pero la experiencia no era algo que ella fuera a rechazar.

Vane la deseaba, en ningún momento había intentado disimular el efecto que ejercía sobre él, nunca había intentado ocultar el potente deseo que refulgía en sus ojos como carbones encendidos. La idea de saber que ella lo excitaba era como una garra que le oprimiera el corazón, una faceta de algún sueño profundo, todavía por desentrañar.

Vane le había pedido verla al día siguiente... Aquello estaba en mano de los dioses, pero cuando llegase el momento, sabía que no se arredraría. Iría al encuentro de Vane, de su pasión, de su deseo, y al saciarlo y satisfacerlo se saciaría y satisfaría a sí misma. Ahora estaba segura de que aquello era lo que podía suceder, lo que ella deseaba que sucediera.

La relación entre ambos duraría todo el tiempo que durase; aunque ella sin duda se entristecería cuando terminara, no pensaba dejarse atrapar como su madre en una vida desgraciada para siempre.

Sonrió con irónica tristeza y acarició la cabeza de *Myst*.

—Es posible que me desee, pero sigue siendo un caballero elegante. —Ojalá no lo hubiese sido, pero lo era—. El amor no es una de las cosas que él puede dar, y yo jamás, óyeme bien, jamás me casaré sin amor.

Aquello era lo malo del asunto, aquélla era su verdadera condena.

Y no tenía intención de luchar contra ella.

12

A la mañana siguiente, Vane llegó temprano al comedor del desayuno. Se sirvió, tomó asiento y esperó a que apareciera Patience. Acto seguido fue llegando el resto de los varones, que intercambiaron las habituales expresiones de saludo. Vane apartó su plato e hizo una seña a Masters para que le sirviera más café.

Lo tenía atenazado una fuerte espiral de tensión; ¿cuánto tiempo pasaría antes de que pudiera aflojarla? Aquél, en su opinión, era un punto al que Patience debía prestar urgente atención, y sin embargo difícilmente podía sentirse resentido con Minnie por contar con su ayuda.

Al ver que todo el mundo había terminado de desayunar y Patience no aparecía, Vane suspiró para sus adentros y miró a Gerrard con expresión grave.

—Necesito montar. —Y así era, en efecto, en más de un sentido, pero al menos con una buena galopada podría aliviar parte de la energía reprimida—. ¿Te apetece?

Gerrard miró por la ventana.

—Pensaba dibujar un rato, pero no hay buena luz. Así que iré a montar a caballo.

Vane se volvió hacia Henry y enarcó una ceja.

—¿Nos acompaña usted, Chadwick?

—En realidad —contestó Henry reclinándose en su

silla—, tenía pensado practicar con el billar. No me gustaría oxidarme.

Gerrard rió suavemente.

—Fue pura suerte que le ganases a Vane la última vez. Cualquiera podía ver que se encontraba un tanto indispuesto.

¿Un tanto indispuesto? Vane pensó si no debería informar al hermano de Patience exactamente lo «indispuesto» que se encontraba. Un polvillo azul no bastaba para curar su mal.

—Ah, pero gané. —Henry se aferró a su momento de victoria—. No tengo intención de desaprovechar mi ventaja.

Vane simplemente esbozó una sonrisa sardónica y se sintió aliviado de que Henry no fuera a acompañarlos. Gerrard rara vez hablaba mientras montaba, lo cual le iba perfectamente a su actual estado de ánimo, más que la locuacidad de Henry.

—¿Edmond?

Todos volvieron la vista hacia el otro extremo de la mesa, donde estaba sentado Edmond contemplando su plato vacío y musitando para sí. Se sujetaba la cabeza entre las manos, lo cual hacía que algunos mechones de pelo formasen extraños ángulos.

Vane alzó una ceja en dirección a Gerrard, el cual movió la cabeza en un gesto negativo. Se veía a las claras que Edmond se encontraba atrapado por su musa y sordo a todo lo demás. Vane y Gerrard retiraron sus sillas y se levantaron de la mesa.

En aquel momento llegó Patience corriendo. Se detuvo justo en la puerta y miró sorprendida a Vane, que se había incorporado a medias. Éste volvió a sentarse de inmediato. Gerrard se giró y lo vio de nuevo sentado a la mesa, y entonces él también se sentó.

Más tranquila, Patience se acercó al aparador, tomó un plato y fue derecha a la mesa. Había llegado tarde, de modo que, dadas las circunstancias, se conformaría con té y tostadas.

—Minnie ya se encuentra mejor —anunció mientras tomaba asiento. Levantó la vista y se topó con la mirada de Vane—. Ha pasado bien la noche y me ha asegurado que hoy no me necesita.

Dedicó una breve sonrisa a Henry y Edmond, haciendo así general la información.

Gerrard sonrió a su hermana.

—Supongo que vas a estar en la sala de música, como de costumbre. Vane y yo vamos a dar un paseo a caballo.

Patience miró a Gerrard y luego a Vane. Él la miró a su vez. Patience parpadeó y tomó la tetera.

—En realidad, si tenéis la bondad de aguardar unos minutos, os acompañaré. Después de los días que he estado aquí encerrada, me vendrá bien tomar un poco el aire.

Gerrard miró a Vane, que tenía la vista clavada en Patience y una expresión impenetrable en el rostro.

—Aguardaremos —fue todo lo que dijo.

De común acuerdo, los tres quedaron en reunirse en el patio de los establos.

Después de vestir a toda prisa el traje de montar y de salir disparada de la casa como una exhalación, a Patience la irritó ligeramente comprobar que su hermano aún no estaba allí. Vane ya se encontraba a lomos de su gran caballo de caza gris, y tanto a la montura como al jinete se los veía nerviosos.

Patience se subió a su silla de montar, agarró las riendas y lanzó una mirada hacia la casa.

—¿Dónde está?

Vane, con los labios apretados, se encogió de hombros.

Tres minutos después, justo cuando estaba a punto de desmontar para ir a buscarlo, apareció el joven. Con su caballete.

—Oh, perdonad, pero es que he cambiado de idea —les dijo con una ancha sonrisa—. Se están acercando unas nubes y la luz se está volviendo gris, justo lo que estaba esperando poder captar. Tengo que pintarla antes de que cambie de nuevo. —Cambió de lado la carga que transportaba y continuó sin perder la sonrisa—: Así que marchaos sin mí, por lo menos os tenéis el uno al otro para haceros compañía.

La falsa ingenuidad de Gerrard era de lo más transparente. Vane contuvo un juramento y lanzó una mirada rápida a Patience. Ésta lo miró a su vez con expresión interrogante. Vane comprendió lo que interrogaba, pero Gerrard estaba allí plantado, esperando para decirles adiós. Así que apretó la mandíbula y señaló con un gesto la salida de los establos.

—¿Vamos?

Tras dudar una fracción de segundo, Patience afirmó con la cabeza y tiró de las riendas. Después de hacer un somero gesto de despedida a Gerrard, emprendió el camino, y Vane la siguió. Mientras galopaban por la senda que había más allá de las ruinas, miró atrás. Patience también. Gerrard, de pie en el sendero, los saludó alegremente con la mano.

Vane soltó una maldición. Patience miró al frente.

Por acuerdo tácito, pusieron una buena distancia entre ellos y Bellamy Hall, hasta que al fin sofrenaron los caballos al llegar a las orillas del Nene. El río fluía plácidamente, semejante a una cinta de color gris que avanzaba con suavidad entre riberas cubiertas de tupida hierba. Siguiendo el curso del agua discurría una senda muy trillada, que escogió Vane para continuar con el caballo al paso. Patience situó la yegua a su costado, y Vane dejó vagar la mirada por su figura y su rostro.

Asió las riendas con más fuerza y desvió la cara hacia las frondosas orillas del río, un lugar no lo bastante formal para la conversación que necesitaba tener con ella. La densa hierba serviría muy bien de sofá. Demasiado tentador. No estaba seguro de poder fiarse de sí mismo en un entorno así, y después de lo sucedido en la despensa tampoco podía fiarse ya de Patience. Ella era una inocente, pero él no tenía excusa. Además, la zona era demasiado abierta y Penwick solía pasear a caballo por allí. Detenerse junto al río era impensable, y Patience se merecía algo mejor que unas cuantas palabras informales y una pregunta a lomos de un caballo.

Gracias a Gerrard, por lo visto aún tendría que soportar otra mañana más sin hacer ningún progreso. Mientras tanto, él y sus demonios estaban que se mordían las uñas.

También a Patience le resultaba de lo menos apetecible desperdiciar otra mañana más. A diferencia de Vane, ella no veía razón alguna para no aprovechar el tiempo. Habiendo renovado en su cerebro la imagen de él a lomos de su gran caballo de caza, expresó en voz alta la idea que ocupaba el primer lugar en su pensamiento:

—Me dijiste que tenías un hermano. ¿Se parece a ti?

Vane se volvió hacia ella arqueando las cejas.

—¿Harry? —Reflexionó unos instantes—. Harry tiene el pelo rubio castaño y rizado, y los ojos azules, pero por lo demás... —Una lenta sonrisa transformó su semblante—. Sí, supongo que se parece mucho a mí. —Dirigió a Patience una mirada perversa—. Pero es que todo el mundo dice que los seis nos parecemos mucho, debe de ser el sello de nuestro común antepasado, sin duda.

Patience no hizo caso del tono sutil de aquel comentario.

—¿Los seis? ¿Qué seis?

—Los seis primos mayores de la familia Cynster: Diablo, un servidor, Richard el hermano de Diablo, Harry que es mi único hermano, Gabriel y Lucifer. Todos nacimos en el espacio de cinco años, más o menos.

Patience se lo quedó mirando. La idea de que existieran seis Vanes resultaba... ¿Y además, dos de ellos se llamaban Gabriel y Lucifer?

—¿No hay mujeres en la familia?

—En nuestra generación, las mujeres llegaron más tarde. Las dos mayores son las gemelas, Amanda y Amelia. Tienen diecisiete años y acaban de disfrutar de su primera temporada social.

—¿Y todos vivís en Londres?

—Durante parte del año. La casa de mis padres se encuentra en la plaza Berkeley. Mi padre, naturalmente, se crió en Somersham Place, la casa ducal. Para él, ése es su hogar; pero aunque mi madre y él, y en realidad toda la familia, son siempre bienvenidos allí, mis padres decidieron establecer su hogar principal en Londres.

—Así que ése es tu hogar para ti.

Vane contempló los verdes prados y sacudió la cabeza en un gesto negativo.

—No, ya no. Hace años que me mudé a vivir de alquiler, y recientemente he comprado una casa en la ciudad. Cuando Harry y yo alcanzamos la mayoría de edad, mi padre dispuso cuantiosas sumas de dinero para los dos y nos aconsejó que las invirtiéramos en propiedades. —Su sonrisa se acentuó—. Los Cynster siempre acumulan tierras. Después de todo, la tierra es poder. Diablo posee Somersham Place y las tierras del ducado, que constituyen la base de la riqueza de la familia. Mientras él cuida de eso, nosotros aumentamos nuestros activos propios.

—Has mencionado que tu hermano posee un semental.

—Cerca de Newmarket. Ésa es la actividad que ha escogido Harry, es un maestro en lo que se refiere a los caballos.

—¿Y tú? —Patience ladeó la cabeza y miró fijamente a Vane—. ¿Qué actividad has escogido tú?

Vane sonrió.

—El lúpulo.

Patience parpadeó.

—¿El lúpulo?

—Es un ingrediente vital para dar sabor y claridad a la cerveza. Soy dueño de Pembury Manor, una propiedad cercana a Tunbridge, en Kent.

—¿Y cultivas lúpulo?

Vane sonrió divertido.

—Además de manzanas, peras, cerezas y avellanas.

Patience se echó hacia atrás en su silla de montar y lo miró boquiabierta.

—¡Eres un agricultor!

Él elevó una ceja de color castaño.

—Entre otras cosas.

Patience reconoció el brillo de sus ojos y contuvo un gesto de desdén.

—Describe ese sitio, Pembury Manor.

Así lo hizo Vane, contento de seguir aquel hilo de conversación. Tras un breve resumen en el que cobraron vida los campos y huertos que se extendían por el Weald del condado de Kent, empezó a hablar de la mansión en sí... la mansión a la que pensaba llevarla a ella.

—Es de piedra gris y tiene dos plantas, seis dormitorios, cinco salones y las comodidades habituales. No he pasado mucho tiempo en ella, y necesita un cambio de decoración.

Hizo el comentario como no dándole importancia, y se sintió complacido al advertir en el semblante de Patience una expresión distante, pensativa.

—Mmm —fue todo lo que dijo Patience—. ¿Y está muy lejos de...?

Dejó la frase en suspenso y miró al cielo; en aquel momento cayó una segunda gota que se estrelló contra su nariz. Entonces, como una sola persona, Vane y ella miraron arriba y atrás y, a una voz, lanzaron un juramento. Se acercaban rápidamente unas nubes de tormenta, grises y amenazadoras, que llenaban el cielo a su espalda. Una cortina de lluvia avanzaba inexorable, a escasos minutos de donde se encontraban ellos.

Miraron a su alrededor en busca de refugio. Fue Vane el que descubrió el tejado de pizarra del viejo granero.

—Allí —señaló—. Junto a la orilla del río. —Volvió a mirar atrás—. Tal vez consigamos llegar.

Patience ya había espoleado a su montura. Vane fue tras ella manteniendo su caballo apartado de los cascos de la yegua, y ambos recorrieron el camino a todo galope. Por encima de sus cabezas retumbaron de nuevo los truenos. El frente de la tormenta los estaba alcanzando, ya sentían los gruesos goterones en la espalda.

El granero, cuyas puertas estaban cerradas, se encontraba en una pequeña hondonada un poco apartada del camino. Patience luchó con su yegua, ahora nerviosa, para que se detuviera delante de las puertas. Vane frenó su caballo en seco con un resbalón y saltó rápidamente de la silla. A continuación, con las riendas en la mano, abrió la puerta del granero. Patience entró con su yegua al trote y Vane la siguió, tirando de su caballo.

Una vez dentro, dejó las riendas y regresó hasta la puerta para cerrarla. En aquel mismo instante retumbó un trueno y se abrieron los cielos. Comenzó a caer un intenso aguacero. Vane, de pie y conteniendo la respiración, echó una ojeada a las vigas del techo. Patience, que aún no se había apeado del caballo, también miró. El repiqueteo de la lluvia en el tejado producía un rumor firme, inexorable.

Vane sacudió los hombros y escudriñó la penumbra.

—Por lo visto, este granero está en uso. El tejado parece sólido. —Con los ojos cada vez más adaptados a la escasa luz, dio unos pasos—. En esa pared hay establos. —Luego ayudó a Patience a bajar al suelo—. Será mejor que pongamos cómodos a los caballos.

Con los ojos muy abiertos en la oscuridad, Patience afirmó con un gesto de cabeza. Condujeron los caballos hasta los pesebres y, mientras Vane se ocupaba de desensillarlos, ella indagó un poco más. Descubrió una escalera de mano que llevaba al pajar. Se volvió para mirar a Vane; vio que seguía ocupado con los caballos. Entonces se recogió las faldas y subió la escalera comprobando con cuidado cada uno de los barrotes. Pero la escala era sólida. En general, el granero se hallaba en buen estado.

Examinó el pajar desde lo alto de la escalera. Consistía en un recinto construido encima del granero y que contenía heno, en parte en balas y en parte suelto. El suelo era de fuertes tablones de madera. Terminó de subir, se alisó la falda y fue hasta los portillos para el heno, cerrados como protección contra la intemperie.

Levantó el pestillo y miró afuera. Los portillos del granero daban al sur, lejos del mal tiempo. Satisfecha al comprobar que la lluvia no entraba, los abrió para dejar entrar una suave luz grisácea. A pesar de la lluvia, quizá gracias a las gruesas nubes, el aire era cálido. El paisaje, con el río agitado por el viento y salpicado por la lluvia y la suave pendiente de los prados, visto todo a través de una cortina gris, resultaba tranquilizador.

Patience miró en derredor y alzó una ceja. La siguiente lección que le debía Vane debería haber tenido lugar hacía ya tiempo. Si bien era preferible la sala de música, también serviría el pajar. Habiendo heno en abundancia, no había motivo para que no estuvieran cómodos.

Abajo, en el granero, Vane tardó todo lo que le fue posible en atender a los caballos, pero la lluvia no daba muestras de amainar. Aunque no esperaba que amainase; después de ver el tamaño de los nubarrones, sabía que iban a verse atrapados durante varias horas. Cuando ya no le quedó nada que hacer, se secó las manos con paja limpia y después, cerrando mentalmente la mano sobre sus propias riendas, fue a buscar a Patience. La había visto brevemente subiendo al pajar.

Cuando asomó la cabeza por el suelo del pajar, miró alrededor... y maldijo para sus adentros.

Reconocía un problema nada más verlo.

Patience volvió la cabeza y sonrió, eliminando toda posibilidad de retirada cobarde. Bañada por la luz suave que entraba por los portillos, se hallaba sentada en medio de un enorme montón de heno con expresión acogedora. Su cuerpo irradiaba una atracción sensual a la que Vane se había vuelto demasiado susceptible.

Respiró hondo y subió los últimos peldaños que lo separaban del suelo del pajar. Dejando bien visible su habitual aire de autoridad, dio unos pasos hacia Patience.

Ella hizo añicos aquella calma sonriendo con mayor intensidad y tendiéndole la mano. Él la tomó de manera instintiva y cerró los dedos con firmeza.

Con una rígida expresión de impasibilidad, miró a Patience a la cara, a los ojos, que refulgían con un color dorado, cálidos y atrayentes, y luchó por buscar un modo de decirle que aquello era una locura; que, después de todo lo que había sucedido entre ellos, sentarse juntos en el heno y contemplar cómo llovía resultaba demasiado peligroso; que ya no podía garantizar que fuera capaz de comportarse con su habitual calma, su dominio de siempre. No le vinieron palabras a la mente, no fue capaz de aceptar aquella debilidad. Aunque fuera cierta.

Pero Patience no le dio tiempo para pelearse con su conciencia, porque lo acercó a sí. Sin una excusa de la que echar mano, Vane suspiró para sus adentros, contuvo sus demonios con mano de hierro y se sentó en la paja al lado de Patience.

Pero se guardaba uno o dos ases en la manga. Antes de que ella pudiera volverse, él la rodeó con los brazos y la empujó hacia atrás para colocarla de espaldas contra su costado, de tal modo que los dos pudieran contemplar juntos el paisaje.

En teoría, era una sabia maniobra. Patience se relajó contra él, cálida y confiada... pero al hacerlo encendió sus sentidos de mil maneras distintas. Su misma suavidad tensó sus músculos; sus curvas, que se adaptaban perfectamente a él entre sus brazos, invocaron a sus demonios. Aspiró profundamente para tranquilizarse... y entonces se sintió inundado por su perfume sutilmente evocador, incitante.

Ella le acarició los brazos, que le rodeaban la cintura, y terminó descansando sobre sus manos, con las palmas apoyadas sobre el dorso de las de él. Ella fue la primera que volvió la cabeza... y sus labios quedaron a escasos centímetros de los de él. Después vino su cuerpo, que fue girándose sensualmente en el hueco de sus brazos. Vane la ciñó con más fuerza y hundió los dedos en su carne blanda, pero ya era demasiado tarde.

Patience tenía la mirada fija en sus labios.

La desesperación es capaz de reducir a la súplica incluso a los más fuertes. Incluso a él.

—Patience...

Pero ella no le dejó terminar y selló los labios de él con los suyos.

Vane luchó por contenerla, pero no había fuerza en sus brazos, al menos para aquella maniobra. En lugar de ello, sus músculos se tensaron para aplastarla contra sí. Se las arregló para no hacerlo, pero no pudo impedir que ambos cayeran de espaldas sobre el heno. El montón de paja que antes estaba a su espalda estaba cada vez más debajo de su cuerpo, aplastado por el peso de los dos. En cuestión de segundos, estuvieron muy cerca de la horizontal, Patience tendida sobre él, casi encima. Vane gruñó para sus adentros.

Había abierto los labios, y ella lo estaba besando... y él también a ella. Tiró por la borda su cruzada contra lo que había demostrado ser inevitable y se concentró en aquel beso. Poco a poco fue recuperando el control, apenas consciente de que ella había abandonado las riendas demasiado a la ligera. Pero aquella pequeña victoria le infundió valor; se recordó a sí mismo que era más fuerte que ella, que poseía infinitamente más experiencia que ella, y que durante años había logrado dominar a mujeres mucho más expertas que ella en aquel terreno.

Era él quien estaba al mando.

Aquella letanía no dejó de sonar en su cerebro mientras rodaba y presionaba a Patience contra el heno. Ella aceptó el cambio de buen grado y se aferró al beso. Vane la besó con más pasión, invadió su boca con la esperanza de aplacar la imperiosa necesidad que notaba crecer en su interior. Tomó su rostro entre las manos y bebió hondo; ella le respondió deslizando las manos por debajo de su chaqueta suelta y explorando con las palmas abiertas su pecho, sus costados y su espalda.

La camisa era de tela fina. Sintió cómo le quemaban las manos de Patience a través de ella.

La batalla final fue tan breve, que Vane ya la había perdido antes de darse cuenta, y después no fue ya capaz de percatarse de nada que no fuera la mujer que tenía debajo y la rugiente marea de su deseo.

Las manos de Patience, sus labios, su cuerpo que se arqueó ligeramente, todo lo instaba a continuar. Cuando le abrió la chaquetilla de montar y cerró una mano sobre un pecho cubierto por la blusa, ella se limitó a suspirar y besarlo con más urgencia.

Bajo su mano, el pecho se elevó; entre sus dedos, el pezón se convirtió en un capullo enhiesto. Patience lanzó una exclamación ahogada cuando él apretó, se arqueó cuando él acarició. Y gimió cuando él masajeó.

Los diminutos botones de la blusa se soltaron pronto de sus amarres; las cintas de la camisola no necesitaron más que un leve tirón para desanudarse. Y entonces su suavidad llenó la mano de Vane, llenó sus sentidos. Una piel suave como la seda lo tentó; el calor de Patience lo inflamó. Y también la inflamó a ella.

Cuando Vane interrumpió el beso para levantar la cabeza y contemplar el botín que había capturado, ella lo miró a su vez, con los ojos dorados y brillantes y los párpados entreabiertos. Observó cómo Vane bajaba la cabeza para tomarla con su boca. Succionó, y ella cerró los ojos.

La siguiente exclamación entrecortada que se oyó en el pajar fue la primera nota de una sinfonía, una sinfonía orquestada por Vane. Patience quería más, y él se lo dio;

apartó la fina blusa, deslizó hacia abajo la camisola de seda y dejó al descubierto sus pechos desnudos a la suave luz grisácea, el ligero frescor del aire y el intenso calor de sus atenciones.

Por debajo de ellas, Patience ardía, tal como él la había imaginado en sus sueños, hasta quedar excitada y dolorida..., deseosa de obtener más. Sus pequeñas manos estaban por todas partes, buscando con desesperación, abriéndole la camisa y tocándolo con ansia, acariciando, implorando.

Entonces fue cuando Vane se dio cuenta por fin de que ya había perdido totalmente el control. No le quedaba ni una gota, ella se lo había robado todo y lo había hecho desaparecer. Desde luego, ella no tenía ninguno; eso quedó muy claro cuando, jadeante y con los labios maravillosamente hinchados, acercó el rostro de Vane al de ella y lo besó con voracidad.

Casi debajo de él, se incorporó y su cuerpo acarició el de Vane en flagrante súplica, el método más antiguo de enviar mensajes utilizado por las mujeres. Patience lo deseaba... y que el cielo lo ayudase, porque él la deseaba a ella. Con urgencia.

Sentía el cuerpo rígido por el deseo, pesado y tenso; necesitaba hacer suya a Patience, deslizarse al interior de su cuerpo y encontrar alivio. Los botones que sujetaban la falda de terciopelo estaban situados en la parte de atrás; Vane ya tenía los dedos allí. Había esperado demasiado tiempo para hablar, para ofrecerle su mano formalmente, y ahora no podía concentrarse lo bastante para articular una frase... pero tenía que intentarlo.

Con un gemido, Vane dejó de besarla y, apoyado sobre los codos, aguardó a que Patience abriese los ojos. Cuando sucedió, tomó aire profundamente... y lo perdió de pronto cuando los pezones de ella le rozaron el pecho. Tuvo un estremecimiento... y ella tembló también, con una agitación que le recorrió desde el estómago hasta los muslos. Vane se concentró inmediatamente... en el suave remanso que se abría entre sus largas piernas. La experiencia le proporcionó con detalles gratificantes lo que estaban consiguiendo hacer las reacciones de Patience.

Vane cerró los ojos y trató de cerrar también su cerebro y simplemente hablar.

Pero, en vez de eso, le llegó la voz de Patience clara, suave, como la de una sirena, un susurro de pura magia flotando en la densidad del aire:

—Enséñame.

Aquella palabra iba teñida de súplica. En el mismo instante, Vane dejó que los dedos de Patience resbalaran hasta cerrarse suavemente alrededor de él. Aquel contacto inseguro lo hizo apretar con fuerza la mandíbula y contraer cada uno de sus músculos en un salvaje impulso de violarla. Patience parecía no ser consciente de ello; proseguía con su lenta caricia, convirtiendo en cenizas hasta el último gramo de voluntad que le quedaba.

—Enséñame —susurró Patience acariciándole la mejilla con su aliento, y a continuación respirando contra su boca—. Enséñamelo todo.

Aquella última palabra acabó con lo último de su resistencia, el último resto de precaución, de frío dominio. Desapareció por completo el caballero, todo vestigio de su fachada, y sólo quedó el conquistador.

La deseaba con cada resquicio de su cuerpo, con cada gota de su sangre. Y ella lo deseaba a él. Sobraban las palabras.

Lo único que aún importaba era la manera de unirse los dos. Con la victoria final asegurada, sus demonios —aquellos espíritus que lo impulsaban, que lo arrastraban— estaban más que dispuestos para prestar su talento a la tarea de alcanzar la gloria del modo más satisfactorio. No era control, sino frenesí.

Patience se percató de ello. Y se recreó en ello, en la dureza de las manos que tomaban posesión de sus senos, en la dureza de los labios que volvían a besar los suyos. Se aferró con fuerza a Vane apretando las manos contra los anchos músculos de su espalda, desplazándolas un instante después por sus costados para explorar con ansias su pecho.

Deseaba saber, saberlo todo, ya. No podía esperar, soportar su frustración durante más tiempo. Había surgido en su interior un anhelo de saber aquello —la experiencia fundamental que ansiaban todas las mujeres— y ese anhelo había crecido y ahora la estaba consumiendo. Era lo que la arrastraba cuando se arqueó ligeramente, como respuesta a la exigencia de las manos de Vane, de sus labios, de la constante invasión de su lengua.

Vane era todo calor y sorprendente dureza. Patience deseaba atraerlo al interior de su cuerpo para tomar aquel calor y aplacarlo, para aliviar la tensión y la fiebre que lo atenazaban... la misma tensión que la iba inundando a ella poco a poco. Deseaba entregarse a él, quería tenerlo dentro de sí.

Lo sabía, y ya no cabía volver atrás. Sabía quién era, y sabía lo que era posible. Se había convencido a sí misma de que entendía cómo iban a ser las cosas. De manera que no había nada que enturbiara su disfrute del momento, su disfrute de Vane. Se entregó de buena gana al temblor de emoción que sintió cuando él deslizó su falda hacia abajo y la extendió para fabricar una blanda manta para ella. Idéntico camino siguieron las enaguas, que se convirtieron en una amplia sábana bajo sus hombros. No conoció la vergüenza cuando Vane, con su boca sobre la de ella, le quitó la camisola y la arrojó a un lado, y después la atrajo a ella hacia sí.

Un agudo placer fue lo que sintió cuando las manos de Vane, duras y expertas, la poseyeron y comenzaron a dibujar cada curva, cada suave montículo. Una mano se deslizó por debajo de su cintura y continuó descendiendo hasta cerrarse sobre sus nalgas. Unos dedos fuertes la masajearon, la acariciaron, provocando un dulce ardor que se concentró en su vientre y formó gotas de rocío en su piel. La mano continuó bajando y trazó la larga curva de la cara posterior del muslo hasta llegar a la rodilla, para a continuación regresar por la cara anterior de la pierna. Hasta su cadera, aquella sensible articulación en la que la pierna se unía al torso. Un dedo acarició aquel pliegue con suavidad, con insistencia, descendiendo... y Patience se estremeció, desesperada de pronto por tomar aliento.

Y entonces él le separó los muslos, suavemente pero con firmeza, abriéndolos a profusas caricias a lo largo de la sensible piel de las caras interiores. Los labios de Vane se habían vuelto más blandos y le permitían concentrarse en cada caricia, en cada reacción ardiente, en la excitación, la frenética pasión apenas contenida que se había apoderado de ambos.

Entonces la mano de Vane llegó al final del recorrido y ascendió para acariciar carne que nunca había sido acariciada, que nunca había conocido el contacto de un hombre.

El estremecimiento que sacudió a Patience fue de pura excitación, de exquisita sensualidad al imaginar lo que la esperaba. Se hundió un poco más sobre el blando heno con una exclamación ahogada y abrió aún más los muslos... y entonces sintió que las caricias se hacían más firmes, más deliberadas. Más íntimas, más sugerentes.

Los suaves pliegues parecían resbaladizos, y Vane los separó. Sus hábiles dedos hallaron un punto concreto, una protuberancia, y al instante Patience experimentó como dagas de placer que le recorrían todo el cuerpo. Llamaradas de placer, abrasadoras y urgentes, que la sacudieron en lo más profundo de sí, que se afianzaron y se intensificaron. Echó la cabeza hacia atrás y se despegó de la boca de Vane; él la dejó hacer y continuó trabajando en la suavidad de entre sus muslos. Patience aspiró aire de forma superficial y luchó por abrir los párpados.

Entonces vio a Vane, vio que su rostro era una máscara de concentración contraída por la pasión, vio cómo sus dedos giraban y se movían. Uno de ellos la sondeó.

El sonido que escapó de sus labios fue más exclamación que gemido, más grito que gruñido. Vane la miró a la cara y clavó sus ojos en los de ella. Patience sintió la presión de su mano entre los muslos, y también la intrusión de su dedo, que la penetraba despacio pero con insistencia.

Dejó escapar otra exclamación ahogada y cerró los ojos. Vane presionó más lejos, más hondo. Luego comenzó a acariciarla... dentro... muy dentro, allí donde ella estaba caliente y resbaladiza, tan llena de deseo, tan llena de pasión líquida. Una pasión que él enardecía, que él estimulaba, avivando aquel fuego interno.

Y Patience, exhalando un tembloroso gemido, se dejó derretir, dejó que sus sentidos se disparasen hacia lo alto.

Vane la oyó, notó su rendición, y sonrió para sí, inexorable. Patience estaba poniendo a prueba sus demonios hasta el máximo; a aquellas alturas, la mayoría de las mujeres neófitas en aquellas lides se habrían derrumbado o, más probablemente, se verían tan abrumadas por el deseo que estarían ya suplicando que las tomasen. Pero Patience no; Patience le había permitido que la desnudase completamente, sin la confusión propia de una virgen. Parecía disfrutar retorciéndose desnuda debajo de él tanto como él disfrutaba de verla hacerlo. Y ahora, cuando incluso otras mujeres más expertas podrían perder el control, ella flotaba... aceptaba todo lo que él quisiera darle y esperaba recibir más.

Y Vane le dio más, conociendo su intimidad, llenando sus sentidos masculinos con los secretos de su femineidad. Lentamente, la fue llevando cada vez más alto, dando otra vuelta de tuerca a la rueda de excitación sensual con la facilidad que da la práctica.

Aun así, Patience no perdió el control. Exclamó, gimió y se arqueó... y su ávido cuerpo suplicó más todavía. Sus necesidades no eran las de las mujeres a las que él estaba acostumbrado; eso le fue quedando fuera de toda duda conforme la iba estimulando cada vez más. Patience era mayor, más madura, más segura de sí misma. Comprendió que no era la inocente que él creía; de hecho, en sentido estricto no tenía mucho de eso. Sabía lo bastante para entender lo que estaban haciendo y para decidir por sí misma.

Y aquello era precisamente lo que la hacía distinta: su personalidad y las consecuencias derivadas de la misma. Patience era llana, serena, estaba acostumbrada a tomar las experiencias que la vida pudiera ofrecerle, a escoger entre los frutos del árbol de la vida. Y ya había escogido. Deliberadamente. Aquello, y a él.

Eso era lo distinto.

Vane la miró, contempló su rostro ligeramente ruborizado por el deseo, sus ojos brillantes bajo los párpados entrecerrados. Y no pudo respirar.

Por culpa de un intenso deseo lujurioso, de una intensa necesidad. La necesidad de estar dentro de ella. La necesidad de reclamarla como suya.

Maldiciendo en voz baja, apartó las manos del cuerpo de Patience y se quitó la chaqueta y la camisa. Las botas le llevaron un minuto entero de impaciencia, y acto seguido se puso de pie para sacarse los pantalones. Notaba la mirada de Patience fija en él, descendiendo por su espalda. Arrojó el pantalón a un lado y miró un momento hacia atrás; ella yacía desnuda, tendida sobre el heno, aguardando con calma. Ardiendo despacio. Sus senos subían y bajaban rápidamente; su piel se veía levemente sonrosada.

Entonces, desnudo y totalmente excitado, se volvió hacia ella.

En el rostro de Patience, de expresión lasciva, no apareció un solo signo de sorpresa. Su mirada le recorrió el cuerpo y después volvió a posarse en su cara.

Entonces tendió los brazos hacia él.

Y Vane fue hacia ella, la cubrió, se apoderó de sus labios en un beso abrasador y se acomodó sobre su cuerpo. Patience estaba caliente y tensa, y se tensó más aún cuando él sondeó su virginidad. Y dejó escapar un grito cuando, con un empujón bien calculado, la rompió. Vane permaneció inmóvil durante largos instantes de dolorida tensión, hasta que ella buscó una postura más fácil. A continuación, dominado por el instinto, embistió con fuerza, a lo más hondo del cuerpo de ella, y la hizo suya.

Soltó las riendas y sus demonios se adueñaron de él para arrastrarlo, para arrastrar también a Patience en un apareamiento frenético.

Más allá de todo pensamiento, de todo raciocinio, de todo excepto de lo que estaba sintiendo, Patience aguantó y se dejó llevar por la pasión. Todas las sensaciones eran nuevas, martilleaban su cerebro y saturaban sus sentidos, y sin embargo se aferró a cada una de ellas decidida a no perderse nada, decidida a experimentarlo todo.

A conocer el goce de sentir el cuerpo duro de Vane encima del suyo, su duro pecho cubierto de vello raspar sus sensibles pezones y la suave piel de sus senos. A maravillarse de la dureza que la llenaba, aquel terciopelo de acero que empujaba en el interior de su cuerpo, la dilataba, la reclamaba. A experimentar, con cada exclamación sofocada, con cada jadeo desesperado, la fuerza con que él arremetía una y otra vez, la flexión de su columna vertebral, la fusión de los cuerpos de ambos en un solo ritmo. A percibir su propia vulnerabilidad en su desnudez, en el peso que anclaba sus caderas, en el deseo ciego que la arrastraba. A recrearse en la excitación, el ardor sin vergüenza alguna, de insaciable erotismo, que aumentaba sin cesar, crecía y terminaba inundándolos a los dos en una violenta marea que intentaba ahogarlos.

Y a sentir, en lo más hondo de su alma, cómo se desplegaba una fuerza avasalladora, más potente que el deseo, más profunda, más duradera que ninguna otra cosa sobre la faz de la tierra. Aquella fuerza, toda emoción, plata y oro, fue invadiéndola y adueñándose de ella, y Patience se entregó con valentía, con entusiasmo, reclamándola para sí.

Se sintió inundada por el éxtasis... y lo aceptó con avidez, lo compartió a través de sus labios y del ardor de sus besos, a través de la adoración de sus manos, sus miembros, su cuerpo entero.

Vane hizo lo mismo; ella lo paladeó en su lengua, lo notó en el calor de su cuerpo.

Todo lo que Vane necesitaba, ella se lo daba; todo lo que ansiaba ella, se lo entregaba Vane. Boca a boca, pecho con pecho, carne blanda aferrada a la dureza de él.

Vane, con un gemido, estiró los brazos y se las arregló para apoyarse sobre el heno lo bastante como para separarse un poco de Patience. Luego volvió a introducirse en ella, saboreando cada centímetro de carne que se cerraba sobre él, deteniéndose un instante para sentirla palpitar, antes de retirarse sólo para volver a penetrarla. Una y otra vez.

Saciándose a sí mismo... y también a ella.

Patience culebreó, ardiente y urgente debajo de él. Vane no había visto nunca nada más hermoso que ella, atrapada en el lazo de la pasión. La vio alzarse y retorcerse, mover la cabeza a ciegas de un lado al otro mientras buscaba alivio dentro de sí. Vane embistió con más profundidad y la llevó aún más alto, pero ella seguía conteniéndose... todavía podía subir más. Y él también.

Y quería contemplarla así, tan espléndida en aquella actitud sin prejuicios, en aquel glorioso abandono, al aceptarlo y retenerlo, al entregarse a él por primera vez. Aquella visión le robó el aliento... y algo más. Hubiera deseado tomarla de nuevo, muchas veces, pero ninguna sería como ésta, tan llena de emoción como este momento.

Vane supo cuándo todo iba a terminar para ella, sintió la tensión a punto de explotar... y notó cómo florecía el interior de su cuerpo. Se lanzó hacia allí y soltó las amarras, dejó que su cuerpo hiciera lo que viniera de forma natural y los llevara a ambos a perder el control. Y al final contempló la explosión que sobrecogió el cuerpo de Patience, sintió cómo el deseo se fundía y derretía sus entrañas para transformarlas en un cálido y fértil receptáculo donde depositar su semilla.

Apretó los dientes, aguantó hasta el último segundo y vio cómo Patience encontraba alivio por fin. Vio sus facciones, antes tensas por la pasión, aflojarse; notó en lo profundo de su cuerpo los fuertes espasmos que la invadieron. Tras un silencioso suspiro, su cuerpo se ablandó y la expresión que adquirió su semblante fue la de un ángel en presencia de la divinidad.

Vane sintió un fuerte estremecimiento. Entonces cerró los ojos y dejó que esa sensación —la sensación de Patience— se adueñara por completo de él.

Había sido más, mucho más de lo que esperaba.

Tendido de espaldas sobre el heno, mientras Patience dormía de costado cubierta con las faldas y la enagua para que conservara el calor, Vane intentaba asimilar aquella realidad. No acertaba a explicarlo, lo único que sabía era que ninguna otra vez había sido como ésta.

Y por lo tanto no fue una sorpresa descubrir, conforme sus sentidos saturados se fueron despejando, que estaba una vez más poseído por un urgente deseo.

No era el mismo deseo urgente que lo había tenido atenazado aquellos últimos días y que tan recientemente había saciado de manera tan notable, sino un deseo afín: la necesidad imperiosa de asegurarse de que Patience fuera para él.

De hacerla su esposa.

Aquella palabra siempre lo había hecho estremecerse, y si lo meditaba un poco, aún lo estremecía. Pero no tenía la menor intención de actuar en contra del destino, en contra de lo que sentía, en la médula de los huesos, que era lo correcto.

Patience era la única para él. Si había de casarse alguna vez, tendría que ser con ella. Y quería tener hijos, herederos. El hecho de imaginarse a Patience con un hijo suyo en los brazos surtió un efecto instantáneo. Lanzó una maldición en voz baja.

Miró hacia un lado, a los bucles del cabello de Patience, y deseó que estuviera despierta. Conseguir que aceptara formalmente su propuesta de matrimonio se había convertido en lo más prioritario para él, en lo más urgente. Al aceptarlo como amante, ya había accedido de manera informal. Una vez que le hubiera hecho la oferta y ella le hubiera dado el sí, podrían dar rienda suelta a sus sentidos a su antojo. Y tan a menudo como quisieran.

Aquella idea intensificó su creciente incomodidad. Apretó los dientes y trató de pensar en otra cosa.

Al cabo de un rato, Patience volvió al mundo real. Se despertó como no se había despertado nunca, con el cuerpo flotando en un mar de dorado placer y la mente enturbiada por una profunda sensación de paz. Sentía los miembros pesados, cargados con una cálida lasitud. Su cuerpo estaba feliz, saciado, repleto. En paz. Durante largos instantes ningún pensamiento logró perforar aquel resplandor, hasta que, paulatinamente, el mundo que la rodeaba se hizo notar.

Estaba tumbada sobre un costado, en un nido de calor. A su lado yacía Vane, tendido de espaldas, su cuerpo semejante a una dura roca a la que ella se aferraba. Fuera había dejado de llover, pero aún caían algunas gotas de los aleros. En el interior, todavía duraba el resplandor que ambos habían creado, envolviéndolos en un mundo celestial.

Aquello se lo había dado Vane, le había mostrado el camino a aquel estado de gracia. Aún sentía el delicioso placer en todo el cuerpo, y sonrió. Tenía una mano apoyada en el pecho de Vane; bajo la palma, por debajo del vello rizado, sentía latir su corazón, firme y seguro. Y sintió henchirse el suyo.

La emoción que invadía todos sus miembros era más fuerte que antes, despedía un brillo de plata y oro, era tan hermosa que lograba que se le encogiera el corazón, de una dulzura tan penetrante que los ojos se le llenaron de lágrimas.

Cerró los ojos con fuerza. Había actuado correctamente, había obrado bien al presionar para saciar su curiosidad, para tomar aquel camino. Con independencia de lo que sucediera, atesoraría ese momento... junto con todo lo que la había llevado hasta allí. Sin arrepentimiento. Nunca.

La intensa emoción fue cediendo, desapareciendo de su mente consciente. Curvó apenas los labios y cambió de postura para depositar un beso en el pecho de Vane.

Él bajó la vista. Patience ensanchó la sonrisa y, cerrando los ojos, se acurrucó contra él.

—Mmm... Qué agradable.

¿Agradable? Vane contempló su rostro, la sonrisa de sus labios, y sintió que algo se movía dentro de su pecho para quedarse inmóvil al momento siguiente. Aquella sensación, y los sentimientos asociados a ella que iban y venían, revueltos y confusos, no eran en absoluto agradables; lo vapuleaban y lo hacían sentirse vulnerable.

Levantó una mano para retirarle a Patience de la cara el cabello de color dorado miel. La maraña de rizos se le enredó en los dedos. Comenzó a peinar los mechones y fue recogiendo las horquillas que se desprendían.

—Cuando estemos casados, podrás sentirte así de agradable todas las mañanas. Y todas las noches.

Concentrado como estaba en el cabello de Patience, no vio el súbito gesto de sorpresa de sus ojos cuando lo miró, estupefacta; tampoco vio cómo la sorpresa se transformaba en una expresión vacía. Cuando la miró, ella lo contemplaba fijamente con el semblante impenetrable, indescifrable.

Vane frunció el ceño.

—¿Qué ocurre?

Patience tomó aire con un estremecimiento y, desesperada, buscó un punto de apoyo. Se pasó la lengua por los labios y miró a Vane a la cara.

—Matrimonio. —Tuvo que hacer una pausa antes de poder continuar—. No recuerdo haber hablado de eso. —Su tono era monótono, sin inflexiones.

El ceño de Vane se hizo más profundo.

—Ahora estamos hablando de ello. Tenía la intención de habértelo dicho antes, pero, como bien sabes, nuestros intentos de tener una conversación racional no han tenido precisamente mucho éxito. —Le soltó el último mechón de cabello, lo peinó con los dedos y lo extendió sobre la paja—. Y bien. —Buscó una vez más sus ojos y alzó una ceja con aire de seguridad—. ¿Cuándo va a ser?

Patience se limitó a mirarlo fijamente. Estaba allí tumbada, desnuda en sus brazos, con el cuerpo tan saciado que apenas podía moverse, y él, de repente y sin avisar, quería hablar de matrimonio. No, ni siquiera quería hablar de ello, sino simplemente decidir una fecha.

El brillo dorado se había desvanecido, sustituido por un frío glacial. Un frío más helado que el aire gris que se veía al otro lado de los portillos del pajar, más helado que la brisa que se había levantado. Patience experimentó un pánico gélido que le puso la piel de gallina en todos sus miembros y le caló hasta la médula de los huesos. Sintió el frío contacto del acero, las fauces de la trampa que poco a poco, de forma inexorable, se iba cerrando sobre ella.

—No.

Haciendo acopio de sus últimas fuerzas, presionó contra el pecho de Vane; cerrando los ojos para no ver su desnudez, luchó por incorporarse. Y jamás lo habría conseguido de no haberla ayudado él.

Vane la miraba fijamente, como si no pudiera dar crédito a lo que oía.

—¿No? —Escudriñó su semblante, y entonces entornó los párpados sobre el gris de sus ojos y su rostro palideció—. No, ¿que?

El acento acerado de su voz hizo temblar a Patience, que desvió la cara y, sujetando las faldas contra sí, alcanzó la camisola y se la puso por la cabeza.

—Nunca he tenido intención de casarme. En absoluto.

Una pequeña mentira, tal vez, pero era una postura más fácil de defender que la verdad sin paliativos. El matrimonio nunca había ocupado un lugar importante en su agenda, nunca había formado parte de sus planes casarse con un caballero elegante. Casarse con Vane era simplemente imposible, y más aún después de lo sucedido en la última hora.

Entonces oyó a su espalda la voz de Vane, fría y precisa:

—Sea como fuere, hubiera pensado que las actividades de esta última hora sugerirían un replanteamiento de intenciones por tu parte.

Patience, que estaba atándose los cordones de la camisola, apretó los labios y negó con la cabeza.

—No deseo casarme.

El sonido que emitió él al tiempo que se incorporaba fue de sorna.

—Todas las jóvenes desean casarse.

—Yo no. Y no soy tan joven. —Terminó de ponerse las medias, y seguidamente se volvió para recoger las enaguas.

Oyó a Vane suspirar:

—Patience...

—Más vale que nos demos prisa, llevamos toda la mañana ausentes. —Se puso en pie, se subió las enaguas y se las sujetó a la cintura. Oyó detrás de ella el murmullo del heno al incorporarse Vane—. Si no regresamos para almorzar, empezarán a preocuparse.

Se dio la vuelta amparándose en la tarea de colocarse bien la falda; aunque no se atrevía a mirar a Vane directamente, ya que, al fin y al cabo, aún estaba desnudo, de todos modos pudo espiarlo por el rabillo del ojo y evitar que la tocara, que consiguiera retenerla.

Porque si lo hubiese hecho, podría haber desintegrado su determinación, en cierto modo confusa, y logrado que cayera sobre ella la trampa. Todavía recordaba el tacto de sus manos en la piel, aún sentía la huella de su cuerpo en el de ella, su calor dentro de sí.

Tiró de las faldas hacia arriba diciendo:

—No podemos permitirnos el lujo de coquetear.

En un estado que se acercaba mucho a la histeria, recorrió el suelo con la mirada en busca de su chaqueta; la encontró junto a los pantalones de él y se apresuró a recogerla.

Consciente de que Vane estaba de pie, desnudo y con las manos en las caderas, mirándola ceñudo, agarró su chaqueta y le lanzó el pantalón a la cabeza. Él lo atrapó antes de que le diese de lleno, y sus ojos se entrecerraron todavía más.

—Date prisa —imploró—. Ya me encargo yo de los caballos. —Y dicho eso corrió hacia la escalera de mano.

—¡Patience!

El tono particular que empleó Vane era famoso por tener la virtud de poner inmediatamente firmes a soldados ingobernables o medio borrachos; en cambio, para su disgusto, al parecer no surtió ningún efecto en Patience, que desapareció escalera abajo como si él no hubiera dicho nada.

Lo cual lo dejó disgustado, profunda y totalmente, consigo mismo.

Lo había hecho fatal. Del todo. Patience estaba molesta con él, profundamente resentida, y tenía todo el derecho del mundo a estarlo. Su oferta... bueno, ni siquiera se la había expuesto, sino que en vez de eso había tratado de salirse por la tangente y empujarla de forma arrogante a que aceptara sin tener que pedírselo.

Había fracasado. Y ahora Patience estaba verdaderamente furiosa.

Ni por un instante se creyó que ella no quisiera casarse, aquello era meramente una excusa que le había venido a la cabeza, una excusa muy débil además.

Soltó un contundente juramento —la única manera viable de calmar los nervios—, se puso el pantalón y recogió la camisa. Había intentado no hacer la declaración que sabía que tenía que hacer, y ahora iba a ser diez veces peor.

Con la mandíbula fuertemente apretada, se calzó a toda prisa las botas, se puso la chaqueta y fue hasta la escalera.

Ahora iba a tener que suplicar.

13

Suplicar no era algo que le saliera con naturalidad.

Aquella noche, Vane condujo a los caballeros de vuelta al salón con la sensación de encaminarse a su propia ejecución. Se dijo a sí mismo que, en realidad, hacer aquella propuesta no iba a ser tan terrible.

El hecho de haber reprimido su cólera durante todo el camino de regreso a la casa y luego a lo largo de la interminable tarde había supuesto un duro trago. Pero una vez aceptado lo inevitable —el derecho que tenía Patience de recibir una propuesta formal y correcta— se tragó su ira y obligó a sus instintos de conquistador, que ella había hecho asomar con tanta eficacia, a mantenerse a raya.

Lo que no estaba tan claro era cuánto tiempo lograría mantenerlos a raya, pero estaba decidido a que fuera lo bastante para declararse a Patience y para que ella lo aceptara.

Después de trasponer calmosamente las puertas del salón, examinó a los ocupantes del mismo y sonrió para sus adentros. Patience no se hallaba presente. Él había aprovechado el momento en que las señoras se levantaron de la mesa y ambos estuvieron cerca el uno del otro en el instante de retirarle la silla, para decirle, *sotto voce*: «Hemos de vernos en privado.»

Los ojos de Patience, muy grandes y dorados, lo taladraron.

—¿Dónde y cuándo? —le preguntó a continuación esforzándose por borrar toda autoridad de su tono de voz.

Patience estudió sus ojos, su rostro, y después bajó la vista. Esperó hasta el último minuto, cuando ya estaba a punto de dar media vuelta y alejarse de él, para susurrar:

—En el invernadero. Me retiraré temprano.

Conteniendo su impaciencia, se obligó a sí mismo a acercarse con paso tranquilo hasta el diván en el que, como de costumbre, estaba sentada Minnie en medio de una nube de chales. Ésta levantó la vista al verlo. Vane alzó lánguidamente una ceja.

—Deduzco que, efectivamente, te encuentras mejor.

—¡Bah! —Minnie hizo un gesto con la mano para quitarle importancia al asunto—. No ha sido más que un resfriado, demasiado barullo para tan poca cosa.

Lanzó una mirada penetrante a Timms, la cual soltó una exclamación.

—Por lo menos Patience ha tenido la sensatez de retirarse temprano para evitar sufrir consecuencias mayores por haberse mojado tanto. Supongo que tú también deberías hacer lo mismo.

—Yo no me he mojado tanto. —Vane acarició con afecto la mano de Minnie y se despidió de las dos con un gesto de cabeza—. Si necesitáis que os ayude para subir las escaleras, no tenéis más que llamarme.

Sabía que no lo llamarían; Minnie aceptaba que la llevasen en brazos sólo cuando estaba enferma de verdad. Dio media vuelta y se acercó a Gerrard y Edmond, que estaban bromeando con Henry.

Henry dio un brinco en cuanto se acercó Vane.

—¡Justo el que necesitábamos! Estos dos no dejaban de martirizarme los oídos con lo de su melodrama, mientras que yo preferiría ponerlos a prueba en la mesa de billar. ¿Qué me dice de esa partida de revancha?

—Esta noche no, me temo. —Vane reprimió un bostezo ficticio—. Después de haber pasado la mitad del día montando, quisiera acostarme lo antes posible. —Hizo el comentario sin sonrojarse, pero su cuerpo reaccionó a la velada referencia a las actividades realizadas aquella mañana y a sus esperanzas para aquella noche.

Los otros, naturalmente, creyeron que se encontraba exhausto.

—Oh, vamos. No puede estar tan cansado —lo reprendió Edmond—. Ha de estar acostumbrado a permanecer en pie todo el día en Londres.

—Así es —convino Vane lacónico—. Pero lo de permanecer en pie suele ir seguido de permanecer tumbado durante un tiempo más bien conveniente. —Aunque no necesariamente durmiendo; aquella conversación no lo estaba ayudando nada a sentirse mejor.

—No nos llevará tanto tiempo jugar una partida —rogó Gerrard—. No más de una hora o así.

A Vane le costó aplastar un cobarde impulso de decir que sí... para aplazar una vez más el momento de decir las palabras que inevitablemente tenía que pronunciar. Si esta vez no lo hacía bien, si no pronunciaba ante Patience el discurso que había ensayado durante toda la tarde, sólo Dios sabía qué terrible castigo le reservaría el destino. Por ejemplo, tener que implorarle de rodillas.

—No. —Su determinación dio un tono definitivo a la respuesta—. Esta noche tendrán que prescindir de mí.

La bandeja del té lo salvó de nuevas reconvenciones. Una vez que las tazas volvieron a la bandeja y Minnie, que se negó de plano a aceptar su ayuda, se hubo retirado a su habitación, Vane se vio obligado a hacer lo mismo, refugiarse en su cuarto hasta que los demás llegasen a la sala de billar y comenzasen la partida. El invernadero se encontraba más allá de la sala de billar, y sólo se podía acceder a él pasando frente a la puerta de la misma.

Quince minutos paseando nervioso arriba y abajo por su dormitorio no sirvieron en absoluto para mejorar su ánimo, pero ya se sentía más tranquilo cuando, después de pasar sin hacer ruido por delante de la sala de billar, abrió la puerta del invernadero. La cerró de nuevo también en silencio, para no alertar a Patience. La vio al instante, asomada a una de las ventanas laterales por entre una masa de hojas de palma.

Intrigado, se acercó un poco más. Sólo cuando estuvo justo a su espalda vio lo que estaba observando con tanta concentración: la partida de billar que se estaba jugando.

Henry se hallaba muy inclinado sobre la mesa, de espaldas a ellos, a punto de ejecutar uno de sus golpes favoritos. Hizo la jugada, pero le tembló el codo y el taco dio una sacudida.

Vane soltó un bufido.

—¿Cómo diablos pudo ganarme?

Patience se volvió con un grito sofocado, con los ojos como platos y una mano en el pecho, luchando por recuperar el resuello.

—¡Échate atrás! —siseó empujándolo con las manos—. Eres más alto que las palmas, ¡podrían verte!

Vane obedeció, complaciente, pero se detuvo cuando salieron del campo visual de la sala de billar. Y dejó que Patience, furiosa y nerviosa, chocara contra él.

El impacto, pese a ser liviano, expulsó de los pulmones de Patience todo el aire que había logrado aspirar. Maldiciendo para sí, retrocedió al tiempo que lanzaba a Vane una mirada de furia y trataba de recobrar la compostura. De calmar su corazón, que latía desbocado, para frenar el impulso de dejarse llevar y permitir que la tranquilizasen los brazos de Vane, de alzar el rostro y dejar que él la hiciera suya con un beso.

Vane siempre le había producido un efecto físico. Ahora que ya había yacido desnuda en sus brazos, el efecto era diez veces peor.

Apretando los dientes para sus adentros, infundió impasibilidad a su semblante y se rehízo. En actitud defensiva. Entrelazó las manos, levantó el rostro y procuró adoptar la actitud correcta; no de desafío, sino de aplomo.

Ya tenía crispados los nervios antes de que apareciera Vane, y el sobresalto que le produjo la había trastornado aún más. Y todavía no había llegado lo peor: tenía que escucharlo, no había alternativa. Si Vane deseaba declararse, era justo que ella le permitiera hacerlo, para así poder declinar su oferta de manera formal y definitiva.

Vane estaba frente a ella, una figura grande, esbelta y en cierto modo amenazadora. Lo hizo guardar silencio con la mirada, y después respiró hondo y alzó una ceja para decir:

—¿Deseabas hablar conmigo?

A Vane, todos sus instintos le gritaban que aquello no era lo que tenía previsto; el tono de la pregunta de Patience lo confirmó. Escrutó sus ojos, sombreados en la penumbra. El invernadero estaba iluminado tan sólo por el resplandor de la luna que penetraba a través del tejado de vidrio; ojalá hubiera insistido en escoger un lugar con más luz. Entrecerró los ojos y dijo:

—Creo que ya sabes lo que deseo decirte. —Aguardó alguna reacción, pero al no obtener ninguna continuó—: Deseo pedir tu mano en matrimonio. Estamos hechos el uno para el otro, en todos los sentidos. Yo puedo ofrecerte un hogar, un futuro, una posición social a la altura de tus expectativas. Siendo mi esposa, tendrías un sitio asegurado dentro de la sociedad, si lo quisieras. Por mi parte, sería feliz viviendo en el campo, pero en ese aspecto te dejaría elegir a ti.

Hizo una pausa, cada vez más tenso. No captó ni un solo destello de reacción que iluminase los ojos de Patience ni suavizase sus facciones. Dio un paso hacia ella, le tomó la mano y la encontró fría. Se la llevó a los labios y depositó un beso en sus fríos dedos. Entonces su voz, por voluntad propia, adoptó un tono más grave:

—Si accedes a ser mi esposa, te juro que tu felicidad y tu bienestar serán mi principal y más firme preocupación.

Patience alzó la barbilla ligeramente, pero no dio respuesta alguna.

Vane sintió endurecerse sus propios rasgos.

—¿Quieres casarte conmigo, Patience? —Formuló la pregunta en tono suave, pero acerado—. ¿Quieres ser mi esposa?

Patience aspiró profundamente y se obligó a sostener su mirada.

—Te agradezco tu oferta. Es un honor mayor del que merezco. Pero te ruego que aceptes mis sentidas disculpas. —A pesar de su convencimiento, en lo más hondo de su corazón albergaba una pequeña esperanza, desesperada, pero las palabras que pronunció Vane la hicieron añicos. Había dicho todo lo correcto, lo que se aceptaba que dijera, pero no lo importante: no había dicho que la amara, no le había hecho la promesa de amarla para siempre. Aspiró con dificultad y bajó la mirada hacia los dedos de Vane, que sostenían apenas los suyos—. No deseo casarme.

Se hizo entre ellos el silencio, un silencio absoluto, insufrible, y luego Vane apartó los dedos muy despacio.

Tomó aire no del todo sereno y se obligó a sí mismo a dar un paso atrás. El conquistador que llevaba dentro rugió... y luchó por aferrar a Patience, por estrecharla entre sus brazos y tomarla, tomar por asalto su fortaleza y obligarla a reconocer que le pertenecía a él, sólo a él. Con los puños fuertemente cerrados, se obligó a adoptar una táctica diferente; despacio, tal como lo había hecho en cierta ocasión, comenzó a trazar círculos alrededor de ella.

—¿Por qué? —Le formuló la pregunta directamente a su espalda. Ella se puso rígida y levantó la cabeza. Él, con los ojos entornados, se fijó en un mechón de cabello dorado que le tembló junto al oído—. Creo que, dadas las circunstancias, tengo derecho a saberlo.

Su tono de voz era grave, suave y sibilante, letal; Patience sintió un escalofrío.

—He decidido que soy contraria al matrimonio.

—¿Y cuándo has tomado esa decisión? —Al ver que ella no respondía de inmediato, sugirió—: ¿Después de conocernos?

Patience deseó poder mentir. Pero en cambio levantó la cabeza.

—Sí, pero mi decisión no es solamente a resultas de eso. El hecho de conocerte a ti simplemente me lo ha dejado todo más claro.

De nuevo se hizo un tenso silencio, que finalmente rompió Vane:

—¿Y cómo, exactamente, debo tomarme eso?

Patience aspiró aire con desesperación. Estaba muy tensa, y se hubiera dado la vuelta para encararse con él, pero se quedó congelada en el sitio al sentir sus dedos en la nuca, en un ligerísimo contacto.

—No. Contéstame.

Percibía el calor de su cuerpo a escasos centímetros del suyo, notaba la turbulencia que él mantenía frenada; en cualquier momento podía soltar las riendas. La cabeza comenzó a darle vueltas, a punto de marearse. Le costaba mucho trabajo pensar.

Lo cual, naturalmente, era lo que quería él: quería que revelara impulsivamente la verdad.

Tragó saliva y mantuvo la cabeza erguida.

—Nunca me ha interesado especialmente el matrimonio. Me he acostumbrado a mi independencia, a mi libertad, a ser la dueña de mí misma. El matrimonio no puede ofrecerme nada que yo valore tanto como para compensarme de abandonar esas cosas.

—¿Ni siquiera lo que hemos compartido esta mañana en ese pajar?

Debería esperar algo así, claro, pero abrigaba la esperanza de poder evitarlo, de evitar enfrentarse a ello, hablar de ello, recordar aquellas emociones. Mantuvo la barbilla bien alta y afirmó con voz calma y serena:

—Ni siquiera eso.

Aquello, gracias al cielo, era verdad. A pesar de lo que había sentido, de todo lo que él la había hecho sentir, de todo lo que ahora anhelaba su cuerpo, de haber percibido la fuerza de aquella emoción de oro y plata... aquel amor, ¿cómo no iba a ser verdad? Estaba todavía más segura, sabía más a ciencia cierta que estaba obrando correctamente.

Estaba enamorada de Vane, tal como su madre se había enamorado de su padre. No existía ninguna otra fuerza más grande, más fatídica. Si hubiera cometido el error de casarse con él, si hubiera escogido el camino fácil y se hubiera rendido, sufriría el mismo destino que su madre, viviría la misma soledad de sus días y la misma soledad de sus noches, dolorosas e interminables.

—No deseo casarme, en ninguna circunstancia.

En aquel momento Vane dio rienda suelta a su cólera y la volcó sobre Patience. Por un instante ella creyó que se le echaría encima, y a duras penas consiguió dominarse para no dar media vuelta y echar a correr.

—¡Esto es una locura! —bramó Vane—. Esta mañana te has entregado a mí... ¿o han sido imaginaciones mías? ¿Han sido imaginaciones mías que estabas desnuda y jadeando debajo de mí? Dime, ¿han sido imaginaciones mías que te retorcías sin disimulo cuando te penetré?

Patience tragó saliva y apretó los labios con fuerza. No quería hablar de lo de aquella mañana, de nada de lo sucedido, pero siguió escuchando mientras Vane se valía de aquellos momentos dorados para azotarla con ellos, mientras se servía del intenso placer vivido a modo de lanza con la que aguijonearla para que le diera el sí.

Pero decir que sí habría sido estúpido estando advertida, lo habría sido habiendo visto lo que iba a ocurrir, aceptar a sabiendas una vida desgraciada; nunca había sido tan insensata.

Y también sería profundamente desdichada.

Eso lo comprendió al escuchar con todo cuidado cómo Vane le iba recordando, con detalles gráficos, todo lo que había sucedido entre ellos en el granero. Fue inexorable, inmisericorde. Conocía demasiado bien a las mujeres para no saber dónde hundir el cuchillo.

—¿Recuerdas lo que sentiste cuando te penetré por primera vez?

Y continuó así, y Patience sintió renacer el deseo, inundarla por todas partes. Lo reconoció tal como era; lo captó en la voz de Vane. Oyó cómo se acrecentaba la pasión, la percibió como una fuerza tangible cuando Vane surgió de nuevo a su lado y la miró a la cara con el semblante duro como el granito y un brillo siniestro en los ojos. Cuando volvió a hablar, su voz era tan grave, tan profunda, que Patience sintió que le raspaba la piel.

—Eres una mujer de la nobleza, de buena educación y cuna; llevas en la sangre la posición, los requisitos. Esta mañana te abriste a mí... me deseabas, y yo te deseaba a ti. Te entregaste. Me tomaste, y yo te tomé a ti. Me apoderé de tu virginidad y también de tu inocencia. Pero ése fue sólo el penúltimo acto de un guión grabado en piedra. El acto final es una boda. La nuestra.

Patience sostuvo su mirada sin pestañear, aunque tuvo que recurrir a toda su fuerza de voluntad. Vane no había mencionado ni una sola vez ningún sentimiento más dulce, en ningún momento había aludido a que siquiera existiera el amor, ni mucho menos había sugerido que lo hubiera dentro de él. Era duro, despiadado, su naturaleza no era suave, sino exigente, autoritaria, tan inflexible como su cuerpo. Su fuerte eran el deseo y la pasión; no cabía la menor duda de que sentía esas cosas hacia ella.

Pero no era suficiente para Patience.

Ella quería, necesitaba amor.

Hacía mucho tiempo que se había prometido a sí misma que jamás se casaría sin amor. Había pasado la hora anterior a la cena contemplando un camafeo que contenía el retrato de su madre, recordando. Las imágenes que recordaba seguían vívidas en su mente: su madre a solas, llorando, privada de amor, sufriendo por no tenerlo.

Alzó la barbilla sin apartar los ojos de Vane y declaró:

—No quiero casarme.

Vane entrecerró los ojos hasta convertirlos en dos carbones grises. Transcurrieron largos instantes, durante los cuales estudió el rostro de Patience, sus ojos. Luego hinchó el pecho e hizo un gesto de asentimiento con la cabeza.

—Si eres capaz de decirme que lo de esta mañana no ha significado nada para ti, aceptaré tu negativa.

Ni por un instante apartó sus ojos de los de Patience. Patience se vio obligada a sostenerle la mirada mientras, por dentro, sentía el corazón herido. Él no le dejó alternativa. De manera que levantó la barbilla, respiró hondo e hizo un esfuerzo para encogerse de hombros y desviar la mirada.

—Lo de esta mañana fue muy agradable y me abrió mucho los ojos, pero... —De nuevo se encogió de hombros. Se volvió hacia un lado y se alejó de él—. No lo bastante para comprometerme a casarme.

—¡Mírame, maldita sea! —le ordenó haciendo rechinar los dientes.

Patience se volvió de nuevo para mirarlo y vio cómo cerraba los puños, y percibió la lucha interna que estaba librando para no tocarla. Al instante alzó el rostro.

—Estás concediendo demasiada importancia a este asunto. Precisamente tú deberías saber que las mujeres no se casan con todos los hombres con quienes comparten su cuerpo. —Se le retorció el corazón; forzó su voz a tornarse más ligera, sus labios a curvarse levemente—: He de reconocer que lo de esta mañana fue muy placentero, y sinceramente te doy las gracias por esa experiencia. Estoy deseando que llegue una próxima vez, otro caballero que sea de mi agrado.

Por un momento pensó que se había extralimitado. Hubo algo —un destello en sus ojos, una expresión que cruzó fugazmente su semblante— que hizo que la respiración se le bloqueara en la garganta. Pero entonces Vane se relajó, si bien no del todo, pero una buena parte de la tensión aterradora —tensión para aprestarse a la lucha— pareció abandonarlo.

Patience observó cómo se le hinchaba el pecho al inhalar aire y cómo se acercaba a ella moviéndose con su habitual elegancia de depredador. No estaba segura de qué le resultaba más inquietante: el guerrero o el depredador.

—¿Entonces te gustó? —Sus dedos, fríos y firmes, se deslizaron bajo su barbilla y le levantaron la cara. Sonrió, pero el gesto no le llegó a los ojos—. Tal vez deberías recapacitar sobre el hecho de que si te casaras conmigo tendrías la oportunidad de disfrutar del placer que experimentaste esta mañana todos los días de tu vida. —Sus ojos se clavaron en los de ella—. Estoy perfectamente preparado para jurar que, si te conviertes en mi esposa, jamás te faltará ese placer en particular.

Tan sólo la desesperación permitió que Patience mantuviera el control sobre sus facciones, para que no se desmoronasen. Por dentro estaba llorando... por él y por ella. Pero tenía que apartarlo de sí. No había palabras en el mundo para explicarle a él, orgulloso descendiente de un orgulloso clan de guerreros, que no estaba en su mano darle a ella la única cosa que necesitaba para convertirse en su mujer.

El esfuerzo que tuvo que hacer para alzar una ceja casi acabó con ella.

—Supongo —dijo obligándose a sí misma a mirarlo a los ojos, a infundir un aire pensativo a la expresión de su cara— que no estaría nada mal probarlo otra vez, pero no veo necesidad alguna de casarme contigo para ello. —Los ojos de Vane quedaron privados de toda expresión. Patience se hallaba en el límite de sus fuerzas, y lo sabía. Recurrió al último ápice de voluntad que le quedaba para dar más viveza a su sonrisa, sus ojos, su semblante—. Supongo que sería muy emocionante ser tu amante durante unas cuantas semanas.

Nada que pudiera haber dicho, nada que pudiera haber hecho lo habría herido tanto, ni sorprendido tanto. Nada podría haberlo apartado de ella con más contundencia. Para un hombre como él, con sus antecedentes y su honor, que ella se negara a ser su esposa pero consintiera en ser su amante era el golpe más bajo que cabía imaginar. Un golpe a su orgullo, a su ego, a su autoestima como hombre.

Patience tenía la falda asida con los puños con tanta fuerza, que se hirió con las uñas en las palmas. Se obligó a mirar a Vane con expresión inquisitiva; a no acobardarse cuando vio el destello de asco de sus ojos un momento antes de que cerrase los párpados; a mantenerse firme y con la cabeza alta cuando él curvó los labios.

—Te pido que seas mi esposa... y tú te ofreces a ser mi puta.

Aquellas palabras sonaron graves, teñidas de desprecio, de un sentimiento de amargura que Patience no terminó de descifrar.

Vane la miró largamente y luego, como si no hubiera sucedido nada extraordinario, le dedicó una amplia reverencia.

—Te ruego que aceptes mis excusas por cualquier incomodidad que pueda haberte causado mi inoportuna proposición. —Tan sólo el hielo de su voz delataba lo que sentía—. Ya que no hay nada más que decir, te deseo buenas noches.

Y, con una de sus elegantes inclinaciones de cabeza, se encaminó hacia la puerta, la abrió y salió sin mirar atrás cerrando tras de sí.

Patience se quedó donde estaba. Durante un buen rato simplemente permaneció allí de pie, contemplando la puerta, sin atreverse a pensar. Hasta que por fin sintió colarse el frío a través de la tela de su vestido y se estremeció. Se rodeó a sí misma con los brazos y se obligó a caminar, a dar un paseo por el invernadero para calmarse. Reprimió las lágrimas. ¿Por qué demonios estaba llorando? Había hecho lo que tenía que hacer. Se recordó a sí misma tozudamente que todo aquello era para bien, que el entumecimiento que la envolvía ahora terminaría desapareciendo.

Que no importaba que jamás volviera a sentir de nuevo aquella emoción de oro y plata, la dicha de entregar su amor.

Vane llevaba ya recorrida la mitad del condado vecino sin haberse recuperado todavía de la impresión. Sus caballos avanzaban a paso tranquilo por el sendero iluminado por la luna, devorando poco a poco los últimos kilómetros que lo separaban de Bedford, cuando, igual que san Pablo, se vio asaltado por una revelación que lo cegó.

Tal vez la señorita Patience Debbington no le hubiera mentido, pero tampoco le había dicho toda la verdad.

Soltó una maldición bien elocuente y sofrenó los caballos. Entonces entornó los ojos e intentó pensar, un ejercicio que no había practicado mucho desde que abandonó el invernadero.

Tras dejar a Patience, había ido a la zona de los arbustos para pasear y maldecir en privado. Y eso le había hecho mucho bien. Nunca en su vida había tenido que enfrentarse a tal afrenta: lo habían herido en puntos muy sensibles cuya existencia ignoraba. Y eso que Patience ni siquiera lo había tocado. Incapaz de parar el torrente de emociones que a aquellas alturas fluía en su interior, se aferró a una retirada estratégica como única opción viable.

Había ido a ver a Minnie. Como sabía que tenía el sueño ligero, arañó apenas la puerta de su dormitorio y esperó a que ella le diera permiso para entrar. La habitación estaba sumida en una oscuridad aliviada tan sólo por un haz de luz de luna. Le impidió que encendiera el candil, pues no quería que Minnie, con sus viejos y agudos ojos, le viera la cara y leyera en ella la confusión y el dolor que estaba seguro de que asomaban a sus facciones. Y más aún a sus ojos.

Ella lo escuchó. Le dijo que acababa de acordarse de que tenía un compromiso urgente en Londres y le aseguró que regresaría al cabo de unos días para ocuparse del Espectro y del ladrón. Después de que averiguara cómo ocuparse de su sobrina, la cual no deseaba casarse con él, pero se las arregló para no confesarle esto último.

Minnie, que Dios bendijera su gran corazón, le dijo que se fuera, por supuesto. Y él se fue, de inmediato, despertando sólo al mayordomo, que cerró la casa con llave al salir él, y naturalmente a Duggan, que en aquel momento viajaba a su retaguardia.

Pero ahora que la luna lo envolvía con su frío resplandor, en medio de la noche tan oscura que lo rodeaba, y con los cascos de los caballos como único sonido que quebraba la profunda quietud... ahora, la cordura se había dignado regresar a él.

Las cosas no le cuadraban, y él era de los que creían firmemente que dos y dos son cuatro. En el caso de Patience, por lo que él podía ver, dos y dos sumaban cincuenta y tres.

¿Cómo podía ser que una mujer de buena cuna, que nada más posar los ojos en él lo juzgó capaz de corromper a su hermano por mera asociación, llegara a aceptar un revolcón, no precisamente muy rápido, con él en un pajar?

¿Qué demonios la había empujado a hacer tal cosa?

En el caso de algunas mujeres la respuesta podía estar en su falta de inteligencia, pero ésta era una mujer que había tenido el valor, la determinación inamovible de alejarlo de sí en el afán de proteger a su hermano.

Y que luego tuvo el valor de pedirle perdón.

Ésta era una mujer que nunca había yacido con un hombre, que nunca había compartido ni siquiera un beso apasionado. Jamás se había entregado de forma alguna... hasta que se entregó a él.

A la edad de veintiséis años.

Y luego esperaba que él creyera...

Tiró de las riendas al tiempo que lanzaba un cáustico juramento. Detuvo los caballos y procedió a dar la vuelta al carruaje. Se preparó para el inevitable comentario de Duggan; pero el sufrido silencio de su mozo de caballos resultó más que elocuente.

Musitando otra maldición, esta vez contra su propia ira y contra la mujer que, por alguna peregrina razón, la había provocado, instó a los caballos a caminar de regreso a Bellamy Hall.

A medida que iban avanzando, Vane fue reflexionando sobre todo lo que había dicho Patience, en el invernadero y antes. Seguía sin encontrarle ni pies ni cabeza. Rememoró una y otra vez lo que ambos hablaron en el invernadero y recordó haber sentido un impulso cada vez más urgente de agarrar a Patience, colocarla sobre sus rodillas y pegarle, luego sacudirla y por último hacerle violentamente el amor. ¿Cómo se había atrevido a dar semejante imagen de sí misma?

Con las mandíbulas apretadas, juró llegar al fondo de aquel asunto. No le cabía la menor duda de que debajo de aquella postura se escondía algo. Patience era sensata, hasta lógica, para ser mujer; no era de las que se dedicaban a jueguecitos de damiselas. Tenía que haber un motivo, algo que ella consideraba de importancia vital pero que él no alcanzaba a ver.

Tendría que convencerla para que se lo dijera.

Tras estudiar las posibilidades, concedió, dada la imagen absurda que Patience se hizo de él al principio, que a lo mejor se le había metido en la cabeza algún concepto extravagante, por no decir fantasioso. Sin embargo, fuera cual fuese el punto de vista desde el que se estudiase la propuesta, no existía razón alguna por la que no debieran casarse, por la que Patience no debiera ser su esposa. Desde el punto de vista de él, y el de todo el que deseara lo mejor para Patience, desde el punto de vista de la familia de él y la de ella, y también de la sociedad, Patience era perfecta en todos los sentidos para ocupar dicho puesto.

Lo único que tenía que hacer era convencerla de ello, averiguar cuál era el obstáculo que le impedía casarse con él. Con independencia del hecho de que para ello tuviera que actuar enfrentándose a su tenaz oposición.

Cuando se elevaron frente a él los tejados de Northampton, Vane sonrió; siempre le habían gustado los retos.

Dos horas más tarde, de pie en el prado de Bellamy Hall observando la oscura ventana de la habitación de Patience, se recordó a sí mismo ese hecho.

Ya era más de la una; la mansión se hallaba envuelta en sombras. Duggan había decidido dormir en los establos, y Vane se dijo que de ningún modo pensaba hacer lo mismo. Pero había comprobado presonalmente todas las cerraduras de la casa, y no había otra forma de entrar salvo usando el aldabón de la puerta principal, lo cual despertaría no sólo a Masters, sino a la casa entera.

Vane estudió con gesto serio la ventana de Patience, situada en la tercera planta, y la vieja hiedra que crecía junto a ella. Después de todo, era culpa suya que él estuviera allí fuera.

Para cuando tenía subida la mitad del muro, ya se le

había agotado el repertorio de maldiciones. Era demasiado viejo para aquello. Gracias a Dios, el grueso tronco central de la hiedra pasaba cerca de la ventana de Patience. Al acercarse al alféizar de piedra, de pronto cayó en la cuenta de que no sabía si ella tenía el sueño profundo o ligero. ¿Con qué fuerza podría golpear en el cristal mientras se mantenía aferrado a la hiedra? ¿Y cuánto ruido podría hacer sin alertar a Minnie o a Timms, cuyos dormitorios se encontraban en la misma ala del edificio, un poco más adelante?

Para alivio suyo, no hubo necesidad de averiguarlo. Casi había alcanzado ya el alféizar cuando vio una forma gris detrás del cristal. Al momento siguiente, la forma se movió y se estiró... entonces comprendió que se trataba de *Myst*, que intentaba accionar el pestillo. Oyó un ruido como de rascar, y luego la ventana se abrió, complaciente.

Myst la abrió un poco más empujando con la cabeza y se asomó.

—¡*Miau*!

Tras musitar una sentida plegaria dirigida al dios de los gatos, Vane se encaramó a la ventana. La abrió de par en par, se sujetó cun un brazo al marco superior y consiguió apoyar una pierna sobre el alféizar. El resto fue fácil.

Ya a salvo en suelo firme, se agachó para pasar los dedos por el lomo de *Myst* y rascarle las orejas. La gata ronroneó furiosa y acto seguido, con la cola en alto y agitando el extremo de la misma, se encaminó con parsimonia hacia la chimenea. Vane se incorporó, y entonces oyó un murmullo procedente de la enorme cama flanqueada por cuatro pilares. Se estaba sacudiendo las hojitas y ramitas que se le habían prendido en el gabán cuando, en eso, surgió Patience de las sombras. Llevaba la melena suelta, como un velo ondulado de color bronce, sobre los hombros; se ceñía con un chal por encima de la fina tela del camisón.

Y tenía los ojos abiertos como platos.

—¿Qué estás haciendo aquí?

Vane enarcó las cejas y se fijó en el modo en que el camisón se adhería a las largas piernas que había debajo. Lentamente, dejó que su mirada fuera deslizándose hacia arriba, hasta llegar al rostro de Patience.

—Vengo a aceptar tu oferta.

Si hubiera tenido alguna duda respecto de la reacción de ella, el profundo asombro que congeló su expresión la habría disipado del todo.

—Ah... —Con los ojos todavía como platos, Patience parpadeó—. ¿Y qué oferta es ésa?

Vane decidió que era más sensato no responder. Se desprendió del gabán y lo dejó sobre el alféizar de la ventana. Después hizo lo mismo con la chaqueta. Patience lo observaba cada vez con mayor agitación, pero Vane fingió no darse cuenta. Fue hasta la chimenea y se agachó para avivar el fuego.

De pie detrás de él, Patience literalmente se retorcía las manos —algo que no había hecho jamás en su vida— y se preguntaba, frenética, qué táctica debía adoptar a continuación. Entonces se dio cuenta de que Vane estaba atizando las llamas, y frunció el entrecejo.

—En este momento no necesito el fuego tan fuerte.

—Pronto te alegrarás de tenerlo.

¿Ah, sí? Patience miró fijamente las anchas espaldas de Vane y procuró no fijarse en el movimiento de los músculos bajo la delgada tela, procuró no pensar en lo que tal vez había querido decir, en lo que podía estar planeando. Y entonces se acordó del gabán. Ceñuda, retrocedió sin hacer ruido hasta la ventana, con los pies descalzos sobre el frío suelo de madera. Pasó la mano por las capas del gabán; estaban mojadas. Se asomó por la ventana y observó que se acercaba poco a poco la niebla procedente del río.

—¿Dónde has estado? —¿Habría estado buscando al Espectro?

—He ido a Bedford y he vuelto.

—¿A Bedford? —Patience observó que la ventana se hallaba abierta y se volvió de pronto para mirarlo de frente—. ¿Cómo has entrado aquí? —Cuando se despertó y lo vio, él estaba de pie bajo el resplandor de la luna, mirando a *Myst*.

Vane le devolvió la mirada.

—Por la ventana.

Y dio media vuelta para seguir con el fuego. Patience se volvió hacia la ventana.

—¿Por la...? —Se asomó y miró hacia abajo—. Santo Dios, ¡podrías haberte matado!

—Pero no ha sido así.

—¿Cómo has conseguido entrar? Estoy segura de que dejé la ventana cerrada.

—La ha abierto *Myst*.

Patience se quedó mirando a su gata, que estaba hecha un ovillo en su postura favorita encima de una mesilla situada a un lado de la chimenea. La gata observaba a Vane con felina aprobación; al fin y al cabo, estaba haciendo una hermosa fogata.

Y también estaba creando gran confusión.

—¿Qué sucede aquí? —Patience fue de nuevo hasta la chimenea en el preciso momento en que Vane se ponía de pie. Se volvió hacia ella y le tendió una mano para ayudarla, con el último paso, a terminar en sus brazos.

Amortiguado tan sólo por una fina tela, a Patience aquel contacto le abrasó la piel. Dejó escapar una exclamación ahogada y lo miró.

—¿Qué...?

Pero Vane le selló los labios con los suyos y la estrechó con fuerza contra sí. Patience abrió la boca al instante y maldijo para sus adentros. La lengua de Vane, sus labios, sus manos, todo él comenzó a desplegar su magia. Intentó mentalmente agarrarse a algo: sorpresa, asombro, ira, incluso una tonta distracción, lo que fuera para hacer acopio de fuerzas y distanciarse de... aquello.

Del embriagador encanto de los besos de Vane, del anhelo que surgió de inmediato en su interior. Sabía con exactitud lo que estaba ocurriendo, adónde la estaba conduciendo él, y se sentía impotente para evitarlo, pues todo su cuerpo —y todo su corazón— se encontraba locamente acelerado ante dicha perspectiva. Ni siquiera acudiría en su ayuda una actitud altanera. Abandonó toda resistencia y le devolvió el beso. Ávidamente. ¿Había sido aquella misma mañana cuando lo había saboreado por última vez? En tal caso, se había convertido en una adicta. Sin remisión.

Sus manos se alzaron hasta los hombros de Vane; sus dedos encontraron el camino hasta su tupido cabello. Notó que los senos se le hinchaban y que los pezones se volvían sensibles a la dura pared de su pecho, y tuvo que echarse de repente hacia atrás para poder respirar.

Lanzó una exclamación cuando los labios de Vane resbalaron por su cuello hasta detenerse sobre el lugar donde palpitaba el pulso. Patience se estremeció y cerró los ojos.

—¿Por qué has venido?

Su voz sonó como un hilo de plata a la luz de la luna. La respuesta de Vane fue más profunda que las profundas sombras:

—Te has ofrecido a ser mi amante, ¿no te acuerdas?

Era tal como esperaba; Vane no pensaba soltarla todavía. No había terminado con ella, aún no estaba lleno del todo. Con los ojos cerrados con fuerza, supo que debía luchar, pero, en vez de hacerlo, su perverso corazón saltaba de alegría.

—¿Para qué has ido a Bedford? —¿Habría ido en busca de información, o porque...?

—Porque perdí la razón. Pero la hallé de nuevo y regresé.

Patience se alegró mucho de que Vane, ocupado como estaba en ir dejando un rastro de fuego en la garganta con los labios, no pudiera ver la sonrisa que curvaba los suyos: suave, dulce, completamente entontecida.

Aquella respuesta confirmó la idea que se había hecho del carácter de Vane, de sus reacciones; ciertamente se había sentido herido y furioso, lo bastante para abandonarla. Habría tenido una opinión mucho peor de él si, después de todo lo que le dijo en el invernadero, no se hubiera sentido así. En cuanto a la necesidad que lo había devuelto a ella —el deseo y la pasión que percibía corriendo por sus venas—, no podía por menos de estar agradecida por eso.

Vane levantó la cabeza y volvió a posar los labios sobre los de Patience. Ella le acarició la mejilla para aceptarlo de nuevo a su lado. El beso se hizo más hondo; el deseo y la pasión se fundieron el uno en la otra y se acrecentaron. Cuando Vane alzó la cabeza de nuevo, ambos ardían... muy conscientes de lo que vibraba entre ellos.

Se miraron a los ojos. Los dos tenían la respiración agitada, cada uno concentrado en el otro.

Entonces Patience sintió un toque de aire más fresco por debajo de la garganta, y al bajar la vista observó los dedos de Vane que, rápidamente, con decisión, estaban desabrochando los diminutos botones de la pechera de su camisón. Durante unos momentos contempló aquellos dedos, consciente del fuerte latido de su corazón, que parecía reverberar en los cuerpos de ambos. Cuando los dedos rebasaron la hendidura que separaba los pechos y continuaron bajando, respiró hondo, cerró los ojos y dijo:

—No quiero ser tu puta.

Vane captó el temblor en su voz. Lamentó la palabra, pero... Miró un momento su rostro y después bajó la vista a los pequeños botones blancos que se deslizaban entre sus dedos, al camisón que se abría lentamente dejando al descubierto su cuerpo suave y suntuoso.

—Te he pedido que seas mi esposa, y tú te has ofrecido a ser mi amante. Aún quiero que seas mi esposa. —Patience abrió los ojos de golpe y él le sostuvo la mirada con el semblante tenso por la pasión, inflexible de determinación—. Pero si no puedo tenerte como esposa, te tendré como amante. —Para siempre, si fuera necesario.

El camisón había quedado abierto hasta la cintura. Vane introdujo una mano y deslizó la palma con ademán posesivo alrededor de la cadera, hundiendo los dedos en la blanda carne y atrayendo a Patience hacia sí. Tomó sus labios, su boca... y un segundo más tarde percibió el estremecimiento que la recorrió a ella y su dulce rendición.

Sintió los dedos de Patience en la nuca, deslizándose en su pelo. Sus labios eran blandos, flexibles, ávidos de dar satisfacción, y él se sació en ellos, en su boca, en la calidez que ella ofrecía con tanta entrega. Patience se apretó contra él. Por debajo del camisón, él le deslizó la mano por la espalda para acariciarla, y a continuación la cerró sobre la suave curva de la nalga. La mitad inferior del camisón seguía abotonada, lo cual estorbaba sus movimientos.

Luego apartó la mano y dejó de besar a Patience. Ésta parpadeó aturdida. La tomó de la mano y la acercó los pocos pasos que la separaban del sillón; se sentó, le tomó también la otra mano y la atrajo hacia sí, entre sus rodillas. Patience contempló, con la respiración jadeante, cómo le desabotonaba rápidamente el resto del camisón.

Las dos mitades quedaron libres. Muy despacio, casi con actitud reverente, Vane abrió el camisón del todo y lo empujó hacia atrás para desnudar los hombros. Para desnudarla entera ante sus ojos. Se sació de ella, sintiendo una opresión en el pecho y un dolor en las ingles. Su cuerpo resplandecía como el marfil a la luz de la luna, sus senos eran orgullosas colinas coronadas por capullos de color rosa, su cintura era estrecha, marcada, la curva de sus caderas suave como la seda. Su vientre era suavemente redondeado, en disminución hacia la fina mata de rizos de color bronce que nacía en el vértice entre los muslos. Unos muslos largos y lustrosos que ya lo habían abrazado a él en una ocasión.

Vane tomó aire, tembloroso, y comenzó a acariciarla.

Sus palmas ardientes se deslizaron por su espalda instándola a acercarse más, rompiendo el hechizo que tenía cautivada a Patience. Ella dejó escapar una exclamación y le permitió que la atrajera a él; tuvo que agarrarse de sus hombros para tranquilizarse. Vane la miró, y la invitación se hizo evidente en sus ojos. Patience inclinó la cabeza y lo besó anhelante, abiertamente, dando todo lo que tenía que dar.

Le pertenecía, y lo sabía. No había razón alguna para no complacerlo, y para complacerse, de aquella forma; no había razón alguna para no dejar que su cuerpo dijera lo que ella nunca diría con palabras.

Al final de aquel beso largo, prolongado, satisfactorio, Vane abandonó su boca para recorrer la curva de su garganta, para calentar la sangre que palpitaba justo bajo la piel. Patience echó atrás la cabeza para proporcionarle un mejor acceso al tiempo que hundía los dedos en sus hombros; los de Vane se apretaron alrededor de su cintura y la sujetaron con firmeza mientras sus labios continuaban descendiendo, en dirección a las formas maduras de los pechos. Patience aspiró con fuerza y emitió un murmullo de placer cuando aquel movimiento no hizo sino apretar más su cuerpo contra los labios de Vane.

El murmullo terminó en una exclamación ahogada cuando los dientes de Vane rozaron un pezón erecto, y sintió como si se le derritieran los huesos cuando él lo cubrió con la boca. Subió una de las manos del hombro a la nuca, y aún más arriba, para aferrarse convulsivamente a la cabeza de Vane mientras él lavaba sus pechos jugueteando con los ahora doloridos pezones, calmando primero, estimulando después, apaciguando otra vez para llevarla al momento siguiente hasta nuevas cumbres de sensaciones.

Ya respiraba con desesperación mucho antes de que la boca de Vane continuara avanzando, bajando por su cuerpo para explorar los huecos sensibles de su cintura, para recrearse en la delicada cúspide de su vientre. Sus manos, de palmas calientes y duras, apretaron sus caderas para sostenerla; su lengua, caliente y resbaladiza, le sondeó el ombligo. Y de pronto, su respiración siseante se interrumpió.

Mientras aquella lengua la acariciaba siguiendo un ritmo sugerente y familiar, Patience se sacudió violentamente y pronunció el nombre de Vane casi sin aliento. Él no contestó, sino que continuó depositando ardientes besos a lo largo de su vientre tembloroso. Y en el interior de los suaves rizos que había en su base.

—¡Vane!

Aquella protesta de sorpresa sonó con escasa convicción; para cuando salió de sus labios ya estaba arqueando el cuerpo, estirándose de puntillas, con las rodillas separadas, las piernas flexibles, las caderas inclinadas, ofreciéndose de manera instintiva a la próxima caricia.

Y la caricia llegó: un beso tan íntimo que apenas pudo soportar la electrizante sensación que le produjo. Tras ésa vinieron otras más, no despiadadas pero sí inexorables, no enérgicas pero sí insistentes. Y entonces la lengua de Vane se deslizó entre sus labios, y entre los labios de Patience.

Por un momento suspendido en el tiempo, Patience estuvo segura de que Vane la había llevado demasiado lejos y que iba a morir... morir de la maravilla que se extendió por todos sus nervios, de la exquisita excitación que le recorrió las venas. Era demasiado... Como mínimo, perdería totalmente la razón.

La lengua de Vane se deslizó perezosamente por su carne vibrante... y donde antes hubo calor y tensión ahora el calor se volvió abrasador y la tensión se hizo insoportable. Como un hierro candente, aquella lengua giró y giró, en un constante ir y venir, y Patience sintió licuarse sus miembros, invadida por una oleada de calor cada vez más devoradora.

No murió, y tampoco se derrumbó en el suelo, perdida la razón; en lugar de eso, aferró a Vane contra sí y perdió toda esperanza de fingir que la verdad no era real: que no iba a ser suya, que no iba a ser cualquier cosa que él quisiera que fuera.

Vane se llenó las manos de ella, la sostuvo, la mantuvo firme mientras la paladeaba. La exploró con la lengua, la estimuló y atormentó hasta hacerla sollozar.

Sollozar de urgencia, gemir de deseo.

Estaba hambriento, y ella dejó que se hartara; tenía sed, y ella lo instó a beber. Pidiera lo que pidiera, ella se lo daba, aunque no empléase palabras, y se dejó guiar tan sólo por el instinto. Vane tomó todo lo que ella le ofrecía, y fue abriendo más puertas con paso seguro, penetrando en ellas y tomando todo como si tuviera todo el derecho del mundo. Mantuvo a Patience allí, innegablemente suya, en un mundo mareante de sensaciones puras, de descubrimientos emocionantes, de sobrecogedora intimidad.

Patience, con los dedos enredados en su cabello y los ojos cerrados, flotando en un mar de maravillas, en una neblina dorada, se estremecía y se rendía... al calor devorador, a la culminación que la llamaba.

Por fin, con un último movimiento, saboreando su gusto áspero, aquel sabor picante de indescriptible erotismo que le caló hasta los huesos, Vane se retiró. La mano que la sujetaba bajo la curva rotunda de sus glúteos y la fuerza convulsiva con que se agarraba ella del pelo de Vane mantuvieron a Patience en pie. Él observó su rostro arrebolado y se apresuró a soltar los dos botones que le cerraban el pantalón.

Patience ya estaba muy excitada, flotando, invadida por el placer; pero Vane tenía toda la intención de darle aún más.

La experiencia le permitió tardar apenas un minuto en estar preparado, entonces asió los muslos de Patience y le subió las rodillas sobre el sillón, a uno y otro lado de sus propias caderas. El sillón era viejo, mullido y cómodo, perfecto para lo que estaban haciendo.

Patience, aturdida, siguió sus instrucciones tácitas, claramente insegura pero deseosa de aprender. Sabía que su cuerpo estaba dispuesto, sintiendo un doloroso vacío, anhelando que él viniera a llenarlo. Cuando los muslos de Patience se deslizaron sobre sus caderas, él la aferró y la atrajo hacia sí, y después hacia abajo.

Y se hundió dentro de ella. Vio cómo cerraba los

ojos, cómo caían sus párpados al tiempo que exhalaba el aire de sus pulmones en un suave y prolongado suspiro. Patience se estiró para acomodar su blanda carne a la dureza de él, y entonces cambió de postura y comenzó a presionar más hacia abajo para absorberlo más plenamente, para empalarse más en él.

Por espacio de una fracción de segundo, Vane creyó estar a punto de perder la cordura.

Y, desde luego, todo el control. No ocurrió, pero tuvo que librar una encarnizada batalla con todos sus demonios, que babeaban por tomarla, por violarla sin más. Los rechazó, los contuvo... y se aplicó a darle a Patience todo lo que pudiera.

La levantó en vilo y volvió a bajarla; ella aprendió el ritmo rápidamente, enseguida se dio cuenta de que podía moverse ella misma. Vane aflojó en la fuerza con que le sujetaba las caderas y le permitió hacerse la ilusión de ser ella quien estableciera el paso; en realidad no la soltó en ningún momento, sino que fue contando cada embestida, midiendo la profundidad de cada penetración.

Fue una cabalgada mágica, suspendida en el tiempo, sin limitaciones. Haciendo uso hasta del último gramo de su pericia, creó un paisaje sensual para Patience a partir de sus deseos, de sus sentidos, para que todo lo que sintiera y todo lo que experimentara formase parte del asombroso conjunto. Refrenó sus propias necesidades, el ansia de sus demonios, y les concedió tan sólo las sensaciones que recibía al hundirse, rígido, engullido y cegado por la pasión, en el calor empalagoso de Patience y al sentir el cálido abrazo de su cuerpo al aceptarlo.

Le dio todo: placer sensual puro y límpido, deleite más allá de lo que cabía describir; bajo su sutil dirección, Patience gimió, se sacudió y jadeó mientras él la llenaba, la excitaba y la complacía hasta volverla ajena a todo lo demás. Se lo dio todo, y más: se dio a sí mismo.

Sólo cuando ella rebasó el último peldaño, el último escalón que la transportaría hasta el cielo, soltó él las riendas y fue tras ella. Había hecho todo cuanto estaba en su mano para atarla a él con el lazo de la pasión. Al final, cuando ambos gimieron juntos, aferrados el uno al otro, envueltos y penetrados por una profunda belleza, sólo entonces se dejó llevar y saboreó en lo más hondo de su corazón, en lo más recóndito de su ser, la felicidad que pretendía capturar y retener para siempre.

14

Una vibración profunda y constante despertó a Vane en la hora fantasmal que precedía al amanecer. Abrió los ojos y se esforzó por distinguir formas en aquella luz mortecina, pero tardó un minuto entero en comprender que la vibración procedía del calor que pesaba contra el centro de su pecho.

Era *Myst*, hecha un ovillo justo en el hueco que quedaba debajo de su esternón, mirándolo a la cara sin pestañear con sus ojos azules.

Y ronroneando de un modo capaz de despertar a un muerto.

Entonces reparó en otra fuente de calor, el suave cuerpo de mujer acurrucado contra su costado. Miró a ambos lados. A las claras se veía que Patience estaba acostumbrada al tremendo ronroneo de la gata, porque para ella no parecía existir el mundo.

No pudo evitar la sonrisa que curvó sus labios. Menos mal que estaba dormida; a pesar de los altibajos del día anterior, sobre todo los bajos, dominaban su mente los altos, en concreto el último.

Darse media vuelta y hacerle apasionadamente el amor a Patience había sido de lo más acertado. Magistral, aunque no forzado. Si presionaba en exceso, ella se aferraría a sus posiciones y no cedería, y él no sabría jamás qué era lo que la hacía rechazar el matrimonio.

En cambio, de esta forma podía complacer sus sentidos, aplacar las ansias de sus demonios y envolver a Patience en una red de sensualidad que, con independencia de lo que ella pudiera imaginarse, era tan fuerte como la red que ella había tejido, aun sin ser consciente de ello, alrededor de él. Y en la tarea de ir tejiendo nudo tras nudo la red que la ataría a él, se iría ganando su confianza poco a poco, con cuidado, hasta que al fin Patience se fiara de él.

Y entonces sólo sería cuestión de matar el dragón particular de Patience y liberarla. Así de simple.

Su sonrisa se tornó irónica. Luchó por dominar una risa cínica. *Myst* no apreció el movimiento de su pecho, sino que le clavó las uñas, lo cual cortó en seco el ataque de risa. Vane la miró ceñudo, pero, dada la preciosa ayuda que le había prestado la noche anterior, no la expulsó de su confortable asiento.

Aparte de todo lo demás, él mismo se sentía cómodo, fuera de toda duda: estaba acostado en una cama caliente con la mujer que quería por esposa, la cual dormía apaciblemente a su lado. En aquel preciso momento no se le ocurría ninguna otra cosa que deseara más en el mundo, aquel remanso de paz lo tenía todo. La noche anterior había confirmado, más allá de toda sombra de duda, que Patience lo amaba. Quizás ella no lo supiera... o quizá sí, pero a lo mejor no quería reconocerlo, ni siquiera ante sí misma. No estaba seguro de aquellos detalles, pero sabía la verdad.

Una dama como Patience no podía entregarse a él, aceptarlo en su cuerpo y amarlo como había hecho ella, si en el fondo de su corazón no le importara nada. Hacía falta algo más que curiosidad, algo más que deseo sexual, incluso de confianza, para que una mujer se entregase de forma plena, total, como hacía Patience cada vez que se entregaba a él.

Aquel grado de entrega carente de egoísmo surgía del amor y de ninguna otra cosa.

Él había conocido a demasiadas mujeres como para no reconocer la diferencia, para no percibirla y valorarla como un don que no tenía precio. No sabía hasta dónde lo entendía Patience, pero cuanto más tiempo durase su relación, más se acostumbraría a ello.

Lo cual, a él le parecía sumamente deseable.

Vane sonrió con gesto perverso a *Myst*. La gata bostezó y flexionó las uñas. Vane siseó. *Myst* se levantó, se estiró y acto seguido se bajó de su cuerpo con ademán regio y fue hasta un extremo de la cama. Allí hizo una pausa y se volvió para mirarlo fijamente.

Vane la miró a su vez, ceñudo, pero la acción de la gata planteaba la pregunta de: ¿Y ahora, qué?

Su cuerpo le respondió al instante, con una sugerencia enteramente predecible; la estudió unos momentos, pero la rechazó. De ahora en adelante, en lo que a él concernía, Patience era suya, suya para cuidarla y protegerla. Y en aquel momento concreto, protegerla significaba guardar las apariencias. No sería en absoluto aceptable que se presentase de repente una criada y los descubriera tal cual, enredados el uno en el otro.

De modo que, haciendo una mueca de desagrado, Vane se tumbó de costado. Patience seguía profundamente dormida. Contempló su cara, bebió de su belleza, respiró su calor; alzó una mano para apartarle un mechón de pelo... pero se contuvo. Si la tocaba podría despertarla, y entonces a lo mejor no podría marcharse. Reprimió un suspiro y, sin hacer ruido, se levantó de la cama.

Antes de bajar a desayunar, Vane dio un rodeo hasta las habitaciones de Minnie. La sorpresa de ésta al verlo se le dibujó en todo el rostro. En sus ojos se leía una expresión especulativa, de modo que antes de que pudiera empezar a interrogarlo, afirmó en tono indiferente:

—A mitad de camino caí en la cuenta de que mi cita en Londres tenía mucha menos urgencia que mis obligaciones aquí. De modo que di media vuelta.

Minnie abrió los ojos como platos.

—¿De verdad?

—De verdad. —Vane observó que Minnie intercambiaba una mirada elocuente con Timms, la cual, a todas luces, estaba informada de su anterior partida. Sabiendo por experiencia qué torturas podían aplicarle, se despidió de ellas con una cortés inclinación de cabeza—. Os dejaré con vuestro desayuno y me iré a tomar el mío.

Y se escabulló de la habitación de Minnie antes de que las dos pudieran recuperarse y empezar a atosigarlo.

Entró en el comedor del desayuno con los saludos y gestos de costumbre. Estaban presentes todos los caballeros de la casa, pero no así Patience. Suprimió una sonrisa autosatisfecha y se sirvió del aparador, tras lo cual tomó asiento.

El brillo que iluminaba su cara desde primeras horas de la mañana aún no lo había abandonado; reaccionó a la variación que le contó Edmond de su última escena con una sonrisa fácil y unas cuantas sugerencias de lo más serio, lo cual hizo que Edmond saliera disparado del comedor, reanimado y ávido de servir a su exigente musa.

Vane se volvió hacia Gerrard. El joven sonrió.

—Estoy decidido a empezar hoy un boceto nuevo. Hay una vista especial de las ruinas, que abarca los restos del alojamiento del abad, que siempre he querido dibujar. Esa zona rara vez tiene buena luz, pero esta mañana sí. —Apuró su taza de café—. Para la hora del almuerzo quiero tener ya captadas las líneas esenciales. ¿Le apetece un paseo a caballo esta tarde?

—Por supuesto que sí. —Vane retribuyó la sonrisa de Gerrard—. No debes pasar todos los días observando piedras.

—Eso es lo que siempre le digo yo —terció el general al tiempo que salía.

Gerrard empujó atrás su silla y siguió al general. Lo cual dejó a Vane contemplando el perfil benigno de Edgar.

—¿Qué miembro de la familia Bellamy está investigando actualmente? —inquirió Vane.

El bufido de desprecio de Whitticombe fue claramente audible. Apartó su plato y se puso de pie. La sonrisa de Vane se acentuó; alzó las cejas para dar ánimos a Edgar.

Edgar dirigió una mirada cautelosa a Whitticombe. Se volvió de nuevo hacia Vane sólo cuando su rival hubo traspuesto el umbral de la puerta.

—En realidad —confesó Edgar— he empezado por el último obispo. Formaba parte de la familia.

—¿De veras?

Henry levantó la vista.

—Digo yo, este sitio... la abadía... quiero decir, ¿era tan importante como lo pinta Colby?

—Bueno... —Edgar procedió a proporcionarle una detallada descripción de la abadía de Coldchurch en los años inmediatamente anteriores a la Disolución. Su disertación resultó refrescante por lo breve y sucinta que fue; tanto Vane como Henry estaban sinceramente impresionados.

—Y ahora será mejor que vuelva a mi trabajo. —Con una sonrisa, Edgar abandonó la mesa.

Y dejó solos a Vane y a Henry. Para cuando llegó Patience, con un frenético revuelo de faldas, el meloso estado de ánimo de Vane había llegado hasta el punto de concederle a Henry su ansiada partida de revancha al billar. Feliz como una mariposa, Henry se levantó y dijo, sonriendo a Patience:

—Voy a ver qué hace mi madre. —Y tras despedirse de Vane con un gesto de cabeza, salió sin prisas del comedor.

Profundamente enamorado —ablandado por su estado de ánimo y por aquella inesperada consecuencia—, Vane se dejó caer en su silla y se ladeó para poder contemplar sin impedimentos a Patience, que se estaba sirviendo el desayuno junto al aparador y después se acercó a la mesa. Ocupó el lugar de costumbre, separado del de Vane por la silla vacía de Gerrard. Tras una breve sonrisa y una mirada de advertencia, se concentró en su desayuno: en el enorme montón de comida que había acumulado en el plato.

Vane observó la comida con semblante sereno y seguidamente miró a Patience a la cara:

—Algo ha debido de sentarle muy bien... Está claro que le ha mejorado el apetito.

El tenedor de Patience se quedó suspendido en el aire a mitad de camino. Miró el plato, se encogió de hombros, se metió en la boca la porción que tenía en el tenedor y después contempló a Vane con calma.

—Recuerdo vagamente haber pasado mucho calor. —Alzó las cejas y volvió a mirar su plato—. Casi como si tuviera fiebre, de hecho. Espero que no sea contagioso. —Se llevó otro tenedor a la boca y dirigió a Vane una mirada de soslayo—. Y usted, ¿ha pasado una noche tranquila?

Masters y sus ayudantes se encontraban junto a ellos, bien al alcance del oído, aguardando para quitar la mesa.

—Pues no. —Vane clavó la mirada en los ojos de Patience, y los recuerdos lo hicieron cambiar de postura en la silla—. Sea lo que sea lo que la ha atacado a usted, debe de haberme afectado a mí también. Sospecho que esta dolencia pueda durar un tiempo.

—Qué... molesto —articuló Patience.

—En efecto —contestó Vane, cada vez más metido en el papel—. Hubo momentos en los que me sentí como encerrado en un calor húmedo.

Las mejillas de Patience se tiñeron de un rubor intenso; Vane supo que aquel color le llegaba hasta las puntas de los senos.

—Qué extraño —replicó ella. Tomó su taza de té y bebió un sorbito—. En mi caso, fue como si explotara por dentro.

Vane se puso en tensión... más todavía. Hizo un esfuerzo por evitar removerse en su asiento, lo cual lo hubiera delatado.

Patience depositó la taza y apartó el plato.

—Por suerte, la afección desapareció a primeras horas de la mañana.

Ambos se pusieron de pie. Patience fue lentamente hacia la puerta, Vane caminó calmosamente a su lado.

—Es posible —murmuró cuando salieron al vestíbulo principal en voz queda, para que lo oyese sólo ella—. Pero sospecho que esa afección suya la volverá a sufrir esta noche. —Patience lo miró a la cara con expresión entre recelosa y escandalizada; él sonrió, todo dientes—. ¿Quién sabe? A lo mejor siente usted más sofoco todavía.

Por un instante Patience pareció... intrigada. A continuación, acudió en su socorro la altanería y la dignidad. Inclinó fríamente la cabeza y respondió:

—Si me disculpa, creo que voy a practicar con las escalas.

Vane hizo una pausa al pie de las escaleras para observar cómo Patience cruzaba con elegancia el vestíbulo, y cómo movía las caderas con la libertad que era habitual en ella; no pudo reprimir del todo una sonrisa lobuna.

Estaba estudiando la posibilidad de ir tras ella y probar qué tal se le daba desbaratarle las escalas... cuando apareció un lacayo bajando apresuradamente las escaleras.

—Señor Cynster. La señora pregunta por usted. Dice que es urgente... está bastante alterada. Se encuentra en su salita.

Vane escondió su piel de lobo en un abrir y cerrar de ojos y, con un breve gesto de cabeza dirigido al lacayo, corrió escaleras arriba. El segundo tramo lo subió de dos en dos. Con el entrecejo fruncido, fue rápidamente a las habitaciones de Minnie.

En el instante en que abrió la puerta, comprobó que el lacayo no había mentido: Minnie estaba acurrucada en su sillón, con los chales en desorden, con el aspecto de un pajarillo enfermo... salvo por las lágrimas que rodaban por sus arrugadas mejillas. Cerró la puerta y atravesó la habitación a grandes zancadas para agacharse junto al sillón con una rodilla en tierra. Tomó una de las frágiles manos de Minnie en las suyas y le preguntó:

—¿Qué ha ocurrido?

Minnie tenía los ojos arrasados de lágrimas.

—Mis perlas —susurró ella con voz temblorosa—. Han desaparecido.

Vane miró a Timms, de pie a su lado en actitud protectora. La mujer asintió con expresión grave.

—Las llevaba puestas anoche, como de costumbre. Yo misma las puse sobre el tocador después de que ayudáramos, Ada y yo, a Min a acostarse. —Se volvió para tomar una pequeña caja de brocado de la mesilla lateral que tenía a la espalda—. Siempre están guardadas aquí, no encerradas con llave. Min se las pone todas las noches, así que no merece la pena protegerlas tanto. Y dado que al ladrón le gustan los objetos brillantes y de poco valor, no parecía que las perlas corrieran demasiado peligro.

Se trataba de un largo collar de dos vueltas, con pendientes a juego. Vane se lo había visto puesto a Minnie desde siempre.

—Eran mi regalo de boda de Humphrey. —Minnie se sorbió las lágrimas—. Eran lo único, el único regalo de todos los que me hizo, que era más personal.

Vane se tragó el juramento que acudió a sus labios, se tragó la ola de rabia por el hecho de que uno de los beneficiarios de la caridad de Minnie la pagase de aquella forma. Le apretó la mano con fuerza para transmitirle amistad y valor.

—Si estaban aquí anoche, ¿cuándo han desaparecido?

—Ha tenido que ser esta mañana, cuando fuimos a dar el paseo de costumbre. De no ser así, no ha habido otro momento en el que no haya habido nadie en la habitación. —Timms parecía estar lo bastante enfadada para soltar un juramento—. Tenemos por costumbre ir a dar un corto paseo por el jardín vallado siempre que el tiempo lo permite. Últimamente hemos salido tan pronto como se levantaba la niebla. Ada limpia la habitación mientras nosotras estamos fuera, pero siempre termina antes de que regresemos.

—Hoy —Minnie tuvo que tragarse un sollozo antes de continuar—, nada más entrar por la puerta, vi que la cajita no estaba en su sitio habitual. Ada siempre lo deja todo tal cual, pero la caja estaba torcida.

—Estaba vacía. —Timms apretó la mandíbula—. Esta vez, el ladrón sí que se ha propasado.

—Así es. —Con el semblante serio, Vane se incorporó. Dio un apretón a la mano de Minnie y después la soltó—. Recuperaremos tus perlas, lo juro por mi honor. Hasta ese momento, procura no preocuparte. —Dirigió una mirada a Timms—. ¿Por qué no bajas a la sala de música? Puedes contárselo a Patience mientras yo pongo unas cuantas cosas en marcha.

Timms asintió.

—Una idea excelente.

Minnie frunció el ceño.

—Pero es la hora en la que practica Patience, no quisiera interrumpirla.

—Ya te darás cuenta —replicó Vane ayudándola a ponerse de pie— de que, si no la interrumpes, Patience no te lo perdonará. —Y seguidamente intercambió una mirada con Timms—: No querrá verse excluida de esto.

Después de acompañar a Minnie y a Timms a la sala de música, y de dejar a su madrina en las capaces manos de Patience, Vane se reunió con Masters, la señora Henderson, Ada y Grisham, los más antiguos sirvientes de Minnie.

Su sorpresa y su cólera instantánea contra quienquiera que se hubiera atrevido a hacer daño a su generosa señora, fueron palpables. Tras tranquilizarlos diciéndoles que ninguno de ellos era sospechoso, y después de que ellos le aseguraron a su vez que todo el personal actual era de absoluta confianza, Vane hizo lo que pudo para bloquear la puerta de los establos.

—El robo se ha cometido hace muy poco. —Miró a Grisham—. ¿Alguien ha solicitado un caballo o la calesa?

—No, señor —respondió Grisham negando con la cabeza—. Los inquilinos de la casa no son muy de salir por ahí.

—Eso nos facilitará la tarea. Si alguien pide transporte, o incluso que un mozo le entregue algo, disuádanlo y comuníquenmelo de inmediato.

—Sí, señor. —Grisham tenía el semblante grave—. Lo haré tal como usted dice.

—En cuanto al interior de la casa... —Vane se volvió hacia Masters, la señora Henderson y Ada—. No veo motivo alguno por el que no se pueda informar de esto al personal de servicio, y también al de fuera de la casa. Necesitamos que todo el mundo tenga los ojos bien abiertos. Quiero estar al tanto de cualquier cosa que a alguien le resulte extraña, por pequeña que sea.

La señora Henderson hizo una leve mueca. Vane levantó las cejas.

—¿Alguien ha dado parte recientemente de algo muy raro?

—Es algo muy extraño. —La señora Henderson se encogió de hombros—. Pero no le encuentro significado alguno, nada que tenga que ver con el ladrón ni con las perlas.

—De todos modos... —Vane le indicó con un gesto que hablara.

—Las doncellas lo han comentado una y otra vez: que está causando unos terribles arañazos en el suelo.

Vane arrugó el ceño.

—¿Qué es lo que está causando terribles arañazos?

—¡La arena! —La señora Henderson suspiró ofendida—. No entendemos de dónde sale, pero la barremos constantemente, pequeñas cantidades todos los días, en la habitación de la señorita Colby. Está esparcida sobre todo por la alfombrilla de la chimenea. —Arrugó la nariz—. Tiene un horrendo elefante de latón, un cachivache de lo más irreverente; le comentó a una de las doncellas que era un recuerdo que le dejó su padre, que fue misionero en la India, por lo visto. La arena no suele andar muy lejos del elefante, pero no parece que salga de él. Las doncellas se han encargado de limpiarlo a fondo, pero al parecer está perfectamente limpio. Y sigue habiendo arena, todos los días.

Vane enarcó las cejas bien alto. Se imaginó a Alice Colby saliendo a hurtadillas en lo más profundo de la noche para enterrar objetos escamoteados.

—¿No traerá la arena del exterior?

La señora Henderson negó con la cabeza, y su doble papada se agitó con vehemencia.

—Es arena de playa. Debería haberlo dicho. Precisamente eso es lo que hace que todo esto sea tan raro. Son granitos de color blanco plateado. ¿Dónde se puede encontrar arena de ésa por aquí cerca?

Vane frunció el ceño y permitió que se desvaneciera la visión que había imaginado. Se topó con la mirada de la señora Henderson.

—Estoy de acuerdo en que el asunto es raro, pero, al igual que usted, tampoco lo encuentro significativo. Pero ésta es precisamente la clase de sucesos extraños que quiero que notifiquen, ya se relacione de forma obvia con el ladrón o no.

—Muy bien, señor. —Masters se irguió—. Hablaré con el personal. Puede confiar en nosotros.

¿Y en quién más iba a confiar?

La pregunta no dejaba de dar vueltas en su cerebro mientras, una vez hubo abandonado la salita de la señora Henderson, salió al vestíbulo principal. Según su opinión, Patience, Minnie y Timms, y también Gerrard, siempre habían estado fuera de toda sospecha. Tanto en Patience como en Gerrard había una actitud abierta y un candor que le recordaban a la propia Minnie; sabía con absoluta certeza que ninguno de ellos, ni tampoco Timms, estaba implicado.

Eso dejaba una legión de personas... personas de las que no estaba tan seguro.

Su primera parada fue la biblioteca. La puerta se abrió sin hacer ruido, revelando una estancia alargada, cubierta desde el suelo hasta el techo de estanterías llenas de libros en su totalidad. En una pared, unos altos ventanales separaban las estanterías y daban acceso a la terraza; había uno que en aquel momento se encontraba entornado para dejar entrar una leve brisa caldeada por el sol otoñal.

Había dos mesas, la una frente a la otra, a lo largo de la sala. La más grande e imponente, la más cercana a la puerta, estaba cargada de gruesos tomos, y la superficie que quedaba libre se veía atestada de papeles escritos a mano con letra abigarrada. El mullido sillón que había detrás de la mesa se encontraba vacío. Haciendo contraste, la mesa situada en el extremo opuesto se hallaba casi desnuda. Servía de apoyo a un solo libro, un pesado volumen de tapas de cuero y páginas de borde dorado, abierto y sostenido por Edgar, que estaba sentado a la mesa. Con la cabeza inclinada y la frente fruncida, no dio señales de haber oído entrar a Vane.

Vane avanzó por el suelo enmoquetado. Llegó a la altura del sillón de orejas situado junto a la chimenea y de espaldas a la puerta, cuando de pronto se dio cuenta de que estaba ocupado, y se detuvo.

Felizmente retrepada en el profundo sillón, se hallaba Edith Swithins, cosiendo. Con la mirada fija en los hilos, ella tampoco dio signos de haber reparado en él. Vane sospechó que era un poco sorda, pero que lo ocultaba leyendo los labios a la gente.

Se aproximó a ella pisando con más fuerza. La mujer se percató de su presencia sólo cuando lo tuvo muy cerca y, sobresaltada, levantó la vista.

Vane esbozó una sonrisa tranquilizadora.

—Le pido disculpas por interrumpirla. ¿Suele pasar aquí la mañana?

Habiéndolo reconocido, Edith esbozó una sonrisa fácil.

—Paso aquí casi todas las mañanas, vengo nada más desayunar y ocupo el sillón antes de que lleguen los caballeros. Aquí hay silencio y —indicó el fuego con la cabeza— se está calentito.

Edgar alzó la cabeza al oír voces; tras lanzar una mirada de miope, volvió a concentrarse en su lectura. Vane sonrió a Edith para preguntarle:

—¿Sabe usted dónde está Colby?

Edith parpadeó.

—¿Whitticombe? —Se asomó por un costado del sillón de orejas—. ¡Santo cielo, qué extraño! Pensaba que había estado ahí todo el tiempo. —Le sonrió a Vane con aire confidencial—. Me siento aquí para no tener que mirarlo. Es un hombre muy... —frunció los labios— frío, ¿no cree usted? —Movió la cabeza en un gesto negativo y a continuación sacudió su labor—. No es en absoluto un caballero con el que a una le apetezca explayarse.

La efímera sonrisa de Vane fue auténtica. Edith volvió a su costura y él reanudó su paseo por la sala.

Edgar levantó la vista al verlo acercarse y sonrió con ingenuidad.

—Yo tampoco sé dónde está Whitticombe.

Estaba claro que Edgar no tenía problemas de sordera. Vane se detuvo frente a la mesa.

Edgar se quitó los anteojos de nariz, los limpió y contempló fijamente la mesa de su rival, situada al otro extremo de la biblioteca.

—He de confesar que no presto demasiada atención a Whitticombe casi nunca. Al igual que Edith, creía que estaba ahí, detrás de su mesa. —Volvió a colocarse los anteojos y miró a Vane a través de las gruesas lentes—. De todos modos, mi vista no llega tan lejos si no llevo los anteojos puestos.

Vane alzó las cejas.

—Usted y Edith se las han arreglado para mantener a distancia a Whitticombe.

Edgar sonrió.

—¿Ha venido a la biblioteca a buscar alguna cosa? Seguro que yo podría ayudarlo.

—No, no. —Vane desplegó su sonrisa de libertino, la que le servía para disipar toda sospecha—. Simplemente paseaba sin rumbo fijo. Ya le dejo que continúe con su trabajo.

Y dicho eso, regresó sobre sus pasos. Al llegar a la puerta de la biblioteca miró atrás. Edgar había vuelto a concentrarse en su libro. A Edith Swithins no se la veía. En la biblioteca reinaba la paz. Salió de la estancia con el ceño fruncido.

Tenía la sensación instintiva, aunque él era el primero en reconocer que carecía de base lógica, de que el ladrón era una mujer. La espaciosa bolsa de Edith Swithins, que la acompañaba a todas partes, ejercía una fascinación casi abrumadora. Pero separarla de ella el tiempo suficiente para registrar su contenido era algo que sospechaba que quedaba al margen de su capacidad por el momento. Además, si Edith estaba en la biblioteca ya antes de que Whitticombe saliese del comedor del desayuno, parecía poco probable que pudiera haber saqueado la habitación de Minnie durante el breve intervalo en que ésta había estado vacía.

Poco probable... pero no imposible.

Mientras se dirigía hacia la puerta lateral, Vane se debatió con otra posibilidad, aún más complicada. El ladrón de Minnie, el que le había robado las perlas, tal vez no fuera la misma persona que había perpetrado los demás robos. A lo mejor alguien había visto la oportunidad de valerse del ladrón «trapero» como chivo expiatorio de un delito más grave.

Ya cerca de la puerta, Vane hizo una mueca... y esperó que aquella posibilidad, aunque se le había ocurrido a él, no se le hubiera ocurrido a la mayoría de los ocupantes de Bellamy Hall. Ya estaban bastante enredados los asuntos de los huéspedes de Minnie.

Tenía la intención de dar un paseo hasta las ruinas para ver si encontraba a Edmond, Gerrard, Henry y el general, ya que, según Masters, estaban todos fuera. Pero las voces que surgían de la salita de atrás lo hicieron detenerse.

—No veo por qué no podemos ir otra vez a Northampton. —El quejido de Angela era muy pronunciado—. Aquí no hay nada que hacer.

—Querida, deberías procurar mostrarte agradecida —sonó cansada la voz de la señora Chadwick—. Minnie ha sido de lo más amable al acogernos.

—Oh, claro que estoy agradecida. —El tono que empleó hizo que pareciera una enfermedad—. Pero es que resulta aburridísimo estar aquí encerrada sin nada que mirar, como no sean piedras viejas.

Inmóvil y silencioso, desde el pasillo, a Vane no le costó imaginar el mohín de labios de Angela.

—Fíjate que —prosiguió la joven— cuando llegó el señor Cynster creí que la cosa sería diferente. Al fin y al cabo, tú dijiste que era un libertino.

—¡Angela! Tienes dieciséis años. ¡El señor Cynster está totalmente fuera de tu alcance!

—Sí, ya lo sé. ¡Para empezar, es bastante viejo! Y además es demasiado serio. Yo pensaba que Edmond podía ser amigo mío, pero últimamente se pasa el tiempo musitando versos. ¡La mayoría de las veces ni siquiera tienen sentido! Y en cuanto a Gerrard...

Confortado por el hecho de no tener que defenderse ya de las insinuaciones juveniles de Angela, Vane retrocedió unos pasos y tomó una escalera secundaria.

Por lo que podía deducir, la señora Chadwick tenía a Angela atada bien corto, lo que sin duda era una sabia decisión. Como Angela ya no acudía a la mesa del desayuno, sospechó que eso quería decir que ella y la señora Chadwick habían pasado la mañana entera juntas. Ninguna de ellas era una candidata adecuada para el papel de ladrona, ni de las perlas de Minnie ni en un sentido más amplio.

Lo cual dejaba tan sólo un miembro femenino de la casa sin justificar. Mientras descendía por uno de los interminables pasillos de la mansión, reflexionó acerca de que no tenía ni idea de qué hacía Alice Colby durante el día.

La noche en que llegó él, Alice le había dicho que su habitación se encontraba en la planta situada debajo de la de Agatha Chadwick. Vane empezó por un extremo del ala y fue llamando a todas las puertas. Si no obtenía respuesta, abría la puerta y se asomaba dentro. La mayoría de las habitaciones estaban vacías, y los muebles cubiertos con sábanas.

Pero a mitad del corredor, justo cuando estaba a punto de abrir otra puerta, alguien tiró del picaporte en aquel momento, y se encontró siendo el objeto de la mirada fulminante de Alice.

Una mirada fulminante y malévola.

—¿Puede decirme qué está haciendo, señor? ¡Molestar a las personas temerosas de Dios en sus oraciones! ¡Es un ultraje! Ya es bastante penoso que este mausoleo no tenga una capilla, ni siquiera un refugio decente, sino que además tengo que soportar interrupciones de personas como usted.

Vane dejó que la diatriba le resbalara y se dedicó a recorrer la habitación con la vista, consciente de tener una curiosidad que rivalizaba con la de Patience. Las cortinas estaban bien echadas. En la chimenea no ardía ningún fuego, ni siquiera unas ascuas. Había una frialdad palpable, como si aquella habitación no fuera nunca caldeada ni ventilada. El mobiliario que alcanzó a ver era sencillo y utilitario, sin ninguno de los detalles de adorno que había desperdigados por toda la mansión. Era como si Alice hubiera tomado posesión de aquel cuarto y le hubiera impuesto su sello personal.

Los últimos objetos en que se fijó fueron un reclinatorio con un gastado cojín, una manoseada biblia abierta sobre la estantería y el elefante del que había hablado la señora Henderson. Este último se hallaba colocado junto a la chimenea, y sus llamativos flancos de metal relucían a la claridad que entraba por la puerta abierta.

—Qué tiene que decir de usted mismo, eso es lo que quisiera saber yo. ¿Qué excusa puede dar para haber interrumpido mis oraciones? —Alice cruzó los brazos sobre su escuálido pecho y lo miró echando fuego por los ojos.

Vane volvió a posar la mirada en su rostro, y su expresión se endureció.

—Le pido disculpas por molestarla en su devoción, pero era necesario. Han robado el collar de perlas de Minnie, y deseaba saber si usted había oído o visto a alguien extraño por aquí.

Alice parpadeó, pero su semblante no se modificó en absoluto.

—No, estúpido. ¿Cómo iba a ver a nadie? ¡Estaba rezando!

Y dicho eso, retrocedió y cerró la puerta.

Vane se quedó mirando la hoja... e hizo un esfuerzo para resistir el impulso de echarla abajo. Su temperamento, un auténtico temperamento Cynster, no era algo que conviniera poner a prueba. En aquel momento preciso ya empezaba a desperezarse, igual que una bestia sedienta de sangre. Alguien había causado daño a Minnie; para una parte, no exactamente pequeña, de su cerebro, aquello equivalía a un acto de agresión contra él. Y él, el guerrero escondido bajo el barniz de un caballero elegante, reaccionó. Respondió. Como convenía al caso.

Respiró hondo y se obligó a sí mismo a dar la espalda a la puerta de la habitación de Alice. No había pruebas que sugirieran que ella tenía algo que ver en el asunto más que cualquier otra persona.

Emprendió el regreso a la puerta lateral. Tal vez no cayera de forma instantánea sobre el culpable comprobando el paradero de todo el mundo, pero en aquel momento era lo único que podía hacer. Una vez localizadas las mujeres, fue en busca de los demás varones.

Batallar con su instintiva impresión de que el ratero era una mujer había sido una esperanza a medias de que todo aquel asunto resultara ser una falta de poca importancia, como por ejemplo que Edgar, Henry o Edmond sufrieran alguna dificultad económica y se hubieran sentido tentados a lo impensable. Pero conforme atravesaba el prado aquella idea fue perdiendo fuerza: las perlas de Minnie valían una fortuna. El ladrón de las mismas, suponiendo que fuera uno solo y siempre el mismo, acababa de dar el salto al latrocinio a gran escala.

Las ruinas parecían desiertas. Desde el muro de los claustros, Vane vio el caballete de Gerrard apoyado en el otro lado de las ruinas, de cara a los aposentos del abad, y con una parte del bosque a espaldas de Gerrard. El papel sujeto al caballete se agitaba en la brisa. Debajo del caballete se veía la caja de lápices del muchacho, y detrás de ella su banqueta de pintor.

Todo aquello era lo que se veía, pero ni rastro de Gerrard. Supuso que se había tomado un descanso para estirar las piernas y dar un paseo y se dio media vuelta. No merecía la pena preguntar al chico si había visto algo, porque había abandonado la mesa del desayuno con un objetivo en la cabeza y sin duda había estado ciego a todo lo demás.

De vuelta a los claustros, le llegó la voz de alguien que hablaba en alto, si bien el sonido se oía amortiguado por la brisa. Descubrió a Edmond en la nave, sentado junto a la derrumbada pila bautismal, declamando a voz en grito.

Cuando le explicó la situación, parpadeó y dijo:

—No he visto a nadie. Pero es que tampoco estaba mirando. Podría haber pasado por delante todo un ejército de caballería, que no me habría percatado de ello.

Luego frunció el entrecejo y bajó la mirada; Vane aguardó, con la esperanza de recibir alguna ayuda, por pequeña que fuera.

Edmond levantó la vista, aún ceñudo.

—En realidad, no acabo de decidir si esta escena debe representarse en la nave o en los claustros. ¿Qué opina usted?

Con notable contención, Vane no le dijo nada. Tras una tensa pausa, movió la cabeza en un gesto negativo y se encaminó de regreso a la casa.

Estaba sorteando las piedras caídas cuando oyó que alguien lo llamaba por su nombre. Al volverse vio a Henry y al general, que surgían del bosque. Cuando estuvieron más cerca, les preguntó:

—Según parece, han ido a dar un paseo juntos, ¿no es así?

—No, no —le aseguró Henry—. Me he tropezado con el general en el bosque. Había ido a caminar un poco hasta el camino principal, hay una senda que discurre a través de los árboles.

Vane la conocía. Asintió y miró al general, que resoplaba ligeramente apoyado en su bastón.

—Siempre salgo por la zona de las ruinas, es un buen paseo, estimulante, por terreno desigual. Muy saludable para el corazón. —Los ojos del general se clavaron en el rostro de Vane—. ¿Pero por qué quiere saberlo? Me consta que usted no sale a dar caminatas.

—Han desaparecido las perlas de Minnie. Iba a preguntarles si durante su paseo habían visto a alguien actuando de modo extraño.

—¡Cielo santo, las perlas de Minnie! —Henry parecía estupefacto—. Ha de estar terriblemente afectada.

Vane afirmó con la cabeza; el general soltó un resoplido.

—No vi a nadie hasta que me tropecé con Henry.

Lo cual, anotó Vane, en realidad no respondía a la pregunta. Se puso a andar al paso del general. Henry, que caminaba al otro lado, volvió a su cháchara de siempre, llenando la distancia que los separaba de la casa de fútiles exclamaciones.

Vane hizo oídos sordos a la perorata de Henry y repasó mentalmente a los huéspedes de la mansión. Tenía localizado a todo el mundo, excepto a Whitticombe, que sin duda estaría de nuevo en la biblioteca enfrascado en sus preciados libros. Supuso que sería mejor que lo comprobara, sólo para cerciorarse.

Pero se libró de hacerlo gracias a la llamada para el almuerzo; Masters tocó el gong justo cuando ellos llegaban al vestíbulo principal. Henry y el general se fueron al comedor; Vane se quedó rezagado. En menos de un minuto, se abrió la puerta de la biblioteca y apareció Whitticombe el primero, con aire altivo y su aura de inefable superioridad como una capa a su alrededor. Tras él iba Edgar, ayudando a Edith Swithins y su bolsa de costura.

Con expresión impávida, Vane aguardó a que Edgar y Edith pasaran frente a él y acto seguido fue tras ellos.

15

Minnie no se presentó a la mesa del almuerzo; también estaban ausentes Patience y Timms. Gerrard tampoco se presentó, pero, al recordar los comentarios de Patience acerca de la capacidad del muchacho para olvidarse de todo cuando perseguía un paisaje en particular, Vane no se inquietó por él.

Lo de Minnie era harina de otro costal.

Con el semblante severo, Vane comió apenas lo mínimo y a continuación subió al piso de arriba. Odiaba tener que enfrentarse a las lágrimas femeninas, siempre le causaban una sensación de impotencia, emoción nada apreciada por su carácter de guerrero.

Llegó a la habitación de Minnie; Timms le franqueó el paso con expresión distraída. Habían acercado a la ventana el sillón de Minnie, sobre cuyos anchos brazos se hallaba colocada una bandeja con el almuerzo. Sentada en la ventana delante de Minnie estaba Patience, intentando convencerla de que comiera algo.

Patience levantó la vista cuando entró Vane; los ojos de ambos se tocaron brevemente. Vane se detuvo junto al sillón de Minnie.

Minnie lo miró con una expresión esperanzada en los ojos que rompía el corazón.

Vane, exudando impasibilidad, se agachó en cuclillas para poner su rostro a la altura del de ella, y comenzó a referirle lo que había hecho, lo que había averiguado... y un poco de lo que él opinaba.

Timms asintió. Minnie intentó sonreír con confianza. Vane la rodeó con un brazo y la estrechó.

—Las encontraremos, no temas.

En su rostro se clavó la mirada de Patience.

—¿Y Gerrard?

Vane percibió en su tono la pregunta completa.

—Se encuentra fuera, dibujando, desde el desayuno. Al parecer, hay un paisaje especial, difícil que se dé habitualmente para poder dibujarlo. —Sostuvo su mirada—. Todo el mundo lo ha visto marcharse, y aún no ha vuelto.

En los ojos de Patience se apreció una expresión de alivio, y su sonrisa fugaz fue sólo para Vane. Pero de inmediato regresó a su tarea de dar de comer a Minnie.

—Vamos, tienes que conservar las fuerzas. —Hábilmente, consiguió que Minnie aceptase un bocado de pollo.

—Así es —intervino Timms desde el asiento de la ventana—. Y has oído a tu ahijado. Encontraremos las perlas. Pero mientras tanto, no tiene sentido desfallecer hasta anularse.

—Supongo que no. —Minnie asió el borde de su chal más exterior y dirigió a Vane una mirada atormentada y de aterradora fragilidad—. Mi deseo era que mis perlas fueran para Patience, siempre fue ésa mi intención.

—Y algún día las heredaré, y me servirán para acordarme de todo esto y de lo tozuda que puedes ser para no comer. —Con gesto decidido, Patience le ofreció un pedazo de chirivía—. Eres peor de lo que era Gerrard, y el cielo sabe que ya era bastante malo.

Trabajándose una risita, Vane se inclinó y besó la mejilla de Minnie, delgada como el papel.

—Deja de preocuparte y haz lo que te dicen. Encontraremos las perlas, ¿no dudarás de mí? Si dudas, debo de estar decayendo.

Aquello último le reportó una débil sonrisa. Aliviado de ver siquiera tan poca cosa, Vane les ofreció a todas una sonrisa segura de libertino y se marchó.

Y fue en busca de Duggan.

Su fiel servidor se había ido a ejercitar a los caballos. Vane pasó el tiempo en los establos, charlando con Grisham y con los mozos de cuadra. Cuando Duggan hubo regresado y los caballos estuvieron de nuevo en sus establos, Vane salió al exterior para echar un vistazo a un joven potro que había en un prado cercano... y se llevó a Duggan consigo.

Duggan había sido mozo de cuadra al servicio de su padre antes de ser ascendido al puesto de mozo personal del hijo mayor de la casa. Era un sirviente experto y de fiar. Vane confiaba en sus capacidades y sus opiniones respecto de otros criados, de forma implícita. Duggan había visitado muchas veces Bellamy Hall a lo largo de los años, tanto formando parte del séquito de sus padres como acompañándolo a él.

Y Vane lo conocía muy bien.

—¿Quién ha sido esta vez? —preguntó Vane cuando dejaron atrás los establos.

Duggan probó a poner una expresión de inocencia. Al ver que Vane no mostraba signos de creérsela, sonrió con malicia.

—Una bonita camarera. Ellen.

—¿Una camarera? Eso podría sernos útil. —Vane se detuvo junto a la valla del prado donde estaba el potrillo y se apoyó sobre el palo más alto—. ¿Te has enterado del último robo?

Duggan afirmó con la cabeza.

—Masters nos lo ha contado a todos antes del almuerzo, convocó incluso al guardabosques y a sus chicos.

—¿Qué opinas tú de los criados? ¿Ves alguna posibilidad?

Duggan reflexionó y luego, despacio, con decisión, sacudió la cabeza en un gesto negativo.

—Son todos buenas personas, ninguno tiene la mano larga, ninguno tiene problemas económicos. La señora es amable y generosa, nadie querría hacerle daño.

Vane asintió, nada sorprendido de confirmar lo que le había manifestado el mayordomo.

—Masters, la señora Henderson y Ada se dedicarán a observar lo que ocurra en la casa; Grisham se encargará de los establos. Y quiero que tú pases todo el tiempo que puedas vigilando la finca, desde el perímetro de la casa hasta la distancia a la que pueda alejarse un hombre andando.

Duggan entrecerró los ojos.

—¿Cree que a lo mejor alguien intenta pasar las perlas a otra persona?

—Eso, o enterrarlas. Si ves alguna protuberancia en las inmediaciones, investígala. El jardinero es viejo, y no va a plantar nada en esta época del año.

—Muy cierto.

—Y también quiero que escuches a esa camarera tuya, anímala a que hable todo lo que quiera.

—Dios. —Duggan hizo una mueca de dolor—. No sabe usted lo que está pidiendo.

—Sea como sea —insistió Vane—, así como Masters y la señora Henderson no dudarán en informar de cualquier cosa extraña, las doncellas jóvenes, que no desean parecer tontas ni llamar la atención sobre algo que hayan visto mientras hacían algo que no debían hacer, es posible que no mencionen un incidente insólito.

—De acuerdo. —Duggan se tiró de la oreja—. Supongo que... teniendo en cuenta que se trata de la señora y que siempre ha sido muy buena... podré hacer ese sacrificio.

—Desde luego —replicó Vane secamente—. Y si oyes alguna cosa, acude directamente a mí.

Dejó a Duggan cavilando sobre cómo organizar sus pesquisas y regresó a grandes zancadas hacia la casa. Hacía ya mucho que el sol había rebasado su punto más alto. Al entrar en el vestíbulo principal se encontró con Masters, que se dirigía al comedor llevando la cubertería de plata.

—¿Está por aquí el señor Debbington?

—No lo he visto desde el desayuno, señor. Pero puede que haya entrado y esté por la casa.

Vane frunció el entrecejo.

—¿No ha entrado en la cocina a buscar algo de comer?

—No, señor.

El ceño fruncido de Vane se hizo más pronunciado.

—¿Dónde está su habitación?

—En la tercera planta, ala oeste... la penúltima puerta.

Vane subió las escaleras de dos en dos y después dobló velozmente para tomar la galería y pasar al ala oeste. Cuando subía los peldaños que conducían al tercer piso, oyó unos pasos que descendían. Miró hacia arriba esperando ver a Gerrard, pero en cambio a quien vio fue a Whitticombe.

Whitticombe no pareció verlo a él hasta que llegó al mismo tramo de escalera; titubeó una fracción de segundo y luego continuó con decisión su camino. Al pasar inclinó la cabeza.

—Cynster.

Vane le devolvió el gesto.

—¿Ha visto usted a Gerrard?

Whitticombe alzó las cejas con aire de suficiencia.

—La habitación de Debbington se encuentra al final del ala, la mía está junto a las escaleras. No lo he visto por aquí.

Y tras otra breve inclinación de cabeza, continuó escaleras abajo. Vane, con el ceño fruncido, continuó escaleras arriba.

Sabía que había acertado con la habitación en el instante mismo en que abrió la puerta; la mezcla de olores del papel, la tinta, el carboncillo y la pintura bastó para confirmarlo. El dormitorio estaba sorprendentemente ordenado; Vane sospechó la influencia de Patience. Habían empujado una gran mesa de madera contra los amplios ventanales y, su superficie, la única abarrotada que se veía en toda la habitación, estaba cubierta de montones de bosquejos sueltos, cuadernos de dibujo y un surtido de plumas, plumines y lápices que yacían en medio de un puñado de virutas de lápiz.

Ociosamente, Vane fue hasta la mesa y echó un vistazo.

La luz que entraba por los ventanales se reflejaba en la superficie de la mesa. Vane vio que las virutas de lápiz habían sido revueltas hacía poco y vueltas a amontonar. Había restos de ellas entre los bordes de los bosquejos sueltos y entre las páginas de los cuadernos

Era como si alguien hubiera estado hurgando entre las hojas, y luego hubiera reparado en las virutas y las hubiera vuelto a recoger.

Vane frunció el ceño, pero enseguida descartó la idea. Probablemente había sido una doncella curiosa... o enamorada.

Se asomó a los ventanales. El ala oeste daba al costado de las casas opuesto a las ruinas. Pero el sol iba descendiendo; la especial luz de la mañana que buscaba Gerrard ya había desaparecido hacía tiempo.

Vane sintió un hormigueo, una inquietante sensación de premonición que le recorrió la columna vertebral. Y se acordó vívidamente de haber visto el caballete y las herramientas de Gerrard, pero no al propio Gerrard. Soltó un juramento.

Bajó las escaleras mucho más rápido de lo que las había subido.

Con expresión sombría, atravesó el vestíbulo, bajó por el pasillo y salió por la puerta lateral. Entonces se detuvo.

Tardó un instante de más en eliminar la expresión de gravedad de su rostro. Patience, que paseaba en compañía de su harén, se fijó en él al momento, y sus ojos adquirieron una expresión de alarma. Vane juró para sus adentros y, adoptando con retraso su fachada de costumbre, fue al encuentro de Patience.

Y de su harén.

Allí estaba Penwick. Vane hizo rechinar los dientes y contestó al gesto de saludo del otro con una actitud de distante arrogancia.

—Minnie está descansando —lo informó Patience, buscando sus ojos—. Y pensé en salir a tomar un poco el aire.

—Una idea muy sensata —declaró Penwick—. No hay nada como un paseo por los jardines para disipar las tristezas.

Todo el mundo lo ignoró y miró a Vane.

—Creía que había ido a montar con el joven Gerrard —comentó Henry.

Vane reprimió el impulso de propinarle una patada.

—Así es —repuso—. Precisamente voy a recogerlo ahora.

Edmond frunció el ceño.

—Qué extraño. —Volvió la vista hacia las ruinas—. Entiendo que se pierda el almuerzo, pero no resulta fácil aguantar el hambre durante tanto tiempo. Y además ya casi no hay luz. No puede estar dibujando todavía.

—Tal vez deberíamos organizar una búsqueda —sugirió Henry—. Debe de haberse trasladado a otra parte distinta de donde estuvo esta mañana.

—Podría estar en cualquier sitio —terció Edmond.

Vane apretó los dientes.

—Yo sé dónde estaba, iré a buscarlo.

—Yo lo acompaño. —La frase de Patience fue una afirmación. Con sólo mirarla a la cara, Vane comprendió que discutir sería un esfuerzo baldío, de modo que asintió brevemente.

—Permítame, mi querida señorita Debbington. —Le ofreció Penwick su brazo con untuosidad—. Naturalmente, vamos todos, para cerciorarnos de que quede usted tranquila. Yo tengo una palabra o dos que decirle a Debbington, no tema. No podemos permitirle que la perturbe a usted de modo tan negligente.

La mirada que le dirigió Patience fue fulminante.

—No hará usted semejante cosa. ¡Ya estoy harta de sus intentos de interferir, señor!

—Por supuesto. —Vane aprovechó la oportunidad para asir la mano de Patience. Se adelantó, empujó a Penwick a un lado y se llevó a la joven. Y seguidamente echó a andar en dirección a las ruinas a paso ligero.

Patience, a su lado, también corría. Con la vista fija en las ruinas, no profirió protesta alguna por tener que apretar tanto el paso para mantenerse a su altura.

Vane la miró.

—Estaba instalado al fondo, más allá de los claustros, frente a los aposentos del abad.

Patience asintió.

—Es posible que se haya olvidado del almuerzo, pero no se habría olvidado del compromiso que tenía de salir a montar contigo.

Vane volvió la vista atrás y vio que Edmond y Henry se habían dejado arrastrar por la emoción de llevar a cabo una búsqueda y habían tomado caminos separados: Edmond hacia la antigua iglesia y Henry al lado contrario de los claustros. Al menos ellos estaban siendo de utilidad; en cambio Penwick, empecinado, venía andando tras ellos.

—Sea como sea —dijo Vane al llegar al primer muro derrumbado—, Gerrard ya debería haber regresado a estas horas. Ya no hay luz, y para la hora del almuerzo ya habría cambiado la perspectiva.

Ayudó a Patience a pasar por encima de un montón de piedras desiguales y se apresuraron a recorrer el lado oeste del claustro. Henry acababa de alcanzar el lado este. Una vez en el interior de la nave, oyeron a Edmond llamando a Gerrard con su sonora voz de poeta. Pero no obtuvo respuesta.

Al llegar a la pared del fondo, Vane ayudó a Patience a subir a la fila de piedras desmoronadas desde la que se había caído tantas noches atrás. A continuación se volvió y se fijó en los aposentos del abad.

La escena que contempló fue la misma que había visto anteriormente. Exactamente la misma.

Lanzó un juramento, y no se molestó en pedir disculpas. Bajó de un salto, tomó a Patience por la cintura y la depositó sobre las viejas losas. Con su mano fuertemente agarrada, se dirigió al lugar donde estaba el caballete de Gerrard.

Ambos tardaron diez minutos en salvar todos los obstáculos —esencialmente cruzar el complejo de la abadía completo— hasta llegar a la explanada de hierba en la que se había instalado Gerrard. El césped ascendía suavemente conforme se alejaba de las dependencias del abad y después bajaba en pendiente hacia los frondosos linderos del bosque. Gerrard se había instalado debajo del punto más elevado del terreno, enfrente mismo de la pendiente, a escasos metros de una entrada en forma de arco medio derrumbada, que era todo lo que quedaba del muro que había rodeado en otro tiempo el huerto del abad.

Vane asió la mano de Patience y notó que ella cerraba los dedos alrededor de la suya, y fue directamente hacia el caballete. El papel que se agitaba encima del mismo estaba en blanco.

Patience palideció.

—Ni siquiera ha empezado a trabajar.

Vane apretó la mandíbula.

—Sí que empezó. —Tocó los restos de papel rasgado que habían quedado sujetos por las pinzas—. Han arrancado el papel.— Apretó con más fuerza la mano de Patience y miró hacia los árboles.

—¡Gerrard!

Su grito se desvaneció en el silencio.

En aquel momento se oyó un roce de botas que anunció la llegada de Henry. Remontó un muro en ruinas, se irguió y después miró fijamente el caballete abandonado. Entonces miró a Patience y a Vane.

—Ni rastro de él por donde he venido.

Por el extremo más alejado de las ruinas apareció Edmond. Al igual que Henry, se quedó mirando el caballete e hizo un gesto a su espalda.

—No está en ninguna parte de la iglesia.

Vane, con el rostro pétreo, los envió hacia los árboles.

—Empezad por ese extremo. —Ambos jóvenes asin-

tieron y se fueron. Vane posó la mirada en Patience—.
¿Prefieres esperar aquí?

Ella negó con la cabeza.

—No, voy contigo.

Vane no había esperado menos. Con la mano de ella
fuertemente agarrada, los dos volvieron sobre sus pasos
sobre el césped y dieron un rodeo para internarse en el
bosque.

Penwick, jadeando y resoplando, los alcanzó ya bien
entrados en la espesura. Estaban peinando la zona y llamando a Gerrard a voces; tras efectuar una pausa para
recobrar el aliento, Penwick soltó un silbido en actitud
crítica.

—Si me hubiera permitido hablar antes con Debbington... para hacerle ver con claridad cuáles eran sus
responsabilidades... no habría sucedido esta insensatez,
estoy seguro.

Patience se retiró un mechón de pelo de la frente y
lo miró fijamente.

—¿Qué insensatez?

—Es obvio. —Penwick había recuperado el resuello
y su actitud de costumbre—. El chico ha acudido a una
cita con alguna frívola doncella. Seguro que estaba de lo
más entretenido y poco después se internó en el bosque.

A Patience se le descolgó la mandíbula.

—¿Es eso lo que hacía usted a su edad? —inquirió
Vane, que seguía caminando sin detenerse.

—Bueno... —Penwick se ajustó el chaleco en su sitio,
y percibió la mirada de Patience—. ¡No! Por supuesto que
no. Sea como fuere, ahora no estamos hablando de mí
sino del joven Debbington. Es un bala perdida en potencia, no me cabe la menor duda. Criado por mujeres, mi-
mado, con permiso para desbocarse sin la conveniente
guía de una figura masculina. ¿Qué otra cosa cabe esperar?

Patience se puso rígida.

—Penwick. —Vane lo miró a los ojos—. Váyase a su casa o cierre la boca. De lo contrario, tendré sumo placer en hacer que se trague los dientes.

El inflexible acero de su tono de voz dejó claro que estaba hablando en serio. Penwick palideció, luego se sonrojó y por último se irguió.

—Si mi ayuda no es bien recibida, naturalmente que me iré.

Vane asintió.

—Pues váyase.

Penwick miró a Patience, la cual le devolvió una mirada glacial. Entonces, con el aire de un mártir rechazado, Penwick giró sobre sus talones y se fue.

Cuando el crujido de sus pasos dejó de oírse, Patience suspiró.

—Gracias.

—Ha sido un verdadero placer —masculló Vane. Flexionó los hombros y agregó—: De hecho, albergaba la esperanza de que se quedara y siguiera hablando.

Patience quiso emitir una risita que se le quedó enredada en la garganta.

Al cabo de otros diez minutos de infructuosa búsqueda, vieron a Edmond y a Henry a través de los árboles. Patience se detuvo y dejó escapar un suspiro de preocupación.

—No creerás —dijo volviéndose a Vane, que se había detenido a su lado— que Gerrard está de verdad con alguna criada.

Vane negó con la cabeza.

—Confía en mí. —Miró en derredor; el cinturón de bosque era estrecho, no habían dejado ninguna zona sin cubrir. Volvió a mirar a Patience—. Gerrard no siente todavía tanto interés por las mujeres.

En aquel momento llegaron Henry y Edmond. Con las manos apoyadas en las caderas, Vane miró a su alrededor por última vez.

—Regresemos a las ruinas.

Llegaron al césped situado delante del caballete de Gerrard y examinaron el gigantesco montón de piedras caídas y roca desmoronada. El sol estaba pintando el cielo de rojo; les quedaba solamente una hora hasta que la falta de luz convirtiera la búsqueda en una tarea peligrosa.

Henry expresó aquellos pensamientos con palabras:

—En realidad, esto es relativamente abierto. No parece haber tantos lugares en los que pueda ocultarse una persona.

—Pero hay agujeros, en cambio —replicó Patience—. Yo caí dentro de uno, ¿no se acuerdan?

Vane la miró, y a continuación miró el caballete... y la elevación del césped detrás de él. Giró en redondo, se acercó hasta el borde y miró.

Entonces apretó la mandíbula para decir:

—Ahí está.

Gerrard yacía desplomado de espaldas, con los brazos abiertos y los ojos cerrados. El desnivel, que parecía más bien suave desde otro punto de vista, era bastante pronunciado, pues tenía una caída de dos metros en vertical hasta una estrecha hendidura que quedaba oculta por los terraplenes inclinados que había a ambos lados.

El rostro de Patience quedó privado de color.

—¡Oh, no!

Vane bajó de un salto y aterrizó a los pies de Gerrard. Patience se acuclilló de inmediato sobre el borde, y se enrolló las faldas alrededor de las piernas. Vane oyó el murmullo y miró; en sus ojos brilló una luz de advertencia. Patience levantó la barbilla, testaruda, y se acercó un poco más al borde.

Maldiciendo por lo bajo, Vane regresó rápidamente, la sujetó por la cintura y la bajó hasta el foso para depositarla al lado de Gerrard.

En el instante mismo en que Vane la soltó, ella se arrojó de rodillas al lado de su hermano.

—¿Gerrard?

Un frío helado le atenazó el corazón. El chico estaba mortalmente pálido, sus oscuras pestañas destacaban vivamente contra sus mejillas blancas como la tiza. Patience, con mano temblorosa, le apartó un mechón de cabello y tomó su rostro entre las manos.

—Despacio —advirtió Vane—. No trates de moverlo todavía. —Comprobó el pulso de Gerrard—. El latido es fuerte. Probablemente no esté malherido, pero debemos buscar huesos rotos antes de moverlo.

Aliviada hasta cierto punto, Patience se sentó sobre los talones y observó cómo Vane examinaba el torso, los brazos y las piernas de Gerrard. Al llegar a los pies frunció el ceño.

—No parece tener nada roto.

Patience también frunció el ceño a su vez, y entonces tomó la cabeza de Gerrard, extendió las manos e introdujo los dedos en el cabello para palparle el cráneo. Encontró una aspereza, una profunda abrasión, y sintió algo pegajoso en la palma de la mano. Se quedó paralizada... y miró a Vane. Emitió un jadeo tembloroso y a continuación depositó la cabeza de Gerrard en el suelo y sacó la mano para mirársela. Estaba surcada de unos regueros de color rojo. Con el semblante blanco como la cal, levantó la mano para que la vieran los demás.

—Le han...

Se le quebró la voz.

La expresión de Vane se volvió dura como el granito.

—... Golpeado.

Gerrard recobró el conocimiento con un gemido de dolor.

Patience corrió de inmediato a su lado. Se sentó en el borde de la cama y escurrió un paño en una palangana colocada sobre la mesilla de noche. Con los hombros apoyados contra la pared, Vane observó cómo ella humedecía la frente y el rostro de su hermano.

Gerrard gimió de nuevo, pero se rindió a los cuidados de Patience. Severo e impasible, Vane aguardó. Una vez que hubieron llegado a la conclusión de que alguien había dejado inconsciente de un golpe al chico, él lo transportó en brazos hasta la casa. Edmond y Henry se encargaron de recoger los útiles de dibujo y lo siguieron. Patience, muy alterada y luchando por dominarse, se mantuvo a su lado.

Volvió a ser ella misma cuando terminaron de subir a Gerrard al piso de arriba. Sabía lo que tenía que hacer, y se puso a ello con su competencia habitual. Si bien seguía estando pálida y demacrada, no se dejó llevar por el pánico. Manifestando su aprobación en silencio, Vane la dejó impartiendo órdenes a diestro y siniestro y fue a darle la noticia a Minnie.

Al cruzar la galería había visto, en el vestíbulo de abajo, a Edmond y a Henry reunidos en tribunal, informando a los demás huéspedes de la casa del «accidente» sufrido por Gerrard. Antes de abandonar las ruinas, habían encontrado la piedra que lo había golpeado: formaba parte del viejo arco de la entrada. Para Edmond y Henry, aquello significaba que Gerrard había estado debajo del arco en un momento inoportuno, recibió el impacto del fragmento de mampostería que se desprendió del mismo, trastabilló hacia atrás y se cayó en la hendidura. Pero la opinión de Vane no era tan ingenua. Oculto en las sombras de la galería, había estudiado cada uno de los rostros, había escuchado cada una de las exclamaciones de horror. Todos parecían sinceros, fieles a las formas, fieles al carácter, ninguno le proporcionó indicación alguna de que alguien estuviera ya enterado del incidente o de que se sintiera culpable del mismo. Hizo una mueca de disgusto y continuó hacia las habitaciones de Minnie.

Después de informar a Minnie y a Timms, volvió para ayudar a Patience a echar a todos los que se habían congregado —la extraña familia entera— en la habitación de Gerrard. Si bien tuvo éxito en dicho empeño, no tuvo ninguno a la hora de echar a Minnie y a Timms.

Observó a Minnie, que estaba sentada en el viejo sillón junto a la chimenea, en la que ahora ardía un alegre fuego. A su lado se encontraba Timms, con una mano apoyada sobre el hombro de Minnie, impartiendo consuelo en silencio. La atención de las dos estaba fija en la cama. Vane escrutó el semblante de Minnie, y anotó otra víctima más en la lista del Espectro... ¿O sería del ladrón? Lo pagarían; pagarían hasta la última arruga nueva que surcaba el rostro de Minnie, la preocupación y el dolor que se leían en sus ojos.

—¡Oh! ¡Mi cabeza! —Gerrard intentó sentarse, pero Patience lo obligó a tumbarse de nuevo.

—Tienes una herida en la nuca, quédate quietecito tumbado de costado.

Aún mareado, Gerrard obedeció y recorrió con la vista la habitación en penumbra, parpadeando como un búho. Su mirada se fijó en la ventana; ya se había puesto el sol, y unas últimas pinceladas de bermellón cruzaban el cielo.

—¿Ya es de noche?

—Me temo que sí. —Vane se apartó de la pared y fue despacio hasta donde Gerrard pudiera verlo. Le ofreció una sonrisa tranquilizadora y le dijo—: Te has perdido el día.

Gerrard frunció el ceño. Patience se levantó para retirar la palangana. Gerrard alzó una mano y se tocó con cautela la nuca. Sus facciones se contorsionaron al palparse la herida. Bajó la mano y miró a Vane.

—¿Qué ha ocurrido?

Vane, aliviado tanto por la claridad como por la franqueza de la mirada de Gerrard, además de la eminente sensatez de su pregunta, respondió con un gesto:

—Abrigaba la esperanza de que tú nos contestaras a eso. Saliste a dibujar esta mañana, ¿lo recuerdas?

Gerrard volvió a fruncir el ceño.

—Los aposentos del abad desde el oeste. Recuerdo haber instalado el caballete.

Hizo una pausa. Patience volvió a sentarse a su lado y sostuvo una mano entre las suyas.

—¿Empezaste a dibujar algo?

—Sí. —Gerrard quiso asentir con la cabeza, e hizo un gesto de dolor—. Sí que estuve dibujando. Tracé las líneas generales, luego me levanté y fui a estudiar los detalles. —Arrugó la frente en su esfuerzo por recordar—. Regresé a la banqueta y continué dibujando. Entonces... —Hizo otra mueca de dolor y miró a Vane—. Nada.

—Recibiste un golpe en la nuca con una roca —lo informó Vane—. Una roca que procedía originalmente del arco de la entrada que había a tu espalda. Intenta acordarte, ¿te pusiste de pie y diste algún paso hacia atrás? ¿O no abandonaste tu sitio en ningún momento?

El ceño de Gerrard se acentuó.

—No me levanté —dijo por fin—. Estaba sentado,

dibujando. —Miró a Patience y después a Vane—. Eso es lo último que recuerdo.

—¿Viste a alguien, notaste algo? ¿Qué es lo último que recuerdas exactamente?

Gerrard arrugó el rostro y después movió la cabeza en un gesto negativo... muy ligeramente.

—No vi ni noté nada. Tenía el lápiz en la mano y estaba dibujando... Había empezado a incluir los detalles de lo que queda de la puerta principal de los aposentos del abad. —Miró a Patience—. Ya sabes cómo soy: no veo nada, no oigo nada. —Trasladó la mirada a Vane—. Estaba ajeno a todo.

Vane asintió.

—¿Cuánto tiempo estuviste dibujando?

Gerrard alzó las cejas.

—¿Una hora? ¿Dos? —Levantó un hombro—. Quién sabe. Podrían ser incluso tres, aunque dudo que fuera tanto tiempo. Déjeme ver el dibujo, y me haré una idea mejor.

Levantó la mirada, expectante; Vane intercambió una mirada con Patience y volvió a mirar a Gerrard.

—El dibujo en el que estabas trabajando fue arrancado del caballete.

—¿Qué?

La exclamación de incredulidad de Gerrard encontró eco en Timms. Gerrard sacudió la cabeza con cuidado.

—Eso es ridículo. Mis dibujos no valen nada. ¿Para qué iba querer el ladrón llevarse uno? Ni siquiera estaba terminado.

Vane intercambió una larga mirada con Patience y después volvió a fijar la vista en el rostro de Gerrard.

—Es posible que sea ésa la razón por la que te dejaron inconsciente: para que no llegaras a terminar tu último bosquejo.

—¿Pero por qué? —La pregunta de desconcierto procedía de Minnie.

Vane se volvió hacia ella.

—Si supiera eso, sabríamos mucho más.

Aquella misma noche, por acuerdo unánime, celebraron una conferencia en la habitación de Minnie. Ésta y Timms, Patience y Vane se reunieron frente a la chimenea. Sentada en el escabel junto al sillón de su tía, con una de sus frágiles manos en las de ella, Patience escrutó los rostros de los presentes, iluminados por el resplandor parpadeante del fuego.

Minnie estaba preocupada, pero por debajo de su fragilidad se le notaba una vena de pura tozudez y la determinación de averiguar la verdad. Timms parecía considerar a los malhechores que vivían entre ellos como una afrenta personal, si no contra su dignidad, desde luego sí contra la de Minnie. Estaba tercamente empeñada en desenmascarar a los villanos.

En cuanto a Vane... Patience dejó correr la mirada por sus facciones, más austeras que nunca bajo aquella cambiante luz dorada. Su rostro, todo ángulos y planos, mostraba una expresión dura. Parecía un... guerrero nato. Le vino a la cabeza aquella caprichosa idea, pero no sonrió; el adjetivo encajaba demasiado bien, parecía decidido a erradicar, a aniquilar a quienquiera que se hubiera atrevido a perturbar la paz de Minnie.

Y la suya.

Sabía que esto último era cierto, lo supo cuando sintió el contacto de las manos de Vane en sus hombros mientras la ayudaba con Gerrard, lo supo por el modo en que sus ojos examinaron su cara buscando signos de preocupación o de angustia.

La sensación de estar dentro del círculo protector de Vane resultaba dulcemente reconfortante. Aunque se decía a sí misma que era algo efímero, que pertenecía al presente y no al futuro, no podía evitar abandonarse a ello.

—¿Cómo se encuentra Gerrard? —preguntó Timms acomodándose en el segundo sillón.

—Durmiendo a salvo —contestó Patience. La ansiedad de su hermano había ido aumentando conforme se acercaba la noche, hasta que ella insistió en administrarle una dosis de láudano—. Está cómodamente en su cama, y Ada está pendiente de él.

Minnie la miró.

—¿De verdad se encuentra bien?

Vane, apoyado contra la repisa de la chimenea, cambió de postura para decir:

—No había ninguna señal de conmoción cerebral que yo pudiera ver. Sospecho que, aparte de un dolor de cabeza, mañana por la mañana volverá a ser el mismo de siempre.

Timms lanzó un resoplido.

—¿Pero quién lo golpeó? Y, ¿por qué?

—¿Estamos seguros de que lo golpearon? —Minnie miró a Vane.

Él asintió con expresión grave.

—Sus recuerdos son claros y lúcidos, no borrosos. Si estaba sentado, como él afirma, no hay manera de que lo golpeara una piedra desprendida con aquel ángulo y tanta fuerza.

—Lo cual nos lleva de nuevo a lo que he preguntado yo —dijo Timms—: Quién y por qué.

—En lo que se refiere al quién, debió de tratarse del Espectro o del ladrón. —Patience miró a Vane—. Suponiendo que no sean la misma persona.

Vane frunció el ceño.

—No parece haber muchos motivos para imaginar que son la misma persona. El Espectro no se ha dejado ver desde que lo perseguí yo, mientras que el ladrón ha continuado con sus actividades sin interrupción. Además, no existen indicios de que el ladrón sienta interés alguno por las ruinas, y en cambio para el Espectro siempre han sido una obsesión especial. —No mencionó que estaba convencido de que el ladrón era una mujer, con lo cual no era probable que tuviera la fuerza ni las agallas suficientes para atizar a Gerrard—. No podemos descartar que el culpable de hoy haya sido el ladrón, pero me parece más probable que el autor haya sido el Espectro. —Posó la mirada en la cara de Timms—. En cuanto al porqué, sospecho que Gerrard vio algo, algo que a lo mejor ni siquiera se dio cuenta de que había visto.

—O el malo pensó que había visto algo —replicó Timms.

—Se le da muy bien tomar nota de los detalles —dijo Patience.

—Un dato que conocían todos los miembros de la familia. Cualquiera que haya visto alguno de sus dibujos habrá reparado en lo detallados que son. —Vane se removió—. Yo creo que, dada la desaparición de este último dibujo, podemos extraer la conclusión de que en efecto el chico vio algo que alguien no quería que viera.

Patience hizo un gesto de desagrado.

—Él no recuerda nada especial de lo que estaba dibujando.

Vane la miró a los ojos.

—No hay motivo para que, sea lo que sea, le pareciera fuera de lo corriente.

Todos guardaron silencio, y entonces Minnie preguntó:

—¿Crees que corre peligro?

Patience miró rápidamente a Vane. Pero éste negó con la cabeza con gesto seguro.

—Se trate de quien se trate, sabe que Gerrard no sabe nada, y por lo tanto no supone ninguna amenaza para el chico en este momento. —Al ver la falta de convicción que se leía en los ojos de los presentes, explicó de mala gana—: Gerrard estuvo allí tirado durante horas, inconsciente. Si fuera una amenaza real para el malhechor, dicho malhechor tuvo tiempo de sobra para quitarlo de en medio para siempre.

Patience se estremeció, pero asintió con la cabeza. El semblante de Minnie y el de Timms adquirieron una expresión sombría.

—Quiero que atrapen a ese malvado —declaró Minnie—. No podemos continuar así.

—En efecto. —Vane se irguió—. Por eso sugiero que nos traslademos a Londres.

—¿A Londres?

—¿Por qué a Londres?

Vane, después de acomodar de nuevo los hombros contra la repisa de la chimenea, miró las tres caras vueltas hacia él.

—Tenemos dos problemas: el ladrón y el Espectro. Si tenemos en cuenta al ladrón, aunque los robos no siguen ningún ritmo ni obedecen a ninguna razón, las posibilidades de que el autor de los mismos sea un miembro de la casa son altas. Dado el número de objetos robados, ha de haber un escondite en alguna parte, porque prácticamente hemos eliminado la posibilidad de que dichos objetos se hayan vendido. Si trasladamos la familia entera a Londres, en cuanto nos vayamos de aquí, el personal de servicio, que está fuera de toda sospecha, podrá llevar a cabo un registro exhaustivo. Al mismo tiempo, cuando lleguemos a Londres, haré que registren también todo el equipaje. En una casa de la capital será mucho más difícil cometer nuevos robos y esconder lo robado.

Minnie afirmó con la cabeza.

—Entiendo. ¿Pero qué pasa con el Espectro?

—El Espectro —contestó Vane con expresión cada vez más severa— es el candidato más probable a ser el autor de lo sucedido hoy. No hay pruebas de que provenga del exterior, así que lo más seguro es que sea alguien de la casa. Todo lo que ocurrió anteriormente, los ruidos y las luces, podría deberse a alguien que recorría las ruinas por la noche, cuando no había nadie fuera. La causa de lo sucedido hoy seguramente es que Gerrard, sin saberlo, se acercó demasiado a algo que el Espectro no quiere que se vea. Todo lo que ha ocurrido sugiere que el Espectro quiere rondar por las ruinas sin tener a nadie cerca. Al trasladarnos a Londres, le damos exactamente lo que él quiere: las ruinas desiertas.

Timms frunció el entrecejo.

—Pero si es un miembro de la familia, y la familia está en Londres... —Dejó la frase sin terminar, y su rostro se iluminó al comprender—: Querrá regresar.

Vane sonrió sin humor.

—Exacto. Lo único que necesitamos es esperar a ver quién hace el primer movimiento para regresar.

—¿Pero tú crees que lo hará? —dijo Minnie con una mueca—. ¿Persistirá en su empeño, después de lo de hoy? Seguro que se ha dado cuenta de que ahora necesita tener más cuidado, debe de temer que lo atrapen.

—En cuanto al miedo de que lo atrapen, no sabría qué decir. Pero —apretó la mandíbula— estoy bastante seguro de que si lo que quiere es tener las ruinas vacías, no podrá resistirse a la oportunidad de disponer de ellas para él solo. —Miró a Minnie a los ojos—. Quienquiera que sea el Espectro, está obsesionado, y sea lo que sea lo que persigue, no va a renunciar a ello.

Y así quedó decidido: la familia entera se trasladaría a Londres tan pronto como Gerrard se encontrara lo bastante bien para viajar. Mientras hacía una última ronda por la casa silenciosa y dormida, elaboró mentalmente una lista de los preparativos que tendría que poner en práctica al día siguiente. El último paso de su ronda de sereno lo llevó al tercer piso del ala oeste.

La puerta de la habitación de Gerrard estaba abierta, y un haz de luz suave se derramaba sobre el pasillo.

Vane se aproximó sin hacer ruido. Se detuvo en las sombras del umbral y vio a Patience, que, sentada en una silla de respaldo recto junto a la cama y con las manos entrelazadas sobre el regazo, observaba cómo dormía Gerrard. La vieja Ada daba cabezadas, arrellanada en el sillón junto a la chimenea.

Por espacio de un buen rato Vane se limitó a contemplar la escena dejando que sus ojos se recrearan en las suaves curvas de Patience, en el brillo de su cabello, en su expresión profundamente femenina. La sencilla devoción que transmitían su postura y su semblante lo conmovieron; así deseaba que fueran vigilados sus hijos, cuidados, protegidos. No con la clase de protección que proporcionaba él, sino con protección y apoyo de un tipo distinto pero igualmente importante; dos caras de la misma moneda.

Sintió la ola de emoción que lo embargó; las palabras que había empleado para describir al Espectro reverberaron en su cerebro. Aquella descripción encajaba también consigo mismo: estaba obsesionado, y no pensaba darse por vencido.

Patience percibió su presencia al aproximarse. Levantó la vista y sonrió brevemente, y luego volvió a mirar a Gerrard. Vane curvó las manos sobre sus hombros, la sujetó y, suavemente pero con firmeza, la levantó de la silla. Ella frunció el ceño, pero le permitió que la atrajera al círculo de sus brazos.

Con la cabeza inclinada, Vane dijo dulcemente:

—Vámonos. Ya no corre peligro.

Ella hizo un gesto de desagrado.

—Pero...

—No le gustará despertarse y encontrarte a ti dormida en ese sillón, vigilándolo como si tuviera seis años.

La mirada que le dirigió Patience afirmaba bien a las claras que sabía exactamente qué palanca estaba moviendo. Vane la miró a su vez con una ceja enarcada en actitud arrogante y la ciñó más fuerte con el brazo.

—Nadie va a hacerle daño, y si llama, está aquí Ada. —La condujo hacia la puerta—. Le serás más útil mañana si esta noche duermes un poco.

Patience miró atrás. Gerrard continuaba profundamente dormido.

—Supongo que...

—Exacto. No pienso dejarte aquí, para que pases toda la noche en vela sin motivo. —La obligó a trasponer el umbral y cerró la puerta tras ellos.

Patience abrió bien los ojos, pues lo único que veía era oscuridad.

—Ven.

Vane le deslizó un brazo alrededor de la cintura y la estrechó con fuerza para ceñirla a su costado. Giró hacia la escalera principal, caminando despacio. A pesar de la creciente oscuridad, a Patience le resultó fácil relajarse en el calor que le proporcionaba él, hundirse en el consuelo que le daba su fuerza.

Caminaron en silencio por la casa a oscuras y pasaron al ala opuesta.

—¿Estás seguro de que a Gerrard no le va a pasar nada? —Formuló la pregunta cuando alcanzaron el corredor que llevaba a su habitación.

—Confía en mí. —Los labios de Vane le rozaron la sien—. No le pasará nada.

Hubo una nota en su voz grave y profunda que le infundió más tranquilidad que las palabras en sí. Y entonces se desvaneció el último resto de su agitación fraternal, de su inquietud acaso irracional. ¿Confiar en él?

Amparada en la oscuridad, Patience permitió que sus labios se curvaran en una sonrisa cómplice, muy femenina.

Ante ellos se erguía la puerta de su dormitorio. Vane la abrió e hizo pasar a Patience. Un caballero se habría retirado llegados a ese punto, pero él siempre supo que no era un caballero. Entró detrás de Patience y cerró la puerta.

Ella necesitaba dormir; pero él no podría descansar hasta que Patience estuviera soñando. Preferiblemente, acurrucada en sus brazos.

Patience oyó caer el pestillo y supo que Vane estaba dentro de la habitación con ella. No miró atrás, sino que se acercó lentamente hasta la chimenea. Ardía un alegre fuego, alimentado por algún sirviente atento. Se quedó contemplando las llamas.

Y trató de esclarecer qué era lo que deseaba. En aquel momento, en aquel minuto.

De él.

Vane había dicho una verdad: Gerrard ya no tenía seis años. Había pasado la época en que ella debía cuidarlo. Aferrarse supondría tan sólo refrenarlo. Pero es que su hermano llevaba tanto tiempo ocupando el centro de su vida, que necesitaba algo con que sustituirlo. Alguien.

Al menos por esa noche.

Necesitaba que alguien tomase de ella todo lo que podía dar. Dar era su salida, su alivio; necesitaba dar tanto como necesitaba respirar. Necesitaba sentirse deseada, necesitaba alguien que la tomase tal como era, por lo que era. Por lo que podía dar.

Sus sentidos buscaron a Vane al percibirlo cerca. Entonces respiró hondo y se volvió.

Y lo encontró a su lado.

Lo miró a la cara, aquellos planos angulares bruñidos por el resplandor del fuego. Los ojos de él, de un gris nublado, buscaron los suyos. Apartó a un lado todo pensamiento del mal y del bien y alzó las manos hacia su pecho.

Él se quedó inmóvil.

Patience deslizó los brazos más arriba y se acercó un poco más. Cerró las manos alrededor de su nuca, se apretó contra él y levantó las caderas hacia las de Vane.

Entonces los labios de ambos se encontraron. Y se fusionaron. Con avidez. Patience sintió las manos de Vane cerrarse sobre su cintura y después sus brazos, que la rodearon y la ciñeron como un torniquete.

Su invitación, su aceptación, provocaron a Vane un estremecimiento que le llegó al fondo del alma; a duras penas logró evitar aplastarla contra sí. Sus demonios aullaron triunfantes; él se apresuró a maniatarlos y sujetarlos, y luego volvió a centrar la atención en Patience. Ella, voluntariamente, se apretó más contra él. Vane dejó que sus manos vagaran por las delicadas formas de su espalda y fueran moldeándola a él, instando sus caderas a acercarse, y después, avanzando un poco más con las manos, tomó las firmes curvas de sus glúteos y la atrajo con fuerza hacia el hueco que formaban sus duros muslos.

Patience ahogó una exclamación y le ofreció nuevamente su boca, la cual él reclamó igual que un ave rapaz.
En lo más recóndito de su cerebro sonó una letanía de
advertencia que le recordó los demonios maniatados, los
conceptos del comportamiento civilizado, de la pericia
de la madurez... todo lo característico de su experiencia de
libertino. Dicha experiencia, sin ninguna orden consciente, propuso un plan de acción. Junto al fuego hacía calor...
de manera que ambos podían desvestirse frente a las llamas y después trasladarse a la civilizada comodidad de la
cama.

Una vez formulado el plan, Vane se centró en la puesta en práctica del mismo. Besó a Patience a fondo, explorando, sugiriendo... y sintió la rápida reacción de ella:
su lengua se enredó con la suya. Perturbado y empeñado
en experimentar de nuevo aquella dulce reacción, él la
tentó para que repitiera la caricia. Y así lo hizo Patience,
pero despacio, tan despacio que los sentidos de Vane siguieron cada uno de los movimientos, cada uno de los
deslizamientos, con aturdimiento e intensidad.

No fue hasta que por fin volvió en sus cabales y se despegó de aquel beso cuando sintió las manos de Patience
sobre su pecho. A través de la camisa, las palmas de ella lo
marcaban a fuego, lo masajeaban. Patience subió las manos hasta los hombros, pero la chaqueta estorbaba sus movimientos. Intentó quitársela. Entonces, interrumpiendo
el beso, Vane se apartó un momento y, con un movimiento de hombros, chaqueta y chaleco cayeron al suelo.

Patience se abalanzó sobre la corbata de lazo, tan
ávida como sus demonios. Vane le apartó las manos y
deshizo rápidamente el nudo para a continuación soltar
el resto de la prenda. Patience ya había transferido sus
atenciones a los botones de la camisa; en cuestión de segundos los desabrochó todos. Luego sacó los faldones de

la camisa de la cintura, la abrió y se lanzó con ansia a recorrerle el pecho con las manos y enredar los dedos en la mata de vello.

Vane la miraba a la cara y saboreaba la sorpresa y la sensualidad que expresaban sus rasgos, el brillo de emoción de sus ojos.

Y entonces se aplicó a los cordones de su vestido.

Patience estaba extasiada. Vane ya la había explorado a ella, pero ella aún no había tenido la oportunidad de explorarlo a él. Extendió los dedos y abrió los sentidos para beber de la dureza y el calor de aquellos fuertes músculos. Investigó los huecos y las anchas superficies de aquel pecho, las amplias crestas que formaban las costillas. La mata de vello castaño se le rizó y enredó en sus finos dedos, los discos planos de las tetillas se endurecieron bajo su contacto.

Todo era de lo más fascinante. Deseosa de ampliar sus horizontes, asió los bordes de la camisa.

Al tiempo que él asía las mangas de su vestido.

Lo que siguió a continuación provocó a Patience una serie de risas... risas tontas, acaloradas. Cada uno con las manos sobre el cuerpo del otro, ambos iniciaron una especie de baile al tiempo que ajustaban su contacto. Mientras Patience luchaba por quitarle a Vane la camisa, él, mucho más experto, la despojaba del vestido.

Luego la atrajo a sus brazos y se apoderó de su boca hundiéndose profundamente en ella, sujetándola con un brazo mientras con la otra mano se afanaba con los cordones de la enagua.

Patience respondió al desafío y devolvió el beso con avidez... mientras sus dedos luchaban con los botones de los pantalones de Vane. Los labios de ambos se encontraron y se fundieron, y se separaron tan sólo para fundirse de nuevo con ardor.

La enagua cayó al suelo en el mismo instante en que Patience deslizaba los pantalones de Vane por sus caderas. Él interrumpió el beso para mirarla a los ojos, y las miradas encendidas de ambos colisionaron. Entonces, con un leve juramento, Vane dio un paso atrás y se desprendió de pantalones y botas.

Patience, con los ojos muy abiertos, se recreó en la visión de aquel cuerpo, de aquellos planos brutalmente duros y esculpidos, bañados por la luz dorada del fuego.

Él levantó la vista y la sorprendió mirándolo. Se irguió, pero antes de que pudiera tocarla, ella agarró el borde inferior de su camisola y, con un movimiento lento, se la sacó por la cabeza.

Con los ojos clavados en los ojos de Vane, dejó caer la suave prenda de seda, olvidada, de sus dedos. Sus brazos y sus manos buscaron a Vane y acudió deliberadamente al encuentro de su cuerpo.

El instante dorado en que se tocaron, el primer contacto de piel desnuda contra piel desnuda, causó a Patience una sensación de exquisito placer que agitó su respiración. Cerró los ojos, apoyó los brazos sobre los anchos hombros de Vane y se apretó contra él, acomodando sus senos contra aquel pecho, sus muslos contra aquellos otros mucho más duros, su blando vientre a modo de cuna para la rampante dureza de aquella verga.

Ambos cuerpos se movieron y se deslizaron, hasta apretarse fuertemente el uno contra el otro. Los brazos de Vane se cerraron, como un torniquete de acero, alrededor de su cuerpo.

Y entonces sintió la tensión que lo atenazaba a él. La tensión contenida que estaba reprimiendo.

La fuerza y la omnipotencia que percibía en aquellos músculos contraídos, en la carne tensa que la rodeaba, se le hicieron irresistibles. La fascinaron. La envalentonaron y la estimularon. Quiso conocerlo, sentirlo, tocarlo, gozarlo. Le rodeó el cuello con los brazos con más fuerza y levantó la cabeza para rozar sus labios con los de él. Y susurró:

—Suéltate.

Pero Vane no le hizo caso; Patience no sabía, no podía saber lo que le estaba pidiendo. Bajó la cabeza y capturó sus labios en un beso largo y prolongado, diseñado para intensificar la gloriosa sensación de su cuerpo desnudo contra el de él. Patience era como seda fría, vibrante, delicada y sensual; el roce de su cuerpo era una potente caricia que lo dejaba dolorosamente excitado, que le causaba una terrible urgencia.

Necesitaba llevarla hasta la cama. Y pronto.

Ella se despegó de su boca para cubrir de besos ardientes su garganta y la sensible piel de la base del cuello.

Y para acariciarlo.

Lo tocó. Vane se quedó quieto. Con delicadeza y poco a poco, curvó los dedos alrededor del miembro rígido. Él se puso en tensión... y dejó escapar un suspiro.

La cama. Los demonios rugían ya.

Guiada por un instinto infalible, Patience cerró los dedos con más seguridad al tiempo que lamía un plano pezón con una lengua que parecía escaldar, y murmuraba:

—Suelta las riendas.

Vane sintió que la cabeza le daba vueltas.

Entonces Patience dejó de acariciarlo y alzó la cabeza. Entrelazó los brazos alrededor de su cuello y se estiró hacia arriba, contra él. Flexionó una rodilla y levantó el firme y marfileño muslo hasta su cadera.

—Tómame.

Había perdido el juicio... pero él lo estaba perdiendo también.

De su cerebro voló todo pensamiento acerca de camas y madurez civilizada. Sin ninguna orden consciete, sus manos se cerraron sobre los firmes globos de los glúteos de Patience y la levantó en vilo. Al instante ella enroscó sus largas piernas alrededor de las caderas de él y se apretó con fuerza.

Fue ella la que hizo el ajuste necesario para capturar la vibrante cabeza de su verga en la carne resbaladiza de entre sus muslos dejando a Vane suspendido, dolorido y desesperado, a la entrada.

Y fue ella la que hizo el primer movimiento para descender y atraerlo al interior de su cuerpo, para empalarse en su rígido miembro.

Vane, con todos los músculos en tensión, luchó por respirar, luchó por negar el impulso de tomarla con violencia. Patience bajó aún más y buscó los labios de Vane para acariciarlos tentativamente con los suyos.

—Suéltate.

Vane no se soltó, no podía; renunciar al control era algo que quedaba totalmente fuera de su alcance. Pero sí aflojó las riendas y aminoró el paso todo lo que se atrevió. Con los músculos contraídos y flexionados, levantó a Patience... y embistió hacia arriba al tiempo que ella se dejaba caer hacia abajo.

Patience aprendía deprisa. La siguiente vez que la levantó, ella se relajó y luego se tensó al sentir cómo el la llenaba, ralentizando su deslizamiento hacia abajo, alargándolo para absorber de él más que antes.

Vane hizo rechinar los dientes. La cabeza no dejaba de darle vueltas mientras Patience, una y otra vez, se cerraba alrededor de él con un calor abrasador. No supo en qué momento descubrió la verdad y comprendió que ella lo estaba amando, dándole placer conscientemente, derrochando las caricias más íntimas con él; pero de pronto lo vio claro como el agua.

Nunca había sido amado de esta manera, por una mujer empeñada en darle placer con tanta determinación, empeñada en violarlo.

Las hábiles caricias continuaron; Vane estaba seguro de que había perdido la razón. Sintió nacer un fuego en su interior, una llama sobre otra. Estaba ardiendo, y la fuente de aquel calor era Patience.

Se enterró en el húmedo horno que le ofrecía ella y sintió cómo lo abrazaba con audacia. Entonces, con un gemido apenas sofocado, se hincó de rodillas sobre la alfombra delante del fuego.

Ella se adaptó al instante y aprovechó con avidez el nuevo apoyo que le proporcionaba el suelo para montar a Vane con más ansia.

Él no podía aguantar ya mucho más. La sujetó fuertemente por las caderas y la sostuvo contra sí, intentando contener la respiración, desesperado por prolongar aquella gloriosa unión. Patience se cimbreaba luchando por recuperar el control. Vane apretó los dientes y dejó escapar un siseo agónico. Deslizó las manos hacia arriba, a lo largo de la espalda de Patience, y la hizo doblarse hacia atrás, de modo que sus pechos, hinchados y maduros, quedaran a su entera disposición para poder gozarlos.

Y los gozó.

Patience oyó su propia exclamación cuando la boca de Vane se cerró con ansia sobre su pezón engrosado. Momentos más tarde siguió un gemido. Ardiente y voraz, Vane le lavó los pechos y le succionó los sensibilizados pezones hasta que ella estuvo segura de estar a punto de morir. En el interior de su cuerpo, sintió cómo su duro miembro la llenaba, la completaba. Vane embistió más profundo, más hondo todavía, reclamándola por entero: cuerpo, mente y sentidos.

Atrapada en su abrazo, Patience gimió y se retorció.

Incapaz de elevarse por encima de él, pero nada dispuesta a dejarse someter, cambió de dirección y empezó a mover las caderas contra Vane.

Ahora le tocó a Vane el turno de gemir. Sintió cómo la tensión acumulada en su interior se intensificaba aún más, investida de una fuerza que no esperaba poder controlar. Ni sujetar.

Entonces introdujo una mano entre los cuerpos de ambos y deslizó los dedos a través de los rizos húmedos de Patience, hasta encontrarla. Un solo contacto fue todo lo que hizo falta para que ella estallara, fragmentada. Sus sentidos explotaron en un grito quebrado al tiempo que se despeñaba por aquel precipicio invisible y desaparecía en el dulce olvido.

Vane la siguió un instante después.

El fuego se había transformado ya en un montón de ascuas antes de que se movieran. Sus cuerpos, unidos fuertemente, estaban demasiado enredados el uno en el otro para separarse. Los dos se despertaron, pero ninguno de los dos cambió de postura, demasiado contentos con aquella cercanía, aquella intimidad.

Fue transcurriendo el tiempo, y ellos siguieron abrazados, dejando que se fueran calmando los latidos de su corazón, que se enfriasen sus cuerpos, pero con las almas aún unidas en éxtasis.

Por fin Vane bajó la cabeza y rozó con sus labios la sien de Patience. Ella levantó la vista y escrutó sus ojos. Entonces Vane la besó dulcemente, muy despacio. Cuando sus bocas se separaron, le preguntó:

—¿Has cambiado ya de opinión?

Percibió su confusión, y la entendió. Ella no se apartó, pero negó con la cabeza.

—No.

Vane no discutió. Siguió abrazándola y notó cómo lo rodeaba su calor, notó cómo el corazón de ella latía a la par que el suyo. Algunos minutos más tarde, que no se molestó en contar, la levantó y la llevó en brazos hasta la cama.

16

¿Por qué no quería casarse con él? ¿Qué tendría en contra del matrimonio?

Estas preguntas daban vueltas sin cesar en el cerebro de Vane mientras guiaba sus caballos por el camino que llevaba a Londres. Era la segunda mañana tras el accidente de Gerrard. Habiendo declarado que se sentía en perfecto estado para viajar, el muchacho se sentó en el pescante a su lado y fue contemplando el paisaje con mirada ociosa.

Vane ni siquiera veía las orejas del caballo guía, demasiado ensimismado pensando en Patience y en la situación en la que se encontraba actualmente. La propia Patience, en compañía de Minnie y de Timms, viajaba en el vehículo que seguía a su carruaje; detrás de ellas avanzaba un desfile de coches alquilados que transportaban al resto de la familia de Bellamy Hall.

Una súbita presión en el tobillo izquierdo hizo a Vane mirar hacia abajo, y vio a *Myst*, que se había enroscado alrededor de su bota. En vez de reunirse con Patience en el carruaje cerrado, la gata había sorprendido a su dueña escogiendo viajar con él. Si bien no tenía nada en contra de los gatos, ni tampoco de los jóvenes retoños, Vane hubiera preferido cambiar sus dos compañeros de viaje por Patience.

Así podría interrogarla acerca de su inexplicable postura.

Ella lo amaba, pero se negaba a casarse con él. Dadas sus circunstancias, y las de ella, dicha decisión se podía tachar de inexplicable. Con la mandíbula apretada, Vane mantuvo la vista al frente, fija entre las orejas del caballo guía.

Su plan original —el de derribar las barreras de Patience con la pasión, el de volverla tan adicta a él que terminase considerando que casarse con él era lo que más le convenía, y así confesarle qué era lo que la preocupaba— se había convertido en un problema. No había contado con que él mismo iba a volverse adicto, que iba a verse poseído por un deseo más poderoso que el que había sentido jamás; adicto hasta el punto de que dicho deseo —y sus demonios— ya no se sometían a su voluntad.

Sus demonios —y aquella necesidad ciega— se habían desbocado aquella primera vez en el granero. Él los había excusado diciéndose a sí mismo que era comprensible, dadas las circunstancias y su frustración acumulada. La noche en que invadió el dormitorio de Patience tenía todas la riendas firmemente asidas en la mano, conservó el control fríamente y con éxito, incluso bajo la fuerza plena de la pasión de ella. Y aquel éxito lo había dejado complacido, seguro de sí mismo.

Había estado a un paso de perder el control de nuevo.

Peor aún: ella lo sabía. Aquella sirena de ojos dorados lo había tentado deliberadamente... y a punto había estado de atraerlo hacia las rocas.

Que una mujer fuera capaz de reducir su cacareado autocontrol a un mero vestigio de su habitual fuerza despótica no era una idea que le gustara. La noche anterior había dormido solo... y no muy bien. Había pasado la mitad de la noche pensando, sopesando con gravedad la situación. Lo cierto era que estaba más enganchado de lo que hubiera querido. Lo cierto era que anhelaba soltarse, perderse totalmente... amándola. El simple hecho de formular aquel pensamiento fue suficiente para ponerlo nervioso, pues siempre había opinado que perder el control, sobre todo en aquel territorio, equivalía a una forma de rendición.

Rendirse a sabiendas, soltarse, tal como ella se lo había pedido... era... demasiado inquietante de imaginar.

La relación entre ambos había desarrollado peligrosas tensiones subyacentes, tensiones que él no había previsto cuando tomó aquel rumbo. ¿Qué sucedería si ella se mantuviera firme en su inexplicable negativa? ¿Podría renunciar a ella? ¿Dejarla marchar? ¿Casarse con otra mujer?

Cambió de postura en el duro asiento y movió las riendas en las manos. No quería ni siquiera pensar en aquellas preguntas; de hecho, se negó de plano a tomarlas en cuenta. Si Patience podía adoptar una postura dada, él también.

Patience iba a casarse con él, iba a ser su esposa. Lo único que tenía que hacer era convencerla de que no existía ninguna alternativa sensata.

El primer paso consistiría en descubrir la base de aquella inexplicable postura, la razón por la que no accedía al matrimonio. Conforme iba avanzando el carruaje, a paso lento para que los coches pudieran seguirlo, fue pergeñando planes para desvelar el problema de Patience, que ahora había pasado a ser suyo también.

Se detuvieron brevemente a almorzar en Harpenden. Tanto Patience como Timms pasaron el rato mimando a Minnie, que todavía estaba abatida. Aparte de una pregunta en voz baja para interesarse por el estado físico de Gerrard, Patience no tuvo tiempo que dedicarle a él. Una vez aplacados sus temores fraternales, Vane la dejó regresar al lado de Minnie y abandonó toda esperanza de hacerla subir a su carruaje. Las necesidades de Minnie eran más importantes que las suyas.

Reanudaron la marcha. Gerrard se recostó hacia atrás y contempló todo con mirada de curiosidad.

—Nunca había viajado tan al sur.

—¿Oh? —Vane no apartó la vista de los caballos—. ¿Dónde está tu hogar, exactamente?

Gerrard se lo explicó describiendo el valle situado junto a Chesterfield y empleando las palabras como si fueran pinceladas. Vane no tuvo dificultad para verlo pintado en su mente.

—Siempre hemos vivido allí —finalizó Gerrard—. En líneas generales, Patience es quien dirige las cosas, pero este último año me ha estado enseñando a llevar el negocio.

—Debió de ser duro para vosotros que vuestro padre muriera de manera tan inesperada, y difícil para tu madre y para Patience ocuparse de llevar las riendas.

El chico se encogió de hombros.

—En realidad, no. Ya llevaban varios años dirigiendo la propiedad, primero mi madre, luego Patience.

—Pero... —Vane frunció el entrecejo y miró a Gerrard—. Supongo que quien dirigía la propiedad era tu padre.

Gerrard negó con la cabeza.

—Nunca le interesó. Bueno, es que nunca estaba allí. Murió cuando yo tenía seis años, y ni siquiera entonces me acordaba de él. No recuerdo que se quedara más allá de unas cuantas noches. Mi madre decía que prefería Londres y a sus amigos de allí, y no venía por casa muy a menudo. Eso la entristecía. —Su mirada se tornó distante, perdido en los recuerdos—. Siempre estaba intentando describírnoslo, lo apuesto y caballeroso que era, lo bien que montaba con los perros de caza, la elegancia con que llevaba la capa. Cada vez que se presentaba, aunque sólo fuera por un día, mi madre siempre se mostraba ansiosa de que viéramos lo impresionante que era. —Hizo una mueca de disgusto—. Pero yo no me acuerdo en absoluto de cómo era.

Una lengua de frío golpeó el alma de Vane. Para Gerrard, con su vívida memoria visual, el hecho de no tener recuerdos de su padre decía mucho. Con todo, que un caballero de buena familia se comportase con su familia como se había comportado Reginald Debbington no era algo insólito y no constituía un delito. Vane lo sabía. Pero nunca había conocido tan de cerca a hijos de hombres así, nunca había tenido motivos para sentir pena y rabia por ellos, una pena y una rabia que ellos mismos, los afectados, no sabían que debieran sentir, por lo que no les había dado su padre. Todas las cosas que a su propia familia, los Cynster, le eran queridas y tanto defendía: la familia, la casa y el fuego del hogar. «Tener y conservar» era el lema de los Cynster. Lo primero requería lo segundo, aquello era algo que entendían todos los varones Cynster desde su infancia. Uno desea algo, lo consigue... y luego acepta la responsabilidad. De forma activa. Y en lo que se refería a la familia, los Cynster eran cualquier cosa menos inactivos.

Conforme el carruaje iba avanzando por el camino, Vane se esforzó por comprender la realidad que le había descrito Gerrard. Se lo imaginaba en casa, pero no era capaz de concebir el ambiente, cómo funcionaba. El modelo en sí —una familia sin su cabeza natural, sin su más incondicional defensor— le resultaba desconocido.

Sin embargo, sí que se imaginaba la opinión que tendría Patience —su decidida, independiente y práctica futura esposa— del comportamiento de su padre. Frunció el ceño.

—Tu padre... ¿Estaba Patience muy unida a él?

La mirada de desconcierto de Gerrard fue suficiente respuesta.

—¿Unida a él? —Alzó las cejas—. No lo creo. Cuando murió, recuerdo que Patience dijo algo acerca del deber y de lo que se esperaba. —Al cabo de un momento añadió—: Resulta difícil sentirse unido a una persona que no está presente.

«Una persona que no se merecía vuestro afecto.» Vane oyó aquellas palabras en su cerebro... y se maravilló.

Las sombras comenzaban a alargarse cuando el camino terminó en la calle Aldford, al oeste de la calle South Adley. Vane entregó las riendas a Duggan y se apeó de un salto. El carruaje de Minnie se detuvo despacio detrás del suyo, justo delante de los escalones de entrada del número 22. Discreta residencia de caballero, el número 22 había sido alquilado con escasa antelación por un tal señor Montague, un hombre de negocios para muchos de los Cynster.

Vane abrió la portezuela del carruaje de Minnie y ofreció su mano a Patience para apearse. Detrás de ella bajó Timms, y luego Minnie. Vane se guardó muy bien de intentar tomarla en brazos; en lugar de eso, con el apoyo de Patience desde el otro lado, la ayudó a subir los empinados peldaños. El resto de la familia de Minnie empezó a descender de sus respectivos coches, lo cual atrajo la atención de los últimos viandantes. De la casa salió un ejército de lacayos para ayudar con el equipaje.

La puerta principal estaba abierta en lo alto de los escalones. Patience, guiando a Minnie con cuidado, miró hacia arriba al llegar a la estrecha entrada... y descubrió un extraño personaje de pie en el vestíbulo, sosteniendo la puerta abierta. Cargado de hombros, enjuto y con una expresión que habría hecho justicia a un gato empapado, era el mayordomo más curioso que hubiese visto nunca.

Vane, sin embargo, no pareció encontrar nada de particular en él; lo saludó con un breve gesto de cabeza al tiempo que ayudaba a Minnie a trasponer el umbral.

—Sligo.

Sligo se inclinó.

—Señor.

Minnie levantó la vista y sonrió.

—Vaya, Sligo, qué sorpresa tan agradable.

Patience, que iba a la zaga de Minnie, hubiera jurado que Sligo se ruborizó. Con aire de encontrarse incómodo, se inclinó de nuevo.

—Señora.

En la confusión que siguió, mientras Minnie y Timms, y después todos los demás, eran recibidas y conducidas hasta sus habitaciones, Patience dispuso de tiempo de sobra para observar a Sligo y el mando absoluto que ejercía sobre los sirvientes más jóvenes. Tanto Masters como la señora Henderson, que habían venido acompañando a su señora, reconocieron a Sligo y lo trataron como a un respetado igual.

Para alivio de Patience, Vane distrajo a Henry, Edmond y Gerrard para que no estuvieran pegados a todo el mundo mientras los demás miembros de la familia se acomodaban. Cuando los tres se fueron por fin a explorar su nuevo alojamiento en la hora que precedió a la cena, Patience exhaló un suspiro de cansancio y se dejó caer en un diván de la salita.

Y entonces miró a Vane, que estaba en su postura habitual, con un hombro apoyado contra la repisa de la chimenea.

—¿Quién es Sligo? —inquirió.

Los labios de Vane se curvaron levemente.

—El antiguo ordenanza de Diablo.

Patience frunció el ceño.

—Diablo... ¿el duque de St. Ives?

—El mismo. Sligo actúa como delegado de Diablo cuando éste está fuera de la ciudad. Precisamente Diablo y su duquesa, Honoria, regresaron ayer a la lucha, de modo que les he tomado prestado a Sligo.

—¿Por qué?

—Porque necesitamos una persona de confianza que conozca uno o dos trucos, aquí en la casa. Actualmente, Sligo está coordinando el registro de todo el equipaje que ha llegado. Es de total confianza y de absoluta seguridad. Si quieres algo, lo que sea, pídeselo a él y dispondrá lo necesario para que lo tengas.

—Pero... —El ceño de Patience se acentuó—. Tú vas a estar aquí, ¿no?

Vane la miró directamente a los ojos.

—No. —Por los ojos dorados de Patience cruzó una sombra de consternación... ¿o simplemente decepción? Vane arrugó la frente—. No estoy desertando, pero sólo hace falta reflexionar un instante para comprender que el señor Vane Cynster, famoso por haber adquirido recientemente una cómoda casa a un tiro de piedra de aquí, en la calle Curzon, no puede de ningún modo tener una necesidad aceptable de residir bajo el techo de su madrina.

Patience hizo una mueca de disgusto.

—No había pensado en eso. Supongo que ahora que estamos en Londres tendremos que plegarnos a los dictados de la sociedad.

Al grano: que Vane no podría pasar la noche en la cama de ella.

—Exacto.

Vane suprimió toda reacción. Había otras alternativas, pero no era necesario que Patience las conociera todavía. Una vez que hubieran adaptado la relación existente entre ambos a un paso más manejable, la iniciaría en el secreto. Hasta entonces...

Se irguió y se apartó de la chimenea.

—Será mejor que me marche ya. Vendré mañana para ver qué tal os habéis instalado.

Patience le sostuvo la mirada y a continuación le tendió la mano con frialdad. Él la tomó, se inclinó y le rozó los nudillos con los labios. Y sintió el minúsculo estremecimiento que la recorrió a ella.

Satisfecho por el momento, la dejó.

—¡Oh, qué emocionante es todo esto!

Al oír el himno de alegría de Angela por décima vez aquella mañana, Patience hizo caso omiso de él. Cómodamente instalada en un extremo de uno de los dos divanes de la salita, continuó con su tarea de coser otro mantelito más. Aquella actividad la tenía ya aburrida, pero necesitaba ocupar la mente —las manos— en algo mientras esperaba a que se presentara Vane.

Suponiendo que se presentara. Ya eran pasadas las once.

A su lado, Timms estaba zurciendo; Minnie, que había sobrevivido sorprendentemente bien a los rigores del viaje, estaba arrellanada cómodamente en un enorme sillón delante de la chimenea. El otro diván estaba ocupado por la señora Chadwick y Edith Swithins. Angela —la de las declaraciones insensatas— estaba de pie junto a la ventana, observando a los transeúntes a través de las cortinas de encaje.

—No puedo esperar a verlo todo: los teatros, las modistas, las sombrererías. —Con las manos entrelazadas contra su pecho, giraba y hacía pequeñas piruetas—. ¡Es todo tan maravillosamente emocionante! —Dejó de dar vueltas y miró a su madre—. ¿Estás segura de que no podemos ir antes de almorzar?

La señora Chadwick suspiró.

—Tal como hemos acordado, esta tarde iremos a dar un corto paseo para decidir qué modistas podrían convenirnos.

—Tendrá que ser una de la calle Bruton —declaró Angela—. Pero Edmond dice que las mejores tiendas están en la calle Bond.

—Bond está justo al lado de Bruton. —Patience había pasado el viaje leyendo una guía—. Cuando hayamos recorrido toda una calle, habremos llegado a la otra.

—Oh, bien. —Una vez asegurados los planes para la tarde, Angela volvió a sumirse en sus fantasías.

Patience reprimió el impulso de echar una ojeada al reloj de la repisa de la chimenea. Oía el constante tictac, desgranando los minutos; le parecía llevar horas escuchándolo.

Ya sabía que la vida de la ciudad no era para ella. Acostumbrada a los horarios del campo, nunca iba a gustarle la costumbre de desayunar a las diez, almorzar a las dos y cenar a las ocho o más tarde. Ya era bastante malo que se hubiera despertado a su hora habitual y hubiera encontrado el comedor del desayuno vacío, con lo que tuvo que conformarse con tomar té y tostadas en la salita de atrás. Ya era bastante malo que no hubiera piano con el que distraerse. Y mucho peor era el hecho de que, por lo visto, resultaba inaceptable que saliera a pasear sin acompañante. Pero lo peor de todo era que el número 22 de la calle Aldford era mucho más pequeño que Bellamy Hall, lo cual quería decir que se encontraban todos apiñados, pegados los unos a la nariz de los otros todo el tiempo.

Tener que soportar a los demás en un espacio tan pequeño parecía pensado especialmente para volverla loca.

Y Vane no había llegado aún.

Cuando llegase, le diría sin tapujos lo que opinaba acerca de su idea de trasladarse a Londres. Más valía que expulsaran de allí al ladrón y al Espectro. Y pronto.

El reloj siguió marcando los segundos. Patience apretó los dientes y perseveró con la aguja.

Entonces se oyó un golpe en la puerta que la hizo levantar la vista. Igual que a todas las demás salvo Edith Swithins... que continuó cosiendo alegremente. Al instante siguiente llegó a los oídos de todas una voz grave y profunda. Patience suspiró para sus adentros... con un suspiro que no tenía la menor intención de examinar detenidamente. El rostro de Minnie se iluminó cuando oyó acercarse unas pisadas familiares. Timms sonrió.

Entonces se abrió la puerta y entró Vane, recibido por una panoplia de sonrisas. Su mirada fue a posarse en Patience; ella lo recibió con frialdad. Lo estudió mientras saludaba a todas con un gesto de cabeza y después se acercaba hasta Minnie con elegancia y afecto para preguntarle por su salud y qué tal había pasado la noche.

—Seguro que he dormido más que tú —repuso Minnie con un brillo de malicia en los ojos.

Vane sonrió perezosamente y no hizo ademán alguno de negarlo.

—¿Estás lista para atacar el parque?

Minnie hizo una mueca.

—Quizá mañana te permita que me convenzas para ir a dar un paseo. Por hoy, estoy contenta con quedarme aquí sentada, recuperando las fuerzas.

Su color, mejor que el de días pasados, demostraba que no corría peligro de desaparecer. Ya más tranquilo, Vane miró a Patience, que lo observaba con una frialdad reservada que no le gustó.

—Tal vez —dijo, mirando de nuevo a Minnie—, si tú prefieres quedarte, podría llevar a dar un paseo a la señorita Debbington, en tu lugar.

—Por supuesto que sí. —Minnie le dedicó a Patience una ancha sonrisa y gesticuló con la mano indicando que se fuera—. Para Patience es muy aburrido estar aquí encerrada.

Vane miró de soslayo a Patience con expresión maliciosa.

—¿Y bien, señorita Debbington? ¿Se apunta a un paseo por el parque?

Ella clavó su mirada en la de él y vaciló.

Angela abrió la boca y dio un paso al frente, pero la señora Chadwick la obligó a retroceder formando un clarísimo «no» con los labios. Angela cedió con un mohín.

Incapaz de captar nada en los ojos de Vane que explicase el desafío que contenían sus palabras, Patience enarcó una ceja y dijo:

—Por supuesto, señor. Me alegro de tener la oportunidad de tomar un poco de aire fresco.

Vane frunció el ceño para sus adentros al ver que aceptaba de buen grado, y aguardó mientras ella dejaba la labor a un lado y se levantaba del asiento para, tras un breve gesto de cabeza a Minnie y al resto, ofrecerle el brazo para salir de la salita.

Pero se detuvo en el vestíbulo.

Patience retiró la mano de su brazo y giró hacia las escaleras.

—No tardaré ni un minuto.

Vane la sujetó por el codo y la atrajo hacia sí, mirándola fijamente a los ojos, en los que ahora se leía una expresión de sorpresa. Al cabo de un momento le preguntó en voz baja:

—Los demás. ¿Dónde están?

Patience se esforzó por pensar.

—Whitticombe se ha adueñado de la biblioteca; está bien equipada pero por desgracia es bastante pequeña. Edgar y el general no tenían donde meterse, de modo que han salido a la calle, pero no sé cuánto tiempo permanecerán fuera. Edgar dijo algo acerca de echar un vistazo a Tattersalls.

—Mmm. —Vane frunció el entrecejo—. Me cercioraré de que Sligo esté enterado. —Luego volvió a mirar a Patience—. ¿Y los demás?

—Henry, Edmond y Gerrard se fueron directos a la sala de billar. —La mano con que Vane le sujetaba el codo se aflojó; Patience se liberó de ella y se irguió... para dirigirle una mirada severa—. No pienso decirte lo que opino de una casa que tiene sala de billar pero no sala de música.

Vane movió ligeramente los labios.

—Es la residencia de un caballero.

Patience hizo un ademán de desprecio.

—Con independencia de eso, no creo que el atractivo del billar mantenga satisfecho a ese trío. Están planeando toda clase de excursiones. —Hizo un gesto amplio—. A Exeter Exchange, al Haymarket, al Pall Mall. Incluso los he oído mencionar un sitio llamado La Piscina Sin Par.

Vane parpadeó.

—Ese sitio está cerrado.

—¿Ah, sí? —Patience alzó las cejas—. Pues se lo diré.

—No te preocupes. Se lo diré yo mismo. —La miró otra vez—. Voy a charlar un minuto con ellos mientras tú vas a buscar el abrigo y el sombrero.

Con un gesto altivo, Patience accedió. Vane la observó subir las escaleras y a continuación, con un ceño más decidido, se encaminó hacia la sala de billar... para establecer unas cuantas reglas básicas.

Regresó al vestíbulo principal en el momento en que llegaba Patience. Minutos después, la condujo hasta su carruaje y subió al mismo detrás de ella. El parque estaba cerca; mientras guiaba los caballos en dirección a los árboles, repasó la lista de huéspedes de Minnie. Y frunció la frente.

—Alice Colby. —Miró a Patience—. ¿Dónde está?

—No ha bajado a desayunar. —Patience enarcó las cejas—. Supongo que debe de estar en su habitación. No la he visto ni poco ni mucho, ahora que lo mencionas.

—Probablemente estará rezando. Al parecer, pasa gran parte del tiempo entregada a esa actividad.

Patience se encogió de hombros y miró al frente. Vane se fijó en ella dejando resbalar la mirada con gesto apreciativo. Con la cabeza alta y la cara al viento, Patience miraba con interés la avenida que se abría ante ellos. Por debajo del borde de su sombrero asomaban algunos mechones de pelo castaño brillante que le azotaban las mejillas. Su capa era del mismo azul claro que el sencillo vestido de mañana que llevaba debajo. Su cerebro registró el hecho de que ninguna de las dos prendas era nueva, ni mucho menos a la última moda, pero a sus ojos la imagen que proyectaba, allí sentada en su carruaje, era perfecta. Incluso aunque tenía la barbilla demasiado levantada y una expresión demasiado reservada.

Frunció el entrecejo para sus adentros y posó la vista en sus caballos.

—Necesitaremos asegurarnos de que ninguna pieza de la colección de fieras de Minnie tenga la oportunidad de salirse de su jaula y echar a andar por ahí por su cuenta. Creo que podemos contar con que no existe conspiración ni asociación, al menos entre personas que no tienen relación entre sí. Pero debemos cerciorarnos de que ninguno de ellos tenga ocasión de pasar a un cómplice objetos robados que sean valiosos, como las perlas. Lo cual quiere decir que nosotros: tú, yo, Gerrard, Minnie y Timms, con la ayuda de Sligo, tendremos que acompañarlos cada vez que salgan de la casa.

—Angela y la señora Chadwick tienen pensado visitar la calle Bruton y la calle Bond esta tarde. —Patience arrugó la nariz—. Supongo que yo podría ir con ellas.

Vane reprimió una sonrisa.

—Ve. —La mayoría de las señoras que conocía él saldrían corriendo hacia aquellas dos calles en un abrir y cerrar de ojos. El frío entusiasmo de Patience auguraba una vida apacible en Kent—. Yo he accedido, aunque con la conveniente reticencia, a hacer de guía para Henry, Edmond y Gerrard esta tarde, y le he dicho a Sligo que se mantenga vigilante respecto de Edgar y el general.

Patience frunció el ceño.

—Son muchas personas que vigilar, en caso de que decidieran salir por su cuenta.

—Tendremos que orientarles el gusto hacia los placeres de la ciudad. —Vane se fijó en los carruajes colocados en fila junto al borde—. Y ya que hablamos de eso... fíjate, ahí tienes a las grandes damas del mundillo social.

Incluso sin dicha advertencia, Patience las habría reconocido. Estaban sentadas, vestidas con elegancia, sobre asientos de terciopelo o de cuero, tocadas con complicados sombreros, los ojos brillantes y penetrantes, agitando sus manos enguantadas mientras diseccionaban y debatían hasta la última miga de un posible cotilleo. Desde jóvenes pero elegantes matronas hasta mocitas casaderas de ojos de lince, a todas se las veía firmes y seguras en su posición social. Sus carruajes jalonaban la ruta de moda mientras intercambiaban información e invitaciones.

Muchas cabezas se volvieron hacia ellos cuando pasaron sin detenerse. Sombreros que se inclinaron con elegancia; Vane devolvió los saludos pero no se detuvo. Patience se fijó en que muchos de los ojos que se veían bajo aquellos sombreros se posaban en ella. Las expresiones que detectó eran de perplejidad, de altiva reprobación o de ambas cosas. Ella las ignoró con la cabeza bien alta; sabía que su abrigo y su sombrero no iban a la moda, que eran poco atractivos. Posiblemente hasta desaliñados.

Pero iba a estar en Londres apenas unas semanas —para atrapar a un ladrón—, así que poco importaba su vestuario.

Al menos, no le importaba a ella.

Miró de reojo a Vane, pero no logró detectar en su expresión ninguna chispa que indicara que se hubiera dado cuenta. Vane no daba muestras de percatarse, y mucho menos de reaccionar, a las más arteras de las miradas dirigidas hacia él. Patience se aclaró la garganta:

—Por lo visto, hay muchas damas presentes. No pensé que hubieran vuelto tantas a la ciudad.

Vane se encogió de hombros.

—No regresa todo el mundo, pero el Parlamento ha vuelto a celebrar sesiones, así que las anfitrionas políticas se encuentran en su domicilio para ejercer su influencia por medio de los bailes y las cenas de costumbre. Eso es lo que hace regresar a muchos miembros de este mundillo. Estas pocas semanas de ajetreo social sirven para llenar el tiempo entre el verano y el comienzo de la temporada de caza.

—Entiendo.

Mientras observaba los carruajes, Patience se fijó en una dama que, en lugar de reclinarse lánguidamente y mirarlos pasar, se había incorporado de golpe. Un segundo más tarde agitó la mano con gesto imperioso.

Patience miró a Vane; a juzgar por la dirección de su mirada y por la dura expresión de su boca, ya había visto a la mujer. Su vacilación era palpable. Entonces, con una tensión creciente, sofrenó los caballos. El carruaje aminoró la marcha hasta detenerse al lado del elegante cupé ocupado por la dama, de edad similar a la de Patience, brillante cabello color castaño y un par de ojos azul grisáceos sumamente perspicaces. Dichos ojos se clavaron al instante en el rostro de Patience. Su dueña sonrió encantada.

Vane, con expresión muy seria, saludó con la cabeza.

—Honoria.

La dama posó en él su radiante sonrisa y la acentuó de modo imperceptible.

—Vane. ¿Y quién es ésta?

—Permíteme que te presente a la señorita Patience Debbington, sobrina de Minnie.

—¡No me digas! —Y sin más, le tendió la mano a Patience—. Soy Honoria, mi querida señorita Debbington.

—Duquesa de St. Ives —anunció Vane con gravedad.

Honoria no le hizo caso.

—Es un placer conocerla. ¿Cómo está Minnie?

—Mucho mejor. —Patience se olvidó de su ropa gastada y reaccionó con naturalidad a la franqueza de la duquesa—. Hace unas semanas tuvo un resfriado, pero ha sobrevivido al viaje sorprendentemente bien.

Honoria asintió.

—¿Cuánto tiempo tiene pensado quedarse en la ciudad?

Hasta que atraparan al ladrón y desenmascarasen al Espectro. Patience sostuvo la mirada despejada de la duquesa.

—Pues...

—No estamos seguros —terció Vane—. No es más

que uno de los habituales antojos de Minnie por venir a la ciudad, aunque esta vez se ha traído consigo toda su casa de fieras. —Alzó las cejas en un gesto de patente aburrimiento—. Supuestamente, para que le sirvan de distracción.

La mirada de Honoria se mantuvo clavada en su rostro el tiempo suficiente para hacer pensar a Patience qué porcentaje de la facilona explicación de Vane se había creído. Luego Honoria pasó a mirarla a ella... y le ofreció una sonrisa cálida, acogedora, mucho más personal de lo que Patience había esperado.

—Estoy segura de que volveremos a vernos pronto, señorita Debbington. —Le apretó los dedos—. Os dejo continuar, seguro que tenéis por delante una mañana muy ajetreada. De hecho —dijo mirando a Vane— yo también tengo algunas visitas que hacer.

Vane, con los labios apretados, hizo una breve inclinación de cabeza y arreó los caballos.

Mientras recorrían la avenida, Patience observó su duro semblante.

—La duquesa parece muy simpática.

—Lo es. Muy simpática. —Y también muy metomentodo, y desde luego de lo más perspicaz. Hizo rechinar los dientes para sus adentros. Sabía que la familia terminaría enterándose tarde o temprano, pero no esperaba que fuera tan pronto—. Honoria es de hecho la matriarca de la familia. —Se esforzó en buscar palabras que explicaran exactamente lo que quería decir con aquello... pero renunció. Reconocer el poder que Honoria, o cualquier otra de las mujeres Cynster, ejercía dentro de la familia era algo que él, y todos sus parientes varones, encontraban sumamente difícil.

Vane entrecerró los ojos y dirigió su carruaje hacia las verjas del parque.

—Mañana, más o menos a la misma hora, vendré a buscarte de nuevo. Un paseo a caballo o a pie parece ser la mejor manera de intercambiar información sobre lo que han hecho los otros y sobre adónde tienen la intención de ir.

Patience se puso rígida. Así que Vane la había sacado a dar aquel paseo para poder coordinar sus planes, o sea que consideraba la salida como una reunión de campaña.

—En efecto —contestó un tanto fríamente. Un instante después, añadió—: Tal vez deberíamos hacer que nos acompañara Sligo. —Al ver que Vane fruncía el ceño, continuó—: Así podríamos conocer su opinión de primera mano.

Vane frunció todavía más el ceño... y sus caballos lo distrajeron.

Mientras cruzaban las verjas del parque y se adentraban por la calzada, Patience permaneció sentada y erguida, pero por dentro era un torbellino de sentimientos. Cuando los cascos de los caballos tocaron los adoquines de la calle Aldford, alzó la barbilla para decir:

—Me doy cuenta de que te sientes comprometido a identificar al ladrón y al Espectro, pero ahora que has regresado a Londres, sin duda tendrás otros compromisos, otras distracciones en las que preferirías pasar el tiempo. —Aspiró entrecortadamente; había empezado a notar una sensación de angustia en el pecho. Se percató de la mirada rápida que le lanzó Vane, pero levantó la cabeza y, con la vista al frente, prosiguió diciendo—: Estoy segura, ahora que tenemos a Sligo con nosotros, de que podríamos encontrar una forma de obtener la información que te interesa sin que tengas que perder el tiempo en paseos innecesarios.

Patience no pensaba pegarse a él. Ahora que estaban en la ciudad, y Vane veía bien a las claras que ella no encajaba en aquel elegante mundo suyo, que no tenía nada que hacer frente a las exquisitas bellezas a las que él estaba acostumbrado a tratar, Patience no iba a intentar aferrarse a él. Como su madre se había aferrado a su padre. La de ellos era una relación temporal; Patience ya vislumbraba el final de la misma. Al dar el primer paso y aceptar lo inevitable, tal vez, sólo tal vez, estuviera preparando su corazón para el golpe.

—No tengo la intención de no verte al menos una vez al día.

Aquellas palabras, pronunciadas a regañadientes, llevaban un tinte de rabia que Patience no podía pasar por alto. Estupefacta, miró a Vane. El carruaje se detuvo, él amarró las riendas y se apeó de un salto.

Luego dio la vuelta, tomó a Patience por la cintura y la levantó en vilo del asiento para depositarla frente a él, en la acera, con movimientos a duras penas controlados.

Igual que dos pedazos de acero, sus ojos se clavaron en los de ella. Patience, sin aliento, lo miró a su vez. Su semblante era duro, el de un guerrero. Ella sintió que la invadía una oleada de furia y agresividad.

—Por lo que se refiere a distracciones —la informó Vane con los dientes apretados—, nada de este mundo puede superarte a ti.

Aquellas palabras iban cargadas de significado, un significado que Patience no entendió. Mentalmente perdida, luchó por recuperar el resuello, pero antes de que pudiera lograrlo Vane ya estaba subiendo los escalones para depositarla en el vestíbulo principal.

Luego la miró con ojos entornados.

—No esperes que llegue pronto el día en que me veas por última vez.

Y con eso, giró sobre sus talones y se marchó.

17

Dos días más tarde, Vane subió los escalones del número 22 de la calle Aldford, en busca de Patience. Si no estaba dispuesta a salir de paseo con él aquella mañana, habría problemas.

No estaba de buen humor.

Llevaba dos días sin estar de buen humor.

Desde que dejara a Patience en la calle Aldford estaba que mordía, y había ido a buscar refugio en White's para calmarse y pensar. Había dado por hecho, teniendo en cuenta la proximidad entre ellos y lo mucho de sí mismo que ya le había revelado, que Patience no podría de ninguna manera confundirlo con su padre. Pero era evidente que se había equivocado. Su actitud y sus comentarios dejaban bien claro que lo estaba juzgando por el mismo rasero que a Reginald Debbington, y que no percibía ninguna diferencia significativa.

Su reacción inicial le había infligido un violento dolor que ni siquiera ahora había llegado a suprimir del todo. Después de que la primera vez lo hiciera huir de Bellamy Hall, creyó haber superado todo dolor; pero también en eso se había equivocado.

Apartado en un rincón tranquilo de White's, pasó varias horas infructuosas componiendo discursos lacónicos y concisos para dilucidar exactamente cómo y de qué manera se diferenciaba él de su padre, un hombre para el que la familia no significaba nada. Los puntos y aparte fueron haciéndose cada vez más marcados; al final, sacrificó frases en favor de la acción. La acción, como bien sabían todos los Cynster, era mucho más elocuente que las palabras.

Tras llegar a la conclusión de que, a aquellas alturas, el daño dentro de la familia estaba hecho, se tragó su orgullo y fue a visitar a Honoria para pedirle, inocentemente, que pensara en la posibilidad de dar uno de sus bailes improvisados. Sólo para la familia y los amigos. Un baile así podría resultar una herramienta útil para su empeño: convencer a Patience de que, para él como para todos los Cynster, la palabra «familia» significaba mucho.

Los ojos como platos que puso Honoria, junto con sus profundas reflexiones, le pusieron los nervios de punta; pero cuando se mostró de acuerdo en que un baile improvisado podría quizá ser una buena idea, su furia se aplacó un poco. Dejó a la duquesa de Diablo con sus planes y se retiró para urdir los suyos. Y para cavilar con aire furibundo.

Para cuando amaneció el día siguiente y enfiló de nuevo sus caballos en dirección a la calle Aldford, ya había llegado a la conclusión de que allí tenía que haber algo más, tenía que ser algo más que un concepto equivocado lo que frenaba a Patience para el matrimonio. Estaba totalmente seguro de qué estilo de mujer había escogido; sabía en lo más profundo de su alma que no se había equivocado al juzgarla. Sólo una razón poderosa podía forzar a una mujer como ella, que poseía tanto afecto y devoción que dar, a contemplar el matrimonio como un riesgo inaceptable.

Había algo más... algo que aún no sabía del matrimonio de sus padres.

Había subido los escalones del número 22 decidido

a averiguar qué era aquello... pero le notificaron que la señorita Debbington no se encontraba disponible para salir a pasear con él. Por lo visto, había sido seducida por las modistas de la calle Bruton. Con lo cual, su estado de ánimo volvió a caer cuesta abajo.

Por suerte para Patience, Minnie estaba atenta a su llegada. Con inesperada vitalidad, reclamó la compañía de Vane para el prometido paseo por los senderos de grava de Green Park. Por el camino informó a Vane en tono jovial de que, por algún golpe benigno del destino, Honoria se había topado con Patience el día anterior en la calle Bruton y había insistido en presentarla a su modista favorita, Celestine, y el resultado fue que Patience había acudido a tomarse medidas para una serie de vestidos, entre ellos, tal como Minnie tuvo gran placer en asegurarle, uno de noche absolutamente arrebatador.

Discutir con el destino benigno resultaba imposible. Aun cuando, gracias a Edith Swithins, que se había apuntado al paseo, dicho destino se hubiera cerciorado de que no tuviera ocasión de preguntar a Minnie por el padre de Patience y por la profundidad de su ignominia.

Una hora más tarde, tranquilo al ver que Minnie había recuperado plenamente sus fuerzas, regresó al número 22, y comprobó que Patience continuaba ausente. Dejó a Minnie un lacónico mensaje para ella y partió a buscar distracción en otra parte.

Hoy, quería a Patience. Si se salía con la suya, tendría a Patience, pero eso no era probable. No era probable que se presentase una ocasión de tener intimidad de ese tipo, en las circunstancias presentes, y sentía una premonición que lo advertía de que sería poco sensato embarcarse en nuevas maniobras de seducción hasta que la relación entre ambos alcanzara un nivel firme y uniforme.

Con la mano de él sujetando fuertemente el timón.

Sligo abrió la puerta respondiendo a sus perentorios golpes. Vane pasó al interior tras saludarlo brevemente con la cabeza. Y entonces se quedó parado en seco.

En el vestíbulo se hallaba Patience, esperando. Fue un espectáculo que literalmente le cortó la respiración. Mientras su mirada se fijaba, sin poder remediarlo, en el largo abrigo de suave lana merina de color verde, de regio corte y finamente entallado, su cuello subido que enmarcaba el rostro, los guantes de color caramelo y las botas de media caña, la falda verde pálida que asomaba por debajo del borde del abrigo, Vane sintió que algo se tensaba en su interior. De repente le resultó más difícil respirar que si le hubieran propinado un puñetazo en el estómago.

Patience también llevaba el cabello, que lanzaba destellos bajo la luz que penetraba por la entrada, peinado de modo diferente, de un modo que atraía hábilmente la atención hacia sus grandes ojos dorados, hacia la cremosidad de su frente y sus mejillas y hacia el perfil delicado pero decidido de su mentón. Y hacia la blanda vulnerabilidad de sus labios.

En algún lugar recóndito de su confundido cerebro, Vane musitó una frase de agradecimiento para Honoria, seguida de un juramento. Antes ya era bastante malo; ¿cómo diablos iba a hacer frente a esto?

Hinchó el pecho y obligó a su mente a retroceder. Se concentró en el rostro de Patience... y leyó su expresión: era de calma, sin ningún tinte de emoción. Estaba aguardando obediente, tal como requerían los planes de ambos. No había nada más, eso declaraba su expresión, aparte de dar el paseo a caballo con él.

Pero fue su postura «obediente» lo que consiguió encender de nuevo su cólera. Luchando por no fruncir el entrecejo, inclinó la cabeza cortésmente y le ofreció el brazo.

—¿Lista?

Algo destelló en los grandes ojos de Patience, pero el vestíbulo estaba demasiado oscuro para poder identificar dicha emoción. Ella inclinó la cabeza con ademán ligero y aceptó su brazo.

Después se sentó, bien erguida, en el asiento del pescante del carruaje de Vane, y se esforzó por respirar a través de la jaula de hierro que le aprisionaba el pecho. Por lo menos Vane no podía desaprobar su atuendo; le habían asegurado, tanto Celestine como Honoria, que su nuevo abrigo y sombrero eran el último grito. Y el vestido nuevo que llevaba debajo era claramente mucho mejor que el viejo. Sin embargo, a juzgar por la reacción de Vane, por lo visto su atuendo no causaba mucha impresión. Se recordó a sí misma con tozudez que en realidad no había esperado que causara impresión; había comprado los vestidos porque llevaba años sin renovar su guardarropa y ahora le parecía una oportunidad perfecta para hacerlo. Cuando atraparan al ladrón —y al Espectro— y Gerrard hubiera adquirido suficiente barniz de ciudad, ambos se retirarían una vez más a Derbyshire. Y probablemente no volvería nunca más a Londres.

Se había comprado un vestuario nuevo porque era lo más sensato, y porque no era razonable forzar a Vane Cynster, un caballero elegante, a presentarse en público con una harapienta.

Aunque no parecía precisamente que a él lo preocupara mucho. Reprimió un gesto de desdén y levantó la barbilla.

—Como te dije, la señora Chadwick y Angela visitaron la calle Bruton Street la primera tarde nada más llegar. Angela nos arrastró a todas las tiendas de las modistas, incluso las que confeccionan diseños para viudas. Y preguntó el precio de todo lo que estaba a la vista. Fue de lo más embarazoso. Por suerte, las respuestas que recibió al final le pasaron factura. Al parecer, ha aceptado que quizá fuera más práctico que una costurera le hiciera unos cuantos vestidos.

Con la vista fija en los caballos, Vane dejó escapar un leve resoplido.

—¿Dónde estuvieron Angela y la señora Chadwick mientras tú estabas en el establecimiento de Celestine?

Patience se ruborizó.

—Honoria vino a nuestro encuentro en Bruton. Insistió en presentarme a Celestine... y a partir de ahí... —gesticuló— las cosas siguieron su propio curso.

—Las cosas tienen la costumbre de seguir ese curso cuando está Honoria por medio.

—Fue muy amable —replicó Patience—. Hasta trabó conversación con la señora Chadwick y con Angela durante todo el tiempo que yo estuve con Celestine.

A Vane le habría gustado saber cuánto iba a cobrarle Honoria por aquello. Y en qué moneda.

—Por suerte, el hecho de poder husmear por el salón de Celestine y conversar con una duquesa levantó mucho el ánimo a Angela. Después fuimos a la calle Bond sin más escenitas. Ni la señora Chadwick ni Angela mostraron la menor señal de querer hablar con ninguno de los joyeros cuyos establecimientos vimos al pasar, ni de pararse a hablar con nadie más durante el camino.

Vane hizo una mueca.

—En realidad, no creo que se trate de ninguna de las dos. La señora Chadwick es profundamente honrada, y Angela es demasiado cabeza de chorlito.

—En efecto. —El tono de Patience se tornó cáustico—. Tan cabeza de chorlito que no estaba dispuesta a conformarse con nada excepto rematar la tarde con una visita a Gunter's. Nada consiguió disuadirla. Estaba lleno a rebosar de jóvenes de la nobleza, la mayoría de los cuales se pasaron el tiempo lanzándole miradas incitantes. Ayer por la tarde quiso volver a ese lugar, pero en vez de eso la señora Chadwick y yo la llevamos a Hatchards.

Vane movió ligeramente los labios.

—Debió de gustarle mucho.

—Se pasó todo el tiempo quejándose. —Patience le lanzó una mirada—. Eso es todo lo que puedo contarte. ¿Qué han estado haciendo los caballeros?

—Un recorrido por la ciudad —contestó Vane con asco—. Henry y Edmond han sido poseídos por algún demonio que los empuja a pegar los ojos a todo monumento que hay en la metrópoli. Por suerte, Gerrard está bastante contento de acompañarlos y vigilarlos. Hasta ahora no tiene nada que comunicar. El general y Edgar se han instalado en Tattersalls, su centro principal de interés a diario. Los sigue Sligo o alguno de sus acólitos, hasta ahora sin resultado alguno. Yo les he organizado las tardes y las veladas después de cenar. Los únicos que aún no se han movido de la casa son los Colby. —Vane miró a Patience—. ¿Ha salido Alice de su habitación?

—No durante mucho tiempo. —Patience arrugó el ceño—. De hecho, es posible que hiciera lo mismo en Bellamy Hall. Yo me la imaginaba en los jardines o en alguna de las salitas, pero es posible que permaneciera todo el tiempo en su habitación. No es nada saludable.

Vane se encogió de hombros. Patience se volvió hacia él y estudió su rostro. Vane había conducido los caballos por un paseo menos frecuentado, apartado de la avenida de moda. Si bien había otros carruajes circulando, no necesitaban intercambiar saludos con ellos.

—No he tenido oportunidad de hablar con Sligo, pero supongo que no habrá descubierto nada.

La expresión de Vane se tornó grave.

—Nada en absoluto. En el equipaje no había ni una sola pista. Sligo está registrando a hurtadillas todas las habitaciones por si los objetos robados estuvieran escondidos en alguna parte.

—¿Escondidos? ¿Cómo?

—Me viene a la mente la bolsa de costura de Edith Swithins.

Patience lo miró fijamente.

—No creerás que ella...

—No, pero es posible que alguien más se haya fijado en lo profunda que es esa bolsa y que la esté usando para las perlas, si no para otra cosa. ¿Con qué frecuencia crees que vacía Edith la bolsa?

Patience hizo una mueca.

—Probablemente nunca.

Vane llegó a una intersección y giró con destreza hacia la derecha.

—¿Dónde está Edith en estos momentos?

—En la salita... haciendo punto, naturalmente.

—¿Su silla da a la ventana?

—Sí. —Patience frunció el ceño—. ¿Por qué?

Vane la miró.

—Porque es sorda.

Patience siguió con el ceño fruncido, hasta que lo comprendió.

—Ah.

—Exacto. Así que...

—Mmm. —Patience adoptó una expresión pensativa—. Supongo que...

Media hora más tarde, se abrió la puerta de la salita del número 22; Patience se asomó al interior. Vio a Edith Swithins sentada en el diván que miraba hacia la puerta, haciendo punto con desenfreno. Su gran bolsa de costura descansaba sobre la alfombra, al lado del diván. No había nadie más presente en la sala.

Con una sonrisa radiante, entró y dejó la puerta de tal modo que el pestillo no llegó a cerrarse, pues no sabían hasta dónde llegaba la sordera de Edith. A continuación, con actitud decidida y jovial, avanzó hasta donde se encontraba Edith.

La cual levantó la vista... y le devolvió la sonrisa.

—Cuánto me alegro de encontrarla —empezó Patience—. Siempre he querido aprender a hacer punto. Quería saber si podría enseñarme unas nociones básicas.

Edith mostró una ancha sonrisa.

—Pues claro, querida. En realidad, es bastante simple. —Y levantó la labor en alto.

Patience entornó los ojos.

—De hecho —miró alrededor— tal vez debiéramos trasladarnos a la ventana. Ahí hay mucha mejor luz.

Edith soltó una risita.

—He de confesar que en realidad no necesito ver los puntos. Llevo tanto tiempo haciendo esto... —Se levantó del diván—. Voy por la bolsa...

—Ya voy yo. —Patience alargó la mano hacia la bolsa... y reconoció para sus adentros que Vane estaba en lo cierto. Era profunda, estaba llena y, sorprendentemente, pesaba mucho. Estaba claro que había que registrarla. La recogió del suelo y dio media vuelta—. Voy a acercarle ese sillón.

Para cuando Edith, cargando con su labor, terminó de atravesar la salita, Patience ya tenía colocado un mullido sillón junto a la ventana, de espaldas a la puerta. Dejó la bolsa de punto al lado, oculta a la vista del ocupante del sillón por el ancho brazo del mismo, y ayudó a Edith a sentarse.

—Y si yo me siento aquí, en el asiento de la ventana, tendremos abundante luz para ver.

Edith, complaciente, se recostó en el sillón.

—Bien. —Levantó la labor—. Lo primero en que hay que fijarse...

Patience fijó la vista en los finos hilos. Entonces, en la periferia de su visión se abrió lentamente la puerta y entró Vane. Cerró con cuidado y, sin hacer ruido, se acercó a ellas. Una tabla crujió bajo su peso. Se quedó petrificado. Patience se puso en tensión. Edith siguió charlando alegremente.

Patience volvió a respirar. Vane avanzó suavemente y desapareció de la vista por detrás del sillón de Edith. Patience vio cómo se deslizaba sobre el suelo la bolsa de Edith. Se obligó a escuchar las instrucciones de ésta y a seguirlas lo suficiente como para formular preguntas sensatas. Ella, sonriente de orgullo, iba impartiendo sus conocimientos. Patience la animó y elogió, con la esperanza de que el Todopoderoso la perdonase por aquel perjurio, ya que lo estaba cometiendo en nombre de la justicia.

Vane, agachado en cuclillas detrás del sillón, hurgó en la bolsa y luego, comprendiendo la futilidad de dicho esfuerzo, la volcó con cautela sobre la alfombra. El contenido consistía en un surtido de toda clase de cosas, muchas de ellas imposibles de identificar, al menos para él; lo esparció por el suelo intentando recordar la lista de objetos que habían sido sustraídos en los últimos meses. Fuera como fuere, las perlas de Minnie no estaban en el interior de la bolsa de Edith.

—Y ahora —dijo Edith—, sólo necesitamos un ganchillo... —Miró al lugar donde había dejado su bolsa.

—Ya se lo doy yo. —Patience se agachó y tendió las manos como si la bolsa estuviera allí—. Un ganchillo —repitió.

—Que sea uno fino —añadió Edith.

Ganchillo. Fino. Detrás del sillón, Vane miró fijamente el conjunto de innombrables utensilios. ¿Qué diablos era un ganchillo? ¿Cómo era, fino o como fuera? Tras examinar y descartar frenéticamente varios objetos de carey, sus dedos dieron por fin con una varilla delgada terminada en una fina punta de acero que tenía un gancho en el extremo, una especie de arpón en miniatura.

—Sé que tiene que estar por ahí. —La voz de Edith, ligeramente quejumbrosa, lanzó a Vane a la acción. Pasó el brazo hacia la parte delantera del sillón y puso el utensilio en la mano extendida de Patience.

Ella lo asió con fuerza.

—¡Aquí está!

—Estupendo. Bien, pues ahora lo metemos aquí, así...

Mientras Edith continuaba con sus explicaciones y Patience aprendía obedientemente, Vane introdujo el contenido de la bolsa por las fauces abiertas de la misma. La sacudió un poco para que se asentara todo y volvió a depositarla al lado del sillón. Acto seguido, con sumo cuidado, se incorporó y se dirigió sigilosamente hacia la puerta.

Ya con una mano en el picaporte, miró atrás; Patience no levantó la vista. Sólo cuando se encontró de nuevo en el vestíbulo principal, con la puerta de la salita bien cerrada, pudo respirar con libertad otra vez.

Patience se reunió con él en la sala de billar media hora más tarde. Se sopló los finos mechones de pelo sueltos que se le enredaban con las pestañas y lo miró a los ojos.

—Ya sé sobre hacer punto más cosas de las que podré saber jamás, ni aunque viviera cien años.

Vane sonrió. Y se inclinó sobre la mesa.

Patience hizo una mueca de desagrado.

—Deduzco que no has encontrado nada en la bolsa.

—Nada. —Vane apuntó para su siguiente golpe—. Nadie está utilizando la bolsa de Edith como escondite, seguramente porque, una vez que un objeto cae allí dentro, es posible que no vuelva a encontrarse nunca.

Patience contuvo una risita. Contempló cómo Vane cambiaba de postura y alineaba la tirada. Al igual que en Bellamy Hall, se había quitado la chaqueta. Por debajo del ajustado chaleco sus músculos se agitaron y después se tensaron. Golpeó la bola limpiamente y la envió rodando a la tronera de enfrente.

Luego se irguió. Miró a Patience y se percató de su mirada fija. Entonces levantó el taco de la mesa y se acercó despacio a ella. Se detuvo justo delante de su rostro.

Ella parpadeó, aspiró aire a toda prisa y lo miró a su vez.

Vane le sostuvo la mirada. Al cabo de un momento, murmuró:

—Preveo ciertas complicaciones.

—¿Oh? —Patience ya había apartado la vista de sus ojos, para posarla en sus labios.

Vane, apoyando su peso en el taco de billar, recorrió la cara de Patience con la mirada.

—Henry y Edmond. —Las curvas de sus labios atrajeron su atención—. Se están volviendo demasiado inquietos.

—Ah. —Entre los labios de Patience apareció la punta de la lengua, que pasó delicadamente sobre ellos.

Vane respiró hondo, desesperado. Y se acercó un poco más.

—Puedo sujetarles las riendas durante el día, pero por la noche...—ladeó la cabeza— puede ser un problema.

Aquellas palabras se desvanecieron cuando Patience se estiró hacia él.

Los labios de ambos se tocaron, se rozaron y por fin se trabaron con más fuerza. Las manos de Vane estrujaron el taco de billar; Patience se estremeció... y se abandonó al beso.

—Debe de estar en la sala de billar.

Vane levantó la cabeza de golpe; con un juramento, cambió de postura y se puso delante de Patience para que no la vieran desde la puerta. Ella se ocultó más en las sombras del otro lado de la mesa, donde su sonrojo sería menos visible. Además del deseo que ardía en sus ojos. Cuando la puerta se abrió de par en par, Vane estaba apuntando a una bola con total indiferencia.

—¡Aquí está! —exclamó Henry entrando en la sala.

Seguido de Gerrard y Edmond.

—Ya hemos visto bastantes cosas por hoy. —Henry se frotó las manos—. Es el momento perfecto de echar una partidita.

—Me temo que en mi caso, no. —Serenamente, Vane entregó su taco a Gerrard y reprimió el impulso de estrangularlos a todos. Luego recogió su chaqueta—. Sólo estaba haciendo tiempo para deciros que volveré a las tres. Me esperan en otro sitio para almorzar.

—Oh, está bien. —Henry alzó una ceja en dirección a Edmond—. ¿Te apuntas?

Edmond, tras intercambiar una sonrisa con Patience, contestó con un encogimiento de hombros:

—¿Por qué no?

Gerrard se les unió después de saludar a su hermana. Ésta, con el pulso disparado y todavía sin aliento, salió de la sala por delante de Vane.

Oyó la puerta cerrarse tras ellos, pero no se detuvo. No se atrevía. Continuó hasta el vestíbulo principal, y sólo entonces se volvió y, con la calma que pudo reunir, se encaró con Vane.

Él la miró fijamente y torció los labios en un gesto irónico.

—Hablaba en serio al hacer ese comentario sobre Henry y Edmond. He aceptado llevar esta noche a Gerrard, a Edgar y al general a White's. Henry y Edmond no desean ir, y aunque quisieran no podríamos tener todo el tiempo la vista encima de ellos. ¿Existe alguna posibilidad de que tú los llames al orden?

La mirada que le dirigió Patience fue muy elocuente.

—Veré qué puedo hacer.

—Si puedes mantenerlos bien sujetos, te estaré eternamente agradecido.

Patience contempló el brillo de aquellos ojos grises y se preguntó de qué modo podía aprovechar mejor dicha deuda, qué podría pedirle. Entonces reparó en que su mirada había vuelto a posarse en los labios de Vane, y se apresuró a asentir brevemente.

—Lo intentaré.

—Hazlo. —Sosteniéndole la mirada, Vane levantó un dedo y recorrió el perfil de su mejilla, y después le dio un ligero golpecito—. Más tarde. —Y con una inclinación de cabeza se encaminó hacia la puerta.

Para Patience, la actuación musical de lady Hendrick aquella noche resultó ser una experiencia eminentemente olvidable. Además de ella, asistieron a la misma Minnie y Timms, los tres Chadwick y Edmond.

Inducir a Henry y a Edmond a unirse al grupo había sido bastante simple; tras el almuerzo, solicitó a Gerrard con gesto encantador que acompañase al resto del grupo, constituido en su totalidad por féminas. Puesto en semejante aprieto, Gerrard se sonrojó y recurrió a una disculpa; mientras, Patience había visto por el rabillo del ojo que Henry y Edmond se miraban el uno al otro a hurtadillas. Antes de que Gerrard llegase al final de su explicación, lo interrumpió Henry para ofrecer sus servicios. Edmond se acordó de la relación existente entre la música y el drama y declaró que también acudiría.

Mientras cruzaban el umbral de la sala de música de lady Hendrick, Patience se felicitó por su éxito magistral.

Se inclinaron cortésmente ante la anfitriona y pasaron al interior de la ya atestada salita. Patience lo hizo detrás de Minnie, del brazo de Edmond. Henry había sido reclamado por su madre. Minnie y Timms eran muy conocidas; los que las saludaban le sonreían también a Patience, la cual, ataviada con un vestido nuevo, devolvía los saludos con serenidad, asombrada para sus adentros de la seguridad que proporcionaba ir vestida de seda verde musgo.

Timms condujo a Minnie hasta un diván en el que aún había sitios libres. Se apropiaron del espacio que quedaba y trabaron conversación con la dama ya acomodada en el otro extremo, dejando que el resto del grupo pululara sin rumbo fijo.

Con un suspiro para sus adentros, Patience se encargó de la situación:

—Ahí hay una silla libre, Henry. ¿Te importaría traérsela a tu madre?

—Oh, está bien. —Henry fue hasta una silla arrimada contra la pared, que nadie reclamaba. A una llamada de la anfitriona, todos los invitados se fueron acomodando, y de pronto se vio que los asientos eran escasos.

De modo que sentaron a la señora Chadwick al lado del diván de Minnie.

—¿Y yo, qué? —Angela, que lucía un vestido blanco

profusamente adornado con rosas y cinta de color cereza, se retorcía los dedos con dicha cinta.

—Ahí quedan algunas sillas. —Edmond señaló unos pocos asientos vacíos en las filas de sillas alineadas frente al pianoforte y el arpa.

Patience asintió.

—Nos sentaremos ahí.

Se dirigieron hacia las sillas, y casi habían alcanzado su objetivo cuando Angela se paró en seco.

—Me parece que será mejor el otro lado.

Patience no se dejó engañar; al otro lado de la sala se habían juntado, de mal humor, los pocos jóvenes de la nobleza obligados por sus madres a asistir a la velada.

—Tu madre esperará que te sientes al lado de tu hermano. —Enlazó el brazo en el de ella para anclarla a su costado—. Las jovencitas que rondan por ahí por su cuenta adquieren enseguida la reputación de atrevidas.

Angela frunció los labios y dirigió una mirada anhelante al otro extremo de la sala.

—No son más que unos cuantos metros.

—Demasiados metros.

Llegaron a las sillas vacías y Patience se sentó arrastrando a Angela consigo. Edmond ocupó la silla situada a la izquierda de Patience; Henry, en vez de acomodarse junto a su hermana, optó por colocarse detrás de Patience. Cuando aparecieron los músicos en medio de un cortés aplauso, Henry movió hacia delante su silla para susurrarle a Angela que se apartara hacia un lado.

Varias miradas reprobatorias se volvieron hacia ellos. Patience giró la cabeza y lo miró furiosa. Henry desistió.

Patience, con un suspiro de alivio, se acomodó en su silla y se preparó para centrar su atención en la música. Entonces Henry se inclinó hacia ella y le susurró al oído:

—Una reunión muy elegante, ¿verdad? Yo diría que

así es como las damas de la sociedad pasan la mayoría de las veladas.

Antes de que Patience pudiera reaccionar, el pianista posó los dedos sobre el teclado e inició un preludio, uno de los favoritos de Patience. Suspirando para sí, se preparó para recrearse en el consuelo de aquellos familiares acordes.

—Es de Bach. —Edmond se inclinó un poco más, moviendo la cabeza al ritmo de la melodía—. Una bonita pieza. Ideada para transmitir la alegría de la primavera. Resulta extraño que la hayan escogido para esta época del año.

Patience cerró los ojos y los labios con fuerza. Entonces oyó que Henry se acercaba a su hombro.

—El arpa suena como la lluvia de primavera, ¿no le parece?

Patience hizo rechinar los dientes.

A continuación le llegó la voz de Edmond:

—Mi querida señorita Debbington, ¿se encuentra usted bien? Parece un tanto pálida.

Ella apretó las manos con fuerza sobre el regazo para resistirse al impulso de propinar unos cuantos capirotazos. Abrió los ojos y murmuró:

—Me temo que tal vez me esté dando un poco de jaqueca.

—Oh.

—Ah.

Volvió a reinar un bendito silencio... por espacio de medio minuto.

—Tal vez si...

Con las manos cerradas en dos puños, Patience cerró los ojos y la boca de nuevo, y deseó poder cerrar también los oídos. Al segundo siguiente, sintió una clara punzada de dolor en las sienes.

Negó la música, negó toda justicia natural y se puso a imaginar la recompensa que iba a reclamar como compensación a que le hubieran echado a perder la velada. La próxima vez que viera a Vane. Más tarde. Cuando fuera.

Al menos, Edith Swithins y los Colby habían tenido la sensatez de quedarse en casa.

Exactamente en aquel momento, en la sacrosanta semipenumbra de la sala de naipes de White's, Vane, con la vista fija en Edgar y en el general, ambos sentados a una mesa jugando al *whist*, bebió con lentitud un trago del excelente vino del club mientras pensaba que la velada de Patience seguramente no sería, no podía ser, más aburrida que la suya.

Oculto en la penumbra, arropado por aquel ambiente silencioso y contenido que rezumaba aromas masculinos como el del buen cuero, el humo de tabaco y la madera de sándalo, se había visto obligado a declinar numerosas invitaciones, obligado a explicar, con una ceja arqueada en expresión lánguida, que se encontraba cuidando del sobrino de su madrina. Aquello, en sí mismo, no sorprendió a nadie; lo que sí sorprendió fue que al parecer opinaba que el hecho de cuidar del chico impedía sentarse a jugar una partida de cartas.

Y es que no podía explicar sus verdaderos motivos.

Reprimió un bostezo y recorrió la estancia con la mirada. Enseguida localizó a Gerrard, que estaba observando el juego que tenía lugar en la mesa. El interés que mostraba era académico, pues no parecía albergar deseo alguno de unirse al juego.

Tomó nota mentalmente de informar a Patience de que su hermano mostraba escasa tendencia a picar el cebo que había envilecido a tantos hombres y se estiró, movió los hombros y volvió a apoyarse contra la pared.

Tras cinco minutos de total falta de acontecimientos, fue a su encuentro Gerrard.

—¿Ha habido algo de acción? —El muchacho señaló la mesa a la que estaban sentados Edgar y el general.

—No, a menos que uno cuente las veces que el general confunde los bastos con las espadas.

Gerrard sonrió y observó el salón.

—Éste no parece ser un lugar adecuado para que alguien pase mercancías robadas.

—Sin embargo, es un lugar muy bueno para tropezarse inesperadamente con un viejo amigo. Pero ninguno de nuestros dos pichones da muestras de querer poner fin a su animadísima actividad.

La sonrisa de Gerrard se acentuó.

—Por lo menos, así es más fácil vigilarlos. —Miró a Vane—. Si quiere reunirse con sus amigos, yo puedo arreglármelas solo. Si hacen algo, iré a buscarlo.

Vane negó con la cabeza.

—No estoy de humor. —Gesticuló hacia las mesas—. Ya que estamos aquí, tú también podrías intentar ampliar tus horizontes. Limítate a no aceptar ningún desafío.

Gerrard rió.

—No es mi estilo.

Y volvió a marcharse para empezar a pasear por entre las mesas, muchas de ellas rodeadas por caballeros que disfrutaban viendo jugar a los otros.

Vane se hundió de nuevo en las sombras. No se había sentido tentado, ni siquiera vagamente, a aceptar el ofrecimiento de Gerrard. En aquel momento no estaba de humor para unirse a la típica camaradería de una partida de cartas. En aquel momento su mente estaba ocupada por completo por una pregunta sin responder, por un enigma, por una destacada anomalía.

Por Patience.

Necesitaba con desesperación hablar con Minnie a solas. De la vida familiar de Patience, de su padre; allí radicaba la clave... la clave de su futuro.

Aquella noche había sido un desperdicio: no había hecho ningún progreso. En ningún aspecto.

El día siguiente sería distinto. Él se encargaría de que lo fuera.

La mañana siguiente amaneció luminosa y despejada. Vane acudió al número 22 lo más temprano que pudo. A lo lejos se oyó el tañido de una campana... once campanadas. Agarró el llamador con el semblante duro. Aquel día estaba decidido a hacer progresos.

Dos minutos más tarde volvió a bajar los escalones de la entrada. Se subió a su carruaje de un brinco y soltó las riendas, esperando impaciente a que Duggan se colocara detrás para espolear los caballos en dirección al parque.

Minnie había alquilado un cupé.

En el instante en que las vio supo que había sucedido algo de suma importancia. Estaban... no existía otra palabra para describirlas... alteradas. Estaban allí todas, apiñadas dentro del cupé: Patience, Minnie, Timms, Agatha Chadwick, Angela, Edith Swithins y, por extraño que pareciera, también Alice Colby. Iba vestida tan de oscuro y tan triste, que bien podría confundirse su atuendo con los velos de una viuda; las demás lucían un aspecto mucho más atractivo. Patience, ataviada con un vestido de paseo verde claro, estaba para comérsela.

Vane situó su carruaje detrás del cupé y frenó sus apetitos igual que frenó a sus caballos.

—Acabas de perderte la visita de Honoria —le contó Minnie antes de que hubiera alcanzado siquiera el carruaje—. Va a dar uno de sus bailes improvisados, y nos ha invitado a todos.

—¿De veras? —Vane adoptó su expresión más inocente.

—¡Un baile de verdad! —Angela empezó a dar saltitos en el asiento—. ¡Va a ser simplemente maravilloso! Tendré que hacerme un vestido de baile nuevo.

Agatha Chadwick lo saludó con un gesto de cabeza.

—Ha sido una amabilidad por parte de su prima el invitarnos a todos.

—No he asistido a un baile desde hace no sé cuánto tiempo. —Edith Swithins sonrió a Vane—. Será casi una aventura.

Vane no pudo evitar devolverle la sonrisa.

—¿Y cuándo va a ser?

—¿No te lo ha dicho Honoria? —Minnie frunció el entrecejo—. Creo que dijo que tú lo sabías... Es el próximo martes.

—El martes. —Vane asintió como si quisiera aprenderse el dato de memoria. Miró a Patience.

—Vaya una tontería, eso de los bailes —dijo Alice Colby casi con un bufido de desprecio—. Pero dado que esa señora es una duquesa, seguro que Whitticombe dirá que hemos de acudir. Por lo menos es seguro que será un evento debidamente refinado y digno. —Alice hizo aquel comentario para todos en general. Cuando terminó, cerró los labios fruncidos y fijó la vista al frente.

Vane se la quedó mirando con un gesto de desagrado. Y también Minnie y Timms. Todos ellos habían asistido a bailes improvisados que había dado Honoria; con todos los Cynster reunidos en un mismo salón, lo refinado y lo digno solía verse dominado por lo robusto y lo vigoroso. Decidió que ya era hora de que Alice supiera cómo vivía la otra mitad, se limitó a enarcar una ceja y volvió a centrar su atención en Patience.

Precisamente en aquel momento ella lo estaba mirando. Sus miradas se tropezaron; Vane juró para sus adentros. Necesitaba hablar con Minnie, y quería hablar con Patience. Pero teniéndola allí sentada, esperando a que él la invitase a dar un paseo, no podía pedirle lo mismo a Minnie sin añadir un problema más a la lista y sin dejar a Patience con la sensación de que, después de todo, había comenzado a retroceder en sus afectos.

Sus afectos, que en aquel instante se sentían famélicos. Desesperados. Anhelando atención. Anhelándola a ella.

Alzó lánguidamente una ceja.

—¿Le apetece dar un paseo a pie, señorita Debbington?

Patience advirtió la sed en sus ojos, breve, fugaz, pero lo bastante clara para reconocerla. Y el torniquete que ya le oprimía el pecho se atornilló todavía más. Inclinó la cabeza con donaire, le tendió una mano enguantada... y luchó por reprimir el estremecimiento de emoción que la recorrió de arriba abajo cuando Vane cerró los dedos con fuerza alrededor de los suyos.

Vane abrió la portezuela y la ayudó a apearse. Ella se volvió hacia el carruaje. La señora Chadwick sonreía; Angela tenía los labios fruncidos; Edith Swithins mostraba una clara sonrisa de oreja a oreja. Sin embargo Minnie agitó sus chales e intercambió una mirada rápida con Timms.

—En realidad —dijo Timms—, opino que deberíamos emprender ya el regreso. La brisa está refrescando.

Era un día del veranillo de san Martín: el sol brillaba con luminosidad, y la brisa era casi un bálsamo.

—En fin, tal vez tengas razón —gruñó Minnie, lanzando una mirada a Patience—. No hay razón para que no vayas a dar un paseo... Vane puede traerte luego a casa en su carruaje. Sé lo mucho que echas de menos pasear por ahí.

—Así es. Te veremos en casa más tarde. —Timms pinchó al cochero con la punta del parasol—. ¡A casa, Cedric!

A punto de quedarse mirando el carruaje con expresión confusa, Patience sacudió la cabeza. A su lado apareció Vane. Apoyó la mano sobre su brazo y levantó la mirada hacia su rostro.

—¿A qué ha venido todo eso?

Los ojos de Vane se clavaron en los suyos. Alzó las cejas.

—Minnie y Timms son unas inveteradas casamenteras. ¿No lo sabías?

Patience volvió a sacudir la cabeza.

—Nunca se habían comportado así conmigo.

Ni tampoco lo habían tenido a él en su punto de mira. Vane se guardó aquello para sí y condujo a Patience hacia el césped. Había muchas parejas paseando cerca del camino de coches. Mientras saludaban y sonreían, devolviendo inclinaciones de cabeza, fueron desviándose hacia una zona menos concurrida y Vane dejó que sus sentidos se recrearan en la experiencia de tener a Patience una vez más a su lado. La llevaba tan cerca como lo permitía la decencia; las faldas de color verde de ella le rozaban las botas. Era toda una mujer, suave y llena de curvas, a escasos centímetros de él; notó que se endurecía con sólo pensarlo. La brisa que soplaba contra ellos hacía flotar su perfume hacia su rostro: madreselva, rosas, y aquel aroma difícil de identificar que desataba hasta el último de sus instintos de cazador.

De pronto se aclaró la garganta y dijo:

—¿Sucedió algo anoche? —Supuso un esfuerzo elevar la voz desde el tono arenoso en el que estaba hundida.

—Nada. —Patience le dirigió de soslayo una mirada penetrante, ligeramente curiosa—. Por desgracia, Edmond y Henry han vuelto a competir entre sí. Robar objetos, o esconderlos, parece algo demasiado ajeno a su mente. Si alguno de los dos es el ladrón o el Espectro, estoy dispuesta a comerme mi sombrero nuevo.

Vane hizo una mueca.

—No creo que corra peligro tu sombrero nuevo. —Estudió la creación que lucía Patience sobre el cabello—. ¿Es éste?

—Sí —contestó ella, un tanto mordaz. Por lo menos podría haberse fijado.

—Pensé que sería distinto. —Vane agitó la escarapela que le colgaba sobre la ceja... y respondió a su mirada con una expresión de exagerada inocencia.

Patience hizo un gesto de desdén.

—Deduzco, entonces, que el general y Edgar no hicieron anoche ninguna maniobra sospechosa.

—Sospechosas, muchas, pero más bien del estilo de estar sospechosamente despistados. Sin embargo, más en concreto, Masters ha recibido noticias de Bellamy Hall.

Los ojos de Patience se agrandaron.

—¿Y?

Vane hizo una mueca.

—Nada. —Miró de frente y sacudió la cabeza en un gesto negativo—. No logro entenderlo. Sabemos que los objetos robados no se han vendido. No los hemos hallado en el equipaje que hemos traído a la ciudad. Pero tampoco se encuentran en Bellamy Hall. Grisham y el personal de servicio han sido muy concienzudos, han registrado hasta el revestimiento de los muros en busca de paneles ocultos, porque existen algunos. Yo no le dije a

Grisham dónde estaban situados, pero los ha descubierto todos. Vacíos, claro está, yo mismo lo comprobé antes de irnos. Han registrado todas las habitaciones, todos los escondrijos y todas las grietas. Han mirado debajo de tablones sueltos. También han examinado el terreno y las ruinas. A fondo. A propósito, han encontrado algunas alteraciones justo al otro lado de la puerta de los aposentos del abad.

—¿Oh?

—Alguien ha despejado una parte del enlosado. Hay un anillo de hierro insertado en una piedra, un antiguo portón. Pero dicho portón no se ha abierto recientemente. —Vane capturó la mirada de Patience—. Hace años lo abrimos Diablo y yo, y el sótano que había debajo se llenó de tierra. Debajo de esa piedra no hay nada, ni un solo agujero donde poder ocultar algo. Así que eso no explica nada, y menos aún la razón por la que golpearon a Gerrard.

—Mmm. —Patience frunció el ceño—. Le preguntaré si recuerda haber visto algo más antes del golpe.

Vane asintió con ademán ausente.

—Por desgracia, nada de eso arroja luz sobre este misterio. El rompecabezas de adónde han ido a parar los objetos robados, incluidas las perlas de Minnie, se complica más a cada día que pasa.

Patience hizo una mueca de disgusto y apretó un poco más el brazo de Vane, simplemente porque parecía lo apropiado, consolar y solidarizarse.

—Tendremos que mantenernos vigilantes. En guardia. Ya ocurrirá algo. —Miró a Vane a los ojos—. Tiene que ocurrir.

No había discusión respecto de aquel punto. Vane deslizó la mano libre sobre los dedos de Patience y le sujetó la mano contra su manga.

Caminaron varios minutos en silencio, hasta que Vane la miró y le preguntó:

—¿Estás emocionada por la perspectiva del baile de Honoria?

—Claro que sí. —Patience le dirigió una mirada fugaz—. Entiendo que es un honor haber sido invitada. Como has visto, la señora Chadwick y Angela están como locas. Respecto a Henry, sólo espero que el asombro lo supere. En cambio Edmond no quedará impresionado; estoy segura de que vendrá, pero dudo que ni siquiera un baile ducal tenga peso suficiente para bajarle los humos.

Vane tomó nota mentalmente de mencionarle aquello a Honoria.

Patience lo miró con el ceño fruncido.

—¿Vas a acudir tú?

Vane levantó las cejas.

—Cuando Honoria da una orden, todos obedecemos al instante.

—¿Tú también?

—Es la esposa de Diablo. —Al ver el persistente ceño de Patience, explicó—: Diablo es el jefe de la familia.

Patience volvió la mirada al frente y formó un «oh» con los labios. A las claras se veía que seguía confusa.

Vane torció los labios en una mueca irónica.

—En el carruaje de Honoria había otras dos damas, cuando se detuvo para invitarnos. —Miró a Vane—. Supongo que también eran de la familia Cynster.

Vane mantuvo una expresión impasible.

—¿Cómo eran?

—Eran mayores. Una tenía el pelo oscuro y hablaba con acento francés. La presentaron como la Viuda.

—Es Helena, duquesa viuda de St. Ives, la madre de Diablo. —Su otra madrina.

Patience asintió.

—La otra tenía el pelo castaño y era alta y regia... se llamaba lady Horatia Cynster.

El semblante de Vane se tornó grave.

—Es mi madre.

—Oh. —Patience se volvió hacia él—. Tanto tu madre como la Viuda fueron muy... amables. —Volvió a fijar la vista al frente—. No me di cuenta. Las tres, Honoria y las otras dos damas, parecían estar muy unidas.

—Y lo están. —El tono de Vane iba teñido de resignación—. Muy unidas. La familia entera está muy unida.

Tras formar otro «oh» con los labios, Patience volvió a mirar al frente.

Vane la observó de reojo para estudiar su perfil, y se preguntó qué impresión se habría hecho de su madre, y qué impresión se habría hecho su madre de ella. No porque esperase resistencia alguna en aquel frente; su madre aceptaría a la novia que había escogido con los brazos abiertos. Y también con gran cantidad de información por otro lado secreta y con consejos demasiado agudos. Dentro del clan de los Cynster las cosas funcionaban así.

Ahora estaba seguro de que la resistencia de Patience era en parte debida a una profunda necesidad de compromiso para con la familia, estaba seguro de que aquello formaba parte del muro que se interponía entre ella y el matrimonio. Era un elemento más del problema que él apenas tenía que atajar; lo único que necesitaba era presentarla a su familia para borrar de golpe una parte del mismo.

A pesar de los sacrificios que ello le exigía, el martes siguiente en la mansión de los St. Ives era sin duda la ocasión perfecta para Patience. Cuando viera a los Cynster todos juntos, en su entorno natural, quedaría completamente tranquila al respecto. Vería, y creería, que a él le importaba la familia. Y entonces...

De manera inconsciente, le apretó la mano con más fuerza. Patience lo miró con expresión interrogante.

Vane sonrió... como un verdadero lobo.

—Sólo estaba soñando.

18

Para Patience, los tres días siguientes transcurrieron en medio de un torbellino de breves encuentros, de reuniones en susurros, de intentos desesperados por localizar las perlas de Minnie salpicados de arreglos de última hora a su nuevo vestido de baile, todo ello encajado entre las salidas sociales necesarias para tener en observación a toda la familia de Minnie. Por debajo de tanto frenesí se percibía una sensación de ilusión creciente, un cosquilleo de emoción.

Que se incrementaban cada vez que veía a Vane, cada vez que intercambiaban miradas, cada vez que notaba el peso de su mirada personal, profundamente apasionada.

No había forma de esconderla, de pasarla por alto; el deseo que ardía entre ambos era cada vez más fuerte, más cargado de tensión, a cada día que pasaba. Patience no sabía si echarle la culpa a él o echársela a sí misma.

Para cuando se encontró subiendo los escalones de la imponente mansión de los St. Ives y pasó al interior del salón de brillantes luces, estaba hecha un manojo de nervios, todos concentrados en su estómago. Se dijo a sí misma que era una insensatez permitir que aquel momento la afectase tanto, imaginar que iba a resultar algo grande de aquella velada. Se trataba simplemente de un baile familiar privado, un evento improvisado, tal como Honoria se había esforzado en repetirle una y otra vez.

—¡Estás aquí!

Honoria, que, con un magnífico vestido de seda de color morado, estaba recibiendo de manera informal a los invitados junto a la puerta, casi se abalanzó sobre Patience cuando ésta traspuso el umbral de la sala de música. Saludó con una breve inclinación de cabeza a Minnie, a Timms y al resto del séquito y acto seguido los instó a avanzar con un gesto de la mano, pero retuvo a Patience.

—Tengo que presentarte a Diablo.

Se enlazó hábilmente del brazo de Patience y fue hasta un caballero vestido de negro, alto y de espectacular cabellera oscura, que se hallaba conversando con dos damas. Honoria lo pinchó en el brazo.

—Éste es Diablo, mi esposo. El duque de St. Ives.

El hombre se volvió, contempló a Patience y seguidamente dirigió a Honoria una mirada interrogante.

—Ésta es Patience Debbington —lo informó su esposa—. La sobrina de Minnie.

Diablo sonrió, primero a su mujer, luego a Patience.

—Es un placer conocerla, señorita Debbington. —Se inclinó en una elegante reverencia—. Tengo entendido que acaba usted de llegar de Bellamy Hall. Al parecer, a Vane le ha resultado la estancia inesperadamente perturbadora.

Los suaves tonos de aquella voz profunda, inconfundible, inundaron a Patience. Contuvo el impulso de parpadear. Vane y Diablo bien podrían ser hermanos, pues era imposible pasar por alto el parecido entre ambos, el aire autocrático de las facciones de los dos, el perfil agresivo que formaban la nariz y el mentón. La diferencia principal radicaba en el color del pelo: mientras que el de Vane era de un castaño bruñido, acompañado de unos ojos gris frío, Diablo tenía el cabello negro azabache, y sus ojos eran grandes y de un tono verde claro. Había más diferencias, pero las similitudes eran más visibles. A juzgar por su constitución, su destacada estatura y, lo más sorprendente de todo, el brillo malvado de sus ojos y el gesto de sus labios que advertía que no se debía confiar en ellos, bajo la piel eran claramente la misma persona. Lobos con apariencia humana.

Una apariencia muy masculina, claramente turbadora.

—¿Cómo está usted, Excelencia? —Patience extendió la mano y procedió a hacer la acostumbrada reverencia, pero Diablo apretó con fuerza sus dedos y se lo impidió.

—No me llame «Excelencia». —Sonrió, y Patience sintió el poder hipnótico de su mirada al tiempo que él se llevaba su mano enguantada a los labios—. Llámeme Diablo, como todo el mundo.

Y no era para menos, se dijo Patience. A pesar de ello, no pudo evitar sonreírle a su vez.

—Ahí está Louise... tengo que hablar con ella. —Honoria miró a Patience—. Ya volveré más tarde. —Y con un imperioso revuelo de faldas, regresó de nuevo a la puerta.

Diablo sonrió. Se volvió hacia Patience... pero su mirada se fijó en un punto más alejado.

—Minnie te está buscando —dijo Vane deteniéndose al lado de Patience. Después miró a Diablo—. Quiere revivir algunas de nuestras hazañas más embarazosas... prefiero que vayas tú, mejor que yo.

Diablo lanzó un hondo suspiro. Levantó la cabeza y examinó por encima de la creciente multitud el lugar en que se encontraba Minnie atendiendo a su corte, entronada en un diván junto a la pared.

—Tal vez logre impresionarla con la importancia de mi conducta ducal. —Alzó las cejas en dirección a Vane, el cual sonrió.

—Prueba a ver qué pasa.

Diablo sonrió también y, tras una breve inclinación de cabeza para Patience, se marchó.

Patience miró a Vane a los ojos, y se percató al instante de la tensión que lo atenazaba. La embargó una peculiar timidez.

—Buenas noches.

Algo ardiente cruzó los ojos de Vane, y su semblante se endureció. Tomó la mano de Patience; ella se la cedió sin resistencia. Él la alzó, pero en vez de rozarle con los labios el dorso de los dedos, dio vuelta a la mano y, con la mirada fija en la de ella, le besó la cara interior de la muñeca. Patience sintió que se le aceleraba el pulso bajo aquella caricia.

—Hay una persona a la que debes conocer. —Su voz sonó grave, áspera. Se colocó la mano de Patience sobre la manga y se volvió.

—Hola, primo. ¿Quién es esta damita?

El caballero que les cerraba el paso era obviamente otro Cynster, uno de cabello castaño claro y ojos azules. Vane suspiró, hizo las presentaciones... y continuó haciendo otras más, conforme iban apareciendo miembros de la familia. Todos se parecían entre sí: todos eran igual de peligrosos, todos grandes, dotados de calmoso aplomo, todos elegantes. El primero respondía al nombre de Gabriel; lo seguían Lucifer, Demonio y Escándalo. A Patience le resultó imposible no ablandarse con sus sonrisas. Aprovechó aquel momento para recuperar el resuello y el dominio de sí misma. Aquella cuadrilla —así fue como los denominó al instante— charlaba y parloteaba con gran facilidad. Ella correspondió con igual soltura, pero se mantuvo alerta; ¿cómo podría una no sentir prevención por nombres como aquéllos? De modo que mantuvo la mano bien afianzada sobre el brazo de Vane.

Vane, por su parte, no mostró deseo alguno de apartarse de su lado. Patience se dijo que no debía tomarse muy en serio dicha actitud; simplemente podía deberse a que no había muchas mujeres que atrajeran su interés en un grupo de personas compuesto por familiares y amigos.

En aquel momento se oyó un fuerte chirrido, seguido de un golpe seco, que anunciaba el comienzo del baile. Cuatro de los corpulentos hombres que rodeaban a Patience dudaron, pero Vane no.

—¿Te apetece bailar, querida?

Patience aceptó con una sonrisa. Acto seguido, con una grácil inclinación de cabeza hacia los demás, permitió que Vane la sacase a la pista.

Entraron en el espacio para el baile, que rápidamente se despejó en el centro, y Vane la tomó en sus brazos con gran seguridad. Al ver que ella abría los ojos, le dijo alzando una ceja:

—En los bosques de Derbyshire bailáis el vals, ¿no es así?

Patience levantó la barbilla.

—Naturalmente. Me agrada un buen vals.

—¿Te agrada, dices? —Sonaron los primeros acordes de un vals. Vane sonrió con gesto malicioso—. Ah, pero aún tienes que bailar uno con un Cynster.

Y dicho aquello, la atrajo hacia sí y la arrastró al baile.

Patience había abierto los labios para preguntarle en tono altivo por qué los Cynster se consideraban tan altos exponentes de aquel arte, pero cuando ya hubieron girado tres veces obtuvo la respuesta. Tardó tres revoluciones más en acertar a respirar una bocanada de aire y cerrar la boca. Se sentía como transportada por el aire, volaba, se deslizaba. Daba vueltas y vueltas sin esfuerzo, siempre al compás.

Su mirada de asombro se posó en el vestido morado

de la dama que bailaba con su pareja enfrente de ellos, que giraba exactamente con la misma energía. Se trataba de Honoria, su anfitriona. En brazos de su esposo.

Una mirada rápida le permitió ver que todos los Cynster que antes estaban conversando educadamente con ella habían tomado a una dama y acudido a la pista de baile. Resultaba fácil distinguirlos entre la multitud: no giraban más deprisa que los demás, pero lo hacían con mayor entusiasmo, con una potencia inmensamente mayor. Una potencia controlada, refrenada.

Con los pies volando por el aire y las faldas de su vestido girando como un puro torbellino, impulsada por los brazos de acero que la sujetaban y por el poderoso cuerpo que la arrastraba sin esfuerzo, la detenía, la hacía girar y la volvía de espaldas, Patience se agarró con fuerza... a su cordura mental, y a Vane.

Aunque no porque corriera ningún peligro de que éste la soltara.

Aquel pensamiento la hizo tomar mayor conciencia de la proximidad de Vane, de su fuerza. Se acercaban al extremo del salón; la mano de él la abrasaba, igual que un hierro candente, a través de la fina seda del vestido. Vane la acercó más a él, hacia la protección de su abrazo. Giraron hacia el lado contrario; Patience aspiró con desesperación... y sintió que su corpiño y sus senos se tensaban contra el traje de Vane. Sus pezones se contrajeron con una tensión insoportable.

Ahogó una exclamación y miró a Vane, y su mirada colisionó con la de él, de un gris plateado, penetrante e hipnótica. No pudo desviar los ojos, apenas podía respirar, y el salón daba vueltas y más vueltas a su alrededor. Sus sentidos se concentraron en un estrecho radio, hasta que el mundo que conocía quedó circunscrito al círculo de los brazos de Vane.

El tiempo se detuvo. Lo único que quedó fue el movimiento de los cuerpos de ambos, atrapados en el ritmo potente e irresistible que tan sólo ellos percibían. Los violines tocaban un tema más lento; la música que sonaba entre ellos tenía un origen distinto.

Aquella música creció y se expandió. Caderas y muslos se encontraron, se acariciaron y se separaron siguiendo el movimiento de cada giro. El ritmo llamaba, sus cuerpos contestaban, fluyendo sin esfuerzo con la danza, palpitando con cada latido, enardeciéndose lentamente. Tocando con timidez. Burlón y prometedor. Cuando los violines callaron y los pies de ambos se detuvieron, aún continuaba sonando su música particular.

Vane respiró hondo; sobre ellos flotaba la emoción del momento. Hizo un esfuerzo para apartar los brazos del cuerpo de Patience, la tomó la mano, que apoyó sobre su brazo, incapaz, aun cuando sabía que muchas personas los observaban con avidez, de evitar colocar su mano libre sobre los dedos de Patience.

Percibió el leve estremecimiento de ella y sostuvo su peso cuando, por un instante, se inclinó más sobre él. Patience parpadeó rápidamente, luchando por liberarse de aquella magia. Levantó los ojos y estudió el semblante de Vane. Tranquilo, mucho más tranquilo de lo que se sentía en realidad, él enarcó una ceja.

Patience se puso en tensión. Fijó la vista al frente y adoptó una actitud altanera.

—No bailas mal el vals.

Vane rió entre dientes. Apretó la mandíbula para reprimir el impulso de tomarla en brazos y huir por una de las puertas que tenía el salón de música. Conocía aquella casa como la palma de su mano. Tal vez Patience no conociera las alternativas que se les ofrecían, pero él sí. Pero había demasiada gente observándolos, y Honoria, además, jamás se lo perdonaría, tan al comienzo de la velada, cuando las ausencias súbitas se hacían demasiado obvias.

Más tarde. Ya había renunciado a la idea de poder capear la noche sin procurar satisfacción a sus demonios. Y menos con el vestido que se había puesto Patience.

Impresionante, lo había calificado Minnie.

Imposible, desde su punto de vista.

Antes tenía toda la intención de acatar la situación, al menos hasta que ella hubiera aceptado su oferta. Pero ahora... Sucedía que estaban tentando demasiado al lobo.

Bajó la vista. Patience caminaba con serenidad de su brazo. El vestido de seda de color bronce se ajustaba a sus senos; las mangas, reducidas a la mínima expresión, partían de los hombros para desviar la atención de aquella gloriosa piel cremosa, de la madurez del nacimiento de los senos, de la delicada forma de los hombros. La falda larga y recta caía con suavidad sobre la curva de las caderas ocultando hábilmente la forma de los glúteos. El vuelo del vestido se agitaba elegante contra sus piernas, y el borde, al levantarse al caminar, desvelaba los tobillos de manera tentadora.

Aunque el escote era bajo, el vestido no tenía nada particularmente escandaloso. Era la mezcla de la mujer que lo llevaba y la perfección del corte de Celestine lo que le causaba problemas a Vane. Tan sólo desde su punto de vista era posible ver cómo subían y bajaban los pechos de Patience.

Un segundo más tarde, se obligó a levantar la cabeza y mirar al frente.

Más tarde.

Aspiró profundamente y contuvo la respiración.

—Buenas noches, Cynster. —Un elegante caballero

se desgajó de la multitud con la mirada fija en Patience—. ¿Señorita...? —Dirigió una mirada suave a Vane.

El cual suspiró. De manera audible. Y asintió.

—Chillingworth. —Se volvió hacia Patience—. Permíteme que te presente al conde de Chillingworth. —Y luego miró al aludido—. La señorita Debbington, sobrina de lady Bellamy.

Patience hizo una pequeña reverencia. Chillingworth sonrió de forma encantadora y se inclinó ligeramente con la misma gracia de los Cynster.

—Deduzco que ha venido a Londres con lady Bellamy, señorita Debbington. ¿Encuentra la capital de su agrado?

—En realidad, no. —Patience no vio motivo para emplear sofismas—. Me temo que prefiero las primeras horas de la mañana, milord, una parte del día que las gentes de la sociedad suelen evitar.

Chillingworth parpadeó. Lanzó una mirada rápida a Vane, y acto seguido su mirada se fijó un instante en la mano de éste, que cubría los dedos de Patience. Alzó las cejas y sonrió con calma.

—Me siento casi tentado a explicarle, querida, que nuestro aparente desdén por las horas de la mañana es, de hecho, consecuencia natural de las actividades que llevamos a cabo a horas más tardías. Sin embargo... —miró de soslayo a Vane— tal vez sea mejor que ceda el honor de dichas explicaciones a Cynster.

—Tal vez. —El tono empleado por Vane no dejó lugar a dudas.

Chillingworth esbozó una sonrisa fugaz, pero cuando volvió a mirar a Patience se mostró calmado y sereno una vez más.

—Verá, resulta bastante extraño. —Sonrió—. Si bien rara vez estoy de acuerdo con los Cynster, debo reconocer que existe un aspecto en el que su gusto coincide notablemente con el mío.

—¿De veras? —Patience retribuyó el velado cumplido con una sonrisa de seguridad. Después de tres semanas tratando a Vane, el conde, aun siendo encantador e innegablemente apuesto, no tenía la menor posibilidad de alterar su compostura.

—De veras. —Chillingworth se volvió para preguntar a Vane—: ¿No lo encuentra usted notable, Cynster?

—En absoluto —repuso Vane—. Algunas cosas son tan descaradamente obvias que hasta usted debe apreciarlas. —A Chillingworth le relampaguearon los ojos, pero Vane continuó en tono calmo—: No obstante, dado que usted reconoce poseer gustos similares, tal vez debiera recapacitar sobre adónde pueden llevarle dichos gustos. —Y saludó con un gesto de cabeza en dirección a otro punto del salón.

Tanto Chillingworth como Patience siguieron su mirada, y vieron a Diablo y a Honoria a un costado de la estancia, a todas luces enzarzados en una conversación acalorada. Honoria agarró del brazo a Diablo y lo obligó a seguirla. La mirada que él dirigió al techo y la expresión sufrida que mostró a su esposa dejaron bien claro quién había ganado el asalto.

Chillingworth sacudió la cabeza con tristeza.

—Ah, cómo han caído los poderosos.

—Será mejor que se ponga en guardia —le aconsejó Vane—, dado que sus gustos discurren tan paralelos a los Cynster, para no encontrarse atrapado en una situación que no esté constitucionalmente preparado para afrontar.

El conde lució una amplia sonrisa.

—Ah, pero yo no sufro del tendón de Aquiles con el que el destino ha castigado a los Cynster. —Sin dejar de sonreír, se inclinó ante Patience—. A su servicio, señorita Debbington. Cynster. —Y con un último ademán prosiguió su camino haciendo caso omiso de la mirada furiosa que le lanzó Vane.

Patience lo miró y le preguntó:

—¿Qué tendón de Aquiles?

Vane se removió.

—No es nada. Es la idea que tiene él de un chiste.

Si era un chiste, tuvo un efecto extraño.

—¿Quién es? —inquirió Patience—. ¿Algún tipo de contacto de los Cynster?

—No es pariente, al menos no de mi sangre. —Al cabo de un momento, agregó—: Supongo que últimamente es un Cynster honorario. —Miró a Patience—. Lo hemos elegido por servicios prestados al ducado.

—¿Oh? —Patience dejó que sus ojos formularan la pregunta.

—Diablo y él tienen una historia. Dile a Honoria que te la cuente alguna vez.

Los músicos volvieron a tocar. Antes de que Patience pudiera pestañear, tenía ante ella a Lucifer, haciéndole una reverencia. Vane la dejó libre, si bien de mala gana, pensó ella. Pero cuando empezó a girar sobre la pista de baile vio que él también estaba bailando, con una llamativa morena en sus brazos.

Desvió la mirada bruscamente y prestó atención al baile y a la mucha labia de Lucifer. Y a no hacer caso del peso que le hundió el corazón.

El final de la pieza los dejó ya muy adentrados en el salón. Lucifer la presentó a un grupo de damas y caballeros que conversaban alegremente. Patience trató de concentrarse y seguir la conversación, pero dio literalmente un brinco cuando sintió unos dedos duros que se cerraban sobre los suyos, le apartaban la mano del brazo de Lucifer y la apoyaban con firmeza sobre un brazo conocido.

—Advenedizo —masculló Vane, tras lo cual se insinuó hábilmente entre Patience y Lucifer.

Lucifer mostró una sonrisa encantadora.

—Tienes que trabajártelo, primo. Ya sabes que ninguno de nosotros valora mucho lo que se consigue con demasiada facilidad.

Vane le dirigió una mirada de soslayo y luego se volvió hacia Patience.

—Ven, vamos a pasear un poco antes de que mi primo te meta conceptos equivocados en la cabeza.

Intrigada, Patience permitió que Vane la acompañase a recorrer el salón.

—¿Qué conceptos equivocados?

—No te preocupes. Dios santo... ¡ésa es lady Osbaldestone! Me odia desde que le clavé una canica en el extremo del bastón. No entendía por qué se le resbalaba una y otra vez. Vamos por el otro lado.

Recorrieron la multitud de los presentes en zigzag charlando un poco aquí, intercambiando presentaciones allá. Pero cuando se reinició la música, apareció otro Cynster delante de ella como por arte de magia.

Esta vez fue Harry Demonio, hermano de Vane, quien la arrebató de su lado. Vane la recuperó tan pronto como cesó la música. La voluptuosa rubia con la que había bailado la pieza no se veía por ninguna parte.

El siguiente vals le puso delante a Diablo, de una elegancia inefable. Al arrastrarla a los primeros giros, él leyó la pregunta en sus ojos y sonrió.

—Siempre lo compartimos todo.

Su sonrisa se acentuó cuando los ojos de Patience, por voluntad propia, se abrieron como platos. Tan sólo la expresión traviesa y risueña de sus ojos aseguró a Patience que hablaba en broma.

Y así continuó la velada, un vals tras otro. Después

de cada pieza, Vane reaparecía a su lado. Patience intentó decirse a sí misma que aquello no significaba nada, que podía ser sencillamente que él no había encontrado nada más interesante, ninguna dama más atractiva con la que pasar el rato.

No debía darle demasiada importancia... sin embargo el corazón le saltaba ligeramente en el pecho, ascendía un peldaño más de la escalera de las esperanzas irracionales, cada vez que él reclamaba su mano y su sitio al lado de ella.

—Estos bailes de Honoria son ciertamente una buena idea —comentó sonriente Louise Cynster, una de las tías de Vane, apoyada en el brazo de su marido, lord Arthur Cynster—. A pesar de que todos nos movemos en los mismos círculos, la familia es tan grande que a menudo pasamos semanas sin vernos, por lo menos no lo hacemos lo bastante para intercambiar noticias.

—Lo que quiere decir mi querida esposa —intervino con suavidad lord Arthur— es que aunque las damas de la familia se reúnen con frecuencia, no tienen oportunidad de ver cómo le va a la otra mitad de la familia, y estos pequeños encuentros de Honoria garantizan que nos presentemos todos a desfilar. —Le chispearon los ojos—. A pasar revista, más bien.

—¡Tonterías! —Louise le dio un golpecito en el brazo con su abanico—. Como si los hombres necesitarais una excusa para venir a desfilar. ¡Y a que os pasen revista! No hay una sola dama en todo el mundillo social que no diga que los Cynster son maestros consumados en el arte de pasarse revista a sí mismos.

El comentario provocó risitas y sonrisas alrededor. El grupo se disolvió cuando se reanudó la música. Y entonces Gabriel se materializó delante de Patience.

—Es mi turno, creo.

Patience se preguntó si los Cynster tendrían un monopolio sobre las sonrisas lobunas. También contaban todos con una considerable labia: durante cada pieza de baile no podía evitar que su atención quedase enganchada en la rápida conversación que parecía ser su marca de fábrica.

Cuando empezaron a bailar se oyó un ligero jaleo; al pasar junto al epicentro del mismo, Patience descubrió a Honoria luchando a brazo partido con Diablo.

—Ya hemos bailado una vez. Debes bailar con alguna de nuestras invitadas.

—Pero yo quiero bailar contigo.

La mirada que acompañó a aquella frase era de intransigencia. A pesar de su posición, estaba claro que Honoria no era inmune.

—Oh, muy bien. —Al instante siguiente estaba bailando, magistralmente conquistada, y entonces Diablo inclinó la cabeza para besarla.

Cuando ella y Gabriel pasaron por su lado, Patience oyó la risa alegre de Honoria y cómo le resplandecía el rostro al mirar a su esposo, antes de cerrar los ojos y dejarse llevar por él.

Aquella escena le llegó a Patience al alma.

Esta vez, cuando la música finalmente aminoró y terminó, perdió de vista a Vane. Suponiendo que reaparecería enseguida, se entretuvo conversando animadamente con Gabriel. Después se les unió Demonio, y también un tal señor Aubrey-Wells, un caballero pulcro y bastante afectado. Su interés era el teatro. Patience, dado que no había visto ninguna de las producciones de actualidad, escuchó con atención.

Entonces, a través de un hueco entre los presentes, atisbó a Vane, hablando con una bella joven. La muchacha era exquisita, y poseía una hermosa cabellera rubia.

Su modesto vestido de seda azul claro decía a gritos lo insultantemente caro que era.

—Opino que encontrará que merece la pena una visita al Teatro Real —entonó el señor Aubrey-Wells.

Patience, con la vista clavada en la escena que tenía lugar al otro extremo del salón, asintió con aire ausente.

La joven miró en derredor y a continuación apoyó la mano en el brazo de Vane. Éste miró atrás y tomó la mano de la joven en la suya. La condujo rápidamente a una puerta doble, la abrió, hizo pasar por ella a su acompañante y luego pasó a su vez.

Y cerró.

Patience se puso tiesa y toda la sangre huyó de su rostro. Bruscamente, miró al señor Aubrey-Wells.

—¿El Teatro Real?

El otro afirmó con la cabeza... y prosiguió con su charla.

—Mmm. —Al lado de Patience, Gabriel hizo un gesto con la cabeza a Demonio y señaló la fatídica puerta—. Parece serio.

A Patience se le cayó el alma a los pies.

Demonio se encogió de hombros.

—Ya nos enteraremos más tarde.

Y dicho eso, los dos volvieron a centrar su atención en Patience. La cual mantuvo la vista fija en el señor Aubrey-Wells, repitiendo como un loro sus observaciones, como si tuviera la cabeza totalmente inmersa en el teatro. En realidad, lo que ocupaba su mente eran los Cynster, en conjunto y de forma individual.

Caballeros elegantes, todos ellos. Todos y cada uno.

No debería haberse olvidado de aquello, no debería haber permitido que sus sentidos le cerraran los ojos a la realidad.

Pero no había perdido nada, no había dado nada que

no hubiera querido dar. Se esperaba aquello desde el principio. Hizo un esfuerzo para reprimir un profundo escalofrío. Se había sentido rodeada de calor y risas, y ahora experimentaba una fría desilusión que le llegaba hasta los huesos y le helaba la médula. En cuanto a su corazón, lo tenía tan petrificado que estaba segura de que se le iba a romper en cualquier momento, convertido en un montón de gélidos pedazos sin vida.

Y sentía lo mismo en el rostro.

Dejó que el discurso del señor Aubrey-Wells le resbalara por encima, y se puso a pensar qué debía hacer. A modo de respuesta, se le apareció la cara de Gerrard en medio de su restringida visión.

Su hermano le sonrió y a continuación, con cierta inseguridad, sonrió a su acompañante.

Patience se aferró a él, en sentido metafórico.

—Señor Cynster, señor Cynster y señor Aubrey-Wells, les presento a mi hermano Gerrard Debbington.

Les concedió el tiempo mínimo para intercambiar saludos y seguidamente, con una sonrisa demasiado radiante, se despidió de todos.

—Debo ir a ver cómo se encuentra Minnie. —El señor Aubrey-Wells parecía confuso; entonces ella sonrió todavía con más entusiasmo—. Es mi tía, lady Bellamy. —Tomó el brazo de Gerrard y les ofreció otra sonrisa deslumbrante—. Si nos disculpan...

Todos se apresuraron a inclinarse con elegancia, Gabriel y Demonio superando sin dificultad a Aubrey-Wells. Haciendo rechinar los dientes para sus adentros, Patience se llevó de allí a Gerrard.

—No te atrevas a hacer esas reverencias en tu vida.

Gerrard la miró sin entender.

—¿Por qué no?

—Olvídalo.

Tuvieron que avanzar en zigzag por entre la multitud, que se encontraba en su apogeo. Aún no se había servido la cena. Ya habían llegado todos, pero pocos habían partido.

Para llegar hasta el diván de Minnie, tenían que pasar forzosamente por las puertas dobles por las que habían desaparecido Vane y la joven. Patience tenía la intención de pasar de largo con ademán altivo, pero en cambio, al acercarse a las puertas de inocente apariencia, aminoró el paso.

Cuando se detuvo a escasos metros de las puertas, Gerrard le dirigió una mirada interrogativa. Patience la vio, y tardó unos instantes en devolvérsela.

—Ve tú delante. —Respiró hondo y se irguió. Luego apretó los labios y apartó la mano del brazo de su hermano—. Quiero comprobar una cosa. ¿Te importa acompañar a Minnie a la cena?

Gerrard se encogió de hombros.

—Claro que no. —Y prosiguió su camino con una sonrisa.

Patience lo observó marcharse. Acto seguido giró sobre sus talones y se encaminó en línea recta hacia las puertas dobles. Sabía perfectamente bien lo que estaba haciendo, aunque no fuera capaz de formular un solo pensamiento coherente en medio del velo de furia que le nublaba el cerebro. ¿Cómo se atrevía Vane a tratarla así? Ni siquiera se había despedido. Tal vez fuera un caballero elegante de la cabeza a los pies, ¡pero iba a tener que aprender buenos modales!

Además, aquella muchacha era demasiado joven para él, no podía tener más de diecisiete años. Una jovencita recién salida de la escuela... resultaba escandaloso.

Con la mano en el picaporte, se detuvo un instante y trató de pensar en una frase con la que empezar, una que fuese apropiada para la escena con la que se toparía muy probablemente. Pero no le vino nada a la cabeza, de modo que buscó fuerzas y dejó a un lado sus vacilaciones; si en el calor del momento no se le ocurría nada, siempre podía gritar.

Con los ojos entornados, asió el picaporte y lo hizo girar.

La puerta se abrió hacia dentro, obedeciendo a alguien que tiró desde el otro lado. Patience dio un brinco, lo cual la hizo tropezar en el resalte del umbral y verse impulsada contra el pecho de Vane.

El impacto expulsó todo el aire de sus pulmones, y el brazo de Vane, que se cerró alrededor de ella, le impidió respirar. Con los ojos muy abiertos y jadeando, Patience lo miró a la cara.

Los ojos de él se clavaron en los suyos.

—Ho-la.

La expresión fija de Vane consiguió que Patience se pusiera tensa, pero se dio cuenta de que el brazo que la sujetaba y que había evitado que se cayera también la tenía atrapada.

Atrapada con fuerza contra él.

Aturdida, miró a su alrededor; vio unas formas oscuras de enormes hojas elevándose por encima de un espacio aún más oscuro, lleno de grandes macetas agrupadas sobre un suelo de baldosas. El resplandor de la luna se filtraba por los largos ventanales de las paredes y por los cristales del techo formando haces plateados que serpenteaban entre palmeras y plantas exóticas. El aire estaba saturado de intensos aromas de tierra y del calor húmedo de plantas en crecimiento.

Vane y ella estaban en medio de las sombras, justo al otro lado del haz de luz que penetraba por la puerta abierta. Un metro más allá, envuelta en un suave resplandor, se hallaba la joven, contemplándola con una curiosidad sin disimulos.

La joven sonrió y realizó una breve reverencia.

—¿Cómo está usted? Es la señorita Debbington, ¿verdad?

—Er... sí. —Patience miró, pero no vio señales de desaliño. La joven estaba arreglada como un pincel.

En su total confusión, la voz de Vane cayó sobre ella como el tañido de una campana.

—Permíteme que te presente a la señorita Amanda Cynster.

Patience, estupefacta, lo miró; él capturó su mirada y sonrió.

—Es mi prima.

Patience formó con lo labios un inocente «oh».

—Prima hermana —añadió Vane.

Amanda se aclaró la garganta.

—Si me disculpa... —Y tras una breve inclinación de cabeza salió a toda prisa por la puerta.

Bruscamente, Vane alzó la cabeza.

—Acuérdate de lo que te he dicho.

—Por supuesto que me acordaré. —Amanda lo miró ceñuda, con una expresión de disgusto—. Voy a atarlo bien atado, y luego lo colgaré del... —Hizo un gesto y después, con un revuelo de faldas, se perdió entre la multitud.

Patience pensó que Amanda Cynster parecía una bella joven que jamás necesitaría que la rescatasen.

Ella, en cambio, a lo mejor sí.

Vane volvió su atención hacia ella.

—¿Qué estás haciendo aquí?

Patience parpadeó y miró en derredor otra vez. Entonces aspiró profundamente, cosa difícil de hacer teniendo los senos aplastados contra el pecho de él. Señaló la estancia con un gesto.

—Alguien mencionó que esto era un invernadero. Últimamente he estado pensando en sugerir a Gerrard que instale uno en la Grange. Y se me ocurrió echar un vistazo. —Intentó ver algo entre el oscuro follaje—. Para estudiar cómo está organizado.

—¿De veras? —Vane sonrió, apenas un leve movimiento de sus labios alargados, y la soltó—. No faltaba más. —Con una mano empujó la puerta para cerrarla; con la otra señaló la estancia—. Será un placer mostrarte algunas de las ventajas de tener un invernadero.

Patience le dirigió una mirada rápida y se apresuró a apartarse de él y quedar fuera de su alcance. Observó los arcos que formaban el techo.

—¿Esta habitación ha sido siempre parte de la casa, o es un añadido posterior?

A su espalda, Vane echó el pestillo a las puertas y lo aseguró sin hacer ruido.

—Creo que originalmente fue una logia. —Comenzó a pasear sin prisas, siguiendo a Patience por el pasillo principal, en dirección a las profundidades que formaba la cortina de palmeras.

—Mmm, es interesante. —Patience se fijó en una palmera que se cernía sobre el pasillo, con unas hojas como manos que parecían querer atrapar a los incautos—. ¿Dónde consigue Honoria estas plantas? —Pasó por debajo de la palmera y acarició con los dedos las delicadas frondas de un helecho que rodeaba la base de la misma... al tiempo que lanzaba una mirada fugaz hacia atrás—. ¿Son los jardineros quienes las propagan?

Caminando despacio tras ella, Vane capturó su mirada. Sus cejas se alzaron un milímetro.

—No tengo ni idea.

Patience volvió a mirar hacia delante... y apretó el paso.

—Me gustaría saber qué otras plantas crecen bien en un entorno como éste. Sería un tanto difícil cultivar estas palmeras en Derbyshire.

—Así es.

—Yo diría que les iría mejor a las hiedras. Y a los cactus, naturalmente.

—Naturalmente.

Revoloteando aquí y allá a lo largo del pasillo, tocando esta planta o la otra, Patience continuó mirando de frente... y tratando de localizar la salida. El pasillo serpenteaba al azar; ya no estaba segura del todo de su orientación.

—Tal vez, para la Grange, fuera más sensato plantar naranjos.

—Mi madre tiene uno.

Aquellas palabras sonaron justo a su espalda.

—¿Ah, sí?

Una rápida mirada hacia atrás le reveló que tenía a Vane casi junto a su hombro. Tragó aire a toda prisa. Tuvo que reconocer la excitación que le había aprisionado los pulmones, que había comenzado, de forma muy eficaz, a ponerle los nervios en tensión. Expectación, emoción, sensaciones trémulas a la luz de la luna. Sin aliento y con los ojos muy abiertos, empezó a ralentizar el paso.

—He de acordarme de preguntar a lady Horatia... ¡Oh!

Dejó la frase sin terminar. Por un instante, permaneció inmóvil como una piedra, recreándose en la sencilla belleza de la fuente de mármol y pedestal cubierto de delicadas frondas que se erguía, resplandeciente bajo la luz blanca y suave, en el centro de un espacio pequeño, recoleto, cubierto de helechos. El agua caía constantemente del jarrón que portaba una doncella parcialmente vestida, petrificada para siempre en su tarea de llenar el ancho cuenco de bordes redondeados.

A todas luces se veía que aquel lugar había sido diseñado para proporcionar a la señora de la casa un espacio privado, refrescante, un refugio en el cual dedicarse a bordar o simplemente a descansar y poner en orden sus pensamientos. A la luz de la luna, rodeado por sombras misteriosas y sumido en un silencio tanto más intenso por el gemido lejano de la música y el tintineo de plata del agua, aquél resultaba un lugar extrañamente mágico.

Por espacio de varios segundos, aquella magia mantuvo inmóvil a Patience.

Entonces, a través de la fina seda de su vestido, sintió el calor que irradiaba el cuerpo de Vane. Él no la tocó, pero aquel calor, junto con la aguda percepción que la recorrió de arriba abajo, la empujó a dar un paso adelante. Aspiró aire con desesperación y señaló la fuente.

—Es encantadora.

—Mmm —oyó decir muy cerca.

Demasiado cerca. Patience tuvo que correr en dirección a un banco de piedra sombreado por una cúpula de palmeras. Contuvo una exclamación ahogada y viró para alejarse de Vane, hacia la fuente.

El pedestal de la misma se hallaba colocado sobre un disco de piedra. Patience subió el único escalón, del ancho de un pie. Bajo los zapatos notó el cambio de las baldosas al mármol. Con una mano sobre el borde de la fuente, bajó la vista y, con los nervios desbocados, se obligó a sí misma a inclinarse y observar las plantas que nacían en la base del pedestal.

—Éstas parecen más bien exóticas.

A su espalda, Vane observaba cómo el vestido se le había tensado sobre las curvas de su cuerpo... y no discutió. Alzando los labios por la emoción de lo que lo esperaba, se acercó un poco más... para hacer saltar su trampa.

Patience, con el corazón acelerado a una velocidad doble de la normal, se incorporó y rodeó la fuente para situarla entre ella y el lobo con el que estaba atrapada. Pero en cambio, chocó contra un brazo.

Parpadeó con estupor. Era una manga de un perfecto color gris, que vestía un sólido hueso bien cubierto de músculos de acero, y un puño enorme que aferraba el borde redondeado de la fuente. Aquello le decía claramente que no iba a ir a ninguna parte.

Patience se volvió... y se encontró con que también tenía cortada la retirada. Entonces se topó con la mirada de Vane; de pie sobre el suelo de baldosa un paso por debajo de ella, con los brazos fijos en el borde de la fuente, sus ojos estaban casi a la altura de los de ella. Patience los escrutó, leyó la intención que ardía en aquel gris plata, en las duras líneas de su rostro, en el gesto brutalmente sensual de aquellos labios inflexibles.

No podía creer lo que estaba viendo.

—¿Aquí? —Aquella palabra, aun débilmente pronunciada, reflejaba con toda exactitud su incredulidad.

—Aquí mismo. Ahora mismo.

Patience sintió que el corazón le retumbaba en el pecho. Una aguda percepción le erizó toda la piel. La certeza que destilaba la voz de Vane, aquel tono profundo, la dejaron fascinada. El hecho de pensar en lo que él estaba sugiriendo hizo que se le bloqueara el cerebro.

Tragó saliva y se humedeció los labios, sin atreverse a apartar los ojos de los de Vane.

—Pero... podría entrar alguien.

Vane desvió la mirada y sus párpados velaron sus ojos.

—He cerrado el pestillo.

—¿Lo has cerrado? —Patience miró, frenética, hacia la puerta; un leve tirón en el corpiño la hizo volver y concentrar su mente dispersa. Concentrarla en el primer botón de su corpiño, ahora desabrochado. Se quedó mirando la perla de oro y carey—. Creía que eran sólo de adorno.

—Yo también. —Vane desabrochó el segundo de los grandes botones. Sus dedos pasaron al tercero y último, situado bajo los senos—. Tengo que acordarme de recomendar a Celestine por hacer estos diseños tan previsores.

Se soltó el último botón, y sus largos dedos se deslizaron por debajo de la seda. Patience respiró con desesperación; Vane tenía los dedos muy rápidos con pestillos y otras cosas. Mientras lo pensaba, sintió que cedían las cintas de su camisola y que la delgada tela resbalaba hacia abajo.

La mano de Vane, dura y caliente, se cerró sobre su pecho.

Patience dejó escapar una exclamación sofocada. Se balanceó ligeramente, y se sujetó de los hombros de Vane para mantenerse erguida. Al segundo siguiente, los labios de él estaban sobre los suyos; tras unos leves movimientos, presionaron con fuerza, duros y exigentes. Durante unos instantes ella se mantuvo firme, paladeando el sabor embriagador del deseo de él, de aquella necesidad, hasta que se rindió y se abrió a él, invitándolo, deleitándose descaradamente en el hecho de ser conquistada.

El beso se hizo más profundo, no poco a poco sino a pasos agigantados, en medio de una ciega carrera cuesta abajo, de una búsqueda sin resuello de placeres sensuales, de goce carnal.

Necesitada de aire, Patience se apartó con una exclamación ahogada. Echó la cabeza atrás y respiró hondo, con lo que sus pechos se elevaron de forma llamativa; Vane inclinó la cabeza para rendirles homenaje.

Ella sintió su mano en la cintura, quemándola a través de la delgada tela del vestido; sintió sus labios, como hierros candentes, jugueteando con sus pezones. Entonces él cubrió aquella carne inflamada con el calor húmedo de su boca. Patience se tensó. Vane succionó... y el grito ahogado de ella vibró en el resplandor de la luna.

—Ah. —Los ojos de Vane centellearon con malicia cuando levantó la cabeza y trasladó su atención al otro pecho—. Tendrás que acordarte: esta vez, nada de gritos.

¿Nada de gritos? Patience se aferró a él, y también se aferró con desesperación a su propia cordura mientras él se daba el festín. Su boca, sus caricias atraían y fragmentaban su atención, alimentaban y avivaban el deseo que ya se había encendido en su interior.

Pero era imposible... tenía que serlo.

Estaba el banco, pero era frío y estrecho, seguramente demasiado duro. Entonces se acordó de aquella ocasión en la que Vane la levantó en vilo y la amó.

—El vestido... se me va a arrugar terriblemente. Se va a dar cuenta todo el mundo.

La única respuesta de Vane consistió en tirar hacia atrás de los lados del corpiño y así desnudar completamente sus senos.

Tras otra exclamación ahogada, Patience logró decir:

—Me refiero a la falda. No vamos a poder...

La risa grave que emitió Vane la dejó temblando.

—No verás ni una sola arruga. —Sus labios rozaron las crestas de los pechos, ahora tensos y doloridos; sus dientes mordisquearon los pezones enhiestos, y Patience tuvo la sensación de que sus carnes eran atravesadas por un cuchillo—. Confía en mí.

La voz de Vane era profunda, siniestra, cargada de pasión. Alzó la cabeza. Sus manos se cerraron alrededor de la cintura de ella. Deliberadamente, la atrajo hacia sí de modo que los senos se aplastasen contra su chaqueta. Ella boqueó, y él inclinó la cabeza y la besó, la besó hasta que ella se fue ablandando cada vez más, hasta que sus débiles miembros apenas lograron sostenerla.

—El que la sigue la consigue —susurró Vane contra sus labios—. Y yo deseo tenerte a ti.

Por espacio de una fracción de segundo, las miradas de ambos se encontraron, sin fingimiento, sin astucias que pudieran ocultar los sentimientos que los impulsaban. Sencillos, sin complicaciones. Urgentes.

Vane le dio la vuelta. Patience miró sorprendida la fuente, de un blanco perlado a la luz de la luna, y miró también la doncella semidesnuda que llenaba constantemente el cuenco. Sentía a Vane detrás de ella, ardiente, sólido... excitado. Él inclinó la cabeza y le rozó un lado de la garganta con los labios. Patience se recostó contra él echando la cabeza hacia atrás, animándolo a acariciarla. Dejó caer las manos a los costados, hasta los muslos de él, duros como troncos de roble; abrió los dedos y asió los largos músculos en tensión... y notó que se endurecían todavía más.

Vane la buscó con las manos; Patience esperó sentirlas cerrarse sobre sus pechos, llenarse con el botín que ella le ofrecía; pero en lugar de eso, sólo con la yema de los dedos, Vane recorrió la forma curva e hinchada de los mismos, rodeó los pezones doloridos. Patience se estremeció... y se hundió más contra él. Entonces sintió que él retiraba las manos. Obligó a sus ojos a abrirse y, por debajo del peso de sus párpados, observó cómo Vane pasaba una mano por el seno desnudo de la doncella, acariciando tiernamente la fría piedra.

Luego dejó a la doncella y sumergió ligeramente los dedos en el agua clara de la fuente de mármol. Llevó aquellos mismos dedos hasta la piel ardiente de ella... y la tocó igual que había tocado a la doncella: de manera delicada, evocadora, incitante.

Patience cerró los ojos... y se estremeció. Los dedos de Vane, fríos y húmedos, fueron recorriéndola poco a poco, desatando exquisitas sensaciones. Apoyó la cabeza contra su hombro, se mordió el labio para reprimir un gemido y flexionó los dedos contra los muslos de Vane.

Y consiguió articular:

—Esto es...

—Como tiene que ser.

Al cabo de un momento, se pasó la lengua por los labios resecos.

—¿Cómo?

Percibió el cambio que se operó en él, la oleada de pasión que desencadenó de inmediato. Su súbita respuesta, la necesidad urgente de que la tomara, completa y totalmente, y de entregarse ella misma de la misma forma, le robó el aliento.

—Confía en mí.

Vane la buscó de nuevo, acercándose un poco más; Patience se sintió inundada por su fuerza, rodeada. Sus manos se cerraron sobre los senos, ya no con delicadeza sino con ansia. Se llenó las manos y los masajeó. Patience sintió elevarse las llamas... en él, en ella misma.

—Tú haz lo que yo te diga. Y no pienses.

Patience gruñó mentalmente. ¿Cómo? ¿Qué...?

—Acuérdate de mi vestido.

—Soy un experto, ¿recuerdas? Agarra el borde de la fuente con las dos manos.

Patience, confusa, así lo hizo. Vane cambió de postura. Al momento siguiente, la falda de su vestido, y después la de su enagua, se levantaron por encima de la cintura. Sintió el aire fresco en la cara posterior de los muslos y en las nalgas, iluminadas por la luna.

Se sonrojó intensamente... y abrió la boca para protestar.

Pero al segundo siguiente olvidó toda protesta, se olvidó de todo, pues notó unos dedos largos y seguros que se deslizaban entre sus piernas.

Infalible, Vane la encontró, ya hinchada y resbaladiza. Tocó, tanteó, jugueteó y acarició, para finalmente introducirse en ella.

Patience, con los ojos cerrados, se mordió el labio para no dejar escapar un gemido. Vane buscó más hondo, acariciando aquella blandura; Patience ahogó una exclamación y aferró con más fuerza el borde de mármol.

Acto seguido Vane deslizó una mano por debajo del vestido y de la enagua, rodeando la cadera, para plantarse con ademán posesivo sobre su estómago desnudo. La mano se movió, y los dedos buscaron con audacia a través de los rizos. Hasta que uno de ellos localizó el punto más sensible y se acomodó sobre él.

Patience no tenía aliento suficiente para lanzar una exclamación jadeante, y mucho menos para gemir o gritar. Desesperada, aspiró aire al interior de sus pulmones e intentó palpar el cuerpo de Vane tras ella. Palpó su miembro duro y caliente entre los muslos; palpó el ancho extremo del mismo, que hociqueaba su carne suave y encontraba la entrada.

Lentamente, Vane la penetró, empujando sus caderas hacia atrás, y después la mantuvo quieta, sujetándola mientras llegaba hasta el fondo. Y la llenó por completo.

Despacio, muy lentamente, se retiró... y regresó, avanzando con una profundidad tal, que ella se elevó de puntillas.

La exclamación ahogada de Patience quedó flotando trémula en el haz de luz de luna, elocuente testimonio de su estado.

Una y otra vez, con la misma fuerza controlada, inexorable, Vane la llenó. La excitó. La amó.

La mano situada en su vientre no se movió, sino que se limitó a sujetarla en el sitio para que pudiera recibirlo, para que pudiera sentir, una vez tras otra, su acto de posesión, la penetración lenta y repetitiva que quedaba impresa en su mente igual que en su cuerpo, en sus sentimientos igual que en sus sentidos.

Era suya, y lo sabía. Se entregó de buen grado, lo recibió dichosa, se esforzó obedientemente por reprimir sus gemidos mientras él cambiaba de postura y la embestía cada vez más hondo.

Sosteniendo las nalgas de Patience con firmeza contra sus caderas, comenzó a arremeter con más fuerza, a mayor profundidad, con más energía.

La tensión —en él, en ella, que los atenazaba a los dos— fue creciendo, aumentando, enroscándose. Patience se tragó otra exclamación y trató de aferrarse a la cordura. Rezó para encontrar alivio al tiempo que se preguntaba en su aturdimiento si aquella vez perdería finalmente el juicio.

Vane la llenó una y otra vez. El resplandor dorado que ya conocía y deseaba comenzó a perfilarse en el horizonte. Intentó alcanzarlo, acercarlo a ella, intentó absorber a Vane con más fuerza e instarlo a continuar.

Y de pronto cayó en la cuenta de que, en aquella postura, sus opciones eran limitadas.

Se encontraba a merced de Vane y no podía hacer nada para evitarlo.

Con un gemido sofocado, bajó la cabeza y apretó los dedos contra el borde de la fuente. Sintió un placer inexorable, apasionado, que la inundaba en oleadas, que volvía cada vez que Vane se hundía en su cuerpo y la estiraba. La completaba.

Notó que estaba a punto de gritar... y se mordió el labio con fuerza. Vane la embistió de nuevo y la sintió temblar. Entonces permaneció hundido en su calor durante una fracción de segundo más antes de retirarse. Y enseguida volvió a penetrarla.

No tenía prisa. Se tomó el tiempo necesario para saborearlo todo: la blandura caliente y resbaladiza que lo acogía, el guante de terciopelo que se le adaptaba tan bien, el disfrute de todas las señales de aceptación que emitía el cuerpo de Patience, la naturalidad y el abandono con que los dos hemisferios de sus nalgas, de color marfil a la luz de la luna, iban al encuentro de su cuerpo, la humedad que hacía brillar su miembro, la ausencia total de toda limitación, la total capitulación de Patience...

Ante él, Patience se tensó y se retorció violentamente sin poder evitarlo.

Vane la mantuvo quieta, y volvió a llenarla de nuevo muy despacio. Ella estaba a punto de perder la razón. Entonces Vane se retiró, le separó un poco más las piernas y la penetró aún más profundamente.

Un gemido mudo escapó de su garganta.

Vane entrecerró los ojos y sujetó con fuerza sus riendas.

—¿Qué es lo que te ha traído aquí, al invernadero?

Tras unos instantes entrecortados, Patience contestó jadeante:

—Ya te lo he dicho... la instalación.

—¿No ha sido porque me viste entrar aquí con una encantadora jovencita?

—¡No! —La respuesta fue demasiado precipitada—. Bueno —lo arregló, sin resuello—, era tu prima.

Vane la rodeó con el brazo libre y se llenó la palma de la mano con la plenitud de un seno. Buscó y encontró el capullo erecto del pezón... y empezó a juguetear con él entre el anular y el pulgar antes de apretarlo con firmeza.

—Eso no lo sabías hasta que te lo he dicho yo.

Patience se tragó el chillido con valentía.

—Ha parado la música... Todos deben de estar cenando. —Estaba tan sin resuello que apenas podía hablar—. Nos la perderemos si no te das prisa.

Se moriría, si él no se daba prisa.

Unos labios duros le acariciaron la nuca.

—La langosta puede esperar. Prefiero comerte a ti.

Para alivio de Patience, Vane la sujetó más fuerte, la sostuvo con mayor rigidez todavía y embistió con más potencia. El fuego que ardía en su interior se transformó en hoguera, luego se fundió y se derritió; el sol radiante de la liberación fue acercándose cada vez más, cada vez más radiante. Y entonces Vane se detuvo.

—Al parecer, te dejas una cosa.

Patience sabía lo que se estaba dejando. El radiante sol se detuvo a escasa distancia. Hizo rechinar los dientes... en su garganta comenzó a tomar forma un chillido...

—Ya te lo dije, eres mía. Te quiero a ti, y sólo a ti.

Aquellas palabras, pronunciadas en voz queda y con contundente convicción, borraron todos los demás pensamientos de la cabeza de Patience. Abrió los ojos y miró fijamente, sin verla, la doncella de mármol que resplandecía suavemente bajo la luz de la luna.

—No hay ninguna otra mujer en la que desee entrar, ninguna otra mujer que ansíe. —Sintió tensarse su propio cuerpo, y entonces arremetió nuevamente—. Sólo tú.

En aquel momento el sol se estrelló sobre Patience.

Un intenso placer la inundó por entero, como la marea, llevándose todo lo que halló a su paso. Su visión se nubló; y no fue consciente del grito que lanzó.

Vane le tapó la boca con la mano para amortiguar lo

peor de aquel grito de éxtasis, aunque el sonido hizo trizas su control. Hinchó el pecho; con empeño, luchó por contener el deseo que lo sacudió de arriba abajo golpeando sus sentidos, como fuego líquido en sus ingles.

Lo consiguió... hasta sentir la caricia de los últimos espasmos de placer de Patience. Notó cómo se acumulaba la fuerza, cómo se incrementaba en su interior. Y en el momento final en que el cosmos se desplomó sobre él, se rindió.

E hizo lo que ella le pidió en cierta ocasión que hiciera: se soltó, y se derramó en el interior del cuerpo de Patience.

En el instante en que se cerró la portezuela del carruaje de Minnie y la envolvió en la seguridad de la oscuridad, Patience se derrumbó contra los cojines. Y rezó para poder dominar sus miembros lo bastante como para apearse del carruaje y llegar andando hasta su cama cuando llegasen a la calle Aldford.

Su cuerpo ya no le parecía suyo. Vane había tomado posesión de él y se lo había dejado inerte. Desarticulado. La media hora que transcurrió entre el momento en que regresaron al salón de baile y la partida de Minnie había sido casi una carrera. Tan sólo el apoyo invisible de Vane, sus cuidadosas maniobras, lograron disimular el estado en que se encontraba. Un estado de profunda saturación.

Al menos había sido capaz de hablar. Con razonable coherencia. Y de pensar. En cierto modo, aquello había empeorado las cosas, porque lo único en que podía pensar era en lo que había dicho Vane, lo que le había susurrado junto a la sien, cuando por fin se revolvió en sus brazos.

—¿Has cambiado ya de opinión?

Ella tuvo que buscar fuerzas para decir:

—No.

—Mujer tozuda —fue la réplica de Vane, en tono de leve juramento.

No la presionó más, pero no tiró la toalla.

La pregunta seguía dando vueltas en la mente de Patience. El tono empleado por Vane —de determinación contenida pero inamovible— la molestaba. Aquella fuerza era muy profunda, no solamente una característica física, y superarla, es decir, convencerlo de que ella no pensaba acceder a convertirse en su esposa, estaba resultando ser una batalla mucho más difícil de lo previsto. La desagradable posibilidad de que, de forma no intencionada, hubiera aguijoneado el orgullo de Vane, de que hubiera herido su alma de conquistador, y de que ahora fuera a tener que hacer frente también a aquel lado de su carácter en su plena expresión, no era precisamente una idea muy halagüeña.

Lo peor de todo era el hecho de que había titubeado antes de decir que no.

La tentación, de forma inesperada, se había colado por debajo de sus defensas. Después de todo lo que había visto, de todo lo que había observado, los Cynster, sus esposas, y su actitud firmemente declarada y que con tanto rigor aplicaban al concepto de la familia, era imposible sustraerse al hecho de que la oferta de Vane era la mejor que recibiría jamás. La familia, lo que más importancia tenía para ella, tenía una importancia crítica para él.

Dados todos sus otros atributos —su riqueza, su posición, su atractivo físico—, ¿qué más podía desear?

El problema estribaba en que conocía la respuesta a dicha pregunta.

Y por eso había contestado «no». Y por eso mismo seguiría contestando «no».

La actitud de los Cynster para con la familia era posesiva y protectora. Eran un clan de guerreros; el franco compromiso que al principio le había resultado tan sorprendente era, visto bajo aquella luz, perfectamente comprensible. Los guerreros defendían lo que era suyo. Y al parecer, los Cynster consideraban su familia como una posesión que había que defender a toda costa y en todos los frentes. Sus sentimientos surgían de sus instintos de conquistadores, del instinto de aferrarse a lo que habían conquistado.

Perfectamente comprensible.

Pero no era suficiente.

Para ella, no.

Su respuesta seguiría siendo, tenía que seguir siendo «no».

19

Sligo abrió la puerta principal del número 22 a las nueve de la mañana siguiente.

Vane lo saludó con una breve inclinación de cabeza y entró.

—¿Dónde está la señora? —Recorrió rápidamente el vestíbulo con la mirada; gracias a Dios, estaba vacío, salvo por Sligo, que lo miraba boquiabierto.

Vane frunció el ceño.

Sligo parpadeó.

—Supongo que la señora se encuentra todavía acostada, señor. ¿Desea que envíe...?

—No. —Vane miró escaleras arriba—. ¿Qué habitación es la suya?

—La última a la derecha.

Vane comenzó a subir.

—Tú no me has visto. No estoy aquí.

—Sí, señor.

Sligo observó cómo subía y sacudió la cabeza en un gesto negativo antes de volver a su puré de avena.

Tras localizar lo que fervientemente esperaba que fuera la habitación de Minnie, Vane dio unos ligeros golpes en la puerta. Un instante después, Minnie le franqueó el paso. Él pasó, velozmente, y cerró la puerta tras de sí sin hacer ruido.

Recostada contra sus almohadas y con una taza de

cacao caliente en las manos, Minnie lo miró fijamente.

—¡Santo cielo! Hacía años que no te veía levantado a la hora en que canta el gallo.

Vane se acercó hasta la cama.

—Necesito un consejo sabio, y tú eres la única persona que puede ayudarme.

Minnie sonrió de oreja a oreja.

—Muy bien, ¿qué es lo que pasa?

—Nada. —Incapaz de sentarse, Vane comenzó a pasear junto a la cama—. Ése es el problema. Lo que debería estar pasando es una boda. —Miró fijamente a Minnie—. La mía.

—¡Ajá! —En los ojos de Minnie brilló el triunfo—. De modo que por ahí sopla el viento, ¿eh?

—Como bien sabes —afirmó Vane con acento entrecortado— el viento lleva soplando por ahí desde la primera vez que puse los ojos en tu sobrina.

—Perfectamente correcto, como debe ser. ¿Y dónde está el escollo?

—En que ella no me acepta.

Minnie parpadeó. Su expresión satisfecha se esfumó.

—¿Que no te acepta?

Su tono iba teñido de total desconcierto; Vane hizo un esfuerzo para no hacer rechinar los dientes.

—Exacto. Por alguna razón desconocida, no le parezco apropiado.

Minnie no dijo nada; su expresión lo decía todo.

Vane hizo una mueca.

—No soy yo, concretamente, sino los hombres o el matrimonio en general, contra lo que está atrincherada. —Dirigió una mirada fulminante a Minnie—. Sabes a qué me refiero. Patience ha heredado tu tozudez con creces.

Minnie respiró hondo y dejó la taza de cacao sobre la mesilla.

—Patience es una muchacha que tiene las ideas muy claras. Pero si abriga reservas acerca del matrimonio, yo hubiera pensado que precisamente tú eras el que daba la talla para enfrentarse al reto de hacerla cambiar de opinión.

—No creas que no lo he intentado. —En sus palabras se percibió la desesperación.

—Debes de haberlo hecho de forma confusa. ¿Cuándo te has declarado? ¿Anoche, en el invernadero?

Vane procuró no acordarse de lo sucedido la noche anterior en el invernadero. Los vívidos recuerdos lo habían tenido despierto hasta el amanecer.

—Primero me declaré, dos veces, en Bellamy Hall. Y desde entonces he repetido mi oferta varias veces más. —Giró sobre sus talones y volvió sobre sus pasos cruzando la alfombra—. Cada vez con mayor persuasión.

—Mmm. —Minnie frunció el entrecejo—. Esto parece grave.

—Yo creo... —Vane se interrumpió y, con las manos en las caderas, contempló el techo—. No, yo sé que inicialmente me confundió con su padre. Esperaba que yo me comportase igual que él. —Giró de nuevo y volvió atrás—. Al principio esperaba que no sintiera interés alguno por el matrimonio, y cuando le demostré que no era así, supuso que no tenía un verdadero interés por la familia. Creía que le estaba pidiendo que se casara conmigo por razones puramente superficiales, porque puede ser adecuada, en efecto.

—¿Un Cynster que no tiene interés por la familia? —Minnie lanzó un resoplido de desdén—. Ahora que ha conocido a tantos de vosotros, ya no puede seguir estando ciega.

—Así es. Y ahí es precisamente adonde quiero llegar. —Vane se detuvo junto a la cama—. Aunque desfilaron por delante de ella las actitudes de la familia, ni aun así quiso cambiar de opinión. Lo cual quiere decir que hay algo más, algo más profundo. Lo he percibido desde el principio. Existe alguna razón fundamental por la que está en contra del matrimonio. —Miró a Minnie a los ojos—. Y yo creo que deriva del matrimonio de sus padres. Por eso he venido aquí a preguntártelo.

Minnie le sostuvo la mirada, y acto seguido su expresión se tornó distante. Luego asintió, muy despacio.

—Puede que tengas razón. —Volvió a mirar a Vane—. ¿Quieres que te cuente la historia de Constance y Reggie?

Vane afirmó con la cabeza. Minnie suspiró.

—No es una historia feliz.

—¿A qué te refieres?

—Constance amaba a Reggie. Con eso no me refiero al habitual cariño que existe en muchos matrimonios, ni tampoco a un tipo de afecto más cálido. Estoy hablando de amor, amor sin egoísmo, completo e inquebrantable. Para Constance, el mundo giraba alrededor de Reggie. Claro que quería a sus hijos, pero es que eran de Reggie, y por lo tanto quedaban dentro de su entorno. Por dar a cada uno lo que le corresponde, diré que Reggie intentaba estar a la altura, pero, por supuesto, desde su punto de vista, el descubrimiento de que su mujer lo amaba hasta la locura suponía más un engorro que una alegría. —Minnie soltó un bufido—. Era un verdadero caballero de su época. No se casó por algo tan escandaloso como el amor. El de ellos se consideraba un matrimonio adecuado en todos los sentidos, y en realidad no fue culpa suya que las cosas se desarrollasen en una dirección tan inesperada.

Minnie sacudió la cabeza en un gesto negativo.

—Intentó decepcionar ligeramente a Constance, pero los sentimientos de ella eran firmes como una roca, imposibles de cambiar. Al final, Reggie actuó como un caballero y se mantuvo alejado. Perdió todo contacto con sus hijos. No podía visitarlos sin ver a Constance, lo cual daba lugar a situaciones que él no podía afrontar.

Vane, con un ceño más profundo, reanudó sus paseos.

—¿Y qué lección, a falta de una palabra mejor, ha podido sacar Patience de todo eso?

Minnie lo observó pasear y su mirada se volvió más penetrante.

—Tú dices que es un motivo profundo el que le impide aceptar tu oferta... Supongo que, por lo tanto, estás seguro de que de lo contrario ella aceptaría.

Vane la miró bruscamente.

—Absolutamente seguro.

—¡Vaya! —Minnie lo miró con ojos entornados—. Si ése es el caso —declaró en un tono más bien de censura—, hasta donde yo puedo entender, el asunto es perfectamente obvio.

—¿Obvio? —Vane escupió la palabra y rodeó la cama—. ¿Te importa compartir conmigo tu visión de las cosas?

—Bueno —gesticuló Minnie—, es lógico. Si Patience está dispuesta a aceptarte a ese nivel, entonces es muy posible que esté enamorada de ti.

Vane no pestañeó.

—¿Y?

—Pues que vio a su madre soportar una vida desgraciada por haberse casado con un hombre al que amaba pero que no la amaba a ella, un hombre a quien no le importaba el amor que le daba su mujer.

Vane frunció el ceño y bajó la vista. Continuó paseando.

Entonces Minnie abrió mucho los ojos y alzó las cejas.

—Si quieres hacer cambiar de opinión a Patience, tendrás que convencerla de que su amor está a salvo contigo, de que tú lo valoras, en lugar de verlo como una piedra alrededor del cuello. —Buscó la mirada de Vane—. Tendrás que convencerla para que te confíe su amor.

Vane arrugó la frente.

—No hay razón para que no me confíe su amor. Yo no me comportaría nunca como su padre.

—Eso lo sabemos tú y yo. Pero, ¿lo sabe Patience?

El ceño de Vane se convirtió en una sima, y comenzó a pasear con más agresividad. Al cabo de unos momentos, Minnie se encogió de hombros y entrelazó las manos.

—Qué cosa más curiosa, la confianza. Las personas que no tienen motivos para confiar pueden mostrarse muy a la defensiva. La mejor manera de animarlas a que confíen es depositar esa misma confianza, la confianza complementaria, en ellas.

Vane le dirigió una mirada que distaba mucho de ser complaciente; Minnie volvió a levantar las cejas.

—Si tú confías en ella, ella confiará en ti. A eso se reduce todo.

Vane la miró ceñudo... y con expresión de rebeldía.

Minnie asintió. Con aire definitivo.

—Tendrás que confiar en ella tal como quieres que ella confíe en ti, si es que quieres que sea tu esposa. —Le dirigió una mirada valorativa—. ¿Crees que estás preparado para hacer eso?

Sinceramente, no lo sabía.

Mientras se debatía con la respuesta a la pregunta de Minnie, no olvidó sus otras obligaciones. Media hora después de dejar a Minnie, entraba en la acogedora salita de la casa de la calle Ryder que compartían los hijos de su tío Martin. Gabriel, según le habían dicho, se encontraba aún en la cama. Lucifer, sentado a la mesa y enfrascado en devorar un plato de carne asada, levantó la vista al verlo entrar.

—¡Vaya! —Lucifer parecía impresionado. Echó un vistazo al reloj de la chimenea—. ¿A qué debemos esta inesperada, no menos que sorprendente, visita? —Agitó las cejas—. ¿Vienes a darnos la noticia de algún partido inminente?

—Reprime tus arrebatos. —Con una mirada ácida, se dejó caer en una silla y cogió la cafetera—. La respuesta a tus preguntas son las perlas de Minnie.

Como si hubiera mudado la piel, Lucifer abandonó su tono festivo.

—¿Las perlas de Minnie? —Su mirada se tornó distante—. Es un collar de dos vueltas, de setenta y cinco centímetros o más, excepcionalmente bien emparejadas. —Su ceño se acentuó—. También lleva pendientes, ¿no?

—Llevaba. —Vane clavó los ojos en su mirada de perplejidad—. Todos han desaparecido.

Lucifer parpadeó.

—Desaparecido... ¿Quieres decir que los han robado?

—Eso creemos.

—¿Cuándo? ¿Y por qué?

Vane le explicó brevemente la situación. Lucifer escuchó atento. Cada miembro de la Quinta de los Cynster tenía un área de especial interés; la especialidad de Lucifer eran las gemas y las joyas.

—He venido a pedirte —terminó diciendo Vane— que sondees un poco a los expertos en este tema. Si las perlas se han escapado de nuestras redes y han sido entregadas a otro, supongo que pasarán por Londres.

Lucifer asintió.

—Yo diría que sí. Todo tipo que se precie intentaría interesar a los moradores de Hatton Garden.

—A todos los cuales conoces tú.

Lucifer sonrió, pero fue un gesto carente de humor.

—Así es. Déjalo de mi cuenta. Ya te llamaré cuando me entere de algo que venga al caso.

Vane apuró su taza de café y retiró su silla.

—Házmelo saber en cuanto te enteres.

Una hora más tarde, Vane estaba de regreso en la calle Aldford. Tras recoger a Patience, todavía soñolienta, la instaló en su carruaje y se encaminó directamente hacia el parque.

—¿Alguna novedad? —preguntó mientras guiaba los caballos por una de las avenidas más tranquilas.

Patience, bostezando, negó con la cabeza.

—El único cambio, si es que se puede llamar así, es que Alice se ha vuelto todavía más mojigata y extraña. —Miró a Vane—. Alice declinó la invitación de Honoria, y cuando Minnie le preguntó por qué, ella declaró que todos erais unos demonios.

Vane estuvo a punto de sonreír.

—Aunque parezca mentira, no es la primera persona que nos ha colocado dicha etiqueta.

Patience sonrió jovial.

—Pero para responder a tu siguiente pregunta, he hablado con Sligo. A pesar de haberse quedado sola, Alice no hizo nada más emocionante que retirarse temprano a su habitación, donde permaneció la velada entera.

—Rezando para librarse de los demonios, sin duda. ¿Asistió Whitticombe al baile?

—Pues sí. Whitticombe no está aquejado de ninguna vena puritana. Aunque no estuvo jovial, por lo menos parecía dispuesto a entretenerse. Según Gerrard, pasó casi todo el tiempo conversando con diversos Cynster de más edad. Gerrard pensó que posiblemente estaba sondeando a posibles mecenas, aunque no le quedó claro para qué proyecto. Por descontado, Gerrard no es precisamente un observador imparcial, ni siquiera en lo que se refiere a Whitticombe.

—Yo no subestimaría a tu joven hermano. Su ojo de artista es notablemente acertado. —Vane la miró de reojo—. Y todavía tiene el oído de un niño.

Patience sonrió.

—Le encanta escuchar. —Luego se puso seria—. Por desgracia, no oyó nada que viniera al caso. —Captó la mirada de Vane—. Minnie está empezando a preocuparse otra vez.

—He puesto a Lucifer sobre la pista de las perlas. Si han llegado hasta los joyeros de Londres, él se enterará.

—¿Por qué?

Vane se lo explicó. Patience frunció el entrecejo.

—En realidad no entiendo cómo pueden haber desaparecido sin dejar rastro.

—Junto con todo lo demás. Sólo piensa... —Pero dejó la frase sin terminar e hizo girar el carruaje—. Si existe un solo ladrón, y, dado que tampoco se ha encontrado ningún otro de los objetos robados, parece razonable pensar que todos los objetos se encuentran ocultos en un único sitio. ¿Pero dónde?

—Así es, ¿dónde? Lo hemos registrado todo, pero tienen que estar en alguna parte. —Patience miró a Vane—. ¿Hay algo más que pueda hacer yo?

La pregunta quedó suspendida en el aire. Vane mantuvo la vista fija en los caballos hasta que consiguió evitar pronunciar la frase: «Acepta casarte conmigo.» No era el momento oportuno, y presionarla no era la táctica adecuada. Lo sabía, pero le costó un verdadero esfuerzo tragarse aquellas palabras.

—Vigila una vez más a los invitados de Minnie. —Enfiló el carruaje hacia las puertas del parque a paso vivo—. No busques nada concreto ni sospechoso. No prejuzgues lo que veas, limítate a estudiar a cada uno de ellos. —Respiró hondo y miró fijamente a Patience—. Tú eres la persona que está más cerca y al mismo tiempo más independiente; vigílalos de nuevo, y después cuéntame lo que hayas visto. Vendré a recogerte mañana.

Patience asintió.

—¿A la misma hora?

Vane afirmó brevemente. Y se preguntó cuánto tiempo más podría contenerse para no hacer algo... decir algo... imprudente.

—¡Señorita Patience!

Corriendo por la galería al encuentro de Vane, que aguardaba impaciente en el piso de abajo, Patience se detuvo un instante y esperó a que la alcanzara la señora Henderson, que había desertado de su puesto de supervisar a las doncellas y venía por uno de los pasillos.

Con una mirada cómplice, la señora Henderson se le acercó y bajó la voz para decirle:

—Si tuviera la bondad, señorita, de decirle al señor Cynster que hemos vuelto a encontrar arena.

—¿Arena?

Con una mano apoyada en su amplio busto, la señora Henderson afirmó con la cabeza.

—Él lo entenderá. Igual que antes, un poquito aquí y allá, alrededor de ese elefante tan horrible. Yo la veo brillar entre los tablones del suelo. Aunque no procede de ese animal tan grotesco, porque yo misma lo limpié con un paño y lo encontré perfectamente limpio. Aparte de eso, incluso con estas criadas de Londres, y eso que Sligo ha contratado a las más perspicaces de toda la cristiandad, no hemos descubierto nada extraño.

Patience hubiera solicitado una explicación, de no ser porque tenía impresa en la mente de forma indeleble la expresión del rostro de Vane cuando fue a verla y la encontró en la salita esperándolo, más que dispuesta, para el paseo.

Estaba impaciente, deseoso de hincarle el diente a algo invisible.

Sonrió a la señora Henderson y respondió:

—Se lo diré.

Seguidamente dio media vuelta y, agarrando su manguito, corrió escaleras abajo.

—¿Arena? —Con la mirada fija en el semblante de Vane, Patience aguardó una aclaración. Se encontraban en el parque, tomando la ruta de costumbre que los alejaba del gentío de moda. Acababa de darle el mensaje de la señora Henderson, el cual había sido recibido con un ceño fruncido—. ¿De dónde diablos la saca?

—¿Quién?

—Alice Colby. —Con expresión grave, Vane le habló de la vez anterior que habían hallado arena en la habitación de Alice, y después meneó la cabeza—. Sólo Dios sabe qué significa. —Miró a Patience—. ¿Has vigilado a los demás?

Patience afirmó.

—No he encontrado nada ni remotamente extraño en ninguno de ellos ni en sus actividades. Lo único de lo que me he enterado, que no sabía, es de que Whitticombe se ha traído libros de Bellamy Hall. Al verlo tomar de inmediato posesión de la biblioteca, supuse que habría encontrado algunos tomos y habría adquirido un interés nuevo por algo.

—¿Y no ha sido así?

—Ni mucho menos. En su equipaje se trajo al menos seis volúmenes enormes; no me extraña que su cochero se rezagara tanto.

Vane frunció el ceño.

—¿Y qué está estudiando en este momento? ¿Continúa con la abadía Coldchurch?

—Sí. Todas las tardes. Me he colado en la biblioteca y lo he observado. Los seis libros tratan sobre la Disolución, el período anterior a ella o el inmediatamente posterior. La única excepción es un libro de cuentas, fechado casi un siglo antes.

—Mmm.

Al ver que Vane no decía nada, Patience le dio un tironcito del brazo.

—¿Qué?

Él la miró un instante y volvió a fijar la vista en su caballo principal.

—Es que Whitticombe parece obsesionado con la abadía. Cabría pensar que a estas alturas ya sabría todo lo que hay que saber, al menos lo bastante para escribir su tesis. —Unos momentos después, agregó—: ¿No tienes nada sospechoso que contar respecto de los demás?

Patience negó con la cabeza.

—¿Se ha enterado de algo Lucifer?

—Las perlas no han pasado por Londres. De hecho, las fuentes de Lucifer, que no tienen rival, están muy seguras de que esas perlas no se han puesto, tal como dicen en su jerga, «a disposición».

—¿A disposición?

—Quiere decir que el que las haya robado aún las tiene en su poder. Que nadie ha intentado venderlas.

Patience hizo una mueca de desagrado.

—Por lo visto, a cada poco nos topamos con callejones sin salida. —Luego añadió—: He calculado cómo tendría que ser el espacio donde almacenar todo lo que se ha robado. —Captó la mirada de Vane—. La bolsa de costura de Edith Swithins, vacía de todos los demás cachivaches, apenas serviría para ocultarlo todo.

El ceño de Vane adquirió mayor gravedad.

—Pues tiene que estar en alguna parte. He ordenado a Sligo que registre de nuevo todas las habitaciones, pero ha regresado con las manos vacías.

—Pero está en alguna parte.

—En efecto. ¿Pero dónde?

Vane estaba de vuelta en la calle Aldford al día siguiente, a la una de la madrugada, ayudando a Edmond, a quien le temblaban las rodillas, a subir los escalones de la entrada. Gerrard atendía a Henry, que se reía de su propia locuacidad. Edgar, con una sonrisa ancha e inequívocamente boba en el rostro, ocupaba la retaguardia.

El general, gracias a Dios, se había quedado en casa.

Sligo les abrió la puerta a todos y al instante se hizo cargo de la situación. De todos modos, hizo falta otra media hora y los esfuerzos concertados de los miembros sobrios del grupo para instalar a Edmond, Henry y Edgar en sus respectivas camas.

Exhalando un suspiro de alivio, Gerrard se derrumbó contra la pared del corredor.

—Si no encontramos pronto las perlas y devolvemos a éstos de vuelta a Bellamy Hall, van a terminar desmadrándose... y acabando con nosotros.

El comentario era fiel reflejo de lo que pensaba Vane. Dejó escapar un gruñido y se acomodó la chaqueta.

Gerrard bostezó y asintió soñoliento.

—Yo me voy a la cama. Hasta mañana.

Vane lo despidió con un gesto de cabeza.

—Buenas noches.

El muchacho se alejó por el pasillo. Vane, con expresión sobria, cruzó la galería en dirección a las escaleras. Al llegar a las mismas, se detuvo a observar el vestíbulo sumido en sombras. A su alrededor, la casa estaba dormida; el velo de la noche, perturbado durante unos minutos, volvió a caer como un silencioso sudario.

Vane sintió que la noche lo agotaba, que le restaba fuerzas. Estaba cansado.

Cansado de no llegar a ninguna parte. Frustrado a cada paso que daba.

Cansado de no ganar, de no tener éxito.

Demasiado cansado de luchar contra el impulso que lo arrastraba, el impulso de buscar socorro, apoyo, de encontrar el final de sus esfuerzos en los brazos de su amor.

Aspiró profundamente y sintió que se le hinchaba el pecho. Mantuvo la mirada fija en las escaleras, negando el impulso de mirar hacia la derecha, hacia el pasillo que conducía a la habitación de Patience.

Era hora de irse a casa, de bajar las escaleras, salir por la puerta, caminar las pocas manzanas que lo separaban de su propia casa de la calle Curzon, internarse en el silencio de una casa vacía, subir las elegantes escaleras y meterse en el dormitorio principal. Para dormir solo en su cama, entre sábanas de seda frías, sin calor, sin afecto.

Un leve susurro, y a su lado se materializó Sligo. Vane desvió la mirada.

—Me marcho ya.

Si Sligo estaba sorprendido, no dio muestras de ello.

Tras una inclinación de cabeza, procedió a bajar las escaleras. Vane aguardó y observó cómo Sligo cruzaba el vestíbulo e iba a comprobar la puerta principal.Oyó el ruido del pestillo al caer, y después vio la luz parpadeante de la vela atravesar el vestíbulo y desaparecer a través de la puerta de tapete verde.

Y quedó a solas en el silencio de la oscuridad.

Todavía como una estatua, permaneció unos instantes en lo alto de las escaleras. En las presentes circunstancias, colarse en la cama de Patience resultaba inaceptable, incluso reprensible.

Pero también inevitable.

Una vez que sus ojos se hubieron adaptado del todo a la oscuridad, giró hacia la derecha. Echó a andar por el pasillo sin hacer ruido, en dirección a la puerta del fondo. Cuando se encontró frente a ella, levantó la mano... y titubeó. Pero luego endureció las facciones.

Y llamó. Con suavidad.

Transcurrió un minuto de silencio, y después oyó las suaves pisadas de unos pies descalzos sobre la madera. Un instante más tarde, la puerta se abrió.

Sonrojada por el sueño y con el cabello revuelto, Patience lo miró parpadeando. El largo camisón blanco se adhería a su figura recortada por el resplandor del fuego de la chimenea. Con la boca entreabierta y los senos subiendo y bajando, irradiaba calidez y la promesa del paraíso.

Los ojos de ella encontraron los suyos. Por espacio de un largo minuto, Patience se limitó a mirarlo; luego dio un paso atrás y le indicó que entrase.

Vane cruzó el umbral y supo que aquél iba a ser su Rubicón particular. Patience cerró la puerta tras él, se volvió... y se echó en sus brazos.

Él la estrechó contra sí y la besó. No necesitaba palabras para decir lo que quería decir. Patience se abrió a él al instante, ofreciendo todo lo que él quería, todo lo que necesitaba. Se dejó caer contra su cuerpo, toda ella curvas femeninas que lo incitaban, lo animaban.

Vane contuvo la respiración, sujetó las riendas de sus demonios y supo que esta vez no iba a sujetarlas mucho tiempo. Patience encendía su sangre con demasiada facilidad, era la esencia misma de la necesidad.

El único y dominante objeto de su deseo.

Abrió los ojos y los volvió hacia la cama. Ésta, alentadoramente grande, estaba sumida en sombras. La única luz que había en el dormitorio provenía de las ascuas que aún resplandecían en la chimenea.

Deseaba tenerla en su propia cama, pero aquella noche tendría que conformarse con la de ella. También deseaba verla, permitir que sus ojos, que todos sus sentidos se dieran un festín. Sus demonios necesitaban alimento. Y también tenía que encontrar un modo de decirle la verdad, de decirle lo que llevaba en el corazón. Pronunciar las palabras que sabía que tenía que decir.

Minnie, maldita fuera su antigua sagacidad, le había señalado la verdad sin equivocarse. Y, tanto como una parte de él lo deseaba, se sentía incapaz de huir, incapaz de escapar.

Tenía que hacerlo.

Levantó la cabeza y aspiró una bocanada de aire tan enorme, que el pecho se le tensó contra la chaqueta.

—Vamos cerca del fuego.

Deslizó un brazo alrededor de Patience para guiarla hacia la chimenea y se percató del modo en que resbalaba la fina tela sobre la piel desnuda. Entonces la ciñó un poco más contra sí, apoyándole la cabeza en el hueco de su hombro y la cadera contra la suya, y ella cedió de buen grado.

Los dos, como uno solo, se detuvieron delante del fuego. Entonces, con una naturalidad que a Vane le resultó cautivadora, Patience se entregó a sus brazos. Apoyó las manos en sus hombros, alzó el rostro, los labios. Vane la estaba besando antes de pensar siquiera en ello.

Con un suspiro para sus adentros, Vane refrenó sus impulsos, los sujetó con rienda firme y a continuación dejó de abrazar a Patience y cerró las manos sobre su cintura. Y procuró no prestar atención al calor que sentía bajo las palmas, a la suavidad que notaba bajo los dedos.

Levantó la cabeza y puso fin al beso.

—Patience...

—Chist.

Ella se elevó de puntillas y unió su boca a la de Vane. Sus labios se aferraron, lo tentaron con suavidad; los de él permanecieron firmes. De manera instintiva, Vane tomó de nuevo la iniciativa y se deslizó sin esfuerzo a otro beso.

Maldijo para sí. Sus riendas estaban fallando. Sus demonios sonreían de oreja a oreja, ya relamiéndose malévolamente. Lo intentó de nuevo, esta vez susurrando al oído de Patience:

—Necesito dec...

Pero ella lo hizo callar una vez más, con la misma eficacia.

Y con mayor eficacia todavía puso sus manos sobre él y cerró posesivamente los dedos alrededor de su miembro ya rígido.

Vane contuvo el aliento... y se rindió. No merecía la pena continuar batallando, había olvidado lo que tenía que decir. Deslizó las manos hacia abajo y hacia atrás, tomó las nalgas de Patience y acercó sus caderas hacia sus propios muslos. Ella abrió los labios y movió la lengua de forma tentadora; él aceptó la invitación y se zambulló. Sediento.

Patience lanzó un suspiro de satisfacción y se hundió en el duro abrazo de Vane. No le interesaba oír palabras; estaba preparada para oír jadeos, gemidos, incluso gruñidos, pero no palabras.

No necesitaba oír a Vane explicar por qué se encontraba allí; no necesitaba oírlo excusarse por necesitarla a ella; sus motivos los vio allí, brillando como plata en sus ojos, cuando lo descubrió en el umbral oscuro de su dormitorio, con la mirada fija, hambrienta, en ella. La fuerza de aquel brillo plateado estaba dibujada en las facciones de su cara, bien a la vista. No quería oírlo explicarse, y arriesgarse a empañar aquel brillo con meras palabras. Las palabras jamás podrían hacerle justicia, tan sólo le restarían valor a la gloria.

La gloria de ser necesitada. Necesitada de aquella forma. Nunca le había ocurrido nada igual, y posiblemente nunca volvería a ocurrirle de nuevo.

Sólo con Vane. La suya era una necesidad que ella podía satisfacer; sabía, en lo más profundo de su alma, que estaba hecha para ello. El prístino placer que recibía de darse a Vane y calmar así su necesidad era algo al margen de las palabras, al margen de toda medida terrenal.

Aquella sensación era lo que significaba ser mujer. Esposa. Amante. Aquello, de entre todo, era lo que ansiaba su alma.

Y no quería que se interpusieran unas simples palabras.

Patience abrió su corazón dichoso y acogió a Vane. Lo besó con tanta pasión como él la besó a ella, buscándolo con manos avariciosas a través de la ropa.

Vane, con una maldición en voz baja, retrocedió.

—Espera.

Extrajo el largo alfiler de su pañuelo de cuello y lo depositó sobre la repisa de la chimenea. Acto seguido, se apresuró a desanudarlo. Patience sonrió y lo tocó; él, con expresión dura como el granito, dio un paso a un lado y se situó a su espalda... y unos pliegues de lino bloquearon la vista de Patience.

—¿Qué...? —Patience se llevó las manos a la cara.

—Confía en mí. —Ahora situado detrás de ella, Vane le apartó las manos y le enrolló la tela dos veces alrededor de la cabeza antes de hacerle un nudo en la nuca. A continuación, apoyó las manos en los hombros de Patience, inclinó la cabeza y le recorrió con los labios, en una caricia etérea, la curva de la garganta—. Será mejor así.

Mejor para él, porque así podría conservar un cierto grado de control. Sentía agudamente la responsabilidad de ser el amor de Patience; tomar y no dar era algo que no se correspondía con su manera de ser. Necesitaba decirle lo que anidaba en su corazón. Si no lograba expresarlo con palabras, al menos sí podía demostrar sus sentimientos. Por el momento, con aquel deseo imperioso que le latía en las venas, era lo mejor que podía hacer.

Sabía muy bien el efecto que iba a causar en Patience estar «ciega»: sin poder ver, los demás sentidos se agudizarían, y con ello su sensibilidad sexual, tanto física como emocional, alcanzaría nuevas cumbres.

Lentamente le dio la vuelta hasta tenerla mirando de frente, y retiró las manos.

Con sus sentidos enardecidos, Patience aguardó. Su respiración era superficial, tensa por la emoción; sentía un cosquilleo en la piel. Con las manos laxas a los costados, escuchó los latidos de su corazón y el deseo correr por sus venas.

El primer tirón fue tan leve que no estuvo segura de que hubiera sido real, pero entonces saltó otro botón más del camisón que llevaba puesto. Sus sentidos le decían que Vane estaba cerca, próximo, pero no podía distinguir exactamente dónde. Alzó una mano de forma tentativa...

—No. Sólo quédate quieta.

Obediente a aquella voz profunda, a aquel tono irresistible, Patience dejó caer los brazos.

La botonadura del camisón iba de arriba abajo, hasta el suelo. Tan sólo el roce del aire en la piel y el ligerísimo tirón que sintió le indicaron que se había desabrochado el último de los botones. Antes de que pudiera imaginar lo que venía a continuación, unos leves tirones en las muñecas desanudaron las cintas de encaje.

Ciega e impotente, se estremeció.

Y entonces notó que el camisón se abría y le resbalaba por los brazos, por la espalda, se liberaba de sus manos y caía en el suelo, detrás de ella.

Respiró de forma entrecortada... y percibió la mirada de Vane sobre ella. Lo tenía frente a sí. Su mirada la recorría. Patience sintió que se le endurecían los pezones y que un intenso calor se le extendía bajo la piel. Una ola de calor siguió a la mirada de Vane, una ola que inundó sus senos, su vientre, sus muslos. Notó que se ablandaba, conforme se iba incrementando la emoción.

Vane cambió de postura y se situó a un costado. Ella ladeó ligeramente la cabeza y se esforzó por seguir sus movimientos. Entonces él se acercó un poco más. Se encontraba a su izquierda, a escasos centímetros; lo percibía con cada poro de su piel.

Un duro dedo se le deslizó bajo la barbilla y le levantó la cabeza. Sus labios vibraron, y entonces Vane los cubrió con los suyos.

Fue un beso largo y profundo, ardiente, de una brutal candidez. Vane buscó en lo más hondo y reclamó su suavidad, la paladeó con languidez pero a fondo, una muestra de lo que estaba por venir. Entonces se apartó... y apartó también el dedo.

Desnuda, sin ver nada, sin otra cosa que el leve resplandor del fuego y el ardor del deseo para calentarse, Patience tembló y esperó.

Un dedo la tocó en el hombro derecho y comenzó a descender perezosamente hacia la forma del pecho para ir a detenerse en un pezón. Dibujó un círculo, lo tocó apenas y desapareció.

La segunda caricia fue semejante a la primera, esta vez sobre el pezón izquierdo, y le provocó un largo estremecimiento en todo el cuerpo. Aspiró entrecortadamente.

Vane se acercó a su espalda para acariciar los largos músculos que bordeaban la columna vertebral, de uno en uno, y se detuvo cuando se perdieron en el hueco de la cintura.

Una vez más, el contacto se desvaneció; una vez más, Patience aguardó. Entonces sintió una mano dura y caliente que, ligeramente áspera contra su piel, se apoyó en su espalda, en la curva por debajo de la cintura, y comenzó a descender con audacia. Se apoderó de sus curvas plenas, conocedora, valorativamente. Patience sintió que estallaba en deseo en su interior, ardiente y urgente, y notó cómo su rocío le humedecía la piel.

Dejó escapar una suave exclamación, y el sonido reverberó en la quietud del dormitorio. Vane inclinó la cabeza, ella lo percibió y alzó los labios. Y entonces se unieron en un beso tan rebosante de necesidad, que casi perdió el equilibrio. Levantó una mano para agarrarse del hombro de Vane...

—No. Quédate quieta —le susurró Vane en los labios antes de besarla otra vez. A continuación su boca se posó en la sien—. No te muevas. Siente, nada más. No hagas nada. Deja que te ame.

Patience se estremeció... y obedeció en silencio.

La mano que acariciaba sus nalgas continuó en su sitio, con inquietante intimidad. Bajó un poco para recorrer brevemente la cara posterior de los muslos y luego, subiendo por la línea que unía ambos, volvió a acariciar las tensas curvas de los glúteos.

Entonces un pícaro dedo encontró el hueco situado en la base de su garganta. De manera involuntaria, Patience se tensó. El dedo fue bajando lentamente, resbalando por la piel. Pasó por entre los inflamados senos, continuó por la sensible zona del estómago, cruzó la línea de la cintura y llegó al ombligo. Allí lo rodeó, muy despacio, y después se desvió en diagonal, hacia una cadera, y luego hacia la mitad del muslo, para ir a detenerse y desaparecer justo por encima de la rodilla.

El dedo regresó a la garganta. Y de nuevo se inició aquel largo viaje, esta vez en dirección a la otra cadera y la otra rodilla.

Patience no se engañaba; cuando el dedo volvió a situarse bajo su garganta, respiró hondo. Y contuvo el aliento.

El dedo se deslizó hacia abajo, con el mismo movimiento lánguido y perezoso. De nuevo rodeó el ombligo, pero entonces, de forma deliberada, se introdujo en el pequeño hueco del mismo. Y sondeó. Con suavidad. De forma sugestiva, repetidamente.

El aliento contenido de Patience escapó precipitadamente. El estremecimiento que la recorrió esta vez fue más como un escalofrío; respirar se le hizo más difícil. Se pasó la lengua por los labios resecos, y el dedo se retiró.

Y se deslizó más abajo.

Patience se puso tensa.

El dedo continuó su pausado descenso, atravesó la suave inclinación del vientre y se coló entre los rizos que crecían en su base.

Patience se hubiera movido, pero la mano que tenía detrás la sujetaba con firmeza. Sin prisas, el dedo abrió los rizos, luego la abrió a ella y siguió profundizando.

Hasta introducirse en el calor resbaladizo de entre los muslos.

Patience sintió que se tensaba hasta el último de los nervios de su cuerpo, que se le incendiaba hasta el último centímetro de piel. El más mínimo fragmento de su consciencia estaba concentrado en el contacto de aquel dedo perezoso que la exploraba.

El dedo describió un círculo, y Patience lanzó una exclamación ahogada; creyó que las rodillas se le doblaban. Que ella supiera, se le doblaron, pero la mano firme en sus nalgas la sostuvo, la mantuvo en el sitio, de modo que pudo sentir cada uno de los movimientos de aquel audaz dedo. Volvió a describir un círculo, y otro más, hasta que le pareció que se le derretían los huesos.

En el interior de su cuerpo, era una pura llama; Vane lo sabía, por supuesto, pero no se daba ninguna prisa. Su dedo presionó un poco más, se introdujo más adentro, y de nuevo describió círculos, tal como había hecho un poco más arriba.

Con la respiración entrecortada, Patience esperó. Sabía que había de llegar el momento en que Vane se metiera de verdad, en que su dedo sondeara más profundamente su vacío calor. Respiraba de forma tan superficial que oía el suave siseo; notaba los labios secos, ásperos, pero palpitantes. Una y otra vez, Vane dudó en la puerta de entrada, sólo para salirse y acariciar su carne inflamada, resbaladiza y vibrante al ritmo de los latidos del corazón.

Y por fin llegó el momento. Tras describir un último círculo, el dedo hizo una pausa y se centró en la entrada. Patience se estremeció y dejó caer la cabeza hacia atrás.

Y entonces Vane la penetró, tan despacio que ella creyó perder el juicio. Lanzó una exclamación sofocada y después un leve grito, cuando él se internó aún más.

Vane reaccionó acercando los labios a un dolorido pezón.

Patience oyó su propio grito como si viniera de muy lejos. Levantó las manos... y encontró y asió los hombros de Vane. Vane cambió de posición hasta situarse directamente frente a Patience, para así poder lamer primero un pecho, luego el otro, al tiempo que introducía uno, y después dos largos dedos en su cuerpo. Con la otra mano aferró con fuerza los firmes montículos de los glúteos, sabiendo que le dejaría marcas. Si no lo hacía así, ella terminaría en el suelo... y él también. Lo cual daría lugar a más marcas todavía.

Ya había agotado su reserva de control; se le había acabado cuando tocó el calor húmedo de Patience entre las piernas. Había calculado correctamente que el hecho de estar desnuda y con los ojos vendados la excitaría poderosamente..., pero no había previsto que aquello lo excitara a él también. Sin embargo, estaba decidido a derrochar todo tipo de atenciones con ella, hasta el último gramo que fuera capaz de dar.

Apretando mentalmente los dientes y sujetándose los machos con mano de hierro, continuó. Y derrochó todavía más amor con Patience.

Todo lo que tenía que dar, dado como sólo él sabía darlo.

Patience no sabía que su cuerpo pudiera sentir tanto, con tanta intensidad. Le corría fuego por las venas; su piel había cobrado una nueva capacidad de percepción. Era sensible al mínimo cambio en la corriente de aire, a cada una de aquellas audaces caricias, a todos los matices de cada contacto.

Cada movimiento de los duros dedos de Vane le provocaba placer dentro de su cuerpo, de la cabeza a los pies; cada gesto de sus labios, cada embestida de su lengua capturaba el placer y lo elevaba hasta cumbres inimaginables.

Aquel placer fue aumentando, creciendo, barriendo su cuerpo, hasta entrar en ignición y fundirse en un conocido sol interior. Con los ojos cerrados debajo de la venda, dejó escapar una leve exclamación y aguardó a que aquel sol estallara sobre ella, a que la invadiera y la elevara. Flotaba a la deriva en un mar de sensualidad, satisfecha hasta los mismos dedos de los pies.

El mar se extendió cada vez más; las olas lamían sus sentidos, los alimentaban, los saciaban. Pero aun así continuaban sedientos.

Tuvo una vaga conciencia de que las manos de Vane se movían, de que perdía aquel íntimo contacto. Entonces Vane la levantó del suelo, la acunó contra su pecho y la llevó a otra parte. A la cama. Suavemente, con besos dulces que aliviaron sus labios resecos, la depositó encima de las sábanas. Patience esperó a que desapareciera la venda que le tapaba los ojos. Pero no desapareció. En vez de eso, notó el frescor de la sábana de satén en la piel.

Escuchó... aguzó el oído y captó un ruido sordo... una bota que caía al suelo. Sonrió en la oscuridad. Entonces se hundió en las plumas de la cama y se relajó. Y aguardó.

Esperaba que Vane se reuniera con ella bajo las sábanas; pero en cambio, unos minutos más tarde, éstas se apartaron. Vane subió a la cama y se detuvo. Patience tardó unos instantes en comprender dónde estaba.

De rodillas, separándole los muslos.

La emoción la sacudió con la fuerza de un rayo: en un instante, su cuerpo se recalentó de nuevo. Tensa y expectante, volvió a temblar.

Oyó una risa ronca por encima de ella. Luego, las manos de Vane en las caderas. Al instante siguiente sintió sus labios.

En el ombligo.

A partir de ahí, las cosas se calentaron más.

Cuando, tras interminables jadeos, exclamaciones ahogadas y minutos de profunda intimidad, Vane se reunió con ella por fin, ella también tenía la voz ronca. Ronca a causa de reprimir los gritos, a causa de sus desesperados intentos de respirar. Vane la había llevado a un estado de placer infinito, su cuerpo estaba inundado de exquisitas sensaciones, sensible al menor contacto, a la menor caricia íntima.

Ahora Vane se abrió paso en su interior y la llevó todavía más lejos, al corazón mismo del sol, al reino de la gloria. Patience lo instó a continuar, dejó que su cuerpo hablase por ella, que lo acariciara, lo abrazase y lo amase como él la estaba amando a ella.

De todo corazón. Sin reservas. Sin ataduras.

La verdad se reveló en el instante en que aquel sol de los dos implosionó y se fragmentó en mil pedazos. Sintió llover la gloria a su alrededor... alrededor de ambos. Unidos fuertemente los dos, Patience percibió el éxtasis de Vane igual que Vane percibió el suyo.

Se elevaron juntos, flotaron arrastrados por la violenta ola final; luego cayeron juntos, en un estado de profunda saciedad. Cada uno en los brazos del otro, los dos quedaron flotando en el reino reservado a los amantes, donde no se le permitía la entrada al raciocinio.

—Mmm.

Patience se arrebujó más en el calor de la cama e ignoró la mano que le sacudía el hombro. Estaba en el cielo, un cielo en el que no recordaba haber estado antes, y no le interesaba recortar su breve estancia. Ni siquiera por Vane, que la había llevado hasta allí. Había un tiempo para cada cosa, sobre todo para hablar, y aquél no era precisamente dicho momento. La envolvía un cálido resplandor, y se hundió en él, agradecida.

Vane lo intentó otra vez. Completamente vestido, se inclinó sobre ella y la sacudió con fuerza.

—Patience.

Un gruñido de disgusto fue todo lo que obtuvo de ella. Exasperado, volvió a reclinarse en el asiento y contempló los rizos castaño dorados que asomaban por encima de la sábana. Lo único que podía ver de su futura esposa.

Nada más despertarse, comprendió que tenía que irse, que tenía que despertar a Patience para decirle, sencilla y llanamente, lo que no le había dicho antes. Antes de que las pasiones de ella los hubieran arrastrado a los dos.

Por desgracia, había acudido tarde a Patience, y había estirado el tiempo todo lo que fue capaz. El resultado era que, sólo dos horas más tarde, Patience continuaba profundamente hundida en la felicidad y se resistía a que la despertaran.

Vane suspiró. Sabía por experiencia que insistir en despertarla daría lugar a un ambiente totalmente inadecuado para la declaración que quería hacer. Lo cual significaba que despertarla era inútil... peor que inútil.

Iba a tener que esperar. Hasta que...

Musitando un juramento, se levantó y se acercó a la puerta. Tenía que marcharse ya, o de lo contrario se toparía con las doncellas. Ya volvería más tarde a visitar a Patience, y tendría que hacer lo que había jurado no hacer nunca. Lo que no había esperado hacer nunca: poner su corazón en una bandeja y entregárselo con toda calma a una mujer.

Ya no importaba si estaba preparado para ello o no. Lo único que importaba era asegurarse a Patience como esposa.

20

¿Se lo imaginaría ella? Sentada a la mesa del desayuno a la mañana siguiente, Patience extendía mantequilla con detenimiento sobre una tostada. A su alrededor la familia charlaba y hacía ruido. Desde que el desayuno se servía más tarde, de conformidad con los horarios urbanos, asistían todos los inquilinos, incluso Minnie y Timms. Incluso Edith. Incluso Alice.

Patience miró en derredor... e hizo caso omiso de las conversaciones que recorrían la mesa arriba y abajo. Estaba demasiado distraída por sus cavilaciones internas para perder el tiempo con asuntos menos urgentes.

Tomó el cuchillo, y mantequilla. Empezó a extenderla. Pero ya lo había hecho antes. Se fijó en la tostada y entonces, con movimientos muy precisos, dejó el cuchillo, tomó su taza de té y bebió.

Una lánguida lasitud invadía sus miembros. Su mente estaba repleta de pensamientos dulcemente lujuriosos. Era víctima del agotamiento que provoca el placer. Le resultaba difícil concentrarse, pero su mente regresaba una y otra vez a la inesperada revelación de la noche anterior. Le requirió un esfuerzo supremo centrar la atención en lo que subyacía mientras hacía el amor, más que en el hecho mismo de hacer el amor, pero estaba segura de que no se lo estaba inventando, de que aquella intensidad subyacente que había percibido era algo real: la intensidad de la necesidad de Vane, la intensidad que él había puesto en el acto de amarla.

Amarla.

Vane había empleado aquella palabra en sentido físico. Ella, por su parte, pensaba primero en el sentimiento, y el acto era la manifestación física. Hasta la noche anterior, había supuesto que el significado que le daba Vane era estrictamente físico, pero a partir de entonces ya no estaba tan segura.

La noche anterior, lo físico había alcanzado nuevas cumbres, intensificado por alguna fuerza demasiado poderosa para quedar confinada en la carne. Ella la había sentido, la había paladeado, había gozado de ella... había llegado a reconocerla en sí misma. Pero la noche anterior la había reconocido en Vane.

Respiró hondo, despacio, y miró fijamente el juego de vinajeras.

Estaba segura de lo que había sentido, pero —y aquí radicaba el problema— Vane era un amante consumado; ¿podría él conjurar también aquello, sin ser real? ¿Lo que había percibido ella era sólo una fachada creada por la indudable pericia de Vane?

Depositó la taza sobre la mesa y se irguió. Resultaba tentador imaginar que tal vez hubiera interpretado mal la situación y el «amor» de él fuera más profundo de lo que ella había supuesto. Pero descartó dicha conclusión: era demasiado fácil, demasiado halagüeña. Una parte de su mente intentaba convencer a la otra, hacerla creer que a lo mejor Vane la amaba del mismo modo que ella lo amaba a él.

En cuanto a distracciones, aquélla se llevó la palma.

Apretó los labios, recuperó la tostada bien untada de mantequilla y la mordió. Después de presentarse en la puerta de su habitación sin previo aviso, Vane se había marchado de la misma manera, antes de que ella hubiera tenido tiempo para despertarse, y mucho menos para pensar. Pero si lo que pensaba era la mitad de cierto, quería saberlo. De inmediato.

Miró el reloj; pasarían horas hasta que llegara él.

—Digo que si puede pasarme la mantequilla.

Dejando a un lado su impaciencia, Patience le entregó a Edmond el platillo de la mantequilla. A su lado estaba sentada Angela, con una sonrisa radiante. Al examinar ociosamente las caras de los que se sentaban delante de ella, Patience se topó con la mirada de Alice Colby. Una mirada de ojos negros e intensamente fríos.

Alice no apartaba la mirada de ella. Patience se preguntó si tendría torcido el moño. Estaba a punto de volverse hacia Gerrard para preguntarle...

En aquel momento las facciones de Alice se contorsionaron.

—¡Es escandaloso! —pronunció en un tono de voz ronco, cargado de furia virtuosa, que cortó todas las conversaciones. Todas las cabezas se volvieron; todas las miradas, estupefactas, se fijaron en Alice. Ella golpeó la mesa con su cuchillo—. ¡No sé cómo se atreve, señorita! Sentarse aquí como una dama, a desayunar con personas decentes. —Con el rostro congestionado, echó su silla hacia atrás—. Yo, por mi parte, no pienso soportarlo ni un momento más.

—¿Alice? —le dijo Minnie desde el fondo de la mesa, mirándola fijamente—. ¿Qué es esta tontería?

—¿Tontería? ¡Ja! —Alice señaló a Patience con la cabeza—. Su sobrina es una mujerzuela, ¿llama tontería a eso?

Un inesperado silencio se apoderó de la mesa.

—¿Una mujerzuela? —Whitticombe se inclinó hacia delante para seguir la mirada de Alice.

Los demás hicieron lo mismo. Patience sostuvo la mirada de Alice con aplomo; tenía el semblante petrificado, por suerte en una expresión relajada. Estaba apoyada sobre los codos y sostenía la taza de té con calma entre las manos. Su apariencia externa exudaba tranquilidad; por dentro su mente era un torbellino. ¿Cómo reaccionar? Fríamente, alzó una ceja en un leve gesto de incredulidad.

—¡Realmente, Alice! —Minnie frunció el ceño, reprobatoria—. ¡Hay que ver las cosas que imaginas!

—¿Que yo imagino? —Alice se incorporó de un brinco—. ¡No he imaginado la presencia de un corpulento caballero en el pasillo en mitad de la noche!

Gerrard se removió en su asiento.

—Ése era Vane. —Miró a Edmond y a Henry, y después a Minnie—. Subió al piso de arriba con nosotros, al entrar en la casa.

—Sí, así es. —Intensamente pálido, Edmond se aclaró la garganta—. Él... esto... —Miró a Minnie.

La cual asintió y miró a Alice.

—Ya ves que existe una explicación perfectamente lógica.

Alice los miró ceñuda.

—Eso no explica por qué recorrió el pasillo que lleva al dormitorio de su sobrina.

Timms suspiró con aire teatral.

—Alice, Vane no tiene por qué explicar a todo el mundo lo que hace. Tras la desaparición de las perlas, naturalmente, Vane vigila la casa. Anoche, al regresar tarde, simplemente realizó una última ronda de vigilancia.

—Naturalmente —confirmó Minnie, asintiendo al tiempo que Timms—. Es precisamente lo que sin duda estaba haciendo. —Lanzó una mirada desafiante a Alice—. Es muy considerado en esas cosas. Y en lo que se refiere a estas calumnias que estás lanzando contra Patience y Vane, deberías tener cuidado a la hora de hacer acusaciones difamatorias carentes de fundamento.

Las mejillas de Alice palidecieron.

—Sé perfectamente lo que vi...

—¡Alice! Ya basta. —Whitticombe se puso en pie, y su mirada se clavó en la de su hermana—. No debes molestar a la gente con tus fantasías.

Hubo un énfasis en sus palabras que Patience no entendió. Alice lo miró boquiabierta. Luego recuperó el color. Con las manos cerradas en dos puños, miró furiosa a su hermano.

—¡No estoy...!

—¡Ya basta! —Whitticombe abandonó su asiento y rodeó rápidamente la mesa—. Estoy seguro de que todos nos disculparán. Está claro que estás sobreexcitada.

Agarró de la mano a una Alice poseída por la rabia, la levantó de la silla y rodeó con un brazo sus escuálidos hombros para sujetarla. Acto seguido, con una sonrisa forzada para el resto de los presentes, la sacó, pese a su resistencia, de la habitación.

Ligeramente aturdida, Patience los observó marcharse. Y se preguntó cómo había podido aguantar una posible calamidad sin pronunciar una sola palabra.

La respuesta era evidente, pero no la comprendía.

Un tanto apagados, el resto de los miembros de la familia fueron dispersándose. Todos se preocuparon de sonreírle a Patience, para demostrarle que no se habían creído las calumnias de Alice. Luego, refugiada en su habitación, Patience se puso a pasear arriba y abajo. Percibió los golpecitos del bastón de Minnie en el pasillo. Un instante después, oyó que se abría la puerta del dormitorio de ésta, y que se cerraba a continuación.

Momentos más tarde Patience llamó a su puerta y entró. Minnie estaba acomodándose en un sillón junto a las ventanas. Sonrió a su sobrina y dijo:

—¡Bueno! Ha sido un poquito de emoción inesperada.

Patience luchó para no entornar los ojos. En realidad, luchó para conservar un mínimo grado de calma frente a los ojos chispeantes de Minnie. Y a la sonrisa satisfecha de Timms.

Lo sabían. Y aquello era todavía más escandaloso, en su opinión, que el hecho de que Vane hubiera pasado la noche —varias noches— en su cama.

Apretó los labios, fue hasta las ventanas, y empezó a pasear delante de Minnie.

—Necesito explicarte...

—No. —Minnie alzó una mano con gesto autoritario—. En realidad, lo que necesitas es mantener la boca cerrada y concentrarte en no decir nada que yo no quiera oír.

Patience la miró fijamente. Minnie sonrió.

—No lo entiendes...

—Al contrario, lo entiendo muy bien. —Minnie esbozó una sonrisa traviesa—. Mejor que tú, te lo garantizo.

—Es algo obvio —terció Timms—. Pero estas cosas tardan un tiempo en resolverse.

Ambas creían que Vane y ella iban a casarse. Patience abrió la boca para sacarlas de su error. Minnie clavó la mirada en ella; al advertir la tozudez que transmitían los ojos azules de Minnie, Patience se apresuró a cerrar la boca, y musitó entre dientes:

—No es tan sencillo.

—¿Sencillo? ¡Bah! —Minnie agitó sus chales—. Deberías sentirte aliviada. Lo sencillo y lo fácil nunca merecen la pena.

Reanudando sus paseos, Patience recordó otras palabras similares... al cabo de un momento las situó en labios de Lucifer... dirigidas a Vane. Con los brazos cruzados y caminando despacio, forcejeó con sus ideas, con sus sentimientos. Suponía que debería experimentar algún grado de culpabilidad, de vergüenza, pero no sentía nada. Tenía veintiséis años; había tomado la decisión racional de tomar lo que la vida le ofreciera, y se había embarcado en una aventura con un caballero elegante con los ojos bien abiertos. Y había encontrado felicidad... quizá no para siempre, pero felicidad de todos modos. Brillantes momentos de dicha, infundidos de una profunda alegría.

No sentía culpabilidad, ni tampoco el menor remordimiento. Ni siquiera por Minnie estaba dispuesta a negar la plenitud que había encontrado en los brazos de Vane.

Pero insistía sinceramente en dejar las cosas claras, no podía dejar que Minnie imaginase campanas de boda al viento. Así que respiró hondo y se detuvo frente al sillón de su tía.

—No he aceptado la proposición de Vane.

—Muy sensata. —Timms se inclinó sobre su labor de punto—. Lo último que te conviene es que un Cynster te considere presa fácil.

—Lo que intento decir...

—Es que hace pero que muy bien en no aceptar sin estar convencida, sin contar con unas cuantas garantías significativas. —Minnie levantó la vista y la miró—. Querida, estás actuando exactamente de la manera en que hay que actuar. Los Cynster nunca ceden terreno fácilmente. Su versión del asunto es que, una vez conseguidas, las cosas, incluso las esposas, se convierten en objetos de su propiedad. El hecho de que en el caso de una esposa tal vez debieran negociar un poco no les entra en la cabeza fácilmente. Y aun cuando les entre, intentan ignorarlo mientras tú se lo permitas. Estoy muy orgullosa de ti, al ver que te mantienes tan firme. Hasta que hayas obtenido suficientes promesas, suficientes concesiones, está claro que no debes aceptar.

Patience se quedó allí de pie, inmóvil como una estatua, durante un minuto entero, con la mirada fija en el rostro de Minnie. Luego parpadeó y dijo:

—Sí que lo entiendes.

Minnie enarcó las cejas.

—Por supuesto.

Timms resopló.

—Tú cerciórate de que lo entienda Vane.

Minnie sonrió. Tendió el brazo y apretó la mano de Patience.

—De ti depende juzgar lo que al final incline la balanza. No obstante, yo tengo unas cuantas palabras que decirte, si aceptas el consejo de una vieja que os conoce a ti y a Vane mejor de lo que parecéis comprender ninguno de los dos.

Patience se ruborizó. Aguardó, con aire de penitente.

La sonrisa de Minnie se tornó irónica.

—Hay tres cosas que debes recordar: una, que Vane no es tu padre. Dos, que tú no eres tu madre. Y tres, no te imagines, ni por un momento, que no vas a casarte con Vane Cynster.

Patience miró largo rato los sabios ojos de Minnie, y después se volvió y se dejó caer sobre el asiento de la ventana.

Minnie, por supuesto, estaba en lo cierto. Había dado proverbialmente en el clavo en aquellos tres puntos.

Desde el principio había visto el carácter de su padre en Vane; pero ahora, al compararlos el uno con el otro, aquélla era una imagen patentemente falsa, un engaño superficial. Vane era un «caballero elegante» sólo en apariencia, no por su carácter. No en ninguno de los rasgos que eran importantes para ella.

Y en cuanto a lo de que ella no era su madre, era absolutamente cierto. Su madre tenía una forma de ser muy distinta: si su madre hubiera visto a su padre entrar en un invernadero con una bella joven, habría esbozado su sonrisa más frágil y habría fingido no darse cuenta. Pero aquella sumisión no era para ella.

Patience sabía lo que habría ocurrido si la joven con la que se había retirado Vane no fuera tan inocente... y un familiar suyo. No habría sido una escena agradable. Mientras que su madre habría aceptado aquella infidelidad como algo que le correspondía soportar, ella no haría semejante cosa.

Si se casara con Vane... Aquel pensamiento la llevó a formarse una fantasía... de interrogantes, desventajas y posibilidades. De cómo se relacionarían entre sí para adaptarse el uno al otro si corriese aquel riesgo, si agarrase el destino por el cuello y aceptase a Vane. Transcurrieron cinco minutos enteros hasta que su cerebro llegó por fin a comprender lo que implicaba la tercera afirmación de Minnie.

Minnie conocía a Vane desde pequeño. También entendía su propio dilema, el de que debía insistir en el amor como talismán para el futuro, en que no debía aceptar a Vane sin que éste le declarase su amor. Y Minnie estaba segura, convencida más allá de toda duda, de que ella y Vane terminarían casándose.

Patience parpadeó. Miró bruscamente a Minnie y descubrió que estaba aguardando, observándola con una profunda sonrisa en los ojos.

—Oh. —Con una leve sonrisa y el corazón acelerado, a Patience no se le ocurrió nada más que decir.

Minnie asintió.

—Exactamente.

El incidente del desayuno trajo larga cola. Cuando la familia se sentó a almorzar, la conversación fue más bien apagada. Patience se percató de ello, pero la alegría que la embargaba hizo que prestara escasa atención. Estaba esperando, con toda la paciencia posible, a ver a Vane. Para mirarlo profundamente a los ojos, para buscar aquello de lo que tan segura estaba Minnie que debía haber en ellos, oculto detrás de su máscara de caballero elegante.

Vane no se había presentado para dar el habitual paseo de media mañana. Mientras se arreglaba las faldas, Patience reflexionó con ironía que incluso unos días antes hubiera interpretado aquella ausencia como una prueba de que el deseo iba decayendo. Ahora, animada por una seguridad que sentía en su interior, estaba convencida de que sólo algún asunto urgente en relación con las perlas de Minnie lo estaba apartando de su lado. El resplandor interior que acompañaba a dicha seguridad resultaba de lo más placentero.

Alice no se sentó con los demás a la mesa. Como si quisiera pedir disculpas por el estallido de aquella mañana, el mismo Whitticombe se mostró más agradable de lo normal. Edith Swithins, sentada a su lado, era la principal beneficiaria de su atenta erudición. Al final de una de sus explicaciones particularmente tediosas, le obsequió una ancha sonrisa.

—Qué fascinante. —Su mirada se posó en Edgar, que estaba sentado enfrente—. Pero el querido Edgar también ha estudiado ese período. Y, que yo recuerde, sus conclusiones fueron diferentes. —El tono que empleó convirtió la afirmación en pregunta. Todos los presentes a la mesa contuvieron la respiración.

Salvo Edgar, que expuso su propia perspectiva de las cosas.

Para asombro de todos, incluso de Edith y Edgar, sospechó Patience, Whitticombe lo escuchó. Su actitud era más bien de que le estuvieran rechinando los dientes, pero escuchó a Edgar hasta el final y después asintió brevemente y dijo:

—Muy posible.

Patience captó la mirada de Gerrard e hizo un esfuerzo para contener una risita.

Edmond, todavía pálido y con gesto desmayado, persiguió un guisante por su plato.

—En realidad, estaba preguntándome cuándo podríamos regresar a Bellamy Hall.

Patience se puso en tensión. Gerrard, sentado junto a ella, se irguió. Ambos miraron a Minnie.

Y lo mismo hizo Edmond.

—Debería proseguir con mi drama, y aquí, en la ciudad, tengo muy poca inspiración y abundantes distracciones.

Minnie sonrió.

—Tendrás que soportar las manías de una anciana, querido. No tengo planes inmediatos de volver a Bellamy Hall. Además, allí sólo queda un mínimo de personal de servicio: dimos vacaciones a las doncellas, y la cocinera se ha ido a visitar a su madre.

—Oh. —Edmond parpadeó—. Así que no hay cocinera. Ah. —Y se sumió en el silencio.

Patience hizo una mueca a su hermano a hurtadillas. Éste sacudió la cabeza y luego se volvió para hablar con Henry.

Patience miró, por enésima vez, el reloj.

En aquel momento se abrió la puerta, y entró el mayordomo con expresión seria. Se aproximó a la silla de Minnie, se inclinó y le dijo algo en voz baja. Minnie se puso blanca como la cal, y su semblante envejeció al momento.

Desde el otro extremo de la mesa, Patience la miró con preocupación y con gesto interrogante. Minnie la vio, y, recostándose en su asiento, le indicó a Masters con un gesto que hablase.

El mayordomo se aclaró la garganta para recabar la atención de todos.

—Acaban de llegar unos... caballeros de la calle Bow. Parece ser que se ha presentado una denuncia. Traen una orden para registrar la casa.

Siguió un instante de perplejo silencio, y entonces estalló una cacofonía. De todos lados surgieron exclamaciones de estupor y sorpresa. Henry y Edmond competían por el dominio.

Patience miraba indecisa a Minnie desde el otro extremo de la mesa. Timms acariciaba la mano de Minnie. La cacofonía continuó. Entonces Patience apretó los labios, agarró un cucharón de sopa y lo blandió contra la tapa de un plato.

Los golpes se hicieron oír a través del estruendo... y silenciaron a los responsables del mismo. Patience recorrió a los presentes con una mirada furibunda.

—¿Quién ha sido? ¿Quién ha acudido a la calle Bow?

—He sido yo. —Echando hacia atrás su silla, el general se puso de pie—. Había que hacerlo, compréndalo.

—¿Por qué? —inquirió Timms—. Si Minnie hubiera querido que entraran en su casa esos temibles funcionarios, lo habría solicitado.

El general se sonrojó intensamente debido a la cólera.

—Al parecer, ése era el problema. Las mujeres... las señoras. Son ustedes demasiado blandas. —Volvió la mirada en dirección a Gerrard—. Había que hacerlo, ya no tiene sentido seguir escondiéndolo, ahora que han desaparecido también las perlas. —Rígido como un militar, el general se irguió en toda su estatura—. Yo mismo me he encargado de notificárselo a las autoridades. He actuado basándome en la información recibida. Está claro como el agua que el culpable es el joven Debbington. Registren su habitación, y todo saldrá a la luz.

A Patience la invadió un sentimiento de premonición, pero lo descartó por demasiado irracional. Abrió la boca para defender a Gerrard... y él le propinó una patada en el tobillo. Con fuerza. Patience se volvió, sorprendida... y se topó con una mirada muy directa.

—No importa —dijo su hermano—. Allí no hay nada, déjalos que jueguen su baza. Vane ya me advirtió de que podía suceder algo así, y me dijo que lo mejor era encogerse de hombros, sonreír cínicamente y ver qué pasaba.

Para mayor asombro de Patience, su hermano procedió a hacer precisamente aquello: se las arregló para componer una expresión de patente aburrimiento.

—No faltaría más, registren lo que quieran. —Y volvió a sonreír cínicamente.

Patience se retiró de la mesa y corrió al lado de Minnie. Ésta le apretó la mano y después ordenó a Masters:

—Que pasen esos caballeros.

Eran tres, sutilmente desagradables. Patience, de pie junto a Minnie y agarrada con fuerza de su mano, observó cómo los funcionarios entraban en la habitación recorriéndola con miradas penetrantes y se colocaban en fila. Sligo entró detrás de ellos.

El más alto de los tres, el situado en el centro, se inclinó respetuosamente ante Minnie.

—Señora. Tal como supongo que le habrá dicho su mayordomo, venimos a efectuar un registro del inmueble. Al parecer, hay unas valiosas perlas que han desaparecido y un culpable que anda por ahí suelto.

—Así es. —Minnie los estudió un momento y asintió—. Muy bien. Tienen mi permiso para registrar la casa.

—Comenzaremos por los dormitorios, si no tiene inconveniente, señora.

—Como quieran. Masters los acompañará. —Minnie se despidió con un gesto de cabeza. Sligo sostuvo la puerta abierta y Masters hizo salir a los tres.

—Creo —dijo Minnie— que deberíamos permanecer todos aquí hasta que finalice el registro.

Gerrard se repantigó, relajado, en su silla. Los demás se removieron con un gesto de incomodidad.

Patience se volvió hacia Sligo.

—Ya sé, ya sé. —El hombre alzó una mano para tranquilizarla al tiempo que salía por la puerta—. Lo encontraré y lo traeré aquí. —Y se fue. La puerta se cerró suavemente tras él.

Patience suspiró y volvió a mirar a Minnie.

Ya había transcurrido media hora, y Patience estaba segura de tener la esfera del reloj de la repisa de la chimenea impresa de forma indeleble en su cerebro. Entonces se abrió de nuevo la puerta.

Todo el mundo se puso en tensión y contuvieron el aliento.

Entró Vane.

Patience conoció un instante de alivio. Los ojos de él tocaron los suyos y después se fijaron en Minnie. Fue directo hacia ella y ocupó una silla vacía.

—Cuéntame.

Minnie se lo contó, en voz baja para que no la oyeran los demás, ahora reunidos en grupos y repartidos por la habitación. Aparte de Minnie y de Timms, y de Patience, sólo quedaba sentado a la mesa Gerrard, a solas en el otro extremo. Conforme Minnie le fue dando cuenta de lo ocurrido, el semblante de Vane se endureció cada vez más. Intercambió una mirada elocuente con Gerrard.

Después levantó la vista, miró a Patience a los ojos y volvió a concentrarse en Minnie.

—Está bien... es buena señal, de hecho. —Él también habló en voz queda; sus palabras no fueron más allá de Patience—. Sabemos que en la habitación de Gerrard no hay nada. Sligo la registró precisamente ayer, y es muy concienzudo. Pero esto significa que, después de tanto esperar, algo empieza a moverse.

Minnie lo observó con mirada trémula.

Vane sonrió un tanto serio.

—Confía en mí.

Minnie respiró hondo y sonrió débilmente. Vane le apretó la mano y se incorporó.

Se volvió a Patience, y algo se agitó en su rostro, en sus ojos.

Patience se quedó sin respiración.

—Siento no haber venido esta mañana, pero es que surgió un asunto.

Tomó la mano de Patience, se la acercó a los labios y la apretó con fuerza. Patience sintió una ola de calor que la inundaba y la rodeaba.

—¿Algo de utilidad? —preguntó.

Vane contestó con una mueca:

—Otro callejón sin salida. Gabriel se ha enterado de nuestro problema, posee sorprendentes contactos. Aunque no ha sabido nada acerca de dónde se encuentran las perlas, sí nos hemos enterado de dónde no han estado. A saber: empeñadas. —Patience abrió los ojos como platos. Vane asintió—. Era otra posibilidad, pero también hemos agotado esa vía. Yo estaría dispuesto a jurar que las perlas no han salido en ningún momento de la familia de Minnie.

Patience asintió. Abrió la boca y...

En aquel momento se abrió la puerta y regresaron los funcionarios.

Con una sola mirada a la expresión de triunfo que traían, Patience sintió de nuevo la premonición de antes, con creces. Se le paró el corazón, se le congeló, y el alma se le cayó a los pies. Vane la apretó la mano más fuerte; ella cerró los dedos y se aferró a él.

El funcionario de más edad traía en las manos un pequeño saquito. Avanzó hacia Minnie con solemnidad y derramó el contenido sobre la mesa que tenía delante.

—¿Puede identificar estos objetos, señora?

Entre los objetos se encontraban las perlas de Minnie. Y también todo lo demás que había desaparecido.

—¡Mi peineta! —Angela, encantada, se abalanzó a recuperar aquella baratija chillona.

—Cielo santo, ése es mi acerico —dijo Edith Swithins al tiempo que lo recogía.

Todos los artículos fueron extendidos sobre la mesa: la pulsera de Timms, el collar de perlas con los pendientes a juego, el jarroncito de Patience. Estaba todo allí, excepto...

—Hay solamente uno. —Agatha Chadwick examinó el pendiente de granate que había recuperado del montón.

Todos volvieron a mirar. El funcionario volcó el saquito y examinó el interior del mismo. Negó con la cabeza.

—Aquí dentro no queda nada. Y tampoco había más objetos dentro del cajón.

—¿Qué cajón? —preguntó Patience.

El funcionario miró atrás, a sus compañeros, que habían tomado posiciones uno a cada lado de la silla de Gerrard.

—El del escritorio que hay en el que nos han dicho que es el dormitorio del señor Gerrard Debbington. El dormitorio que posee para él solo, sin compartirlo con nadie más.

El funcionario hizo que aquello último sonase como un delito. Patience, con el corazón encogido y hundido en el pecho, miró a su hermano. Y vio que éste estaba haciendo un supremo esfuerzo para no echarse a reír.

Patience se puso tensa; Vane le apretó los dedos.

—Va a tener que acompañarnos, joven. —El funcionario se acercó a Gerrard—. Hay unas cuantas preguntas serias que querrá formularle el magistrado. Si nos acompaña de buen grado, ninguno de nosotros sufrirá molestias.

—Oh, por supuesto. No les causaré molestias.

Patience percibió la risa contenida en el tono de voz de Gerrard al levantarse de la silla obedientemente. ¿Cómo podía tomarse aquello tan a la ligera? Le entraron ganas de sacudirlo.

Pero fue Vane el que la sacudió a ella, a su mano, en cualquier caso. Patience lo miró; él frunció el ceño y meneó la cabeza inapreciablemente.

—Confía en mí.

Aquellas palabras fueron pronunciadas en un débil susurro, un mero hilo de voz.

Patience lo miró a los ojos, de un tranquilo gris... y luego miró a Gerrard, su hermano pequeño, la luz de su vida. Lanzó un suspiro para calmarse, volvió a mirar a

Vane y asintió casi de modo imperceptible. Si Gerrard podía fiarse de Vane y representar el papel que éste le había adjudicado, con más razón tenía que fiarse ella.

—¿Cuál es la acusación? —quiso saber Vane, mientras los funcionarios formaban para rodear a Gerrard.

—Todavía no hay ninguna —dijo el de más edad—. Eso le corresponde al magistrado. Nosotros nos limitamos a depositar la prueba ante él, y él decidirá.

Vane asintió. Patience vio la mirada que intercambiaba con Gerrard.

—Muy bien. —Gerrard mostró una ancha sonrisa—. ¿Qué calabozo va a ser? ¿O vamos directamente a la calle Bow?

Era a la calle Bow. Patience tuvo que morderse el labio para no intervenir ni suplicar que le permitieran acompañar a su hermano. Se fijó en que Sligo, obedeciendo a una seña de Vane, se apresuraba a seguir a los funcionarios. El resto de la familia permaneció en el comedor hasta que se oyó cerrarse la puerta principal tras los funcionarios y su prisionero.

Por un instante, la tensión se mantuvo flotando en el aire, hasta que un suspiro recorrió la estancia.

Patience estaba rígida. Vane se volvió hacia ella.

—Se lo dije una y otra vez, pero usted no me escuchó, señorita Debbington. —Con un aire paternal y virtuoso, Whitticombe sacudió la cabeza en un gesto negativo—. Y ahora hemos tenido que llegar a esto. Tal vez en el futuro haga más caso a las personas que tienen más experiencia que usted.

—Vamos, vamos —terció el general—. Ya lo dije yo desde el principio. Son juegos de chicos. —Miró ceñudo a Patience.

Envalentonado, Whitticombe señaló hacia Minnie.

—Y piense usted en el dolor y la aflicción que han

causado usted y su hermano, de forma tan irreflexiva, a nuestra querida anfitriona.

Minnie, ruborizada, dio un golpe con su bastón.

—Le agradeceré que no mezcle sus causas. En efecto, estoy afligida, pero, que yo sepa, se lo debo a quienquiera que ha hecho caer sobre nosotros a esos funcionarios. —Miró con cara de pocos amigos a Whitticombe, y después al general.

Whitticombe suspiró.

—Mi querida prima, deberías ver la luz.

—En realidad —intervino Vane despacio, con un filo de duro acero que cortó en seco el tono almibarado de Whitticombe—, Minnie no necesita hacer nada. Una acusación no es una condena, y de hecho aún estamos a falta de una acusación. —Vane sostuvo la mirada de Whitticombe—. Yo diría más bien que, en este caso, el tiempo nos dirá quién es el culpable y quién necesita cambiar su modo de pensar. Parece un tanto prematuro extraer conclusiones precipitadas en este momento.

Whitticombe intentó mirarlo con aire de desdén, pero como Vane le sacaba media cabeza, no lo consiguió. Lo cual lo irritó aún más. Con el semblante congestionado, miró a Vane y después, muy despacio, trasladó su mirada a Patience.

—Pues yo opino que no está usted en situación de actuar como defensor de los justos, Cynster.

Vane se tensó; Patience cerró la mano con fuerza alrededor de la de él.

—¿Oh?

Ante aquella callada invitación de Vane, Whitticombe sonrió levemente. Patience gimió para sus adentros y pasó a agarrarse del brazo de Vane. Todos los demás guardaron silencio y contuvieron la respiración.

—Ocurre —dijo Whitticombe sonriendo con desprecio— que esta mañana mi hermana nos ofreció unas conclusiones muy interesantes... ciertamente fascinantes. Sobre usted y la señorita Debbington.

—¿De veras?

Sordo a todo excepto su propia voz, Whittcombe no oyó la velada advertencia que llevaba el tono letal de Vane.

—Mala sangre —declaró— es la que debe de correr por esa familia. El uno es un descarado ladrón, la otra...

Demasiado tarde, Whitticombe se fijó en el semblante de Vane... y se quedó petrificado.

Patience percibió la agresividad que recorrió a Vane de arriba abajo: bajo sus manos, los músculos del brazo de Vane se contrajeron, duros como piedras. Se aferró a él, literalmente, y dejó escapar un furioso:

—¡No!

Por espacio de unos segundos, creyó que él iba a soltarse y que Wihitticombe iba a quedar muerto en el acto; pero ella tenía toda la intención de vivir en Kent, no de exiliarse al Continente.

—Colby, le sugiero que se retire... ya. —El tono empleado por Vane prometía una retribución instantánea si el otro no obedecía.

Tieso, sin atreverse a desviar los ojos del rostro de Vane, Whitticombe le dijo a Minnie:

—Estaré en la biblioteca. —Retrocedió camino de la puerta, pero se detuvo para decir—: Los justos tendrán su recompensa.

—En efecto —replicó Vane—. Cuento con ello.

Y, con una mirada de desprecio, Whittcombe se marchó. La tensión que atenazaba el ambiente desapareció. Edmond se desmoronó en una silla.

—Dios, ojalá pudiera plasmar esto en el escenario.

El comentario suscitó un ligero rumor de risas nerviosas en todos los presentes. Timms le indicó a Patience con la mano que se fuera.

—Después de tantas emociones, Minnie debe descansar.

—Desde luego. —Patience la ayudó a recoger la miríada de chales de Minnie.

—¿Quieres que te lleve en brazos? —preguntó Vane.

—¡No! —Minnie le indicó que se alejara de ella—. Tienes otras cosas de que preocuparte, cosas más urgentes. ¿Por qué sigues aún aquí?

—Hay tiempo.

A pesar de las protestas de Minnie, Vane insistió en ayudarla a subir las escaleras y en dejarla instalada en su habitación. Sólo entonces consintió en marcharse. Patience cerró la puerta al salir y lo siguió hasta el pasillo.

Vane la atrajo hacia sí y la besó... un beso duro y rápido.

—No te preocupes —le dijo en el instante en que levantó la cabeza—. Teníamos un plan por si sucedía algo así. Iré a asegurarme de que todo va según lo previsto.

—Bien. —Patience lo miró a los ojos, los escrutó brevemente y a continuación se apartó de él asintiendo con la cabeza—. Aguantaremos firmes.

Vane le alzó las manos y se las besó, antes de separarse de ella.

—Velaré por la seguridad de Gerrard.

—Lo sé. —Patience le apretó la mano—. Ven a verme luego.

La invitación fue deliberada; la rubricó con los ojos.

Vane hinchó el pecho. Su rostro era el de un conquistador: duro e inflexible. Sus ojos se clavaron en los de Patience, y asintió:

—Luego.

Y dicho eso, se marchó.

21

«Ven a verme luego», le había dicho.

Vane regresó a la calle Aldford justo pasadas las diez de la noche.

La casa estaba en silencio cuando Masters le franqueó el paso. Con expresión implacable, entregó al mayordomo su bastón, su sombrero y sus guantes.

—Voy a subir a ver a la señora y a la señorita Debbington. No es preciso que me espere despierto, ya conozco el camino de salida.

—Como desee, señor.

Mientras subía las escaleras se acordó de las palabras de Chillingworth: «Cómo han caído los poderosos.» La pétrea determinación que se había adueñado de él avanzó un centímetro más. No estaba seguro de hasta dónde alcanzaban los cambios operados en él, pero a partir de aquella tarde renunciaría a todos los intentos de esconder su relación con Patience Debbington, la dama que iba a ser su esposa.

No cabía la menor duda de ello, no había posibilidad de error, ni espacio para maniobrar, ningún resquicio en absoluto para la negociación. Se habían terminado para siempre las excusas, se acabó eso de jugar de acuerdo con las normas de la sociedad. Los conquistadores establecían sus propias normas. Aquello era algo a lo que Patience tendría que adaptarse, y su intención era informarla pronto al respecto. Pero antes, tenía que aportar un poco de sosiego al corazón de Minnie.

La halló recostada contra las almohadas, con los ojos muy abiertos y expectantes. Timms estaba presente, Patience no. Le explicó todo de manera rápida y concisa y la tranquilizó. Acto seguido, dejó que Timms la arropara, ya más serena, para pasar la noche.

Sabía que ambas sonreían a su espalda, pero no quiso dar señales de ello. Cerró la puerta del dormitorio con un chasquido decidido y giró pasillo abajo.

Con un golpe simbólico y perentorio en la puerta de Patience, la abrió y pasó a la habitación, y cerró tras él. Ella se levantó del sillón colocado junto al fuego, se acomodó el chal que tenía sobre los hombros y aguardó con calma.

Debajo del suave chal llevaba un fino camisón de seda, ceñido con una cinta bajo los senos. Y nada más.

El fuego de la chimenea ardía con fuerza.

Con una mano en el picaporte, Vane absorbió aquella escena, las lozanas curvas y los esbeltos miembros cuya silueta recortaban las llamas. Las ascuas que ardían en su interior se inflamaron; una oleada de deseo le abrasó las venas. Entonces se irguió y se acercó lentamente a Patience.

—Gerrard está con Diablo y Honoria en St. Ives House.

La frase salió de sus labios muy despacio, mientras la recorría poco a poco con la mirada, empezando por el borde del camisón, fijándose en lo fascinante que era ver cómo la seda se adhería a cada curva, a sus muslos largos y estilizados, a la redondez de sus caderas, a la suave prominencia de su vientre, cómo acunaba las cálidas formas de sus pechos. Mientras su mirada gozaba de aquel festín, los pezones se endurecieron.

Patience siguió sujetando el chal contra sí.

—¿Formaba eso parte de tu plan?

Detenido frente a ella, Vane alzó la mirada hasta su rostro.

—Sí. No había imaginado lo de la calle Bow, pero sí que contaba con algo parecido. Desde el principio, alguien intentaba señalar a Gerrard como el ladrón.

—¿Qué ha sucedido? —Patience habló sin aliento; sentía los pulmones encogidos. Pero sostuvo la mirada de Vane y procuró no temblar. No de miedo, sino de emoción por lo que la aguardaba. Los duros rasgos de su rostro, las llamas plateadas que se reflejaban en sus ojos, todo él gritaba de pasión contenida.

Vane estudió sus ojos, y después alzó una ceja.

—Para cuando llegué a Bow, Diablo ya se había llevado a Gerrard de allí. Los seguí hasta St. Ives House. Según Gerrard, ni siquiera tuvo tiempo de observar cómo era la calle Bow antes de que llegara Diablo, cortesía de Sligo: debió de ir corriendo a la plaza Grosvenor.

Con los ojos fijos en los de Vane, Patience se pasó la lengua por los labios.

—Realmente, ha sido de gran ayuda en todo esto.

—Así es. Y como juró que las mercancías robadas no se encontraban ayer en la habitación de Gerrard ni tampoco en el saquito en que las hallaron, el magistrado, comprensiblemente, no se sintió con la seguridad necesaria para hacer ninguna acusación. —Sonrió apenas—. Sobre todo con Diablo apoyado sobre el mostrador de las denuncias.

Apoyó una mano en la repisa de la chimenea y se acercó más. Claramente aturdida, Patience levantó la barbilla.

—Sospecho que a tu primo le gusta intimidar a la gente.

Los labios de Vane se agitaron. Su mirada se posó en la boca de Patience.

—Digamos simplemente que no suele echarse atrás a la hora de ejercer su autoridad, sobre todo cuando se trata de apoyar a un miembro de la familia.

—Ya... veo. —Con la mirada clavada en los labios de Vane, Patience decidió no discutir acerca del hecho de que hubiera descrito a su hermano como «familia». La tensión que inundaba su gran corpachón, tan cerca de ella, resultaba fascinante... y deliciosamente inquietante.

—El magistrado decidió que estaba ocurriendo algo extraño. La denuncia no provenía de Minnie y, por supuesto, estaba el asunto de Sligo, criado de Diablo, disfrazado de sirviente contratado por Minnie. No lograba entenderlo, así que prefirió no extraer conclusiones de momento. Dejó a Gerrard al cuidado de Diablo, pendiente de posteriores acontecimientos.

—¿Y Gerrard?

—Lo he dejado felizmente acomodado con Diablo y Honoria. Honoria me ha dicho que te diga que se sienten agradecidos por esa excusa para quedarse en casa. Aunque mantienen las apariencias, han venido a la ciudad tan sólo para ponerse al día con la familia. Piensan regresar a Somersham en cualquier momento.

Patience volvió a humedecerse los labios, que, bajo la mirada de Vane, comenzaron a vibrar.

—¿Y podría eso... marcharse de la ciudad... crear problemas si Gerrard continúa estando al cuidado de Diablo?

—No. —Vane niveló su mirada con la de Patience—. De eso me encargaré yo.

Patience formó con los labios un silencioso «oh».

—Pero cuéntame tú. —Vane se apartó de la repisa y se irguió—. ¿Ha sucedido algo aquí? —Empezó a desabotonarse la chaqueta.

—No. —Patience consiguió encontrar suficiente re-suello para un suspiro—. A Alice no se la ha visto des-de esta mañana. —Miró a Vane—. Anoche te vio en el pa-sillo.

Vane frunció el ceño y se quitó la chaqueta.

—¿Y qué demonios estaba haciendo ella levantada a esas horas?

Patience se encogió de hombros y observó cómo de-jaba la chaqueta sobre el sillón.

—Sea como sea, no ha bajado a cenar. Han bajado todos los demás, pero bastante apagados, como es com-prensible.

—¿Incluso Henry?

—Incluso Henry. Whitticombe mantuvo un crítico silencio. El general pasó todo el tiempo gruñendo y ata-cando a todo el que le salía al paso. Edgar y Edith mantu-vieron la cabeza baja, juntas casi todo el tiempo, cuchi-cheando, aunque no sé de qué. —Los dedos de Vane se cerraron sobre los botones del chaleco. Patience aspiró entrecortadamente—. Edmond sucumbió de nuevo a su musa. Angela está contenta porque ha recuperado su pei-neta. En cambio, Henry estuvo vagabundeando por ahí porque no encontraba a nadie con quien jugar al billar. —Cambió de sitio para dejar espacio a Vane a fin de que se desprendiese del chaleco—. Oh... ha habido una cosa interesante: la señora Chadwick nos rogó en voz baja a Minnie y a mí que buscásemos el pendiente que le falta en el escritorio de Gerrard. Pobrecilla, nos pareció lo míni-mo que podíamos hacer. Fui yo con ella, buscamos por todas partes y en todos los otros cajones, pero no había ni rastro.

Se volvió hacia Vane... justo en el momento en que él se desanudaba la corbata y se la sacaba del cuello. Con la mirada fija en ella, Vane la sostuvo entre las manos.

—De modo —murmuró en tono profundo— que aquí no ha sucedido nada de interés.

Patience tenía la mirada clavada en aquel trozo de tela, incapaz de hablar... así que negó con la cabeza.

—Bien. —Aquella palabra fue el ronroneo de un felino. Con un gesto negligente, Vane dejó la corbata con la chaqueta—. Así que no ha habido nada que te haya distraído.

Patience arrastró la mirada hasta su rostro.

—¿Que me haya distraído?

—Del tema del que tenemos que hablar.

—¿Es que quieres hablar de algo? —Patience tragó aire con dificultad y procuró aquietar el mareo.

Vane captó su mirada.

—De ti. De mí. —Su semblante se endureció—. De nosotros.

Con un supremo esfuerzo, Patience enarcó las cejas.

—¿Qué hay que hablar de nosotros?

En la mandíbula de Vane vibró un músculo. Patience advirtió por el rabillo del ojo que cerraba el puño.

—Yo —declaró— he llegado al final de mis fuerzas. Dio un paso hacia ella; ella dio un paso atrás.

—No apruebo ninguna situación que te coloque a ti como objetivo de individuos como los Colby, con independencia de que dicha situación sea producto de mis acciones o no. —Con los labios en una delgada línea, dio un paso adelante; Patience retrocedió de manera instintiva—. No puedo, y no estoy dispuesto a ello, consentir ninguna situación en la que tu reputación se vea mancillada de alguna forma, ni siquiera por mí, con la mejor de las intenciones.

Continuó acorralándola; ella continuó replegándose. Patience anhelaba dar media vuelta y escabullirse de él, pero no se atrevía a quitarle los ojos de encima.

—¿Y qué estás haciendo aquí, entonces?

Estaba atrapada, hipnotizada, y sabía que pronto Vane se abalanzaría sobre ella. Como para confirmarlo, él entrecerró los ojos y se sacó los faldones de la camisa. Sin apartar la mirada de ella, empezó a desabrocharse los botones, siempre avanzando, siempre forzándola a replegarse. En dirección a la cama.

—Estoy aquí —dijo recalcando las palabras— porque no veo la lógica de estar en otro lugar. Tú eres mía, y por lo tanto duermes conmigo. Como de momento duermes aquí, *ergo*, yo también. Si mi cama no es la tuya aún, la tuya tendrá que ser la mía.

—Acabas de decir que no quieres mancillar mi reputación.

La camisa de Vane se abrió del todo. Continuó avanzando. Patience no sabía adónde mirar. Adónde más quería mirar.

—Exacto. Por eso vas a tener que casarte conmigo. Pronto. Eso es de lo que tenemos que hablar. —Y sin más, bajó la vista y se desanudó los puños.

Preparada para aprovechar el momento de salir corriendo a ponerse a salvo, Patience se quedó petrificada.

—No tengo por qué casarme contigo.

Vane levantó la mirada al tiempo que se quitaba la camisa.

—En ese sentido, no. Pero para ti, casarte conmigo es algo inevitable. Lo único que tenemos que determinar, lo que vamos a determinar esta noche, es lo que va a hacer falta para que tú aceptes.

La camisa cayó al suelo... y Vane dio otro paso adelante.

Con retraso, Patience se apresuró a retroceder tres pasos... y se topó con el poste de la cama. Antes de que pudiera rodearlo, tenía a Vane delante, bloqueándole el paso, cerrando las manos sobre el poste, a su espalda. Atrapándola en el círculo de sus brazos, cara a cara, delante de su pecho desnudo.

Patience aspiró con desesperación y clavó los ojos en los de Vane.

—Ya te lo he dicho... no pienso, simplemente, casarme contigo.

—Yo creo poder garantizar que nuestro matrimonio no tiene nada de simple.

Patience abrió la boca para contestar con una réplica ácida... pero él se la cerró con un beso tan potente que, cuando se despegó por fin, quedó asida al poste de la cama como si fuera un salvavidas.

—Tú escúchame —le dijo Vane junto a sus labios, como si éstos se vieran obligados a no acercarse.

Patience se quedó quieta y aguardó, con el corazón acelerado. Vane no se irguió, ni tampoco se apartó de ella. Con la boca entreabierta y la mirada fija en los labios de él, Patience observó cómo iba formando las palabras al hablar.

—Dentro del mundillo social soy famoso por mantener la sangre fría en momentos difíciles... pero cuando estoy contigo nunca tengo la sangre fría. Me siento arder, me quema el deseo. Si estoy en la misma habitación, lo único en lo que puedo pensar es en el calor, tu calor, y en la sensación que me produce estar rodeado por tu cuerpo. —Patience percibió cómo aumentaba aquel calor, una auténtica fuerza entre los dos—. Me he ganado la fama de ser la personificación misma de la discreción, y mírame ahora: he seducido a la sobrina de mi madrina, y he sido seducido por ella. Comparto su cama abiertamente, incluso bajo el techo de mi madrina. —Sus labios esbozaron un gesto de ironía—. Menuda discreción. —Respiró hondo, y su pecho rozó los senos de Patience—. Por lo que se refiere a mi cacareado y legendario control, el que poseía antes de conocerte a ti, en el instante en que estoy dentro de ti se evapora como el agua sobre el acero caliente.

Patience no supo qué fue lo que la impulsó. Tenía tan cerca los labios de Vane... que no pudo evitar mordisquear uno de ellos.

—Ya te dije que te soltaras, no me romperé.

La tensión que irradiaba Vane en oleadas cedió un poco, apenas. Dejó escapar un suspiro y apoyó la frente en la frente de Patience.

—No es eso. —Al cabo de un momento prosiguió—: No me gusta perder el control, es como perderme yo mismo... en ti. —Patience notó que se rehacía, que la tensión se incrementaba de nuevo y lo rodeaba—. Es entregarme a ti... para que me tengas en tus manos.

Aquellas palabras, graves y profundas, la invadieron de la cabeza a los pies. Cerró los ojos e inspiró de forma superficial.

—Y no te gusta hacer eso.

—No me gusta... pero lo ansío. No lo apruebo, y sin embargo lo anhelo. —Sus palabras acariciaron la mejilla de Patience, y después sus labios tocaron los de ella—. ¿Lo entiendes? No tengo alternativa. —Patience notó que hinchaba el pecho para inhalar profundamente—. Te quiero. —Se estremeció, con los ojos fuertemente cerrados, y sintió que el mundo giraba a su alrededor—. Perderme en ti, darte mi corazón y mi alma para que los custodies tú... forma parte de ello. —Sus labios rozaron los de ella en una caricia de inefable ternura—. Confiar en ti forma parte de ello. Decirte que te quiero forma parte de ello.

Sus labios volvieron a tocarla; Patience no esperó más, y lo besó. Se soltó del poste de la cama y rodeó con las manos el rostro de Vane para que él supiera, para que sintiera, su reacción a todo lo que había dicho.

Y él la sintió, la percibió... y reaccionó a su vez, rodeándola con sus brazos con fuerza. Patience no podía respirar, pero no le importaba; lo único que le importaba era el sentimiento que los unía a ambos, que fluía sin esfuerzo entre los dos.

Oro y plata se fundieron a su alrededor, inoculando su magia en cada contacto. Oro y plata refulgieron sobre ellos, vibrando en su respiración entrecortada. Era un impulso inmediato y una promesa de futuro; era aquí y ahora... y para siempre.

Con un juramento en voz baja, Vane se apartó y se quitó los pantalones. Patience, al verse libre, bajó los brazos y dejó que cayera el chal antes de tirar de la cinta que cerraba su camisón. Un ligero movimiento de hombros hizo resbalar la prenda hasta el suelo.

Vane se irguió... y ella se echó en sus brazos, juntando sus miembros desnudos con los miembros desnudos de él.

Vane respiró hondo y después exhaló el aire con un gemido, al tiempo que Patience se estiraba sinuosamente contra él. La envolvió en sus brazos e inclinó la cabeza; entonces se unieron los labios de ambos, y el deseo corrió en completa libertad.

Luego Vane la tomó en brazos y la depositó sobre las sábanas. Ella lo aceptó de buen grado y lo aceptó en el interior de su cuerpo con feliz abandono.

Y esta vez no hubo reservas, no hubo reticencias, ni control, ni vestigio alguno de pensamiento racional. Florecieron el deseo y la pasión, y después estalló el desenfreno. Fueron un ser: de mente, pensamiento y obra. El placer de uno era el deleite del otro. Se dieron a sí mismos, una y otra vez, y siempre encontraban algo más que dar.

Y por encima de todo ello flotaba aquel límpido resplandor, más fuerte que el acero y más preciado que las perlas.

Cuando ascendieron a la cresta final y se aferraron el uno al otro en medio del torbellino que los arrastraba, aquel resplandor se intensificó y los llenó por completo, hasta que toda la existencia vino a ser aquel fulgor maravilloso, hasta quedar flotando a la deriva, profundamente saciados, resbalando hacia un sueño feliz, sin sobresaltos.

La felicidad, la más deseada de las bendiciones.

Lo que siguió a continuación fue enteramente culpa de *Myst*.

Al despertarse, como ya hiciera en otra ocasión, Vane descubrió a la gatita una vez más hecha un ovillo sobre su pecho, ronroneando con furia. Soñoliento, le acarició una oreja mientras esperaba a que se enfocaran sus sentidos. Sentía los miembros pesados por la profunda satisfacción, y un brillo embriagador que lo saturaba todavía. Miró hacia la ventana; el cielo había empezado a clarear.

Patience y él tenían que hablar.

Apartó la mano de la oreja de *Myst*, y ésta sacó las uñas al instante.

Vane siseó y la miró con cara de pocos amigos.

—Tus uñas son más letales que las de tu dueña.

—¿Mmm? —Patience, con los ojos cargados, emergió de debajo de las sábanas.

Vane echó a *Myst* con un gesto de la mano.

—Estaba a punto de preguntarte si te plantearías la posibilidad de echar de aquí a tu depredador residente.

Patience se lo quedó mirando, parpadeó y bajó la vista.

—Oh. Te refieres a *Myst*. —Se liberó con esfuerzo de las sábanas revueltas, se inclinó hacia delante y tomó a la gata con las manos—. Vete, *Myst*. Vamos. —Luego, con un culebreo, se colocó estirada sobre el cuerpo de Vane, deslizando sus caderas contra las de él, al tiempo que él aspiraba, desesperado.

Patience sonrió y dejó caer a *Myst* por el otro lado de la cama.

—¡Al suelo! —Contempló cómo la gata se alejaba, ofendida, y acto seguido, con absoluta deliberación, volvió a tenderse sobre el cuerpo de Vane.

Y se detuvo a mitad de camino.

—Mmm. —Al encontrarse con que sus labios habían quedado a la altura de una de las tetillas de Vane, sacó la lengua y la lamió. La sacudida que experimentó él la hizo sonreír—. Muy interesante.

Otro culebreo más, y su torso quedó más o menos encima de Vane, con las piernas encima de las suyas.

Vane frunció el entrecejo.

—Patience...

Vane sintió un calor revestido de suave satén que se deslizaba sobre sus caderas, sobre la rigidez de su erección. Parpadeó varias veces e intentó recordar qué iba a decir.

—¿Mmm?

El tono de Patience sugería que tenía otras cosas en mente: estaba recorriéndole el torso, cada vez más tenso, con cálidos besos dados con la boca abierta.

Vane apretó la mandíbula para recobrar el control, y sujetó a Patience con las manos.

—Patience, tenemos que...

Pero un gemido le impidió terminar la frase, un gemido que le costó reconocer que fuera suyo. Un músculo tras otro se fueron tensando y contrayendo. Lo invadió una potente ola de deseo, como reacción a las caricias ingenuas e inquisitivas de Patience, a la risita ronca que emitió. Unos suaves dedos recorrieron su miembro rígido, luego se posaron sobre él con timidez y se cerraron. Lo acariciaron, después exploraron un poco más allá; Patience iba resbalando hacia abajo, claramente fascinada por la reacción indefensa de Vane.

Rígido de la cabeza a los pies, Vane se estremeció cuando ella acarició la sensible e hinchada cabeza de su miembro.

—Por Dios santo, ¿qué...? —Su voz quedó en suspenso cuando ella insistió un poco más y cerró la mano. Vane gimió y cerró los ojos. El interior de los párpados le ardía de pasión.

Aspiró aire con desesperación y buscó entre las sábanas en un intento de capturar la mano de Patience. Pero ella rió de nuevo y lo eludió con facilidad; él volvió a dejarse caer, con la respiración demasiado acelerada. Sus miembros se habían vuelto pesados bajo la carga de la pasión, el ardor del deseo.

—¿No te gusta? —Aquella pregunta burlona, claramente retórica, emergió de algún lugar entre las sábanas. Entonces Patience se removió otra vez—. A lo mejor te gusta más esto.

Y así era, pero Vane no quería reconocerlo. Con los dientes apretados, sufrió las embestidas húmedas y calientes de su lengua, la dulce caricia de sus labios. Patience no tenía ni la menor idea de lo que estaba haciendo... gracias a Dios. Porque lo que estaba haciendo ya era bastante malo. Si la pericia pasara a formar parte de la ecuación, él acabaría muerto.

Trató de recordarse a sí mismo que aquella experiencia apenas era nueva para él, pero el raciocinio no funcionó. No podía distanciarse del contacto de Patience, no podía imaginar que ella fuera alguna mujer sin rostro con la que estuviera compartiendo una cama. Ninguna lógica parecía lo bastante fuerte para aplacar o controlar el fuego que lo estaba consumiendo.

Se oyó a sí mismo lanzar una exclamación ahogada, y se pasó la lengua por los labios, súbitamente resecos.

—¿De dónde demonios has sacado la idea de...?

—He oído hablar a algunas doncellas.

Maldiciendo para sus adentros a todas las doncellas atrevidas, hizo acopio de sus últimas fuerzas. Patience ya había ido demasiado lejos. De modo que, apretando la mandíbula hasta que le dolieron los dientes, la buscó bajo las sábanas. Encontró su cabeza; enredó los dedos en su cabello, en busca de los hombros.

Bajo sus manos, Patience se movía.

Una humedad caliente se cerró sobre él.

Sus dedos se tensaron y se cerraron con fuerza. El resto de su cuerpo reaccionó de igual manera. Por un instante, creyó que iba a morir. De un ataque al corazón. Y entonces ella lo soltó. Dejó escapar un gemido... y Patience volvió a tomarlo en su boca. Con los ojos cerrados, cayó de nuevo sobre las almohadas, y se rindió.

Ella lo tenía a su merced y lo sabía, porque se dedicó a disfrutar de su recién descubierta maestría. Hasta la empuñadura. Extrapolando con audacia. Inventando con feliz abandono.

Hasta que, con un gemido desesperado, se vio arrastrado a gastar el último resquicio de fuerza que le quedaba y capturar a Patience, despegarla de su cuerpo, tomarla por la cintura y levantarla. La colocó sobre sí, la hizo descender y buscó con movimientos expertos el punto resbaladizo que tenía entre sus muslos. Luego la empujó hacia abajo y la empaló en el falo dolorido y urgente que ella había excitado durante los últimos diez minutos.

Patience sofocó una exclamación y se hundió un poco más, sujetándose con las manos en los antebrazos de Vane, al tiempo que lo absorbía entero. De inmediato se colocó de rodillas y apartó sus manos de ella, negándose a permitir que él estableciera el ritmo.

Vane aceptó, y ocupó las manos con sus senos para acercarse los erectos pezones a la boca. Ella lo montó con temerario abandono; él la llenó y la gozó hasta que, en un glorioso espasmo, ambos resbalaron por el borde del mundo y, unidos entre sí, se zambulleron en el completo vacío.

No tuvieron tiempo para hablar, para conversar, para debatir nada. Cuando, ya despierta toda la casa, Vane se fue ligeramente irritado, Patience era incapaz de articular un pensamiento consciente.

Unas cuatro horas más tarde, Patience se sentó a la mesa del desayuno. Sonriente. Resplandeciente. Se había visto en el espejo, pero no había encontrado ninguna expresión capaz de disimular la dicha que sentía.

Al despertar se había encontrado a la criada limpiando la chimenea en silencio, y a Vane no se lo veía por ninguna parte. Lo cual, sin duda, era mucho mejor. La última visión que había tenido de él hubiera puesto histérica a la criada. Holgazaneando en la cama, que estaba como si la hubiera atravesado un huracán, estudió la posibilidad de ir a darle la noticia a Minnie, pero decidió no decirle nada hasta que hubiera hablado de los detalles con Vane. A juzgar por lo que había visto en los Cynster y lo que sabía de Minnie, en cuanto hicieran el anuncio las cosas sucederían, simplemente.

Así que holgazaneó un rato más, recordando la declaración de Vane, fijándose en cada una de sus palabras, de sus matices, para grabarlos en la memoria. Con recuerdos así, ya no podría asaltarla ninguna duda respecto de la veracidad y la fuerza de sus sentimientos. En efecto, había empezado a preguntarse si su deseo de oír aquella tranquilizadora declaración expresada con palabras no sería, después de todo, demasiado pedir, una expectativa poco realista en un hombre como Vane. Los hombres como los Cynster no pronunciaban aquella palabra de cuatro letras a la ligera: el «amor» no era algo que ellos entregaran sin más, y, tal como le había advertido Minnie, incluso una vez que lo entregaban, y no lo reconocían con facilidad.

Pero Vane, sí.

Vane lo había reconocido en palabras sencillas, tan cargadas de sentimiento que ella no pudo dudar, no pudo cuestionarlas. Ella deseaba aquello, lo necesitaba, de modo que él se lo había dado. Costara lo que costase.

¿Era de extrañar, entonces, que sintiera el corazón tan ligero, tan alegre?

Como contraste, el resto de la familia continuaba de un humor apagado. El sitio vacío de Gerrard extendía un sudario de silencio sobre las conversaciones. Tan sólo Minnie y Timms, sentadas al otro extremo de la mesa, parecían no estar afectadas. Patience mostró una sonrisa de felicidad, y supo en el fondo de su corazón que Minnie lo comprendía.

Pero Minnie meneó la cabeza en dirección a ella y la miró ceñuda. Entonces recordó que se suponía que ella era la angustiada hermana de un joven noble que había sido llevado ante la justicia, y se apresuró a disimular su expresión de alegría.

—¿Ha tenido alguna noticia? —El gesto que hizo Henry en dirección a la silla vacía de Gerrard terminó de aclarar su pregunta.

Patience escondió la cara tras la taza de té.

—No he tenido noticia de que se haya presentado ninguna acusación.

—Seguro que la recibiremos esta tarde. —Whitticombe, con expresión fría y severa, asió la cafetera—. Apuesto a que ayer el magistrado no tuvo tiempo de ocuparse del asunto. El robo, me temo, es un delito bastante común.

Edgar se removió nervioso en su asiento. Agatha Chadwick parecía perpleja. Pero nadie dijo nada.

Henry se aclaró la garganta y miró a Edmond.

—¿Adónde vamos a ir hoy?

Edmond soltó un bufido.

—Hoy no estoy precisamente de humor para ver más monumentos. Me parece que voy a desempolvar mi guión.

Henry asintió con aire taciturno.

Se hizo el silencio, y momentos más tarde Whitticombe echó atrás su silla y se volvió hacia Minnie:

—Con tu permiso, prima, creo que Alice y yo debemos regresar a Bellamy Hall. —Se pasó ligeramente la servilleta por sus finos labios y la dejó sobre la mesa—. Como ya sabes, somos un tanto rígidos en nuestras convicciones. Anticuados, se podría decir. Pero ni mi querida hermana ni yo podemos tolerar una estrecha relación con personas que estamos convencidos de que transgreden los códigos morales aceptables. —Hizo una pausa lo bastante larga para que calasen sus palabras y después sonrió con aire empalagosamente paternal a Minnie—. Por supuesto, apreciamos tu postura, incluso aplaudimos tu devoción, pese a estar tristemente equivocada. No obstante, Alice y yo solicitamos tu permiso para volver a Bellamy Hall y aguardar allí tu regreso.

Y concluyó con una servil inclinación de cabeza.

Todo el mundo miró a Minnie. Sin embargo, no había nada que ver en su expresión, inusualmente cerrada. Ella estudió a Whitticombe por espacio de un minuto y después asintió solemnemente.

—Si eso es lo que deseas, ciertamente puedes regresar a Bellamy Hall. No obstante, quiero advertirte de que no tengo planes inmediatos de regresar yo.

Whitticombe alzó la mano en un gesto elegante.

—No tienes por qué preocuparte por nosotros, prima. Alice y yo podemos arreglárnoslas muy bien solos. —Miró a Alice, toda vestida de negro. Desde el instante mismo en que entró en el comedor no había mirado más que su plato—. Con tu permiso —continuó Whitticombe—, partiremos de inmediato. Parece que va a cambiar el tiempo, y no tenemos motivo alguno para entretenernos. —Miró a Minnie y luego a Masters, que se encontraba de pie detrás de la silla de ella—. Podrían enviar nuestro equipaje.

Minnie asintió. Con los labios apretados, miró al mayordomo, el cual le hizo una reverencia.

—Enseguida me encargaré, señora.

Tras ofrecer una última sonrisa untuosa a Minnie con el ánimo de congraciarse con ella, Whitticombe se levantó.

—Vamos, Alice. Tienes que hacer el equipaje.

Sin pronunciar palabra y sin mirar a nadie, Alice se puso de pie y salió del comedor por delante de Whitticombe.

En el instante en que se cerró la puerta, Patience miró a Minnie, la cual le indicó con un gesto que guardase silencio, un ligero asomo de discreción.

Patience se mordió el labio, masticó su tostada y esperó.

Unos minutos más tarde, Minnie lanzó un suspiro y echó atrás su silla.

—En fin, voy a pasar el resto de la mañana descansando. Todos estos acontecimientos inesperados... —Sacudiendo la cabeza, se levantó y miró al otro extremo de la mesa—. ¿Patience?

No hizo falta que la llamara dos veces. Patience dejó la servilleta encima del plato y corrió a ayudar a Timms a acompañar a Minnie. Fueron directas a la alcoba de Minnie, y por el camino llamaron a Sligo.

El cual llegó cuando Minnie se estaba acomodando en su sillón.

—Whitticombe está a punto de regresar a Bellamy Hall. —Minnie apuntó a Sligo con su bastón—. Ve a buscar a ese ahijado mío, ¡rápido!—Lanzó una mirada a Patience—. No me importa si tienes que sacarlo de la cama a rastras, pero dile que nuestra liebre ha saltado por fin.

—Sí, señora. Ahora mismo, señora. —Sligo se encaminó hacia la puerta—. Aunque esté en camisa de dormir.

Minnie sonrió sin ganas.

—¡Eso es! —Golpeó el suelo con su bastón—. Y lo antes posible. —Luego miró a Patience—. Si resulta que el que está detrás de todo esto es ese gusano de Whitticombe, pienso expulsarlo de la casa para siempre.

Patience tomó la mano que le tendía Minnie.

—Esperemos a ver qué opina Vane.

Se presentó un problema a ese respecto: no hubo forma de encontrar a Vane.

Sligo regresó a Aldford Street una hora más tarde, con la noticia de que Vane no se hallaba en ninguno de sus lugares favoritos. Minnie volvió a enviar a Sligo con una reprimenda y la orden terminante de no regresar sin Vane.

—¿Dónde puede estar? —comentó mirando a su sobrina.

Patience, perpleja, sacudió la cabeza en un gesto negativo.

—Suponía que se habría ido a casa, a la calle Curzon.

Frunció el ceño. No era posible que Vane estuviera caminando por la calle con una corbata arrugada y usada. No era propio de Vane Cynster.

—¿No te dio ninguna indicación respecto de qué pista podía estar siguiendo? —le preguntó Timms.

Patience hizo una mueca.

—Yo tenía la impresión de que se le habían terminado las posibilidades.

Minnie soltó un bufido.

—Yo también. Entonces, ¿dónde está?

Nadie respondió. Y Sligo no regresaba.

No regresó hasta últimas horas de la tarde, cuando Minnie, Timms y Patience ya habían agotado su paciencia. Whitticombe y Alice habían partido al mediodía en un carruaje alquilado. Sus equipajes se amontonaban en el vestíbulo principal, aguardando al carretero. Había llegado el almuerzo y había pasado, la familia se encontraba ligeramente más relajada. Edmond y Henry jugaban al billar. El general y Edgar habían ido a dar su habitual paseo a Tattersalls. Edith hacía punto en la salita en compañía de la señora Chadwick y Angela.

En la habitación de Minnie, Patience y Timms se turnaban en asomarse a la ventana; fue Patience la que vio el carruaje de Vane detenerse delante de la puerta.

—¡Aquí está!

—Bueno, pero no puedes bajar corriendo las escaleras —la reprendió Minnie—. Contén tus arrebatos hasta que llegue aquí. Quiero saber dónde ha estado.

Minutos después, entró Vane, tan elegante como

siempre. Sus ojos se dirigieron sin vacilar hacia Patience, y acto seguido se inclinó y besó a Minnie en la mejilla.

—¿Dónde has estado, por el amor de Dios? —exigió ella.

Vane levantó las cejas.

—Fuera de casa. Sligo me dijo que Whitticombe se había marchado. ¿Para qué querías verme?

Minnie se lo quedó mirando un momento, y le propinó un ligero manotazo en la pierna.

—¡Para saber qué es lo que vamos a hacer ahora, naturalmente! —Lo miró furiosa—. No intentes utilizar conmigo tus estrategias Cynster.

Vane elevó un poco más las cejas.

—No me atrevería ni a soñarlo siquiera. Pero no hay necesidad de dejarse dominar por el pánico. Whitticombe y Alice se han ido... Los seguiré para ver qué es lo que traman. Sencillo.

—Yo también voy —declaró Minnie—. Si el sobrino de Humphrey es una manzana podrida, le debo a Humphrey ver la prueba con mis propios ojos. Al fin y al cabo, soy yo la que debe decidir qué hacer.

—Por supuesto, yo la acompaño —agregó Timms.

Patience captó la mirada de Vane.

—Si piensas que yo voy a quedarme atrás, ya puedes olvidarlo. Gerrard es mi hermano. Si Whitticombe es quien lo golpeó en la cabeza... —No terminó la frase, pero su expresión lo dijo todo.

Vane suspiró.

—En realidad no es necesario que...

—¡Cynster! Tengo que mostrarle...

Con un taconeo de botas, irrumpió en la habitación el general, seguido de Edgar. Al ver a Minnie, el general se ruborizó y bajó la cabeza.

—Le ruego que me disculpe, Minnie, pero he pensado que esto les interesaría a todos. Vean.

Cruzó la habitación, se inclinó y, con dificultad, deslizó un pequeño objeto que llevaba en la mano sobre el regazo de Minnie.

—¡Santo cielo! —Minnie tomó el objeto y lo sostuvo frente a la luz—. Es el pendiente de Agatha. —Miró al general—. ¿El que faltaba?

—Ha de serlo —terció Edgar, y miró a Vane—. Lo hemos encontrado dentro del elefante que hay en el vestíbulo principal.

—¿En el elefante? —Vane miró alternativamente a Edgar y al general.

—Es un artilugio hindú. Lo reconocí al instante. Vi otros como ése en la India. —El general asintió—. No pude resistirme a abrirlo para enseñárselo a Edgar. Uno de los colmillos es el escondite; si se hace girar, se abre la parte posterior del animal. Lo empleaban los *wallahs* hindúes para esconder tesoros.

—Está lleno de arena —dijo Edgar—. Arena fina y blanca.

—Se usa para que haga peso —explicó el general—. La arena estabiliza el animal, y luego el tesoro se esconde dentro de la arena. Yo tomé un puñado para mostrárselo a Edgar, y él, que tiene una vista muy aguda, sí señor, vio brillar esa chuchería.

—Me temo que hemos ocasionado más bien un lío al desenterrarlo. —Edgar observó el pendiente sujeto por los dedos de Minnie—. Pero es de Agatha, ¿no?

—¿No, qué?

Todos levantaron la vista. En aquel momento entraba la señora Chadwick, seguida de Angela, con Edith Swithins vagamente a la zaga. Agatha Chadwick hizo un gesto a Minnie como pidiendo disculpas.

—Hemos oído el barullo y...

—No importa. —Minnie sostuvo en alto el pendiente—. Esto es suyo, me parece.

Agatha lo tomó. La sonrisa que iluminó su cara fue toda la respuesta que necesitaban.

—¿Dónde estaba? —Miró a Minnie, la cual miró a Vane.

El cual sacudió la cabeza con asombro.

—En la habitación de Alice Colby, dentro del elefante que tenía junto a la chimenea. —Miró a Patience...

—¡Pero si hay arena por todo el vestíbulo principal! —exclamó la señora Henderson como un galeón a toda vela; Henry, apoyado por Edmond y Masters, se apresuró a seguirla. La señora Henderson le hizo un gesto—. El señor Chadwick ha resbalado y ha estado a punto de romperse la cabeza. —Miró a Vane—. ¡Procede del interior de ese maldito elefante!

—Oigan. —Edmond se había concentrado en el pendiente que sostenía Agatha Chadwick en la mano—. ¿Qué es lo que sucede?

La pregunta dio lugar a una explosión de respuestas mezcladas entre sí. Viendo su oportunidad, Vane se encaminó a la puerta.

—¡Alto ahí! —La orden de Minnie puso fin bruscamente a la cacofonía. Agitó su bastón en dirección a Vane y le dijo—: No te atrevas a dejarnos aquí.

Patience se volvió rápidamente... y lanzó una mirada fulminante a Vane.

—¿Qué ocurre? —quiso saber Edmond.

Minnie se cruzó de brazos y lanzó un resoplido, y miró furiosa a Vane. Todo el mundo se volvió a mirarlo.

Él suspiró.

—La cosa es así.

Su explicación, la de que quienquiera que intentase

regresar a Bellamy Hall sin el resto de la familia era muy probable que fuera el Espectro, y de que dicho Espectro era casi con toda certeza el que había golpeado a Gerrard en las ruinas, aun estando en los mismos huesos, todavía provocó la cólera en todos los presentes.

—¡Colby! ¡Bien! —Henry se enderezó y apoyó todo su peso sobre su tobillo torcido—. Primero golpea al joven Gerrard, luego lo hace pasar por ladrón, y ahora se regodea con... con... esa superioridad. —Se estiró la chaqueta—. Pueden contar conmigo, desde luego que estoy deseando ver cómo Whitticombe se lleva su merecido.

—¡Una idea genial! —exclamó Edmond sonriendo—. Yo también voy.

—Y yo —dijo el general, furibundo—. Colby debía saber que la ladrona era su hermana, o a lo mejor era él y utilizó la habitación de su hermana como escondite. Sea como sea, el muy granuja me convenció para que fuera a buscar a los funcionarios que efectuaron el registro. No se me habría ocurrido tal cosa de no ser por él. ¡Hay que lincharlo!

Vane respiró hondo.

—En realidad no es necesario que...

—Yo también voy —intervino Agatha Chadwick levantando la cabeza bien alta—. Sea quien sea el ladrón, sea quien sea el que ha culpado a Gerrard de manera tan lamentable, ¡quiero ver que se hace justicia!

—¡Desde luego! —Edith Swithins asintió con determinación—. Incluso registraron mi bolsa de costura, todo por culpa de ese ladrón. Desde luego que quiero oír la explicación que dé.

Llegados a aquel punto Vane renunció a seguir discutiendo. Cuando cruzó la habitación para ir al lado de Minnie, la familia entera, a excepción de Masters y de la señora Henderson, había decidido regresar a Bellamy

Hall siguiendo los pasos de Whitticombe y de Alice.

Vane se inclinó hacia Minnie y le dijo con la mandíbula tensa:

—Me llevo a Patience, y recogeré a Gerrard por el camino. En lo que a mí respecta, el resto de vosotros haríais bien en quedaros en Londres. Si queréis echar a correr por el campo con el mal tiempo que se avecina, tendréis que arreglároslas solos. ¡Sin embargo! —dejó que se notara su exasperación—, hagáis lo que hagáis, por el amor de Dios, recordad que tenéis que entrar por el sendero de atrás, no por el camino principal, y que no debéis acercaros a la casa más allá del segundo granero.

Miró furioso a Minnie, la cual lo miró furiosa a su vez, con expresión beligerante, y le contestó levantando la barbilla:

—Allí te esperaremos.

Vane se tragó un juramento, agarró a Patience de la mano y se encaminó hacia la puerta. Una vez en el corredor, se fijó en el vestido que llevaba.

—Vas a necesitar el abrigo. Hay nieve por el camino.

Patience afirmó con la cabeza.

—Me reuniré contigo afuera.

Minutos más tarde bajaba corriendo las escaleras, abrigada para hacer frente al intenso frío. Vane la ayudó a subir al carruaje y después se acomodó a su lado. Y puso en marcha sus caballos en dirección a la plaza Grosvenor.

—En fin, ya ha terminado la sequía. —Diablo levantó la vista al tiempo que Vane entraba por la puerta de su biblioteca y sonrió—. ¿Quién es?

—Colby. —Vane saludó a Gerrard, apoyado en el brazo de un sillón junto a Diablo, que estaba repantigado en la alfombra, frente a la chimenea.

Patience, que entró detrás de Vane, reparó en esto último con sorpresa, hasta que, al acercarse un poco más, vio la pequeña forma que gateaba sobre la blanda alfombra, agitando manos y pies con frenesí, protegido de cualquier posible chispa procedente del fuego por el ancho cuerpo de Diablo.

Diablo siguió la dirección de su mirada y sonrió.

—Permitidme que os presente a Sebastian, marqués de Earith. —Miró hacia abajo—. Mi heredero.

Las últimas palabras iban teñidas de un cariño tan profundo e inquebrantable, que Patience no pudo evitar sonreír conmovida. Diablo rascó la barriguita del pequeño; Sebastian gorgojeó y agitó torpemente las manitas contra el dedo de su padre. Patience parpadeó rápidamente y miró a Vane; éste sonreía suavemente, pues estaba claro que no veía nada raro en que su poderoso y dominante primo jugase a hacer de niñera.

Luego miró a Gerrard. Su hermano rió cuando el pequeño Sebastian se aferró al dedo de Diablo y forcejeó con él.

—¿Vane? —Todos se volvieron cuando entró Honoria en la habitación—. Ah... Patience. —Como si ya fueran parientes, Honoria la envolvió en un sentido abrazo y entrechocaron las mejillas—. ¿Qué ha sucedido?

Vane los puso al corriente. Honoria se sentó en el diván al lado de Diablo. Patience se fijó en que, tras una rápida mirada de comprobación, Honoria dejaba al niño al cuidado de Diablo. Hasta que, al reconocer su voz cuando hizo la pregunta a Vane, el pequeño perdió interés por el dedo de su padre y, con un gritito, agitó los brazos pidiendo a su madre. Diablo se lo pasó y después miró a Vane.

—¿Puede resultar peligroso Colby?

Vane negó con la cabeza.

—No en nuestros términos.

Patience no necesitó preguntar qué términos eran ésos. Diablo se puso de pie, y la habitación encogió. Resultaba del todo claro que si Vane hubiera dicho que había peligro, Diablo los habría acompañado. Pero en cambio, sonrió a su primo.

—Nosotros volvemos mañana a casa. Partiremos cuando hayas terminado de dejar todo en orden para Minnie.

—Así es. —Honoria secundó el edicto de su esposo—. Tendremos que hablar de los preparativos.

Patience la miró fijamente. Honoria sonrió con franco afecto. Tanto Diablo como Vane dirigieron a Honoria, y luego a Patience, miradas masculinas idénticas, indescifrables, antes de intercambiar una mirada sufrida entre ambos.

—Os acompaño a la salida —dijo Diablo indicando con un gesto el vestíbulo.

Honoria también fue, con Sebastian al hombro. Mientras charlaban allí de pie, aguardando a que Gerrard recogiera su abrigo, el pequeño, aburrido, empezó a jugar con el pendiente de Honoria. Al advertir la incomodidad de su esposa, y sin hacer ninguna pausa en su conversación con Vane, Diablo extendió las manos, tomó a su heredero de los brazos de Honoria y lo acomodó contra su pecho de tal modo que el alfiler que sujetaba su pañuelo de cuello quedó a la altura de los ojos del pequeño.

Sebastian gorjeó, agarró alegremente el alfiler con sus dedos regordetes... y procedió a destrozar lo que antes era un *Trone d'Amour* perfectamente anudado. Patience parpadeó, pero ni Diablo ni Vane ni Honoria parecieron encontrar nada digno de mención en aquella escena.

Una hora más tarde, cuando Londres ya quedaba

muy atrás y Vane espoleaba a sus caballos, Patience aún continuaba reflexionando acerca de Diablo, su esposa y su hijo. Y sobre el cálido ambiente que reinaba, con un brillo acogedor, en todos los lugares de su elegante casa. La familia, el sentimiento de la familia, el cariño de la familia que los Cynster parecían considerar normal, era algo que ella no había conocido nunca.

Tener una familia así era su sueño más querido, más profundo, más insensato.

Observó a Vane, sentado a su lado y con los ojos fijos en el camino. Su rostro reflejaba concentración en guiar los caballos a través de la noche que iba cayendo. Sonrió suavemente. Con él, su sueño se haría realidad; ya había tomado una decisión, y sabía que no se equivocaba. Ver a Vane con el hijo de ambos, tendido junto al fuego igual que Diablo, atendiéndolo sin detenerse siquiera a pensarlo..., aquél era su nuevo objetivo.

Y también era el objetivo de Vane, lo sabía sin necesidad de preguntárselo. Él era un Cynster, y aquél era su código. La familia. Lo más importante de sus vidas.

Vane la miró.

—¿Tienes suficiente calor?

Pertrechada entre él y Gerrard, con dos mantas de viaje firmemente ceñidas a su alrededor por insistencia de él, no corría peligro alguno de pillar un resfriado.

—Estoy bien. —Sonrió y se arrebujó un poco más contra él—. Tú conduce.

Vane masculló algo, y obedeció.

A su alrededor caía el misterioso crepúsculo. Sobre ellos pendían unas nubes bajas y espesas, arremolinadas, de color gris claro. El aire era áspero, el viento iba cargado de hielo.

Los poderosos caballos de Vane tiraban sin cesar del carruaje, haciendo girar con suavidad las ruedas del mismo sobre el pavimento. Avanzaban a toda prisa a través de la noche, internándose en la oscuridad.

En dirección a Bellamy Hall, para el último acto del largo drama, la última caída del telón para el Espectro y el misterioso ladrón. Para poder por fin subir el telón, despedir a los actores... y continuar viviendo sus vidas.

Creando su sueño.

22

Ya estaba totalmente oscuro cuando Vane desvió los caballos hacia el camino de atrás que conducía a los establos de Bellamy Hall. La noche se había hecho gélida, de un frío glacial. El aliento de los caballos formaba nubes de vapor en el aire quieto.

—Esta noche la niebla va a ser muy densa —susurró Vane.

A su lado, apretada contra él, Patience asintió.

Frente a ellos se irguió el granero de atrás, el segundo de los dos que había. Vane elevó una plegaria en silencio, pero no obtuvo respuesta. Al tiempo que detenía el carruaje, nada más entrar en el granero, vio a todos los miembros de la familia de Minnie pululando en la otra puerta, mirando hacia el granero principal, los establos y la casa. Estaban todos, hasta *Myst*, como advirtió al vislumbrar una sombra gris que corría de un lado para otro. Se apeó de un salto y después ayudó a bajar a Patience. Los demás se apresuraron hasta donde estaban ellos, con *Myst* a la cabeza.

Tras dejar que Patience se encargase de Minnie y de los demás, ayudó a Duggan y a Gerrard a llevar los caballos a los establos. A continuación, con el semblante serio, se reunió con el grupo que atestaba el centro del granero.

Minnie declaró de inmediato:

—Si estás pensando en ordenarnos esperar en este granero lleno de corrientes de aire, puedes ahorrarte saliva.

Su beligerancia se reflejaba en su postura, que tenía su eco en la normalmente práctica Timms, que asintió con cara de pocos amigos. Hasta el último de los miembros de la extraña familia de Minnie estaba imbuido de idéntica determinación.

El general resumió el estado de ánimo común:

—Ese sujeto nos ha burlado a todos, y necesitamos verlo desenmascarado.

Vane escrutó sus rostros con expresión seria.

—Muy bien. —Habló con los dientes apretados—. Pero si alguno de ustedes hace el más ligero ruido, o comete la estupidez de alertar a Colby o a Alice de nuestra presencia antes de que hayamos reunido suficientes detalles para probar más allá de toda duda quiénes son el Espectro y el ladrón... —dejó que se prolongara el silencio mientras escudriñaba sus caras— tendrá que responder ante mí. ¿Lo han entendido?

Como respuesta recibió un aleteo de cabezas que asentían a toda prisa.

—Tendrán que hacer exactamente lo que yo les diga. —Miró de forma especial a Edmond y a Henry—. Nada de ideas brillantes, nada de súbitas complicaciones del plan.

—De acuerdo —convino Edmond.

—Desde luego —juró Henry.

Vane miró en derredor otra vez. Todos le devolvieron la mirada, sumisos y fervorosos. Él hizo rechinar los dientes y tomó la mano de Patience.

—Entonces, vamos allá. Y no hablen.

Echó a andar a grandes zancadas hacia el granero principal. A mitad de camino, protegido de las miradas de la casa por la mole que formaban los establos, se detuvo y, con impaciencia, esperó a que lo alcanzaran los demás.

—No pisen la grava ni los senderos —ordenó—. Caminen por la hierba. Hay niebla, y en la niebla se transmiten muy bien los sonidos. No podemos dar por sentado que se encuentren en la salita, pueden estar en la cocina, o incluso en el exterior.

Acto seguido se volvió y reanudó la marcha, sin pararse a pensar en cómo estaría soportando Minnie todo aquello. Ella no iba a darle las gracias, y en aquel momento necesitaba concentrarse en otras cosas.

Como, por ejemplo, dónde estaba Grisham.

Con Patience y Gerrard siguiéndolo de cerca, llegó a los establos. El alojamiento de Grisham se encontraba junto a ellos.

—Aguarda aquí —le susurró a Patience al oído—. Detén a los demás en este punto. Yo volveré en un momento.

Y dicho aquello, se internó en las sombras. Lo último que deseaba era que Grisham imaginase que había intrusos e hiciera sonar la alarma.

Pero la habitación de Grisham estaba vacía. Vane reunió su variopinta partida de caza en la parte de atrás de los oscuros establos. Duggan había examinado los alojamientos de los mozos de cuadra; sacudió la cabeza negativamente y dijo sin hacer ruido:

—Aquí no hay nadie.

Vane asintió. Minnie había mencionado que había dado vacaciones a la mayor parte del servicio.

—Probaremos con la puerta lateral. —Podían forzar la ventana de la salita de atrás, pues aquella ala era la más alejada de la biblioteca, el refugio favorito de Whitticombe—. Síganme, pero no demasiado juntos. Y recuerden: no hagan ningún ruido.

Todos asintieron en silencio.

Conteniendo un vano juramento, Vane se dirigió al sembrado de arbustos. Los altos setos y los senderos de hierba le quitaron una preocupación de la cabeza, pero cuando se acercó, seguido de Patience, Duggan y Gerrard, al lugar donde los setos daban paso a un césped abierto, se les cruzó por delante una luz.

Se quedaron petrificados en el sitio. La luz desapareció.

—Esperad aquí.

Vane avanzó despacio hasta ver el otro extremo del césped. Más allá se erguía la casa, cuya puerta lateral se encontraba cerrada. Pero vio una luz que oscilaba entre las ruinas... El Espectro había salido a caminar aquella noche.

La luz se elevó de nuevo, brevemente. En su haz luminoso, Vane acertó a ver una figura grande y oscura que se movía pesadamente siguiendo el borde del césped, en dirección hacia ellos.

—¡Atrás! —siseó empujando a Patience, que se había acercado hasta su hombro, al interior del seto que tenía detrás. Allí aguardó, contando los segundos, hasta que la figura se metió en el sendero... y la tuvieron encima.

Vane lo agarró y lo inmovilizó con una llave; Duggan lo sujetó por un brazo. La figura se puso en tensión para luchar.

—¡Soy Cynster! —siseó Vane, y la figura se relajó.

—¡Gracias a Dios!

Grisham los miró con sorpresa, y Vane lo soltó. Observó el camino y se calmó un poco al ver que el resto del grupo se había quedado paralizado, oculto en las sombras. Ahora, en cambio, comenzaban a acercarse.

—No sabía qué hacer —dijo Grisham frotándose el cuello.

Vane se detuvo un momento; el portador de la luz continuaba moviéndose a cierta distancia, sorteando las piedras caídas. Se volvió al mozo y le preguntó:

—¿Qué ha ocurrido?

—Ayer por la tarde llegaron los Colby, así que supuse que era la señal que estábamos esperando. Les dije sin rodeos que en la casa sólo quedábamos yo y dos doncellas, y Colby pareció alegrarse mucho. Me ordenó que encendiera el fuego de la biblioteca y luego pidió la cena temprano. Después de eso, nos dijo que podíamos retirarnos, como si nos estuviera haciendo un favor. —Grisham dejó escapar un leve bufido—. Pero yo seguí vigilándolos de cerca, naturalmente. Esperaron un poco, y luego tomaron una de las lámparas de la biblioteca y se fueron a las ruinas.

Grisham miró atrás. Vane esperó, y luego le indicó con un gesto que prosiguiera. Aún disponían de unos minutos antes de que resultase demasiado peligroso susurrar.

—Fueron hasta el alojamiento del abad. —Grisham sonrió—. Yo me quedé cerca de ellos. La señorita Colby no dejó de gruñir todo el rato, pero no estaba tan cerca para entender lo que decía. Colby fue directo a esa piedra de la que le hablé. —Grisham asintió con la cabeza—. La examinó con todo detenimiento para cerciorarse de que no la había levantado nadie. Y se quedó bastante satisfecho consigo mismo. Luego emprendieron el regreso... y fui tras ellos para ver qué pasaba a continuación.

Vane levantó las cejas.

—¿Y qué pasó?

En aquel momento apareció la luz de nuevo, esta vez mucho más cerca, y todo el mundo se quedó quieto. Vane se aferró al borde del seto, consciente de la presencia de Patience apretada contra su costado. Los demás se aproximaron un poco más y se apiñaron para poder ver todos el tramo de hierba que había delante de la puerta lateral.

—¡No es justo! No entiendo por qué has tenido que devolver mi tesoro. —El quejido de disgusto de Alice Colby quedó flotando en el aire helado—. ¡Tú vas a obtener tu tesoro, pero yo no tendré nada!

—¡Ya te dije que esas cosas no eran tuyas! —El tono empleado por Whitticombe pasó de irritado a mordaz—. Esperaba que hubieras aprendido de la última vez. No quiero que te pillen con cosas que no son tuyas. ¡No soporto la idea de que me etiqueten de hermano de una ladrona!

—¡Tu tesoro tampoco es tuyo!

—Eso es diferente. —Whitticombe entró en el campo visual delante de la puerta; se volvió a mirar a Alice, que venía tras él. Y lanzó un bufido de desprecio—. Por lo menos, esta vez he podido sacarle alguna utilidad a tu pequeña manía. Era justo lo que necesitaba para desviar la atención de Cynster. Mientras él está ocupado en eliminar las sospechas que pesan sobre el joven Debbington, yo tendré el tiempo que necesito para completar mi trabajo.

—¿Tu trabajo? —El desprecio de Alice igualó el de Whitticombe—. Estás obsesionado con esa estúpida búsqueda del tesoro. ¿Estará aquí, o estará allá? —canturreó con voz de soniquete.

Whitticombe abrió la puerta con violencia.

—Entra, vamos.

Sin dejar de canturrear, Alice entró.

Vane miró a Grisham.

—Corre como alma que lleva el diablo, ve pasando por la cocina a la antigua salita que hay detrás de la biblioteca. Nosotros iremos hasta las ventanas.

Grisham asintió y salió disparado.

Vane se volvió a los demás; todos lo miraron con muda expectación. Él apretó los dientes.

—Vamos a retroceder, deprisa y sin hacer ruido, rodeando la casa en dirección a la terraza. Una vez allí, tendremos que ser especialmente silenciosos, porque es probable que Whitticombe vaya a la biblioteca. Necesitamos averiguar más acerca de ese tesoro suyo, y de si en efecto fue él quien golpeó a Gerrard.

Todos asintieron a una. Vane, resistiéndose al fuerte impulso de mascullar, sujetó firmemente la mano de Patience en la suya y encabezó la marcha de regreso por entre los arbustos.

Tomaron el sendero que discurría a lo largo del camino de entrada para carruajes, y después subieron a toda prisa al enlosado de la terraza. *Myst*, convertida en una veloz sombra, salió corriendo delante de ellos; Vane musitó una maldición... y rezó para que el diabólico animalito se comportara.

Grisham estaba esperando, como un fantasma, junto a los grandes ventanales de la salita. Descorrió el cerrojo, y Vane entró. Después ayudó a Patience a subir al alto alféizar.

—Están discutiendo en el vestíbulo —susurró Grisham— sobre quién es el dueño del elefante, o algo así.

Vane asintió. Miró atrás y vio a Timms y Edmond ayudando a Minnie a entrar. Se volvió, fue hasta la pared y abrió una puerta disimulada en el tapizado, que dejó al descubierto la parte posterior de otra puerta, encajada en el muro de la habitación contigua, la biblioteca. Con la mano en el picaporte de la segunda puerta, Vane miró a su espalda con el entrecejo fruncido.

El pelotón, obediente, contenía la respiración.

Vane abrió la puerta con cuidado.

La biblioteca estaba vacía, iluminada tan sólo por las llamas que bailaban en la chimenea.

Recorrió la estancia con la mirada y vio dos grandes biombos de cuatro hojas, que se utilizaban en el verano para proteger los viejos libros de la luz del sol. Los biombos no estaban plegados, sino que permanecían abiertos, paralelos a la chimenea, ocultando aquella zona a los ventanales de la terraza.

Retrocedió despacio y trajo a Patience a su lado. Le señaló los biombos con la cabeza y la hizo pasar por la puerta. Rápidamente, sin apartar la vista de la puerta de la biblioteca, Patience cruzó la estancia, que gracias a Dios tenía el suelo cubierto por una larga alfombra turca, y corrió a refugiarse detrás del biombo más alejado.

Antes de que Vane pudiera parpadear siquiera, Gerrard siguió a su hermana.

Vane miró atrás para indicar a los demás con un gesto que se acercaran a la habitación y acto seguido fue en pos de su futuro cuñado.

Cuando se oyeron pisadas al otro lado de la puerta de la biblioteca, el pelotón entero, salvo Grisham, que prefirió quedarse en la salita, se apretujó detrás de los dos biombos con los ojos pegados a las estrechas rendijas que se abrían entre los paneles de los mismos.

Vane rezó para que a ninguno de ellos se le ocurriera estornudar.

La manilla de la puerta giró; apareció Whitticombe en cabeza, con expresión de desdén.

—No importa a quién pertenecía el elefante. ¡El hecho es que las cosas que había dentro de él no eran tuyas!

—¡Pero yo las quería! —Alice, con el rostro congestionado, cerró con fuerza los puños—. Los otros las perdieron, así que pasaron a ser mías... ¡pero tú las sacaste de allí! ¡Siempre me quitas mis cosas!

—¡Eso es porque no son tuyas, para empezar! —Él hizo rechinar los dientes y empujó a Alice hacia el sillón colocado junto al fuego—. ¡Siéntate ahí y cállate!

—¡No pienso callarme! —A Alice le llamearon los ojos—. Siempre me estás diciendo que no puedo tener las cosas que quiero, que no está bien tomarlas, pero en cambio tú vas a apoderarte del tesoro de la abadía. ¡Y ése no te pertenece a ti!

—¡No es lo mismo! —tronó Whitticombe, fulminando a Alice con la mirada—. Sé que te cuesta entender la diferencia, pero recuperar, resucitar las riquezas perdidas de esa iglesia, restaurar la magnificencia de la abadía de Coldchurch, ¡no es lo mismo que robar!

—¡Pero tú lo quieres todo para ti solo!

—¡No! —Whitticombe se esforzó por respirar con calma y bajó el tono de voz—: Quiero ser el que lo encuentre. Tengo toda la intención de entregárselo a las autoridades competentes, pero... —Levantó la cabeza y se irguió—. La fama de haberlo encontrado, la gloria de ser la persona que, gracias a su incansable erudición, rastreó y recuperó las riquezas perdidas de la abadía de Coldchurch... eso —declaró— me pertenecerá a mí.

Detrás del biombo, Patience miró a Vane a los ojos. Él sonrió con gesto serio.

—Todo eso está muy bien —dijo Alice, malhumorada—, pero no hace falta que finjas ser tan santo. No tuvo nada de santo golpear a ese pobre chico con una piedra.

Whitticombe se quedó inmóvil y miró fijamente a Alice.

Ella sonrió satisfecha.

—No creías que yo estuviera enterada de eso, ¿verdad? Pero es que en aquel momento me encontraba en la habitación de la querida Patience, y me dio por mirar hacia las ruinas. —Sonrió con malicia—. Te vi hacerlo, te vi tomar la piedra y acercarte sigilosamente. Vi cómo golpeabas al muchacho. —Se recostó en el sillón, con la mirada fija en el rostro de Whitticombe—. Oh, no, querido hermano, no eres ningún santo.

Whitticombe soltó un bufido e hizo un gesto de rechazo con la mano.

—No fue más que una ligera conmoción, no lo golpeé tan fuerte. Justo lo suficiente para cerciorarme de que no llegase a terminar aquel boceto. —Comenzó a pasear—. Cuando pienso en la impresión que me llevé al verlo hurgando junto a la puerta del sótano del abad... Resulta asombroso que no lo golpeara demasiado fuerte; si hubiera demostrado más curiosidad y lo hubiera mencionado a alguno de esos otros cabezas de chorlito: Chadwick, Edmond o, el cielo no lo permita, Edgar, sabe Dios qué hubiera sucedido. ¡Los muy idiotas podrían haberme robado mi descubrimiento!

—¿Tuyo?

—¡Mío! ¡La gloria me corresponde a mí! —Whitticombe continuó paseando—. Al final resultó que todo encajó a la perfección. Ese golpe en la cabeza bastó para asustar a la vieja y convencerla de llevarse a su querido sobrino a Londres. Gracias a Dios, también se llevó a todos los demás. Así que ahora, mañana, podré contratar a unos cuantos trabajadores para que me ayuden a levantar esa piedra, y entonces...

Triunfante, Whitticombe giró en redondo... y de repente se quedó parado en el sitio.

Todos los que lo espiaban por entre los biombos lo vieron, con la mano levantada en alto como si solicitase adulación, mirar fijamente, con ojos desorbitados, hacia las sombras que cubrían un lado de la estancia. Todo el mundo se puso en tensión. Nadie podía ver, ni imaginar, qué era lo que estaba mirando.

Lo primero que empezó a moverse fue su boca, que se abrió y se cerró sin efecto alguno. Después chilló:

—¡¡Aaah!! —Su cara se transformó en una máscara de abyecto horror, y exclamó, señalando con el dedo—: ¡Qué está haciendo aquí esa gata!

Alice miró y contestó ceñuda:

—Ésa es *Myst*, la gata de Patience.

—Ya lo sé. —A Whitticombe le temblaba la voz, pero su mirada no se apartó del sitio.

Arriesgándose a mirar por fuera del biombo, Vane divisó a *Myst*, sentada muy erguida y con su serena mirada azul que todo lo veía fija, sin pestañear, en el rostro de Whitticombe.

—¡Pero si estaba en Londres! —exclamó Whitticombe, ahogado—. ¿Cómo ha llegado aquí?

Alice se encogió de hombros.

—No ha venido con nosotros.

—¡Eso ya lo sé!

Alguien sofocó una risita; el segundo biombo osciló y luego se balanceó. Surgió una mano en la parte de arriba para estabilizarlo, y después desapareció.

Vane suspiró y salió de detrás del otro biombo. Los ojos de Whitticombe, que Vane hubiera jurado que no podían abrirse más, quisieron salirse de sus órbitas.

—Buenas noches, Colby. —Vane hizo señas a Minnie para que saliera; los demás hicieron lo mismo.

Conforme el pelotón fue desplegándose, Alice soltó una risita:

—Mira adónde han ido a parar tus secretos, querido hermano. —Volvió a hundirse en el sillón, sonriendo maliciosamente. Se veía a todas luces que no le importaban nada sus propias faltas.

Whitticombe le dirigió una mirada rápida y se rehízo.

—No sé cuánto habrá oído de...

—Lo he oído todo —repuso Vane.

Whitticombe palideció... y miró a Minnie.

Ésta lo observaba fijamente, con una expresión de asco y desafecto en el rostro.

—¿Por qué? —le preguntó en tono duro—. Tenías un techo bajo el que cobijarte y un nivel de vida agradable. ¿Tan importante era para ti la fama, hasta el punto de cometer delitos? ¿Y todo por qué? ¿Por un necio sueño?

Whitticombe se puso rígido.

—No es un sueño necio. Las riquezas de la iglesia y el tesoro de la abadía fueron enterrados antes de la Disolución. Existen referencias muy claras en los archivos de la abadía, pero tras la Disolución no se los menciona en absoluto. Me llevó una eternidad descubrir dónde estaban ocultos; el lugar más obvio era la cripta, pero allí no hay nada más que escombros. Además, los archivos mencionan con toda claridad un sótano, pero todos los antiguos sótanos fueron excavados hace mucho tiempo, y no se encontró nada. —Se irguió en toda su estatura, henchido de vanidad—. Sólo yo he descubierto el sótano del abad. Está allí, encontré la trampilla. —Miró a Minnie con un brillo de avaricia en los ojos—. Ya lo verás... mañana. Entonces lo entenderás. —Hizo un gesto de asentimiento, con renovada seguridad en sí mismo.

Minnie sacudió la cabeza negativamente, con expresión sombría.

—No lo entenderé nunca, Whitticombe.

En aquel momento Edgar se aclaró la garganta y dijo:

—Me temo que tú tampoco vas a encontrar nada. No hay nada que encontrar.

Whitticombe sonrió apenas.

—Aficionado —se burló—. ¿Qué sabes tú de investigación?

Edgar se encogió de hombros.

—No sé nada de investigación, pero sí de los Bellamy. El último abad era uno de ellos, aunque no de apellido, pero se convirtió en el abuelo de la siguiente generación. Y habló a sus nietos del tesoro enterrado. La leyenda fue pasando de unos a otros hasta que, en la época de la Restauración, un Bellamy solicitó las tierras de la vieja abadía y se las concedieron. —Edgar sonrió vagamente a Minnie—. El tesoro se encuentra a nuestro alrededor. —Señaló las paredes, el techo—. Aquel primer Bellamy de Bellamy Hall desenterró las riquezas y el tesoro nada más poner el pie en sus nuevas tierras... y los vendió, y lo que obtuvo por ellos lo empleó en construir la mansión y en establecer los cimientos de la futura riqueza de la familia.

Se enfrentó con la mirada aturdida de Whitticombe y sonrió.

—El tesoro ha estado aquí todo el tiempo, a la vista de todos.

—No —dijo Whitticombe, pero su negativa carecía de fuerza.

—Oh, sí —replicó Vane con mirada dura—. Si nos hubiera preguntado, yo, o Grisham, hubiéramos podido decirle que el sótano del abad estaba lleno de tierra desde hace más de cien años. Lo único que encontrará bajo esa trampilla es el duro suelo.

Whitticombe continuaba mirando fijamente, pero entonces se le llenaron los ojos de lágrimas.

—Más bien creo, Colby, que ha llegado el momento de pedir disculpas, ¿no le parece? —intervino el general, mirándolo con cara de pocos amigos.

Whitticombe parpadeó, y acto seguido se irguió y levantó la cabeza con arrogancia.

—No veo que haya hecho nada particularmente censurable... desde luego no según el patrón de los miembros de esta familia. —Escudriñó al resto del grupo con las facciones contorsionadas, e hizo un gesto de desdén—. Tenemos a la señora Agatha Chadwick, empeñada en enterrar a un marido majadero y dejar bien colocados a una hija que no tiene ni dos dedos de frente y a un hijo que no es mucho mejor. Y a Edmond Montrose, poeta y dramaturgo dotado de un talento tan grande que jamás consigue hacer nada. Y no debemos olvidarnos de usted, ¿no cree? —Whitticombe miró al general con expresión reprobatoria—. Un general sin tropas, que no era más que un sargento de un barracón polvoriento, para que se sepa. Y tampoco debemos olvidarnos de la señorita Edith Swithins, tan dulce, tan mansa... Oh, no. No debemos olvidarnos de ella, ni del hecho de que se hace acompañar de Edgar, el caótico historiador, y piensa en Dios sabe qué. ¡A su edad! —Whitticombe vació todo su desprecio—: Y por último, pero no por ello menos importante —dijo con regocijo— tenemos a la señorita Patience Debbington, la sobrina de nuestra estimada anfitriona...

¡*Crunnch*! Whitticombe se desplomó de espaldas y fue a aterrizar en el suelo, a varios metros de distancia.

Patience, que estaba de pie junto a Vane, se apresuró a adelantarse... para ponerse a la altura de Vane, que había dado un paso al frente para propinar el puñetazo que levantó a Whitticombe del suelo.

Agarrada del brazo de Vane, Patience observó a Whitticombe y rezó para que tuviera el sentido común de quedarse donde estaba. Notaba el acero en los músculos que tenía bajo sus dedos. Si Whitticombe era lo bastante necio como para devolver el golpe, Vane lo haría papilla.

Aturdido, Whitticombe parpadeó para recobrar la plena conciencia. Mientras los demás se congregaban a su alrededor, se llevó una mano al mentón e hizo una mueca de dolor.

—¡Esto es un acto de agresión! —graznó.

—Que podría convertirse en agresión y violencia. —La advertencia, totalmente innecesaria desde el punto de vista de Patience, provino de Vane. Una sola mirada a su rostro, duro como el granito e igual de inflexible, habría informado de dicho detalle a cualquier persona en su sano juicio.

Whitticombe lo miró fijamente... y recorrió con la mirada el círculo que lo rodeaba.

—¡Me ha golpeado!

—¿Ah, sí? —Edmond abrió mucho los ojos—. Yo no lo he visto. —Miró a Vane—. ¿Le importaría repetirlo?

—¡No! —Whitticombe parecía alterado.

—¿Por qué no? —inquirió el general—. No le vendría mal una buena paliza, puede que incluso le hiciera entrar un poco en razón. Vamos, todos haremos de observadores, para asegurarnos de que sea una pelea limpia y todo eso. Nada de golpes por debajo del cinturón, ¿de acuerdo?

La expresión de horror de Whitticombe al contemplar el círculo de caras y no encontrar ninguna que mostrase el menor resquicio de amistad hubiera sido cómica de haber estado alguien de humor para diversiones. Cuando su mirada volvió a posarse en Vane, tomó aire entrecortadamente y lloriqueó:

—No me pegue.

Vane lo observó con los ojos entornados y sacudió la cabeza en un gesto negativo. Su tensión de aprestarse para la lucha cedió, y dio un paso atrás.

—Es un cobarde, hasta la médula de los huesos.

El veredicto fue recibido con gestos y exclamaciones de aprobación. Duggan se abrió paso y agarró a Whitticombe por el cuello de la camisa para levantar del suelo su mísera figura. Luego miró a Vane.

—Lo encerraré en el sótano, ¿le parece?

Vane miró a Minnie; ésta, con un gesto de determinación, asintió.

Alice, que lo había observado todo, con el semblante resplandeciente de rencorosa satisfacción, rió y despidió a Whitticombe con la mano.

—¡Adiós, hermano! ¿No querías todos estos meses examinar un sótano? Pues disfrútalo mientras puedas. —Y, con una risotada, volvió a recostarse en el sillón.

Agatha Chadwick puso una mano sobre el brazo de Minnie.

—Permíteme. —Con considerable dignidad, se acercó a Alice—. Angela.

Por una vez, Angela no se hizo rogar. Se reunió con su madre, con ademán de determinación, agarró el brazo de Alice y entre las dos levantaron a la joven de su asiento.

—Vámonos. —La señora Chadwick se volvió hacia la puerta.

Alice miró alternativamente a una y a otra.

—¿Han traído mi elefante? Porque es mío, saben.

—Está de camino a Londres. —Agatha miró a Minnie—. Vamos a encerrarla en su habitación.

Minnie afirmó con la cabeza.

Todos contemplaron al trío atravesar la puerta. En el instante en que ésta volvió a cerrarse, el hierro que había mantenido erecta la espalda de Minnie durante las pasadas horas se disolvió. Se dejó caer contra Timms. Vane maldijo en voz baja y, sin pedir permiso, tomó a Minnie en brazos y la depositó con suavidad en el sillón que acababa de dejar vacante Alice.

Minnie le ofreció una sonrisa trémula.

—Me encuentro bien, sólo un poco desconcertada. —Sonrió—. Pero me ha encantado ver a Whitticombe volar por los aires.

Aliviado al ver aquella sonrisa, Vane se apartó y dejó que se acercara Patience. Edith Swithins, que también estaba al límite de sus energías, recibió la solícita ayuda de Edgar, que la acompañó hasta el segundo sillón.

Al sentarse, ella también sonrió a Vane.

—Nunca había visto propinar un puñetazo, ha sido muy emocionante. —Rebuscó en su bolsa y extrajo dos frascos de sales. Le entregó uno a Minnie—. Creía que había perdido esto hace años, pero hete aquí que la semana pasada apareció en mi bolsa.

Edith aspiró del frasco, guiñando los ojos a Vane.

El cual descubrió que todavía era capaz de ruborizarse. Miró a su alrededor; el general y Gerrard habían estado conferenciando. El primero levantó la vista y dijo:

—Hablábamos de los preparativos. Aquí no hay personal de servicio... y todavía no hemos cenado.

Aquella observación los puso a todos en movimiento: empezaron a encender fuegos, a hacer las camas y a preparar una cena caliente y sustanciosa. Grisham, Duggan y las dos doncellas ayudaron, pero todo el mundo, salvo Alice y Whitticombe, se apresuraron a contribuir en lo que pudieron.

Como no había fuego encendido en la salita, las señoras permanecieron sentadas a la mesa durante la ronda de oporto. Se hizo obvio el ambiente de experiencia en común, de camaradería, mientras compartían opiniones sobre lo ocurrido en las semanas pasadas.

Al final, cuando ya los recuerdos comenzaban a verse interrumpidos por bostezos, Timms se volvió a Minnie y le preguntó:

—¿Qué vas a hacer con ellos?

Todo el mundo guardó silencio. Minnie hizo una mueca de desagrado.

—En realidad, dan lástima. Mañana hablaré con ellos, pero, por caridad cristiana, no puedo echarlos de la casa. Por lo menos de momento, en medio de la nieve.

—¿Nieve? —Edmond alzó la cabeza, se levantó de su asiento y apartó una de las cortinas. El haz de luz que se proyectó hacia el exterior iluminó unos finos copos de nieve—. Vaya, qué interesante.

Pero a Vane no se lo parecía tanto. Tenía planes, y una copiosa nevada no formaba parte de ellos. Miró a Patience, sentada a su lado. Después sonrió y apuró lo que le quedaba de oporto.

El destino no podía ser tan cruel.

Fue el último en subir las escaleras, después de efectuar una ronda final por la enorme mansión. Todo estaba en silencio, reinaba la quietud. Parecía que no había en la casa otro ser viviente que *Myst*, que se lanzó escaleras arriba delante de él. La gatita había escogido seguirlo en su ronda, se paseó por entre sus botas y luego se ocultó a toda prisa en las sombras. Vane salió por la puerta lateral para examinar el cielo; *Myst* había desaparecido en la oscuridad, para regresar minutos más tarde resoplando para quitarse copos de nieve del hocico y sacudiéndose para despegarlos de su pelaje.

Pensando en el futuro, Vane siguió a *Myst* escaleras arriba, por la galería y hacia un ala del edificio, para tomar después el corredor. Cuando llegó a su habitación y abrió la puerta, *Myst* se coló como una exhalación.

Vane sonrió y la siguió... y entonces se acordó de que tenía pensado ir a la alcoba de Patience. Miró alrededor para llamar a *Myst*... y vio a Patience, dormitando en el sillón colocado junto al fuego.

Esbozó una suave sonrisa y cerró la puerta. *Myst* despertó a su ama antes de que la alcanzara Vane. Ella lo miró, sonrió, se levantó... y se echó directamente en sus brazos. Él la rodeó con ellos.

Patience lo miró con los ojos brillantes.

—Te quiero.

Vane sonrió al tiempo que se inclinaba para besarla.

—Lo sé.

Patience le devolvió la dulce caricia.

—¿Tan evidente es?

—Sí. —Vane la besó de nuevo—. Esa parte de la ecuación nunca ha estado en duda. —Sus labios rozaron brevemente los de ella—. Ni tampoco el resto. Desde el momento en que te abracé por primera vez.

El resto... su parte de la ecuación, lo que sentía por ella.

Patience se despegó para poder estudiarle el rostro, y le tocó la mejilla con la mano.

—Necesito saberlo.

El semblante de Vane se modificó; el deseo flameó en sus ojos.

—Ahora ya lo sabes. —Bajó la cabeza y volvió a besarla—. Por cierto, no lo olvides nunca.

Ya sin aliento, Patience rió suavemente.

—Tendrás que cerciorarte de recordármelo.

—Oh, claro que sí. Todas las mañanas y todas las noches.

Aquellas palabras fueron un voto, una promesa. Patience buscó sus labios y lo besó hasta perder el juicio. Con una risita, Vane alzó la cabeza, la rodeó con un brazo y la condujo hasta la cama.

—Teóricamente, no deberías estar aquí.

—¿Por qué? ¿Qué diferencia hay, que sea tu cama o la mía?

—Mucha, según las normas de los sirvientes. Ellos

aceptan que los caballeros merodeen por la casa a primeras horas de la madrugada, pero por alguna razón el hecho de ver a las damas paseándose por ahí en camisón al amanecer da lugar a tremendas especulaciones.

—Ah —respondió Patience cuando se detuvieron junto a la cama—. Pero yo estaré completamente vestida. —Señaló su vestido—. No habrá motivos para especular.

Vane la miró a los ojos.

—¿Y el pelo?

—¿El pelo? —Patience parpadeó—. Sólo tendrás que ayudarme a peinármelo otra vez. Supongo que los «caballeros elegantes» como tú adquieren esas habilidades muy pronto en la vida.

—En realidad, no. —Con el semblante serio, Vane buscó las horquillas que sujetaban el cabello de Patience—. Nosotros, los libertinos de primer orden... —Soltando horquillas a derecha e izquierda, fue dejando caer en cascada la melena. Luego, con una sonrisa de satisfacción, tomó a Patience por la cintura y la estrechó con fuerza contra sí—. Nosotros —dijo mirándola a los ojos— pasamos el tiempo concentrados en actividades más bien diferentes, como soltarle el cabello a las señoras. Y quitarles la ropa. Y llevarlas a la cama. Y otras cosas.

Y se lo demostró... con gran eficacia.

Mientras le separaba los muslos y se hundía profundamente en ella, la respiración de Patience se fracturó en una exclamación ahogada.

Vane se movió dentro de ella reclamándola, presionando más hondo, sólo para retirarse y llenarla de nuevo. Apoyado en los brazos, la amó; debajo de él, Patience se retorcía de placer. Cuando inclinó la cabeza y encontró sus labios, ella se aferró a aquella caricia, para retener el momento. Para retenerlo a él.

Las bocas de ambos se separaron, y Patience dejó escapar un suspiro. Y entonces sintió que Vane le hablaba al tiempo que se movía en lo más profundo de su cuerpo.

—Con mi cuerpo te venero; con mi corazón te adoro. Te amo. Y si quieres que lo repita un millar de veces, lo repetiré. Todo el tiempo que sea necesario, hasta que aceptes ser mi esposa.

—Acepto.

Patience oyó aquella palabra en su cerebro, la saboreó en sus labios... y la sintió resonar en el corazón.

Transcurrió la siguiente hora, y ni una sola frase coherente pasó por los labios de ambos. La cálida quietud que reinaba en la habitación se vio rota tan sólo por el roce de las sábanas y los murmullos suaves y urgentes. Después, el silencio dio paso a leves gemidos, quejidos, jadeos, exclamaciones sofocadas, que culminaron por fin en un grito apagado, conmovedor, que fue desvaneciéndose hasta convertirse en un profundo gemido gutural.

Afuera, había salido la luna; dentro, el fuego se apagó.

Envueltos el uno en los brazos del otro, con los corazones igualmente entrelazados, ambos se rindieron al sueño.

—¡Adiós! —los despidió Gerrard desde los peldaños de la entrada, con una enorme sonrisa.

Patience agitó la mano con gesto jovial y a continuación se acomodó bajo la gruesa manta de viaje, la que Vane había insistido en que usara si quería ir sentada a su lado en el pescante. Lo miró y le preguntó:

—No irás a empezar a mimarme en exceso, ¿verdad?

—¿Quién? ¿Yo? —Vane le dirigió una mirada que indicaba que comprendía—. Ni por lo más remoto.

—Bien. —Patience inclinó la cabeza hacia atrás y contempló el cielo, que aún amenazaba nieve—. En realidad no es necesario, estoy perfectamente acostumbrada a cuidar de mí misma.

Vane mantuvo la vista fija en las orejas de los caballos.

Patience le lanzó otra mirada de reojo.

—A propósito, quería mencionarte que... —Al ver que él se limitaba a enarcar una ceja con gesto interrogante y no desviaba la mirada, Patience alzó la barbilla y dijo fríamente—: Que si alguna vez te atreves a entrar en un invernadero con una bella joven, aunque sea un pariente tuyo, incluso una prima hermana, no pienso hacerme responsable de lo que pueda ocurrir.

Aquello le valió una mirada de Vane, de ligera curiosidad.

—¿Lo que pueda ocurrir?

—El fracaso que seguirá de modo inevitable.

—Ah. —Vane volvió a mirar al frente, guiando los caballos por el camino que llevaba a la carretera principal—. ¿Y tú? —preguntó al cabo de un rato, con mansedumbre—. ¿Te gustan los invernaderos?

—Puedes llevarme a ver los invernaderos que quieras —le soltó Patience—. Como bien sabes, mi gusto por las plantas no es el tema de esta conversación.

Vane estuvo a punto de sonreír, y al final lo hizo... levemente.

—Así es. Pero ya puedes quitarte de la cabeza este tema en concreto. —La expresión de sus ojos le indicó a Patience que hablaba muy en serio. Luego exhibió su lobuna sonrisa Cynster—. ¿Qué iba a querer yo con otras bellas jóvenes, si puedo enseñarte los invernaderos a ti?

Patience se sonrojó. Lanzó una exclamación de desdén y miró al frente.

Una fina llovizna de nieve comenzó a cubrir el paisaje y ocultar el débil resplandor del sol. La brisa era helada, las nubes de un gris plomizo, pero el día seguía siendo bueno, lo bastante bueno para viajar. Cuando alcanzaron la carretera principal, Vane torció hacia el norte. Agitó las riendas, y los caballos apretaron el paso. Patience, con el rostro vuelto hacia la brisa, disfrutó de la cadencia regular del carruaje, de la sensación de viajar deprisa por un camino nuevo. En una dirección nueva.

Frente a ellos aparecieron los tejados de Kettering. Patience respiró hondo y comentó:

—Supongo que hemos de empezar a hacer planes.

—Probablemente —concedió Vane. Aminoró el paso de los caballos al entrar en la ciudad—. Imaginé que pasaríamos la mayor parte del tiempo en Kent. —Miró a Patience—. La casa de Curzon Street es lo bastante grande para una familia, pero aparte de las obligatorias apariciones en el momento álgido de la Temporada, no creo que estemos mucho tiempo allí. A no ser que tú hayas desarrollado un gusto nuevo por la vida de ciudad.

—No... claro que no. —Patience parpadeó—. Kent me parece maravilloso.

—Bien. ¿He mencionado que hay un montón de trabajo que hacer para decorarlo todo de nuevo? —Vane le sonrió—. Lo harás infinitamente mejor tú que yo. La mayor parte de la casa necesita atención, sobre todo las habitaciones de los niños.

Patience formó un «oh» con los labios.

—Por supuesto —continuó Vane mientras guiaba los caballos con mano diestra por la calle principal—, antes de ponernos a trabajar en las habitaciones de los niños, supongo que deberíamos pensar en el dormitorio principal. —Con una expresión de imposible inocencia, captó la mirada de Patience—. Seguro que también necesitarás hacer cambios en él.

Patience lo miró con los ojos entornados.

—Y antes de llegar al dormitorio principal, ¿no crees que deberíamos ir a una iglesia?

Los labios de Vane querían sonreír, pero él miró al frente.

—Ah, bueno. El caso es que eso plantea algunos problemas.

—¿Problemas?

—Sí... Como qué iglesia escoger.

Patience frunció el ceño.

—¿Existe alguna tradición en tu familia?

—La verdad es que no. Nada que deba preocuparnos. Realmente se reduce a las preferencias personales. —Con la ciudad ya a la espalda, Vane puso los caballos al paso y concentró su atención en Patience—. ¿Tú deseas una gran boda?

Ella frunció el ceño.

—No había pensado mucho en eso.

—Bueno, pues piénsalo. Y también podrías sopesar el hecho de que hay aproximadamente trescientos amigos y conocidos a los que habrá que invitar sólo por la parte de los Cynster, si es que eliges esa posibilidad.

—¿Trescientos?

—Sólo los más allegados.

Patience no tardó en menear la cabeza en un gesto negativo.

—En realidad, no creo que debamos hacer una gran boda. Tardaríamos una eternidad en organizarla.

—Muy probablemente.

—Entonces, ¿cuál es la alternativa?

—Existen varias —admitió Vane—. Pero el método más rápido sería casarnos con una licencia especial. Eso puede hacerse prácticamente en cualquier momento, y no se tardaría nada en organizarlo.

—Aparte del hecho de obtener la licencia.

—Sí. —Vane volvió a mirar de frente—. De manera que la cuestión es: ¿cuándo te gustaría casarte?

Patience reflexionó unos instantes. Observó a Vane, contempló su perfil, desconcertada al ver que él mantenía la vista fija al frente y se negaba a sostenerle la mirada.

—No sé —dijo—. Elige tú una fecha.

Entonces sí la miró.

—¿Estás segura? ¿No te importa lo que yo decida?

Patience se encogió de hombros.

—¿Por qué iba a importarme? Cuanto antes, mejor, si vamos a continuar como estamos.

Vane lanzó un suspiro y espoleó a los caballos.

—Pues esta tarde.

—Esta tar... —Patience giró en el asiento para mirar a Vane boquiabierta... y entonces cerró la boca—. Ya has obtenido la licencia.

—La tengo en el bolsillo. —Vane sonrió... como un lobo—. Ahí es donde estuve ayer, mientras Sligo me buscaba por todas partes.

Patience se derrumbó contra el asiento. Entonces comprendió el porqué del paso lento que llevaban, de la ancha sonrisa de Gerrard y de la distancia que ya habían recorrido.

—¿Adónde vamos?

—A casarnos. En Somersham. —Vane sonrió—. Hay una iglesia en el pueblo situado junto a las tierras del ducado, con la cual se podría decir que yo guardo cierta relación. De todas las iglesias de esta tierra, ésa es en la que me gustaría casarme. Y además, el vicario, el señor Postlewhaite, se ofrecerá él mismo a hacer los honores.

Sintiendo una ligera sensación de vértigo, Patience respiró hondo para librarse de ella.

—Muy bien, entonces casémonos en el pueblo de Somersham.

Vane la miró.

—¿Estás segura?

Patience lo miró a los ojos y vio en ellos la incertidumbre, la interrogante; entonces sonrió y se acurrucó un poco más contra Vane.

—Estoy abrumada. —Dejó que su sonrisa se acentuara, que se manifestara la dicha que sentía—. Pero estoy segura. —Introdujo una mano bajo el brazo de Vane y le dijo con un enorme gesto—: ¡Sigue adelante!

Vane mostró una amplia sonrisa y obedeció. Patience se pegó a él y escuchó el traqueteo de las ruedas. Ya había comenzado su viaje juntos. El sueño estaba aguardando... justo a la vuelta del recodo siguiente.

Epílogo

La boda fue discreta, selecta, intensamente personal; el banquete de bodas, celebrado un mes después del evento, fue enorme.

Honoria y las demás damas de la familia Cynster se encargaron de organizarlo. Tuvo lugar en Somersham Place.

—¡Sí que has tardado! —Lady Osbaldestone pinchó a Vane con un dedo esquelético y después advirtió a Patience con el mismo dedo—: Cerciórate de mantenerlo a raya, hay demasiados Cynster que llevan mucho tiempo sueltos.

Y se despegó de ellos para ir a hablar con Minnie. Vane respiró de nuevo, y Patience se fijó en él.

—Es un terror —dijo Vane en tono defensivo—. Pregunta a cualquiera.

Patience se echó a reír. Ataviada con un vestido de seda del color del oro viejo, se sujetó con más fuerza del brazo de Vane.

—Ven a hacer las cortesías.

Vane sonrió y permitió que Patience lo condujera por entre la multitud a charlar con los invitados que se habían reunido para darles la enhorabuena. Ella era todo lo que él podía pedir, todo lo que necesitaba. Y era suya. Estaba totalmente dispuesto a escuchar a quienes lo felicitaran por ello hasta el fin de la eternidad.

Circulando entre los invitados, terminaron por toparse con Diablo y Honoria, que estaban haciendo lo mismo.

Patience dio un abrazo a Honoria.

—Nos has tratado de maravilla.

Matriarca complacida y orgullosa, Honoria estaba radiante.

—Yo creo que lo mejor ha sido la tarta, la señora Hull se ha superado a sí misma. —La tarta de frutas, compuesta de varios pisos y cubierta de mazapán, estaba coronada por una veleta delicadamente confeccionada con azúcar hilado.

—Muy ingenioso —comentó Vane secamente.

Honoria lanzó un bufido.

—Los hombres nunca apreciáis las cosas como deberíais. —Miró a Patience—. Al menos, en tu caso no habrá apuestas a las que tengas que enfrentarte.

—¿Apuestas? —Cuando cortaron la tarta hubo abundantes vítores, así como algunas sugerencias obscenas y estridentes, pero ¿apuestas...? Entonces se acordó. Oh.

Honoria sonrió brevemente y dirigió a Vane una mirada fugaz.

—No es de sorprender que tu marido sienta especial predilección por la iglesia de Somersham. Al fin y al cabo, él ayudó a pagar el tejado.

Patience miró a Vane; éste, todo inocencia, miró a Diablo.

—¿Dónde está Richard?

—Ha partido hacia el norte. —Enganchando hábilmente a Honoria en un brazo, Diablo la ancló a su costado para impedir que se enredara en más conversaciones sociales—. Recibió una carta de un funcionario escocés en relación con una herencia de su madre. Por algún motivo, tenía que presentarse en persona para recibirla.

Vane frunció el entrecejo.

—Pero si lleva muerta... ¿cuánto? ¿Unos treinta años?

—Casi. —Diablo miró a Honoria, que tiraba de su brazo—. Ha sido un susurro fantasmal del pasado, un pasado que él creía enterrado hace mucho. Y ha ido, por supuesto, pero movido por la curiosidad más que nada. —Levantó la vista y dirigió a Vane una mirada penetrante—. Me temo que la vida de ciudad ha empezado a perder interés para nuestro Escándalo.

Vane le sostuvo la mirada.

—¿Le has advertido?

Diablo sonrió.

—¿De qué? ¿De que tenga cuidado con las tormentas y las damas sin compromiso?

Vane sonrió también.

—Dicho de ese modo, parece un poquito traído por los pelos.

—No cabe duda de que Escándalo regresará, sano y salvo, entero y de una pieza, sin más que unas cuantas cicatrices de guerra y varias marcas más en su...

—¡Tienes a tu derecha a la duquesa de Leicester! —le siseó Honoria, mirándolo furiosa—. ¡Compórtate!

Diablo compuso una expresión que parecía la personificación misma de la inocencia herida y se llevó una mano al corazón.

—Creía que eso estaba haciendo.

Honoria emitió un ruido claramente maleducado. Acto seguido se zafó de él, dio media vuelta y lo empujó en dirección a la duquesa. Por encima del hombro hizo un gesto con la cabeza a Patience:

—Llévatelo —indicó a Vane— por el otro lado, o de lo contrario no podrás conocer a todos.

Patience sonrió, y obedeció. Vane la siguió en silencio. Con la mirada clavada en el rostro de Patience, en su figura, no le resultó nada gravoso representar el papel de novio orgulloso y locamente enamorado.

Desde el otro extremo del salón de baile, los observaba, a él y a Patience, su madre, lady Horatia Cynster, la cual comentó suspirando:

—Ojalá no se hubieran casado con tanta prisa. Estaba claro que no había necesidad alguna.

Su segundo hijo, Harry, más conocido como Demonio, al cual iba dirigido aquel comentario, la miró y dijo:

—Sospecho que tu concepto de «necesidad» difiere bastante del de Vane en ciertos detalles.

Horatia lanzó un resoplido.

—Sea como sea. —Dejó de observar a su primogénito, tan apropiadamente colocado ya, y puso su mira en Harry—. Mientras tú no intentes hacer lo mismo.

—¿Quién? ¿Yo? —Harry estaba sorprendido por la observación.

—Sí, tú. —Horatia lo pinchó con el dedo en el pecho—. Y desde ahora mismo te advierto, Harry Cynster, que si te atreves a casarte con una licencia especial, nunca jamás te lo perdonaré.

Harry se apresuró a levantar una mano.

—Juro por lo más sagrado que jamás me casaré con una licencia especial.

—¡Bien! —Horatia asintió—. Veremos.

Harry sonrió... y completó su promesa en silencio: «ni de ninguna otra forma».

Estaba decidido a ser el primer Cynster de la historia que escapase a los decretos del destino. La idea de atarse a una joven, o de someterse a una mujer, le resultaba absurda. No pensaba casarse nunca.

—Creo que voy a ir a ver qué hace Gabriel.

Y, con una amplia reverencia, de inefable elegancia, huyó de la órbita de su madre y fue en busca de una compañía que fuera menos cáustica; personas que no estuvieran obsesionadas con el matrimonio.

Así transcurrió la tarde; las sombras se fueron alargando lentamente. Los invitados comenzaron a marcharse, y al final se fueron todos de golpe. La larga jornada finalizó con Vane y Patience en el porche delantero de la mansión, despidiendo con la mano a los últimos invitados. Hasta la familia se había marchado ya. Sólo se quedaron en la casa Diablo y Honoria, e incluso ellos se retiraron a sus aposentos para jugar con Sebastian, que había pasado una buena parte de la tarde con su niñera.

Cuando el último carruaje se alejó traqueteando por el camino, Vane miró a Patience, a la que tenía pegada a su costado.

Su esposa.

Aquella palabra ya no lo sobresaltaba, por lo menos no de la misma forma. Ahora, en su cerebro, le sonaba a posesividad, una posesividad que satisfacía, que le sentaba bien a su alma de conquistador. La había encontrado, la había capturado... y ahora podía gozarla.

Contempló su rostro y enarcó una ceja. Y acto seguido regresó con ella al interior de la casa.

—¿Te he dicho que este lugar posee un invernadero de lo más interesante?

OTROS TÍTULOS DE LA COLECCIÓN

Joan Brady

TE AMO, NO ME LLAMES

Jeri está a punto de cumplir los cuarenta, y la amarga posibilidad de una soltería permanente se está transformando en una incómoda compañera de ruta.

Su romance con Jeff ha desembocado en un callejón sin salida tras una tediosa sucesión de encuentros y desencuentros. Atascada en una relación con un hombre que rehúye el compromiso, Jeri no acierta a formular un proyecto que cambie su horizonte vital, que había consistido desde siempre en conseguir a un hombre y ser feliz con él. Sin embargo, algunos sucesos inesperados la harán comprender que, a menudo, lo que más deseas es lo que menos necesitas... y que el mejor plan suele ser aquel que no has trazado. Una historia cálida e inspiradora, con el estilo inconfundible de la autora de Dios vuelve en una Harley.

Anne Rice

LA NOCHE DE TODOS LOS SANTOS

Una novela ambientada en una época y lugar fascinantes, por la célebre autora de las Crónicas Vampíricas.

En el estado de Luisiana, antes del estallido de la guerra de Secesión, existió una casta muy peculiar. Sus miembros eran descendientes de los esclavos, pero llevaban también la sangre de los esclavistas franceses y españoles, que tenían por costumbre liberar a los hijos de sus concubinas negras. El atractivo que sus hermosas mujeres ejercían entre los blancos de Nueva Orleans acabó por convertirse en una leyenda...

Esta historia está protagonizada por Marcel, un adolescente mestizo. Su padre, un blanco rico, ha prometido darle una buena educación. Mientras tanto, su bellísima y vulnerable hermana Marie es cortejada por un próspero amigo de Marcel. Pero las ambigüedades de la sociedad y los caprichos del destino cambiarán el rumbo de sus vidas.

Lisa Kleypas

DONDE EMPIEZAN LOS SUEÑOS

Zachary Bronson ha construido un imperio de riqueza y poder, pero necesita una esposa que le permita afianzar su posición en la sociedad... y caliente su cama. Una meta aparentemente imposible para un hombre del que todo Londres sabe que no es un caballero. Zachary no puede olvidar a la dama a la que besó por error y cuya pasión parece estar a la altura de la de él.

Lady Holly Taylor es bella, generosa y, como viuda, destinada a pasar su vida respetando las normas impuestas por la sociedad, especialmente cuando van contra sus impulsos más audaces. Pero el beso de Zachary ha despertado sus instintos y, a pesar de que la proposición que recibe de él no incluye el matrimonio, está dispuesta a arriesgarlo todo y seguirle al lugar... donde empiezan los sueños.

9 - 10